O INOCENTE

Obras do autor publicadas pela Editora Record

Acima de qualquer suspeita
Declarando-se culpado
Erros irreversíveis
Heróis comuns
Idênticos
O inocente
O primeiro ano
Os limites da lei
Ofensas pessoais
O ônus da prova
Testemunha
O último julgamento

SCOTT TUROW

O INOCENTE

Tradução

Domingos Demasi

2ª edição

EDITORA RECORD
RIO DE JANEIRO • SÃO PAULO
2022

CIP-BRASIL. CATALOGAÇÃO-NA-FONTE
SINDICATO NACIONAL DOS EDITORES DE LIVROS, RJ

Turow, Scott, 1949-
T858i Inocente / Scott Turow; tradução de Domingos Demasi.
– 2ª ed. – Rio de Janeiro: Record, 2022.

Tradução de: Innocent
ISBN 978-85-01-09336-3

1. Ficção policial americana. I. Demasi, Domingos, 1944-.
II. Título.

11-0736. CDD: 813
CDU: 821.111(73)-3

TÍTULO ORIGINAL EM INGLÊS:
Innocent

Texto revisado segundo o novo Acordo Ortográfico da Língua Portuguesa.

Editoração Eletrônica: Abreu's System
Revisão Técnica: Rebeca dos Santos Garcia

Direitos exclusivos de publicação em língua portuguesa somente para o Brasil
adquiridos pela
EDITORA RECORD LTDA.
Rua Argentina, 171 - Rio de Janeiro, RJ - 20921-380 - Tel.: 2585-2000,
que se reserva a propriedade literária desta tradução.

Impresso no Brasil

ISBN 978-85-01-09336-3

Seja um leitor preferencial Record.
Cadastre-se no site e receba informações sobre nossos lançamentos e nossas promoções.

Atendimento e venda direta ao leitor:
sac@record.com.br

Para Nina

Prólogo

NAT, 30 DE SETEMBRO DE 2008

Um homem está sentado na cama. É meu pai.

O corpo de uma mulher está embaixo das cobertas. Era minha mãe.

Não é aqui que a história começa. Ou termina. Mas é o momento ao qual minha mente retorna, o modo como sempre os vejo.

De acordo com o que meu pai me dirá em breve, ele esteve ali, naquele quarto, por cerca de 23 horas, exceto pelas idas ao banheiro. Ontem, ele acordou, como o faz na maioria dos dias de semana, às 6h30, e foi capaz de ver a mudança mortal, assim que olhou para trás, em direção à minha mãe, no instante em que seus pés encontravam os chinelos. Sacudiu o ombro dela, tocou em seus lábios. Pressionou algumas vezes a base da palma da mão no esterno, mas a pele dela estava fria como argila. Seus membros já se moviam por inteiro, como os de um manequim.

Ele me dirá que então se sentou numa poltrona em frente a ela. Não chorou. Pensou, me dirá. Não sabe por quanto tempo, exceto que o sol se movimentou através do quarto todo quando ele, por fim, se levantou e começou a arrumar tudo obsessivamente.

Ele me dirá que colocou de volta na estante os três ou quatro livros que ela sempre lia. Pendurou as roupas que ela, por mania, empilhava na chaise longue diante de seu espelho de se vestir, depois arrumou a cama em volta dela, esticando os lençóis, dobrando uniformemente a colcha, antes de colocar as mãos dela para fora, como as de uma boneca, sobre o debrum de cetim do cobertor. Jogou fora duas das flores que haviam murchado no vaso de sua mesinha de cabeceira e ajeitou os jornais e as revistas sobre a escrivaninha dela.

Ele me dirá que não ligou para ninguém, nem mesmo para os paramédicos, porque tinha certeza de que ela estava morta, e que só enviou um e-mail de uma linha para seu assistente, dizendo que não ia trabalhar. Não atendeu o telefone, embora tenha tocado várias vezes. Quase um dia inteiro se passará até se dar conta de que precisa entrar em contato comigo.

Mas como está morta?, perguntarei. Ela estava ótima duas noites atrás, quando estivemos juntos. Após um segundo pesado, direi a meu pai: Ela não se matou.

Não, ele concordará imediatamente.

Ela não estava com esse tipo de disposição.

Foi seu coração, ele dirá, então. Só pode ter sido seu coração. E a pressão sanguínea. Seu avô morreu do mesmo modo.

Você vai chamar a polícia?

A polícia, ele dirá, após algum tempo. Por que eu chamaria a polícia?

Ora bolas, papai. Você é juiz. Não é isso que se faz quando alguém morre de repente? Eu agora estarei chorando. Não sei quando terei começado.

Eu ia telefonar para a casa funerária, ele me dirá, mas imaginei que você iria querer vê-la antes de eu fazer isso.

Bem, droga, bem, sim, eu quero vê-la.

O fato é que a casa funerária nos mandará chamar o médico da família, que, por sua vez, convocará o médico-legista, que então enviará a polícia. Será uma longa manhã, e então uma tarde mais longa ainda, com dezenas de pessoas entrando e saindo da casa. O legista só chegará seis horas depois. Ele ficará sozinho com o corpo da minha mãe apenas um minuto e depois pedirá permissão a meu pai para fazer uma lista de todos os remédios que ela tomou. Uma hora depois, passarei pelo banheiro dos meus pais e verei um embasbacado policial parado diante do armário de remédios aberto, caneta e bloco de papel nas mãos.

Meu Deus, ele vai tornar público.

Distúrbio bipolar, eu lhe direi, quando finalmente me notar. Ela precisava tomar uma porção de remédios. Em pouco tempo, ele simplesmente esvaziará as prateleiras e sairá com um saco de lixo contendo todos os frascos.

Nesse meio-tempo, de vez em quando outro policial chegará e perguntará a meu pai o que aconteceu. Ele contará a história várias e várias vezes, sempre da mesma maneira.

No que se pensa, durante todo esse tempo?, um policial perguntará.

Meu pai, com seus olhos azuis, pode ser um osso duro, algo que provavelmente aprendeu com o próprio pai, um homem que ele desprezava.

Policial, você é casado?

Sou, juiz.

Então sabe no que se pensa. Vida, ele responderá. Casamento. Ela.

A polícia o fará reproduzir seu relato mais três ou quatro vezes — como ele ficou sentado ali e por quê. Sua resposta nunca vai variar. Ele responderá a cada pergunta com seus habituais modos contidos, o impassível homem da lei que vê a vida como um mar interminável.

Ele lhes dirá como mudou cada item.

Ele lhes dirá onde passou cada hora.

Mas não dirá a ninguém sobre a garota.

Parte Um

I.

Capítulo 1

RUSTY, 19 DE MARÇO DE 2007, 18 MESES ANTES

Da elevada bancada de nogueira, cerca de 3 metros da tribuna dos advogados, bato o martelo e chamo o último da manhã para a sustentação oral.

— *O Povo contra John Harnason* — falei —, 15 minutos para cada lado.

O imponente Tribunal de Recursos, com suas colunas vermelho-acastanhados que se erguem por dois andares até o teto decorado com enfeites rococós, está quase completamente vazio de espectadores, exceto por Molly Singh, a repórter do *Tribune* que faz a cobertura de julgamentos, e vários jovens assistentes da Promotoria, atraídos por um caso difícil e pelo fato de que seu chefe, o procurador de justiça em exercício Tommy Molto, fará um raro aparecimento aqui para argumentar a favor do Estado. Um cavalo de batalha de aparência arrasada, Tommy está sentado com dois de seus assistentes a uma das lustrosas mesas de nogueira diante da bancada. Do outro lado, o réu, John Harnason, julgado culpado pelo envenenamento fatal de seu companheiro de quarto e amante, aguarda para ouvir seu destino ser debatido, enquanto seu advogado, Mel Tooley, avança na direção da tribuna. Ao longo da parede mais distante estão sentados vários assessores, inclusive Anna Vostic, minha funcionária mais antiga, que deixará o cargo na sexta-feira. A uma ordem minha, com um gesto da cabeça, Anna acenderá as luzinhas no topo da tribuna dos advogados — verde, amarela e vermelha, para indicar as mesmas coisas que no trânsito.

— Egrégio Tribunal — diz Tooley, a saudação enraizada no tempo, dita por advogados a juízes de apelação.

Com pelo menos uns 30 quilos de excesso de peso atualmente, Tooley ainda insiste em usar ternos de tecido riscado tão apertados quanto embalagens de salsichas — o suficiente para causar vertigem — e a mesma peruca nojenta, que dá a impressão de que ele esfolou um poodle. Começa com um sorriso melífluo, como se eu e os dois juízes que me ladeiam no colegiado de três juízes que decidirá o recurso — eu, Marvina Hamlin e George Mason — fôssemos todos seus melhores amigos. Jamais gostei de Tooley, uma cobra maior do que o normal no covil de serpentes que é a profissão de advogado criminalista.

— Primeiro — diz Tooley —, não posso começar sem antes brevemente desejar ao juiz-presidente Sabich um feliz aniversário neste marco pessoal.

Faço hoje 60 anos, uma ocasião da qual me aproximei com tristeza. Tooley, sem dúvida, catou esse petisco na coluna de fofocas da segunda página do *Trib*, um rufar diário de insinuações e vazamentos. Rotineiramente, a coluna encerra com felicitações de aniversário a uma variedade de celebridades e notáveis locais, na qual, esta manhã, me incluíram: "**Rusty Sabich, juiz-presidente do Tribunal de Recursos Estadual do 3º Distrito e candidato à Suprema Corte Estadual, 60**." Ver isso em negrito foi como levar um tiro.

— Eu esperava que ninguém tivesse notado, Sr. Tooley — digo.

Todos na sala do tribunal riem. Como descobri há tempos, ser juiz, de alguma maneira, faz as pessoas rolarem a cada piada sua, mesmo a mais sem graça. Sinalizo com a cabeça para Tooley prosseguir.

O trabalho de um Tribunal de Recursos, em seus termos mais simples, é garantir que o recorrente tenha um julgamento justo. Nossa pauta reflete justiça ao estilo americano, dividida igualmente entre os ricos, que geralmente contestam dispendiosos casos cíveis, e os pobres, que compõem a maior parte dos recorrentes criminais e enfrentam significativos períodos de prisão. Como a Suprema Corte Estadual revê muito poucas questões, nove entre dez vezes o Tribunal de Recursos tem a palavra final em um caso.

A questão de hoje é bem definida: o Estado ofereceu prova suficiente para justificar o veredicto do júri contra Harnason, de homicídio? Tribunais de apelação raramente alteram esses termos; a regra é que a decisão do júri permanece, a menos que seja literalmente irracional. Mas esse foi um caso que passou bem perto. Ricardo Millan, companheiro de quarto de Harnason e sócio numa empresa de turismo, morreu aos 39 anos de uma misteriosa doença progressiva que o legista considerou como uma infecção intestinal ou de parasita não diagnosticado. Essas coisas teriam terminado aí se não fosse a obstinação da mãe de Ricardo, que fez várias viagens de Porto Rico para cá. Ela usou todas as suas economias para contratar um detetive particular e um toxicologista da universidade, que convenceu a polícia a exumar o corpo de Ricardo. Amostras de cabelo revelaram níveis letais de arsênico.

Envenenamento é assassinato dissimulado. Sem faca, sem revólver. Sem momento nietzschiano, quando você confronta a vítima e sente o impulso básico de manifestar sua vontade. Envolve muito mais fraude do que violência. E é difícil não acreditar que o que arruinou Harnason diante do júri foi que ele se parece com seu personagem. Sua aparência é vagamente familiar, mas isso deve ser de ter visto a foto dele no jornal, porque eu me lembraria de alguém tão deliberadamente estranho. Usa um espalhafatoso terno cor de cobre. Na mão com a qual furiosamente rabisca bilhetes, as unhas são tão compridas que começaram a se curvar para baixo, como as de um imperador chinês, e uma abundância de nódulos alaranjados cobre seu couro cabeludo. Aliás, há muito cabelo avermelhado por toda a sua cabeça. Suas sobrancelhas excessivamente grandes fazem com que pareça um castor, e um bigode ruivo pende sobre sua boca. Sujeitos como esse sempre me deixaram perplexo. Ele está exigindo atenção ou simplesmente acha o resto de nós enfadonho?

Fora sua aparência, a prova de fato de que Harnason matou Ricardo é inconsistente. Vizinhos revelaram um episódio recente no qual um Harnason embriagado brandiu uma faca de cozinha na rua, gritando para Ricardo sobre seus encontros com um homem mais novo. O Estado também enfatizou que Harnason recorreu à Justiça para evitar a exumação do corpo de Ricardo, sob alegação de que a mãe de Ricardo era maluca e que cobraria dele a conta de um novo enterro. Provavelmente, a única prova substancial é que os detetives encontraram vestígios microscópicos de óxido de arsênico, de veneno para formiga, no barracão atrás da casa que Harnason herdou da mãe. O produto não era fabricado havia pelo menos uma década, o que levou a defesa a sustentar que grânulos infinitesimais eram meramente um resto degradado da época da mãe, visto que o verdadeiro criminoso poderia ter adquirido uma forma mais confiável de óxido de arsênico de vários vendedores pela internet. Apesar de o arsênico ser conhecido como um veneno clássico, tais mortes são raras hoje em dia e, portanto, ele não é incluído nos testes toxicológicos rotineiros realizados em necropsias. Esse foi inicialmente o motivo pelo qual o legista deixou escapar a causa da morte.

Em suma, a prova não favorecia nenhuma das duas partes, e, como juiz-presidente, decidi que Harnason fosse libertado sob fiança, pendente de recurso. Isso não acontece com frequência após um réu ser condenado, mas parecia injusto para Harnason começar a cumprir pena naquele caso, que teve uma maioria muito estreita, antes de a decisão transitar em julgado.

Minha pauta registra, por sua vez, o aparecimento de Tommy hoje. O procurador de justiça em exercício é um habilidoso advogado de recursos de apelação, mas atualmente, como chefe da Promotoria, raramente tem tempo de conduzir um recurso. Está cuidando desse caso porque os promotores claramente viram no despacho uma indicação de que a condenação de Harnason por homicídio poderia ser revista. A presença de Tommy é para significar o quanto a Promotoria se interessa pelo caso.

Atendo o desejo de Tommy, por assim dizer, e o interrogo minuciosamente assim que chega sua vez de subir à tribuna.

— Sr. Molto — digo —, corrija-me, mas, ao ler os autos, não há qualquer prova de que o Sr. Harnason soubesse que arsênico não seria detectado por um rotineiro exame toxicológico e que, desse modo, poderia fazer a morte do Sr. Millan passar por causas naturais. Não é uma informação pública, é, sobre o que envolve um exame toxicológico?

— Não é um segredo de Estado, meritíssimo, mas não, não é divulgado.

— E, segredo ou não, não havia prova de que Harnason soubesse, havia?

— Exatamente, juiz-presidente — diz Tommy.

Um dos poderes de Tommy na Tribuna é que ele é infalivelmente educado e direto, mas não consegue evitar que uma familiar sombra de meditativo descontentamento escureça seu rosto, em resposta à minha pergunta. Nós dois temos uma história complicada. Tommy foi o promotor mais novo no acontecimento de 21 anos atrás que ainda divide minha vida tão nitidamente como uma faixa no centro de uma estrada, quando fui julgado e depois exonerado por causa do assassinato de uma promotora assistente.

— E aliás, Sr. Molto, não há nem mesmo uma prova clara de como o Sr. Harnason poderia ter envenenado o Sr. Millan, há? Vários de seus amigos não testemunharam que o Sr. Millan preparava todas as suas refeições?

— Sim, mas o Sr. Harnason normalmente servia as bebidas.

— Mas o químico da defesa disse que o óxido de arsênico é amargo demais até mesmo para ser disfarçado em algo como um martíni ou uma taça de vinho, não disse? A acusação nem mesmo refutou esse testemunho, não foi?

— Não houve refutação nesse ponto, pois é verdade, meritíssimo. Mas esses homens compartilhavam a maior parte das refeições. Isso certamente deu a Harnason muitas oportunidades de cometer o crime pelo qual foi condenado pelo júri.

Atualmente, por todo o tribunal, as pessoas comentam repetidamente como Tommy parece diferente, casado tardiamente pela primeira vez e instalado pela sorte num emprego pelo qual ele abertamente ansiava. A recente boa sorte de Tommy fez muito pouco para resgatá-lo de sua existência entre os não abençoados fisicamente. Seu rosto parece gasto pelo tempo, beirando a velhice. O pouco de cabelo que resta em sua cabeça ficou inteiramente branco e há bolsas de carne sob seus olhos, como saquinhos de chá usados. Contudo, é inegável uma sutil melhora. Tommy perdeu peso, comprou ternos que não dão mais a impressão de que tenha dormido com eles e geralmente exibe uma expressão de paz e, até mesmo, de alegria. Mas não agora. Não comigo. Quanto a mim, apesar de tantos anos terem se passado, Tommy me considera um inimigo, e, a julgar por seu olhar enquanto caminha de volta a seu lugar, qualquer dúvida minha de hoje para ele será uma prova amanhã.

Assim que se encerram as argumentações, os outros dois juízes e eu nos transferimos, com nossos assessores, para uma sala de reuniões contígua à sala do tribunal, onde discutiremos os casos da manhã e decidiremos o resultado, inclusive qual de nós três redigirá cada decisão em nome do tribunal. Trata-se de um aposento elegante que parece a sala de jantar de um clube masculino, tem até o lustre de cristal. Uma ampla mesa Chippendale contém o número suficiente de cadeiras de couro de espaldar alto para acomodar todos os 18 juízes do tribunal nas raras ocasiões em que nos reunimos todos — *en banc* [tribunal pleno], como são conhecidas essas reuniões — para decidir um caso.

— Confirmo — diz Marvina Hamlin, como se não houvesse questão a se discutir, assim que chegamos ao caso Harnason.

Marvina é a tal típica senhora negra durona, com muitos motivos para ser assim. Foi criada no gueto, teve um filho aos 16 anos e ainda dá duro nos estudos. Começou como secretária assistindo advogados e acabou como advogada — e muito boa também. Ela atuou em dois casos comigo, anos atrás, quando eu era juiz do Tribunal de Justiça. Por outro lado, após trabalhar com Marvina por uma década, sei que não mudará de ideia. Ela não ouviu outro ser humano falar algo digno de ser levado em conta desde que sua mãe lhe disse, quando criança, que ela teria de cuidar de si mesma.

— Quem mais poderia ter feito isso? — quer saber Marvina.

— Seu assistente trouxe seu café, Marvina? — pergunto.

— Eu mesma apanho, obrigada — ela responde.

— Você sabe o que quero dizer. Que prova há de que não foi nenhuma das pessoas em questão?

— Os promotores não têm de perseguir coelhos em cada buraco — ela responde. — E nós também não.

Ela tem razão quanto a isso, mas, fortificado por esse diálogo, digo a meus colegas que vou votar pela revogação. Então cada um de nós se vira para George Mason, que, na realidade, decidirá o caso. Um bem-educado homem da Virgínia, George ainda mantém leves traços de seu sotaque nativo e é abençoado com uma vasta cabeleira branca do tipo que uma figurinista escolheria para um juiz. George é o meu melhor amigo no tribunal e me sucederá como juiz-presidente se, como amplamente antecipado, eu vencer igualmente as eleições primária e geral do ano que vem e me transferir para a Suprema Corte Estadual.

— Creio que está dentro dos limites.

— George! — protesto.

George Mason e eu temos nos esganado, como advogados, desde que ele surgiu, trinta anos atrás, como o recém-designado defensor público para o tribunal no qual eu era o promotor. Em direito, como em tudo o mais, a experiência inicial forma a pessoa, e George fica mais ao lado dos réus do que eu. Mas hoje, não.

— Admito que seria um veredicto de inocente, se fosse julgado num tribunal comum — diz ele —, mas estamos num Tribunal de Recursos e não quero substituir o julgamento do júri pelo meu.

Essa pequena alfinetada foi dirigida a mim. Eu nunca digo em voz alta, mas sinto que a aparência de Tommy e a importância que o procurador deu ao caso movimentaram a agulha apenas o suficiente para ambos os meus colegas. Mas a questão é que perdi. Isso também faz parte do trabalho, aceitar as ambiguidades da lei. Peço a Marvina que redija a decisão em nome do tribunal. Ainda um pouco esquentada, ela sai, deixando George e eu a sós na sala.

— Caso difícil — diz ele. Trata-se de um axioma desta vida que, como marido e mulher não devem ir para a cama zangados, juízes de uma corte de revisão judicial deixam suas discordâncias na reunião para troca de ideias. Dou de ombros em resposta, mas posso perceber que ele continua hesitante. — Por que você não redige um voto de discordância? — sugere, expressando minha opinião, explicando por que penso que os outros dois estão errados. — Prometo que darei uma outra olhada na questão quando estiver no papel.

Eu raramente discordo, tendo em vista que uma das minhas principais responsabilidades, como juiz-presidente, é promover a harmonia no tribunal, mas decido aceitar sua sugestão e sigo para meu gabinete a fim de iniciar o processo com meus assessores. Como presidente, ocupo uma suíte do tamanho de uma casa pequena. À direita de uma enorme antessala ocupada pelo meu assistente e pela minha equipe, há dois escritórios menores para meus assessores e, do outro lado, o meu imenso espaço de trabalho, 10 por 10 metros, altura de um andar e meio, revestido com lambris de um carvalho antigo envernizado que dão ao meu gabinete o ar de um castelo.

Quando empurro e abro a porta para o grande aposento, encontro uma multidão composta por quarenta ou cinquenta pessoas que imediatamente gritam “Surpresa!”. E sou realmente surpreendido, mas principalmente pelo quanto acho mórbida a lembrança do meu aniversário. Mesmo assim, finjo estar encantado ao circular pela sala, cumprimentando pessoas cuja presença de longa data em minha vida as torna, por causa de meu humor atual, tão tristemente comoventes como as mensagens contidas em lápides.

Meu filho Nat, agora com 28 anos, magro demais porém assombrosamente bonito em meio à abundância de cabelos negros, e Barbara, minha mulher há 36 anos, estão ambos aqui, como estão todos, menos dois, os outros 17 juízes do tribunal. George Mason chegou agora e ensaia um abraço, um gesto que não deixa nenhum de nós dois completamente à vontade, e me entrega uma caixa em nome de meus colegas.

Também estão presentes alguns poucos administradores importantes do quadro de funcionários do tribunal e vários amigos que continuam trabalhando como advogados. Meu ex-advogado, Sandy Stern, redondo e robusto, mas incomodado por uma tosse de verão, está aqui com sua filha e sócia no escritório de advocacia, Marta, e também o homem que há mais de 25 anos me fez seu assistente, o ex-procurador da Justiça Raymond Horgan. Ray evoluiu de amigo para inimigo e de volta a amigo no período de um único ano, quando testemunhou contra mim no meu julgamento e depois, após minha absolvição, deflagrou o processo que me tornou promotor público em exercício. Novamente, Ray desempenha um importante papel em minha vida, como chefe de minha campanha para a Suprema Corte. Ele cuida da estratégia e sacode a árvore de dinheiro nas grandes empresas, deixando os detalhes operacionais para duas lobas, de 31 e 33 anos, cujo envolvimento com a minha eleição parece tão profundo quanto o de um pistoleiro de aluguel.

A maior parte dos convidados é ou foi advogado no tribunal, um grupo afável por natureza, e há muita bonomia e risadas. Nat se formará em junho em direito e, após o exame da Ordem, passará a trabalhar como assessor de justiça na Suprema Corte Estadual, na qual eu também fui, outrora, um assessor. Nat continua se sentindo pouco à vontade em conversas, e Barbara e eu, por hábito de muito tempo, de vez em quando nos aproximamos para protegê-lo. Meus dois assessores, que realizam um serviço semelhante ao que Nat fará — me auxiliar na pesquisa e redação dos meus pareceres para este tribunal —, desempenham, no dia de hoje, um ofício menos nobre como garçons. Como Barbara tem uma perpétua ansiedade em relação ao mundo mais além de nossa casa, principalmente em grandes recepções, Anna Vostic, minha assessora sênior, atua mais ou menos como anfitriã, despejando um pouquinho de champanhe no fundo dos copos de plástico que logo são erguidos para um vigoroso entoar do "Parabéns pra você". Todos vibram quando fica patente que ainda estou cheio de ar para debelar o incêndio da floresta de velas sobre o bolo de cenoura de quatro camadas feito por Anna.

O convite alertava: nada de presentes, mas há algumas piadas — George achou um cartão que dizia: "Parabéns, você tem 60 anos e sabe o que isso significa." E dentro: "Nada de bermudas!" E, embaixo, George escreveu à mão: "P.S.: Agora você sabe por que juízes usam toga." Na caixa que ele entregou, há uma beca preto-enterro com dragonas com galões dourados de líder de banda militar presas nos ombros. A vistosa gozação com o chefe arranca ruidosas gargalhadas quando a mostro para a congregação de convidados.

Após mais dez minutos de contatos, o grupo começa a se dispersar.

— Novidades — diz Ray, numa voz tão delicada que parece um elfo, ao passar para sair.

Um sorriso vinca seu largo rosto rosado, mas conversas sobre minha candidatura são proibidas em propriedade pública e, como juiz-presidente, sou muito cuidadoso com a responsabilidade de ser um exemplo. Em vez disso, concordo em ir ao seu escritório dentro de meia hora.

Após todo mundo ter ido embora, Nat, Barbara, eu e os membros de minha equipe recolhemos os pratos de papel e os copos. Agradeço a todos.

— Anna foi maravilhosa — diz Barbara, e depois acrescenta, numa daquelas explosões de sinceridade que minha excêntrica esposa nunca entenderá que não são necessárias: — A festa toda foi ideia dela.

Barbara é especialmente afeiçoada à assessora sênior e frequentemente expressa tristeza por ela ser um pouco velha demais para Nat, que recentemente rompeu com sua namorada de longa data. Associo-me aos cumprimentos pelo bolo de Anna, que é famoso no Tribunal de Recursos. Encorajada pela presença de minha família, que só consegue rotular seu gesto como inócuo, Anna avança para me abraçar, enquanto dou-lhe tapinhas amigáveis nas costas.

— Feliz aniversário, juiz — declara ela. — Você é o máximo!

Com isso, ela vai embora, enquanto faço o possível para eliminar da minha mente, ou pelo menos da minha expressão, toda a surpreendente sensação de Anna junto a mim.

Confirmo os planos para jantar com minha esposa e meu filho. Previsivelmente, Barbara prefere comer em casa a ir a um restaurante. Eles se vão, enquanto os cheiros de bolo e champanhe permanecem tristemente na sala agora silenciosa. Sessenta anos e estou, como sempre, sozinho comigo mesmo.

Nunca fui o que qualquer um chamaria de tipo alegre. Estou bem ciente de que tive mais do que minha justa parcela de sorte. Amo meu filho. Tenho prazer no meu trabalho. Escalei de volta as alturas da respeitabilidade, após tombar num vale de vergonha e escândalo. Tenho um casamento de meia-idade que sobreviveu a uma crise completa e é geralmente tranquilo, embora não haja uma ligação completa. Mas fui criado num lar turbulento por uma mãe tímida e desatenta e um pai que não se envergonhava de ser um filho da puta. Não fui feliz quando criança, e, desse modo, pareceu bastante natural que a minha passagem para a idade adulta não tivesse sido satisfatória.

Contudo, mesmo pelos padrões de alguém cuja temperatura emocional normalmente vai de blasé para triste, foi com dificuldade que esperei o dia de hoje. A marcha para a mortalidade me ocorre a cada segundo, mas todos nós estamos sujeitos a certas placas sinalizadoras. Os 40 me atingiram como uma tonelada de tijolos: o começo da meia-idade. E, com 60, sei muito bem que a cortina está se levantando para o ato final. Não há como evitar as placas sinalizadoras: Statins para baixar o colesterol. Flomax para reduzir a próstata. E quatro comprimidos de Advil, todas as noites, no jantar, porque passar o dia sentado, um risco ocupacional, faz com que eu sinta muita dor na lombar.

A perspectiva do declínio acrescenta um temor especial do futuro e, particularmente, da minha campanha para a Suprema Corte, porque, quando fizer o juramento, daqui a vinte meses, eu terei chegado o mais longe que minha ambição é capaz de me impulsionar. E sei que ainda haverá um resmungo sussurrado pelo meu coração. Não é o bastante, dirá a voz. Ainda não. Tudo isso feito, tudo isso conquistado. Mesmo assim, no meu coração, ainda não terei o indefinível fragmento de felicidade que vem se esquivando de mim há sessenta anos.

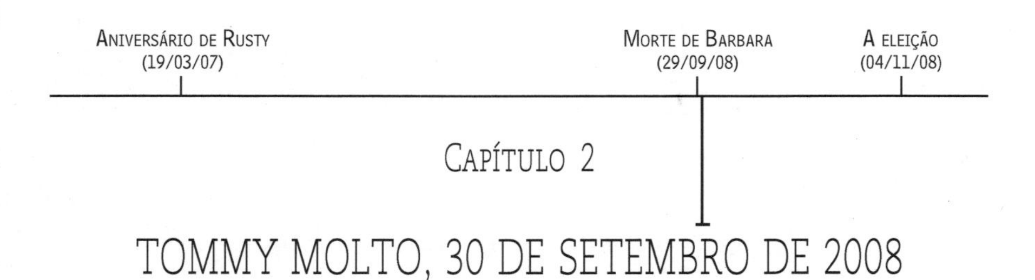

Capítulo 2

TOMMY MOLTO, 30 DE SETEMBRO DE 2008

Tomassino Molto III, o procurador de justiça em exercício de Kindle County, estava atrás da escrivaninha do promotor, grande e pesada como um Cadillac 1960, imaginando o quanto ele era diferente, quando seu assistente principal, Jim Brand, desferiu uma única batida com o nó do dedo na moldura da porta.

— Pensamentos profundos? — perguntou Brand.

Tommy sorriu, esforçando-se ao máximo para sua personalidade cronicamente insensível parecer indefinível. A questão do quanto ele havia mudado nos últimos dois anos chegava ao cérebro de Tommy como o gotejar de um beiral de telhado uma ou duas vezes a cada hora. As pessoas diziam que se tornara radicalmente diferente, brincando o tempo todo sobre onde escondera o gênio e a lâmpada mágica. Tommy, porém, estava no seu segundo período como procurador de justiça e aprendera a reconhecer a adulação que as pessoas sempre rendem ao poder. Quanto, afinal de contas, uma pessoa é capaz de mudar?, perguntava-se. Estaria realmente diferente? Ou simplesmente era ele quem soubera que sempre esteve no centro?

— Um policial de Nearing acaba de ligar — disse Brand assim que entrou. — Encontraram Barbara Sabich morta na própria cama. É a esposa do juiz-presidente?

Tommy adorava Brand. Além de um excelente advogado, ele era leal de um modo como poucas pessoas o são hoje em dia. Mas, mesmo assim, Tommy controlou-se diante da sugestão de que tinha um interesse peculiar em Rusty Sabich. Ele tinha, é claro. Vinte e dois anos depois, o nome do juiz-presidente do Tribunal de Recursos, que Tommy malogradamente denunciara pelo assassinato de uma colega deles, ainda corria por ele como uma corrente elétrica. Mas o que ele não tolerava era a insinuação de que mantivera um longo ressentimento contra Rusty. Um ressentimento era a insígnia dos desonestos, incapazes de encarar a verdade, inclusive uma verdade que lhes fosse pouco lisonjeira. Havia muito tempo que Tommy aceitara o resultado daquele caso. Um julgamento era uma briga de cães, e Rusty e seu cão haviam vencido.

— E daí? — perguntou Tommy. — A Promotoria está enviando flores?

Brand, alto e imponente numa camisa branca dura de goma, como o colarinho de um padre, expôs os belos dentes. Tommy não reagiu, pois ele realmente havia falado sério. Isso acontecera a Tommy durante toda a sua vida, sempre que sua lógica interna, tão clara e inabalável, levava a um comentário que todas as demais pessoas considerariam uma comédia rasgada.

— Não, é estranho — disse Brand. — Foi por isso que o tenente ligou. É tipo "Qual é a dessa coisa?". A mulher morre e o marido nem mesmo liga para a polícia. Quem nomeou Rusty Sabich legista?

Tommy fez um gesto, pedindo mais detalhes. O juiz, disse Brand, passara 24 horas sem contar a ninguém, nem mesmo ao filho. Em vez disso, arrumara o cadáver como um agente funerário, como se ela fosse ser velada ali mesmo. Rusty atribuiu seus atos ao estado de choque, à dor. Ele quisera que tudo estivesse adequado antes de dar a notícia. Tommy supôs compreensível. Vinte e dois meses antes, com 57 anos, após uma vida na qual o desejo pungente parecia tão inevitável quanto respirar, Tommy se apaixonara por Dominga Cortina, uma acanhada mas adorável administradora do cartório. Apaixonar-se não era nada novo para Tommy. A sua vida inteira, a cada dois anos surgia alguma mulher no trabalho, nos bancos da igreja, no seu prédio, por quem ele desenvolvia um fascínio e um desejo que o atropelavam como um trem vindo em sua direção. O interesse, inevitavelmente, nunca era correspondido, portanto os olhares desviados de Dominga sempre que Tommy estava perto dela pareciam ser mais do mesmo, certamente esperado, tendo em vista que ela tinha apenas 31 anos. Uma de suas amigas, porém, notara os olhares lânguidos de Tommy e lhe segredou que deveria convidá-la para sair. Casaram-se nove semanas depois. Onze meses depois disso, Tomaso nasceu. Agora, se Dominga morresse, a terra ruiria do mesmo modo que uma estrela morta, toda a matéria reduzida a um átomo. Porque Tommy era diferente — ele sempre soubera — em um ponto fundamental: ele sentira alegria. Por muito tempo. E numa idade em que a maior parte das pessoas, mesmo aquelas que também a haviam sentido em grandes proporções, já abandonara a esperança de ter mais.

— Trinta e cinco anos de casados ou coisa assim — disse Tommy. — Meu Deus. Um sujeito é capaz de agir de modo estranho. Além do quê, ele é um sujeito estranho.

— É o que dizem — rebateu Brand.

Jim não conhecia realmente Rusty. Para ele, o juiz-presidente era um personagem distante. Brand não se lembrava dos dias em que Rusty perambulava pelos corredores dali, do gabinete da Promotoria, com uma carranca que parecia apontada para ele mesmo. Brand tinha 42 anos. Quarenta e dois já era uma boa idade. Velho o bastante para ser presidente ou para concorrer a seu cargo. Mas ele era bem diferente de Tommy. O que era vida para Tommy era história para Brand.

— Os policiais estão torcendo os bigodes — disse Brand.

Policiais eram sempre desconfiados. Todo mocinho era na verdade um bandido travestido.

— O que eles acham que aconteceu? — perguntou Tommy. — Algum sinal de violência?

— Bem, estão à espera do legista, mas não há sangue nem nada. Nenhum hematoma.

— E?

— Bem, não sei não, chefe... mas 24 horas? Dá para ocultar uma porção de coisas. Algo que estivesse na corrente sanguínea poderia sumir.

— Tipo o quê?

— Porra, Tommy, estou especulando. Mas a polícia acha que deve fazer alguma coisa. Foi por isso que vim aqui.

Toda vez que Tommy pensava no julgamento de Rusty, 22 anos antes, o que ecoava daquele tempo eram as intensas emoções. A subchefe da Promotoria, Carolyn Polhemus, que era amiga de Tommy — uma das mulheres que ele não conseguia evitar desejar —, tinha sido encontrada estrangulada no apartamento dela. Com o crime tendo acontecido em meio a uma feroz disputa pela Promotoria entre Ray Horgan, no cargo, e o amigo de toda a vida de Tommy, Nico Della Guardia, a investigação do assassinato fora tensa desde o início. Ray designou Rusty, seu principal promotor, para o caso, mas Rusty nunca mencionou que tivera um caso secreto com Carolyn, que acabara mal, meses antes. Então Rusty se dedicou ao caso e, convenientemente, deixou de agregar várias provas — registros de telefonemas, análises de impressões digitais — que apontavam diretamente para ele.

A culpa de Rusty pareceu bem evidente quando o acusaram, após Nico vencer a eleição. Mas, no tribunal, o caso desmoronou. Provas desapareceram, e o patologista da polícia, que identificara o tipo sanguíneo de Rusty na amostra de sêmen retirada de Carolyn, esquecera que a vítima tinha as trompas ligadas e não conseguiu explicar, no tribunal, por que ela, além disso, usava um espermicida comum. O advogado de Rusty, Sandy Stern, tapou cada rachadura na fachada da acusação e atribuiu cada falha — sumiço de provas, a possível contaminação da amostra — a Tommy, a um esforço consciente de incriminar Rusty. E deu certo. Rusty ficou livre, Nico foi destituído pelos eleitores e, para acrescentar insulto à ofensa, Rusty foi indicado promotor em exercício.

Desde então, ao longo dos anos, Tommy tentara fazer uma avaliação isenta da possibilidade de Rusty ser inocente. Por uma questão de racionalidade, poderia ter sido verdade. E essa foi sua postura pública. Tommy nunca falou para ninguém sobre o caso sem dizer "Quem sabe?", "O sistema funcionou", "O juiz saiu livre", "Vamos em frente". Tommy não entendia como o mundo surgira nem o que acontecera com Jimmy Hoffa ou por que os Trappers perdiam ano após ano. E não fazia ideia de quem matara Carolyn Polhemus.

Seu coração, porém, não seguia realmente o caminho da razão. Estava ali, gravado nas paredes, assim como as pessoas gravam suas iniciais no interior de uma caverna: foi Rusty. Um ano inteiro de investigações finalmente provou que Tommy não cometera quase nenhuma das infrações das quais fora acusado na sala do tribunal. Não que Tommy não tivesse cometido erros. Ele fizera vazar informações confidenciais para Nico durante a campanha, mas todo subchefe de Promotoria deixava escapar coisas que não deveria. Mas Tommy não havia ocultado provas nem subornado para perjúrio. Tommy era inocente, e, como sabia que era inocente, parecia uma questão igualmente lógica que Rusty fosse culpado. Contudo, a verdade ele só compartilhava consigo mesmo, nem mesmo com Dominga, que quase nunca lhe perguntava sobre trabalho.

— Não posso chegar perto disso — disse ele a Brand. — Há muita história.

Brand moveu um ombro. Era um sujeito grande, fora atleta na universidade e acabara como um jogador de defesa campeão. Isso havia sido vinte anos antes. Ele tinha uma cabeça grande e não lhe restara muito cabelo. Ele a sacudiu lentamente.

— Você não pode se esquivar de um caso quando um acusado passa acenando no carrossel pela segunda vez. Quer que eu procure nos arquivos e veja quantas denúncias você já apresentou contra sujeitos que já tinham culpa no cartório?

— Algum deles está para ser eleito para a Suprema Corte Estadual? Sabich é uma figura grande, Jimmy.

— Só estou dizendo — disse Brand.

— Vamos esperar o resultado da necropsia. Mas, até lá, nada mais. Nada de policiais abelhudos tentando farejar o traseiro de Rusty. E nenhum envolvimento deste escritório. Nada de intimações para o grande júri nem nada, a não ser e até que surja algo substancial na imprensa. O que não vai acontecer. Nós todos podemos pensar o que quisermos sobre Rusty. Mas ele é um sujeito esperto. Muito esperto. Deixe os policiais de Nearing brincarem na caixa de areia deles até termos novidades do legista. Isso é tudo.

Tommy podia ver que Brand não gostara. Mas como tinha sido fuzileiro naval, Tommy entendia a hierarquia. Então partiu, com o leve ar de censura que sempre apresentava quando dizia:

— Como quiser, chefe.

Sozinho, Tommy gastou um segundo pensando em Barbara Sabich. Quando jovem, ela fora uma boneca, com cachos negros e bem definidos, um corpo de arrasar e um olhar severo que dizia que nenhum sujeito conseguiria possuí-la de verdade. Tommy a vira raramente nas duas últimas décadas. Ela não tinha as mesmas responsabilidades do marido e provavelmente evitara Tommy. Durante o julgamento de Rusty, anos antes, ela compareceria todos os dias ao tribunal, fuzilando Tommy com um olhar furioso sempre que ele olhava na direção dela. O que a faz ter tanta certeza?, às vezes ele queria lhe perguntar. A resposta agora tinha ido para a sepultura, junto com ela. Como fazia desde seus tempos de coroinha, Tommy dedicou uma breve oração à falecida. Envolva, meu bom Senhor, a alma de Barbara Sabich em Seu abraço eterno. Ela era judia, lembrou Tommy, e não ligaria muito para suas preces além do quê, mesmo antes do indiciamento de Rusty; ela já não gostava muito de Tommy. A mesma dor que Tommy sentira durante toda a sua vida diante do desprezo frequente intensificou-se, mas ele repeliu o que sentia, outro hábito arraigado. Ele rezaria por ela assim mesmo. Foram disposições como essa que Dominga reconhecera nele e que acabaram por conquistá-la. Ela reconhecera a bondade no coração de Tommy, muito mais do que em qualquer ser humano, com exceção da mãe dele, morta cinco anos antes.

Com a imagem de sua jovem esposa ligeiramente roliça e generosa nos lugares certos, Tommy foi dominado por um momento pelo desejo. Sentiu-se inchar lá embaixo. Não era pecado, decidira, desejar com luxúria a própria esposa. Outrora, Rusty provavelmente ansiara por Barbara dessa maneira. Agora ela estava morta. Leve-a, Deus, pensou novamente. Então olhou em volta do aposento, tentando, mais uma vez, decidir o quanto ele era diferente.

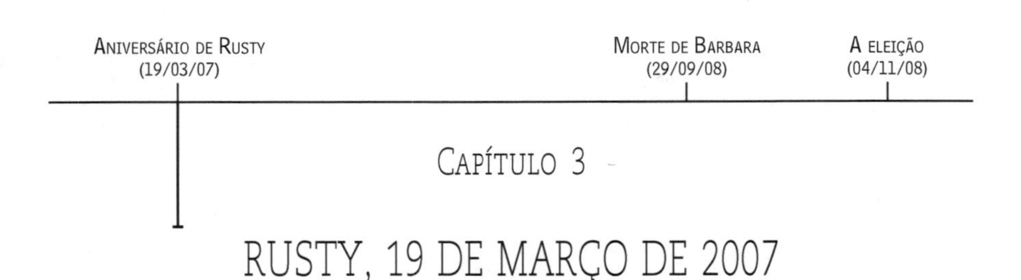

CAPÍTULO 3

RUSTY, 19 DE MARÇO DE 2007

O Tribunal Estadual de Recursos do 3º Distrito agora se encontra no prédio de 70 anos do Fórum, uma estrutura de tijolos vermelhos e colunas brancas remodelada nos anos 1980 com dinheiro de origem federal para o combate ao crime. A maior parte da verba fora gasta reformando as câmaras criminais nos andares mais baixos, mas um considerável bocado também fora usado para criar um novo lar para o Tribunal de Recursos no último andar. Os milhões tinham sido investidos na esperança de que essa área, mais além de Central City e do canyon criado pela rodovia US 843, fosse revitalizada, mas os advogados de defesa partiam em seus carros luxuosos assim que o tribunal entrava em recesso, de forma que poucos comerciantes se dispuseram a apostar numa vizinhança em que a maioria dos visitantes eram suspeitos de crimes. A praça de concreto, entre o Tribunal e o Edifício Municipal do outro lado da rua, um exemplo da insípida arquitetura pública, tem se mostrado mais útil como local de encenação de manifestações.

Estou a não mais que 70 metros do Fórum, a caminho para um encontro com Ray, para saber suas notícias sobre minha campanha, quando ouço meu nome, me viro e vejo John Harnason parado atrás de mim. Ele agora usa um chapéu de palha de copa e abas curtas, seu cabelo avermelhado se salientando um pouco como o do Bozo. Pressinto de imediato que ele estava à espreita, esperando que eu surgisse.

— Se me permite perguntar, como estou me saindo, juiz?

— Sr. Harnason, nós dois não deveríamos estar conversando, principalmente porque seu caso está sob exame. — Nenhum juiz pode se encontrar com uma das partes sem a presença da outra.

Harnason coloca o dedo robusto nos lábios.

— Nem uma palavra sobre isso, meritíssimo. Só queria dar também meus votos de feliz aniversário e agradecer pessoalmente pela fiança. Mel me disse que seria necessário um juiz que tivesse um parafuso solto para conceder fiança. Não que eu não merecesse. Mas ele disse que ninguém recebe aplausos por deixar à solta assassinos condenados. Claro, você tem ideia de como é se encontrar nesse tipo de situação.

Por longa prática, não mostrei reação. Nesta etapa de minha vida, passam-se meses sem que pessoas façam qualquer referência à acusação feita a mim e ao meu julgamento. Em vez disso, começo a me virar para ir embora, mas Harnason ergue a mão com aquelas estranhas unhas compridas.

— Devo dizer que estava curioso em saber se você se lembrava de mim, juiz. Eu sempre apareci em sua vida sem ser chamado.

— Nós já nos conhecíamos?

— Eu fui advogado, meritíssimo. Muito tempo atrás. Até você me processar.

Antes de ser eleito para a magistratura, passei cerca de 15 anos na Promotoria, mais de 12 como sub e dois, assim como Tommy Molto, como procurador de justiça indicado pelo tribunal. Mesmo na ocasião, não havia chance de me lembrar de cada caso de que cuidei; agora então é impossível. Mas, naquela época, processávamos muito poucos advogados. Também não processávamos padres, médicos ou executivos. As punições, naquela época, eram reservadas majoritariamente aos pobres.

— Eu não me chamava John — diz ele. — Esse era meu pai. Costumava ser J. Robert.

— J. Robert Harnason — digo.

O nome é como um encantamento, e deixo escapar um pequeno som. Não admira que Harnason parecesse familiar.

— Agora me localizou.

Ele parece contente por seu caso ter vindo tão depressa à minha mente, embora eu duvide de que ele sinta outra coisa que não ressentimento.

Harnason era um advogado inepto da vizinhança, pelejando pela sobrevivência, e finalmente foi bem-sucedido numa estratégia familiar para melhorar de vida. Dedicou-se a casos de danos pessoais e, em vez de pagar a cota do seguro devida aos clientes, ficava com o valor até poder silenciar as repetidas reclamações de um cliente pagando-o com o dinheiro recebido de um acordo devido a outro. Centenas de outros advogados da região metropolitana perpetravam todos os anos a mesma lucrativa falcatrua, mergulhando nos fundos dos clientes para pagar o aluguel, os impostos ou o ensino dos filhos. Os piores casos levaram à expulsão da Ordem, e Harnason provavelmente poderia ter se livrado apenas com isso, se não fosse por um fato: tinha uma extensa ficha policial por atentado ao pudor, como frequentador do oculto mundo gay daqueles tempos, no qual bares alternadamente sofriam batidas ou eram explorados pelos policiais.

Seu advogado, Thorsen Skoglund, um taciturno finlandês há muito tempo falecido, não conteve suas críticas quando argumentou contra minha decisão de processar Harnason por crime qualificado.

— Você o está processando por ser veado.

— E daí? — retruquei.

Frequentemente recordo a conversa — mas não a quem se referia — porque, no instante em que falei isso, senti como se alguém tivesse começado a cutucar meu coração, pedindo mais atenção. Uma das realidades mais cruéis dos empregos que tive, como promotor e juiz, é que fiz muita coisa em nome da lei de que a história — e eu — se arrepende.

— Você mudou a minha vida, juiz.

Não há nada de desagradável em seu tom de voz, mas, naqueles dias, a prisão era um lugar duro para um jovem criminoso. Muito duro. Pelo que me lembro, ele era um jovem bonito, a aparência um pouco afeminada, cabelo ruivo alisado para trás, nervoso, porém muito mais controlado do que o cara esquisito que agora me abordou.

— Isso não me parece um "muito obrigado", Sr. Harnason.

— Não. Não, eu não teria feito qualquer agradecimento na época. Mas francamente, juiz, sou realista. De verdade. Sabe, mesmo 25 anos atrás, o sapato podia estar no pé errado. Eu me candidatei duas vezes ao cargo de promotor público e quase fui contratado como promotor-assistente.

Eu poderia ter sido aquele que tentou prendê-lo por causa daquela com quem você dormiu. Foi por isso que o acusaram, certo? Se não me falha a memória, não houve muitas provas além do fato de que você molhou o biscoito.

Está tudo bem claro. Captei a mensagem de Harnason: ele afundou, eu flutuei. E é difícil, pelo menos para ele, entender por quê.

— Esta não é uma conversa proveitosa, Sr. Harnason. Nem apropriada. — Viro-me, mas ele vem novamente atrás de mim.

— Não quis ofender, juiz. Só quis dar um alô. E obrigado. Você teve minha vida duas vezes em suas mãos, meritíssimo. Desta vez, fez muito mais por mim do que da primeira... pelo menos por enquanto. — Ele sorri um pouco diante da advertência, mas, com esse pensamento, seu ar se torna mais solene. — Tenho pelo menos uma chance, juiz? — Ao fazer a pergunta, ele subitamente parece tão patético quanto uma criança órfã.

— John — digo, e então paro. — John? — Mas há alguma coisa no fato de que eu e Harnason nos conhecemos décadas atrás, e no mal que lhe causei, que exige uma atitude menos solene. E não consigo reaver seu nome, agora que saiu de minha boca. — Como pôde perceber pela conversa, suas questões não seguiram inteiramente para ouvidos surdos, John. A discussão ainda não acabou.

— Então ainda há esperança?

Sacudo a cabeça para indicar que chega, mas mesmo assim ele me agradece, curvando-se ligeiramente em total subserviência.

— Feliz aniversário — exclama novamente, quando finalmente lhe dou as costas.

Vou embora, completamente assombrado.

Quando volto ao prédio, após uma reunião de campanha moderadamente perturbadora com Ray, já passa das 17 horas, a hora encantada na qual os funcionários públicos desaparecem como se sugados por um aspirador de pó. Anna, de longe a assessora mais diligente que já tive, está aqui, como de costume, labutando sozinha. Descalça, ela vagueia atrás de mim até meus aposentos internos, onde as fileiras de livros de direito com lombadas de couro, que são basicamente ornamentais na era do computador, repousam nas estantes com fotos e lembranças da família e da carreira.

— Pronta para ir? — pergunto-lhe.

Vamos comemorar o último dia de Anna comigo com um jantar em sua homenagem, coisa que faço por todos os assessores que se vão. Na próxima segunda-feira, Anna entrará para o departamento contencioso, no escritório de Ray Horgan. Terá um salário maior do que o meu e começará sua há muito protelada Vida Real. Nos últimos 12 anos, ela foi paramédica, redatora publicitária, aluna de administração, executiva de marketing e, agora, advogada. Assim como Nat, Anna faz parte de uma geração que frequentemente parece congelada no lugar pelo seu inexorável senso de ironia. Praticamente tudo no que as pessoas acreditam pode ser exposto por ter inconsistências risíveis. E, portanto, elas riem. E ficam imóveis.

— Acho que sim — diz ela, e então se anima. — Tenho um cartão de aniversário.

— Depois de tudo o mais? — respondo, mas aceito o envelope.

"Você tem SESSENTA", diz o cartão. Há a ilustração de uma loura de arrasar vestida com um suéter justo. "Velho demais para não saber das coisas." No verso: "Ou não ligar." O cartão acrescenta: "Aproveite tudo!" Embaixo, ela escreveu simplesmente "Com amor, Anna".

"Não ligar". Será apenas isso? É imaginação minha ou a garota saudável da frente se parece ligeiramente com ela?

— Legal — falo.

— Era perfeito — responde ela. — Não dava para deixar passar.

Eu nada digo por um segundo, enquanto nos olhamos.

— Vamos — falo finalmente. — Trabalho.

Ela é, infelizmente, muito bonita, olhos verdes e cabelo louro claro, corada, compleição robusta. É encantadora e, embora não esteja na categoria sensacional, é cheia de atrativos materiais. Caminha com afetação, metida na saia de corte reto, fazendo um pouco de movimento extra nos quadris, com uma vasta mas bela virada de traseiro, e olha para trás para avaliar o efeito. Agito a mão para lhe dizer que continue indo.

Anna já trabalha para mim há quase dois anos e meio, mais do que qualquer outro funcionário que empreguei. Uma advogada sagaz, com um dom óbvio para essa profissão, Anna também tem uma natureza radiante, impetuosa. É aberta com quase todo mundo e, por vezes, arrebatadoramente engraçada, o que encanta ninguém mais do que a ela. Além de tudo isso, é incansavelmente amável. Por suas habilidades no computador excederem às da maioria do pessoal da tecnologia, ela costuma abrir mão de sua hora de almoço para resolver problemas em outros gabinetes. Ela faz bolos para a equipe e se lembra de aniversários e das particularidades das famílias de todo mundo. Em outras palavras, Anna é um ser humano ocupado com seres humanos e é amada por todo o prédio.

Ela, porém, é mais feliz em relação à vida dos outros do que em relação à própria. O amor, em particular, é uma preocupação. Ela é cheia de desejos... e desespero. Trouxe para o tribunal uma porção de livros de autoajuda, os quais geralmente troca com Joyce, minha oficial de justiça de sala de julgamento. *Amada do jeito que você deseja. Como saber se você é suficientemente amada.* Quando ela lê, durante o almoço, é possível ver seu brilhante exterior despido.

O longo período de Anna comigo, que foi ampliado quando a sucessora que contratei, Kumari Bata, apareceu inesperadamente grávida e tendo de ficar em repouso total, levou a uma inevitável familiaridade. Agora, já faz algum tempo que, quando trabalhamos juntos algumas noites por semana para cuidar de todas as ordens administrativas, ela se permite confidências que geralmente esbarram em infortúnios românticos.

— Andei namorando, tentando não levar nada a sério demais, portanto não alimentei esperanças — contou-me certa vez. — Por um lado, isso funcionou. Não tive esperança nenhuma. — Ela sorriu ao dizer isso, apreciando mais o humor do que a amargura. — Sabe, quando eu tinha 22 anos fui casada por um nanossegundo e, assim que o casamento acabou, não fiquei preocupada pensando que não encontraria alguém especial. Achei que fosse jovem demais. Mas os homens ainda o são! Estou com 34 anos. O último cara com quem saí tinha 40. E era um garoto. Um *bebê*. Ele não tinha aprendido a catar a roupa suja do chão. Preciso de um homem, um adulto de verdade.

Tudo isso pareceu bastante inocente até alguns meses atrás, quando comecei a perceber que o adulto na mente dela era eu.

— Por que é tão difícil conseguir sexo? — perguntou-me ela certa noite de dezembro, ao descrever outro primeiro encontro frustrante.

— Não acredito que seja — falei finalmente, quando consegui respirar.

— Não com alguém de quem eu realmente goste — rebateu ela, e acintosamente sacudiu seu cabelo semilongo de muitas tonalidades. — Sabe, estou realmente começando a dizer: Que se dane! Vou tentar de tudo. Não *tuuudo*. Sem essa de anões ou cavalos. Mas talvez eu vá a um desses lugares que nunca levei em conta. Ou que talvez eu tenha levado em conta e dado uma gargalhada. Porque tentar o que é "normal" não tem dado nenhum resultado. Talvez eu precise ser má. Você já foi mau, juiz? — perguntou-me subitamente, seus olhos verde-escuros como um radar.

— Todos nós já fomos maus — respondi baixinho.

Esse foi um ponto de apoio. Agora, suas abordagens, sempre que estamos sozinhos, são descaradas e diretas — duplos sentidos baratos, piscadelas, tudo que simbolize uma placa de VENDE-SE. Algumas noites atrás, ela se pôs de pé de repente e colocou a mão na cintura para ajeitar a blusa, ao mesmo tempo que se colocava de perfil.

— Você acha que sou muito grande aqui em cima? — perguntou.

Demorei algum tempo desfrutando a vista, antes de responder, no tom mais neutro que consegui, que sua aparência era ótima.

Minhas desculpas para tolerar isso são duas. Primeira, aos 34 anos, Anna é um pouco madura para funcionários do Judiciário e está muito além do estágio de desenvolvimento que determinaria seu comportamento como infantil. Segunda, ela não continuará aqui por muito mais tempo. Kumari, atualmente uma mãe saudável, voltou semana passada, e Anna ficará somente mais alguns dias para passar a ela o serviço. Para mim, a partida de Anna será tanto uma verdadeira tragédia quanto um considerável alívio.

Mas tendo em vista que o tempo vai curar meu problema, a única coisa que não fiz foi o que realmente exigia o bom-senso — mandar Anna se sentar e lhe dizer não. Delicadamente. Amavelmente. Com um tributo de coração aberto à lisonja com a qual estou sendo gratificado. Mas não; que nada. Preparei o discurso várias vezes, mas não consegui me forçar a pronunciá-lo. Por uma única coisa, eu poderia acabar terrivelmente constrangido. O senso de humor de Anna, que poderia ser chamado de "masculino" nesta era de Vênus e Marte, geralmente descamba para o malicioso. Ainda há o temor de que ela diga que tudo era uma brincadeira, uma espécie de sugestão meio que de gozação, como todos fazemos de vez em quando, para ter certeza de que não pretendemos realmente aquilo. Uma verdade mais dolorosa é que reluto em beber a pura *aqua vitae* que brota da implícita disposição sexual, mesmo que de brincadeira, de uma mulher bonita com 25 anos a menos do que eu.

O tempo todo, porém, eu sabia que me recusaria. Não sei que porcentagem de sedução é considerada mero flerte e que nunca passa da mais controlada de todas as fronteiras, a que existe entre imaginação e realidade, mas certamente é em grande número. Em 36 anos de casamento, só tive um caso, sem contar a punheta, bêbado, na traseira de uma caminhonete, quando eu fazia o treinamento básico para a Guarda Nacional, e aquele louco, solitário, compulsivo desvio para o puro excesso de prazer que me levou direto a um julgamento por assassinato. Se não sou um gato escaldado, ninguém jamais será.

Estou trabalhando no meu gabinete por não mais do que meia hora quando Anna enfia novamente a cabeça pela porta.

— Acho que você está atrasado.

Ela tem razão. Tenho meu jantar de aniversário para ir.

— Merda — rebato. — Sou mesmo um esquecido.

Ela tem o pen drive que prepara todas as noites com esboços das decisões que revisarei em casa e me ajuda a vestir o paletó, ajeitando-o no ombro.

— Feliz aniversário novamente, juiz — diz ela, e pousa o dedo no botão do meio. — Espero que tudo que deseja se realize.

Ela me dá um olhar totalmente despido e se ergue na ponta dos pés descalços com meias. É um daqueles momentos tão banais e óbvios que parece incapaz de acontecer, mas seus lábios se fixam nos meus, pelo menos por um segundo. Como sempre, nada faço para resistir. Fico ligado da raiz ao caule, mas não digo uma só palavra, nem mesmo de despedida, ao seguir para a porta.

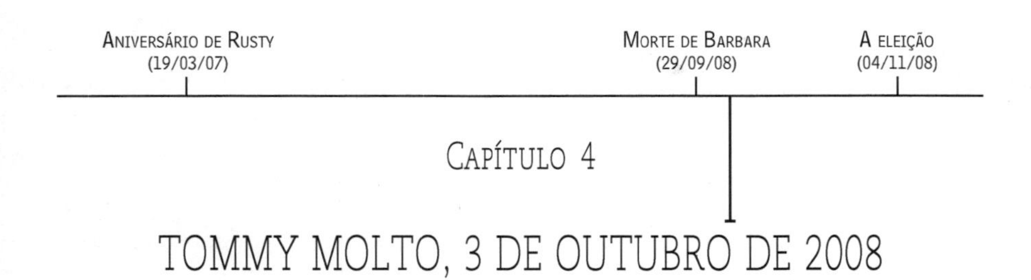

Capítulo 4

TOMMY MOLTO, 3 DE OUTUBRO DE 2008

Jim Brand bateu na porta de Tommy mas permaneceu na soleira, à espera de que o procurador de justiça acenasse para ele entrar. Durante seu breve primeiro período como promotor público, em 2006, Tommy sentira falta de uma certa consideração. Após mais de trinta anos naquele escritório, tinha tamanha reputação como um impassível guerreiro, ali, todos os dias, das 8 da manhã às 10 da noite, que parecia difícil para outros promotores-assistentes o tratarem com a deferência devida à autoridade máxima da Promotoria. Como chefe dos promotores-assistentes, Brand mudara isso. Seu respeito e seu afeto por Tommy eram óbvios, e era natural para ele fazer pequenos gestos formais — como bater na porta — que levaram a maioria dos subs agora a chamar Tommy de "chefe".

— Bem — disse Brand. — Já temos alguma atualização sobre Rusty Sabich. Um relatório inicial da patologia sobre sua mulher.

— E?

— E é interessante. Pronto?

Essa era de fato uma pergunta que valia a pena ser feita. Tommy estaria pronto? Voltar a lidar com Rusty Sabich poderia acabar com ele. De acordo com a percepção comum daqueles dias, do tipo que flutuava em volta do Fórum como o fluoreto na água tratada do rio Kindle, o caso Sabich tivera um julgamento precipitado por Nico. Tommy tinha ido na onda, mas não era responsável pelas decisões finais, que haviam sido ineptas, mas não tomadas com intenção de prejudicar. Essa interpretação foi conveniente para todos. Após ser destituído como procurador de justiça, Nico mudou-se para a Flórida, onde faturou trilhões de dólares em ações contra a indústria do tabaco. Era dono de uma ilha nas Keys, para a qual convidava Tommy, e agora Dominga, pelo menos duas vezes ao ano.

Quanto a Tommy e Rusty, ambos tinham se arrastado até a praia, como resultado de um desastre pessoal, e retomado suas vidas. Foi na verdade Rusty, então como promotor público em exercício, que deu a Tommy seu emprego de volta, um silencioso reconhecimento de que todos aqueles lances incriminadores foram cascata. Naqueles dias, quando os dois estavam juntos, o que acontecia com frequência, conseguiam manter uma cordialidade forçada, não apenas como necessidade profissional, mas talvez porque tivessem superado juntos o mesmo cataclismo. Eram como dois irmãos que nunca se deram bem mas foram moldados pela mesma criação.

— Causa da morte: ataque cardíaco, como resultado de arritmia e possível reação hipertensiva — disse Brand.

— Isso é interessante?

— Bem, foi isso que Sabich disse. Que ela tinha o coração instável e sofria de pressão alta. Ele disse isso aos policiais. Como é que alguém pode simplesmente adivinhar?

— Ora vamos, Jim. Vai que é um histórico familiar.

— Foi o que ele disse. Que o velho dela morreu desse modo. Mas talvez a aorta dela tenha estourado. Talvez tenha tido um derrame. Mas não... ele disse, bam, "ataque cardíaco".

— Deixe-me ver — pediu Tommy.

Estendeu a mão para o relatório e, nesse meio-tempo, decidiu que era uma boa ideia fechar a porta. Da soleira, olhou o lado de fora para além da antessala, onde trabalhavam suas duas secretárias, observando os corredores escuros. Ele tinha de fazer algo a respeito daquelas salas; essa era outra coisa que Tommy pensava todos os dias. A Promotoria tinha sido abrigada no sombrio Edifício Municipal, onde a luz tinha a qualidade de goma-laca velha, durante todas as três décadas da carreira de Tommy ali e pelo menos um quarto de século antes disso. O lugar era um perigo, com fios em canaletas de plástico percorrendo os andares como salsichas fugindo de um açougueiro e as janelas chocalhantes que ainda eram o único meio de refrescar o ambiente.

Após retornar à cadeira, leu as anotações da necropsia. Estava bem ali: "Ataque cardíaco hipertensivo". Barbara tinha a pressão muito alta, tendo vindo de uma família com corações tão frágeis quanto os artelhos de um cavalo de corrida, e morrera dormindo, provavelmente com febre resultante de uma gripe repentina. O legista recomendara uma conclusão de morte por causas naturais, compatível com o histórico médico. Tommy não parava de sacudir a cabeça.

— Essa mulher — disse Brand — tinha 50 quilos e media 1,60m. Malhava todos os dias. Parecia ter a metade da idade que tinha.

— Jimmy, aposto 10 dólares que ela malhava porque ninguém em sua família vivia além dos 65 anos. Ninguém consegue derrotar os genes. E o exame de sangue?

— Bem, fizeram um imunoensaio. Exame toxicológico de rotina.

— Apareceu alguma coisa?

— Uma porção de coisas. Essa senhora tinha um armário de remédios do tamanho de um contêiner. Mas não deu nada positivo em coisas para as quais ela não tinha receita médica. Pílulas para dormir, que ela tomava todas as noites, uma porcaria para maníacos-depressivos.

Tommy deu uma olhada para seu promotor-assistente.

— Essa porcaria pode causar ataque cardíaco, certo?

— Não em doses clínicas. Isto é, não normalmente. É difícil medir post mortem os níveis dessa coisa.

— Nós temos um histórico médico consistente. E, se ela não morreu de causas naturais... o que talvez seja uma chance em cinquenta... é porque, acidentalmente, tomou uma superdose de seus medicamentos.

Brand enrugou os lábios. Ele nada tinha a dizer, mas não estava satisfeito.

— E o fato de o cara ficar sentado lá por 24 horas? — perguntou Brand.

Um bom promotor, como um bom policial, pode, às vezes, montar um caso com apenas um fato. Talvez Brand tivesse razão. Mas ele não tinha provas.

— Não temos nada para investigar com relação a um cara que vai estar na Suprema Corte Estadual daqui a pouco mais de três meses, potencialmente votando sim ou não em cada caso apresentado por este escritório. Se Rusty quiser tornar nossas vidas um inferno, terá dez anos para fazer isso.

Enquanto discutia com o promotor-assistente, lentamente foi ficando claro para Tommy o que estava acontecendo. Rusty Sabich não era ninguém para Brand. Era o que ele significava para Tommy que estava movimentando aquilo. Duas décadas antes, a fim de conseguir de volta seu emprego, quando Rusty era o procurador de justiça, Tommy tivera de admitir que violara procedimentos da Promotoria ao manipular provas ligadas ao julgamento de Rusty. A punição de Tommy foi mínima: abriu mão de pagamentos atrasados pelo ano em que estivera afastado durante a investigação posterior ao julgamento.

Mas, com o passar do tempo, o reconhecimento de uma transgressão por parte de Tommy se tornara um peso morto. Mais da metade dos juízes do Tribunal de Justiça de Kindle County naqueles dias eram antigos promotores-assistentes que haviam trabalhado com Tommy. Eles sabiam quem ele era — íntegro, experiente e previsível, ainda que enfadonho — e se alegraram em indicá-lo para procurador de justiça quando o procurador de justiça eleito, Moses Appleby, renunciou, por causa de um tumor cerebral inoperável, apenas dez dias após tomar posse no cargo. Mas o Comitê Central do Partido Trabalhista-Agrícola-Democrata, no qual cada segredo sujo sempre era conhecido, não estava disposto a colocar Tommy em sua lista de candidatos para esse cargo — nem mesmo para um juizado, a posição que Tommy realmente cobiçava, pois oferecia mais segurança a longo prazo para um homem com uma família recém-formada. Eleitores não entendem de nuanças, e a lista inteira de candidatos poderia ficar comprometida se um oponente desenterrasse o passado de Tommy e começasse a agir como se ele tivesse confessado um crime grave. Talvez, se tivesse o sombrio poder estelar de alguém como Rusty, ele pudesse superar isso. Mas, no fim das contas, ficara feliz por ter deixado essa nota escura em sua biografia completamente desconhecida por todos, com exceção de alguns mais íntimos. Sem dúvida, Brand tinha razão. Provar que Rusty era de fato um vilão poderia lavar a mancha. Certamente, se todos soubessem de tudo, ninguém se importaria se Tommy tinha se excedido.

Mas esse tipo de tiro no escuro não valia os riscos. Manter esse emprego parecera por anos ser outro dos desejos fúteis de Tommy, e ele sentia o doce poder do orgulho de se sair bem. E mais ainda, tivera a oportunidade de consertar boa parte do persistente dano causado à sua reputação em decorrência das acusações no julgamento de Rusty, de modo que, quando um novo procurador foi eleito em dois anos, Tommy pôde reivindicar o manto de cavaleiro branco e sair com um salário de gente grande, fazendo investigações internas para uma ou outra empresa. Isso nunca aconteceria se as pessoas achassem que ele havia usado sua posição para se vingar.

— Jimmy, vamos ser francos, certo? Não tem como eu querer foder Rusty Sabich de novo. Tenho um filho de 1 ano. Outros caras na minha idade já estão pensando em cair fora. Preciso pensar no futuro. Não posso me dar ao luxo de bancar novamente o vilão.

Tommy repetidamente se confundia em saber onde, agora, ele se encontrava na cadeia da vida. Não pretendia colocar o seu na reta nem passar por outra mudança, apenas obter um pedaço do que até agora lhe faltara. Nunca fora um daqueles sujeitos com um ego tão grande que pensam que conseguem ser ousados o tempo todo.

O olhar de Brand, porém, dizia tudo: que aquele não era Tommy Molto. O que ele acabara de ouvir — o egoísmo, a cautela — não era o Molto que ele conhecia. Tommy sentiu o coração apertar diante da decepção de Brand.

— Merda — disse Tommy. — O que é que você quer?

— Quero que me deixe investigar — sugeriu Brand. — Por conta própria. Com todo o cuidado. Mas me deixe ter certeza de que isso não é realmente nada.

— Se alguma coisa vazar, Jimmy, principalmente antes da eleição, sem termos conseguido nada, você pode redigir meu obituário. Está entendendo? Você vai foder o resto da minha vida.

— Sou um túmulo. — Ele ergueu a enorme mão quadrada e colocou o dedo nos lábios.

— Merda — disse Tommy novamente.

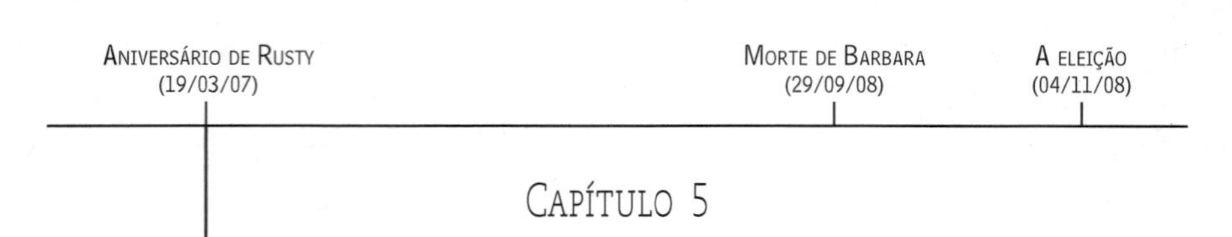

Capítulo 5

RUSTY, 19 DE MARÇO DE 2007

Quando desço do ônibus em Nearing, o antigo embarcadouro ao longo do rio que se transformou num subúrbio não muito antes de nos mudarmos para cá em 1977, paro numa farmácia para pegar os remédios receitados para Barbara. Poucos meses após o fim do meu julgamento, 21 anos atrás, por motivos plenamente compreendidos apenas por nós dois, Barbara e eu nos separamos. Poderíamos ter nos divorciado se, na véspera de uma tentativa abortada de suicídio, ela não tivesse sido diagnosticada com transtorno bipolar. Para mim, aquilo acabou sendo pretexto suficiente para reconsiderar a decisão. Passado o julgamento, passados os meses de subida, centímetro a centímetro sob a água, e nunca sentir que eu chegara à superfície, passadas as noites de furiosas recriminações de colegas e amigos que me haviam virado as costas ou não feito o suficiente — após tudo isso ter ficado para trás, eu quis o que quisera desde o início do pesadelo: a vida que tinha antes. Não tinha forças, verdade seja dita, de começar novamente. Ou ver meu filho, uma criatura frágil, tornar-se a vítima final da tragédia inteira. Nat e Barbara voltaram de Detroit, onde ela estivera ensinando matemática na Wayne State, submetida a apenas uma única condição: sua promessa de ser escrupulosamente fiel ao seu regime de medicamentos.

O humor de Barbara não se estabiliza facilmente. Quando as coisas estavam indo bem, principalmente nos primeiros anos depois que Nat e ela voltaram para casa, achei-a muito menos intratável e realmente uma pessoa divertida com quem viver. Ela, porém, perdera seu lado maníaco. Não mais tinha energia para aquelas sessões de 24 horas no computador, quando perseguia alguma evasiva teoria matemática como um cachorro ofegante determinado a derrubar uma raposa no chão. Depois, desistiu da carreira, o que a entristeceu. Atualmente, Barbara refere-se a si mesma como rato de laboratório, disposta a tentar qualquer coisa que seu psicofarmacologista sugira para conseguir um controle melhor. Há excelentes opções: Tegretol, Seroquel, Lamictal, Topamax. Quando está pra baixo — o que, no caso dela, é quase literalmente o fundo do poço —, ela vai mais fundo no armário de remédios, atrás de tricíclicos antidepressivos, como Asendin ou Tofranil, que podem deixá-la sonolenta e fazer suas pupilas parecerem dois buracos, o que exige que ela ande pela casa de óculos escuros. Nos piores momentos, Barbara lança mão de fenelzina, um antipsicótico que ela e seu médico descobriram que seguramente a traz de volta da beira do precipício, valendo a pena correr os muitos riscos. No estágio em que se encontra, ela tem receitas para 15 ou 20 medicamentos, inclusive aqueles para dormir que ela toma todas as noites, além dos remédios que combatem sua hipertensão crônica e as ocasionais arritmias cardíacas. Seus pedidos são renovados pela internet e eu os apanho para ela duas ou três vezes por semana.

O jantar de aniversário em casa é meio sem nexo. Minha mulher é excelente cozinheira e grelhou três filés, cada qual do tamanho do punho de Paul Bunyan, o lenhador, mas, de algum modo, todos nós tínhamos esgotado a nossa cota de bom ânimo na comemoração que houve no gabinete. Nat, que em determinado momento parecia que nunca deixaria a casa da família, hoje em dia reluta em voltar e passa calado toda a refeição. Está claro, desde o início, que o nosso maior objetivo é acabar logo com isso, para dizer que jantamos juntos num dia significativo, e retornar ao mundo interno de sinais e símbolos com os quais cada um de nós está peculiarmente preocupado. Nat irá para casa estudar para as aulas de direito de amanhã. Barbara se recolherá para seu escritório e a internet e eu, aniversariando ou não, colocarei o pen drive no meu computador e revisarei meu rascunho de decisões.

Nesse meio-tempo, como geralmente acontece com minha família, conduzo a conversa. Meu encontro com Harnason é, no mínimo, estranho o bastante para ser compartilhado.

— O envenenador? — pergunta Barbara assim que menciono seu nome.

Ela raramente escuta quando falo sobre trabalho, mas nunca se sabe o que Barbara Bernstein Sabich vai saber. Nesse estágio, ela é uma assustadora réplica, só que com muito mais estilo, de minha mãe ligeiramente maluca, cuja mania, no fim da vida, após meu pai tê-la deixado, era organizar seus pensamentos em centenas de cartões, que eram empilhados na nossa velha mesa de jantar. Estritamente agorafóbica, ela encontrou um meio de ir mais além de seu pequeno apartamento ligando a toda hora para programas de entrevistas de rádios para participar.

Minha mulher também detesta sair de casa. Uma obcecada nata por computação, ela navega pela internet de quatro a seis horas por dia, cedendo a cada curiosidade — receitas, nossa carteira de ações, as mais recentes teses sobre matemática, jornais, orientações para consumidores e alguns jogos. Nada na vida a acalma mais do que ter à mão um universo de informações.

— Acontece que eu denunciei o sujeito. Ele era um advogado que vivia à custa do dinheiro dos clientes. Gay.

— E o que ele espera de você agora? — pergunta Barbara.

Dou de ombros, mas de algum modo, ao contar a história, confronto algo que cresceu dentro de mim com o passar das horas, uma coisa que reluto em reconhecer, mesmo para minha mulher e meu filho: sou extremamente culpado por ter mandado um homem para a penitenciária por causa de preconceitos dos quais agora me envergonho de ter tido. E, por esse entender, reconheço o que Harnason tentava furtivamente sugerir: se eu não o tivesse denunciado por motivos errados, não o tivesse privado de sua profissão e não o tivesse jogado no abismo da vergonha, sua vida teria sido inteiramente diferente; ele teria tido o respeito próprio e o autocontrole necessários para não assassinar seu companheiro. Eu iniciei a queda. Ao contemplar a força moral da questão, fico em silêncio.

— Você agora se recusará, não? — pergunta Nat, querendo dizer que eu me retirarei do caso.

Quando morava aqui em casa, após a faculdade, era raro Nat intervir diretamente nas nossas conversas. Normalmente, ele adotava o papel de um comentarista esportivo, interrompendo apenas para observações sobre o modo como sua mãe ou eu tínhamos nos expressado — "Boa, pai" ou "Diga como se sente de verdade, mãe" —, claramente com a intenção de evitar que um ou outro modificasse o precário equilíbrio entre nós. Antigamente eu temia que a mediação entre seus pais tivesse sido mais um fato a ter dificuldado o caminho para Nat. Mas, hoje em dia, ele me envolve ativamente em questões jurídicas, o que fornece uma rara avenida para a mente de meu sombrio e distante filho.

— Não adianta — digo. — Já votei. As únicas dúvidas no caso, e não há muitas, são sobre George Mason. E, de qualquer modo, Harnason realmente não tentou falar sobre os méritos de seu recurso.

O outro problema, se eu agora mudasse de posição, é que a maioria dos meus colegas de tribunal desconfiaria que eu estava fazendo isso em favor de minha campanha, tentando evitar registrar meu voto para rever uma condenação por homicídio, pois isso raramente agrada ao público.

— Quer dizer então que você teve uma tarde movimentada — diz Barbara.

— E tem mais — digo. A declaração me traz de volta à mente o beijo de Anna e, com medo de enrubescer, passo rapidamente a contar meu encontro com Ray. — Koll propôs cair fora das primárias.

Koll é N.J. Koll, igualmente gênio jurídico e idiota presunçoso, que já trabalhou comigo no Tribunal de Recursos. É a única oposição que imagino ter nas primárias do início do ano que vem. Com o apoio do partido, certamente derrotarei Koll. Mas custará um considerável investimento de tempo e dinheiro. Como os republicanos até agora nem sequer escolheram um candidato nesta cidade de um só partido, a retirada de Koll significaria para minha vitória aquilo a que até mesmo os jornais se referem abertamente como a "cadeira do homem branco" na Suprema Corte Estadual, para diferenciar das outras duas cadeiras de Kindle County, habitualmente ocupadas por uma mulher e um afro-americano.

— Isso é ótimo! — diz minha mulher. — Que belo presente de aniversário.

— É bom demais para ser verdade. Ele só vai cair fora se eu apoiar sua renomeação para o Tribunal de Recursos como juiz-presidente.

— E daí? — pergunta Barbara.

— Não posso fazer isso com George. Nem com o Tribunal.

Quando cheguei lá, o Tribunal de Recursos era um local de aposentadoria para partidários legalistas que pareciam por demais sugestíveis a tipos errados de propostas. Agora, após meus 12 anos como presidente, o Tribunal Estadual de Recursos do 3º Distrito orgulha-se de seus membros ilustres, cujas decisões de vez em quando são reproduzidos em textos das faculdades de direito e citados por cortes de todo o país. Koll, com seu simplório egocentrismo, destruiria em pouco tempo tudo que realizei.

— George entende de política — diz Barbara. — E ele é seu amigo.

— George só entende que merece ser presidente — rebato. — Se eu ajudar a colocar Koll em seu lugar, todos os juízes achariam que eu os apunhalei pelas costas.

Meu filho teve aula com Koll na Faculdade de Direito de Easton, onde ele é um professor respeitado, e chega à conclusão padrão:

— Koll é um maluco de merda.

— Por favor — pede Barbara, que ainda insiste no decoro à mesa de jantar.

Koll, uma pessoa de pouca sutileza, fez sua oferta junto com uma ameaça. Se eu não concordar, ele mudará de partido e se tornará candidato republicano nas eleições gerais de novembro de 2008. Suas chances não serão melhores, mas ele aumentará o desgaste sobre minha figura e conseguirá me infligir a maior punição possível por não tê-lo feito presidente.

— Então há uma campanha? — pergunta Barbara, de certo modo incrédula, quando explico tudo isso.

— Se Koll não estiver blefando. Pode ser que ele decida que é perda de tempo e de dinheiro.

Ela sacode a cabeça.

— Ele é odioso. Vai concorrer por maldade.

Da elevada distância que mantém do meu mundo, Barbara enxerga mais e melhor, como um martim-pescador, e percebo de imediato que ela tem razão, o que leva a conversa a um beco sem saída.

Barbara trouxe para casa o que sobrou do bolo de cenoura de Anna, mas estamos todos nos recuperando do coma de açúcar a que ele quase induziu. Em vez de comê-lo, então tiramos a mesa e lavamos a louça. Meu filho e eu passamos mais vinte minutos assistindo aos Trappers perderem um jogo. Os únicos instantes que eu passava com meu pai fora da padaria da família, onde trabalhei desde os 6 anos, eram momentos, uma ou duas vezes por semana, quando ele permitia que eu me sentasse a seu lado, no sofá, enquanto ele bebia cerveja e assistia ao beisebol, um jogo pelo qual, sendo ele um imigrante, tinha um inexplicável fascínio. Para mim, era algo mais precioso do que um tesouro quando algumas vezes, à noite, ele me dirigia algum comentário. Um excelente jogador no ensino médio, Nat pareceu abandonar qualquer interesse no beisebol quando perdeu sua posição de *starting pitcher* no último ano. Mas, seja qual for a transitividade que há através das gerações, ele quase sempre gasta alguns minutos ao meu lado diante da TV.

Exceto por nossas expressões de aflição pelo time eternamente infeliz, ou por conversas sobre direito, Nat e eu não costumamos bater papo. Isso é um deliberado contraste com Barbara, que assedia nosso filho com um telefonema diário, o qual ele geralmente limita a menos de um minuto. Ainda assim, seria violar algum pacto importante se eu agora não sondasse sua atual situação, mesmo sabendo que ele vai se desviar de minhas perguntas.

— Como vai seu artigo?

Nat, que aspira a ser professor de direito, vai publicar um texto de aluno na *Easton Law Review* sobre psicolinguística e regras do júri. Já li dois esboços e não cheguei nem mesmo a fingir entender.

— Já acabei. Será publicado este mês.

— Maravilhoso.

Ele assente com a cabeça várias vezes, como meio de evitar mais palavras.

— Tudo bem se eu subir para a cabana este fim de semana? — pergunta, referindo-se à casa da família em Skageon. — Quero sair um pouco para dar mais uma repassada no artigo.

Não cabe a mim perguntar, mas é quase certo que Nat irá apenas com sua companhia favorita — ele mesmo.

Com duas bolas para fora, Nat finalmente desiste do jogo. Grita um tchau para a mãe, que agora curte o barato da internet e não responde. Fecho a porta atrás dele e vou pegar a minha pasta. Barbara e eu retomamos nosso modo normal. Não há música, não há TV nem lava-louça retumbando. O silêncio é a ausência de qualquer contato. Ela está no seu mundo, eu estou no meu. Nem mesmo as ondas de rádio que vêm do espaço sideral conseguem ser detectadas. Contudo, é isso que prefiro e que cada vez mais acredito que quero.

Em meu pequeno escritório, copio os arquivos do meu pen drive e abro o rascunho de decisões, depois checo meu e-mail pessoal, em que encontro várias mensagens de parabéns. Por volta das 23 horas, vou sorrateiramente para o quarto e descubro, inesperadamente, que Barbara continua acordada. Afinal de contas, é meu aniversário. E acho que vou ganhar um presente.

Imagino que as práticas sexuais em casamentos longos sejam muito mais variadas — e, portanto, de um modo abstrato, mais interessantes — do que entre casais que se conheceram naquela noite no bar. De alguns amigos de nossa idade, ouço comentários ocasionais sugerindo que sexo é algo completamente passado em suas relações. Barbara e eu, porém, temos mantido uma vigorosa vida sexual, provavelmente como um meio de compensar outras deficiências de nosso casamento. Minha esposa foi sempre uma mulher bonita e está muito mais admirável agora, quando muitas de suas amigas já estão degradadas pelos anos. Ainda uma garota dos anos 1960, ela deixou que seus abundantes cachos naturais ficassem grisalhos e dispensa totalmente a maquiagem, a despeito da palidez da idade. Mas continua sendo uma beldade, com feições definidas. Ela malha por duas horas cinco vezes por semana, nos aparelhos que temos em nosso porão, uma rotina que tanto age contra as enfermidades comuns em sua família como a mantém em forma. Quando entro com ela em algum lugar, sempre sinto a pontada de orgulho masculino que surge quando se está ao lado de uma mulher atraente, e ainda curto a visão de Barbara na cama, onde nos descobrimos fazendo amor duas ou três vezes por semana. Nós recordamos. Nós nos unimos. Na maioria das vezes é prosaico, mas também o é a vida no que tem de melhor — com a família em volta da mesa, com amigos num bar.

Não que vá haver algo disso esta noite. Assim que entro em nosso quarto, me dou conta de que interpretei mal o significado da espera de Barbara. O aço endurece seu rosto quando ela está zangada — o queixo, os olhos —, e agora parece ferro puro.

Faço a simples mas eternamente perigosa pergunta:

— Qual é o problema?

Ela franze a testa, ainda embaixo das cobertas.

— Eu só acho que você deveria ter falado comigo primeiro — diz. A observação é incompreensível até ela acrescentar: — Sobre Koll.

Meu queixo cai literalmente.

— Koll?

— Acha que isso não me afeta? Você tomou uma decisão, Rusty, de me fazer passar por meses de campanha sem nem mesmo ter falado comigo. Acha que ainda vou poder ir ao mercado, após a academia, com o cabelo grudado no rosto e fedendo que nem meia de ginástica?

A verdade é que Barbara encomenda on-line a maior parte de suas compras, mas evito a questão em debate e pergunto simplesmente por que não.

— Porque meu marido ficaria danado da vida. Principalmente se alguém enfiar um microfone na minha cara. Ou tirar uma foto.

— Ninguém vai tirar foto sua, Barbara.

— Se suas inserções de campanha estiverem na TV, todo mundo vai estar de olho em mim. Mulher de um candidato à Suprema Corte? É como ser esposa de ministro. Já é ruim o bastante com você sendo juiz-presidente. Mas agora terei mesmo de interpretar um papel.

Não há como livrá-la dessa vaga paranoia; tento há décadas. Em vez disso, fico surpreso com o comentário dela sobre interpretar um papel. Geralmente não chegamos a este ponto, no qual os termos sob os quais nosso casamento recomeçou precisam ser do conhecimento público. Nat foi nossa prioridade. Depois disso, fui autorizado a refazer minha vida da melhor maneira possível, sem qualquer deferência a ela. Mas, por eu ter aceitado essa ordem como moralmente correta, não penso muito frequentemente sobre como isso deve parecer para Barbara — uma interminável penitência, igual à de uma esposa sob controle de drogas na cidade de Stepford.

— Sinto muito — digo. — Você tem razão. Eu deveria ter falado com você.

— Mas nem pensou nisso, não é mesmo?

— Já me desculpei, Barbara.

— Não, não importa o que isso significa para mim, você realmente não teria pensado em deixar Koll se tornar presidente.

— Barbara, não posso levar em conta se minha mulher é ou não — cuidadosamente busco as palavras, pois nós dois conhecemos as rejeitadas: "mentalmente desequilibrada", "bipolar", "maluca" — cautelosa em relação à publicidade na hora de tomar minhas decisões profissionais. Koll causaria um enorme dano ao tribunal. Coloco de lado meu interesse pessoal. Mal consigo colocar mais peso no seu.

— Porque você é Rusty, o perfeito. São Rusty. Você sempre precisa disputar uma corrida de obstáculo até se permitir ter o que deseja. Isso acaba comigo.

Você já está acabada, quase digo. Mas me contenho. Sempre me contenho. Ela agora vai ficar furiosa, e eu apenas absorverei sua fúria, repetindo meu mantra: ela é louca, você sabe que ela é louca, deixe-a ser louca.

E assim vai. A cada momento, sua fúria aumenta. Pego uma cadeira e não digo praticamente nada, exceto repetir seu nome de vez em quando. Ela levanta da cama e parece um boxeador, caminhando como se estivesse num ringue, punhos cerrados, mas desferindo injúrias em vez de socos. Eu sou imprudente, frio e egocêntrico e não ligo para ela. Não demoro a ir ao armário de remédios para localizar o Stelazine. Mostro-lhe o comprimido e espero para ver se ela vai tomá-lo antes de entrar na destrutiva fase final na qual arruinará algo mais ou menos precioso para mim. No passado, bem diante de mim, ela quebrou o suporte de livros feito de cristal que eu ganhara da Ordem quando fui promovido a juiz-presidente; imolou a calça do meu smoking com o acendedor de churrasqueira; e jogou no vaso sanitário dois charutos cubanos que eu ganhara do juiz Doyle. Esta noite, ela acha a caixa que George me deu, pega meu presente e, bem diante de mim, arranca à tesoura as dragonas dos ombros do manto.

— Barbara! — grito, mas ainda não tentando detê-la.

Minha explosão, ou o que ela fez, é o suficiente para Barbara vacilar um pouco; então ela apanha o comprimido de cima da mesa de cabeceira e o engole. Em meia hora, estará num coma entorpecido que a fará dormir a maior parte do dia amanhã. Não haverá desculpas. Um ou dois dias depois, estaremos de novo onde começamos. Distantes. Cuidadosos. Desligados. Com meses de paz adiante antes da próxima erupção.

Sigo o caminho até o sofá do meu escritório. Um travesseiro, um lençol e um cobertor estão guardados ali para essas ocasiões. Os acessos de raiva de Barbara sempre me abalam, tendo em vista que, mais cedo ou mais tarde, olho através do túnel do tempo para um crime ocorrido 21 anos atrás e fico imaginando que loucura me fez pensar que poderíamos continuar juntos.

Tenho uísque na cozinha. Quando me tornei advogado, o álcool nada significava para mim. Com esta idade, bebo muito, raramente em excesso, mas é comum eu não ir dormir sem antes ingerir algum líquido anestésico. No banheiro, esvazio a bexiga pela última vez e fico por ali. Em determinadas épocas do ano, o brilho da lua atravessa a claraboia. Parado no brilho mágico, retorna a lembrança da presença física de Anna, potente como a melodia de uma música favorita. Lembro-me do comentário de minha mulher sobre minha dificuldade de me permitir ter o que quero e quase como uma reprise me entrego à sensação, não meramente do filme de Anna e eu grudados num abraço, mas da languidez e da alegria de escapar da repressão com a qual delimitei minha vida por décadas.

Demoro-me ali; depois de algum tempo retrocedo ao presente, até minha mente dominar os sentidos e começar um interrogatório de mim mesmo. A Declaração de Independência diz que temos o direito de procurar a felicidade — mas não de encontrá-la. Crianças morrem em Darfur. Nos Estados Unidos, homens cavam valas. Tenho poder, um trabalho de destaque, um filho que me ama, três refeições por dia e uma casa com ar-condicionado. Por que teria direito a mais?

Volto à cozinha para outro gole, depois arrumo meu leito no sofá de couro. A bebida realizou seu trabalho e estou flutuando para a poeira do sono. E assim se conclui o dia de comemoração dos meus 60 anos na terra, com a leve sensação dos lábios de Anna nos meus e meu cérebro girando em torno das eternas questões. Posso algum dia ser feliz? Posso realmente me deitar para morrer sem tentar descobrir isso?

* * *

O papel de juiz e de assessor é único na vida profissional contemporânea, pois este último está basicamente empenhado num aprendizado. Eles chegam a mim brilhantes mas em estado bruto, e passo dois anos lhes mostrando nada menos do que como raciocinar sobre problemas jurídicos. Eu mesmo fui assessor, 35 anos atrás, do juiz-presidente da Suprema Corte Estadual, Philip Goldenstein. Como a maioria dos assessores, ainda idolatro meu juiz. Phil Goldenstein foi uma dessas pessoas que são atraídas para a vida pública por sua apaixonada fé na humanidade, acreditando que o bem espreita em cada alma e que seu trabalho como político ou juiz é meramente ajudar esse bem a sair. Essa é a fé sentimental de outra era, e certamente, para ser direto, ninguém jamais a abraçou. Mas, mesmo assim, meu período como assessor foi uma experiência magnífica, porque Phil se tornou a primeira pessoa a desvendar coisas importantes para mim como advogado. Eu via o direito como um palácio de luz, cujo brilho eliminaria a desprezível e confusa escuridão da casa dos meus pais. Ser aceito naquele reino significava que minha alma tinha ultrapassado os minúsculos limites aos quais eu sempre temi que estava destinado.

Não sei se tenho conseguido, com meus assessores, seguir o generoso exemplo de justiça. Meu pai nunca serviu de modelo de amável autoridade, e provavelmente me retraio com frequência e devo parecer intrometido e egocêntrico. Os assessores de um juiz, porém, são seus herdeiros do direito, e às vezes sinto uma simpatia especial por muitos deles. Os sete ex-assessores que compareceram à festa de Anna, sexta-feira à noite, estão entre os meus favoritos, todos notavelmente bem-sucedidos na profissão. Eles se juntam ao resto da minha equipe para formar uma alegre mesa de 15 num escuro aposento dos fundos do Matchbook. Todos bebemos muito vinho e implicamos alegremente com Anna, que sofre zombarias por causa de sua eterna dieta, seus lamentos sobre a vida de solteira, suas saídas sorrateiras para um cigarro ocasional e seu jeito de fazer um conjunto sóbrio parecer um traje informal. Uma pessoa comprou os chinelos dela para usar no escritório.

Quando o evento termina, Anna me leva de carro de volta ao tribunal, como planejamos. Vou pegar minha pasta, e ela encaixotará o resto de seus pertences, depois me deixará no ônibus para Nearing. Em vez disso, ocorre que cada um comprou um presente para o outro. Sento-me no meu velho sofá — cujo couro rachado inevitavelmente me recorda meu rosto — para abrir a caixa. Ela contém uma miniatura da balança da justiça, na qual Anna mandou gravar: "Para o presidente — amor e gratidão eternos, Anna."

— Lindo — digo.

Então ela se senta a meu lado, com o pequeno embrulho que lhe dei.

Distância. Proximidade. As palavras não são meras metáforas. Caminhamos pela rua mais juntos das pessoas com quem temos uma ligação. E nos últimos meses de Anna aqui, a distância profissional foi claramente desaparecendo entre nós. Quando entramos num elevador, inevitavelmente ela se aperta à minha frente. "Oops", diz, ao chocar a anca contra mim, olhando por cima do ombro para dar uma risada. E, é óbvio, ela agora se aproxima para ficarmos lado a lado, ombro a ombro, sem sequer 1 angstrom entre nós. A visão do meu presente — um jogo de canetas para sua escrivaninha e um bilhete evocando Phil Goldenstein, dizendo-lhe que está destinada a coisas importantes — leva-a às lágrimas.

— Você significa tanto para mim, juiz — diz ela.

E assim, como se nada significasse, ela pousa a cabeça no meu peito e acabo por envolvê-la com o braço. Nada dizemos, nem uma só palavra, por minutos, mas não mudamos de posição, minha mão agora firme no seu ombro sólido e em seu belo cabelo, cheiroso de condicionadores e xampus, pousado logo acima do meu coração. Não há necessidade de palavras. O desejo e a atração são ardentes. Mas os perigos e o despropósito são claros. Estamos enrolados, cada qual tentando determinar que perda seria pior — ir em frente ou ir embora. Ainda não faço ideia do que acontecerá. Mas, nesse momento, aprendo uma coisa: há meses tenho mentido para mim mesmo. Porque estou totalmente disposto.

E, assim, sento-me ali pensando: "Vai acontecer, vai acontecer mesmo, como é possível, como não é possível, como é possível?" É como no momento em que o primeiro jurado se levanta com o papel do veredicto dobrado na mão. A vida mudará. A vida será diferente. As palavras não conseguem ser pronunciadas com rapidez suficiente.

Em meus momentos dados à fantasia, prometi a mim mesmo que a decisão caberia apenas a ela. Não pedirei nem farei avanços. E, desse modo, agora a seguro perto de mim e nada mais. A sensação de seu corpo sólido me excita naturalmente, mas eu simplesmente espero e o tempo passa e passa, talvez vinte minutos no total, até finalmente eu sentir seu rosto, na curva do meu braço, virado para mim e o calor de sua respiração no meu pescoço. Agora ela está esperando. Em suspenso. Eu a sinto ali. Não penso "Não", nem mesmo "Espere". Em lugar disso, eis meu pensamento: Nunca mais. Se não for agora, não será nunca mais. Nunca mais haverá a chance de aceitar a excitação mais básica da vida.

E então olho para ela. Nossos lábios se encontram, nossas línguas. Eu gemo alto, e ela sussurra "Rusty, oh, Rusty". Descubro a delicada maciez do seio que imaginei mil vezes em minha mão. Ela se afasta para me olhar, e eu a vejo, linda, serena e decidida. Então pronuncia as palavras que elevam minha alma. Aquela jovem mulher deslumbrante diz:

— Me beije novamente.

Depois, ela me leva até o ônibus e, perto da estação, dá uma guinada até um beco para nos permitirmos um beijo de despedida.

Nossa!, berra meu coração, presidente Rusty, beijando como um garotão de 17 anos, nas sombras, fora do cone de luz do poste.

— Quando vou te ver de novo? — pergunta ela.

— Ah, Anna.

— Por favor — ela pede. — Só uma vez não. Eu me sentiria tão puta! — Faz uma pausa. — Putíssima.

Sei que nunca haverá um momento mais agradável do que aquele que acabamos de ter. Menos inepto, porém mais exultante jamais.

— Todas as relações clandestinas acabam mal — digo. Sou, talvez, a principal prova viva disso no mundo. Julgado por homicídio. — Nós dois deveríamos pensar bem nisso.

— Nós já pensamos — rebate ela. — Durante meses, pude ver você pensando todas as vezes que olhava para mim. Por favor. No mínimo, para a gente conversar?

Nós dois sabemos que a única conversa ocorrerá entre os atos, mas concordo com a cabeça e volto à realidade, após beijá-la intensamente mais uma vez. Seu carro, um velho Subaru, parte com o som barulhento de um escapamento defeituoso. Caminho lentamente para o ponto de ônibus. Como, berra meu coração, *como* posso estar fazendo isso novamente? Como pode um ser humano cometer outra vez o mesmo erro que quase arruinou sua vida? Conhecendo o indício de mais uma catástrofe? A cada passo, me faço essas perguntas. Mas a resposta é sempre a mesma: por causa do que existiu entre aquela época e agora — porque aquela época não mereceu ser chamada de vida.

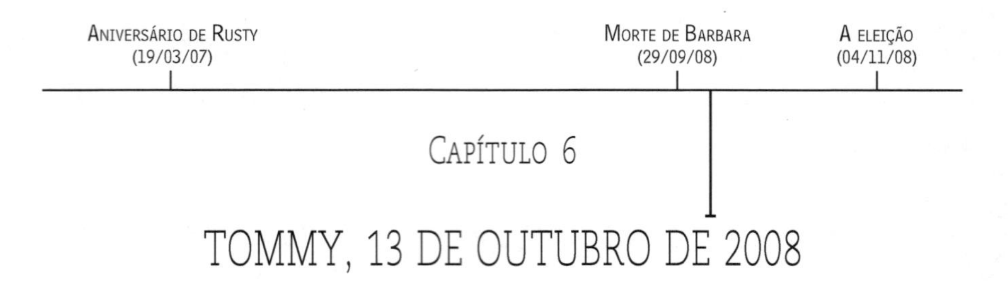

Capítulo 6

TOMMY, 13 DE OUTUBRO DE 2008

Jim Brand, ao término do seu curso noturno de direito, candidatou-se à Promotoria e foi rejeitado. Mas apareceu na recepção para implorar por uma entrevista e Tommy, de passagem, gostou do que viu. Foi Tommy quem empurrou Brand para o comitê de contratação, ensinou-o a redigir um relatório decente, tornou-o o advogado novato de uma porção de casos importantes. E Brand, no devido tempo, correspondeu. Ele tinha uma intuição natural para a sala de julgamento, com os instintos de um jóquei que sabia quando havia um problema no seu lado cego. Advogados de defesa deploravam seu estilo agressivo, mas também falavam isso de Tommy.

Porém, diferentemente da maioria das pessoas a quem você faz um favor, Brand nunca esqueceu a quem ele devia. Tommy era seu irmão mais velho. Tinham sido padrinhos um do outro em seus casamentos. Mesmo atualmente, pelo menos uma vez por mês Tommy e Brand almoçavam juntos, tanto para se manterem atualizados um com o outro quanto para tratar dos problemas recorrentes do escritório, os quais, de outro modo, seriam ignorados em caso de emergência. Normalmente, comiam um sanduíche ali perto, mas hoje Brand deixou com as secretárias um recado para Tommy encontrá-lo ao meio-dia, lá embaixo. Jim acabava de enfiar a ponta de sua Mercedes para fora da estrutura de concreto do estacionamento contíguo ao Edifício Municipal e ao prédio da Justiça, quando Tommy saiu para a rua.

— Onde? — perguntou Tommy, do banco do passageiro.

Brand adorava aquele carro, um Classe E 2006 que comprara barato após três meses de buscas envolvendo constantes conversas sobre o que ele conseguiria na internet ou em anúncios classificados. Brand e suas filhas lhe davam um polimento todos os domingos, e ele descobrira um lustrador de couro que dera ao veículo aquele cheiro de carro novo. O automóvel era tão imaculado que Tommy não se sentia à vontade nem para cruzar as pernas, por temer que seus sapatos pudessem deixar poeira no assento. Um dos dias mais felizes da vida de Brand foi quando, certa noite, saía com o carro e um bêbado desdentado disse, cambaleante: "Ei, cara, isso é que é um carango lustroso." O tempo todo Brand ainda repetia o comentário.

— Estava pensando no Giaccolone's — sugeriu Brand.

— Ah, meu Deus! — No Giaccolone's, eles atacaram uma vez uma costela inteira de vitela em pão italiano mergulhado em molho marinara. Quando era um jovem promotor público, sempre que o júri entrava em recesso Tommy levava ali os caras que haviam trabalhado num caso, mas hoje em dia um sanduíche significava a cota inteira de calorias de uma semana. — Vou me sentir como uma jiboia tentando digerir um cavalo.

— Você vai adorar o almoço — disse Brand, que era a primeira pista para Tommy de que havia alguma coisa.

O Giaccolone's não era muito distante da universidade, e os apetites dos estudantes famintos sustentaram o lugar anos antes, quando era necessário jovens fanfarrões ou colegas armados para entrar naquela vizinhança. Naquela época, era uma bagunça ali em volta. O playground, do outro lado da rua, era um terreno baldio que exalava maconha, com cardos roxos crescendo ao lado de lixo jogado no meio da noite — rodas de carro gastas e pedaços de concreto podre com as pontas dos vergalhões enferrujados aparecendo. Agora ali havia casas luxuosas, e Tony Giaccolone, a terceira geração no ramo, fizera o impensável e acrescentara saladas ao enorme menu pendurado acima do balcão. O centro médico da universidade, cujo estilo arquitetônico de forma livre parecia uma porção de motores de Tomaso largados no chão, rastejara alguns metros, se transformando e se expandindo como um dos cânceres que era famoso por tratar.

Nos fundos do Giaccolone's havia mesas de piquenique feitas de concreto. Com seus sanduíches, cada qual denso como um tijolo, Brand e Tommy seguiram para lá. Um Buda moreno, de terno, se pôs de pé de um salto quando eles se aproximaram.

— Olá — disse Brand. — Chefe, se lembra de Marco Cantu, não? Marco, você conhece o promotor.

— Oi, Tommy. — Cantu tomou impulso e atirou sua mão contra a de Tommy.

Na época de Cantu na polícia, ele era conhecido como Nada de Cantu, esperto o bastante mas lendariamente preguiçoso, o tipo de policial que provava que não deveriam ter colocado ar-condicionado nas viaturas, pois, no verão, Cantu não saía do veículo nem para deter um assassinato. Mas acabara se dando bem em alguma coisa. Disso Tommy se lembrava. Investira na rua suas merrecas e seguira a onda da diversidade até o paraíso.

— Vice-diretor de segurança do Gresham — respondeu Cantu, quando Tommy perguntou o que ele andava fazendo.

O Gresham era um hotel clássico, construído em volta de um magnífico saguão, onde as colunas de mármore se erguiam tão altas quanto sequoias. Tommy passava por lá de vez em quando para reuniões da Ordem, mas só era possível se hospedar ali se sua empresa bancasse as despesas.

— Deve ser um trabalho pesado — comentou Tommy. — Uma vez por mês do tipo ter pelo menos, você deve enfrentar um problema, que cochichar no ouvido de algum executivo bêbado que está na hora de ele sair do bar.

— Na verdade — disse Cantu —, tenho uma equipe de quatro pessoas para isso. Eu só escuto no meu fone de ouvido. — Ele tirou o aparelho do bolso e o mostrou por um segundo para provocar risadas.

— E as celebridades? — quis saber Brand, que sempre foi fascinado pelos astros. — Deve ver uma porção.

— Ah, sim — disse Cantu. — E podem ser pessoas muito difíceis.

Ele contou a história de um astro do rock de 19 anos que, certa noite, farreou por toda a cidade e decidiu, ao retornar às 3 horas, completamente de porre, que era uma boa ideia tirar toda a roupa no saguão.

— A princípio eu não soube o que fazer — relatou Cantu. — Impedir os paparazzi ou aumentar o aquecimento para evitar que o garoto pegasse um resfriado. Que imbecil.

— Você também vê muita celebridade local — lembrou Brand. — Não me disse que vivia topando por lá, o tempo todo, durante a penúltima primavera, com o juiz-presidente do Tribunal de Recursos?

— Verdade — confirmou Cantu. — Aparentemente, sempre que eu o via, aquela *chiquita* estava de braços com ele.

Os olhos negros de Brand se encontraram com os de Tommy, que soube então por que estavam ali.

— Muito jovem? — indagou Tommy.

— Não sei não. Trinta? Bonita, com um belo par de faróis. Na primeira vez, eu o vi apenas sentado no saguão. Aquilo não fazia sentido, certo? O juiz-presidente tem que ser um sujeito ocupado. Fui até lá averiguar. Mas pude ver seus olhos virando de um lado para o outro, como se procurasse alguém. Baixei-me para ajeitar a bainha da calça e pude ver a tal mulher, de costas, seguindo para o elevador.

"Então, umas duas semanas depois, estava eu num dos andares, checando alguns homens de negócios asiáticos que não atenderam o serviço de despertador por estarem sofrendo de *jet lag*, quando a porta do elevador se abriu e vi um casal se separar, indo cada qual para seu canto. O juiz e ela. Ela estava literalmente enfiando a blusa de volta para dentro da saia, e o velho presidente, ele tinha aquele olhar, sabem como é: bexiga, não me falhe agora. Duas semanas depois, eu o avistei caminhando pelo saguão e, quando me viu, ele literalmente agiu como uma bailarina, girou totalmente o corpo e voltou para a porta giratória. Mas a mulher... ela estava na recepção.

— Em que hora do dia isso aconteceu? — perguntou Tommy, fazendo uma cuidadosa inspeção dos clientes em volta deles.

Na mesa ao lado havia um grupo do hospital, todos metidos em seus longos jalecos brancos com os instrumentos nos bolsos. Caçoavam uns dos outros, às gargalhadas, e não prestavam atenção no promotor a 3 metros deles.

— Duas vezes na hora do almoço. A última vez foi depois do expediente.

— O juiz está se dando uma rapidinha na hora do almoço?

— Foi o que me pareceu — disse Cantu.

Tommy não se apressou com seu julgamento hostil. Não o surpreendia que Rusty fosse um hipócrita que concorresse à Suprema Corte e ao mesmo tempo transasse por aí. Alguns sujeitos eram assim: em primeiro e único lugar, a cabeça de baixo. A ideia de trair a esposa era incompreensível para Tommy, literalmente além do limite de qualquer desejo. Por quê? O que poderia ser mais precioso do que o amor de uma esposa? Além do mais, toda essa história só confirmava sua opinião de que Rusty era um babaca.

— Tenho a impressão — disse Tommy — de que já estive nesse hotel, em almoços da Ordem.

— Claro. Várias vezes.

— Salões de reuniões sempre lotados, noite e dia?

— Naquela época, sim. Atualmente, os negócios estão precisando de um pequeno tranco.

— Bem — disse Tommy —, mas há uma porção de motivos para essa moça e ele andarem perambulando por lá. Por acaso, Cantu, você deu uma olhada nos registros, para ver se o juiz de fato se hospedou?

— Dei. Mas, como disse, era a mulher que ia à recepção.

— Quer dizer que não há nenhum registro?

— Nenhum.

Tommy olhou para Brand, que, feliz o bastante com o modo como as coisas se encaminhavam, reiniciou o ataque ao sanduíche. Mesmo àquela idade, Brand vivia faminto. Tommy tinha muito a dizer, mas não na frente de Cantu. Conversaram sobre o time de futebol da universidade, até Cantu amassar o papel-manteiga e o pouco que restara do pão. Prestes a ir embora, Cantu pousou as mãos nas coxas largas.

— Sabe, jamais gostei do modo como Rusty sacaneou você naquele julgamento — explicou Cantu. — Portanto, não me importo de contar essa história para alguns caras com uma gelada na mão.

— Eu lhe agradeço — disse Tommy, embora a maquinaria dentro dele estivesse prestes a pifar. Ele imaginava que Cantu estivesse apenas dando uma lustrada na própria rixa que tinha com Rusty .

— Mas o hotel... — disse Cantu. — "A privacidade de nossos hóspedes". — Com os dedos grossos, Cantu desenhou as aspas no ar. — Grande coisa. Como se fosse a porra de um banco suíço ou sei lá o quê. Portanto, se alguma merda atingir o ventilador, não falei nada para vocês. Se precisarem disso no papel, mandem um detetive lá, e falo com o meu chefe para ele falar com o chefe dele. No fim das contas, vai dar no mesmo, mas sabem como é.

— Pode deixar — disse Tommy, e observou Cantu partir com seu belo terno.

Tommy jogou fora o resto de seu sanduíche e fez sinal para Brand para voltarem ao carro. Brand havia estacionado a Mercedes do outro lado da rua numa área de ESTACIONAMENTO PROIBIDO, onde podia ficar de olho no carro. Ao entrar, Brand recolheu a placa que deixara sobre o painel — POLÍCIA DE KINDLE COUNTY /EM SERVIÇO — e a colocou de volta atrás do quebra-sol.

— Sabe, aquele cara não era esse tipo de policial quando estava nas ruas — disse Tommy.

— Eu o chamaria de um saco de estrume — disse Brand —, só que o estrume poderia se ofender.

— E há um clima ruim entre Rusty e ele, certo?

— Foi o que entendi. Na primeira vez que conversamos, Cantu contou que Rusty, quando era juiz de primeira instância, mandou que ele recuasse numa moção de anulação de provas.

— Tudo bem, então. Nada que Cantu esteja enxergando mais do que o olho de outra pessoa enxergaria.

— Talvez sim, talvez não. Mas, sabe, se ele estiver com a razão, é um motivo para *adiós*, senhor juiz.

— Seja lá como queira chamar, isso foi há um ano e meio. E não é lá um motivo forte para assassinato. Já ouviu falar em divórcio?

— Não com minha mulher — disse Brand. — Ela acabaria comigo. — Jody, uma antiga subprocurador de justiça, era osso duro de roer. — Talvez Rusty achasse que um divórcio não conviesse à sua campanha.

— Mas ele poderia esperar seis semanas.

— Talvez não conseguisse. Talvez a amante estivesse grávida, e a barriga, começando a aparecer.

— Aqui há uma porção de *talvez*, Jimmy.

Eles estavam agora na Madison, do outro lado da entrada principal do Hospital Universitário. Havia uma multidão na esquina esperando para atravessar a rua; pela aparência, médicos e pacientes e funcionários, e cada uma daquelas pessoas, oito, na contagem de Tommy, falava ao celular. O que teria acontecido com a sociedade?

— Chefe — disse Brand —, Rusty não vai ser executado à meia-noite por causa disso. Mas você disse: Me dê alguma coisa. E isso é alguma coisa. Temos um cara com histórico de homicídio. Agora sua mulher morre de repente e, sem um bom motivo, ele deixa o corpo dela esfriar um dia inteiro. E ele estava tendo um caso. Então talvez quisesse se livrar de um problema. Não sei não. Mas temos que dar uma olhada. É só o que eu estou dizendo. Temos um serviço a fazer e precisamos checar.

Tommy olhou para a larga avenida abobadada pelas maciças e velhas árvores que se erguiam de cada lado da via. Simplesmente teria sido muito mais fácil se fosse uma outra pessoa.

— Como essa informação chegou a você, afinal? — perguntou ele. — Quem lhe indicou Cantu?

— Um dos policiais de Nearing que joga sinuca com ele toda terça à noite.

Tommy não gostou dessa parte.

— Espero que todos estejam falando baixo. Não quero que meia Nearing saia por aí perguntando às pessoas se elas têm algum motivo para achar que Rusty apagou a mulher.

Brand garantiu que havia sido bem discreto. A melhor coisa que Tommy conseguiu dizer a si mesmo foi que aquilo ainda não havia chegado aos jornais. Perguntou a Brand o que ele queria fazer.

— Creio que está na hora de obter os registros bancários e telefônicos dele — respondeu. — Vamos ver se há mesmo uma mulher misteriosa e se eles ainda estão transando. Podemos botar todos sob o regime da carta de noventa dias, para evitar que informem a Rusty antes da eleição.

Pela interpretação dada à chamada Lei Patriótica, os promotores tinham o direito de requerer documentos e determinar que as pessoas requeridas não informassem isso a ninguém, a não ser a um advogado, por noventa dias. Era uma pálida versão do que os federais podiam fazer — tinham o direito de manter intimações em segredo para sempre —, mas os advogados criminalistas de defesa locais, como sempre, reclamaram o diabo na capital.

Tommy gemeu e citou Maquiavel, um italiano que sabia o que dizia:

— "Se você atirar no rei, é melhor que mate o rei."

Mas Brand estava sacudindo a enorme cabeça calva.

— Admita o pior, chefe, admita que seja um poço sem fundo. Rusty vai ficar puto da vida quando descobrir, talvez nos dê umas porradas de vez em quando, mas não vai se queixar a ninguém. Ele vai estar na Suprema Corte, não terá sido afetado e não vai divulgar que teve uma namorada quando sua mulher ainda estava viva. Ele só vai odiar você um pouco mais do que já odeia agora.

— Maravilha.

— Temos um serviço, chefe. Conseguimos alguma informação.

— Informação fajuta.

— Fajuta ou não, temos que ir atrás dela. Você quer um policial de Nearing, daqui a seis meses, se lamentando diante da cerveja paga por um repórter porque tinha descoberto um podre dos bons sobre o novo juiz antes de ele ser eleito, e saber que você precisou de um transplante cardíaco porque não quis que o malvadão do Rusty lhe desse novamente umas palmadas no traseiro? Isso também não é bom.

Brand tinha razão. Eles tinham um trabalho a fazer. Mas havia um perigo. Que piada pensar que a gente tem realmente o controle da nossa vida. Enfia-se o remo na água para impulsionar a canoa, mas é a correnteza que nos impele para a queda-d'água. A gente apenas se segura e torce para não bater numa pedra ou atingir um redemoinho.

Tommy esperou todo o caminho de volta ao Fórum antes de dar permissão para que Brand fosse em frente.

Aniversário de Rusty (19/03/07) — Morte de Barbara (29/09/08) — A eleição (04/11/08)

Capítulo 7

RUSTY, MARÇO-ABRIL DE 2007

Quatro dias após nos tornarmos amantes, Anna e eu nos encontramos novamente no hotel Gresham. A casa dela está fora de questão. Stiles, a amiga com quem ela divide o apartamento, é dada a chegadas imprevisíveis. Mais objetivamente, seu prédio de altura média, na margem leste, fica apenas a dois quarteirões da Suprema Corte Estadual, onde Nat, todas as semanas, já passa algumas horas.

Como as aparências são da máxima importância, combinamos, por mais de vários e-mails enigmáticos, que ela pagaria o hotel com seu cartão de crédito. Fico sentado no saguão, fingindo esperar outra pessoa. Quando o funcionário da recepção se vira, os olhos de Anna encontram os meus. Enfio a mão dentro do paletó e sinto meu coração.

Quando você olha uma mulher durante meses com o olho desejoso da imaginação, uma parte sua não consegue acreditar que é realmente ela nua em seus braços. E, até certo ponto, não é. Sua cintura é mais fina do que eu imaginara, e as coxas, um pouquinho mais grossas. A essência da emoção, porém, é ter pulado o muro para minhas fantasias, uma experiência fora do comum como rastejar por sob as barras e tirar um sarro das feras do zoológico. Finalmente, penso quando toco nela. Finalmente.

Depois, enquanto ela enfia de volta a blusa para dentro da saia, digo:

— Quer dizer que isso aconteceu mesmo.

Seu sorriso é feliz, inocente. Quando gosta de uma coisa, Anna não sente constrangimento.

— Você não queria, não é mesmo? Sempre que eu entrava na sala, conseguia sentir você avaliando isso. E decidindo não fazer.

— Eu não queria — digo. — Mas aqui estou eu.

— Eu só penso numa coisa uma vez — diz ela. — Então decido. É um dom. Cerca de três meses atrás, decidi que queria dormir com você.

— E você é como a Polícia Montada, certo? Sempre consegue seu homem?

Ela sorri, sorri pelo mundo todo.

— Eu sou como a Polícia Montada — Anna confirma.

No meu gabinete, em eventos de campanha, quando caminho pelas ruas ou ando de ônibus, tenho os gestos de uma vida normal, mas por dentro estou longe dali. Penso sempre em Anna, repassando obsessivamente os passos que demos ao longo dos meses em nosso trajeto para nos tornarmos amantes, ainda atordoado por ter escapado dos severos limites que fixei para minha existência. Em casa, não sinto nenhum impulso de dormir, não apenas porque reluto em me deitar ao lado de Barbara, mas também porque entrou mais vitalidade em meu corpo na última semana do que tive em décadas. E sem a redoma de vidro atrás da qual todas as mulheres, exceto minha esposa, têm repousado com segurança há uma geração, existe uma emoção palpável na presença de praticamente qualquer mulher.

Contudo, sei a todo momento que o que estou fazendo é, em todos os sentidos coloquiais, insano. Poderoso homem de meia-idade, bela mulher mais jovem. O roteiro merece zero em originalidade e é objeto de escárnio universal, inclusive de mim mesmo. Meu primeiro caso extraconjugal — vinte e tantos anos atrás — deixou-me tão atormentado pelo conflito que passei a fazer terapia. Agora, porém, não penso em procurar outro analista, coisa que há anos tem estado fora de questão, pois não preciso da opinião de uma outra pessoa para saber que isso é simplesmente louco, hedonístico, niilístico e — o mais importante — irreal. Isso precisa acabar.

Para Anna, se descobrissem sobre nós não seria de forma alguma o cataclismo que seria para mim. Isso causaria um início embaraçoso para sua carreira. Mas não recairia sobre ela toda a culpa. Ela não tem um cônjuge a quem jurou fidelidade, nem contínuas responsabilidades públicas. No tribunal, o fato de termos nos controlado até que ela não fosse mais funcionária poderia salvar minha posição, mas Koll se tornaria instantaneamente o favorito em nossa disputa.

E esse seria o menor dos problemas. A ira de Barbara é letal, e, nesse estágio, provavelmente ela se tornaria um perigo para si mesma. O pior de tudo, porém, seria enfrentar Nat e sua nova expressão, vazia de qualquer respeito.

Uma descoberta que fiz com meu primeiro caso foi que eu carregava uma herança maldita do lar sombrio e infeliz no qual fui criado. Até então, ingenuamente, eu pensava que era Joe College ou Beaver Cleaver, alguém que conseguiu se transformar, o filho de um sádico sobrevivente de guerra e excêntrico recluso que se tornou um americano normal melhor do que a média. De algum modo ainda desejo ser um modelo de perfeição, senhor de uma enganosa regularidade. Mas sou aterrorizado pela sombra que sabe que não sou. Ninguém é. Também sei disso. Porém estou muito mais preocupado com minhas falhas do que com as de qualquer outra pessoa. O defeito tem essa atração. Ele significa admitir quem eu sou.

Anna é igual a muitas pessoas que conheci na faculdade de direito, nada intelectual, mas brilhante, tão ágil com as tarefas do advogado de conjugar fato e lei que é tão emocionante de se assistir quanto a um grande atleta em jogo. Agora subitamente de igual para igual, descubro seu brilho engajado num nível elementar. Mas nossas conversas incluem pouca doçura ou sussurro. É advogado para advogado, quase sempre um debate, meio que divertido, mas nunca sem uma aresta. E o que debatemos é uma verdade que tinha de estar clara para nós dois desde o início: não é possível que isso acabe bem. Ela encontrará alguém mais adequado. Ou seremos descobertos e a minha vida novamente se tornará uma ruína fumegante. De qualquer modo, não há futuro.

— Por que não? — pergunta ela quando, na segunda tarde, digo isso por acaso.

— Não posso deixar Barbara. Em primeiro lugar, meu filho jamais me perdoaria. E, em segundo lugar, é injusto.

Explico parte da história, até mesmo detalhando a farmacopeia do armário de remédios de Barbara como um modo de frisar uma questão: minha mulher é uma mercadoria avariada. E eu sabia disso quando a chamei de volta à minha vida.

A expressão de Anna adeja em algum lugar entre emburrada e magoada, e ela enrubesce.

— Anna, você entendia isso. Você tem que entender isso.

— Não sei o que eu entendia. Eu só precisava ficar com você. — Lágrimas rolam por suas faces brilhantes.

— Eis o problema — digo-lhe. — Há uma diferença fundamental entre nós.

— Refere-se à idade? Você é homem. E eu sou mulher. Eu não penso em idade.

— Mas deveria. Você está começando e eu estou terminando. Deve ter notado que homens da minha idade perdem o cabelo. E que começa a nascer dentro das orelhas. Que os intestinos enfraquecem. Por que acha que isso acontece?

Ela faz uma careta.

— Hormônios?

— Não, o que Darwin diria? Por que é vantajoso para os velhos parecerem diferentes dos jovens? Para as jovens férteis poderem ver com quem devem acasalar. Portanto, um parasita social que é um homem da minha idade não vai se dar bem se lhe disser que é vinte anos mais novo.

— Você não é um parasita social. E eu não sou uma promíscua. — Ofendida, ela joga as cobertas para o lado e vai, gloriosamente nua, até a escrivaninha para apanhar um cigarro. Eu nunca a tinha visto acender um antes e fiquei um tanto surpreso por ela ter reservado um quarto de fumante. Reclamei quando saí do quarto, e nunca mais deixei de achar no cheiro de um cigarro queimando o aroma da indulgência cega. — O que você acha? — pergunta ela. — Isto é apenas uma experiência para mim?

— É o que vai acabar sendo. Uma coisa maluca que você fez na vida para aprender.

— Não venha me dizer que sou jovem.

— Nenhum de nós dois estaria aqui se você não fosse jovem. Teríamos muito menos fascínio um pelo outro.

Posiciono-me atrás dela, viro-a na minha direção e percorro com as mãos toda a extensão de seu torso. Fisicamente ela é magnífica, um poder de que Anna desfruta e que se esforça para manter — manicures e pedicures, horas com cabeleireiros, tratamentos faciais, "manutenção de rotina", como ela chama. Seus seios são perfeitos, grandes, na forma de sinos, com uma ampla aréola mais escura e mamilos pontudos. E sou fascinado pelo seu órgão feminino, em que sua juventude de algum modo parece concentrada. Ela é depilada ali, estilo "brasileiro", em suas palavras. É uma novidade para mim, e a sensação de maciez provoca minha luxúria como um raio. Idolatro, sorvo, e não me apresso, enquanto ela geme e sussurra instruções.

Nesse estado de estupefação, a vida prossegue. Executo meu trabalho, redijo decisões, emito ordens, encontro-me com grupos e comissões da Ordem, prossigo com o contínuo combate à burocracia dentro do tribunal, mas Anna, em várias poses provocantes, está sempre dominando minha atenção. A mudança de partido de Koll, feita a uma semana do meu aniversário, eliminou por enquanto a urgência de minha campanha, embora Ray continue a marcar eventos para angariar fundos.

Anna e eu nos falamos várias vezes por dia. Só ligo para ela do trabalho, precavendo-me das detalhadas contas de celular que são expedidas para minha casa. Sozinho em meu gabinete, ligo para a linha particular de Anna no escritório, ou ela disca meu número particular. São conversas silenciosas, sempre bem rápidas, uma estranha mistura de banalidades e manifestações de desejo: "Guerner me passou uma porra de uma caixa de documentos. Vou ter que trabalhar o fim de semana todo." "Estou com saudades." "Preciso de você."

Certo dia, ao telefone, Anna me pergunta: "O que aconteceu com Harnason?" O último ato dela como assessora foi minutar meu voto de divergência, e ela se preocupa com o caso, assim como muitos outros nos quais trabalhou. E esqueci completamente de Harnason, como de muitas outras coisas em minha vida, mas chamo Kumari, a substituta de Anna, assim que pouso o fone. Reagindo à minha discordância, George galantemente exerceu o direito de juiz fazendo circular o irascível voto de Marvina e a minha minuta por todos os gabinetes, perguntando se o caso parecia apropriado para uma revisão *en banc*, na qual todos os 18 juízes decidiriam o caso. Vários dos meus colegas, relutantes em contrariar o presidente, escolheram a alternativa diplomática de não reagir de modo algum. Estabeleci um prazo de uma semana, e a votação — 13 a 5, contando Marvina, George e eu — foi claramente favorável à confirmação da condenação. Isso tudo garantia que a Suprema Corte também se recusaria a examinar o caso, com base na teoria de que 18 juízes não podiam estar errados. Saboreando a vitória, Marvina pediu para reelaborar mais uma vez a decisão, porém, em não mais do que um mês, John Harnason voltará à penitenciária.

Minha mente se concentra em Barbara quase tão frequentemente quanto em Anna. Em casa, sou um marido acima de qualquer suspeita. Nas noites anteriores aos dias em que Anna e eu vamos nos encontrar, inspeciono meu corpo nu sob a forte luz do banheiro. Estou velho, grumoso, protuberante. Aparo meus pelos púbicos com um cortador de pelos nasais, eliminando os longos e rebeldes arames grisalhos. Deveria me preocupar com o fato de Barbara poder notar, mas a verdade é que ela não repara nas minhas idas ao barbeiro nem nas irritações de pele causadas por navalhas. Após 36 anos, ela está mais ligada à minha presença do que à minha forma.

Nas ocasiões em que estive com Carolyn, décadas atrás, fui invariavelmente insensato. Anna, porém, me tornou mais compreensivo e mais paciente com Barbara. Fugir para o prazer esvaziou aquele armazém de ressentimentos que eu mantinha. O que não quer dizer que é fácil seguir com o engano. Ele corrói cada momento em casa. Levar o lixo para fora ou fazer sexo, o qual não posso evitar inteiramente, parece ser algo executado por um segundo eu. A falsidade não envolve simplesmente onde estive ou os destaques do meu dia. A mentira se resume a quem, no fundo do meu coração, sou realmente.

Meu desejo impossível de ser fiel a duas mulheres leva-me repetidamente aos mais altos pináculos do absurdo. Por exemplo, insisto em reembolsar Anna, em dinheiro, pelos quartos de hotel. Ela morre de rir disso — seu salário é maior que o meu e, após o aumento de quatrocentos por cento sobre o que ganhava como assessora, ela se sente como se estivesse sob uma cachoeira de dinheiro —, mas, num antiquado cavalheirismo, se é que se pode chamar assim, é ofensivo pensar que eu seria capaz de dormir com uma mulher 26 anos mais nova e ainda fazer com que ela pagasse pelo privilégio.

Levantar o dinheiro, porém, é mais desanimador do que eu pensei inicialmente. Barbara é a responsável pelas finanças em nossa casa e, como Ph.D. em matemática, encara os números como seu principal relacionamento na vida; ela é capaz de dizer, quase sem piscar, o valor exato da conta de luz de junho passado. Enquanto consigo justificar minhas idas extras ao caixa eletrônico como dívidas no jogo de pôquer dos juízes, levantar centenas de dólares toda semana parece impossível até que, por intervenção divina, um reajuste salarial em razão do custo de vida para todos os juízes do estado, adiado há muito na Justiça, é de repente aprovado. Suspendo o depósito direto do meu pagamento em 17 de abril e, em vez disso, levo meu cheque ao banco, onde deposito a mesma quantia que costumava aparecer eletronicamente e pego em dinheiro a diferença paga pela elevação do custo de vida. Isso inclui os dois anos e meio acumulados, cerca de 4 mil dólares, que vêm com o primeiro cheque.

— Que bom que isto é um segredo — digo a Anna enquanto estamos deitados na cama, certo início de tarde. Nós agora nos encontramos duas ou três vezes por semana, no almoço ou depois do expediente, quando posso alegar que estou num evento de campanha. — Porque, desse modo, você não ouvirá milhões de pessoas dizendo que é louca.

— Por que sou louca? Por causa do lance da idade?

— Não — digo —, isso é apenas a loucura normal. Ou anormal. Estou me referindo ao fato de que a última mulher com quem tive um caso acabou morta.

Atraí sua atenção. Os olhos verdes estão fixos e o cigarro parou a meio caminho da boca.

— Devo temer que você me mate?

— Algumas pessoas destacariam o padrão histórico. — Ela ainda não se mexeu. — Não fui eu — digo-lhe.

Ela provavelmente não faz ideia, mas essa é a maior intimidade que já lhe permiti. Por mais de duas décadas, por uma questão de princípios, nunca me preocupei em tranquilizar nem mesmo os amigos mais íntimos. Se eles nutrem suspeitas, apesar de me conhecerem bem, não sou eu quem vai desfazê-las.

— Sabe — diz ela —, lembro-me muito bem desse caso. Foi a primeira vez que pensei em me tornar advogada. Eu lia sobre o julgamento todos os dias nos jornais.

— E quantos anos você tinha? Dez?

— Treze.

— Treze — repito, melancolicamente. Começo a perceber que jamais me acostumarei à minha monumental estupidez. — Quer dizer que você me culpa por ter se tornado advogada? Agora as pessoas vão dizer realmente que corrompi você.

Ela me bate com o travesseiro.

— E quem você acha que foi? — Anna indaga.

Sacudo a cabeça.

— Você não sabe? — pergunta ela. — Ou não quer responder? Eu tenho uma teoria. Quer ouvir?

— Esse assunto já era.

— Apesar de você ter me dito que corro perigo mortal?

— Vamos nos vestir — sugiro, sem fazer qualquer esforço para esconder o fato de que estou aborrecido.

— Desculpe. Não queria forçar a barra.

— Eu não falo sobre isso. Veteranos não conversam sobre guerras. Eles simplesmente as superam. É a mesma coisa. Não que você não me tenha feito imaginar.

— Imaginar o quê? Quem foi?

— Por que você está aqui. Dado o meu passado perigoso.

Ela colocou a roupa de baixo, mas agora retira o sutiã com a ostentação de uma stripper, jogando-o para a parede.

— O amor — diz ela, caindo em meus braços — leva a gente a fazer coisas malucas.

Estamos ambos atrasados, mas essa atitude de abandono me deixa novamente sedento de desejo e nos unimos mais uma vez. Depois do ato, ela diz:

— Não acredito. Simplesmente não acredito.

— Obrigado — digo baixinho. — Alegro-me por isso não ter impedido você.

Ela dá de ombros.

— Talvez tenha sido o contrário.

Olho-a curiosamente.

— Quer dizer, você ainda é uma espécie de lenda — diz ela. — Não apenas para advogados. Por que acha que ninguém são quer concorrer à Suprema Corte contra você?

A Suprema Corte. Meu coração se agita várias vezes. Enquanto isso, ela desvia a vista, não está completamente presente.

— Sabe — diz Anna finalmente —, às vezes fazemos coisas que não entendemos realmente. Simplesmente temos que fazê-las. Se faz ou não faz sentido... isso não importa muito.

Essa conversa intensifica uma pergunta que tenho feito a mim mesmo o tempo todo. O que há de errado com uma mulher jovem que, sob quase todos os aspectos, considero inteligente e agradavelmente sã, para se interessar por alguém com quase o dobro de sua idade, ainda por cima casado? Não tenho ilusões de que ela se sentiria atraída por mim mesmo se cada advogado, juiz e servidor humilde não se dirigisse a mim como "chefe" toda vez que eu entrasse no tribunal. Mas o que significa para ela dormir com o chefe? Alguma coisa. Percebo isso. Mas provavelmente nunca entenderei sua parte secreta que ela espera que eu possa preencher. Quem ela quer ser no direito? Quem ela deseja que tenha sido seu pai? O homem que ela almeja que faça parte de seus sonhos secretos? Não sei — provavelmente, nem ela sabe. Sinto apenas que ela precisa chegar o mais perto possível, tendo em vista que, seja lá o que busca, só pode ser absorvido pele com pele.

Eis aqui o que esqueci: a dor. Esqueci que um caso extraconjugal é um tormento constante. Por causa das falsidades em casa. Por causa da aflição, do medo de que ele seja descoberto. Por causa do sofrimento que sei que virá com o inevitável fim. Por causa da agonia de esperar para estar com a outra. Por causa do fato de que sou realmente eu mesmo apenas algumas horas em vários dias, num quarto de hotel, onde aqueles doces momentos, tão próximos do céu como o conhecemos nesta terra, parecem sufocar todas as outras agonias.

Raramente durmo à noite, e estou de pé, às 3 ou 4 horas, com um copo de brandy. Digo a Barbara que é o tribunal e a campanha que me preocupam. Sento-me no escuro e negocio comigo mesmo. Vou me encontrar com Anna mais duas vezes. Depois eu paro. Mas, se vou parar, por que não paro agora? Porque não consigo. Porque o dia em que desistir dela será o dia em que aceitarei que isso nunca mais acontecerá novamente. Que, em poucas palavras, começarei a morrer.

Apesar das precauções habituais, descubro-me cada vez mais despreocupado em relação aos perigos. Eles estão sempre presentes, mas quando você não é descoberto duas vezes, depois quatro, cinco, parte da emoção extraordinária se torna superar as expectativas. Certo dia, quando Anna e eu íamos nos encontrar no Gresham, Marco Cantu, um ex-policial que conheci quando ele patrulhava as ruas, me viu sentado no saguão, sem qualquer motivo aparente, e se aproximou para dar um alô. Ele agora dirige a segurança do hotel. Algo no modo como lhe falei que estava esperando um amigo para almoçar pareceu errado até mesmo para mim. Portanto, me sinto quase eletrocutado pelo pânico, uma semana depois, quando, ao descermos, a porta do elevador se abre num andar intermediário e damos de cara com Cantu, que tem a estatura de um lutador de sumô. É um péssimo momento, Anna e eu ainda aninhados e nos separando, quando a cabine para, nosso movimento certamente visível para Cantu.

— Chefe! Está me seguindo?

Não apresento Anna e posso sentir Cantu olhando direto através de mim. Na semana seguinte, eu o avisto ao chegar ao hotel, e dou uma pirueta para voltar pela porta até ele sair do saguão.

— Hora de mudar a cena do crime — digo a ela assim que estou em segurança no quarto. — Cantu passou muito tempo nas ruas. Era preguiçoso, mas tinha um ótimo faro.

Anna já tirou as roupas. Usa o felpudo robe do hotel, mas não o fechou com o cinto, e sim com uma larga fita de cetim vermelho presa como um esmerado laço de presente.

— É assim que você vê isso? Um crime?

— Qualquer coisa que faz a gente se sentir bem só pode ser errado — respondo.

Pendurei meu paletó e estou na cama tirando os sapatos quando reconheço que fui irreverente demais. Ela me encara.

— Você poderia pelo menos fingir que pensa em estar comigo.

— Anna...

Mas ambos sabemos que isso é quase a verdade. Não passei nenhuma noite com ela. Na sexta-feira da terceira semana, disse a Barbara que ia a uma reunião da Ordem e só ousei voltar para casa à 1h30, ainda assim tendo deixado o hotel com Anna implorando para que eu ficasse. Ela vive falando em darmos uma fugida para um fim de semana, acordar um ao lado do outro e caminhar juntos ao ar livre. Mas francamente não nos imagino à vontade. Sou muito dedicado, mas, para mim, nosso relacionamento pertence ao espaço cativo de um quarto alugado, onde podemos despir nossas roupas e agarrar as coisas diferentes que cada um de nós está tão desesperado para obter.

— Falando sério. Você nunca se casaria comigo, não é mesmo?

— Sou comprometido.

— Dãã. Não. Se Barbara não fizesse parte do esquema. Se caísse morta. Ou se ela se mandasse?

Por que meu primeiro instinto é o subterfúgio?

— Sou pobre demais para uma esposa monumental assim.

— Um elogio e tanto.

— Anna, as pessoas iriam rir na minha cara.

— Por quê? Por que as pessoas iriam rir?

— Porque há um motivo para rir. Um homem casado com uma mulher com idade para ser sua filha está voando perto demais do Sol.

— Eu diria que esse é um problema meu, não acha? Se eu quiser empurrá-lo na cadeira de rodas na minha formatura do colégio...

— E trocar meus fraldões?

— Tanto faz. Por que não posso fazer essas escolhas?

— Porque as pessoas normalmente têm muita dificuldade de manter acordos nos quais todos os benefícios estão na etapa inicial. Elas acabam, posteriormente, tendo fortes ressentimentos.

Ela se vira. Essas conversas sempre a levam às lágrimas. Estamos hoje num quarto quase todo tomado pela enorme cama de casal.

— Anna, vai haver alguém que dará tudo para se casar com você.

— É, mas ele ainda não apareceu. E não me venha falar de outra pessoa. Não quero um prêmio de consolação.

— Eu não minto para você, Anna. Não consigo. Eu minto para todos os demais. Para *você*, tenho que dizer a verdade. Simplesmente não é possível. Devo mudar o meu slogan de campanha? "Vote em Sabich. Ele adora suas funcionárias."

Ela ri alto. Ainda bem que seu senso de humor nunca falha. Mas continua me dando as costas.

— Anna, eu me casaria com você se tivesse 40 anos. Mas tenho 60.

— Pare de me dizer que sou jovem.

— Estou lhe dizendo que sou velho.

— As duas coisas são muito chatas. Olhe, você não está aqui por acaso. Você me come, depois me vem com esses discursos sugerindo que não consegue realmente levar isso a sério.

Viro-a na minha direção, curvando-me ligeiramente para que fiquemos perfeitamente olho no olho.

— Isso faz sentido para você? O que acabou de dizer? Que não levo isso a sério? Tenho arriscado tudo para ficar com você — afirmo. — Minha carreira. Meu casamento. O respeito do meu filho.

Ela se solta de mim, e então abruptamente me encara novamente, os olhos verdes intensos.

— Você me ama, Rusty?

É a primeira vez que ela ousa perguntar, mas o tempo todo eu sabia que essa pergunta surgiria.

— Amo — digo.

Vindo da minha boca, parece bem próximo da verdade.

Ela enxuga um olho. E se ilumina.

Após termos sido flagrados por Cantu, nossos locais de encontro são dirigidos pelos caprichos do hotelrooms.com, onde sempre se verifica que um dos vários estabelecimentos de Central City tem vaga na última hora e a preços lá embaixo. Anna cuida das reservas e me envia e-mails com os locais, depois chega dez minutos antes de mim para o check-in e envia o número do quarto para meu palm top. Saímos com o mesmo intervalo de dez minutos.

Estou saindo do Renaissance, num esplêndido dia de primavera, com um céu limpo e o cheiro de tudo desabrochando, quando ouço uma voz mais ou menos familiar.

— Ah, juiz.

Quando me viro, Harnason está ali. É um péssimo momento. Percebo de imediato que ele me seguiu até aqui duas horas atrás e esperou como um cachorro fiel amarrado a um poste. O quanto ele sabe? Quantas vezes me seguiu? Como acontece com frequência hoje em dia, quase sou abatido pela magnitude de minha estupidez.

— Que surpresa encontrá-lo — diz ele, sem qualquer sinal de sinceridade, portanto sei que meu palpite é correto.

Imploro ao meu coração que sossegue, enquanto calculo o que ele pode ter observado. Ele sabe que vou a hotéis na hora do almoço, que às vezes demoro demais para uma refeição normal. Mas é só isso o que ele vê. Se estava nos meus calcanhares, não deve ter visto Anna chegando, dez minutos antes de mim.

— Pois é — respondo finalmente.

Harnason não está acima da chantagem, e espero sua ameaça. Esta será inútil. Não há nada que eu possa fazer para mudar o veredicto de seu caso. Mas, em vez disso, ficamos separados 3 metros, o rosto vermelho dele escurecendo para uma tonalidade de pôr do sol.

— Não aguento, juiz — diz ele. — Não saber. Quando saí, sob fiança, fiquei em êxtase, mas não é o mesmo que estar livre. É como seguir caminhando mas esperando que um alçapão se abra embaixo de mim bem aqui na calçada.

Olho para Harnason, a quem condenei certa vez por motivos errados, e cuja luta tenho lutado, fora de sua vista.

— O voto não deve demorar muito — digo, e me viro para ir embora. Ao mesmo tempo, sinto sua mão na manga da minha camisa.

— Por favor, juiz. Que diferença faz? Se está decidido, que mal faz em me dizer? É terrível, juiz. Eu só quero saber.

É errado. Essa é a resposta correta. Mas um leve odor do perfume de Anna continua a impregnar minha pele e ainda tenho a sensação do exaustivo, arrasador devaneio que emana meu pau acima. Quem sou eu hoje para me ater a princípios? Ou, mais importante, para lhe negar agora a compaixão que lhe devia trinta anos atrás?

— Você precisa se preparar para más notícias, John.

— Ah. — Pareceu um som vindo das suas entranhas. — Nenhuma esperança?

— Não mesmo. É o fim da linha. Sinto muito.

— Ah — repete ele. — Eu não queria voltar. Estou velho demais.

Parado ali, na rua, com os consumidores e comerciantes girando à nossa volta, muitos transportados eletronicamente a seus próprios universos por meio de celulares ou iPods, sinto dificuldade de enfrentar meus sentimentos. Sou estranhamente solidário a Harnason, mas também impaciente com o modo pelo qual me abordou e extraiu informações, e sei que preciso traçar uma linha firme para evitar futuras intimidações. Principalmente porque, no momento, me sinto um pouco afrontado pela sua autopiedade. Como promotor, sempre tive respeito pelos sujeitos que eram levados sem piscar um olho, que viviam pelo lema "Não cometa um crime se não aguenta a sentença".

— John, vamos encarar os fatos: foi você, não foi?

Ele não demora um instante para responder:

— Foi você também, juiz. E está aqui.

Não, estou prestes a dizer, violando meu escrúpulo de tanto tempo que me diz para não responder isso.

— Eu fui inocentado — respondo. — Como merecia ser.

— Eu também merecia — rebate ele.

Ele pega o lenço e assoa o nariz. Agora soluça livremente, chorando como uma criança. Algumas das pessoas que passam perto de nós para entrar no hotel se viram para olhar, mas Harnason não liga. Ele é quem é.

— Mas não porque não foi você — digo. — Como foi, John? O mês em que soube que iria matar aquele homem?

Não sei o que pretendo confrontando-o desse modo. Suponho que estou lhe fazendo esta pergunta: Qual é o limite? Como se deve parar? Tendo em vista que transei com minha assessora e traí minha mulher, tendo em vista que joguei fora tudo que já realizei, onde está o ponto de contenção?

— Precisa mesmo perguntar, juiz?

— Preciso.

— Foi difícil, juiz. Eu o odiava. Ele ia me deixar. Eu era velho e ele não. Eu lhe servia de tíquete-refeição e ele foi grato a princípio, mas então se cansou de mim. Estou velho demais para procurar outro, outro como ele. Você entende isso, certo?

Imagino o quanto ele sabe sobre Anna enquanto concordo com a cabeça.

— Mas, a princípio, eu não acreditava muito que ia fazer aquilo — diz Harnason. — Pensei a respeito. Me convenci. Fui à biblioteca, pesquisei um pouco. Há um caso no Tribunal de Recursos. Sabia disso? Da Pensilvânia. Fala sobre não se fazer teste para arsênico. — Ele ri um pouco amarguradamente. — Os promotores não lembraram que me formei como advogado.

— E onde estava o arsênico? Na bebida?

— Eu assei. — Harnason dá uma risadinha, do mesmo modo, à custa dos seus acusadores. Promotores são historiadores, empenhados em uma reconstrução do passado com todos os riscos da história. Eles nunca fazem isso completamente certo, porque as testemunhas são tendenciosas, ou culpam alterações ou erros, ou porque, como neste caso, os investigadores não fizeram as perguntas certas ou não reuniram tudo que já sabiam. — Todas aquelas pessoas que testemunharam dizendo que eu nunca cozinhei estavam certas. Quando Ricky estava em casa, a cozinha era dele. Mas eu assei. E Ricky adorava doces. Das primeiras vezes, disse a mim mesmo que seria só por diversão, só para ver se ele notaria ou como eu me sentiria se conseguisse fazer aquilo sobre o qual eu tinha lido. Devo ter feito umas cinco vezes, ainda achando que não seria de verdade, que iria parar. Sabe, eu me disse uma porção de vezes — Harnason fala subitamente — que ia parar. — Seus olhos mirrados se dirigem para muitos outros lugares. — Mas não — continua morosamente. — Não parei. Em algum momento, no sétimo ou oitavo dia, me dei conta de que não ia parar. Eu o odiava. Odiava a mim mesmo. Tinha que fazer aquilo de qualquer maneira. E você, juiz. Qual foi a sensação quando matou aquela promotora? Foi um ato de paixão?

— Eu não a matei.

— Sei. — Seu olhar é frio. Ele foi logrado e derrotado. — Você é melhor do que eu.

— Eu não diria isso, John. Talvez eu tenha tido melhores chances. Ninguém é bom por si mesmo. Todos nós precisamos de ajuda. Eu tive mais do que você.

— E quem o está ajudando agora? — ele pergunta.

Harnason vira o rosto rosado na direção do hotel. Aqui estamos nós, pecador com pecador. Sinto-me depreciado pela minha previsibilidade.

Houve verdade demais nessa conversa para eu mentir. Apenas sacudo novamente a cabeça e vou embora.

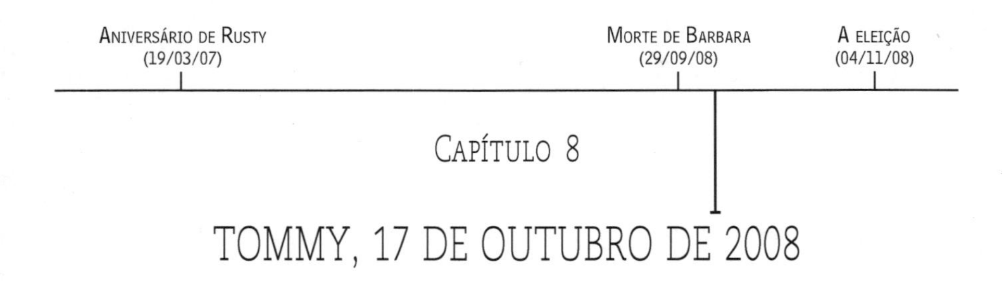

Capítulo 8

TOMMY, 17 DE OUTUBRO DE 2008

Rory Gissling era filha de um policial, Shane Gissling, um sargento-detetive no fim de uma longa carreira. Quando menina, Rory tinha tudo, inteligência, aparência, a personalidade de uma líder de torcida. Shane queria o que pais queriam para as filhas naquela época: que ela aprendesse a ganhar a vida e se casasse bem para nunca precisar ganhar a vida. Ele não imaginara sua filha na polícia, onde a merda corria solta. Na universidade, ela tirou nota máxima em contabilidade, passou de primeira no exame de qualificação de contadores e disparou como um foguete para uma grande firma contábel. Tudo ia bem, exceto que ela se sentia como se estivesse cumprindo uma sentença. Quatro anos depois, ela desistiu daquilo e se matriculou na Academia de Polícia, sem dizer nada aos pais. Dizem que, quando recebeu a notícia, Shane chorou desesperadamente.

Rory foi para a Divisão de Crimes Financeiros após dois anos de rondas nas ruas e, desde então, tem sido uma estrela. Quando ela entrou com Jim Brand, Tommy ficou um pouco decepcionado ao ver que sua aparência declinara um pouco desde o último encontro dos dois, alguns anos antes. Com sérios problemas com a própria aparência, Tommy estava sempre lutando para parecer só um pouco fora de forma, de maneira que não entendia bem como uma mulher como Rory, que já fora de parar o trânsito, simplesmente relaxara e engordara 15 quilos em todos os lugares errados. Mesmo com quase 50 anos, continuava loura, bonita e cuidada, o que talvez significasse que lutava contra a balança (embora estivesse perdendo), provavelmente detestava espelhos e se preocupava muito com o que Phil, seu marido, um tenente da Polícia Rodoviária, pensava disso.

— Está feliz com o retorno? — perguntou Tommy.

Ele e Brand tinham decidido que Rory seria a melhor opção da força policial para trabalhar com as requisições de documentos. Ocupava uma posição alta o suficiente para poderem recorrer a ela sem ter de falar com um comandante e era inteligente o bastante para entender o que descobrisse sem precisar de ajuda. E era um dos poucos policiais que se orgulhavam realmente de guardar um segredo.

— *No sé* — respondeu Rory. — Não sei o que vocês tiveram que começar. — Ela olhou duramente para o promotor público, enquanto ela e Brand se instalavam nas cadeiras de madeira com braços diante da escrivaninha de Tommy. Este instruíra Brand a não explicar nada sobre a investigação, e Rory, como era típico de todos os policiais, detestava trabalhar às cegas. Oficiais de polícia sempre queriam saber tudo, principalmente porque esse era um dos principais prazeres de ser um policial, sentir que se estava em melhor posição do que todo mundo. Isso variava de policial para policial, se a informação fizesse com que se sentissem superiores ou apenas não tão mal. — Isso é como trabalhar para o FBI. "Apenas faça o que eu digo."

Nada contra Rory, mas Tommy sabia que havia apenas um meio de evitar que chegasse às ruas o fato de que Rusty estava sob o microscópio a respeito de assassinato, e que esse meio era não confiar em ninguém.

— Você sabe quem é o sujeito, certo? — perguntou Tommy, como se apenas o nome fosse explicação suficiente.

— Quando se trabalha com SDTs — *subpoenas duces tecum*, ordem para apresentação de documentos — com o nome do mesmo sujeito nelas, sim, você acaba deduzindo. Imagino que o juiz tenha algo a esconder. Da última vez que verifiquei, trepar não era crime. Mesmo para um candidato à Suprema Corte. E você está muito quieto para isso ser uma forma de dar o troco, só para deixá-lo mal com a mídia. Portanto, há algo grande aqui. Qual é a jogada?

Brand olhou para Tommy, que não respondeu. Ele estava pensando no que Rory dissera. Os documentos que ela descobrira de algum modo corroboravam Cantu e mostravam que Rusty andava pulando a cerca.

— Preciso perguntar apenas isto — disse Rory —: estamos falando de um homem ou de uma mulher?

Tommy sentiu o queixo cair. Finalmente, respondeu:

— Mulher.

— Droga — disse Rory, que, aparentemente, achava que aquilo ia ser divertido.

— Mas soubemos que ela é bem mais jovem — explicou Brand. — Que tal?

— Não é a mesma coisa — rebateu Rory.

— Você sabe por que ele anda transando com uma mulher trinta anos mais jovem? — perguntou Brand a Rory.

— Porque ele é sortudo — respondeu ela, com um sorriso aborrecido.

Rory achava que ele a estava confundindo, falando com ela como se ela fosse homem, a versão policial da igualdade dos sexos. Brand, porém, falava sério.

— Porque alguém na idade dele deveria se mancar. Não acredito que alguém consiga muitos encontros no eharmony.com quando tem escrito no perfil "Já fui acusado de assassinar minha amante".

— Creio que isso deve excitar algumas mulheres — sugeriu Rory.

— Por que — perguntou Brand — eu nunca encontro esse tipo de mulher?

— Tem alguém trabalhando aqui? — perguntou Tommy. — Rory, o que podemos fazer com Rusty? O que você conseguiu com as intimações?

— Na verdade, não muita coisa — disse Rory. — Pegamos o número da conta bancária dele na folha de pagamentos do município. Foi o melhor que consegui, a conta bancária.

Tommy perguntou se o banco havia recebido a carta dos noventa dias, ordenando sigilo. Rory lançou-lhe aquele olhar de "Eu não sou idiota" e então abriu sua pasta. A aula começou. Ela lhe entregou cópias dos extratos de Rusty.

O que Rory lhe mostrou nos minutos seguintes foi que, desde abril, Rusty suspendera os depósitos automáticos de salário. Em vez disso, ele ia até o banco a cada duas semanas com o cheque de seu pagamento e depositava a mesma quantia, até os centavos, que recebia antes do reajuste. O resto ele sacava em dinheiro, o que já somava mais de 4 mil dólares desde o início do pagamento dos atrasados.

Tommy não estava entendendo.

— Isso significa que ele tem alguma grana que a cara-metade não sabe que ele tem — disse Rory.

De vez em quando ela falava como o pai, péssima gramática e tudo o mais, como se se lamentasse ter sido integrante da fraternidade de excelência acadêmica Phi Beta Kappa.

Brand apontou para Tommy.

— Estou lhe dizendo. A garota é boa.

— Não, eu é que estou lhe dizendo — rebateu Tommy. — Não estou vendo como grana é igual a gana. Talvez o juiz goste de apostar em cavalos.

— Ou de crack — completou Rory. — Esse foi meu primeiro palpite — disse ela —, mas foi apenas um palpite. — Ela deu a Tommy outro olhar sombrio. Ela não estava pegando leve com ele. — A maior parte da grana, naturalmente, não sei dizer aonde foi. Mas faço uma boa ideia. Por vezes, ele vai ao banco, faz o depósito e usa a diferença que recebe em dinheiro, mais algum que traz na meia, para comprar um cheque administrativo.

— Boa sacada — disse Tommy.

— Foi mais sorte do que capacidade. O banco soltou os cheques administrativos com os extratos. Nunca pensei em pedir. Normalmente, com todas as leis de sigilo financeiro, é preciso insistir até cansar só para conseguir o que estamos autorizados a obter. Mas juntaram tudo num pacote em menos de um dia. Provavelmente a carta sobre os noventa dias deu um tranco neles. Não creio que vejam muito dessas coisas em Nearing.

Ela passou adiante o primeiro cheque administrativo, datado de 14 de maio de 2007, no valor de 250 dólares. Foi pago a uma empresa chamada STDTC.

— O que quer dizer isso? — perguntou Tommy.

— Sexually Transmited Disease Testing Corporation [Laboratório de Análises Clínicas de Doenças Sexualmente Transmissíveis].

— Uau.

— Sim, uau — disse ela.

— Por que, ele tem o pau sujo? — perguntou Tommy.

— Cara — disse Rory —, posso pensar em uma porção de teorias. Todas engraçadas. Você já falou a primeira. Talvez ele tenha esquecido a camisinha. Talvez a namorada e ele quisessem ficar nus e de mãos dadas na sala de espera enquanto eram examinados juntos. Mas, obviamente, se ele levou alguma DST para casa, não poderia dizer à esposa que pegou isso num vaso sanitário.

— Podemos conseguir o resultado? — perguntou Tommy a Brand.

— Só se pedirmos aos federais. Baseados na Lei Patriótica, eles podem conseguir suas informações médicas sem que você saiba. Mas a assembleia estadual rejeitou isso na versão local.

Os federais roubariam o caso, se pudessem. Juiz-presidente. Suprema Corte. Eles sempre queriam tudo que desse a manchete de maior destaque. Tommy, porém, não precisava deles. O simples fato de Rusty ser investigado significava que ele saíra da linha.

Tommy olhou para Brand.

— Talvez a garota de Rusty seja uma profissional.

Brand balançou a cabeça. Era uma teoria.

— Talvez ele tenha conseguido alguns nomes com Eliot Spitzer — sugeriu Brand.

Todos riram, mas Rory não estava engolindo essa, porque normalmente prostitutas eram um hábito, e Rusty começara a depositar todo o valor de seu contracheque, incluindo o reajuste, a partir de 15 de junho do ano anterior.

— Como deve ter explicado isso à coroa dele? — perguntou Brand a Rory.

— Dizendo que só então saiu o reajuste.

Brand concordou com a cabeça. Tommy fez o mesmo.

— Supondo-se que ele queria a grana para manter alguma mulher, isso deve ter parado — sugeriu Rory. — Pelo menos por enquanto.

— Por que pelo menos por enquanto? — quis saber Brand.

— Eis o segundo cheque administrativo.

O cheque, no valor de 800 dólares e datado de 12 de setembro, apenas um pouco mais de um mês antes, fora pago a Dana Mann. O memorando preso a ele dizia "Consulta 4/9/08". Prima Dana, como o chamavam, era o rei dos divórcios da alta sociedade, representava os ricos e os mais ricos ainda. O papo que rolava nas ruas o mostrava como um babaca enfeitado, mais astuto do que inteligente, cuja principal habilidade era praticar a rotina do Unidos Venceremos com divorciados aflitos, mas também havia os que davam crédito a suas táticas e avaliações, e Rusty, aparentemente, era um deles.

— Bem, o que se depreende disso? — perguntou Tommy.

— Quer dizer por que ele pagou...?

— Não — disse Tommy.

Isso ele sabia explicar. Prima Dana estava o tempo todo no Tribunal de Recursos. Se Rusty continuasse com Barbara e não se tornasse cliente de Dana, então, desde que Rusty pagasse a conta de Dana, não teria de se afastar dos futuros casos de Dana, caso contrário seria como um anúncio público de que, em algum momento, ele estava pensando em se divorciar.

— Um divórcio seria muito ruim no meio de uma campanha — observou Brand.

— Principalmente se houver outra mulher — disse Tommy.

— Podemos obter os documentos de Prima Dana? — perguntou Rory.

Tommy e Brand sacudiram a cabeça.

— Nada além da conta e do pagamento — respondeu Tommy. — Ele jamais nos diria o que os dois conversaram. É confidencial. Não que nos acrescente alguma coisa. Quantas vezes, na última década, Prima Dana fez alguma coisa além de tratar de casos de divórcio?

Brand foi até o computador de Tommy. Era um desses sujeitos que entendiam de computadores como se tivessem nascido dentro de uma máquina e que, aparentemente, eram capazes de extrair informações com simples toques em algumas teclas, tudo isso durante o período de tempo que Tommy levava para se lembrar de como abrir seu e-mail.

— "Exercício profissional limitado a direito de família" — leu Brand no site de Prima Dana.

Rory tinha outro cheque administrativo pago a Prima Dana, em julho de 2007, com a mesma anotação. Portanto, aparentemente, Rusty andara adiando um pouco a ideia do divórcio. As ocasiões mais antigas eram da época em que ele fora visto flanando com a jovem amante.

— E aí, como você vai juntar tudo isso? — perguntou Tommy a Rory.

Ela deu de ombros.

— Minha máquina de voltar no tempo quebrou. Pode ser uma porção de coisas, mas a única certeza é que ele teve uma namorada. Depois disso, só podemos chutar. Todos nós sabemos o de sempre: ela mandou que ele desse um chega pra lá na cara-metade ou fecharia a loja, mas ele não deu, os dois se separaram e, por volta de setembro, ele começou a pensar melhor. Estava prestes a se libertar. Mas, em vez disso — disse Rory, com um gorjeio ligeiramente dramático —, a Sra. Juiz, muito convenientemente, bateu as botas.

Ela olhou para Tommy, depois para Brand. Claro que ela tinha sacado. Claro. Essa garota era boa. O segundo cheque de Rusty para Prima Dana fora menos de três semanas antes de Barbara morrer.

— Nada — ordenou Tommy, apontando para ela. — Nem mesmo para o seu marido.

Sobre os lábios, ela fez uma rápida pantomima de fechar um cadeado e jogar a chave fora.

Tommy avaliou aquilo. Poderia haver uma porção de outras explicações, mas aquela era muito boa.

— Sabemos quem é essa mulher? — perguntou.

Rory esperou um pouco.

— Eu pensei que os rapazes tivessem uma pista.

— Nisso aí, infelizmente estamos por fora — disse Tommy.

Rory também estava. Registros dos telefones fixos, a esta altura, já haviam sido eliminados, e a relação das chamadas diárias feitas pelo celular eram muito poucas, a maioria para a casa dele, para o filho ou para a farmácia.

Ela sorriu.

— Poderíamos requerer a relação dos telefonemas feitos pela linha do tribunal. Mas me parece que a carta sobre os noventa dias teria que ir para o juiz-presidente. E os registros das chamadas de um ano, um ano e meio atrás, também já devem ter sido descartados, assim como os dos demais telefones.

— E-mail? — perguntou Brand.

— Atualmente, cada provedor faz uma limpeza no servidor a cada trinta dias. Mas isso não quer dizer que ele não tenha as mensagens no HD.

Acho que seria interessante dar uma olhada no computador que ele tem em casa. Ou no trabalho.

— Não iremos lá imediatamente — disse Tommy. — Não antes da eleição. E não sem mais do que já temos.

Tommy agradeceu a Rory, exagerando nos elogios ao trabalho que ela fizera.

— Estou nessa? — perguntou ela da porta, querendo dizer que seria a policial que faria a prisão, se houvesse.

— Está — respondeu Tommy. — Não iríamos querer mais ninguém. Chamaremos você.

Brand e Tommy sentaram-se, a sós. Podiam-se ouvir os telefones trinando e promotores-assistentes berrando uns com os outros no corredor.

— Temos alguma coisa, chefe. O exame de DST... não é para um monógamo feliz. E sabemos que ele andou falando sobre acabar com o casamento poucas semanas antes de ela ir desta para melhor.

Tommy pensou.

— Talvez Barbara estivesse tendo um caso — disse. — Talvez ele estivesse pagando um detetive particular com o dinheiro do reajuste e era com o investigador que estava se encontrando no hotel, o qual, por acaso, é uma mulher jovem, o que é um puta disfarce para um detetive particular. Talvez o exame tenha sido para se certificar de que a esposa não levou doença para casa. No fim das contas, ele não conseguiu perdoá-la, por isso foi procurar Prima Dana.

Brand explodiu numa furiosa gargalhada.

— Você realmente errou de profissão, sabe. Podia ter sido um adivinho, chefe. Você tem jeito para isso.

— Mas não o estômago — rebateu Tommy. — Olhe, Jimmy, o legista disse que Barbara morreu de causas naturais.

— Porque o juiz malvado ficou sentado 24 horas, esperando que o que a matou de verdade se dissolvesse em suas entranhas. — Brand deu a volta na escrivaninha de Tommy. — Precisamos trazer à tona, chefe.

Brand tinha uma longa lista de coisas a fazer. Conseguir os computadores de Rusty. Fazer entrevistas para ver como ia o relacionamento dele com Barbara e desenvolver uma linha do tempo, minuto a minuto, do que acontecera na noite anterior à morte de Barbara. Conversar com o filho dos Sabich.

— Ainda não — reagiu Tommy. — Se isso chegar à imprensa, Rusty perde a eleição. Rusty perde a eleição e teremos feito sua defesa, não importa que tipo de prova a gente acabe por obter. Você já sabe de cor: "Procurador de justiça quer se vingar de um antigo caso e mantém Sabich fora do tribunal." Vamos dar um tempo, não temos que ouvir isso.

— Na Suprema Corte, eles cumprem mandatos de dez anos — lembrou Brand.

— Não com uma condenação por homicídio — retrucou Tommy.

— E se não formos longe o suficiente? — perguntou Brand. — Chegarmos perto, mas não perto o bastante? Esse cara não apenas se livra novamente de um homicídio como vai acabar com a gente.

Tommy sabia o tempo todo que chegaria um momento em que Brand diria: Vamos deixar vazar e apagar as luzes de Rusty. Fazer um pouco de justiça em vez de não fazer nenhuma. No calor do momento, Brand ainda estava inclinado a de vez em quando aparar arestas. Tommy, para ser franco, provavelmente sentia a mesma coisa e sem a mesma desculpa. Quando Brand tinha 8 anos, seu pai caiu morto sobre sua escrivaninha na National Can. Havia mais quatro crianças. A mãe fez o que pôde, tornou-se professora, mas eles ficaram presos numa estranha existência, residindo numa bela casa suburbana paga com o seguro da hipoteca do pai, mas em uma cidade onde não tinham condições financeiras de viver. Na escola, todos à volta de Brand tinham mais — melhores roupas, férias, carros, refeições. Atualmente, Brand gostava de comida de gourmet — ele e Jody se encontravam todo mês com mais três casais e tentavam preparar as coisas que viam em *Iron Chef*. Poucos anos, Tommy perguntou casualmente o que o levara a se interessar por comida.

"Sentir fome", foi a resposta de Brand. Tommy deduziu que ele não se referia às refeições convencionais. A família Brand passava necessidade em uma redondeza na qual ninguém sequer entendia o conceito de necessidade. Como irmão do meio, Brand sempre sentiu que ninguém em casa tinha tempo para ele. A mãe tinha gêmeos, cinco anos mais novos do que ele, com quem se ocupar. Os dois irmãos mais velhos faziam o que podiam para segurar as pontas para o resto da ninhada.

Na faculdade, Brand vivia o tempo todo em apuros — matava aula e frequentava salões de jogo de pôquer, onde começara a jogar às escondidas quando tinha 15 anos. Teria sido expulso se não fosse o futebol. Brand era uma fera em campo. Mas era a fera deles. Durante os treinos, causara o fim de temporada para quatro ou cinco colegas de time e, nos jogos, duas vezes esse número de adversários, mas era um craque e raramente errava uma jogada. Disseram-lhe que não era grande o bastante para jogar de *linebacker* na Divisão I, mas Brand os fez mudar de ideia quando foi para a universidade. Ele conseguiu da mesma forma como tinha alcançado o sucesso ali, com muita força de vontade. E Brand amou Tommy desde o início porque ele foi a primeira pessoa em sua vida que lhe deu uma chance de verdade sem querer nada em troca. Mas em momentos em que a pressão aumentava, principalmente em um julgamento, continuava o garoto faminto, puto da vida, que não gostava de jogar segundo as regras porque achava que elas haviam sido feitas por pessoas que se lixavam para gente como ele. Mais cedo ou mais tarde, o adulto assumia. Brand sempre voltava a si, mas às vezes era preciso chutar sua bunda. E Tommy fez isso agora.

— Não — disse ele à ideia de um vazamento, com irritação suficiente para frisar a questão. Anos antes, com o primeiro Caso Sabich, ele aprendera essa lição pelo modo mais difícil. Você está aqui para denunciar crimes, e não para decidir eleições. Investigue. Monte um caso. Teste-o. Os efeitos secundários não lhe dizem respeito. — Sem chance. Nada para o público antes da eleição.

Brand não gostou.

— Mas... — disse. Sempre havia um "mas" com Brand. Ele pensou bastante antes de olhar para o chefe. — Temos outro jeito de lidar com tudo isso — disse. — Esburacar essa tese de vingança.

— Como assim?

— Provar que ele saiu impune de um homicídio que cometeu vinte anos atrás. O promotor não procura vingança. Procura justiça. As amostras de sangue e a fração de esperma do antigo caso ainda devem estar no freezer do médico-legista, não?

Tommy sabia aonde isso ia parar, pois, na década anterior, pensara algumas vezes nessa possibilidade, assim que se dera conta de que o DNA forneceria uma resposta definitiva sobre a culpa de Rusty no caso do assassinato de Carolyn Polhemus. Claro que ele nunca tivera um motivo razoável para fazer os exames.

— Ainda não — disse.

— Poderíamos conseguir uma ordem judicial *ex parte*. Dizer que faz parte de uma investigação do grande júri.

— Você pega essa prova do freezer com McGrath — disse, referindo-se à central de polícia, onde nenhum segredo estava seguro —, principalmente com uma ordem judicial do grande júri, e cada policial da cidade saberá duas horas depois, e cada repórter, cerca de cinco minutos depois dos tiras. Quando chegar o momento, tem que haver um meio de fazer isso sem uma ordem judicial.

Brand olhou-o fixamente. Era a primeira vez que Tommy realmente se traía, mostrando o quanto ele pensara em Rusty — e no DNA.

— Ainda não — disse Tommy. — Após a eleição, poderemos repassar tudo isso.

Brand tinha a testa franzida.

— Ainda não — repetiu Tommy.

ANIVERSÁRIO DE RUSTY (19/03/07) — MORTE DE BARBARA (29/09/08) — A ELEIÇÃO (04/11/08)

CAPÍTULO 9

RUSTY, MAIO DE 2007

O que é um sexo maravilhoso? Tem de ser demorado? Ou inventivo? São necessários movimentos circenses? Ou meramente intensidade? De acordo com quaisquer padrões, minhas transas com Anna não são as maiores da minha vida — esse título ficará para sempre com Carolyn Polhemus, para quem, em cada ocasião, o sexo era a desavergonhada conquista das mais extremas altitudes de prazer físico e de falta de inibição.

Anna é de uma geração na qual, para muitos, o sexo é primeiramente diversão. Quando bato na porta do quarto do hotel, dez minutos depois de ela chegar, geralmente há uma surpresa divertida: uma enfermeira de salto 15 do tipo vem-me-foder. Seu busto envolto em celofane. Uma seta em tinta verde que mergulha entre seus seios e se junta ao V imediatamente acima da fenda feminina. Um laço de presente fechando seu robe, por baixo do qual ela estava nua. Mas o humor, às vezes, envolve uma falta de consequência que nunca sinto.

Ela é, claro, muito mais experiente do que eu. Anna é a quarta mulher com quem dormi nos últimos quarenta anos. O "número" dela, como sempre se refere alegremente a ele, nunca é revelado, mas ela menciona tanta gente no passado que sei que meus predecessores são muitos. Preocupo-me, portanto, quando se torna óbvio que ela teve dificuldade em atingir o clímax. Com desculpas a Tolstoi, eu diria que todos os homens gozam igual, mas cada mulher atinge o orgasmo a seu próprio modo — e o modo de Anna geralmente me escapa. Há dias em que tenho meus próprios problemas, o que finalmente me leva a telefonar para meu médico atrás do comprimido azul que ele costuma oferecer.

Mas, apesar disso tudo, em momentos em que parece que Anna e eu somos candidatos a atores para um vídeo de educação sexual, há uma incontrolável e extraordinária ternura sempre que estamos juntos. Eu a acaricio do modo como se tocaria numa relíquia sagrada — veneravelmente, demoradamente, com a certeza de que meu desejo e minha gratidão estão irradiando de minha pele. E temos uma coisa que o excelente ato sexual sempre exige — em nossos melhores momentos, nada mais existe. Minha vergonha ou ansiedade, os casos que me aborrecem, minhas preocupações com o tribunal e com a campanha — ela é a única coisa no universo conhecido. É um belo, perfeito alheamento.

Não importa o quanto Anna insista para que não levemos em conta nossas idades, a diferença está sempre ali, principalmente na lacuna que isso cria em nossas comunicações. Nunca segurei um iPod e nunca sei se é bom ou se é ruim quando ela diz que alguém "arrasou". E ela não faz a menor ideia do mundo que me formou, pois não tem lembranças do assassinato de Kennedy ou da vida durante o governo de Eisenhower — sem falar nos anos 1960. A grande fusão do amor, a percepção de que ela sou eu e de que eu sou ela, às vezes é tema de debate.

Isso também significa que falo bastante sobre Nat. Não consigo resistir a pedir ajuda a Anna, pois é alguém que, na vida, está muito mais perto dele.

— Você se preocupa demais com ele — diz ela certa noite, enquanto permanecemos abraçados. O serviço de quarto baterá em breve na porta, com o jantar. — Conheço uma porção de pessoas que estudaram direito com Nat na Easton e todas dizem que ele é brilhante... sabe como é, um desses caras que só falam em sala uma vez por mês e então dizem algo em que nem mesmo o professor tinha pensado.

— O que ele passou foi barra pesada. Tem acontecido muita coisa com Nat — digo.

Como a gente ama os filhos e faz da felicidade deles o principal objetivo de nossa existência, é algo deprimente vê-los não se tornarem mais felizes do que você. Nathaniel Sabich foi um bom garoto pelos mais comuns dos padrões. Prestava atenção nas aulas quando criança e era relativamente raro ele desrespeitar os pais. Era um garotinho agitado, que tinha problema em ficar sentado quieto e folheava o livro mais adiante, para ver o fim, quando eu lia para ele uma história. Quando cresceu, tornou-se evidente que todo movimento aleatório seu tinha sua fonte num tipo de preocupação que ele enfiou cada vez mais e mais fundo dentro de si.

Os terapeutas surgiram com mil teorias sobre o motivo. Ele é filho único de dois filhos únicos e nasceu numa estufa de atenção paternal que pode muito bem provar que existe essa coisa de amar demais uma criança. Então houve o trauma de minha acusação e julgamento por homicídios, quando, por mais que fingíssemos, nossa família balançou como o personagem de um filme agarrado a uma ponte quebrada.

A explicação mais frequente é a que me deixa com a menor das culpas: ele herdou parte da doença depressiva da mãe. Quando chegou à adolescência, pude ver a sombria depressão nervosa familiar descer sobre ele, marcada pela mesma melancolia e o mesmo isolamento. Passamos por todas as coisas que se poderia esperar. Boletins com notas altíssimas e baixíssimas. Drogas. Foi, talvez, o dia mais vergonhoso de minha vida quando meu colega Dan Lipranzer, um detetive às vésperas da aposentadoria e da mudança para o Arizona, surgiu inesperadamente em meu gabinete, uma década atrás. "A Força-Tarefa Antidrogas pegou um aluno do colégio Nearing que diz que compra pó do filho de um juiz."

A boa notícia foi que essa revelação nos permitiu convencer Nat a voltar à psicoterapia. Quando ele começou o tratamento com antidepressivos, perto do fim do ensino médio, foi como se tivesse deixado uma caverna e saído para a luz. Iniciou o curso de graduação em filosofia, finalmente saindo de casa de uma vez, e então, sem discustir conosco, fez a transferência para direito. Meu filho foi o recipiente vivo de tanta ansiedade e desejo, tanto para Barbara quanto para mim, que parecemos surpresos quando finalmente ele começou a se virar por conta própria, mas esse choque provavelmente tem a ver com o mal-estar de sermos deixados sozinhos um com o outro.

— Você ficou feliz por ele ter ido estudar direito? — pergunta Anna.

— De certo modo, aliviado. Não me importava se ele se formasse em filosofia. Eu achava que era uma iniciativa que valia a pena. Mas não sei aonde isso vai levar. Não que a faculdade de direito seja muito melhor. Ele fala em ser professor de direito, mas vai ser difícil fazer isso, saindo direto da função de assessor, e ele não parece ter outras ideias.

— Que tal modelo de publicidade? Você percebe que ele é lindo, não?

Nat tem muita sorte de se parecer com a mãe, mas a verdade, que só eu pareço reconhecer, é que a penetrante qualidade de sua beleza, os aguçados olhos azuis e o universo de lúgubre mistério, vêm direto do meu pai. Mulheres jovens são atraídas como a um farol pela excepcional beleza de Nat, mas ele sempre foi anormalmente lento para criar um vínculo e entrou em outra fase de distanciamento como resultado de uma desastrosa separação de Kat, a garota que namorou nos últimos quatro anos.

— Já lhe ofereceram trabalho nisso. Alguém de uma agência o viu na rua. Mas ele sempre detestou as pessoas falando de sua aparência. Não é a base sobre a qual quer ser julgado. Além disso, há uma carreira melhor, se ele quiser ganhar um dinheiro fácil.

— E qual é?

— Todo mundo da sua idade. Vocês podem ser mais ricos do que jamais sonharam.

— Como?

— Aprendendo a remover tatuagens.

Ela gargalha como Anna gargalha, como se gargalhar fosse toda a sua vida. Ela se contorce e dá risadinhas. Mas falar sobre Nat despertou algo nela, e Anna ergue-se sobre um cotovelo, minutos depois, para olhar para mim.

— Você alguma vez quis uma filha? — pergunta.

Olho-a por algum tempo.

— Creio que esse tipo de comentário é o que Nat, nos seus tempos de ensino fundamental, teria chamado de "deliberadamente transgressor".

— Quer dizer fora dos limites?

— Acho que é isso que ele queria dizer.

— Não creio que limites acabem com o gelo por aqui — diz ela, e gesticula com a cabeça para as paredes do quarto. — E então? Quer uma filha?

— Eu quis ter mais filhos. Barbara usou todos os tipos de desculpas: nunca conseguiria amar outro filho tanto quanto Nat. Coisas do tipo. Em retrospecto, acho que ela sabia que era doente. E frágil.

— Mas você quis uma filha?

— Já tive um filho.

— Então é sim?

Tento fazer minha mente voltar aos anseios daqueles anos. Eu queria filhos, ser pai, fazer melhor do que fizeram comigo — foi uma paixão dominadora.

— Acho que sim — respondo.

Ela levanta e, lentamente, despe o robe que havia vestido para se aquecer, deixando que ele escorregue dos ombros, e me fixa com o olhar ardente que eu costumava ver nos seus últimos dias no meu gabinete.

— Foi o que pensei — diz ela, e deita ao meu lado.

Deixar Anna, quando nos encontramos à noite, continua difícil. Ela implora para eu não ir e não está longe das táticas de uma Jezebel. Esta noite, ela se veste com relutância e, ao nos aproximarmos da porta, coloca ambas as mãos sobre esta e gira a base das costas para mim como uma stripper.

— Assim fica difícil ir embora.

— A ideia é essa.

Ela mantém essa lascívia um pouco trepidante, e colo meu corpo no dela e acompanho o movimento até ficar completamente excitado. Ergo abruptamente sua saia, abaixo a calcinha e me enfio nela. Sem preservativo: um ato audacioso, pelos nossos termos. Mesmo na primeira vez, Anna tinha camisinhas na bolsa.

— Ah, meu Deus — diz ela. — Rusty.

Mas nenhum de nós dois para. Suas mãos estão apoiadas na porta. Cada fração do desespero e da insanidade de nosso relacionamento está ali presente para nós. E quando finalmente relaxo, parece ser o momento mais verdadeiro que tivemos.

Depois, ambos estamos um pouco abalados e voltamos a nos vestir num pesaroso silêncio.

— Me ensine a rebolar para você — diz ela, quando saio primeiro.

* * *

A culpa é uma ordem que chega clandestinamente e sabota tudo. Após aquele breve momento de entrega, sou visitado eternamente por temores óbvios. Quase choro tarde da noite quando recebo um dos enigmáticos e-mails de Anna: "A visita chegou", diz, usando a singular gíria vitoriana para menstruação. Mas, mesmo depois disso, há uma sigla que parece uma mão congelada apertando meu coração sempre que penso naquilo: DST. E se Anna, que é bem rodada, foi contaminada, sem saber, com alguma coisa que posso passar adiante? Repetidamente imagino o rosto de Barbara vindo do ginecologista.

Sei que essa preocupação é altamente irracional. Mas os "e se" são como unhas enfiadas em meu cérebro. Já existem muitos tormentos que simplesmente não consigo enfrentar com ainda mais uma preocupação aleatória. Então, certo dia, no meu gabinete, ponho o termo de busca — "DST" — no meu computador e encontro um site. Faço a ligação para o 0800 de um telefone público na estação rodoviária, virado de costas para que ninguém possa ouvir.

A jovem do outro lado é paciente, consoladora. Explica as normas do exame e então informa que pode fazer o débito no meu cartão. As iniciais que apareceriam no extrato seriam inócuas, mas é o tipo de detalhe que nunca deixaria de chamar a atenção de Barbara; ela sempre pergunta se qualquer despesa inexplicada é dedutível.

Meu silêncio diz tudo. A jovem educada então acrescenta: "Ou, se preferir, pode fazer o pagamento em dinheiro, por ordem postal ou por cheque administrativo bancário." Ela me fornece uma senha, que substituirá meu nome em todo contato com a empresa.

Compro o cheque administrativo no dia seguinte, quando vou ao banco para fazer um dos meus depósitos estratégicos.

— Devo colocá-lo como remetente? — pergunta o caixa.

— Não — digo, com constrangida rapidez.

Vou direto de lá para a sala do 13º andar num prédio de Central City, onde fui orientado a deixar o cheque. Descubro-me na porta de uma empresa de importação/exportação. Dou uma bisbilhotada lá dentro, depois saio para reexaminar o endereço que trago no bolso. Quando volto a entrar, a recepcionista, uma russa de meia-idade, encara-me com um olhar imperial e pergunta, com um forte sotaque: "Está aqui para me dar dinheiro?" Faz sentido, percebo, essa fachada. Mesmo se um detetive tivesse me seguido até aqui, ele se enganaria em relação ao meu motivo. Ela pega meu cheque, o joga, sem a maior cerimônia, numa gaveta e volta a trabalhar. Que mistura variada de pessoas essa mulher deve receber... Homens gays às dezenas. Uma mulher com dois filhos num carrinho, que deu para o vizinho e hoje fica em casa enquanto ele procura trabalho. E provavelmente uma porção de sujeitos como eu, grisalhos e de meia-idade, esgotados de tantos temores em relação à prostituta de 300 dólares com quem passaram algum tempo. Fraqueza e insensatez são o negócio dela.

Já o exame em si é rotineiro. Estou num consultório médico, em frente ao Hospital Universitário, e me inscrevo apenas com meu número. A mulher que colhe o sangue nem se dá ao trabalho de sorrir. Afinal, cada paciente é um perigo em potencial para ela. Nem sequer me avisa que a picada pode doer.

Quatro dias depois, um clínico me informa que estou limpo. Conto a Anna, na vez seguinte em que estou com ela. Fiquei me perguntando se deveria dizer alguma coisa, mas agora me dou conta de que só o exame seria melhor do que ter a conversa que se segue.

— Eu não estava preocupada — rebate ela. Olha-me por baixo das bastas sobrancelhas. — Você estava?

Estou sentado na cama. É meio-dia e, do corredor, posso ouvir o repositor do frigobar bater na porta para entrar e fazer a verificação — um excelente disfarce para um detetive particular, penso eu no meu atual estado de inquietação.

— Tem uma porção de perguntas que eu não quis fazer.

Como não posso prometer não dormir com Barbara, concluí que não estou em condição de pedir fidelidade a Anna. Continuo sem saber se ela se encontra com outros homens, mas raramente recebo respostas dos breves e-mails que ouso enviar para ela nos fins de semana. Estranhamente, não sinto ciúmes. Sempre imagino o momento em que ela me dirá que acabou, que já obteve o que podia dessa experiência e retomará seu caminho em direção à vida normal.

— No momento, não há mais ninguém além de você, Rusty. — "No momento", penso. — E sempre tomo precauções. Me desculpe por ter ficado tão irritada. Mas eu nunca faria um aborto.

— Eu não deveria ter feito o exame.

— Eu adorei — diz ela baixinho, e se senta a meu lado. — Poderíamos fazer daquela maneira. Agora que experimentamos. Tenho um diafragma.

— E quando você conhecer outro homem?

— Eu já te disse. Sempre tomo precauções. Isto é... — diz ela, e para.

— O quê?

— Não precisa haver outro. Se você me disser que está pensando em deixar Barbara.

Suspiro.

— Anna, não podemos continuar com essa conversa. Se temos duas horas juntos, não podemos gastar a metade brigando.

Agora eu a magoei. Sempre é fácil perceber quando Anna está zangada. Sua parte mais dura, a que está comprometida com os cruéis mecanismos do direito, assume o controle e seu rosto torna-se rígido.

Dolorosamente experiente, me estatelo na cama e ponho um travesseiro no rosto. Ela vai se recuperar a tempo e se instalará a meu lado. Mas, por enquanto, estou sozinho e numa espécie de meditação na qual me testo com a pergunta que ela faz frequentemente. Eu me casaria com Anna se, de alguma forma, uma circunstância singular tornasse isso possível? Ela é extremamente divertida, um prazer de se olhar e uma pessoa que saboreio, que me é tão cara quanto a respiração. Mas já tive 34 anos. E duvido que consiga me juntar a ela do outro lado da ponte que já atravessei.

Algo mais, porém, se torna tão subitamente claro quanto a solução de um problema matemático que antes eu não conseguia resolver. Percebo agora algo que foi necessário estar com Anna para reconhecer: errei. Dei mancada. Pode ser que ela não seja a alternativa correta. Mas isso não quer dizer que nunca houve uma. Vinte anos atrás, achei que estava fazendo a melhor de muitas péssimas escolhas, e estava errado. Errado. Eu poderia ter feito algo mais, encontrado outra pessoa. Pior. Eu deveria ter feito isso. Não deveria ter voltado para Barbara. Não deveria ter vendido minha felicidade por causa de Nat. Foi a escolha errada para nós três. Isso fez com que Nat crescesse numa masmorra de sofrimento mudo. E sujeitou Barbara à prova diária de algo que qualquer um, em sã consciência, preferiria esquecer. Meu coração atualmente é um navio de guerra sobrecarregado, tombado por uma leve brisa, afundando na água em que deveria navegar. E a culpa não é de ninguém, somente minha.

Quando volto ao gabinete, há sobre minha escrivaninha um recado urgente de George Mason. Três, aliás. A vida no Tribunal de Recursos caminha na velocidade de um estado de coma. Mesmo uma emergência é resolvida em um ou dois dias, não em uma hora. Quando ergo a vista, George está na porta. Desceu ele mesmo, na esperança de eu ter retornado. Em mangas de camisa, alisando a gravata listrada como um meio de se acalmar.

— O que houve?

Ele fecha a porta atrás de si.

— Divulgamos a decisão do caso Harnason na segunda-feira.

— Eu vi.

— Hoje, a caminho do almoço, topei com Grin Brieson. Ela ligou para Mel Tooley, para combinar de Harnason se entregar, e não obteve resposta. Finalmente, após o terceiro telefonema, Mel admitiu que acha que o cara se mandou. Os policiais foram acionados esta manhã. Harnason sumiu há pelo menos duas semanas.

— Ele violou a fiança? — pergunto. — Ele fugiu?

Harnason foi a um navio-cassino e usou o alto limite do cartão de crédito para comprar 25 mil dólares em fichas, as quais ele trocou imediatamente por dinheiro para financiar sua fuga. Com duas semanas de dianteira, provavelmente deve estar bem longe, fora do país.

— Os jornais ainda não sabem — diz George. — Mas logo saberão. Quero que você esteja preparado para quando ligarem.

O público desconhece completamente o que fazem os juízes dos tribunais superiores. Mas vai concluir que deixei solto um criminoso condenado, que agora ficará livre para sempre, mais um bicho-papão para se temer. Koll vai me jogar na cara o nome de Harnason. Fico imaginando vagamente se de fato dei uma chance ao babaca.

Contudo, não é isso que me paralisa depois que George, finalmente, me deixa sozinho atrás de minha enorme escrivaninha. Eu sabia, durante as sete semanas que venho me encontrando com Anna, que o desastre estava assomando. Mas não tinha visto sua forma. Estava disposto a arriscar que as pessoas próximas a mim se machucassem. Mas, por mais irônico que seja, estou pasmado em perceber que ajudei numa séria infração à lei. Harnason me manipulou direitinho. A eleição é a última de minhas preocupações. Com o promotor errado — e Tommy Molto é certamente o promotor errado —, eu poderia acabar na cadeia.

Preciso de um advogado. Estou desorientado demais e cheio de compunção para imaginar sozinho uma saída. Há apenas uma escolha: Sandy Stern, que me defendeu vinte anos atrás.

— Oi, juiz — diz Vondra, a assistente de Sandy. — Ele não tem vindo muito ao escritório, em parte por causa do clima, mas sei que gostaria de falar com o senhor. Deixe-me ver se ele pode atender.

Vários minutos depois, ele está na linha.

— Rusty.

Sua voz é exausta e fraca, de um modo alarmante. Quando pergunto o que há de errado, ele diz "uma péssima laringite" e devolve a conversa para mim. Não perco tempo com amenidades:

— Sandy, preciso de ajuda. Tenho vergonha em admitir que fiz uma besteira.

Espero o oceano de repreensões. Sandy tem todo o direito: "Após eu lhe dar outra chance, outra vida."

— Ah, Rusty — diz ele. Sua respiração parece difícil. — É isso que me mantém no ramo.

O médico de Sandy havia lhe ordenado que não falasse por duas semanas e, portanto, não fosse ao escritório. Prefiro esperar por ele a procurar orientação de alguém em quem eu confie uma fração a menos que seja. Após 48 horas, de alguma forma recuperei meu equilíbrio. A notícia da fuga de Harnason foi divulgada. A polícia seguiu todas as pistas e não descobriu qualquer vestígio de seu paradeiro. Koll urrou contra meu erro de avaliação, mas a controvérsia é relegada a um item com 5 centímetros no rodapé da página do noticiário local, pois as eleições gerais estão muito distantes. Ironicamente, Koll teria faturado muito mais se tivesse permanecido nas primárias.

Não faço ideia de como a bagunça causada por Harnason vai se desdobrar, se Sandy vai me orientar a falar a verdade sobre o assunto com o tribunal ou a manter minha paz. Minha alma, porém, está tranquila com relação a uma coisa: preciso parar de me encontrar com Anna. Tendo novamente sentido o gosto da ruína, não posso tolerar mais outro perigo.

Três dias depois, chego cedo ao saguão do hotel Dulcimer, para ter certeza de interceptá-la antes de ela subir para o quarto. Por causa de minha chegada antecipada, ela percebe que alguma coisa está errada, mas arrasto-a na direção de uma das colunas e sussurro:

— Precisamos parar, Anna.

Vejo seu rosto enrugar.

— Vamos subir — diz ela, impaciente.

Se digo não, sei que ela não será capaz de se conter e fará uma cena aqui mesmo.

Ela grita amarguradamente assim que a porta é fechada e se senta numa poltrona, ainda com a leve capa de chuva que usa na tempestade de hoje.

— Tentei imaginar — diz ela. — Tentei imaginar isso muitas vezes. O que eu sentiria quando você dissesse isso. E não consegui. Simplesmente não consegui, e não consigo acreditar nisso agora.

Eu decidi não dar explicações sobre Harnason. Nada disse na ocasião do incidente e, por mais paradoxal que seja, tenho certeza de que a mesma mulher que incentivou minhas paixões ilícitas ficaria arrasada em pensar que pude me comportar, como um juiz, com tanta impropriedade. Em vez disso, falo simplesmente:

— É hora de pararmos. Eu sei que é. Depois será muito mais difícil.

— Rusty — diz ela.

— Eu tenho razão, Anna. Você sabe disso.

Para minha surpresa, ela concorda com a cabeça. Ela mesma chegou a essa conclusão. Oito semanas, creio. Essa será a duração do meu voo ao partir da sanidade.

— Você precisa me abraçar novamente — pede Anna.

Ela está em meus braços por um longo tempo, apenas permanecemos contra a porta, do lado de dentro. É a memória de nossos primeiros momentos juntos. Mas não precisamos de lembretes. Os corpos têm o próprio *momentum*. Ambos nos apressamos em terminar, sabendo talvez que estamos num período de tempo roubado.

Vestida novamente e à porta, ela logo se agarra a mim.

— Temos que parar de nos encontrar?

— Não — digo. — Mas vamos dar um tempo.

Assim que ela vai embora, permaneço ali por um longo, longo tempo. Mais de uma hora. O resto de minha vida, sombria e condenada, começou.

Eu diria que não dá para se lidar com a perda, mas isso é incorreto. Caminho pela minha vida como um amputado que sente a dor ilusória de um membro perdido, o coração explodindo de saudade e a mente me dizendo — talvez a observação mais triste de todas — que isso também vai passar. Nunca mais, penso. A maldição agora se tornou verdadeira. Nunca mais.

Após uma semana, melhora. Sinto saudades dela. Lamento a falta dela. Mas alguma paz retornou. Ela era tão inalcançável — tão jovem, uma pessoa de uma era diferente — que é difícil me sentir completamente privado. E não importa o curso que tome com Harnason, essa parte da história permanecerá sem ser contada. Barbara não saberá. Nat não saberá. Evitei o pior.

Eu me pergunto o tempo todo. É de Anna que sinto falta? Ou de amor?

Duas semanas após nosso último encontro no Dulcimer, Anna aparece no meu gabinete. De minha escrivaninha, reconheço sua voz e ouço-a dizer à minha secretária que veio ao prédio para arquivar uma petição e resolveu dar uma passada. Ela se ilumina quando me vê na porta e entra normalmente no gabinete, sem ser convidada, apenas outro ex-assessor de justiça que passou para apresentar seus cumprimentos, coisa que ocorre o tempo todo.

Anna está alegre, brincando ruidosamente com Joyce porque ambas estão usando o mesmo tipo de bota, até eu fechar a porta. Então ela afunda numa cadeira e deixa o rosto cair entre as mãos.

Posso sentir meu coração martelando. Ela é adorável. Veste um conjunto cinza muito elegante, lindamente cortado, cuja textura consigo recordar tão claramente como se minha mão o estivesse tocando agora.

— Conheci alguém — diz ela baixinho, assim que olha para cima. — Aliás, ele mora no meu prédio. Já o tinha visto umas cem vezes e só comecei a falar com ele dez dias atrás.

— Advogado? — Minha voz também é muito baixa.

— Não. — E dá à cabeça uma certa sacudidela, como se para sugerir que não seria tão estúpida. — Faz negócios. Investimentos. Divorciado. Um pouco mais velho. Gosto dele. Dormi com ele ontem à noite.

Consigo não vacilar.

— Odiei — diz ela. — Odiei a mim mesma. Digo a mim mesma que há pessoas como você e eu na vida de todo mundo, pessoas que não podem permanecer para sempre, mas que importam imensamente no momento. Acho que se você leva uma vida aberta e honesta, haverá essas pessoas. Você não acha isso?

Tenho amigos que acreditam que todos os relacionamentos se enquadram nessa descrição — bons por algum tempo. Mas concordo solenemente com a cabeça.

— Estou tentando de tudo, Rusty.

— Nós dois precisamos de um tempo — digo.

Ela sacode o lindo cabelo de um lado para o outro. Foi cortado nas duas últimas semanas e as pontas estão viradas para dentro.

— Ficarei sempre esperando que você diga que me quer de volta.

— Sempre vou querer você de volta — retruco. — Mas você nunca vai me ouvir dizer isso. — Ela ri um pouco, ao captar o deliberado absurdo de minha última afirmação.

— Por que você é tão determinado? — pergunta.

— Porque chegamos à conclusão lógica. Não há final feliz. Nada de felicidade. E estou começando a aceitar os termos da situação.

— E que termos são esses, Rusty?

— Que não tenho o direito de viver duas vezes. Ninguém tem. Fiz minhas escolhas. Seria desrespeitar a vida que vivi jogar tudo isso fora. E tenho que mostrar alguma gratidão a seja qual for a força que me permitiu patinar sobre o mais fino dos gelos e chegar ao fim. Ou seja, já lhe disse uma porção de vezes, Barbara não pode saber. Não pode.

Anna me olha de um modo duro, com uma expressão que tenho visto ocasionalmente e que, nas próximas décadas, observarei em centenas de testemunhas durante um interrogatório.

— Você ama Barbara?

Essa é a pergunta. Estranhamente, ela nunca havia perguntado até agora.

— De quanto tempo você dispõe? — pergunto.

— Uma existência, se você quiser.

Sorrio levemente.

— Acho que eu poderia ter me saído melhor.

— Então por que não vai embora?

— Eu poderia. — Nunca disse isso em voz alta.

— Mas não por alguém mais jovem? Não por uma ex-funcionária. Só porque se importa com o que as pessoas diriam?

Não respondo. Já expliquei isso. Ela continua disparando esse olhar frio, objetivo.

— É porque está numa disputa, não é? — diz ela, então. — Prefere a Suprema Corte a mim.

Percebo instantaneamente: preciso mentir.

— Prefiro — digo.

Ela emite um ruído zombeteiro, então ergue novamente o rosto para continuar sua fria avaliação. Ela me enxerga agora, toda a minha fraqueza, toda a minha vaidade. Eu menti, mas, ainda assim, ela vislumbrou a verdade.

Contudo, consegui uma coisa.

Terminamos.

Minha relação com Sandy Stern é intensa e sui generis. Ele é o único advogado que comparece ao Tribunal de Recursos para casos que, inalteravelmente, eu me recuso. Até mesmo meus ex-assessores aparecem diante de mim cinco anos após terem ido embora. Mas Sandy e eu não somos amigos íntimos. Aliás, não falei com ele por quase dois anos após meu julgamento, até a gratidão superar outros sentimentos que tive sobre o que acontecera no meu caso. Atualmente, temos uma relação de estima mútua e, ocasionalmente, almoçamos juntos. Mas nada ouço de seus segredos. Contudo, seu papel em minha vida foi tão notável que eu jamais poderia fingir que ele é apenas um advogado qualquer. Sua defesa no meu caso foi magistral, com cada palavra pronunciada no tribunal tão significativa quanto uma nota musical de Mozart. Eu lhe devo minha vida.

Conversamos em seu escritório sobre seus filhos e netos. A filha mais nova, Kate, tem três crianças. Ela se divorciou dois anos atrás, mas voltou a se casar. O filho Peter se mudou para São Francisco. Claramente a mais satisfeita é Marta, a filha que trabalha com ele. Ela se casou com Solomon, um consultor administrativo, 12 anos atrás, com quem teve três filhos, e leva uma vida plena.

Sandy continua o mesmo e, se está um pouco mais gordo, quase não se nota em virtude do corte perfeito de sua roupa. Uma vantagem de aparentar ser mais velho quando se é jovem é que, anos depois, a pessoa parece ser imune ao tempo.

— Pelo visto, você se recuperou bem da laringite — observo.

— Nem tanto, Rusty. Fiz uma broncoscopia no dia seguinte à sua ligação. Farei uma cirurgia de câncer pulmonar no fim desta semana.

Sinto-me arrasado por nós dois. Seus malditos cigarros. Eles são onipresentes e, quando imerso em pensamentos, Sandy raramente se lembra de não tragar. A fumaça sai de suas narinas como das de um dragão.

— Ah, Sandy.

— Me disseram que é bom o fato de poderem operar. Há possibilidades bem piores com esse tipo de coisa. Vão remover um caroço, depois esperar e observar.

Pergunto sobre sua mulher e ele descreve Helen, com quem se casou após enviuvar, como ela sempre foi: corajosa e engraçada. Como sempre, ela tem sido exatamente tudo de que ele precisa.

— Mas chega de mim — diz ele.

Fico imaginando se, caso eu estivesse mesmo perdido, e minhas horas estivessem se esgotando, se eu escolheria ir ao tribunal. É um tributo ao que Sandy fez, que ele sinta que esses permanecem como seus melhores momentos.

Conto-lhe minha história em pequenas pinceladas, relatando o mínimo que ele precisa saber: que eu estava saindo com uma pessoa, que fui seguido por Harnason, que me pegou desprevenido e me deixou perturbado — zangado, intimidado, culpado. Percebo a expressão de Stern mudar enquanto ouve a história, suas feições mobilizadas, enquanto abarca todas as elusivas categorias da vida.

As duas semanas que tive de esperar para ver Sandy não fizeram muita coisa para clarear minhas ideias sobre meu problema com Harnason. Quero o conselho de Sandy sobre o que a lei e a ética exigem que eu faça. Devo contar a verdade aos meus colegas juízes ou à polícia? E o que acontecerá comigo? Ouvindo, ele estende, num reflexo, a mão para o cigarro e para. Em vez disso, enquanto pensa, massageia as têmporas. Demora bastante tempo.

— Um caso como esse, Rusty, um homem como aquele... — Sandy não completa a frase, mas seus modos sugerem que captou completamente a estranheza de Harnason. — Ele custeou muito bem sua fuga e desconfio que, do mesmo modo, planejou cuidadosamente como se esconder. Duvido que ele seja visto novamente.

"Se ele for detido, então é claro... — A mão de Sandy vagueia. — Isso seria problemático. A gente torce para que o sujeito tenha gratidão, mas seria imprudente esperar isso. Como matéria criminal, entretanto, a mim parece uma acusação muito difícil... Um criminoso condenado duas vezes, a quem você antes já mandou para a penitenciária? Não é uma testemunha confiável. E isso se Tommy Molto resolvesse gerar um crime imaginário. Mas se Harnason é a única testemunha de que dispõe o Estado... e é difícil pensar como poderia haver outra... será um caso frouxo.

"Como uma questão disciplinar para a Corregedoria, isso é outra história. Diferentemente de um inquérito criminal, eventualmente você terá que testemunhar, e não importa o quanto você estivesse confuso, nós dois sabemos que sua conduta entrou em conflito com vários cânones da conduta judicial. Mas, desde que a perspectiva de uma condenação criminal não seja efêmera... e certamente não o é com Tommy Molto no cargo de procurador de justiça... você não precisa dizer nada a ninguém. Raramente registro minhas conversas com meus clientes, mas, neste caso, farei um memorando para o arquivo, para o caso de algum dia você querer provar que recebeu esse conselho de mim."

Ele fala casualmente, mas é claro que se refere à possibilidade de estar morto numa ocasião futura em que eu precise explicar meu silêncio.

No elevador, ao descer, tento absorver as avaliações de Sandy, as quais, em grande parte, também são as minhas. É provável que eu saia ileso de tudo isso. Harnason sumiu para sempre. Barbara e Nat continuarão sem saber sobre Anna. Eu ascenderei à Suprema Corte e, no devido tempo, esquecerei uma breve era de incrível insensatez. Conseguirei o que queria, mesmo não merecidamente, e, tendo arriscado tudo, talvez desfrute minha vida mais do que teria desfrutado de outra maneira. O trem do juízo parece inexorável, mas é pouco confortável. Uma náusea mergulha no meio do meu corpo.

Emerjo do corredor polonês de portas giratórias para um dia radiante, com o primeiro calor pleno de verão. A calçada está apinhada de gente indo almoçar e fazer compras, caminhando com seus casacos pendurados nos braços. No meio da rua, operários tapam buracos causados pelo inverno, aquecendo piche cujo aroma excessivo parece estranhamente embriagador. As árvores no parque do outro lado vestem um novo verde, finalmente repletas de folhas, e o cheiro acerado do rio está no vento. A vida parece pura. Meu caminho está definido. E, portanto, não há por que me esconder da verdade que quase me coloca de joelhos.

Eu amo Anna. O que posso fazer?

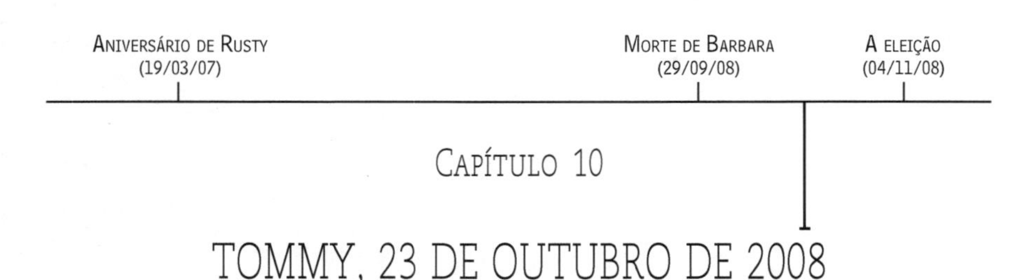

Capítulo 10

TOMMY, 23 DE OUTUBRO DE 2008

Tommy Molto não gostava da cadeia. Tinha três andares, mas era escura como uma masmorra, mesmo durante o dia, porque, em 1906, evitavam-se fugas construindo janelas que tinham apenas 15 centímetros de largura. Havia também algo perturbador com o som, a angustiante algazarra que se elevava das 3 mil almas capturadas. Isso sem falar do cheiro. Não importava a limpeza, tantos homens em aposentos tão próximos, com um vaso sanitário de aço sem tampa entre cada dois deles, enchiam toda a estrutura com um cheiro pantanoso, fétido. Não era o Four Seasons. Nem se pretendia que fosse. Mas era de se imaginar que, após trinta anos visitando o local para falar com testemunhas, para tentar enrolar advogados de réus, Tommy já estivesse acostumado. Suas entranhas, porém, ainda ficavam embrulhadas. Parte disso era causada pela feia realidade do que ele fazia. Tommy costumava achar que seu trabalho tratava apenas de certo e errado e merecimento. O fato de que seu trabalho culminava numa total escravidão, da qual ele mesmo duvidava que seria capaz de escapar, ainda agora permanecia como uma indesejável realidade.

— Por que estamos indo falar com esse preso? — perguntou Tommy a Brand, enquanto esperavam na sala de acesso.

Eram 21 horas. Tommy estava em casa quando Brand foi procurá-lo. Tomaso acabara de descer e Dominga estava na cozinha, lavando a louça.

A casa ainda cheirava a temperos e fraldas. Essas eram as horas preciosas no dia de Tommy, sentindo o ritmo da família, a doce ordem sucedendo o relativo caos do resto de sua vida. Mas Brand não teria pedido ao chefe que saísse a não ser que fosse algo que realmente não pudesse esperar, e Tommy foi vestir novamente o paletó. Ele era o procurador de justiça. Aonde quer que fosse, tinha de corresponder ao papel, e, como se para confirmar isso, tanto o diretor quanto o chefe dos agentes penitenciários tinham vindo às pressas de casa assim que souberam que estava chegando, para que pudessem apertar as mãos e jogar um pouco de conversa fora. Fazia apenas um segundo que eles tinham ido embora, deixando Tommy, finalmente, ser informado pelo seu subprocurador de justiça do que fazia ali:

— Porque Mel Tooley disse que valeria a pena vir. Vai valer realmente a viagem. Ele tem algo a dizer que o procurador de justiça precisa ouvir pessoalmente. E, às 9 da noite, sem repórteres num raio de 1 quilômetro, é a melhor hora.

— Jimmy, eu tenho esposa e filho.

— Eu tenho esposa e dois filhos — rebateu Brand.

Mas estava sorrindo. Ele achava gracioso o modo como Tommy às vezes agia como se estivesse inventando que tinha uma família. Brand confiava mais em Mel Tooley do que na maioria das pessoas porque Mel dividia o espaço de uma sala no trabalho com um dos irmãos mais velhos de Brand.

— Então me coloque a par — pediu Tommy. — Esse cara, o envenenador, como é mesmo o nome dele? Harnason?

Dezoito meses antes, o chefe da seção de recursos da Promotoria, Grin Brieson, havia implorado para que Tommy agisse no caso. Ele só se lembrava disso e, naturalmente, do fato de que ele vencera, apesar da oposição de Rusty. Os outros detalhes, porém, tinham se perdido com o tempo.

— Certo. Já faz um ano e meio que ele está solto.

— Eu me lembro — disse Tommy. — Rusty lhe concedeu fiança.

No mês anterior, N.J. Koll andara divulgando inserções de campanha desafiando Rusty, trombeteando o fato de que os promotores públicos haviam se oposto à fiança para Harnason. Assim que Barbara morreu, Koll teve de se mancar e tirar esse troço, o que foi um alívio para Tommy, que não gostava de ver a Promotoria no meio de uma disputa eleitoral, principalmente aquela.

— Pegaram Harnason ontem, em Coalville, uma cidadezinha cerca de 500 quilômetros ao sul, população de 20 mil pessoas, do outro lado da divisa estadual. Era seu novo domicílio. Ele tinha aberto um escritório e advogava com o nome de Thorsen Skoglund.

— Babaca — disse Tommy, que gastou um segundo lembrando-se de Thorsen, um homem honrado havia muito falecido.

— Pois bem, ele advogava e, paralelamente, escuta só essa, trabalhava como palhaço em festinhas infantis. Não dá para acreditar. Mas Harnason faturava mais como palhaço do que como advogado, o que talvez signifique alguma coisa, pois o cara ia muito bem, até que o problema com a bebida levou a melhor e ele foi pego dirigindo bêbado. A comparação das digitais retornou do FBI duas horas depois que ele foi detido. Aparentemente, Harnason achava que ainda era como nos velhos tempos, quando isso demorava semanas. Ele estava em casa, fazendo as malas, quando o xerife local chegou com um grupo da SWAT.

Mel Tooley desistira do direito a extradição, e o xerife de Coalville levara Harnason pessoalmente de volta. Não havia muitos criminosos fujões em Coalville. O xerife falaria sobre Harnason pelo resto da vida. Até então, Harnason não tinha sido levado a um tribunal, e a imprensa não fazia ideia de que ele estava novamente preso, mas a história provavelmente vazaria. No fim das contas, seria uma boa notícia para Rusty. Quando as inserções de campanha de Koll voltassem ao ar, ele não poderia agitar os braços contra o maluco que Rusty havia libertado e que ainda continuava à solta.

Enquanto isso, Tommy e Brand haviam avançado através de dois conjuntos de maciças barras de ferro, uma espécie de comporta de ar entre cativeiro e liberdade, e foram escoltados por um agente carcerário chamado Sullivan até a sala de interrogatório. Sullivan bateu numa porta branca e Tooley saiu para o estreito corredor. Tooley estava em trajes civis. Aparentemente, estava trabalhando no jardim quando Harnason chegara à cidade, por volta das 17 horas. Havia terra sob suas unhas em sua calça jeans. Tommy levou um segundo para se dar conta de que, na pressa, Tooley se esquecera da peruca. A verdade é que ele parecia melhor sem ela, mas Tommy decidiu poupá-lo dessa opinião.

Tooley se desfez nas habituais mesuras porque o todo-poderoso procurador de justiça tinha ido lá à noite.

— Eu também te amo — disse Tommy. — Qual é o caso?

— Bem, isso é estritamente hipotético — alegou Tooley, baixando a voz. Na cadeia, nunca se sabe de que lado uma pessoa está jogando. Alguns dos agentes penitenciários trabalham para gangues, outros recebem grana de repórter. Tooley chegou tão perto que parecia que ele estava se aconchegando para um beijo. — Mas, se você perguntar por que ele decidiu fugir, o Sr. Harnason lhe dirá que soube por antecipação do resultado do Tribunal de Recursos.

— Como?

— Essa é que é a parte boa — disse Mel. — O juiz-presidente lhe disse.

Tommy sentiu como se tivesse sido atingido na cabeça por uma tábua. Não conseguia imaginar isso. Rusty tinha sido sempre rigoroso como juiz.

— Rusty? — perguntou Tommy.

— Sim.

— Por quê?

— É uma conversa muito estranha — disse Mel. — Você vai querer ouvir com os seus próprios ouvidos. Acho que isso dá um caldo. Quer dizer, no mínimo vai tirá-lo da disputa para a Suprema Corte. No mínimo. Você pode até sustentar que ele ajudou e favoreceu a fuga de um condenado sob fiança. Desobediência criminosa. Por violar as regras de seu próprio tribunal.

Tooley era como todos aqueles que achavam que Tommy daria um dos testículos para pegar Rusty novamente. Em vez disso, o promotor público deu uma gargalhada.

— Com Harnason como a única testemunha? Um cara a cara entre um criminoso condenado e o juiz-presidente do Tribunal de Recursos? E eu como acusador?

Pior ainda, do jeito como essa história se encaixaria com as inserções de campanha de Koll, todo mundo iria ridicularizar Tommy como bobo crédulo de Koll.

Tooley tinha bochechas carnudas nas quais cicatrizes de acne captavam as sombras.

— Há outra testemunha — disse ele, baixinho. — Na época, Harnason contou sobre a conversa para outra pessoa.

— Quem?

Tooley sorriu do seu jeito torto. Ele não conseguia erguer o lado direito do rosto.

— No momento, terei que reivindicar a prerrogativa de sigilo profissional.

Que time dos sonhos, pensou Tommy. Um assassino de merda e um advogado de bosta. Tooley, nessa história toda, provavelmente tinha culpa no cartório e ajudara Harnason a se mandar para o meio do mato. Mas Tooley era Tooley. Ele cuidaria para que Harnason esquecesse essa parte e pareceria limpo num tribunal. Sabia como enganar um júri. Vinha fazendo isso por quase quarenta anos.

— Temos que ouvir isso direto do seu sujeito — afirmou Tommy. — Nada de acordo de segunda mão. Se gostarmos do que ele tem a dizer, a gente conversa. Chame isso de oferta. Hipotética.

Após um segundo com seu cliente, Tooley acenou para chamar Brand e Tommy à sala dos advogados. Não media mais do que 2,5m x 3m, paredes caiadas, embora listras negras surgissem irregularmente nas paredes. Tommy preferia não pensar como as marcas de calcanhares chegaram ali. Quanto ao prisioneiro, John Harnason não parecia exatamente bem. Tinha raspado o bigode e deixado o cabelo ficar grisalho quando fugiu e ganhara uns quilos. Estava sentado, com seu vistoso macacão laranja, as mãos algemadas e as pernas a ferro, ambos os dispositivos limitadores acorrentados a uma argola de metal embutida no chão. A pálida marca do relógio que lhe haviam tirado quando fora capturado ainda era visível entre a pelugem loura de seu antebraço, e ele olhava em volta, aflito, girando a cabeça 180 graus a cada poucos segundos. Estava na cadeia municipal havia apenas algumas horas, mas já se habituara a ficar de olho para se proteger do que pudesse vir por trás. Sem essa de torturar um preso jogando água em seu rosto ou de prisão no exterior, pensou Tommy. Eles deveriam simplesmente jogar a al-Qaeda na Cadeia Municipal de Kindle para um pernoite. De manhã, eles diriam onde estava Osama.

Tommy decidiu interrogar Harnason pessoalmente. Começou perguntando quando ele começara a pensar em fugir.

— Eu simplesmente não aguentava nem pensar em voltar, assim que soube que ia perder o recurso. Antes disso, eu achava realmente que ia ganhar. Era o que Mel achava.

Tooley não ousou erguer os olhos para Tommy. Ganhar um recurso era uma raridade para um advogado de defesa. Tooley andara passando seu cliente para trás, a fim de faturar mais 10 mil por uma petição certeira à Suprema Corte Estadual.

— E como você soube que ia voltar para a cadeia?

— Eu pensei que Mel tivesse contado — disse Harnason.

— Bem, diga você — pediu Tommy.

Harnason levou algum tempo estudando suas atarracadas mãos cruzadas.

— Sabem, eu conheço esse homem há séculos. Rusty. Profissionalmente. Se é que se pode chamar assim. — Harnason correu a mão entre Tommy e ele. Tommy deu de ombros: perto o bastante. — E, depois que me concedeu a fiança, eu simplesmente comecei a ficar curioso a respeito dele. Pensei: talvez ele se sinta mal. Por ter me mandado prender antes. Deus sabe que ele deveria se sentir mal.

Nem Tommy nem Brand conheciam essa parte, e Harnason explanou seus primeiros encontros com Rusty, muito tempo antes. Tommy ainda conseguia se lembrar das batidas atrás de veados que Ray Horgan costumava encenar pouco antes das eleições, na mata, no banheiro masculino da Biblioteca de Central City e em vários bares, arrebanhando os presos em ônibus escolares diante das câmeras. Os tempos mudam, pensou Tommy. Ele ainda não sabia muito bem como se sentia em relação a gays se casando ou criando filhos, mas Deus não colocaria uma comunidade inteira na terra se não fizesse parte de Seu desígnio. Viva e deixe viver, era como ele se sentia agora. Mas, voltando àquela época, ele sabia que teria lidado com o caso de Harnason do mesmo modo que Rusty.

Sem saber se Rusty ainda se lembrava dele, Harnason, num impulso, decidira lhe fazer uma visita, após a argumentação oral, apenas para dar um alô, cumprimentá-lo pelo aniversário e agradecer pela concessão da fiança. Tommy levou um segundo imaginando que papel a visita de Harnason desempenhara na discordância de Rusty em relação ao caso.

— Mel me repreendeu por causa disso — disse Harnason. — A última coisa que eu queria era que Rusty deixasse o caso. Mas houve algo estranho quando o vi.

— Como assim? — quis saber Tommy.

— Uma ligação. Uma espécie de... — Harnason demorou muito tempo, e seu rosto mole, com ilhas cor-de-rosa, movimentou-se várias vezes em torno das palavras em que ele pensava. — Farinha do mesmo saco — disse ele.

Tommy entendeu. Advogados. Enganadores. E assassinos. Tommy não conseguia evitar. Ele começava a gostar de Harnason.

Brand estava junto a Tommy, tomando notas de vez em quando num bloco de papel, mas basicamente prestando atenção em Harnason, claramente tentando ele mesmo se decidir sobre o que pensar. Harnason falava a maior parte do tempo de cabeça baixa, seu ralo cabelo grisalho e a parte calva eram tudo que se via de seu rosto, como se todas aquelas lembranças pesassem 40 quilos. Tommy percebeu o problema. Harnason prezava o que Rusty fizera para ele. Não sentia prazer em sacanear o sujeito.

— Rusty tinha dito, da primeira vez algo vago, eles tinham ouvido meus argumentos, algo assim, o que pareceu um pouco esperançoso, mas eu me sentia consumido — disse Harnason — por não saber, por ter que esperar a decisão. Às vezes, não dá para aguentar. Então imaginei, bem, se ele falou uma vez, talvez me diga pelo menos o que vai acontecer. Então eu o segui algumas vezes. Esperava ele sair para almoçar e o seguia.

A primeira vez, Rusty foi ao Grand Atheneum. Foi interessante por não ter sido o hotel Gresham, onde Marco Cantu foi pago para não fazer nada. Aparentemente, Rusty estivera num circuito de leitos, provavelmente porque vira Cantu muitas vezes enquanto estivera trepando com sua coisinha jovem lá. Mas Harnason nada sabia sobre Cantu ou o exame de DST. Portanto, até então, sua história fazia sentido.

— Rusty estava com alguém?

— Imagino que sim. — Harnason sorriu. — Não que eu a tenha visto. Eu o vi ir direto ao elevador. Ele ficou sumido um tempão. Muito mais do que consegui esperar. Começou a chover. Então dei no pé e o segui novamente na semana seguinte. O mesmo esquema, só que num hotel diferente. Mas ele foi direto ao elevador e ficou um tempão lá em cima. —

Harnason esquecera o nome do hotel, mas, pela localização, só podia ser o Renaissance. — Fiquei do lado de fora mais de três horas. Mas lá veio ele. Um passo um pouco mais apressado. Assim que notei isso, tive certeza de que ele tinha feito sexo.

— Alguém com ele dessa vez?

— Negativo. Mas a cara dele quando me viu... Sabe como é, aquele olhar arregalado, do tipo "sujou". Em vez de ficar puto. Talvez tenha sido por causa disso que ele falou. Ele tentou ignorar minha pergunta. Mas eu pedi, tipo por piedade, me diga. Vou voltar ou não? E ele me disse. Prepare-se para más notícias. Você está no fim da linha. E eu simplesmente abri o berreiro, como uma garotinha.

— Tudo isso enquanto vocês estavam parados ali na rua? Você e o juiz-presidente, e o juiz-presidente lhe disse que seu caso seria ratificado?

A história toda era bizarra. Hora do almoço na Market Street, uma centena de pessoas deviam tê-los visto, e Rusty tagarelando *ex parte*? Um advogado de defesa — se não estivesse morto, Sandy Stern a quem Rusty recorreria — faria picadinho de Harnason. A argumentação, porém, fazia sentido. Se Harnason estivesse inventando alguma coisa, a história não teria vexames e humilhações como aquela. Geralmente, eles entregam histórias assim, estranhas demais para não serem verdade.

— E você contou isso a Mel?

Harnason olhou para Tooley, que concordou com a mão. Harnason disse que ligou para ele naquele dia.

Os quatro homens ficaram sentados ali em silêncio, enquanto Tommy repassava aquilo tudo. Tooley tinha razão. Eles iam afundar o navio de Rusty Sabich com aquilo. A melhor parte era que não seria um caso de Tommy. Do modo como Harnason havia contado a história, Rusty não cometera um crime. Tommy simplesmente passaria a informação para a Corregedoria, que, por sua vez, mandaria alguém ir fazer uma visita a Rusty, e ele provavelmente acabaria renunciando discretamente, pegando sua pensão e indo advogar em vez de enfrentar uma audiência pública na qual o lance sobre a garota e o hotel provavelmente viria à tona.

Tommy olhou para Brand, para ver se havia algo mais. Brand perguntou a Harnason se ele repetiria toda a conversa que tivera com o juiz-presidente.

— Pelo que me diz respeito, essa foi a parte importante — disse Harnason baixinho, sorrindo um pouquinho à sua própria custa. — Houve um pouco mais, um bate-papo.

— Bem, vamos ouvir.

Harnason não se apressou. Parecia que ele mesmo tentava entender a parte que viria a seguir.

— Bem, eu fiquei por ali, sabe, e ele me disse, basicamente: "Ora vamos, pare com isso, você o matou, não foi?"

— Você o matou? — perguntou Brand.

Tooley interrompeu — ele não queria que Harnason confessasse —, mas Tommy disse que não deveria haver impedimentos. Brand perguntou novamente se Harnason matara Ricky.

— É. — Harnason pensou a respeito e confirmou com a cabeça. — É, eu o matei. E foi isso o que disse a Rusty, eu o matei. Mas, eu disse, você mesmo se safou de um assassinato, e ele olhou para mim e disse: "A diferença é que não fui eu."

Tommy o interrompeu:

— Foi isso o que ele lhe disse? Estavam falando de vinte anos atrás?

— Certamente. Ele disse que não foi ele. E também estava me olhando bem nos olhos.

— Você acreditou nele?

Harnason pensou a respeito.

— Acho que sim.

O tal bate-papo deixou Tommy tonto por um segundo. Mas ele não perdeu o tom do fato presente. Harnason era astuto o suficiente para saber o que Tommy queria ouvir, só que não iria dizer. O homem era um daqueles estranhos presidiários, os tais que tinham princípios. Não havia a mais remota chance de ele não estar dizendo a verdade.

— Mais alguma coisa? — perguntou Brand.

Harnason tentou coçar a orelha e se deu conta de que as algemas não deixariam que alcançasse tão longe.

— Eu perguntei com quem ele tinha estado no hotel.

— Ele respondeu?

— Simplesmente me deu as costas. Esse foi o fim da conversa.

Brand perguntou:

— Ele não negou essa parte? Simplesmente virou de costas?

— Isso.

— Algo mais? Mais alguma coisa entre você e o juiz-presidente?

— É quase tudo.

— Nada de quase tudo — disse Brand. — Tudo. Você se lembra de mais alguma coisa?

Harnason olhou para cima, para se lembrar. Fez uma careta.

— Bem, uma outra coisa foi um tanto estranha. Quando eu lhe contei que matei Ricky, ele me perguntou como era envenenar alguém.

Tommy pôde perceber, pelo modo como se sacudiu, que Tooley não tinha ouvido isso antes. Brand era frio demais até mesmo para tremer, mas, sentado a seu lado, Tommy conseguiu sentir o aumento da pulsação dele.

— Ele lhe perguntou como era envenenar alguém?

— Sim. Como eu tinha me sentido. Dia após dia. Como é que foi.

— E por que ele queria saber isso? — indagou Brand.

— Acho que por curiosidade. Já estávamos muito distantes da discrição. Foi aí que eu lhe disse: Você sabe como é matar alguém, e ele respondeu que não tinha sido ele.

Brand repassou tudo com Harnason mais algumas vezes, tentando conseguir a conversa em sequência, pressionando-o a ser mais preciso. Então os dois promotores foram embora, dizendo a Tooley que fariam uma avaliação e voltariam a entrar em contato. Tiveram o cuidado de nada dizer um ao outro até se encontrarem a um quarteirão de distância da prisão. Era uma estranha vizinhança aquela, os prédios marcados por símbolos de gangues e a própria galera geralmente se deixando ficar perto da cadeia, como se lhes desse algum tipo de paz espiritual estar perto de seus companheiros presos. Os barras-pesadas na rua teriam gostado de dar umas porradas no procurador de justiça se o tivessem reconhecido, e Brand e Tommy caminharam rapidamente até o edifício-garagem junto ao Edifício Municipal. Ao passarem, havia uma mulher corpulenta no ponto do ônibus ouvindo um pequeno aparelho de som e ensaiando seus movimentos de exercício de dança, bem ali ao ar livre, às 23 horas, como se estivesse em casa, nua, diante do espelho.

— Muito bem — disse Brand —, você sabe o que estou pensando.

— Eu sei o que você está pensando.

— Estou pensando — disse Brand — que é por isso que o juiz-presidente revelou a informação sobre o recurso. Porque tinha uma garota gostosa ao lado e já estava pensando em talvez gelar a coroa. Porque um candidato à Suprema Corte não vai querer um divórcio desagradável no meio da campanha, ainda mais se envolver colocar sua salsicha no pão errado. E ele queria fazer uma pesquisa de campo, para saber se seria realmente capaz de praticar o ato.

Tommy balançou a cabeça para a frente e para trás. Estava parecendo *Law & Order*. Tudo arrumadinho demais.

— Seria uma teoria melhor, Jimmy, se tivéssemos alguma prova de que Barbara morreu de algum tipo de overdose em vez de ataque cardíaco.

— Talvez a gente só não tenha conseguido isso *ainda* — observou Brand.

Tommy lançou um olhar para Brand. Aquele era o maior erro que um promotor podia cometer, torcer por uma prova que não existe. Policiais e testemunhas podem entender isso do modo errado e tornar seus sonhos realidade. Tommy conseguia ver sua respiração no ar noturno. Ele ainda não estava pronto para o outono e esquecera um sobretudo. Não era, porém, o frio que o incomodava. Ainda tremia por causa da parte em que Harnason contou sobre Rusty ter-lhe dito que não matara Carolyn. Reconhecidamente, Tommy tinha a própria aposta, que no entanto era um problema para a teoria de Brand. Ou Rusty era um assassino ou não era. Foram as duas mulheres ou nenhuma; seria isso que a experiência lhe diria.

— A parte sobre o primeiro assassinato ainda me perturba — comentou Tommy.

— Rusty mentiu — retrucou Brand. — Só porque ele estava num papo íntimo com o cara não quer dizer que iria se revelar como assassino. Além do mais, há um modo de se lidar com isso para se ter certeza.

Novamente o lance do DNA.

— Ainda não — disse Tommy. Ainda era muito cedo. — Me ajude a refrescar a memória. Como foi que aquela aberração quase escapou?

— Qual aberração, chefe?

— Harnason. Ele envenenou o namorado com arsênico, não foi?

— Foi. Mas não é um veneno comum atualmente. É difícil de conseguir e não é revelado por um exame toxicológico de rotina.

Tommy parou de caminhar. Brand deu apenas mais um passo.

— Você acha? — perguntou Brand.

— Rusty foi um dos juízes no caso, não foi? Ele sabe tudo sobre isso. Sobre o que não aparece num exame de rotina.

— Certamente faz parte dos autos.

Cuidado, disse Tommy para si mesmo. Cuidado. Aquele era o Templo da Perdição. Ele sabia disso e, mesmo assim, continuava cambaleando pelo caminho.

— Foi feita espectrometria de massa total no sangue de Barbara? — perguntou Brand.

— Fale com o toxicologista.

— Massa total — disse Brand. — Temos que fazer isso. Temos que fazer. Comportamento estranho, após a morte. Uma amante novinha. Perguntas sobre envenenamento. Estamos apenas fazendo o nosso trabalho, chefe. Temos que fazer isso.

Parecia correto. Mas Tommy ainda se sentia inseguro com tudo aquilo, a cadeia, Harnason, que era um daqueles caras esquisitos, e a ideia perturbadora de que pegara Rusty de fato.

Ele e Brand conversaram baixinho sobre como conseguir o exame de massa, depois se separaram. Tommy desceu ao terceiro andar do edifício-garagem em direção a seu carro. O estacionamento, naquela hora, era um lugar perigoso, pior do que as ruas. Anos antes, um dos juízes fora assaltado ali, mas continuava sem ter segurança. As sombras eram compridas onde os veículos tinham sido estacionados durante o dia, e Tommy permanecia no centro do andar. Mas a atmosfera do Halloween desencadeou algo nele, uma ideia de que flutuava e na qual conseguia sentir pela primeira vez a emoção, assim como o perigo.

E se, pensou Tommy subitamente. E se Rusty realmente fez isso?

II.

Aniversário de Rusty (19/03/07) — Morte de Barbara (29/09/08) — A eleição (04/11/08)

Capítulo 11

RUSTY, 2 DE SETEMBRO DE 2008

A linha telefônica particular toca no meu gabinete, e, quando ouço a voz dela, apenas a primeira palavra, é quase o suficiente para me fazer cair de joelhos. Já se passaram uns bons seis meses desde a última vez que a vi, quando ela deu uma passada por aqui para almoçar com minha assistente, e bem mais de um ano desde que resolvemos encerrar nossa história.

— Ah — diz ela. — Não esperava que você atendesse. Pensei que estivesse fora, em campanha.

— Está decepcionada? — pergunto.

Ela dá uma risada, como sempre o faz, na posse total dos prazeres da vida.

— É Anna — diz ela.

— Eu sei — digo.

Sempre saberia, mas não faz sentido tornar isso mais difícil para nenhum de nós dois.

— Preciso falar com você. Hoje, se possível.

— Algo importante?

— Para mim? Sim.

— Você está bem?

— Acho que sim.

— Parece um pouco misteriosa.

— Será melhor pessoalmente.

— Onde quer me encontrar?

— Não sei. Algum lugar tranquilo. O bar do Dulcimer? City View. Seja lá como o chamam.

Quando ponho o fone no gancho, fragmentos da conversa ficam quicando dentro de mim. Anna nunca acabou realmente para mim. O sofrimento. O desejo. Em julho do ano passado, não muito tempo depois de ter visitado Sandy Stern, eu me convenci durante vários dias de que estava disposto a renunciar a tudo e implorar a Anna que me aceitasse de volta. Visitei Dana Mann, um velho amigo, que era o rei dos divórcios caros desta cidade. Não pretendia lhe falar sobre Anna, apenas que estava pensando em acabar com meu casamento e que tinha algumas perguntas sobre de que modo poderia fazer isso o mais sigilosamente possível, supondo que Barbara concordaria. Mas a força de Dana como advogado provém de sua capacidade de identificar falhas estruturais, e, com mais ou menos cinco perguntas, ele já tinha todo o contorno da história.

— Não creio que você tenha vindo aqui para uma orientação política — disse Dana. — Mas, se quiser que isso fique longe das primeiras páginas dos jornais durante a campanha, é melhor você não fazer nada.

— Eu estou infeliz há muito tempo. Até me envolver com essa mulher, não percebia o quanto estou desesperado. Mas agora não sei se não posso mesmo fazer nada. Eu estava melhor antes, exatamente por esse motivo.

— "A natureza exata do desespero é não perceber que é desespero".

— Quem disse isso?

— Kierkegaard. — Dana riu do meu ar de descrença total. Conheço-o desde a faculdade, e na época ele não citava filósofos. — Ano passado, defendi um professor universitário que me ensinou isso. O mesmo tipo de situação.

— O que ele fez?

— Foi embora de casa. Ela era aluna dele, do último ano.

— O quanto isso lhe custou?

— Bastante. A universidade castigou-o muito bem. Ele teve que viver à custa da bolsa dela. Foi forçado a tirar um ano de licença sem vencimentos.

— Ele é feliz, afinal?

— Por enquanto. Acho que sim. Acabaram de ter um bebê.

— Na nossa idade?

Era incrível. De alguma forma, a história de Dana foi o suficiente para provar que era tudo impossível. Eu nunca tentaria passar por cima da natureza desse modo. Ou suportar a ideia do que um divórcio poderia fazer com Barbara, o quanto ela poderia sofrer. Disse a Dana, antes de partir, que não esperava voltar.

Contudo, há noites silenciosas, enquanto Barbara dorme, em que sou consumido por desgosto e remorso. Nunca tive coragem de deletar do meu computador a multidão de e-mails que Anna me enviou na época. A maioria mensagens sobre onde seria nosso encontro seguinte. Em vez disso, reuni todos eles numa subpasta intitulada Assuntos do Tribunal, a qual uma vez a cada mais ou menos um mês eu abro, quando a casa está vazia, como se fosse uma arca de tesouro. Não leio as mensagens. Isso seria doloroso demais, e os conteúdos eram muito curtos para significarem muita coisa. Em vez disso, simplesmente examino o nome dela ecoando pela página, as datas, os títulos. A maioria tinha na linha de assunto "Hoje" ou "Amanhã". Deixo-me ficar com a lembrança e o desejo de uma vida diferente.

Agora, em consequência do telefonema de Anna, reflito sobre seu tom urgente. Pode não ser nada, certamente um problema profissional. Mas ouvi seu lamento pessoal. E o que vou fazer se ela me disser que não consegue mais viver sem uma reconciliação? E se ela sente o que tenho sentido há tanto tempo? O Dulcimer foi o último lugar onde nos encontramos. Ela o teria escolhido se sua intenção não fosse a paixão? Pairo, então, acima de mim mesmo, minha alma olhando para baixo, para meu coração faminto. Como pode o desejo insatisfeito dar a impressão de ser a única emoção significativa na vida? Mas é. E percebo que não direi não a ela, assim como não consegui dizer não quando ela virou o rosto para mim, no sofá do meu gabinete. Se ela estiver disposta a ir em frente, eu irei junto. Deixarei para trás tudo que possuo. Olho as fotos espalhadas pela minha escrivaninha, de Nat com várias idades, de Barbara, sempre bonita. É inútil tentar avaliar a totalidade das consequências do que estou para fazer. Elas são muitas e tão variadas que nem mesmo um mestre russo em xadrez ou um computador seria capaz de antecipar cada lance. Mas farei isso, tentarei viver o resto de vida que desejo. Finalmente, serei corajoso.

Aniversário de Rusty (19/03/07) — Morte de Barbara (29/09/08) — A eleição (04/11/08)

Capítulo 12

TOMMY, 27 DE OUTUBRO DE 2008

Patologistas, toxicologistas, o bando todo não era muito empolgado. Mas o que se poderia esperar quando era a morte o que agitava seu mundo? Tommy sempre imaginou que parte da emoção para esses caras era perceber que o defunto tinha ido embora e eles continuavam ali.

A toxicologista que entrou com Brand era bem razoável. Nenny Strack. Uma ruivinha de olhos castanhos, 30 e poucos anos, atraente o bastante para usar uma saia curta. Estudava medicina e trabalhava para o município como contratada. Brand procurara diretamente o patologista da polícia para que o serviço fosse executado rapidamente, e este, por sua vez, trabalhava para o American Medical Service, a empresa de Ohio que era o laboratório de referência para metade das execuções legais nos Estados Unidos. Tommy temia que essas providências pudessem chamar a atenção quando o sangue extraído durante a necropsia de Barbara deixasse a geladeira do legista, mas ninguém percebeu.

— E então? — perguntou Tommy aos dois.

— Quer a história curta ou a longa? — indagou Brand.

— A curta, para começar — disse Tommy, e Brand abriu a mão na direção de Strack, que tinha uma pasta de arquivo no colo.

— A amostra de sangue cardíaco revela um nível tóxico de um composto antidepressivo chamado fenelzina — disse ela.

Brand tinha o olhar baixo, fitando o próprio colo, talvez para evitar sorrir. Mas, na verdade, aquilo não era motivo de riso.

— Ela não morreu de causas naturais? — perguntou Tommy. Ele percebeu o tom guinchado na própria voz.

— Não quero dificultar — disse a Dra. Strack —, mas não é da minha alçada opinar sobre a causa da morte. Posso lhe dizer que os sintomas verificados... morte por arritmia, com possível reação hipertensiva... são classicamente associados a uma overdose dessa droga.

A Dra. Strack levou um minuto descrevendo a fenelzina, que era usada para tratar depressão atípica, geralmente associada a outros compostos. Ela agia inibindo a produção de uma enzima chamada MAO, monoamino oxidase, que continha vários neurotransmissores alteradores do humor. O efeito no cérebro geralmente melhorava estados emocionais, mas a enzima restritiva podia causar efeitos colaterais em outras partes do corpo, principalmente quando eram ingeridos alimentos ou medicamentos contendo uma substância chamada tiramina.

— Há uma lista enorme de coisas que não se deve comer quando se está fazendo tratamento com fenelzina — disse Strack. — Vinho tinto. Queijos amadurecidos. Cerveja. Iogurte. Carne ou peixe conservados em salmoura. Qualquer tipo de linguiça curada. Tudo isso aumenta a toxicidade do medicamento.

— Onde ela teria conseguido essa coisa?

— Estava no armário de remédios dela. Se não estivesse, o American Medical Service jamais a teria identificado.

A Dra. Strack explicou como a espectrografia de massa funciona numa amostra de sangue. Inicialmente, produz uma floresta virtual de barras coloridas. Todos os padrões espectrográficos para mais ou menos uma centena de drogas, examinadas como parte de um exame toxicológico de rotina, são então eliminados, porque já foram cobertos. O pequeno número de cores restante pode representar milhares de íons. Por isso, o laboratório recorrera ao inventário do armário de remédios de Barbara, fazendo a combinação com os conhecidos. A fenelzina fora identificada quase que imediatamente.

— Quer dizer que pode ter sido uma overdose acidental?

— Bem, se olharmos apenas os níveis sanguíneos, eu teria que dizer que provavelmente não. A concentração é cerca de quatro vezes uma dose normal. Supondo-se que seja um resultado verdadeiro, aí você me perguntaria se ela poderia ter se esquecido e tomado um comprimido duas vezes. Suponho que sim. Mas quatro vezes? Seria incomum. Pacientes que tomam essa droga normalmente são alertados sobre o quanto ela pode ser perigosa.

— Então não foi acidental?

— Informalmente eu diria que não, mas há um fenômeno chamado "redistribuição post-mortem" que faz com que certos antidepressivos migrem para o coração após a morte, exibindo concentrações dilatadas no sangue cardíaco. Isso é particularmente verdadeiro em tricíclicos. Se os inibidores MAO agem do mesmo modo, ainda não foi definido na literatura. Não sei se a fenelzina migra, nem ninguém sabe, não com certeza. Se tivéssemos nos dado conta do que procuramos por ocasião da necropsia, teríamos feito uma coleta de sangue da artéria femural, porque não há redistribuição post-mortem tão distante assim do coração, mas uma coleta femural não é um hábito padrão neste país e, obviamente, não podemos fazer isso agora. Portanto, nenhum toxicologista será capaz de afirmar com certeza que a alta concentração de fenelzina no sangue dela significa que de fato ela ingeriu uma dose letal da droga ou que houve um efeito de redistribuição após a morte.

Brand nunca diria "Eu não disse?", mas Tommy se deu conta de que, se o tivesse deixado cuidar disso como uma investigação de homicídio desde o início, eles talvez tivessem essas respostas. Perdido em si mesmo durante um segundo, Tommy sentiu escapar um suspiro. Às vezes, quando Tomaso os acordava no meio da noite e Tommy embalava seu filho para que voltasse a dormir, ele tentava imaginar qual das decisões tomadas durante o dia voltaria para assombrá-lo. Sempre retornava a sua cama pensando isso. Você só consegue dar o melhor de si. Cometer erros faz parte de estar no comando. Você só pode torcer para que os erros sejam pequenos.

Ele olhou para a Dra. Strack.

— Quer dizer que essa tal redistribuição significa que talvez ela não tenha tomado uma overdose? Talvez ela tenha tomado apenas um comprimido e desobedecido um pouco comendo uma pizza de pepperoni?

— Isso pode ter acontecido.

— E suicídio? Esse é um daqueles medicamentos que podem tornar deprimidos ainda mais suicidas?

— É o que diz a literatura.

— Não houve bilhete — lembra Brand, querendo reduzir a possibilidade de Barbara ter se matado. — Os policiais não encontraram um bilhete de suicida.

Tommy ergueu a mão. Não queria um debate naquele momento.

— Então talvez tenha sido suicídio. Talvez assassinato. Talvez um acidente. É só isso o que você pode dizer? — perguntou a ela.

— Supondo-se que a fenelzina causou a morte. Você vai precisar do patologista para ter certeza.

Essa Dra. Strack parecia legal, mas agora Tommy tivera uma impressão a seu respeito. Ela já fora abalada com tantos interrogatórios que preferiria não ir de jeito nenhum a um tribunal. Tommy achava que a ciência era a investigação do desconhecido, mas especialistas como Strack pareciam preferir que o desconhecido permanecesse assim. Ele realmente não entendia.

Na cadeira de madeira com braços ao lado de Strack, Brand era fácil de se interpretar. Seu queixo estava abaixado e ele fazia uma careta como se estivesse contendo um arroto. Tommy podia perceber que a Dra. Strack tinha enrolado Brand mas recuado quando se sentara para falar com o próprio procurador de justiça. Brand não a teria levado lá a não ser que ela tivesse sido muito mais positiva com ele em sua sala.

Na hipótese improvável de que esse caso fosse a julgamento, eles teriam de enfiar uma barra de aço no lugar da espinha dela ou arranjar outro especialista.

— E a questão do tempo? — indagou Brand. — Quando se deixa passar um dia após a morte, que impacto isso tem na identificação de uma overdose de fenelzina na necropsia?

A Dra. Strack passou a mão no rosto, enquanto pensava no que ia dizer. Ela usava um anel de casamento com um diamante do tamanho de uma migalha de pão, o tipo de anel que dizia "Casei-me com meu namorado da escola, quando não tínhamos nada além de um grande amor". Isso fez com que Tommy se sentisse um pouco melhor em relação a ela.

— Provavelmente muito — disse ela. — Quanto mais rápida fosse feita a necropsia, mais fácil seria se determinar a redistribuição post-mortem. E, é claro, a análise do conteúdo do estômago se torna mais difícil, porque os sucos gástricos continuam a corroer o que se encontra ali. É mais difícil encontrar um comprimido ou identificar a fenelzina ou até mesmo o que ela comeu, inclusive produtos que contêm tiramina. Mas, repito, um patologista poderia dar uma resposta melhor.

Brand interrompeu:

— Muito bem, mas se alguém deu a ela um montão de queijo, em seguida alguns comprimidos, e depois deixou o corpo esfriar por um dia... isso tornaria mais difícil afirmar com certeza que houve envenenamento por fenelzina.

— Teoricamente — disse a Dra. Strack, concordando.

Tommy repassou a coisa toda mentalmente.

— E isso nos escapou inicialmente porque...

— Porque os inibidores MAO não são cobertos numa triagem toxicológica rotineira.

— E quais os comprimidos do armário de remédios dela, pelo menos aqueles com uma toxicidade conhecida... quais deles não são cobertos num exame toxicológico de rotina? — quis saber Brand.

A Dra. Strack consultou sua pasta.

— Esse é o único. Os sedativos, os ansiolíticos, os antidepressivos... esses passam por uma triagem normal. Com o histórico médico dela, a fenelzina não se destacaria. Se não se obtêm níveis tóxicos de coisa alguma, não se esperaria obter disso também.

Tommy fez mais algumas perguntas, mas a pequena doutora se mandou no minuto seguinte.

— Mas que sacaninha — disse Brand, assim que ela fechou a porta atrás de si.

— Era melhor saber agora — disse-lhe Tommy. — Você checou a transcrição do caso Harnason?

Brand fez que sim com a cabeça. Tooley havia citado a fenelzina, dentre dezenas de elementos, quando interrogara a Dra. Strack no julgamento. Tentara mostrar que nem mesmo um experiente toxicologista sabia que drogas eram incluídas na triagem, quanto mais o pobre Harnason. O interrogatório de Tooley, incluindo sua menção à fenelzina, tinha sido resumido na declaração dos fatos no depoimento de Harnason para o Tribunal de Recursos. Portanto, Rusty sabia. Eles não teriam dificuldade em provar isso.

Durante toda a conversa, Tommy sentira sua adrenalina subir e agora estava recostado na grande poltrona do promotor público, com a intenção de se acalmar e de pensar melhor.

— Isso é coisa grande, Brand — disse, finalmente —, mas não importa quem seja nosso toxicologista, jamais provaremos a causa da morte.

Brand argumentou a favor do caso. Uma namorada. A visita a Prima Dana. A pergunta a Harnason sobre como era envenenar alguém. Deixar o corpo esfriar um dia para que a fenelzina e tudo o mais apodrecesse nas tripas da esposa.

— Não pode acusá-lo de homicídio, Jim, sem provar, além de qualquer dúvida razoável, que ela foi morta intencionalmente.

Esse era o problema que ele antecipara a Brand desde o início. Se você supõe que uma pessoa inteligente e experiente como Rusty Sabich fez uma coisa dessas, então tem de imaginar que ele também se precaveu, tornando-se à prova de balas. A hipótese de que Rusty pudesse ter matado Barbara e se safaria de qualquer maneira atingiu Tommy como uma pedra.

Brand não estava disposto a desistir.

— Quero uma intimação e uma carta de noventa dias para a farmácia. Para ver se, afinal de contas, Rusty tem alguma ligação com a fenelzina.

Tommy agitou a mão, dando a Brand carta branca.

— Estamos assim de tão perto. — O polegar e o indicador de Brand estavam quase se tocando.

O procurador de justiça sacudiu a cabeça e sorriu tristemente para ele.

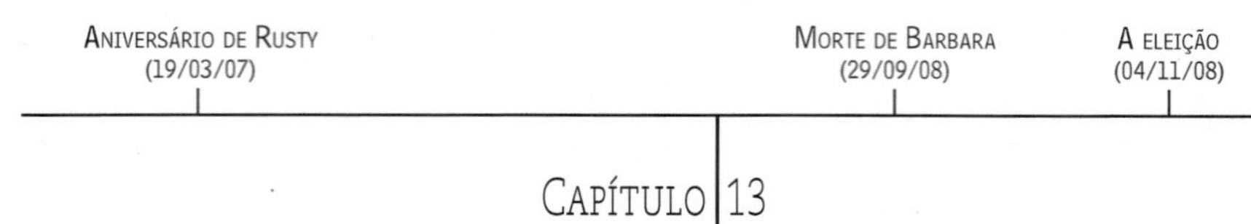

Capítulo 13

ANNA, 2 DE SETEMBRO DE 2008

Por toda a minha vida, parece que sempre tive um talento para mancadas catastróficas, erros que me têm feito recuar anos de uma só vez. Iniciei pelo menos duas carreiras — em publicidade e, após meu MBA, em marketing — que nunca me satisfizeram e sempre me apaixonei pelos caras errados. Aos 22 anos, me casei com um homem que simplesmente não era muito interessante — ficamos juntos 72 dias — e cometi enganos piores do que esse, principalmente alguns casos irrefletidos com caras casados, em que o futuro final trágico era tão claro que era como se alguém tivesse me enviado a mensagem que apareceu para Daniel na cova dos leões.

Como todo mundo, estou inclinada a culpar meus pais pelos meus fracassos, um pai que se mandou quando eu tinha 6 anos e que desde então não foi mais do que um cartão de Natal e uma mãe que, apesar de amorosa, geralmente parecia esperar que eu a criasse. Eu tinha 8 anos e já ajustava o despertador para poder acordá-la para ela ir trabalhar. De algum modo, cresci com a tendência a pensar que qualquer coisa que ela pudesse não aprovar valia a pena uma segunda olhada.

Contudo, o que estou para fazer é surpreendente mesmo para alguém com a minha história. Após falar com Rusty pelo telefone, olho para o fone em minha mão e fico pensando no quanto realmente sou perigosa e maluca.

Um dos meus professores da faculdade de direito gostava de dizer que a maior parte dos problemas do mundo começa com um imóvel, o que certamente é verdade neste caso. Em junho passado, decidi comprar um apartamento num condomínio. Adorei a ideia de, finalmente, ter algo meu, mas, desde o instante em que assinei o contrato, o globo pareceu desabar num pânico econômico. No período de uma semana, a colega com quem eu dividia as despesas, que concordara em assumir o aluguel do meu apartamento atual, deu para trás e decidiu ir morar com o namorado. No trabalho, surgiram cochichos repentinos sobre quedas de lucros e cortes de associados e até mesmo de sócios. Eu conseguia me ver desempregada no Natal, sem trabalho, mas subitamente vivenciando todo tipo de experiência num tribunal, pois estaria defendendo a mim mesma de processos de execução, despejo e falência.

Logo após o 4 de Julho, anunciei meu apartamento para sublocação em tudo quanto é meio que pude imaginar, inclusive, com a ajuda da mulher de um colega, no site interno da Suprema Corte Estadual. Meu apartamento fica a menos de dois quarteirões do tribunal e seria perfeito para um assessor iniciante. Na mesma tarde, recebi este e-mail em resposta:

DE: NatchReally1@clearcast.net
PARA: AnnaC402@gmail.com
Enviado: quarta-feira, 9/7/08 12:09 pm:
Re: Meu Apartamento

Oi, Anna

Vi seu anúncio. Legal saber que você está bem. Francamente, eu nem me imagino dono de um apê. Uma galáxia muito, muito distante.

De qualquer modo, haveria algum problema em eu dar uma rápida olhada no seu apartamento semana que vem? Estou morando com três amigos numa casa em Kehwahnee, mas em setembro viro sem-teto, pois dois deles vão se casar. Ainda não decidi o que farei após meu período como assessor de justiça – eu sei, estou uns oito meses atrasado –, mas continuo pensando na oferta que recebi de um escritório e, se fizer isso, talvez possa pagar um apartamento próprio. Não estou procurando, mas, ao ver um nome familiar, me fez pensar que deveria. Se eu gostar do seu apartamento, isso poderia me ajudar a me decidir por um emprego. Eu sei que isso é totalmente o oposto, mas não tenho chegado a lugar nenhum tentando tomar decisões como uma pessoa normal. E, mesmo se resolver não ficar com o apê, posso indicá-lo aos novos assessores que ainda estão procurando.

Me avise se estará disponível.

Nat Sabich

Pensei em desconsiderar esse e-mail, mas o desespero tem sua lógica própria e não consegui imaginar uma boa desculpa para lhe dizer não. Ele passou pela minha porta às 11 horas do domingo seguinte, vestindo jeans e camiseta, uns bons 10 centímetros mais alto do que o pai, magro e terrivelmente bonito, com montes de cabelos negros e olhos azuis como o mar Egeu e uma graciosa penugem abaixo do lábio. Andou por toda parte, dizendo-me o quanto o lugar era legal, embora eu soubesse que ele diria isso se houvesse morcegos pendendo do teto, e finalmente tomou uma xícara de café comigo, na minha pequena varanda, onde consegui lhe mostrar como se inclinar da maneira correta para ter uma vista genial de Central City e do rio.

— Beleza — declarou, tirando os sapatos e movimentando os pés descalços pelo parapeito.

Sempre gostei de Nat, a quem via quando ele visitava o pai. Ele é tão lindo que, às vezes, você receia olhar para ele por temer que seu queixo caia, mas ele é desajeitado demais e tão constrangido que não dá para chamá-lo de "gato". Ele é ingênuo de um modo atraente. Não são muitas as pessoas que são realmente sinceras em vez de interpretar um papel.

Foi um excelente dia, o ar repleto de sons e os rebocadores estrondeando no rio, e nós dois ali, batendo um papo legal, coisa que não é fácil de se fazer com Nat. Ele fala como se estivesse em *tape delay*, como se o que quisesse dizer precisasse ser reunido em algum lugar dentro dele para uma breve inspeção antes de ser expressado. Pode ser desafiador, mesmo para alguém como eu, que está acostumada a obter o máximo do tempo de comunicação numa conversa.

Nós dois cursamos direito após outras coisas e trocamos histórias.

— Sempre pensei em ser psicólogo — disse ele — porque estive com muitos deles, mas, como eu era pequeno, via todo mundo como se preso em sua própria história de mundo, e nunca tinha certeza se sabia realmente como uma outra pessoa se sentia, o que talvez tenha sido o motivo que me levou a iniciar o curso de filosofia. Mas o direito, pelo menos, é o tipo de história com a qual as pessoas podem concordar.

Ri da descrição. Quando lhe disse o quanto seu pai parecia orgulhoso de tudo que ele realizara na faculdade, ele me encarou como se eu não fosse deste planeta.

— Quem é que sabe o que meu pai pensa? — disse, finalmente. — Ele nunca me disse uma só palavra sobre nada disso... curso de direito, publicações em revistas jurídicas, assessoria... embora eu tenha seguido os passos dele. É como se tivesse medo de dizer alguma coisa que eu pudesse notar.

Olhei para meu café.

— Como está seu pai? — perguntei.

— Bastante concentrado na eleição. Koll tem martelado no caso desse tal de Harnason, que se mandou da cidade após meu pai lhe conceder fiança, e meu pai está fora de si.

Ele repetiu algumas orientações de campanha que Rusty estava recebendo de Ray Horgan, e então se deteve para perguntar se eu conhecia Ray. Dei-lhe um demorado olhar porque, a princípio, achei que ele estava brincando.

— Eu trabalho para Ray — falei, finalmente.

— Eu sou um idiota. — Nat socou a própria cabeça. — Estou surpreso por você não ter falado com meu pai recentemente. Ele costuma manter contato com seus ex-assessores e sempre menciona você como a coisa mais legal do mundo depois dos pastéis Pop-Tarts.

— Ele diz isso? Sério? — Já nessa ocasião, senti meu coração oscilar com o elogio. — É só que eu trabalho demais, sou basicamente uma eremita.

Isso levou a uma longa discussão sobre ser um jovem associado num escritório. Falei a verdade para Nat. Ou é um acordo simples e direto — você está ali para pagar seu financiamento universitário ou liquidar uma prestação — ou um ato de esperança cega, porque você acha que ser advogado é realmente interessante, só precisa conseguir chegar às partes interessantes. O que ainda não fiz.

— A grande preocupação — falei — é que enquanto você está imaginando isso, fica preso ao dinheiro.

— Por ter comprado um apartamento, por exemplo? — perguntou, com um lindo sorrisinho que eu já tinha visto algumas vezes.

— Exatamente. Ou alugar sozinho um apartamento bem legal.

Rimos um do outro, mas isso foi tudo. Ao entrarmos, perguntei o que mais ele pretendia fazer.

— Trabalhei ocasionalmente como professor substituto na Nearing High, enquanto estava estudando direito, e poderia voltar a fazer isso. O que eu adoraria de verdade é dar aula de direito — disse —, mas é preciso ter publicado para ser contratado em algum lugar decente. Já publiquei um artigo, mas preciso de mais. Eu deveria ter passado este ano escrevendo um artigo sobre neurociência e a lei, mas rompi com minha namorada um semestre antes de me formar, continuo chateado por causa disso e não consigo me concentrar num lance desses quando volto para casa. Talvez consiga fazer no ano que vem, enquanto trabalho como substituto.

— Sinto muito pela separação — falei.

— Ah, não esquenta, agora percebo que foi melhor assim, sério mesmo, mas o processo todo me mata. Num dia você faz parte da vida de alguém e no seguinte está devolvendo a chave, e até o cachorro dela não mija mais no seu pé.

Gargalhei muito, embora tivesse sido tocada pela melancolia de sua observação.

— Já vi esse filme. — Suspirei demoradamente. — Aliás, estou vendo. — Eu não tinha o traquejo para olhá-lo nos olhos, e fui em direção à porta.

— Não costumo falar tanto assim — disse ele, quando me alcançou. — Sinto que conheço você melhor do que realmente conheço.

Eu não fazia ideia de como responder a um comentário tão estranho, e ficamos parados em silêncio por mais um segundo. Quando ele se foi, meu coração dançava rock no meu peito. Inevitavelmente, Nat levara o pai junto com ele para meu apartamento. Desde que Rusty e eu terminamos, tentei não pensar muito nele, mas, quando o fiz, senti uma terrível compaixão por mim mesma — por ser tão maluca, vulnerável e estúpida, querendo algo que eu claramente nunca iria ter. Dennis, meu terapeuta, chama o amor de a única forma legalmente aceita de psicose. Mas acho que é por isso que o amor é maravilhoso, assim como perigoso, porque pode tornar você diferente. Alguns dos livros que li dizem que o amor, no fim das contas, é transformador. Continuo sem ter certeza disso.

Nat me escreveu novamente, duas horas depois, para dizer o que eu achava que já estava decidido, ou seja, que ele não ficaria com o apartamento.

Após ouvir você, me dei conta de que devo estar de miolo mole para pensar que poderia trabalhar num escritório de advocacia. Vou enviar um e-mail para todos os futuros assessores da Suprema Corte que ainda podem estar procurando um lugar para morar e dizer o quanto seu apartamento é demais e que é uma pechincha tão grande que quem alugar deveria ser processado por roubo.

Quero me desculpar um pouco, pois sei que pareci uma espécie de psicopata meio doente mental, balbuciando sobre as minhas neuras, mas foi bem legal conversar com você, e eu estava pensando se a gente não podia tomar um café daqui a umas duas semanas, para que você pudesse me dar algumas dicas sobre essa minha nova profissão.

A outra coisa é que, depois que processei a conversa toda em minha cabeça, achei meio ridículo perguntarmos um ao outro o que meu pai pensa realmente. Isso é TÃO meu pai.

A gente se fala.

Nat

Li o e-mail várias vezes, principalmente a parte sobre tomar um café. Esse cara está a fim de você? Fiquei imaginando. Passei meia hora elaborando uma resposta que tocasse nos pontos certos.

Nat,

Entendi perfeitamente. E muito obrigada pela sua ajuda dentro do tribunal. Ficarei torcendo.

E, não, você não pareceu "uma espécie de psicopata meio doente mental". Por outro lado, só comecei a fazer terapia após uma separação muito, muito séria, e às vezes sinto realmente como se, antes disso, estivesse desperdiçando minha vida. Continuo um pouco constrangida a respeito disso — tanto porque preciso quanto porque gosto muito. Mas, atualmente, é o único momento que estou dedicando a mim mesma. Detesto encontros para um café, porque acabo sempre furando. Mas, por favor, envie um e-mail de vez em quando para me informar sobre como vão indo as coisas.

Assim que apertei a tecla de enviar, fui atingida por uma verdade que raramente me importo de reconhecer: sou uma pessoa sozinha. Eu me mudei tanto, na última década, que foi difícil manter amigos, principalmente porque a maioria está casada e com filhos. Fico feliz por eles, mas se conformaram e não estão interessados em colocar tanta coisa no microscópio. Você não pode se sentar ali e abrir seu coração para alguém sem reciprocidade. Tenho amigas solteiras, mas nove entre dez vezes acabamos falando sobre homens, coisa que, no momento, não é legal. No ano e pouco que passei me encontrando com Rusty, isolei-me atrás de uma parede de trabalho. Na maioria das noites de fim de semana, tem sido TV e Lean Cuisine.

Então as coisas com Nat ficaram assim até um cara chamado Micah Corfling entrar em contato comigo, dez dias depois. Ele iria trabalhar como assessor para o juiz Tompkins e recebera um e-mail de Nat falando maravilhas do meu apartamento; ele acabou por alugá-lo baseado em algumas fotografias que enviei. Quando escrevi para Nat dizendo que lhe devia uma, ele me enviou esta mensagem:

DE: NatchReally1@clearcast.net
PARA: AnnaC402@gmail.com
Enviado: sexta-feira, 25/7/08 4:20 pm

Maneiro!!! Já que você me deve, que tal um almoço ou algo do tipo amanhã? Não precisa ser em nenhum lugar chique, já que, tirando os meus ternos, não tenho nenhuma roupa sem buracos.

DE: AnnaC402@gmail.com
PARA: NatchReally1@clearcast.net
Enviado: sexta-feira, 25/7/08 4:34 pm

Sinto muito, Nat. É como eu te disse. Trabalho, trabalho, trabalho. Vou passar o dia todo no escritório. Vamos adiar?

DE: NatchReally1@clearcast.net
PARA: AnnaC402@gmail.com
Enviado: sexta-feira, 25/7/08 4:40 pm

Tenho que fazer algumas coisas na tribunal. Vou encontrá-la perto do seu prédio.

DE: AnnaC402@gmail.com
PARA: NatchReally1@clearcast.net
Enviado: sexta-feira, 25/7/08 5:06 pm

Tenho uma reunião para apresentar um relatório. Vou estar histérica e serei péssima companhia. Outra ocasião?

DE: NatchReally1@clearcast.net
PARA: AnnaC402@gmail.com
Enviado: sexta-feira, 25/7/08 5:18 pm

Sem essa! Amanhã é sábado! E você sublocou seu apartamento graças a mim.(Mais ou menos.)

Dessa vez, eu me sentia uma grandessíssima ingrata, então concordei em encontrá-lo para algo super-rápido na Wally's, achando que poderia aproveitar a oportunidade para esfriá-lo um pouco. No sábado, antes de sair para ir encontrá-lo, pedi a Meetra Bilings, a secretária comum a todos, que estava digitando o relatório para mim, que me ligasse vinte minutos depois, fingindo que o associado queria falar comigo.

A Wally's é uma delicatéssen com serviço para viagem e umas poucas mesas. Durante a semana, fica apinhada e barulhenta. Os donos e os funcionários gritam a todo volume, e a enferrujada bandeira da porta martela como se houvesse uma britadeira lá dentro, enquanto Wally, um imigrante de alguma parte do leste de Paris, grita "Fechh a porta, fechh a porta!" para as pessoas na fila para entrar. No sábado, porém, você consegue, para variar, até mesmo ouvir as vozes dos balconistas, exigindo com mal-humor: "O próximo!" Nat já estava lá. Havia dois cafés na mesa, um com creme e dois pacotinhos de adoçante pousados sobre a tampa, que é como tomo o meu, um toque legal. Seu celular também estava em cima da mesa de fórmica, e perguntei se esperava um telefonema de alguém.

— De você — ele respondeu. — Imaginei que, no último minuto, poderia cancelar.

Magoada, fiz uma careta.

— Não tenho seu número.

— Como sou esperto... — ele disse. — Bem, pelo menos posso perguntar... qual é o problema?

Ocupei um dos assentos à mesa, tentando imaginar uma desculpa razoável.

— Acho que seria estranho se a gente começasse a sair junto. Eu tendo trabalhado para o seu pai e tal.

Isso pareceu uma desculpa ridiculamente esfarrapada, até mesmo para mim.

— Estou achando que existe algo mais — disse ele. — Um namorado ciumento, talvez, que quer trancar você num armário?

— Não. — Dei uma risada. — Nenhum relacionamento. Estou meio que dando um tempo com homens.

— Por causa daquela separação? O que aconteceu?

Dei uma vacilada antes de, finalmente, sacudir a cabeça.

— Não posso lhe falar sobre isso, Nat. É doído demais. E embaraçoso. Mas preciso ter certeza de quem eu sou e do que eu quero antes de me envolver novamente. Não fico tanto tempo sem um namorado desde a sétima série. Mas me sinto mais virtuosa. Exceto quando descarrega a bateria do meu Rabbit.

Acho que eu estava tentando evitar mais perguntas sobre meu coração partido, mas ainda não consigo acreditar que aquilo tenha saído da minha boca. Contudo, descobri que compartilhávamos o mesmo senso de humor bizarro, e Nat morreu de rir. Sua risada parecia vir de alguma parte escondida dele.

— Isso de "dar um tempo" parece ideia de psicólogo — disse ele.

Era, é claro, e acabamos numa intensa conversa sobre terapia. Ele fizera por anos e anos, mas teve de desistir porque temia estar se transformando numa daquelas pessoas que levam uma vida apenas para poder falar ao psicólogo a respeito. Não cheguei a citar que me consultava com Dennis e fiquei muito decepcionada quando Meetra ligou. Também me senti uma tremenda idiota por ainda não ter pedido meu almoço. Desculpei-me loucamente, mas mesmo assim me levantei para ir embora.

— E quando será o dia da mudança? — ele perguntou.

— Domingo, 3 de agosto. Pela primeira vez na vida contratei profissionais. Já perturbei tantas vezes meus amigos que não tenho coragem de pedir novamente. Tudo que preciso fazer é cuidar das coisas que eu tenho medo de o pessoal da mudança quebrar. Vai ser uma chatice, mas bem menor.

— Eu posso ajudar. Sou forte como um touro — disse ele. — E cobrar bem baratinho.

— Eu não poderia pedir.

— Por que não?

Minha boca se mexeu um pouco, enquanto eu tateava atrás de palavras, mas ele, finalmente, me interrompeu:

— Ei, tudo bem, vamos lá. "Apenas amigos." Você está dando um tempo e, de qualquer modo, sou novo demais para você. Seu lance são caras mais velhos, certo?

— É, pais arrasam. É bem previsível que eu goste de caras mais velhos.

— Tudo bem — disse ele. — Não me sinto como se tivesse sido descartado do baralho. Basta dizer o dia.

Eu não podia fingir que não precisava de ajuda, ainda mais de alguém forte o bastante para carregar minha TV nova, que eu temia que ficasse nas mãos dos transportadores. Uma coisa que eu percebera nos meus dois encontros com Nat foi que estava ávida por companhia masculina. Sempre tive alguns homens como amigos íntimos, compartilhando interesses comuns — esportes, piadas sujas, filmes de terror. Quando cheguei aos 30 anos, a época em que quase todo mundo já se amarrou, pareceu mais difícil manter amigos do sexo oposto. Esposas ficavam com ciúmes, e as fronteiras passaram a ser mais protegidas. Era difícil não acolher Nat nesses termos. Principalmente pelo fato de seu colega de quarto ter um utilitário esportivo que ele poderia pegar emprestado.

E assim, no sábado 2 de agosto, Nat estava novamente à minha porta. Era um dia horrível para se mudar, fazia uns 37 graus. O sol estava tão forte que a gente se sentia como se estivesse sendo perseguido, e o ar, constrito como uma luva. Passei a noite toda embalando coisas. Assim que comecei, tive de ir até o fim, e, quando levamos tudo de carrinho para a garagem lá embaixo, percebemos que eu tinha caixas demais para uma só viagem.

Por volta do meio-dia, tínhamos feito a primeira viagem para o novo apartamento, que fica no sexto andar de um prédio velho à margem do rio, com uma porção de detalhes de época — frisos dentados no teto e belo madeirame de carvalho e liquidâmbar, inclusive nas armações das janelas, que nunca tinham sido pintadas. Eu o comprara após a execução da hipoteca e não sabia que o banco tinha mandado desligar a eletricidade. Não havia ar-condicionado e nós dois pingávamos. Ele tinha molhado de suor sua camisa sem mangas e eu parecia pior ainda com meu corte de cabelo de 70 dólares grudado no rosto.

Decidimos que Nat voltaria para pegar o resto das caixas enquanto eu iria comprar almoço para nós. Demorei mais tempo do que esperava andando pelo meu novo bairro e, quando voltei, ele já estava lá em cima, de pé na minha varanda dos fundos. Estava nu da cintura para cima, enquanto torcia sua blusa, e estava gostoso pra cacete fazendo aquilo, magro mas marcado por músculos, e senti o efeito em toda a parte inferior do meu corpo. Virei-me um momento antes que ele pudesse me pegar olhando embasbacada.

— Pronto para comer? — Mostrei-lhe a sacola quando voltei para dentro.

— Não é um almoço de vento como da última vez, não?

Dei-lhe uma cutucada em represália. Não havia mesa, e, enquanto eu tentava imaginar onde poderíamos nos sentar, ele apontou para uma das últimas caixas que havia trazido. Continha várias fotos emolduradas que fui juntando ao longo dos anos, todas preciosas demais para jogar fora e constrangedoras demais para exibir.

— Não pude deixar de notar — disse ele, e puxou uma ampliação de um instantâneo de quando eu tinha não mais do que 5 anos, com meus pais.

Era Natal e tinha um pilha de neve bem alta em frente ao nosso bangalô. De chapéu de feltro e sobretudo, meu pai parecia razoavelmente elegante comigo no colo. Eu vestia uma roupinha xadrez e uma touca de lã, e minha mãe sorria junto a nós. E, ainda assim, havia um certo descontentamento visível entre nós três, como se todos soubessem que a pose sorridente era só aquilo mesmo.

— Essa é uma das únicas fotos que tenho de nós três — eu disse a Nat. — Minha tia basicamente a escondeu. Após meu pai se separar, minha mãe buscou todas as fotos da família e as cortou. Literalmente. Com uma tesoura. O que nunca fez sentido completo para mim. Ele andava dando umas puladas de cerca, mas, pelas pequenas dicas que obtive ao longo dos anos, creio que ela talvez também andasse fazendo a mesma coisa. Nunca tive realmente certeza. É esquisito.

— Eu sei como é isso — disse ele. — Acho que meu pai teve um caso quando eu era pequeno. Teve algo a ver com o julgamento dele, mas, sabe como é, nem ele nem minha mãe jamais se dispuseram a comentar nada sobre isso, de modo que continuo sem saber o que aconteceu exatamente.

Nenhum de nós parecia saber o que dizer mais. Nat olhou para trás, para a caixa, e puxou uma foto do meu casamento.

— Uau! — disse ele.

A verdade, que eu não estava disposta a admitir, era que eu estava fantasticamente linda naquele dia, e por isso nunca me dispus a jogar a fotografia fora.

— Essa foto — falei — é, sem exagero, a única coisa boa do meu casamento. Imagine só, alguém como eu, sem filhos e sem muita grana, voltar à estaca zero não seria nada legal. Mas é. Casar-se com alguém é um ato de esperança. E, quando acaba, leva muito tempo para você se recompor.

A fotografia seguinte que ele tirou deixou-o paralisado.

— Não brinca — disse ele. — É o Storm?

Na foto, o famoso roqueiro, com casaco de couro enfeitado de tachas, está com os braços em volta de mim e da minha melhor amiga, Dede Wirklich. Na época, nós duas tínhamos 14 anos. Ganhei um sorteio de uma estação de rádio local, duas entradas e a chance de um encontro com Storm nos bastidores, e naturalmente escolhi Dede para me acompanhar. Quando a conheci, no segundo ano, eu me senti como se tivesse encontrado uma peça perdida de mim mesma. Seu pai também tinha se mandado e parecíamos entender uma à outra de um modo que não era necessário falar.

Ela meio que gostava de aparecer e, com o passar dos anos, se meteu em uma porção de encrencas. Muito frequentemente, estávamos juntas nessas brincadeiras — certa vez, invadimos a sala do diretor e escondemos lá um ruidoso grilo, o qual ele levou dias para encontrar —, mas os professores relutavam mais em me culpar pelas travessuras porque eu costumava ser a melhor aluna da turma. Começamos a beber juntas, aos 11 anos, quando roubávamos doses de gim e vodca do esconderijo da mãe dela, completando com água, todos os dias, até ambas as garrafas terem exatamente o gosto de água da torneira.

No ensino médio, Dede se tornou totalmente gótica, com direito a unhas pretas e sombra branca nos olhos, e ficou perfeitamente claro que ela ia se meter numa encrenca. Seus namorados eram todos isolados e desajustados, caras com tatuagens de motoqueiros e cigarro pendurado no canto da boca, e nenhum foi legal com ela. No último ano do colégio, ela ficou grávida de um desses tipos e teve Jessie.

Nat perguntou se ela e eu ainda nos víamos, e lhe contei que havíamos chegado a um fim horroroso.

— Eu fui morar com ela, depois que o meu casamento acabou, mas a coisa não deu certo. Fiquei com todo o serviço doméstico, inclusive preparar o lanche para Jessie levar para a escola. Dede se ressentia de mim, pois, embora minha vida não fosse exatamente uma maravilha, eu ainda iria acabar melhor do que ela, e, de minha parte, cansei de lhe emprestar dinheiro que nunca voltaria a ver e perdi a paciência com Jessie, que era uma menininha carente e chorona. Tudo isso levou a um momento irreal sobre o qual prefiro não falar.

Olhando novamente para a fotografia, Nat mudou de assunto, perguntando como era Storm.

— A verdade? Eu fiquei tão incrivelmente nervosa que, se não fosse pela foto, nem mesmo lembraria que isso aconteceu.

— Storm fazia um bom show — comentou Nat. — Eu o vi tocar três vezes. Era só isso o que eu fazia quando estava na faculdade... ir a shows e ficar chapado. Bem diferente de agora, quando vou trabalhar e fico chapado.

Ele estava fazendo gracinha, mas eu o encarei.

— Nat, você não está indo à Suprema Corte com maconha no bolso, está?

Ele ficou embaraçado e murmurou alguma coisa sobre estar sendo um ano difícil.

— Nat, se você for apanhado, será processado. A posição de seu pai é muito notória para lhe darem uma chance, se for pego. Vão suspender sua licença de advogado e também não deixarão nem que chegue perto de uma faculdade para lecionar.

Meu sermão o deixou constrangido, é claro, e acabamos em silêncio, ao nos sentarmos no chão para comer. Ali embaixo, com as costas apoiadas no emboço, aquele lugar revelou-se o mais fresco do apartamento. Nat continuava mergulhado em si mesmo. Ele me contara, quando tínhamos almoçado, que todas as suas ex-namoradas o descreviam como sombrio e distante. Somente agora me dei conta do que elas estavam falando.

— Ei — falei. — Todos nós fazemos coisas idiotas. É só me perguntar. Sou a líder mundial.

Ele me olhou diretamente nos olhos por um segundo.

— Então me conte sobre essa sua separação — pediu.

— Ah, Nat. Acho que eu não consigo.

Ele pareceu hesitar apenas um segundo, então deu de ombros e voltou ao seu sanduíche, sem dizer nada mais. Percebi o quanto se podia perder completamente o contato com Nat, sobretudo quando ele se sentia mal consigo mesmo.

— Sem perguntas — falei. Eu tinha fechado os olhos para imaginar exatamente como poderia fazer aquilo, mas, mesmo assim, senti que ele se voltava na minha direção. — Logo após eu deixar de trabalhar para seu pai, comecei a me encontrar com um homem muito mais velho. Muito, muito bem-sucedido, muito proeminente, alguém que eu conhecia e via com respeito havia muito tempo. Foi muito intenso. Mas também pura loucura. Ele era casado e jamais deixaria a esposa.

— É o Ray, não? Ray Horgan. Foi por isso que você me deu aquele olhar enlevado quando mencionei o nome dele no seu apartamento.

Abri os olhos e fixei bem a vista. Consigo fazer isso, quando é preciso.

— Tudo bem — disse ele. — Nada de perguntas. Como é que se diz no tribunal? "Retiro". Desculpe, desculpe, desculpe.

Contei-lhe o resto da história em poucas palavras: um cara legal que sempre me disse que era loucura e que, finalmente, acabou com tudo. Quando terminei, dava para ouvir o leve balbuciar da TV no apartamento vizinho.

— Bem, aposto como você vai procurar nessas caixas a minha letra escarlate — falei finalmente.

— Ei — retrucou ele. — Como você disse, todos nós fazemos coisas idiotas.

Nat demorou algum tempo, então me contou a longa história do caso que tivera com a mãe de um de seus amigos mais íntimos, durante seu último ano no ensino médio. Nas circunstâncias, era o tipo de coisa para ele compartilhar.

— Você é um cara legal, Nat.

— Tento ser — ele respondeu.

Nossas cabeças tinham acabado por se apoiar na parede, enquanto ele contara tranquilamente como fizera a besteira de ir parar na cama daquela mulher, e agora nossos rostos não estavam muito distantes. Os olhos dele estavam totalmente fixos nos meus e não havia qualquer dúvida sobre o significado do seu olhar. Eu conseguia sentir tudo, minha solidão e meu desejo, e poderia ter feito algo inacreditavelmente, inconcebivelmente estúpido naquele momento, do mesmo modo que sempre faço. Mas é preciso aprender alguma coisa com a vida. Em vez disso, baguncei seu cabelo molhado e me pus de pé.

Ele ficou claramente irritado e, minutos depois, disse que precisava ir, embora tivesse feito uma débil oferta de me levar de volta para casa, a qual recusei. Quando voltei, acabei por lhe enviar um e-mail profuso em agradecimentos e prometi convidá-lo para o primeiro jantar que oferecesse.

Ele não respondeu durante os dois dias seguintes, e percebi que estava enrascada quando algo pipocou no meu coração no instante em que vi seu nome na minha caixa de entrada e li a linha "assunto".

DE: NatchReally1@clearcast.net
PARA: AnnaC402@gmail.com
Enviado: segunda-feira, 4/8/08 5:45 pm
Assunto: Meu Coração

Anna

Desculpe por eu ter demorado a responder, mas é que andei pensando. Muito. Isso é sempre perigoso.

Entendo completamente a sua posição. Mas estou começando a ter sentimentos, o que, provavelmente, você percebeu. E preciso cuidar de mim mesmo. Posso estar indo muito bem e então algo parece me derrubar e começo a afundar. E consigo ir bem fundo. Mas parece que tivemos uma conexão, uma conexão de verdade, e estou imaginando se sou capaz de convencê-la a reconsiderar. Isto é, com caras mais velhos não deu certo, talvez um cara mais novo seja aquilo de que você precisasse o tempo todo. E me pergunto: qual é a diferença, de fato, se estamos os dois praticamente no mesmo ponto da Mandala? De qualquer modo, acredito que entende o que quero dizer, pois parece que você mexeu comigo.

Foi tão fofo que meus olhos se encheram de lágrimas ao ler, mas não havia sentido. E mesmo assim, ainda hesitei em responder até tarde da noite seguinte.

DE: AnnaC402@gmail.com
PARA: NatchReally1@clearcast.net
Enviado: terça-feira, 8/5/08 10:38 pm
Assunto: Re: Meu Coração

Também acho que mexi com você, Nat. E acho que você mexeu comigo. E talvez fosse legal passarmos algum tempo juntos para ver o que acontece, mas isso só se o que passei não tivesse me afetado tanto, só que afetou. Isso seria má ideia por vários motivos que já expliquei uma ou duas vezes e não quero me meter numa dessas, mesmo com você. Aliás, falei com Dennis a respeito, esta tarde, após receber sua última mensagem. Não sou do tipo que daria ao meu terapeuta o poder de veto sobre minha vida. E, francamente, ele não é desse tipo de psicólogo. Mas ambos conseguimos ver que essa não é mesmo uma boa ideia. E eu simplesmente não posso me envolver em relacionamentos que são como espreguiçadeiras no convés do *Titanic*. Não sei o que mais dizer, exceto que lamento muito, muito, muito.

Eu não sabia se Nat se daria ao trabalho de responder, mas ele o fez, tarde da noite seguinte, se bem que apenas para dizer adeus.

Anna

Creio que preciso parar com isso de imediato. Como não nos encontrarmos ou não nos comunicarmos. Há algo sobre o modo como a gente convergiu que parece me conduzir a apenas um lugar. E estou realmente andando em círculos, me lamentando e de coração partido. E depois indo para casa para reler seus e-mails. O que, para dizer o mínimo, é um ciclo perigoso.

Você ainda não disse uma palavra que me faça realmente entender isso. Idade? Trabalhar para meu pai? Sua separação? Em pouco tempo a gente poderia eliminar esses assuntos. Mas a única palavra que entendi foi não. Você tem seus motivos. Mas percebo que só vou me tornar mais louco ainda se insistir.

Acho você incrivelmente maravilhosa.

Não respondi. Não havia mais nada a dizer. Ele, porém, me enviou outra mensagem naquela noite.

Anna

Acabo de reler sua última mensagem e, finalmente, entendi. Isto é, estou doidão, portanto sei que isso não vai fazer qualquer sentido de manhã. Mas, neste momento, preciso lhe fazer uma pergunta sobre meu pai que é tão bizarra e tão novelesca que você vai ter certeza que eu pirei de vez.

Estive pensando no fato de você achar que seria estranho sair comigo por causa do meu pai. E no modo como você ficou em silêncio sobre ele ter um caso. E a história sobre sua mãe dar umas puladas de cerca. Eis então a pergunta.

Você é minha irmã? Ou meia-irmã? Eu sei que isso só faz sentido porque estou completamente chapado. Mas, apesar disso, se você não se importar em responder mais um e-mail, seria ótimo.

DE: AnnaC402@gmail.com
PARA: NatchReally1@clearcast.net
Enviado: terça-feira, 7/8/08 12:38 pm
Assunto: Re: Meu Coração

Ai, Nat. Estou rindo e também chorando um pouco. Eu até gostaria de responder que sim pq você finalmente relaxaria. Foi uma dedução brilhante. Mas a resposta à sua pergunta é não. Não.

Você tem razão. Isso não deve continuar. Creio que você é mais do que maravilhoso. Você é perfeito. Mas deixe-me dizer a você o que digo a mim mesma. Se conseguimos nos conectar desse modo, então isso pode acontecer em algum outro lugar. Sempre procurei os poderosos, os Alguéns que eu gostaria de ser, em vez de um cara que me faria sentir bem o bastante para ser eu mesma esse Alguém. Portanto, você me deu um presente maravilhoso e nunca serei capaz de lhe agradecer o suficiente.

Sua amorosa amiga, Anna

Aniversário de Rusty (19/03/07) — Morte de Barbara (29/09/08) — A eleição (04/11/08)

Capítulo 14

TOMMY, 29 DE OUTUBRO DE 2008

— Sei que você tem alguma coisa — disse Tommy Molto a Brand quando ele o encontrou do lado de fora do Fórum.

Brand estava trabalhando num julgamento, usando um terno feito com um elegante tecido padrão pied-de-poule, melhor do que qualquer promotor poderia realmente se dar ao luxo de ter. Às vezes, Tommy dizia a Brand que este deveria ter nascido italiano. O caso em que ele estava atuando era um homicídio triplo no qual uma das vítimas era sobrinha da estrela de cinema Wanda Pike. Deslumbrante e pesarosa, Wanda estava na sala de julgamento com a entourage de sempre. Sabendo que isso ocorreria, Brand decidira cuidar do caso, em vez de deixá-lo nas mãos de alguém de nível inferior da Divisão de Homicídios. Brand nunca duvidara do fato de que gostava de se ver na TV. O julgamento estava no intervalo para o almoço, e Brand fora lá fora para encontrar o chefe. Ele ia sentir frio. Era um dia agitado, com um vento cortante e nuvens feias.

— Como assim? — perguntou Brand.

— Como assim o quê?

— Como você sabe que eu tenho alguma coisa?

— Porque, se não tivesse, você não me forçaria a levantar o traseiro da cadeira e atravessar a rua ou a usar a hora do almoço para encontros no meio do julgamento.

— Talvez eu achasse que você precisa de exercício. Talvez eu goste de ver você saltitando pela rua como um pombo.

Brand até mesmo encolheu a barriga e deu alguns passos, em imitação. Ele estava muito contente. Aquilo ir ser ótimo. Tommy fez um gesto para entrarem, mas estavam esperando Rory Gissling, que chegou um minuto depois, envolta num grosso casaco e num reluzente cachecol. Trazia um envelope pardo embaixo do braço.

Entraram no tribunal e subiram a escada para procurar um lugar onde pudessem conversar. A sala de julgamento do juiz Wallach estava aberta, e eles se apertaram na ponta de um dos luxuosos bancos.

— Mostre a ele — disse Brand a Rory.

— Intimamos a farmácia de Barbara para que nos fornecesse todas as receitas, novos suprimentos, todos os registros do mês anterior à sua morte — informou Rory, e tirou do envelope um montinho de papéis.

— Mostre-lhe a receita da fenelzina — pediu Brand.

Rory folheou as páginas e então passou para o procurador de justiça a cópia de uma fatura de cartão de crédito. Pagava pela compra de fenelzina, estava datada de 25 de setembro, mês anterior, e exibia claramente a assinatura de Rusty Sabich. Brand sorria como uma criança no Natal.

— Com licença — disse Tommy, e pegou o resto dos papéis de Rory. Folheou o monte. — Rusty apanha todos os aviamentos das receitas — disse. — É o que parece.

— Em oitenta a noventa por cento das vezes — respondeu Rory.

— E daí? — perguntou Tommy.

— Ele apanhou a *fenelzina* — insistiu Brand.

— E daí? — perguntou Tommy novamente.

— Mostre-lhe aquele negócio do dia anterior à morte dela — pediu Brand.

Rory puxou várias folhas das que estavam na mão de Tommy. Rusty assinara a fatura da compra da renovação dos comprimidos para dormir de Barbara no dia 28 de setembro.

— Pensei que estivéssemos procurando uma overdose de fenelzina — disse Tommy.

— Olhe a duplicata da fatura — disse Brand. — Na última página. É a outra coisa que ele comprou que você precisa ver.

Tommy levou um segundo para decifrar as abreviaturas, mas a fatura parecia discriminar uma garrafa de Rioja, arenque em salmoura, salame genovês, um pouco de cheddar curado e um potinho de iogurte natural. O promotor precisou de um pouco mais de tempo até a ficha cair.

— Essas coisas todas reagem com a droga, certo? — perguntou. — Tem não-sei-o-quê em todas elas?

— Tiramina. Em tudo. — Brand balançou a cabeça. — Ele literalmente comprou todas as comidas proibidas. Isso poderia tornar letal uma dose normal de fenelzina. E, com uma dose quádrupla, é certeza. Eu diria que o juiz andou preparando um tipo diferente de Última Ceia.

Tommy olhou novamente para a fatura. A hora da compra fora 17h32.

— Eles fizeram um coquetel — disse ele.

— O quê? — Brand deu uma olhada. — De onde você tirou isso?

— Ele foi à loja na hora do jantar. Comprou uma garrafa de vinho e uns tira-gostos. Eles fizeram um coquetel, Brand.

— Iogurte? — perguntou Brand.

— Como molho — disse Tommy.

— Molho? — perguntou Brand.

— É. Quem é saudável usa iogurte em vez de creme de leite. E, por falar em molhos — disse Tommy a Brand —, com o histórico do seu pai, você deveria saber esse tipo de coisa. Já ouviu falar em colesterol?

Tommy soletrou para ele e Brand abanou a mão em sua direção. Rory acrescentou mais algumas palavras sensatas sobre o pai dela, que acabara de colocar pontes de safena. Brand os ignorou e prosseguiu com o caso.

— Nós o pegamos, não é mesmo? — perguntou. — Está tudo aí, não é?

Tommy conseguia sentir o peso, enquanto Brand e a detetive o observavam. Havia muito tempo que Brand tentava vender seu peixe, mas essa não era a questão. Naquele caso, era Tommy inteiramente quem pagaria para ver. Os riscos eram todos por sua conta e era ele quem tinha de ficar satisfeito. Mas, ao juntar tudo, ainda não ficara. A lista de compras de Rusty parecia condenatória, mas continuavam tentando produzir uma porção de coisas que um advogado de defesa chamaria apenas de coincidência.

— Estamos perto — disse Tommy, baixinho.

— Chefe! — protestou Brand.

Ele começou a vasculhar as provas, e Tommy precisou alertá-lo para manter a voz baixa. A última coisa de que precisavam era que um repórter passasse pela sala e ouvisse tudo aquilo.

— Jimmy, vocês dois toparam com um material espantoso. Mas isso é tudo circunstancial. Não precisam de mim para lhes dizer a maneira como alguém tipo Sandy Stern destroçaria esse caso. "Quem nunca foi a uma loja apanhar compras, receitas aviadas, senhoras e senhores?" — Tommy fez uma imitação melhor do que esperava do leve sotaque de Stern. — Vocês já viram o poder de convencimento de Stern. E o maior problema continua sem solução. A nossa própria especialista se levantaria do banco das testemunhas e admitiria, num interrogatório, que não tem nenhum meio de excluir 16 outras causas de morte além de assassinato. É fraco. O caso é muito fraco. Precisamos de algo mais.

— Onde vou conseguir essa porra desse algo mais? — reclamou Brand. Essa era a questão, claro. — Que tal o DNA? — indagou, após um segundo.

Ultimamente, Tommy andara pensando bastante nisso, quando ficava acordado com Tomaso no meio da noite, e concluíra que o DNA não era a solução. Mas não queria admitir isso na frente de Rory e simplesmente disse o que vinha dizendo havia semanas:

— Ainda não.

Brand consultou o relógio. Tinha de voltar à sala de julgamento. Levantou-se e foi andando de costas, ao sair.

— Não vou desistir, chefe.

Tommy deu uma estrondosa gargalhada.

— Eu não estava preocupado com isso.

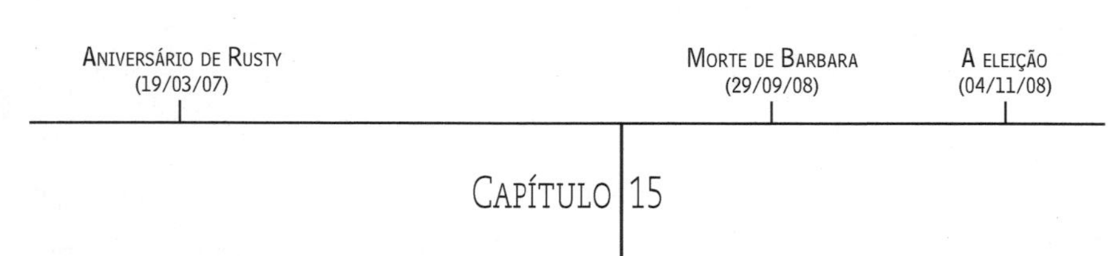

Capítulo 15

ANNA, 2 DE SETEMBRO DE 2008

Depois que meu casamento terminou e eu fui morar com Dede, a mesma pergunta me obcecava. De manhã, continuava deitada na cama por uma hora e me perguntava: Realmente estive apaixonada por Paul? Pensava que sim, mas agora tenho minhas dúvidas. Contudo, como eu, ou qualquer outra pessoa, poderia ter cometido um erro tão fundamental?

Homem a homem, relacionamento a relacionamento, essas questões têm me desconcertado e, cada vez mais, me feito sentir que faltava algo. Estive fascinada por alguns homens e, em outros casos — por nenhum mais do que Rusty —, praticamente obcecada, tomada por uma fome feroz. Mas conseguiria algo tão angustiante desenvolver o amor duradouro? Um poderia ter levado ao outro? Tenho esperado o Dia em que Sei que Estou Realmente Apaixonada do mesmo modo como algumas pessoas antecipam o Arrebatamento.

Fiquei melancólica nas primeiras semanas de agosto e, a princípio, relutante em acreditar que tivesse algo a ver com Nat. No devido tempo, enfrentei o fato de que sentia sua falta ou, mais honestamente, a chance que vira nele, uma oportunidade de ter algo diferente, que parecia igualmente novo e correto. Essa percepção me atingiu com mais força do que eu poderia ter antecipado, e fez aflorar uma porção de coisas sobre Rusty, coisas que não esperava, principalmente a raiva. Havia momentos, tarde da noite, em que eu não conseguia entender meu raciocínio. Que tabu eu estava violando cujos sentimentos eu tentava poupar? Se o pai não me quisera, por que eu não poderia ficar com o filho? Isso não significaria que as coisas tinham dado certo para todo mundo? De manhã, quando reconsiderava tudo isso, parecia que todo o terreno que eu havia conquistado nos últimos 15 meses havia desabado sob os meus pés.

Eu achava, porém, que estava superando isso. Era como se eu tivesse colocado essa decepção na prateleira, junto com as anteriores. Então, esta manhã, eu estava na sala de audiências da Suprema Corte para assessorar Miles Kritzler, que apresentava um fútil recurso em mandado de segurança para um cliente importante. Ele fazia a sustentação oral de praxe, mas os juízes não estavam nada contentes por ele estar tomando o tempo deles. Permaneciam sentados ali, todos os sete, com aquele olhar que dizia "Prefiro a morte". Sua luz vermelha ia se acender a qualquer segundo, e só então alguém correu bancada acima para entregar um depoimento ao juiz Guinari. Quando ergui a vista, Nat já me encarava, tão esbelto e ansioso e impossivelmente lindo, aqueles olhos azul-marinho repletos de um maravilhoso olhar suplicante. Tive medo de que o pobre homem começasse a chorar e de que, se ele o fizesse, eu também choraria.

Quando voltei para a Promotoria, havia um recado dele na minha caixa postal do celular:

"Quando eu sair do trabalho, por volta das 6, vou direto ao seu apartamento. Vou tocar a campainha e, se você não estiver em casa, esperarei sentado no batente da porta até você chegar. Portanto, se estiver novamente se controlando e não quiser isso, é melhor ir dormir com uma de suas amigas, pois vou ficar sentado lá a noite toda. Desta vez, você vai ter que dizer não na minha cara. E, a não ser que eu a entenda muito menos do que imagino, não creio que isso vá acontecer."

Percebi então, apesar de toda a hesitação e relutância, de eu ter dito a mim mesma "Não, isso é loucura", de todos os alertas de inacreditável perigo, que, apesar de tudo isso, meu coração tinha um plano que eu teria de seguir. Como diz a canção, *I would give everything for love* [Eu daria tudo por amor]. Essa é uma verdade maior e mais profunda sobre mim do que qualquer uma das repreensões e lições que tenho tentado tão arduamente absorver. E eu sempre soube disso.

Nos últimos meses em que morei com Dede, namorei um policial chamado Lance Corley, do curso de economia que resolvi fazer à noite para terminar a faculdade. Era um homem gentil, grande e bonito que, quando ia ao meu apartamento, passava um bom tempo com Jessie. Ele mesmo tinha uma filha a quem não via muito. Desde o início, pude perceber que Dede tinha uma queda por ele e que isso só aumentava com o passar do tempo. Ela era completamente transparente. Várias vezes por dia, ela me perguntava quando eu achava que ele ia aparecer. No fim, Lance decidiu que ia tentar se reconciliar com sua ex, principalmente porque visitar Jessie o fizera perceber o quanto desesperadamente sentia falta da própria filha.

Quando lhe expliquei tudo isso, Dede achou que era mentira, que eu não deixava Lance ir ao apartamento porque não queria que ele se apaixonasse por ela. A coisa ficou tão feia que, finalmente, pedi a Lance que telefonasse e explicasse, mas isso foi um erro. A completa humilhação por Lance saber que ela nutria essa fixação maluca nele a enfureceu.

Na minha última manhã lá, acordei às 6 horas com Dede parada junto à minha cama segurando uma tesoura de cozinha na minha direção. Pude perceber que ela estava completamente chapada, sacudindo-se como se houvesse um motor em seu peito, o rosto manchado e o nariz escorrendo, enquanto permanecia parada ali, chorando, desfrutando a ideia de me matar. Levantei-me de um salto e gritei para ela. Dei-lhe um tapa, xinguei-a, afastei a tesoura, e então ela se dobrou toda e se jogou num canto do meu quarto, de tal modo que, se por acaso alguém passasse, talvez a confundisse com uma trouxa de roupa suja.

Após ouvir a mensagem de Nat seis ou sete vezes, peguei o telefone para ligar para Rusty. Disse que precisava falar com ele, embora não conseguisse imaginar o que eu diria. Mas loucuras acontecem o tempo todo quando as pessoas se apaixonam. Tenho uma amiga que se divorciou e se casou com o irmão do seu ex. Ouvi falar de um advogado de Manhattan, um dos sócios principais de seu escritório, que, aos 50 anos, se apaixonou por um rapaz que trabalhava na expedição e mudou de sexo para que o jovem pudesse possuí-lo, o que, de fato, funcionou por algum tempo. O amor é supremo. Ele tem a própria mecânica quântica, as próprias regras. Quando há amor envolvido, as únicas coisas que podem igualá-lo em importância são o decoro ou mesmo o bom senso. Se você ama alguém loucamente, então saiba que isso é quem você é e tente tê-lo para si.

Naquele dia na casa de Dede, enquanto eu fazia as malas, ela continuou chorando e dizendo: "Eu não ia fazer aquilo, eu não ia fazer aquilo. Eu estava fingindo ou sei lá o quê, mas não ia fazer aquilo."

Ela disse isso mil vezes e, finalmente, eu fiquei de saco cheio. Fechei o zíper da minha última sacola e a joguei no ombro.

— Esse é que é o seu problema — respondi.

Foram as últimas palavras que eu disse a ela.

Aniversário de Rusty (19/03/07) | Morte de Barbara (29/09/08) | A eleição (04/11/08)

Capítulo 16

RUSTY, 2 DE SETEMBRO DE 2008

Anna já está lá quando chego ao Dulcimer. Está nervosa, mexendo num copo alto cheio de bolhas, mas linda. Sua vida como autônoma lhe rendeu uma pele mais macia, um penteado melhor e roupas mais refinadas. Sento-me a seu lado, no bar, num tamborete estofado.

— Cortou o cabelo?

— É menos uma coisa para cuidar. Mais tempo para o trabalho. — Ela dá uma risada. — Confissões de uma escrava de preço elevado.

— Ficou muito bom.

Meu elogio a deixa brevemente em silêncio, até ela murmurar:

— Obrigada.

— O que está bebendo? — pergunto.

— Água gasosa. Ainda tenho algumas coisas para terminar no trabalho.

Meu coração fraqueja: ela vai voltar para o trabalho. Nada digo. Ela muda sua bolsa de lugar para abrir um espaço entre nós.

— Rusty, não sei como dizer isso. Mas tenho que lhe dizer. Vou tentar explicar. Mas a questão é que comecei a sair com Nat. Isto é, ainda não ficamos juntos, mas vamos ficar. Vou encontrá-lo hoje. E não sei aonde isso vai parar, mas já anda muito sério. Muito sério.

— Meu Nat? — Na verdade, falo sem pensar. Por um instante, não consigo sentir nada dentro de mim mesmo. Então o que surge é raiva. Irrompe violentamente do meu coração. — Isso é loucura.

Me encarando, os olhos de Anna se enchem d'água.

— Rusty, não dá para dizer como tentei evitar isso.

— Ora, pelo amor de Deus. O que você vai me dizer agora? Foi sorte? Destino? Você é um ser humano adulto. Você faz escolhas.

— Rusty, acho que estou apaixonada por ele. E que ele está apaixonado por mim.

— Ah, meu Deus!

Ela agora está chorando, segurando o copo gelado contra a face.

— Olhe, Anna, eu sei que você quer voltar para mim. Sei que a decepcionei. Sei que vale tudo no amor e na guerra. Conheço todas as expressões idiotas. Mas isso é impossível. E você tem que parar.

— Ah, Rusty — diz ela, soluçando. — Rusty, fiz tudo do jeito certo. Fui boa demais. Espero que entenda. Tentei demais fazer com que isso não acontecesse.

Quero pensar. Mas a dimensão disso é inimaginável. E posso sentir meus braços e minhas mãos se sacudirem furiosamente.

— Ele sabe? Sobre nós?

— Claro que não. E nunca saberá. Jamais. Rusty, sei que é loucura, é difícil, mas você sabe, eu preciso tentar, preciso realmente tentar. Não sei se consigo lidar com isso ou se você consegue, mas preciso tentar, sei que preciso.

Recosto-me na cadeira. Continuo tendo dificuldades para recuperar o fôlego.

— Você sabe o quanto ansiei por você e desisti? — pergunto-lhe. — *Me forcei* a desistir. E agora, o que farei? Devo ficar assistindo a você desfilar pela minha casa? Isso é doentio. Como pôde fazer isso comigo? Com ele? Pelo amor de Deus.

— Rusty, você não me quer.

— Não me diga o que eu quero. — Continuo furioso o bastante para lhe dar um tapa. — Sei qual vai ser o resultado disso. Não me venha pregar sinceridade. Você está agindo da maneira mais sacana imaginável. Qual é então a minha escolha? Livrar-me de Barbara agora, já. É isso? Livrar-me dela ou você, literalmente, destruirá meu lar?

— Rusty, não. Não tem a ver com você. Tem a ver com ele. Essa é toda a questão que estou tentando lhe dizer. Tem a ver com ele. Rusty, Rusty...

— Então ela para. — Rusty, eu nunca senti isso — vacila — por ninguém. Quer dizer, talvez eu seja um estudo de caso de alguma publicação psiquiátrica. Porque não sei se isso teria acontecido sem aquilo. Sem nós. Mas é diferente, Rusty. De verdade. Rusty, por favor, não vá contra isso.

— Vai se foder. Você é maluca, Anna. Não sabe o que quer. Ou quem você quer. É mesmo o caso de uma publicação psiquiátrica.

Jogo dinheiro na mesa e ouço seu grito abafado atrás de mim, quando saio estrondosamente do hotel, descendo indignado a rua a passos largos. Sinto-me perturbado do modo mais primitivo, mais elementar possível. Caminho por vários quarteirões. Então paro subitamente.

Porque uma coisa é clara. Não importa o quanto eu esteja furioso, preciso fazer alguma coisa. Não há um caminho livre. Vou pensar e pensar e nada vai adiantar. Mas preciso fazer alguma coisa. E o mistério disso tudo parece tão imenso quanto Deus.

O que farei?

Aniversário de Rusty (19/03/07) — Morte de Barbara (29/09/08) — A eleição (04/11/08)

Capítulo 17

NAT, 2 DE SETEMBRO DE 2008

O modo como vejo as coisas é que mais parece que estamos numa viagem, tipo um bando de gente na estrada. Todo mundo em seu espaço e seguindo para o próprio destino, escutando a música de que gosta, ou estações de rádio diferentes, ou falando ao telefone, e, de maneira geral, tentando ficar fora do caminho dos demais. Então, de vez em quando, você se dispõe a parar e acolher um passageiro. E quem poderá saber por quê?

Ainda não sei direito quando passei a gostar tanto de Anna. Achei-a legal assim que a conheci, após ela ter trabalhado para meu pai, mas na ocasião eu estava com Kat e, logo que nos separamos, minha mãe entrou completamente no circuito, ao perguntar uma ou duas vezes se Anna era realmente velha demais para mim, o que serviu apenas para esfriar a coisa toda. Então certo dia, neste verão, eu estava no trabalho e vi o nome de Anna naquele anúncio sobre seu apartamento, e pensei: "É, vou dar uma olhada nisso." E, sentado em sua varanda, percebi que não dava para acreditar o quanto ela era legal, inteligente, bonita, engraçada e antenada. Não que, a princípio, isso tenha sido mútuo. Lá, eu praticamente me ofereci. E ela disse não. Delicada e simpática e tudo o mais. Mas não.

Então agora, um mês depois, estou no trabalho e me sinto um lixo por causa de Anna. Pior até que um lixo, pois um lixo foi como me senti nas primeiras duas semanas. Quando tudo vai mal, tenho essa coisa de simplesmente não conseguir dar um reset. Vou até o fundo do poço e fico por lá. Rebobino. E dou replay. E choro. Nada macho. Levanto de minha mesa no tribunal, entro numa cabine do banheiro e choro quatro vezes num dia. Então começo a me poupar. Uma sessão de choro de manhã e outra de tarde. Então uma vez no trabalho. E uma vez em casa. De algum modo, foi pior do que meus términos com Paloma e Kat. E eu sabia que tinha desenvolvido essa coisa toda dentro da minha cabeça para ser o Relacionamento Perfeito só porque não aconteceu. É um ideal platônico. Estou completamente apaixonado, embora eu saiba que é mais a ideia da paixão do que qualquer outra coisa. Mas talvez isso seja *pior*. Verdadeiro ou não. A esperança é uma coisa espantosa. A esperança talvez seja a coisa mais essencial na vida. Com a esperança, você segue em frente. E sem ela você desaba.

Ainda é esse meu ânimo hoje quando entro na sala de audiências da Suprema Corte para entregar um relatório que o assessor responsável pelo caso, Max Handley, se esqueceu de levar para a sala de julgamento. E ali está ela. Há um mês tenho imaginado duas vezes por dia que a vejo na rua, mas isso dura apenas o instante de uma piscadela, até eu perceber: Não, foi mal. Mas desta vez, mesmo por trás, embora tendo mudado o cabelo, mesmo sem ver seu rosto, sei que é Anna. Ela está sentada à mesa do recorrente, tomando notas o mais depressa possível, enquanto um dos sócios mais antigos de seu escritório faz uma sustentação oral que, francamente, faz os juízes cochilarem. Esse sujeito, o sócio, logo vai estar no olho da rua, talvez antes mesmo de deixar o tribunal. E, quando a vejo, paro tão depressa que metade das figuras na bancada, ansiosas por distração, olha para mim. Estou mesmo ferrado!

Então vou furtivamente até o juiz Guinari e lhe entrego o sumário. Tento imaginar um meio de sair sem repetir a mesma atuação idiota. Olhos adiante. Ombros erguidos. Mas, é claro, estou desconcertado e louco demais por ela para não espiar. Então, quando me viro, eu vejo, graças a Deus — eu vejo, graças a Deus, que existe Deus, coisa em que sempre acreditei —, seus olhos grudados em mim. O sócio continua sua lenga-lenga. Mas Anna parou de escrever. Não faz mais nada a não ser olhar para mim. Nem pisca. Não consegue desviar os olhos. E percebo tudo — está naquele olhar. Ela tem sofrido tanto quanto eu. E está desistindo. Seja lá o que a tenha feito dizer não, agora ela não consegue mais dizer. Está desistindo. Está se entregando. Ao amor. São os filmes! Os filmes dos anos 1940! É *kismet*. Destino. *Dharma*.

Saio cambaleando da sala e volto à minha mesa para usar meu celular. Deixo um recado na caixa postal e lhe digo que, após o expediente, vou direto para seu apartamento e que ficarei sentado ali a noite toda, se for preciso, até ela me dizer, cara a cara, o que deseja.

E é isso que faço.

Quando ela chega em casa, estou sentado no único degrau do lado de fora do velho apartamento. Eu ficaria sentado ali o resto da noite, mas, de fato, só estou ali há 15 minutos. E ela se senta a meu lado, coloca o braço sobre o meu, pousa a cabeça sobre meu ombro, e choramos, ambos choramos, e então entramos. E é simples assim. Aceite isso de um ex-graduado em filosofia. Isto é tudo o que todo ser humano anseia dizer: "É o momento mais feliz da minha vida."

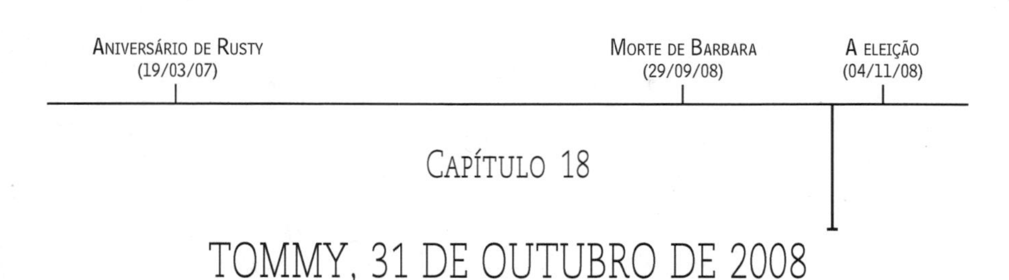

CAPÍTULO 18

TOMMY, 31 DE OUTUBRO DE 2008

McGrath Hall era a sede da polícia desde 1921. O amontoado de tijolos vermelhos poderia se passar por uma fortaleza medieval, com arcos de pedra acima das pesadas portas de pranchas de carvalho e ameias chanfradas no telhado.

Brand, que continuava no julgamento, enviara uma mensagem, do tribunal para o outro lado da rua, perguntando se Tommy poderia encontrá-lo às 12h30 do lado de fora do Edifício Municipal, e a Mercedes encostou no meio-fio e partiu novamente tão depressa que parecia até uma fuga. Brand zigue-zagueou através do tráfego da hora do almoço como se estivesse turbinado. Tommy recebeu um telefonema do FBI, e ele e Brand tinham passado pelo portão de segurança e estacionado atrás do Hall antes de Tommy ficar livre novamente para falar com seu assessor principal.

— Bem, o que fazemos aqui? — perguntou.

— Não sei — respondeu Brand. — Não tenho certeza. Mas, no dia em que Rusty ligou para informar da morte de Barbara, os policiais de Nearing levaram todos os vidros do armário de remédio dela num saco plástico, em vez de fazer um inventário no local. Portanto, na quarta-feira, pedi a Rory que enviasse cada frasco para cá, para ver se Dickerman conseguia obter algo a partir deles.

— Ótimo. Bem pensado — disse Tommy.

— Na verdade, foi ideia de Rory.

— Mesmo assim foi bem pensado. E o que Dickerman conseguiu?

— Você só faz pergunta difícil. Ele deixou um recado dizendo que tinha resultados interessantes. Não diria "interessantes" se não fosse nada, mas não consegui falar com ele porque passei o dia todo no tribunal. Ainda assim, não quis que ele colocasse isso no papel. Por aqui, isso vazaria em trinta segundos.

— Também foi bem pensado — disse Tommy.

Brand explicou que tinham ido ao Hall porque Dickerman fizera uma cirurgia de joelho na semana anterior e não podia sair. Brand imaginou que seria melhor Tommy ir até ali para fazer qualquer pergunta que quisesse. Isso também foi bem pensado.

Encontraram uma das assistentes de Dickerman no porão, segurando aberta uma porta de saída de emergência. Ela usava chapéu de feiticeira de papel crepom e uma grotesca peruca negra.

— Gostosuras ou travessuras — disse ela.

— É isso aí — disse Brand. — Acordo todos os dias pensando exatamente isso.

Juntos, os três percorreram os escuros corredores até o domínio onde Mo Dickerman imperava. Dickerman, vulgo Deus das Impressões Digitais, era aos 72 anos o funcionário mais antigo da Força Policial de Kindle County e, sem dúvida, o mais estimado. Era o mais notável especialista em impressões digitais do Centro-Oeste, autor de textos atualizados sobre várias técnicas e frequente conferencista nas academias de polícia por todo o mundo. Agora que a ciência forense é tema atual na TV, mal se consegue zapear com o controle sem ver Dickerman empurrando seus pesados óculos pretos nariz acima, em um ou outro programa sobre crimes. Num setor como aquele, em que a maioria das forças de polícia urbanas quase sempre se envolvia em polêmicas e, não raramente, em escândalos, Dickerman era provavelmente o emblema solitário de inatacável respeitabilidade.

Era também, frequentemente, um pé no saco. O apelido de Deus das Impressões Digitais não lhe fora dado inteiramente por admiração. Dickerman considerava suas opiniões semelhantes às Escrituras e não tolerava nem mesmo uma interrupção. Se alguém cometesse o erro de interrompê-lo, ele simplesmente esperava que a pessoa terminasse e então começava novamente do início. Geralmente, era uma testemunha difícil, recusando-se a reconhecer conclusões aparentemente óbvias. E era bastante impopular com os figurões da força policial, por causa do modo como usava seu prestígio público, ameaçando se demitir a não ser que seu laboratório, no porão do McGrath Hall, fosse equipado com as mais recentes inovações, um dinheiro que às vezes seria mais bem aplicado em coletes à prova de balas ou para pagar horas extras.

Dickerman coxeou sobre muletas para ir cumprimentá-los.

— Pronto para o concurso de twist? — perguntou Brand.

Um nova-iorquino anguloso cujo abundante cabelo apenas começava a exibir um pouco de grisalho, Dickerman dobrou ambos os cotovelos e se sacudiu alguns centímetros de um lado a outro. Brand fez um sincero agradecimento pelo pronto atendimento ao pedido e Dickerman seguiu mancando pelo caminho até o laboratório, um escuro emaranhado de cubículos abarrotados, caixas empilhadas e várias áreas desobstruídas para suas caríssimas máquinas.

Ele parou diante de seu equipamento favorito do momento, um VMD, uma máquina de precipitação a vácuo de metais. A cúpula da polícia fora contra a compra, por vários anos, por eles recearem explicar ao conselho municipal ou ao público por que precisavam de uma máquina que literalmente transformava impressões digitais latentes em ouro.

Quando Tommy atuava como promotor de justiça, impressões digitais nada mais eram do que amostras de suor reveladas por ninidrina ou outros pós. Se a impressão secasse, já era. Mas, a partir dos anos 1980, especialistas como Dickerman haviam imaginado como expor os aminoácidos que o suor deixava para trás. Naquela época, se você encontrasse uma impressão latente, às vezes havia até a possibilidade de se extrair dela também o DNA.

O VMD de Dickerman era uma câmara horizontal de aço com cerca de 1,50 por 0,5 metro. Tudo em seu interior custa uma fortuna — pratos de evaporação de molibdênio; bombas de rotação e difusão combinadas que produzem um vácuo em menos de dois minutos; um ciclo ultrarrápido de criogênio ultrafrio para apressar o processo de remoção de umidade; e um computador que controla tudo isso.

Após um objeto para exame ser colocado dentro do VMD, alguns miligramas de ouro são despejados nos pratos de evaporação. As bombas então criam o vácuo e uma alta corrente passa pelos pratos, evaporando o ouro.

Este é absorvido pela impressão residual. A seguir, é evaporado zinco, o qual, por razões químicas, adere apenas nos vales entre as elevações e espiras da impressão digital. Fotos em alta definição das impressões digitais resultantes sempre impressionam os jurados.

Dickerman, por ser Dickerman, insistiu em explicar novamente todo o processo, apesar de Tommy e Brand já terem tido essa aula várias vezes. O que Dickerman colocara no dia anterior no VMD fora o frasco de plástico da fenelzina que Rusty apanhara na farmácia, de acordo com o recibo. Havia quatro impressões claras, uma perto do topo, três no fundo. O frasco de plástico marrom, agora pulverizado de ouro, estava em um envelope de plástico lacrado sobre a mesa ao lado da máquina.

— De quem é? — perguntou Tommy.

Dickerman ergueu o dedo. Responderia no momento devido.

— Nós as comparamos com as da falecida. Com os problemas previsíveis. Há vinte anos falo com o pessoal da Patologia, mas eles continuam tirando as impressões dos mortos como se estivessem passando um esfregão no chão. Não rolam os dedos, eles os arrastam. — Dickerman mostrou os cartões de coleta de impressões que os técnicos haviam preparado como parte da necropsia. — Não há nada que se pareça com uma impressão identificável, tanto do dedo médio da mão direita quando do dedo mínimo.

Nos quadrados apontados por Dickerman, nada havia além de um borrão de tinta. Dickerman sacudiu o rosto comprido num moderado desespero.

— De qualquer modo, posso lhes afirmar categoricamente que as quatro impressões no frasco que me pediram para examinar não foram feitas por oito dos dedos da Sra. Sabich.

— Então poderiam ser de Barbara? — indagou Brand.

— Este não — disse Dickerman, apontando para a impressão maior nas fotografias da parte de baixo —, pois é claramente um polegar. Mas, a esta altura, não sei dizer se uma ou outra das impressões restantes foi feita pelo dedo médio de Barbara ou até mesmo pelo mínimo.

— E agora? — perguntou Tommy.

Brand deu um passo para trás de Dickerman e revirou os olhos. Ele não aguentava a dança dos sete véus de Dickerman.

— Então o passo seguinte foi ver se conseguíamos identificar de quem eram essas impressões. Suponho que vocês tenham um palpite, mas Brand e Rory não querem declinar nomes. Então colocamos as impressões no AFIS. — Referia-se ao sistema de identificação automática por computador que continha imagens de todas as impressões do país colhidas nas várias décadas anteriores. — E comparamos as impressões com dois cartões diferentes. — Dickerman mostrou os cartões de impressões digitais que haviam sido separados de seus arquivos. Um deles continha as impressões de Rusty Sabich tiradas havia 35 anos, quando ele começara a trabalhar para o município. As outras tinham sido tiradas quando de seu indiciamento. — Todas as quatro digitais neste frasco são dele. — Dickerman tocou nos cartões como se cada um fosse um fetiche. — Sempre gostei de Rusty — acrescentou, como se estivesse falando de um morto.

Brand tinha um sorriso miúdo, determinado. Ele sempre soubera. Nos anos vindouros, Tommy teria de admitir isso, sempre que falassem sobre o caso.

— E como sabemos se Rusty não tirou o frasco do pacote para ajudar a esposa, apenas? — indagou Tommy.

Brand deu a resposta. Ele estava com os documentos que Rory levara naquele dia para a sala de julgamentos de Wallach.

— O recibo era referente a dez comprimidos. Mas quando os tiras fizeram o inventário do frasco, havia apenas seis. — Ele apanhou o envelope de plástico contendo o frasco, que estava ao lado da preciosa máquina de Dickerman, e mostrou a Tommy os seis tabletes laranja no fundo. — Portanto, alguém tirou quatro deles — disse —, e, pelo que estou ouvindo, a única pessoa cujas impressões estão aqui é o juiz.

— Ela poderia ter tocado no frasco sem deixar impressões? — quis saber Tommy.

Dickerman sorriu.

— Você sabe a resposta para isso, Tommy. Com certeza. Mas o VMD é o método mais discriminativo que possuímos para identificar qualquer impressão que tivermos aqui. E, se entendi o que Jim acabou de dizer, a Sra. Sabich teria que tocar quatro vezes no frasco sem deixar impressões. Temos os outros vidros do armário de remédios e já começamos a processá-los. Até agora, temos as impressões dela em oito dos nove que testamos. No nono, as impressões estão borradas.

— Poderiam ser dela?

— Poderiam. Há pontos de comparação, mas parece que mais alguém tocou no frasco, o que pode dificultar o DNA, para se distinguir os alelos e se obter o suficiente para testar.

— Esse seria um argumento difícil para um advogado de defesa — alegou Brand —, pois mostra que ela nem chegou perto da fenelzina, já que suas impressões estão em todos os frascos menos nesse.

Brand e Tommy seguiram de volta pela mesma saída dos fundos por onde tinham entrado. Tommy continuava sem querer encontrar as dezenas de policiais que ele sabia que estariam andando lá por cima e que indagariam o que o procurador de justiça fora fazer ali embaixo no monte Olimpo. Na porta, Brand dedicou um momento para agradecer novamente a Dickerman e discutir a rodada seguinte de exames, enquanto Tommy saía para o vento cortante para pensar sobre o que acabara de ouvir. O céu acerado que iria prevalecer em Kindle County pelos seis meses seguintes, como se a região metropolitana tivesse caído para debaixo da tampa de uma panela de ferro fundido, se fechava em volta deles.

Ele matou novamente. As palavras, a ideia, se esticavam por dentro de Tommy como uma tecla de piano com o pedal abafador pressionado. Rusty matou novamente. O filho da mãe matou novamente. Para ele não havia essa de "gato escaldado tem medo de água fria". Parado ali, Tommy sentiu tantas coisas que tinha dificuldade de classificá-las. Estava com raiva, é claro. Raiva sempre surgira facilmente para Tommy, e, embora tivesse diminuído com o passar dos anos, permanecia em um lugar familiar, até mesmo essencial, para ele, assim como um bombeiro que confiava mais em si mesmo ao entrar numa casa em chamas. Mas também demorou-se pensando na justificativa. Ele havia esperado. E Rusty mostrara-se tal qual era. Quando tudo fosse provado no tribunal, o que as pessoas diriam a Tommy, as pessoas que, por décadas, o tinham olhado de cima como se ele fosse algum velhaco executor da justiça que havia se safado facilmente, como costumavam se safar os policiais maus?

A parte mais estranha, porém, entre todas essas reações previsíveis, foi que, quando bateu os pés no chão frio, Tommy subitamente entendeu. Se não pudesse ter ficado com Dominga, o que ele teria feito? Teria virado assassino? Não havia mais nada que as pessoas quisessem na vida além de amor. O vento soprou e atravessou Tommy com a glacial retidão de um forcado. Mas ele entendeu. Rusty devia ter amado aquela mulher.

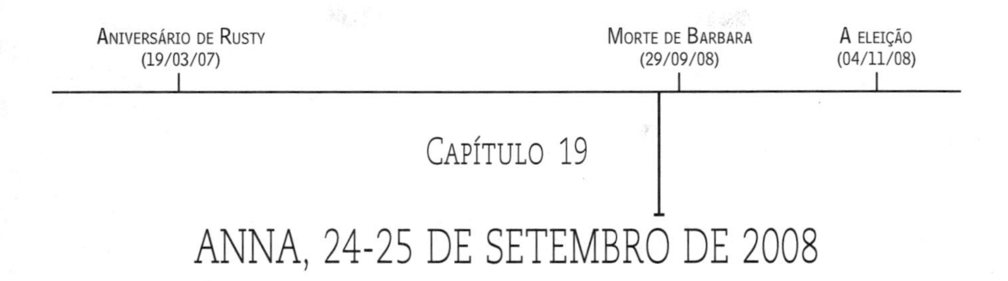

Capítulo 19

ANNA, 24-25 DE SETEMBRO DE 2008

Eu amo Nat. Estou Realmente Apaixonada. Finalmente. Totalmente. Tantas vezes antes pensei que estava prestes a me apaixonar, mas agora levanto todas as manhãs aturdida com esse extraordinário milagre. Desde o dia em que ele apareceu na Suprema Corte, estamos presos um ao outro como velcro, e passamos juntos todas as noites, exceto por uma única viagem que precisei fazer a Houston. A Nova Depressão, que derrubou o ramo da advocacia privada de um despenhadeiro e em momentos de sobriedade me deixa preocupada com meu emprego, agora tem sido uma bênção, pois quase todos os dias me permite sair do trabalho às 17 horas. Nós cozinhamos. Fazemos amor. E conversamos durante horas e horas. Tudo que Nat diz me agrada. Ou me cativa. Ou me faz rir. Só caímos no sono lá pelas 2 horas ou 3 horas e, de manhã, mal conseguimos nos arrastar para fora da cama para ir trabalhar. Antes de ele sair, olho-o severamente e digo: "Não podemos continuar com isso, temos que dormir à noite." "Certo", diz ele. Passo o dia todo ansiosa para voltar para ele, quando todo o delicioso ciclo de ficar sem dormir começa novamente.

Nat saiu de seu apartamento na primeira semana, e no fim do mês não houve qualquer discussão sobre onde ele iria morar. Ele ficará comigo. É como todo mundo sempre me disse. Quando acontecer, você saberá.

Dennis perguntou, porque faz parte de seu trabalho, se a pura impossibilidade da situação é o que me empolga, se eu consegui me entregar só porque sei que não deveria e porque, de alguma forma, o desastre está à espreita. Não sei responder a isso. Não importa. Estou feliz. E Nat também.

Meu plano, no que se referiu a Rusty, não foi plano nenhum, exceto lhe dar um aviso. Enquanto permanecia sentado naquela banqueta no Dulcimer, ele ficou letalmente furioso. Não fiquei surpresa, não porque esperasse aquela reação, mas porque sempre senti que houvesse um núcleo sensível atrás daquele exterior taciturno. Mas, com o tempo, nós dois vamos nos acostumar com o caminho bizarro que isso tomou. Temos algo essencial em comum. Nós amamos Nat.

Nesse meio-tempo, resolvi ficar longe de Rusty, o que não é tão fácil quanto eu esperava que fosse. Barbara liga todos os dias para Nat. Ele geralmente atende e lhe conta o mínimo possível. As conversas são breves e na maioria das vezes práticas — produtos do mercado nos quais ele possa estar interessado, notícias da família e da campanha, indagações sobre sua procura por emprego ou as providências que ele espera tomar até o fim do mês sobre seu modo de vida. A última dessas indagações significa que, mais cedo ou mais tarde, ele terá de lhe contar sobre mim. Nat me disse que não há escapatória, pois sua mãe parece alimentar uma esperança de que talvez ele volte para casa. Mesmo assim, implorei-lhe que adiasse.

— Por quê?

— Meu Deus, Nat. Não é demais lhe contar de uma vez que estamos namorando e depois que estamos morando juntos? Vai parecer loucura. Não pode simplesmente lhe dizer que você vai dividir um apartamento com um amigo?

— Você não conhece minha mãe. "Quem é o amigo? O que ele faz? Onde ele foi criado? Que escola ele cursou? Que tipo de música ele ouve? Ele tem namorada?" Eu não conseguiria sustentar a mentira nem por um minuto.

Então combinamos que lhe contaríamos. Insisti em ficar perto, para ouvir o fim da conversa dele ao telefone, mas enterrei a cabeça em uma das almofadas do sofá quando ele se descreveu como "um zumbi do amor".

— Ela ficou emocionada — disse ele quando desligou. — Completamente emocionada. Quer que a gente vá lá jantar.

— Meu Deus, Nat. Por favor, não.

Pude perceber, pelo modo como suas sobrancelhas se estreitaram, que ele começava a achar estranha minha veemência em relação a seus pais.

— É como se você não os conhecesse.

— Seria estranho, Nat. Agora. A gente mal tendo começado. Não acha que primeiro deveríamos socializar com algumas pessoas normais? Não estou pronta para isso.

— Eu acho que a gente tem que superar essa coisa. Ela vai me convidar todos os dias. Você vai ver.

E foi o que ele fez. Ele declinava, usando desculpas padronizadas, sobre seu trabalho ou o meu. Mas dia após dia eu começava a entender mais sobre a estranha simbiose entre Nat e sua mãe. Barbara pairava sobre sua vida como algum fantasma exigente sem uma presença terrena própria. E ele sentia uma necessidade de satisfazê-la. Ela queria nos ver juntos, mas achava penoso sair de casa. Portanto, nós teríamos de ir até ela.

— Você poderia simplesmente dizer não — sugeri semana passada.

Ele sorriu.

— Tente você — Nat rebateu, e de fato, na noite seguinte, estendeu o celular na minha direção. — Ela quer falar com você.

Porra, falei, apenas movimentando a boca. Foi uma conversa rápida. Barbara derramou-se em dizer o quanto estava emocionada, o quanto ela e Rusty estavam contentes com o fato de Nat e eu aparentemente significarmos muito um para o outro. Não gostaríamos de ir até lá e deixar que os dois partilhassem nossa felicidade por apenas uma noite? Assim como muitas pessoas brilhantes com problemas, Barbara é ótima em encurralar os outros. A coisa mais fácil foi concordar em ir no domingo da semana seguinte.

Depois disso, apoiei a cabeça entre as mãos.

— Não entendo isso — disse ele. — Você é uma das garotas populares. A Pequena Miss Trato Social. Minha mãe passou um ano e meio sugerindo que eu convidasse você para sair. Você é a minha primeira namorada que ela aprova. Ela achava Kat esquisita e Paloma uma péssima influência.

— Mas e seu pai, Nat? Não acha que isso parecerá estranho para ele?

— Minha mãe disse que ele está achando muito legal e que está totalmente emocionado.

— Você já falou com ele?

— Ele vai ficar legal. Vai por mim. Ele vai ficar legal.

Contudo, não consigo imaginar que o entusiasmo de Barbara quanto a Nat e mim, ou quanto à perspectiva de nos ver juntos, possa fazer qualquer outra coisa a não ser deixar Rusty pirado. E hoje, no trabalho, como eu temia, quando fui checar meus e-mails, meu coração deu um pulo ao ver dois deles enviados por Rusty. Estranhamente, quando abri as mensagens, vi que eram avisos de recebimento de e-mails que eu enviara em maio de 2007, 16 meses atrás.

Levei algum tempo para me recompor. Durante meu relacionamento com Rusty, eu era a única que reservava os quartos de hotéis, pois ele não podia usar seu cartão de crédito. Eu lhe enviava a confirmação on-line, com pedido de recebimento para que eu soubesse que ele havia recebido a mensagem sem ter de se preocupar em responder. Geralmente eu enviava essas mensagens em série — a confirmação inicial, um lembrete de manhã e então o último e-mail com o número do quarto, assim que eu fazia o check-in. Como eu recebia as confirmações, via que geralmente a única mensagem que ele abria era a última, que lia em seu palm, a caminho, sem ter tido a chance, com pessoas por perto, de ter lido as outras.

As duas respostas que chegaram hoje são de e-mails do ano passado que não tinham sido abertos. A princípio, achei isso uma espécie de perversa invasão de privacidade, uma tentativa de me lembrar onde nós dois estivéramos não faz tanto tempo. Ao pensar por mais uma hora, porém, me dou conta de que ele talvez nem saiba que as mensagens estão vindo para mim. Quando você abre um e-mail no qual o remetente solicita uma resposta de recebimento, aparece um pequeno pop-up, alertando-o de que será enviada uma notificação. O pop-up também contém um pequeno boxe em que se lê: "Não exibir novamente esta mensagem para este remetente." Ele, provavelmente, escolheu essa opção muito tempo atrás. No fim do dia, concluo que talvez haja algo positivo nisso: Rusty, finalmente, está fazendo o que deveria ter feito 16 meses atrás e está deletando todas as minhas mensagens. É um sinal de que ele está seguindo adiante, que está feliz em nos deixar, Nat e eu, em paz.

Na manhã seguinte, por volta das 10 horas, apareceram mais três. Pior ainda, me dou conta de que deletar mensagens não faz com que apareçam as notificações. A questão é mostrar que o e-mail foi lido. É uma imagem perturbadora, até mesmo doentia, de Rusty, em seu gabinete, recordando esses detalhes. Sabendo que não há outra opção, a não ser tratar disso diretamente com ele, pego o telefone e disco o número de sua linha particular. Em vez dele, é sua assistente Pat quem atende.

— Anna! — berra ela, quando digo alô. — Como vai? Você anda sumida.

Após um minuto de amenidades, digo-lhe que tenho uma pergunta a fazer ao juiz sobre um dos nossos casos e peço para falar com ele.

— Ah, ele vai passar a manhã toda no tribunal, meu bem. Já faz mais de uma hora que foi para lá. Eles têm muitas coisas para discutir. Só vou vê-lo depois do meio-dia.

Tenho a presença de espírito de dizer a Pat que telefonarei para Wilton, meu colega assessor, para obter a informação que quero, mas, ao desligar, estou por demais em pânico e desorientada até mesmo para afastar a mão do fone. Digo a mim mesma que entendi aquilo tudo errado, que deve haver outra explicação. Na minha tela, examino novamente as notificações, mas todas as três foram enviadas pelo endereço de Rusty há menos de meia hora, quando, segundo Pat, ele estava na corte e bem longe de seu PC.

Então surge a terrível compreensão. A catástrofe, que sempre esteve ao largo, aconteceu agora: trata-se de outra pessoa. Alguém está, sistematicamente, inspecionando o registro de meus encontros com Rusty.

Os hotéis. As datas. Por um aflito segundo, temo o pior e imagino que é Nat. Mas ontem à noite ele foi, como sempre, gentil e totalmente adorável, e é uma pessoa muito sincera para manter consigo mesmo esse tipo de descoberta. De acordo com sua natureza, ele simplesmente desapareceria.

Meu alívio, porém, dura não mais de um segundo. Então percebo a resposta com uma certeza tão absoluta que faz meu coração gelar. Existe uma pessoa que possui inteligência suficiente para invadir os e-mails de Rusty e tempo para fazer essa dolorosa inspeção.

Ela sabe.

Barbara sabe.

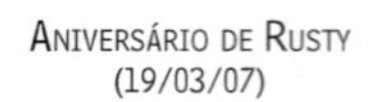

MORTE DE BARBARA
(29/09/08)

A ELEIÇÃO
(04/11/08)

CAPÍTULO 20

TOMMY, 31 DE OUTUBRO DE 2008

Após o encontro com Dickerman no McGrath Hill, Tommy e Brand não disseram uma palavra até estarem na Mercedes.

— Precisamos do computador de casa dele — disse então Brand. — É a única chance verdadeira que temos de descobrir a mulher. Quero emitir hoje um mandado de busca e apreensão. Temos que interrogar o filho imediatamente, para ver o que ele tem a dizer sobre o que estava acontecendo entre mamãe e papai.

— Isso é primeira página, Jimmy. Ele vai perder a eleição.

— E daí? Estamos apenas fazendo nosso trabalho — alegou Brand.

— Não, droga — disse Tommy. Ele parou para se recompor. Brand realizara um grande trabalho; estivera certo, quando Tommy estivera errado. Não havia razão para ficar zangado com ele por querer ir adiante. — Sei que você acha que esse cara é mau, patológico, doido, um serial killer que está sentado em seu trono à direita de Deus, e eu entendi, mas pense. Pense. Se impedir Rusty de chegar à Suprema Corte, estará apenas alimentando a teoria da defesa.

— A cascata do promotor vingativo? Eu já lhe disse como cuidar disso.

Ele se referia ao teste de DNA do fragmento de esperma do primeiro julgamento.

— É isso o que faremos a seguir — afirmou Tommy.

— Achei que você não quisesse um mandado judicial.

— Não precisamos de um mandado — disse Tommy.

Brand olhou para o chefe com a vista estreitada, então ligou a Mercedes e começou a dirigir o veículo para o meio do tráfego. Na rua perto da central de polícia, seis crianças iam sendo arrebanhadas de volta à escola primária por algumas mães, após o almoço. Todas estavam uniformizadas. Dois dos meninos menores vestiam paletó e gravata e usavam máscaras de Barack Obama.

Uma década antes, Tommy pensara pela primeira vez naquilo que estava para explicar a Brand. Naquela época, ele voltara a morar com a mãe para cuidar dela em seus últimos anos de vida. Os ruídos dela — mais frequentemente a tosse provocada pelo enfisema — o mantinham acordado na cama de armar onde dormia, na sala de jantar. Assim que ela se acalmava, Tommy pensava em tudo que dera errado em sua vida, provavelmente um meio de se convencer de que seria capaz de suportar também essa dor. Ponderava sobre os milhares de menosprezos e injúrias não merecidos que tivera de suportar e, de vez em quando, pensava no julgamento de Rusty. Sabia que o teste de DNA responderia satisfatoriamente a todos se Rusty fora usado ou se saíra ileso de um assassinato. E tentava a si mesmo com a ideia de como aquilo poderia ter sido feito. À luz do dia, porém, ele se dissuadia. A curiosidade matou o gato. Adão, Eva, maçãs. Havia coisas que não eram para ser descobertas. Mas agora ele podia saber. Finalmente. Uma última vez, repassou o plano novamente em sua cabeça, então o detalhou para Brand.

Aquele estado, como a maioria, tinha uma lei que exigia a criação de um banco de dados de DNA. Materiais genéticos coletados em qualquer caso em que havia provas de agressão sexual tinham de ser acrescentados e perfilados. Rusty fora acusado apenas de homicídios, e não de estupro, mas a teoria da acusação admitira que Carolyn podia ter sido violentada como parte do crime. A polícia estadual, sem um mandado judicial ou qualquer outra forma de autorização, poderia retirar os padrões sanguíneos e a fração de esperma do primeiro julgamento de Rusty da enorme geladeira do patologista e testá-los no dia seguinte. É claro que, no mundo real, os policiais tinham trabalho demais com provas de casos recentes para se preocuparem em voltar a casos encerrados duas décadas antes. Mas o fato de a lei existir e de ser aplicada sem limitação de tempo significava que Rusty não tinha qualquer expectativa legítima de privacidade em relação às antigas amostras. Ele podia vociferar e protestar num julgamento, se os resultados o implicassem, mas não chegaria a lugar nenhum. Para se protegerem, Brand poderia dizer aos encarregados das provas que fornecessem à polícia estadual todos os espécimes de antes de 1988, explicando que queriam primeiro os mais antigos para evitar que se degradassem ainda mais.

Brand adorou.

— Podemos fazer isso agora — disse. — Amanhã. Podemos ter o resultado em poucos dias. — Pensou cuidadosamente no assunto. — É genial — disse. — E, se pintar sujeira, poderemos fazer o serviço todo, certo? Mandado de busca e apreensão para o computador. Interrogatórios. Certo? Podemos fazer tudo até o fim da semana. Temos que fazer, certo? Ninguém jamais poderá reclamar. É genial — disse Brand. — *Genial!* — Jogou o pesado braço em volta de Tommy e lhe deu um aperto enquanto dirigia.

— Você entendeu errado, Jimmy — disse Tommy, baixinho. — Essa será a notícia ruim.

O subprocurador de justiça recuou. Era nisso que Tommy andara pensando durante várias noites da semana anterior.

— Jimmy, nós temos aqui a notícia ruim e a notícia péssima. Se a coisa não combinar, estamos fodidos. Fodidos. Caso encerrado. Certo?

Brand olhou para Tommy sem evidenciar uma expressão, mas parecia saber que ele planejava algo em segredo.

— É tênue demais, Jimmy. Não vai de acordo com a história. Só quero que você entenda que, antes de a gente mandar ver no laboratório, vai ser tudo ou nada.

— Vai ser tudo ou nada. — exclamou Brand. Ele repassou novamente todas as provas, até ser interrompido por Tommy:

— Jimmy, você esteve certo o tempo todo. Ele é um cara incorreto. Mas, basicamente, se provarmos que ele não cometeu o primeiro crime, não poderemos indiciá-lo agora. Não passaríamos de um bando de bostinhas vingativos tentando reformar uma verdade de que não gostamos. Tudo dentro e fora do tribunal se resumiria à minha grande obsessão. Esse caso é frágil como uma folha de papel. E, se tivermos que enfrentar o fato de que Rusty foi acusado injustamente pelas mesmas pessoas, combinado com o fato de que ele é o juiz-presidente do Tribunal de Recursos, com todo mundo, menos Deus, testemunhando que ele é um bom caráter, jamais conseguiremos uma condenação. Portanto, precisamos saber agora o que o DNA revela. Porque, se isso o inocentar no primeiro caso, ficaremos congelados no fim do caminho.

Brand olhou para o tráfego, que aumentava à medida que se aproximavam de Center City. Naquele dia, Kindle County estava a meio caminho do carnaval. Os funcionários de escritórios saíram para almoçar em todos os tipos de trajes. Cinco sujeitos caminhavam juntos com hambúrgueres nas mãos, cada qual vestido como um integrante diferente do Village People.

— Como ele pode transformar um bom resultado de DNA em prova? — perguntou Brand. — Mesmo se o DNA o inocentar vinte anos atrás, e daí? Tudo bem, não sabemos perder. Os motivos dos acusadores são irrelevantes.

— Mas os motivos dos defensores não. Você quer armar um caso circunstancial e argumentar que o cara arriscaria apagar a mulher? Você acha que ele não tem o direito de mostrar que foi processado por um assassinato que não cometeu? Isso não torna menos provável que ele corresse esse risco agora?

— Porra, com esse sacana, não sei não. Talvez torne mais provável. Eis um cara que entende completamente o sistema. Talvez ele seja tão esperto a ponto de pensar que a gente nunca vai partir para cima dele por causa do primeiro caso. Talvez ele ache que aquele DNA lhe dê carta branca desta vez.

— E ele estaria certo — disse Tommy.

No sinal, eles se encararam durante algum tempo, até Brand desviar a vista para consultar o relógio. Soltou um palavrão, porque estava atrasado. Tommy pensou em se oferecer para estacionar a Mercedes para ele, mas Brand agora estava chateado demais para piadas.

— Vamos pegá-lo no primeiro caso — garantiu Brand. — Aposto 50 dólares como vamos.

— Essa é a péssima notícia — retrucou Tommy. — A melhor coisa que poderia nos acontecer seria ter uma desculpa para dar o fora desse caso. A notícia realmente ruim será se aquela for mesmo a porra de Rusty de vinte anos atrás. Porque, se ele foi o malfeitor, não é um caso para se deixar de lado. É um caso sério. Não podemos deixar que ele vá para a Suprema Corte sabendo que matou duas pessoas. Não podemos.

— É isso o que estou lhe dizendo. Mas todo mundo entenderá. Todos saberão que não estamos caçando fantasmas.

— Mas *perderemos*. Essa é realmente a pior notícia. Temos um caso que sabemos que vamos perder. Porque o DNA nunca é usado pela acusação. Nunca. É uma via de mão única. Ele foi inocentado. Não podemos usar agora provas antigas contra ele. Isso não faria sentido sem julgar novamente o caso antigo, e nenhum juiz permitiria isso. E, além do mais, no fim do julgamento houve tantas perguntas sobre a amostra que, atualmente, de qualquer modo, nove dentre dez juízes não admitiriam mesmo. Se o DNA for bom para Rusty, é um prato cheio. E, se o torna um assassino, isso já era. Portanto, temos o mesmo caso tênue, mesmo com o DNA, e temos que torcer para que não sejamos conduzidos ao *corpus delicti* porque não temos provas suficientes para confirmar assassinato.

— Não. — Brand sacudiu violentamente a cabeça sobre seu grosso pescoço. — Sem essa. Você está suavizando as coisas, chefe. Todos nós fazemos isso.

— Não, Jimmy. Você disse antes. Esse cara é esperto. Muito esperto. A má notícia é que, se ele a matou, deve ter pensado em tudo. E imaginou um meio de como fazer a coisa e se livrar novamente. E vai conseguir.

Chegaram ao tribunal. Brand finalmente olhou para Tommy e disse:

— Essa é que seria a pior notícia.

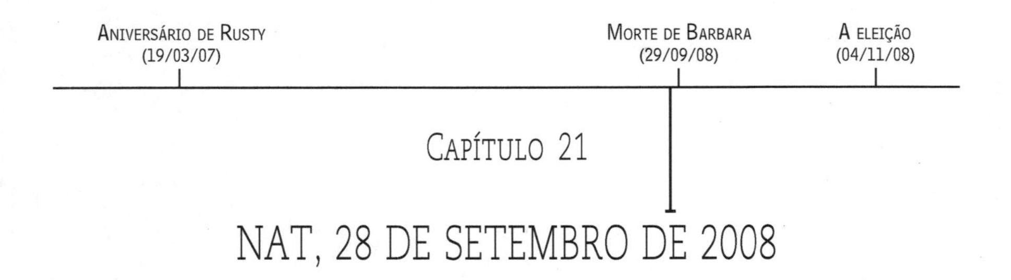

CAPÍTULO 21

NAT, 28 DE SETEMBRO DE 2008

A gente não está realmente num relacionamento até conhecer os lances um do outro — o modo como às vezes não consigo falar por uma hora inteira após lidar com meus pais, ou como ela perde completamente o rebolado se menciono Ray Horgan, o cara mais velho com quem ela teve um caso. Às vezes demora um pouco para se dar uma espiada nos cantinhos das maluquices que todas as pessoas tentam ocultar. Eu já saía com Kat havia quase um ano e, às vezes, me preocupava por ela ser normal demais para mim, até que, certa manhã, ela saiu da cama se queixando do joelho. Quando lhe perguntei como o tinha machucado, ela me olhou, sem qualquer vestígio de gozação, e disse: "Fui atingida por uma clava quando eu era um cruzado, em uma de minhas vidas passadas." Nesse ponto, tudo passa a girar em torno de quanto seu lixo combina com o dela. Vocês ainda conseguem se levar a sério, apesar disso, e se manter sintonizados?

Minha vida com Anna tem sido, sem mentira, quase um paraíso, mas a única coisa que a deixou totalmente abalada o mês inteiro foram meus pais. Acho que o modo pelo qual minha mãe às vezes me oprime nos predispõe, tanto Anna quanto eu, a ficarmos chateados, e ela também parece insegura sobre sua relação com meu pai, convencida, talvez, de que ele jamais a verá como algo além de uma de suas subordinadas. Particularmente, também imagino se o lance dela com Ray tem a ver com isso. Meu palpite é que ela supõe que meu pai sabe, e fica ainda mais constrangida na presença dele, tendo em vista que ele deve ter esperado que ela demonstrasse bom-senso.

Por causa disso tudo, porém, Anna quase teve um troço quando eu lhe disse que teria de contar à minha mãe que estávamos juntos, pois ela estava inflexível por querer saber onde eu estaria morando no fim do mês. E cheguei realmente a pensar que talvez tivesse de ligar para a emergência após contar a Anna que minha mãe tinha nos convidado para jantar. No fim das contas, minha mãe, que é capaz de ser uma força irresistível, telefonou para Anna e a encurralou do mesmo modo que faz comigo. Mas, mesmo após Anna dizer sim, a perspectiva a deixou inacreditavelmente tensa.

Ao voltar da escola, na quinta-feira à noite, apenas poucos dias antes de nosso compromisso com meus pais, eu já a encontrei em casa, sentada no escuro, chorando, um maço de cigarros a seu lado e pelo menos oito guimbas no cinzeiro. O nosso prédio é de não fumantes.

— O que foi? — perguntei, e não obtive resposta.

Ela parecia congelada à mesa da cozinha. Quando puxei uma cadeira para seu lado, ela estendeu as mãos para as minhas.

— Eu te amo tanto — disse ela. Mal conseguiu pronunciar as palavras sufocadas.

— Eu também te amo — respondi. — O que está havendo?

Ela me deu seu olhar de incredulidade, percorrendo meu rosto por um longo tempo, as lágrimas empoçadas em seus olhos verdes como joias.

— Mas eu, eu, eu não quero estragar isso — disse ela. — Eu faria qualquer coisa para isso não acontecer.

— Não está acontecendo — disse-lhe, o que, aparentemente, de nada adiantou.

Por alguns dias, Anna pareceu fazer um esforço para se controlar, mas hoje, ao se preparar para ir à casa dos meus pais, ela voltou a entrar em pânico. No caminho, ao atravessarmos a ponte Nearing, Anna disse: "Acho que vou enjoar." A estrutura suspensa é conhecida por balançar com vento forte, mas faz um belo dia, ainda mais verão do que outono, e o sol tardio lança uma rede dourada sobre a água. Mal chegamos do outro lado e Anna encostou seu novo Prius junto ao parque público e saiu correndo do carro. Alcancei-a a tempo de segurá-la por trás, enquanto ela vomitava num velho tambor de óleo enferrujado usado como lata de lixo.

Pergunto, como se não soubesse, se foi algo que ela comeu.

— É essa droga dessa porra toda, Nat — ela responde.

— Podemos cancelar — falo. — Dizer a eles que você está doente.

Ela ainda segura o tambor, mas sacode a cabeça com veemência.

— Vamos acabar com isso. Vamos acabar logo com isso.

Quando ela se sente bem o suficiente para dar uns passos, vamos até uma decrépita mesa de piquenique com um banco rangente, a superfície decorada com pichações a spray e nacos de cocô de aves.

— Ai, que nojo! — diz ela.

— O que foi?

— Vomitei no meu cabelo. — Ela inspeciona os fios alourados com óbvia aflição.

Tiro do carro uma garrafa de água pela metade e alguns guardanapos guardados de visitas anteriores a fast-foods, e ela faz o melhor possível para se limpar.

— Diga a seus pais que me encontrou embaixo de um viaduto.

Eu digo que ela está ótima. Mas é mentira. Perdeu toda a cor e parece que uma tropa de roedores veio de todos os lados para se encontrar no cabelo dela. Desisti de consolá-la ou perguntar por quê.

Ela me pede que dirija, o que significa que vai assumir meu papel de guardião dos cupcakes. Anna se ofereceu para levar a sobremesa e assou quatro enormes cupcakes, cada qual com os sabores individuais favoritos, com os nossos nomes escritos em cima com glacê. Meu pai vai ganhar o bolo de cenoura que ele adora, e minha mãe, uma espécie de muffin feito com farinha de soja. Para ela mesma e para mim, Anna preparou algo muito mais decadente, com aquelas bolas gigantes de pedacinhos de chocolate. Ela segura a bandeja de ambos os lados sobre o colo e posiciona entre os pés a embalagem do sorvete que comprou para o nosso *à la mode*.

— Posso lhe pedir uma coisa? — diz ela, quando estou para dar a partida. — Não me deixe sozinha com nenhum dos dois. Está bem? Não estou a fim de conversas francas. Apenas me peça para subir a escada e dar uma olhada no seu quarto. Alguma coisa desse tipo, para me tirar do caminho. Está bem?

— Está bem. — Na verdade, ela já fez esse pedido várias vezes antes.

Em poucos minutos estamos na casa onde cresci. Hoje em dia, todas as vezes que chego lá, ela me parece diferente — menor, mais estranha, um pouco como algo saído de um conto de fadas. Para começar, trata-se de uma estrutura esquisita, o tipo de coisa que minha mãe escolheria, com tijolos aparentes e aquele teto superinclinado, um estilo que não parece combinar com as abundantes flores em vasos na frente. O tempo todo, enquanto eu crescia, minha mãe dizia que mal podia esperar para voltar para a cidade, mas quando meu pai propôs isso alguns anos atrás, ela mudou de ideia. O fato de continuarem aqui reflete o permanente impasse entre eles. Ela vence. Ele se ressente.

Minha mãe abre a porta antes mesmo de pisarmos no degrau da entrada. Ela usa pouca maquiagem e um daqueles conjuntos esportivos feitos de algodão texturizado, que quase sempre é seu traje quando está em casa. Ela me abraça, depois exagera nos elogios aos cupcakes, ao apanhar a bandeja de Anna, beijando-a levemente na face durante esse processo. Desculpa-se assim que atravessamos a porta. Meu pai e ela passaram o dia todo trabalhando no jardim e estão atrasados.

— Mandei seu pai ao armazém, Nat. Ele volta já. Entrem. Anna, posso pegar algo para você tomar?

Eu disse a Anna que minha mãe gosta de vinho tinto, e ela levou uma garrafa cara, mas minha mãe decide guardá-la para o jantar. Por enquanto, Anna e eu pegamos cada qual uma cerveja na geladeira.

O humor de minha mãe é tão imprevisível que geralmente, quando vou visitá-la, ligo antes para o celular do meu pai para discutir seu estado como se ela fosse um balão metereológico. “Dia ruim”, alerta-me meu pai. “Está mais baixo que cocô de lampreia.” Mas ela raramente se encontra tão visivelmente empolgada como parece esta noite, precipitando-se pela cozinha. “Hiper” não é um adjetivo normalmente presente em seu raio de ação emocional.

Anna nunca esteve aqui antes. Minha mãe realmente não abre a casa para qualquer um, a não ser os parentes, e mostro a Anna a sala de estar e os aposentos da família, identificando todos os avós e os primos, agora mortos, em suas fotografias, e deixando que ela ridicularize todas as minhas fotos de criancinha. Finalmente, nos juntamos à minha mãe na cozinha.

— É simples — diz minha mãe sobre o jantar —, exatamente como prometi. Bife. Milho. Salada. Os cupcakes de Anna. Talvez um pouco de sorvete.

Ela sorri, uma maluca por colesterol saboreando a ideia de ser transgressora.

Anna e eu, juntos, cuidamos da salada. Uma cozinheira de mão cheia, Anna começa a fazer o molho, usando azeite e limão, quando meu pai chega com vários sacos plásticos ostentando o logotipo laranja da MegaDrugs. Larga-os com um estrondo sobre o balcão, estende a mão para Anna e então me dá um rápido abraço.

— Eu jamais teria previsto isso — diz ele, fazendo um gesto para nós dois. — Isso faz muito sentido.

Todos nós rimos, e minha mãe faz meu pai olhar para os cupcakes que Anna fez. Ele tira uma lasquinha da cobertura do muffin dela. Anna e minha mãe gritam ao mesmo tempo.

— Ei, esse é meu — diz-lhe minha mãe.

— Você tem o nome mais comprido — destaca meu pai.

Meu pai coxeia ao andar pela cozinha, e pergunto como vai sua coluna.

— No momento, péssima. Sua mãe me fez cavar a tarde inteira para plantar um rododendro novo.

— Aqui — rebate minha mãe. — Tome o seu Advil e pare de se queixar. Exercício é bom para você. Entre a campanha e o manguito rotador de George Mason, creio que você passou um mês sem se exercitar.

Meu pai normalmente joga handebol umas duas vezes por semana com o juiz Mason e parece mais enfraquecido que o normal. Coloca sobre o balcão o comprimido que minha mãe lhe deu, desaparece no aposento íntimo da família e volta com uma taça de vinho para ela.

— Você se lembrou dos tira-gostos? — pergunta ela, quando ele abre a geladeira para pegar uma cerveja.

— Sim, *horse deserves* — declara, um péssimo trocadilho que ele vem fazendo com hors d'oeuvres desde que eu era menino.

Ele trouxe cheddar curado e salame genovês, itens que estão entre os favoritos da família, embora minha mãe não coma muito disso. Ela adora arenque em salmoura, que ele trouxe, mas comerá apenas um ou dois pedaços porque o sal é ruim para sua pressão sanguínea, portanto meu pai também providenciou iogurte, que ela mistura com sopa de cebola em pó para fazer uma pasta, enquanto Anna e eu arrumamos as cenouras e os aipos que já estavam na geladeira, assim como os outros itens trazidos por meu pai.

Enquanto todos nós estamos concentrados em nossas tarefas, minha mãe pergunta a Anna sobre seu trabalho e, logo em seguida, sem uma transição aparente, sobre sua família.

— Sou filha única — explica ela.

— Como Nat. É algo importante para se ter em comum.

Anna está picando cebola para a salada, que causa uma garoa em seus olhos, e ela faz uma piada:

— Não foi uma infância tão ruim assim — diz ela.

Nós três gargalhamos estrondosamente diante do comentário. Agora que as coisas estão acontecendo, Anna parece estar se saindo bem. Eu entendo. A cada primavera, durante anos incontáveis, eu tinha certeza de que jamais me lembraria de como acertar uma bola de beisebol e fiquei maravilhado na primeira vez que senti o zunido de contato maciço e ouvi o retumbar do taco.

Anna evita mais inquirições ao perguntar a meu pai sobre a campanha.

Cortando mais salame, ele diz:

— Ando farto de ouvir sobre John Harnason.

Minha mãe vira-se do balcão para disparar um olhar para meu pai.

— Nunca deveríamos ter passado por isso — diz ela. — *Nunca*.

Faço contato visual com Anna para alertá-la, o que eu deveria ter feito antes, sobre esse assunto.

Meu pai diz:

— Vai acabar logo, Barbara.

— Logo é tempo demais. Faz um mês que seu pai não dorme à noite.

Ela curte esse papel, de mandar no meu pai, e ele se vira, sabendo que é melhor não arriscar mais nenhum comentário. Eu pensava que as noites insones de meu pai eram coisa do passado. Quando eu era menino, havia períodos em que ele ficava acordado, perambulando pela casa. Às vezes eu o ouvia e ficava aliviado por ele estar acordado, pois assim ele podia afastar da noite os fantasmas e os demônios que eu temia. Ouvindo, observando agora, posso sentir que o peso da família é diferente. A campanha parece ter trazido mais para céu aberto os habituais silenciosos conflitos entre meus pais.

Acostumado com as críticas de minha mãe, meu pai lhe oferece a bandeja de tira-gostos, os quais ele, Anna e eu parecemos estar comendo demais. Então meu pai tira os bifes da geladeira e começa a temperá-los. Precisa de mais alho em pó, diz ele, e vai buscá-lo no porão.

— Os rapazes cozinham? — pergunta-me meu pai, quando está pronto para enfrentar o fogo.

— Mãe, você se importa se Anna der uma olhada lá em cima, enquanto estamos lá fora? Queria que ela visse meu quarto.

— Se quiser alguma coisa lá de cima, Anna, fique à vontade. Nat não me deixa jogar nada fora. Você não acha que uma prateleira repleta de troféus de beisebol é justamente do que a casa nova de vocês precisa?

Todos nós rimos novamente. É difícil dizer se toda essa alegria é nervosismo ou realmente diversão, mas não é algo característico do lar no qual fui criado. Fora da vista de todos, da escada, Anna revira os olhos para mim, enquanto sigo meu pai para a varanda. O sol está se pondo, caindo no rio em meio a uma fulgurante ostentação de cores, e no ar há um pouco de friagem de outono.

Meu pai e eu brincamos com os botões até a churrasqueira acender e ficamos parados ali, observando as chamas se espalharem pelos queimadores como se fosse num ritual religioso. Quando eu era criança, minha mãe sempre me cercava de um modo que parecia não precisar de palavras e talvez, como resultado, eu nunca tenha tido a habilidade de conversar com meu pai. Claro, eu não conversava realmente com ninguém antes de Anna, o que, acho, deve significar alguma coisa. Naturalmente, meu pai e eu temos diálogos, mas são geralmente objetivos, a não ser que estejamos falando sobre direito ou sobre os Trappers, os dois assuntos sujeitos a nos deixar ambos animados ao mesmo tempo. Normalmente, minha principal identificação com meu pai ocorre, como agora, pela coexistência, pela respiração do mesmo ar, pelos disparos de comentários ocasionais sobre as chamas ou sobre o modo como a carne chia.

No meu último ano do colégio, me dei conta de que não gostava muito de beisebol como um esporte. Àquela altura, eu era o principal *center field* do time de Nearing, embora tivesse certeza de estar perdendo a posição para um calouro genial, Josey Higgins, o qual, ao contrário de mim, não tinha problemas em rebater arremessos de efeito e era muito mais rápido em campo. Ele ganhou uma bolsa integral na Wisconsin State, onde foi

All-Mid-Ten. O que me ocorreu quase que num único momento, enquanto eu treinava uma bola rebatida de efeito seguindo para mim, foi que eu assistira a beisebol pela TV e correra no campo todos os verões desde os 6 anos, de modo que só podia conversar sobre isso com meu pai. Não fiquei muito ressentido, apenas relutante em continuar a fazer isso, depois que me dei conta. Quando desisti, ouvi poucas reclamações do treinador, que ficou claramente aliviado por não ter de fazer o inevitável discurso sobre o que seria melhor para o time. Todo mundo — inclusive meu pai — sempre achou que eu preferi dar o fora a esquentar o banco, e fiquei contente por ter saído daquela maneira.

Após estarmos parados ali algum tempo, ele me pergunta o que farei semana que vem, quando termina meu período como assessor. Decidi voltar à carreira de professor substituto, enquanto trabalho no meu artigo jurídico, no qual recentemente avancei bastante. Ele concorda com a cabeça, como se dissesse que é um plano sensato.

— E no geral? — pergunta, ao se inclinar para a direita e para longe da fumaça.

— Estou realmente feliz, pai.

Quando me viro, vejo que ele parou para me olhar intencionalmente com uma expressão insondável, enquanto permite que a fumaceira o cerque. Percebo que faz muito tempo que não respondo desse modo a nenhum dos meus pais. Ao longo dos anos, quase sempre me defendi das perguntas deles sobre meu estado dizendo apenas "Estou bem".

Agora, para fugir da atenção do meu pai, dou um demorado gole na minha cerveja e olho para o pequeno quintal onde eu brincava quando criança, que costumava parecer tão vasto quanto a campina. Agora o pequeno espaço contínuo foi interrompido pelo novo rododendro, 1 metro de altura se tanto, com suas folhas lustrosas e cercado pela terra fresca que meu pai revolveu hoje. As coisas mudam, e às vezes para melhor. Sinto orgulho por Anna estar aqui comigo, feliz comigo mesmo por ter percebido o quanto ela seria boa para mim, por correr atrás dela e fazer com que me amasse, e estou contente por juntá-la com essas outras pessoas que amo. É um daqueles momentos que espero lembrar para sempre deste modo: Como fui feliz naquele dia.

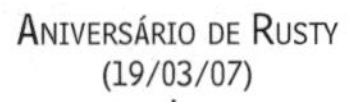

Morte de Barbara
(29/09/08)

A eleição
(04/11/08)

Capítulo 22

TOMMY, 4 DE NOVEMBRO DE 2008

Ao longo dos anos, a Promotoria, como qualquer outra instituição, desenvolveu o próprio estranho protocolo. O chefe não arredava pé. O advogado de acusação entrava em sua sala, de manhã, com uma pasta embaixo do braço, e não saía mais, exceto para almoçar e para ir ao tribunal. Era nominalmente um sinal de respeito. Todos que precisavam falar com ele iam à montanha. Mas a prática propiciava o desrespeito às normas sociais. Sujeitos podiam ficar pelos corredores, distantes uns 20 metros, e conversar sobre um caso, enquanto arremessavam uma bola de beisebol. As pessoas podiam dizer "porra" na altura que quisessem. Assistentes adjuntos podiam xingar juízes e policiais podiam vociferar à vontade. No interior de seu santuário, o promotor público se comportava com a dignidade da vida cotidiana que sua repartição jamais refletiria de verdade.

Como resultado, Tommy costumava se sentir como se estivesse na prisão. Ele tinha de interfonar ou telefonar para todo mundo. Por mais de trinta anos ele atravessara os corredores, entrando e saindo das salas para fofocar sobre casos e sobre os filhos em casa. E, naquele exato momento, ele estava farto de esperar. A primeira coisa que Brand tivera de fazer naquela manhã fora ir a uma reunião no laboratório criminal, onde lhe forneceriam informações sobre o resultado do DNA feito no fragmento de esperma, com duas décadas de idade, do primeiro julgamento de

Rusty. Tommy já havia deixado sua sala seis vezes para ver se Brand tinha voltado.

No momento, o fato de que o resultado poderia forçar a mão de Tommy numa direção ou noutra, deixá-lo entre uma má notícia e uma péssima, parecia importar muito pouco. Tampouco ele realmente se importava com a ideia de Brand de que, após os dois condenarem Rusty, Tommy pudesse concorrer a procurador de justiça no ano seguinte. A verdade era que, se isso acontecesse e se abrisse uma vaga para juiz, Tommy provavelmente jogaria o manto para Brand. Mas sempre que Brand especulava sobre isso em voz alta, Tommy pedia que falasse baixo. Política nunca fora sua paixão. O que Tommy realmente gostava era a mesma coisa de que gostava, havia décadas, como promotor. Justiça. Se uma coisa estava certa ou errada.

Portanto, se vinte anos antes eles tivessem acusado uma pessoa inocente, ele seria o primeiro a pedir desculpas a Rusty. Mas, se tivesse sido o contrário, se fora Rusty quem matara Carolyn, então — então o quê? Mas ele soube instantaneamente. Seria como seu casamento. Seria como encontrar Dominga e se apaixonar por ela. E ter Tomaso. A única mancha pendente em sua carreira seria apagada. O mais importante, porém, o próprio Tommy saberia. A culpa que continuava importunando-o desde aquela época, por ter estupidamente tagarelado informações confidenciais a Nico, seria dissolvida. Ele teria estado certo, diante dos próprios olhos mais do que dos dos outros. Ele teria 59 anos. E totalmente renascido. Somente Deus seria capaz de refazer tão completamente uma vida. Tommy sabia disso. Gastou um instante para rezar e agradecer antecipadamente.

Então ouviu Brand entrar ruidosamente em sua sala ao lado e saiu da sua. Brand ainda estava com a pasta na mão e o sobretudo despido pela metade quando se surpreendeu ao ver Tommy na sua porta. O amo nos aposentos do servo. Ele o encarou por um minuto. Então sorriu. E disse o que Tommy sempre soubera que alguém eventualmente diria:

— É dele.

Parte Dois

Capítulo 23

NAT, 22 DE JUNHO DE 2009

— Declare seu nome, por favor, e soletre seu sobrenome para registro nos autos.

— Rozat K. Sabich. S, A, B, I, C, H.

— É conhecido por outro nome?

— Rusty.

No banco das testemunhas, meu pai, no seu bem passado terno azul, mantém a postura perfeita e um comportamento tranquilo. Em seu lugar, eu estaria um lixo, mas, nos últimos meses, meu pai adotou o ar distante de um místico. Pois, em grande parte, ele parece ter deixado de acreditar em causa e efeito. As coisas acontecem. Ponto.

— E podemos chamá-lo de Rusty? — pergunta Sandy Stern, erguendo cavalheirescamente as costas da mão como se estivesse sendo majestoso.

Após meu pai concordar, Stern lhe pede que diga aos jurados qual o seu trabalho.

— Fui eleito para a Suprema Corte Estadual em novembro passado, mas ainda não tomei posse no cargo.

— E por quê, senhor?

— Porque fui indiciado e achei que seria mais justo para todos aguardar o resultado deste julgamento. Enquanto isso, permaneço juiz-presidente do Tribunal Estadual de Recursos do 3º Distrito, daqui de Kindle County, embora tenha pedido uma licença administrativa.

Stern explica que tanto a Suprema Corte como o Tribunal de Recursos são o que os advogados chamam de cortes de revisão judicial.

— E diga-nos, por favor, o que significa para um juiz uma corte de revisão judicial.

Meu pai detalha as funções. Do outro lado da sala, Tommy Molto levanta-se para protestar, quando meu pai começa a explicar que o recurso num caso criminal geralmente não dá aos juízes qualquer direito de rejeitar a decisão do júri sobre os fatos.

O juiz Basil Yee visivelmente avalia a questão, balançando a cabeça grisalha de um lado para o outro. De Ware, no sul do estado, o juiz Yee foi indicado pela Suprema Corte Estadual para presidir esse caso, após todos os juízes do Tribunal de Justiça de Kindle County — cujas decisões meu pai rotineiramente revisou por mais de uma década — terem se recusado. Ele é um imigrante taiwanês que foi para Ware, uma cidade com não mais do que 10 mil habitantes, aos 11 anos, quando seus pais assumiram o restaurante chinês local. O juiz Yee redige num inglês impecável, mas ainda o fala como uma segunda língua, com um forte sotaque que inclui agudos sons asiáticos, e às vezes ignora alguns dos conectivos da língua — artigos, preposições, verbos auxiliares. A estenógrafa habitual de seu tribunal não o acompanhou ao norte, e o modo irritante com que Jenny Tilden o interrompe o tempo todo, para lhe pedir que soletre o que acabou de dizer, o tornou um homem de menos palavras ainda.

O juiz Yee decide a favor de meu pai e o faz de forma consistente, exatamente como Tommy temia, deixando bem claro para os jurados que eles terão a última palavra sobre sua culpa ou sua inocência.

— Muito bem — diz Stern.

Ele tosse e se apoia na mesa, ao pelejar para se pôr de pé. Stern recebeu a permissão do juiz Yee para interrogar as testemunhas, sempre que quisesse, sentado. Em uma dessas consequências inacreditáveis que a medicina talvez não entenda durante eras, a marca registrada de seu câncer de pulmão de células não pequenas é causar artrite em um joelho, o que o faz coxear. A seu lado, Marta, sua filha e sócia no escritório, coloca reflexivamente a mão esquerda com unhas bem-feitas no cotovelo do pai para lhe dar um sutil impulso. Desde menino ouço falar do magnetismo de Stern numa sala de tribunal. Assim como uma porção de coisas na vida, está muito além da habilidade de qualquer pessoa explicar. Ele é baixo — apenas 1,65m — e, para ser honesto, bem atarracado. Você poderia passar por Stern na rua umas mil vezes. Mas, quando ele se ergue no tribunal, é como se alguém acendesse um farol. Embora abatido pelo câncer, há uma precisão em cada palavra e movimento seu que torna impossível você desviar a vista.

— Agora nos conte, se puder, Rusty, um pouco do seu passado.

Stern discorre sobre o currículo do meu pai. Filho de imigrante. Ensino superior com bolsa de estudo. Faculdade de direito enquanto mantinha dois empregos.

— E depois da faculdade? — pergunta Stern.

— Fui contratado como subchefe da Promotoria em Kindle County.

— Essa é a repartição que o Sr. Molto dirige atualmente?

— Correto. O Sr. Molto e eu começamos lá, com uma diferença de uns dois anos.

— Protesto — diz Tommy baixinho.

Ele não ergueu a vista do bloco de papel no qual está escrevendo, mas seu queixo revela a tensão. Ele percebe exatamente o que Stern e meu pai pretendem, tentando lembrar aos jurados que meu pai e Tommy têm uma história, algo que provavelmente já sabem pelos jornais, os quais repisam diariamente os detalhes do primeiro julgamento. Todas as manhãs, os jurados garantem que evitaram ler qualquer relato dos jornais, mas, de acordo com Marta e seu pai, as notícias quase sempre se filtram para o interior da sala do júri.

O juiz Yee diz:

— Chega desse assunto, acho.

Ainda encarando seu bloco, Tommy assente bruscamente, satisfeito. Eu tolero Tommy, com seu rosto enrugado e seus modos furtivos, mais do que esperava. É seu assistente principal, Jim Brand, que me tira do sério. Ele adota um ar agressivo quase o tempo todo, mas é pior quando ele entra na sala como se fosse superior a tudo aquilo.

Stern leva meu pai em seu trajeto na própria instituição que agora o processa e sua eventual ascensão na carreira. Em seu relato, a primeira acusação e o julgamento não são mencionados, como o juiz ordenou. Essa é a crônica desfeita da sala de julgamentos, onde os quebra-molas são nivelados.

— Você é casado, Rusty ?

— Era. Casei-me com Barbara há mais de 38 anos.

— Algum filho?

— Meu filho, Nat, está bem ali, na primeira fila.

Stern olha para trás com fingida curiosidade, como se não tivesse me dito onde exatamente eu deveria me sentar. Ele é um ator de julgamentos tão sutil que de vez em quando me descubro torcendo para que sua saúde frágil também seja teatro, mas sei que não é.

Fora da sala, frequentemente as pessoas me levam para um canto e perguntam em voz baixa como Stern está passando, supondo que alguém que está defendendo meu pai uma segunda vez de acusação de homicídio só pode ser um amigo íntimo da família mais do que ele é. Digo a todos praticamente a mesma coisa. Stern exibe a coragem de um mergulhador de despenhadeiro, mas, quanto ao verdadeiro estado de sua saúde, sei muito pouco. Ele é reservado em relação a isso. Marta é filosófica mas igualmente reticente, apesar de nós dois havermos tido um vínculo quase que instantâneo como filhos advogados de astros jurídicos locais. Ambos os Stern são extremamente profissionais. Nosso relacionamento neste exato momento deve-se aos problemas do meu pai, e não aos deles.

Não é necessário, porém, ter diploma de medicina para ver que o estado de Stern é delicado. Ano passado, parte do seu lobo pulmonar esquerdo foi removido cirurgicamente, o que, na ocasião, pareceu um bom sinal de que a doença não havia se espalhado. Nos últimos quatro ou cinco meses, entretanto, ele passou por pelo menos duas sessões separadas de quimioterapia e radiação. Meu amigo de escola Hal Marko, que agora é cirurgião residente, especulou que Stern deve ter tido algum tipo de recaída e acrescentou, naquele incrível tom de sangue-frio que também ouvi de meus colegas de faculdade — que revela que progrediram de seres humanos para profissionais —, que o tempo médio de sobrevivência de Stern devia ser de menos de um ano. Não faço ideia se é isso mesmo, só que os tratamentos deixaram Stern um caco. Ele tem uma tosse persistente e falta de ar, não devido ao câncer, mas como efeito colateral da radiação. Alega que recuperou o apetite, mas não comeu praticamente nada durante o período que levou ao julgamento, e o homem que cresci sabendo que era rechonchudo mesmo durante os seus períodos mais esbeltos está realmente magro. Ele não substituiu seu guarda-roupa, e seus paletós pendem como cafetãs. Sempre que se esforça para ficar de pé, visivelmente está sentindo dor. Para completar, o último medicamento que tomou, um agente quimioterápico de segunda linha, deixou-o com uma urticária brilhante por todo o corpo, inclusive o rosto. De onde ficam sentados os jurados, deve parecer que ele teve uma enorme fúcsia tatuada de um lado. A inflamação rasteja pela sua face e em volta do olho, atingindo uma ilhota acima de sua têmpora e apontando cruelmente em direção à cabeça calva.

O juiz Yee admitia um adiamento, mas meu pai e Stern decidiram não solicitar outro, apesar da aparência do advogado. Sua mente permanece forte e, se poupar forças, ele é capaz de suportar os rigores do julgamento. Mas, para Stern, o significado da decisão para prosseguir parece óbvia: agora ou nunca.

— Bem, Rusty, você foi chamado como a primeira testemunha de defesa deste caso.

— Fui.

— Sabe que a Constituição dos Estados Unidos o protege de ser forçado a testemunhar em seu próprio julgamento.

— Eu sei disso.

— Apesar disso, optou por testemunhar.

— Exatamente.

— E você esteve aqui o tempo todo em que as testemunhas da acusação deram seu testemunho?

— Estive.

— E ouviu todas? O Sr. Harnason? A Dra. Strack, a toxicologista? O Dr. Gorvetich, o especialista em computação? Todas as 14 pessoas que o promotor chamou para o banco das testemunhas?

— Eu ouvi cada uma delas.

— Portanto, Rusty, você sabe que está aqui como acusado de ter assassinado sua esposa, Barbara Bernstein Sabich?

— Sei.

— Você fez isso, Rusty? Assassinou a Sra. Sabich?

— Não.

— Você desempenhou algum tipo de papel que levou à sua morte?

— Não.

A simples singularidade de um juiz eleito para a Suprema Corte ser denunciado por homicídio uma segunda vez e, nada menos, pelo mesmo promotor gerou notícias que correram o mundo. Todos os dias pessoas fazem fila do lado de fora do tribunal para conseguir um lugar e duas sequências de cadeiras de um lado a outro ficam apinhadas de desenhistas e repórteres. A atenção multiplicada do mundo geralmente parece penetrar na sala de julgamento, onde há um ar de tensão causado por tanta gente reavaliando cada palavra. Os "não" de meu pai agora se prolongam, aparentemente retidos nas alturas pela magnitude da declaração. Com todas as atenções voltadas para ele, Stern olha em volta da ampla sala estilo rococó e recua ligeiramente, como se só agora tivesse descoberto algo que os mais bem informados sabem que ele sempre planejou.

— Não tenho mais perguntas — diz ele, e mergulha de volta em seu assento com mortal exaustão.

O caso do meu pai é o primeiro julgamento a que assisto do começo ao fim. O processo do julgamento tem absorvido tanto a vida de meu pai, como promotor e juiz, que, para mim, apesar do indescritível peso da coisa, sempre acho informativo ficar sentado ali. Finalmente tenho uma dica sobre o que ele fazia nas longas horas em que ficava fora de casa e, de certa forma, o que achou tão sedutor. E embora uma sala de julgamento nunca seja um lugar para mim, fiquei fascinado por aqueles pequenos rituais e dramas, especialmente os momentos banais demais para serem representados na TV ou nos filmes. O instante presente, quando os lados mudam, com um advogado sentado e o oponente vindo a seus pés, é, no direito, o equivalente ao período de tempo entre os turnos de jogadas, um momento de animação suspensa. Os computadores dos repórteres param de fazer barulho. Os jurados mudam de posição em seus assentos e se coçam e os espectadores pigarreiam. Papéis roçam de um lado a outro de ambas as mesas — são os advogados reunindo suas anotações.

Por algum truque do destino, o caso do meu pai está sendo julgado em uma das velhas salas de julgamento deste prédio, o Fórum, onde, no último andar, está instalado o Tribunal de Recursos. Todos os dias, ele chega para enfrentar o julgamento por homícidio em um lugar onde continua sendo, pelo menos em título, o juncionário do Judiciário de maior graduação, e ao lado da sala onde foi inocentado mais de vinte anos atrás. Todos os antigos aposentos, onde há setenta anos são julgados graves dolosos, são joias de antigas minúcias arquitetônicas, com os reservados dos jurados isolados por aquelas fileiras de bolas de nogueira. O mesmo tipo de cerca se encontra diante do reservado das testemunhas e da pesada bancada de onde o juiz Yee assoma sobre a sala. Os espaços para as testemunhas e o juiz são cada qual definidos por pilares de mármore vermelho que sustentam um dossel de nogueira, decorado com mais daquelas cafonas bolas de madeira.

Embaixo daquilo, meu pai está sentado impassivelmente, enquanto espera o início do interrogatório de Tommy Molto. Pela primeira vez ele deixa seus olhos azuis iluminarem os meus e, por um minúsculo instante, aperta-os para se fecharem. Aí vamos nós, parece dizer. A turbulenta viagem de foguete espacial que tem sido a vida para nós dois desde que minha mãe morreu, nove meses atrás, vai terminar e teremos permissão de saltar de paraquedas de volta à terra, onde habitaremos uma versão encolhida da vida que tínhamos antes ou um novo terreno de pesadelo, no qual minhas conversas semanais com meu pai ocorrerão, pelo resto de sua vida, através de um vidro à prova de balas.

Quando um dos nossos pais morre, a vida muda. Todo mundo diz isso, portanto sei que não é totalmente original, mas quando você perde sua mãe ou seu pai, a vida torna-se fundamentalmente diferente. Um dos polos, Norte ou Sul, foi varrido do globo e nunca mais se materializará.

Mas minha vida tornou-se *realmente* diferente. Fui durante tempo demais uma espécie de criança e, de repente, me encontrei onde estava. Apaixonado por Anna. Minha mãe, morta. E meu pai, indiciado por tê-la assassinado.

Como o que aconteceu com meus pais foi, em cada caso, muito pior para eles do que para mim, parece pouco dizer que tenho passado por uma provação. Mas tenho. Claro que perder minha mãe tão repentinamente foi o derradeiro golpe. Mas as acusações contra meu pai me deixaram num apuro que poucas pessoas conseguem sequer começar a entender. Durante a maior parte da minha vida, meu pai foi uma figura pública, o que significa que sua sombra frequentemente caía sobre mim. Quando entrei para a faculdade de direito, sabia que estava apenas piorando isso, que seria sempre conhecido como o filho do Rusty e arrastaria sua reputação e suas realizações atrás de mim, como uma noiva tentando imaginar como fazer passar seu comboio por uma porta giratória. Mas agora ele é infame, e não famoso, objeto de ódio e de ridículo. Quando vejo sua foto na internet ou na TV — ou mesmo na capa de uma revista de circulação nacional —, de um certo modo sinto que ele não mais me pertence. E, é claro, ninguém sabe como me tratar ou o que dizer. Deve parecer um pouco com ser marginalizado por portar HIV, quando as pessoas sabem que você não fez nada de errado mas não conseguem conter o impulso de recuar.

A pior parte, porém, é o que se passa dentro de mim, porque a cada momento não faço ideia de como me sinto ou como deveria me sentir no que diz respeito a isso. Creio que pais são sempre objetos moventes. Nós crescemos, e nossas perspectivas evoluem constantemente. Neste tribunal existe apenas uma pergunta — ele matou ou não matou? Mas, para mim, há meses, a questão tem sido mais complicada, tentando imaginar o que a maioria das crianças leva uma existência para avaliar — quem é, na verdade, o meu velho. Não quem eu pensava. Isso eu já deduzi.

O processo teve início no dia da eleição, com uma raivosa batida na porta do apartamento de Anna. Uma mulher baixinha tinha à mostra seu distintivo.

— Força Policial de Kindle County. Você dispõe de um segundo para conversar?

Foi como na TV e, portanto, eu sabia que deveria dizer: "O que significa isso?" Mas, realmente, por que me importar? Ela entrou no apartamento, o andar pomposo, de fato sem qualquer convite, uma mulher baixinha, roliça, com o quepe sob o braço e o cabelo grosso, castanho-avermelhado, penteado para trás num rabo de cavalo.

— Debby Diaz. — Dai-as, segundo sua pronúncia. Ofereceu a pequena mão áspera e sentou-se no antigo genuflexório com capa de lã azul que Anna havia comprado duas semanas antes, mais como uma piada. — Conheço seu pai desde sempre. Eu era meirinha quando ele começou no Tribunal de Justiça. Aliás, eu me lembro de você.

— De mim?

— É, fui designada algumas vezes para aquele tribunal. Você costumava se sentar na cadeira dele, na bancada, durante o recesso. Não dava para vê-lo dali de baixo, mas ninguém lhe disse isso. Puxa, você batia com força aquele martelo. Foi um ato de Deus você não o ter quebrado. — Eram bem divertidas as lembranças dela e, subitamente, me lembrei do que ela descrevia, inclusive o eco musical de quando eu batia o martelo no bloco de carvalho. — Eu era jovem e esbelta naquela época — disse ela. — Esperando para entrar na polícia.

— Acho que conseguiu — falei, só porque não pude pensar em mais nada. Porém, ela considerou uma piada e sorriu um pouco.

— Era o que eu queria. O que eu pensei que queria. — Sacudiu brevemente a cabeça diante da insensatez da juventude. Então fixou a atenção em mim, com súbita e perturbadora intensidade. — Estamos tentando esclarecer a morte de sua mãe.

— Esclarecer?

— Obter respostas para algumas perguntas. Sabe como é. Durante um mês, não aconteceu porcaria nenhuma, então, de repente, tudo tem que ser resolvido numa semana. O pessoal que esteve no local ouviu um longo depoimento do seu pai, mas ninguém pensou em falar com você. Quando ouvi seu nome, imaginei em vir até aqui e fazer isso eu mesma.

Há pessoas que você conhece e sabe que estão acostumadas a não dizer o que realmente pretendem, e a detetive Diaz com certeza era uma delas. Imaginei por um segundo como ela teria me encontrado, então me dei conta de que, ao sair, deixara este meu novo endereço no tribunal. De qualquer forma, eu me sentia melhor por estar falando com a detetive em casa, no dia da eleição, do que se ela tivesse aparecido na escola. Ainda há muita gente na faculdade que se lembra da minha época na Nearing High e não consegue acreditar que eu possa servir de exemplo.

— Ainda não entendi o que você quer perguntar — disse-lhe, e ela fez um gesto como se fosse algo vago demais, policial demais, burocrático demais para explicar.

— Sente-se — disse ela — e descobrirá.

De seu assento no genuflexório, ela me indicou uma cadeira na minha própria casa. O que eu realmente precisava fazer, percebi, era chamar meu pai, ou pelo menos Anna. A ideia, porém, pareceu em grande parte inútil contra a realidade da detetive Diaz sentada ali. Apesar de ela ser pequena, havia uma aura de superioridade, aquela coisa de policial, do tipo "quem manda aqui sou eu, não faça besteira".

— Minha mãe morreu de ataque cardíaco — afirmei.

— Verdade.

— Então, o que há para se perguntar?

— Nat — disse ela. — Posso lhe chamar de "Nat", certo? Alguém disse que tínhamos que entrevistar o garoto envolvido nisso, e aqui estou eu para entrevistar você. Só isso. — Ela apanhou uma revista, um exemplar da *People* que Anna deixara ali, e folheou algumas páginas. — Não estou nem aí para Brad e Angie — disse ela, antes de largar a revista. — As coisas estavam tranquilas entre sua mãe e seu pai quando ela faleceu?

Não pude evitar sorrir. Essa é exatamente a palavra de como geralmente eram as coisas entre meus pais — tranquilas. Nada muito complicado.

— A mesma coisa de sempre — respondi.

— Mas não havia queixas de um ou de outro ou de você?

— Nada diferente.

— E como seu pai está se sentindo agora? Ainda um pouco arrasado? — Ela tirou de algum lugar um pequeno bloco com espiral e escreveu nele.

— O que eu quero dizer é, meu pai... eu nunca sei realmente o que acontece com ele. Ele é bastante estoico. Mas creio que estamos os dois ainda muito chocados. Ele cancelou parte de sua campanha. Se tivesse pedido minha opinião, eu lhe teria dito para fazer mais, para afastar coisas da cabeça.

— Ele está saindo com alguém?

— Droga, não.

A ideia de meu pai com mais alguém, algo que vários indivíduos com dano cerebral haviam mencionado nas semanas após a morte de minha mãe, inevitavelmente me deixava irritado.

— Você põe a mão no fogo pelo seu pai? — ela indagou.

— Claro — respondi. — O que significa isso? Alguém está causando problemas para ele?

Quando eu estava no segundo ano, meu pai foi julgado por assassinato. Em retrospecto, sempre me espanta o tempo que levei para compreender toda a dimensão dessa simples declaração. Na ocasião, meus pais me disseram que meu pai havia tido uma briga feia com alguns colegas de trabalho, tipo as lutas feias que eu tinha com amigos na escola, que esses ex-amigos ficaram muito zangados com ele e estavam fazendo coisas más e injustas.

Eu, naturalmente, aceitei isso — aliás, ainda aceito. Mas me dei conta de que havia mais do que isso, no mínimo porque todo adulto que eu conhecia me tratava com cautela, como se eu fosse também suspeito de alguma coisa — os pais dos meus amigos, os professores e os inspetores da escola e, mais notavelmente, meus pais, que pairavam em um intenso modo protetor, como se temessem que eu fizesse algo terrível. Meu pai permanecia em casa, depois do trabalho. Certo dia, um bando de policiais invadiu nossa casa. Posteriormente eu soube, perguntando ou escutando, que algo muito ruim tinha acontecido com meu pai — que ele poderia ficar fora durante anos e anos e, provavelmente, nunca mais poderia viver com a gente. Ele ficou petrificado; eu podia sentir isso. Minha mãe também. E, portanto, também fiquei apavorado. Eles me mandaram para um acampamento de verão, onde senti mais medo ainda por ter sido enviado para longe. Eu jogava bola e corria com amigos, mas constantemente despertava para a realidade de que algo terrível devia estar acontecendo em casa. Chorava loucamente todas as noites, até que decidiram me mandar de volta. E, quando cheguei, a coisa que chamavam de julgamento tinha acabado. Todos souberam que meu pai não fizera nada, que a maldade havia sido feita por seus ex-amigos, exatamente como meus pais tinham dito o tempo todo. Mas ainda não parecia certo. Meu pai não estava trabalhando. E ele e minha mãe pareciam incapazes de recuperar o comportamento normal um com o outro. Não foi surpresa quando minha mãe me disse que apenas nós dois íamos nos mudar. Eu soube o tempo todo que algo cataclísmico tinha acontecido.

— Você acha que seu pai merece problemas? — perguntou a detetive Diaz.

— Ora, claro que não.

— Nós não inventamos coisas — disse ela. Eu ainda não havia me sentado, e ela apontou novamente para a cadeira, dessa vez com uma caneta. — Um cara como seu pai anda por aí desde que o mundo é mundo, portanto todos têm uma opinião. Algumas pessoas, sabe, aqui e ali, têm certas razões para implicar com ele. Mas é assim mesmo, certo? Juízes, promotores, policiais, eles são sempre estraga-prazeres. Mas seu pai está concorrendo a um cargo. Isso é o principal. Alguém olhou os autos e disse: "Temos que esclarecer isso, antes que ele faça o juramento, responda a todas as perguntas."

Ela me pediu que lhe contasse o que tinha acontecido no dia em que minha mãe morrera. Ou, mais precisamente, no dia seguinte.

— É isso? — perguntei. — Que pareceu estranho... ele ficar sentado junto ao corpo um dia inteiro?

Ela ergueu a mão — de volta àquela rotina, só estava fazendo seu trabalho.

— Não — ela disse. — Minha mãe... o pessoal dela era irlandês... colocava o corpo na sala com velas em volta e ficava sentado ali em volta a noite toda. Por isso, não. Quando se perde alguém, não há um manual para isso. Cada qual faz a seu modo. Mas, sabe como é, se alguém quer criar problema, diz: "Ora, que estranho. Ele arrumou tudo." Você sabe como são as pessoas: O que ele limpou? O que ele está escondendo?

Concordei com a cabeça. Aquilo fazia algum sentido, embora tais perguntas nunca tivessem passado pela minha cabeça.

— Um dos policiais recebeu um bilhete em que você dizia que seu pai não queria chamar a polícia.

— Ele estava abalado. Só isso. Afinal, ele está nessa atividade tempo bastante para saber que alguém teria que chamar os policiais, certo?

— É o que me parece — disse a detetive Diaz.

— É, mas havia aquela situação — falei. — Isto é, esse problema cardíaco ocorre na família dela, mas a minha mãe estava em ótimo estado, malhava, se mantinha em forma. Você já perdeu, sem mais nem menos, alguém que amava? É como se, de repente, não houvesse mais gravidade, como se tudo flutuasse à sua volta. Você não sabe se deve ficar de pé ou sentar. Não consegue pensar realmente em fazer qualquer coisa. Só precisa mesmo de um apoio.

— Havia alguma coisa fora do lugar, quando você chegou lá?

Havia, sim, algo fora do lugar: minha mãe estava deitada morta na cama dos meus pais. Como poderia essa detetive achar realmente que eu me lembraria de mais alguma coisa? Meu pai tinha colocado as mãos dela sobre as cobertas, e ela adquirira uma cor, pálida como água, que, por si só, não deixava dúvidas de que havia partido. Não sei quantos anos uma criança tem quando se dá conta de que seu pai e sua mãe deixarão de existir antes dela. A idade, porém, nunca pareceu abalar minha mãe. Se eu tivesse de adivinhar qual dos dois partiria primeiro, imaginava que seria meu pai, que parecia um pouco mais gordo com a idade e reclamava muito da coluna e do colesterol.

— E quando foi a última vez que esteve com sua mãe?

— Na noite anterior. Jantamos em casa. Minha namorada e eu.

— E como é que foi?

— Foi a primeira vez que nós quatro fizemos uma refeição juntos. Todos pareciam meio nervosos, o que era estranho porque minha namorada já conhecia meus pais antes de começarmos a sair. Mas, sabe como é, às vezes isso torna as coisas mais difíceis, mudar o contexto com alguém. E, creio, meus pais sempre tiveram a preocupação secreta de que eu acabasse sozinho e melancólico e esses lances, portanto era, tipo, um grande evento. Você tem filhos?

— Ah, sim. Todos bem crescidos, como você. — Aquilo soou estranho para mim, do jeito que ela colocou. Não creio que nenhum dos meus pais teria me descrito como bem crescido. Na verdade, eu mesmo não usaria essas palavras. — Meu filho trabalha na Ford e tem dois filhos, mas minha filha, ela ainda não se casou e não sei se alguma dia vai se casar. Igual à mãe dela, acho, quer ficar sozinha. O pai dela? Aquele homem era um belo de um canalha, mas agora, às vezes, eu gostaria de não ter falado tanto isso para ela. Ela também é da polícia. Tentei convencê-la do contrário, mas ela teve que fazer isso.

O jeito como jogou a cabeça, espantada, fez nós dois rirmos, mas ela voltou imediatamente a perguntar sobre a noite anterior à morte de minha mãe.

— De que modo sua mãe lhe pareceu? Feliz? Infeliz? Surge algo em sua cabeça?

— Minha mãe... sabe, havia anos fazia um tratamento contra distúrbio bipolar, e às vezes você podia notar que ela se esforçava. Podia notar. — Sorrio amarelo, por causa da tensão. — Acho que aquilo tudo pareceu normal para mim. Minha mãe, eu diria, estava um pouco irritável, meu pai, mais calado que o normal, e a minha namorada, nervosa.

— Você disse que foi um jantar — falou a detetive Diaz. — Lembra-se do que vocês comeram?

— O que comemos?

Ela olhou para o bloco.

— É, alguém deseja saber o que vocês comeram.

Ela deu de ombros, tipo "Não me pergunte, eu apenas trabalho aqui".

Aquela foi a última vez que vi minha mãe, portanto a noite foi repassada durante semanas em minha mente e os detalhes permaneceram incrivelmente frescos. Não tive problemas em responder às perguntas da detetive sobre quem cozinhou e o que comemos, mas isso não fazia sentido para mim e, em alguma parte do processo, comecei a perceber que precisava calar a boca.

— E quem serviu o vinho para sua mãe, enquanto vocês jantavam? Seu pai novamente?

Lancei um olhar para a detetive.

— Estou apenas tentando imaginar todas as perguntas que alguém poderia fazer — justificou-se ela. — Não quero ter que incomodá-lo novamente.

— Quem serviu o vinho no jantar? — perguntei em voz alta, como se não quisesse realmente lembrar. — Talvez meu pai. Ele tem um saca-rolhas de coelho que minha mãe nunca conseguiu entender como funciona. Mas não tenho certeza. Pode até ter sido eu.

Debby Diaz fez mais uma ou duas perguntas, para as quais dei respostas vagas semelhantes. Provavelmente, por essa ocasião ela deve ter percebido que eu a estava embromando, mas não me importei. Finalmente, deu um tapa na coxa e seguiu para a porta. Assim que a abriu, ela estalou os dedos.

— Diga, como se chama sua namorada? Talvez eu precise falar com ela.

Tive de me conter para não rir. Que detetive! Tinha estado ali, no apartamento dela, e me perguntava isso agora. Sacudi a cabeça, como se não soubesse a resposta. Diaz, então, me deu um olhar severo. Nós dois estávamos cansados de fingir.

— Bem, isso não deve ser um segredo — disse ela. — Não me faça ter que descobrir.

Disse-lhe que deixasse um cartão, que eu entregaria à minha namorada.

Liguei para meu pai na linha particular antes que a detetive tivesse acabado de descer a escada para o saguão. Ele havia votado assim que abriram as urnas, depois voltara para trabalhar como se fosse um dia normal, embora na ocasião não houvesse dias normais para nenhum de nós dois.

Ele pareceu muito feliz ao ouvir a minha voz. Sempre fica contente quando ligo. Mas, por um segundo, não consegui falar. Até então, não tinha me dado conta completamente do que iria dizer.

— Pai — falei. — Pai, estou com muito medo de que você possa estar com problemas.

Capítulo 24

TOMMY, 22 DE JUNHO DE 2009

Tommy Molto sempre tivera sentimentos confusos em relação a Sandy Stern. Stern era bom, disso não havia dúvida. Se você era um sapateiro e tinha orgulho de seu ofício, então teria de admirar alguém que conseguia couro sem defeito e fazia sapatos que pareciam de ferro mas que, nos pés, davam a sensação de veludo. Stern era um maestro num tribunal. Um argentino que viera para os EUA no fim dos anos 1940, durante os distúrbios da era Perón, sessenta anos depois ainda desempenhava o papel do refinado cavalheiro latino, com indícios de um sotaque que realçava sua fala como um tempero extravagante — azeite trufado ou sal marinho — e os modos de funcionários de um hotel caro. Atualmente, sua atuação era ainda mais eficaz, já que um aparte ocasional *en español* pode ser interpretado por pelo menos dois ou três jurados.

Mas era preciso tomar cuidado com Stern. Porque ele parecia tão elegante, tão correto, mas era capaz de se safar com mais bagulhos do que um traficante de drogas. Tommy estava ciente de que toda a porcaria que chovera sobre si durante o primeiro julgamento de Rusty Sabich, as sutis acusações de ter tomado parte numa armação, tinha sido maquinada por Stern, o qual, nos anos que se seguiram, agiu com Tommy como se nada de importante tivesse acontecido — nada além de ter colocado um delimitador na vida dele que permanecia lá até hoje.

No momento, Stern estava lutando contra o câncer. Pelas aparências, as coisas não estavam indo bem. Ele adotara o corte de cabelo de Daddy Warbucks, se livrara de uns bons 30 quilos e os medicamentos lhe deram uma urticária que parecia queimar todo o seu rosto. Poucos minutos antes, no intervalo do julgamento, Tommy perguntou a Stern como ele ia.

— Estável — Stern respondeu. — Segurando as pontas. Saberemos mais dentro de poucas semanas. Houve alguns bons sinais com a última rodada do tratamento. Apesar de eu me tornar o Pimpinela Escarlate. — Apontou para o rosto.

— Estou rezando por você — disse Tommy.

Ele nunca falara aquilo a alguém sem que o estivesse fazendo realmente.

Mas era assim com Stern. Você rezava pela sua alma, e ele montava em suas costas. O réu nunca testemunhava primeiro. O último número num julgamento era sempre do acusado, a atração principal, que era deixado para o possível minuto final, a fim de que a sensatez do testemunho pudesse ser avaliada à luz de todas as outras provas e o réu pudesse causar a maior impressão nos jurados enquanto estes deliberavam. Não que Tommy tivesse sido pego totalmente de surpresa. Ele imaginara o tempo todo que Rusty poderia estar vindo, tendo em vista que o parecer do juiz Yee, em seu gabinete, antes do julgamento, longe do alcance da imprensa, fora de que nada do primeiro julgamento — nada do novo resultado do DNA, nada do assassinato de Carolyn Polhemus, nem qualquer uma das medidas judiciais relacionadas — jamais deveria ser mencionado naquele tribunal. Tommy, porém, planejava passar as noites seguintes preparando, fazendo a inquirição de Rusty, ensaiando-a com Brand. Agora seria como na época de Tommy no juizado antidrogas, trinta anos antes, quando havia tantos casos que era impossível se preparar completamente para qualquer um deles e você tinha de agir de acordo com suas crenças e sua sensibilidade. Naqueles tempos, quando o raro acusado optava por testemunhar, a primeira coisa que se desejava lhe perguntar era que lembrasse a você o nome dele.

De pé ao lado da mesa da defesa, fingindo examinar suas anotações, como se houvesse de fato alguma ordem no que ele havia rabiscado, Tommy foi invadido por uma tranquilidade que estivera com ele durante todo o caso. Ninguém jamais caracterizara Tommy como descontraído num tribunal, nesse julgamento nem em qualquer outro, mas à noite, quando o processo normalmente deixava nele um amontoado de fervilhantes ansiedades, sentia-se mais ou menos à vontade, capaz de dormir a noite inteira ao lado de Dominga, sem se levantar várias vezes, como vinha sendo sua rotina ao longo dos anos. O impacto desse veredicto em seu futuro e no de sua família, no modo como passaria a ser visto sempre, era tão grande que ele sabia que simplesmente tinha de aceitar a vontade de Deus. Normalmente, ele não gostava de acreditar que Deus gastasse Seu tempo se preocupando com uma criatura tão sem importância quanto Tommy Molto. Mas como pudera Rusty voltar, contra todas as probabilidades, se o resultado do primeiro caso não comungara com nenhuma regra da justiça divina?

A disposição de Tommy também foi fortalecida pelo fato de que a prova da acusação tornou-se um pacote mais bonito do que ele previra. Após cuidar de casos por trinta anos, Tommy sabia que, nesse estágio do processo, passava-se a acreditar firmemente em uma coisa. Era preciso crer que haveria uma chance de convencer os jurados, mesmo que você tivesse de permanecer sob o poder da paranoia. E ele estava alerta. Não dava para adivinhar o que Stern pretendia, mas, pela longa experiência com o sujeito, Tommy esperava o inesperado.

A primeira declaração que Stern fizera, quando o julgamento começara, duas semanas antes, fora um mantra insípido de "dúvida razoável", no qual invocara o termo "prova circunstancial" não menos do que oito vezes. "A prova não exibirá uma confissão, um testemunho. A prova, em vez disso, consistirá quase que inteiramente da conjectura de vários especialistas sobre o que pode ter acontecido. Vocês ouvirão especialistas da acusação e então, igualmente, se não mais qualificados, especialistas da defesa, que lhes dirão que os especialistas da acusação estão, com toda a probabilidade, errados. E mesmo os especialistas da acusação, senhoras e senhores, não serão capazes de lhes dizer com alguma certeza se a Sra. Sabich foi assassinada, quanto mais por quem." Diante dos jurados, Stern havia parado com a testa enrugada, como se tivesse lhe ocorrido naquele instante o quanto era inapropriado acusar alguém de homicídio com uma base tão frágil. Ele segurava o corrimão do cercado dos jurados para se apoiar — ficara vários centímetros mais perto deles do que qualquer juiz daquela região normalmente permitiria. Apesar do calor de verão lá fora, Stern usava um terno, provavelmente de seu período mais robusto, que pendia nele de um modo disforme, como — sem coincidência — uma bata de hospital. Não havia nada que acontecesse em sua vida que Stern não transformasse em vantagem numa sala de julgamento. Todo o seu ser estava propenso a isso, e ele não podia evitar, da mesma forma como alguns sujeitos não conseguiam parar de pensar em sexo ou dinheiro. Mesmo parecendo tão repulsivo quanto uma figura saída de um dos filmes da série *Sexta-feira 13*, isso fora algo que ele imaginara em benefício de seu cliente, a mera presença de Stern parecendo sugerir que ele se erguera de seu leito de morte para evitar uma injustiça selvagem. Libertem Rusty Sabich, parecia dizer, e posso morrer em paz.

Não dava para saber se os jurados estavam engolindo aquilo, mas, se prestassem atenção a todas as provas da acusação, teriam de reconhecer que os promotores tinham uma questão. Após algum debate, eles tinham chamado Nat para iniciar o caso. Foi um risco, principalmente porque Yee já determinara que, quando Nat descesse do banco das testemunhas, ele teria permissão de continuar na sala para apoiar o pai, não obstante o fato de que ele iria testemunhar em favor da defesa. Ainda assim, sempre é um belo golpe quando o outro lado fornece provas para você, e Nat era um rapaz correto, o qual, sentado ali dia após dia, geralmente parecia ter as próprias dúvidas. No banco das testemunhas, o Sabich mais jovem desistiu do que tinha de fazer — dizer que seu pai não quisera chamar os policiais após a morte da esposa, e que, na noite anterior à sua morte, havia preparado os bifes e servido o vinho de Barbara, o que lhe dera ampla oportunidade de introduzir em Barbara uma dose letal de fenelzina.

Os promotores chamaram Nenny Strack a seguir. Ela foi melhor do que tinha sido na sala de Tommy, mas, de qualquer modo, no interrogatório, voltou atrás em quase tudo. Ainda assim, se fixaram nela. Se eles chamassem um toxicologista diferente, Strack subiria ali para testemunhar em favor da defesa, minando o outro sujeito e afirmando que expressara todas aquelas dúvidas aos promotores. Em vez disso, Brand limpou a bagunça com o legista, que opinou que a morte de Barbara se dera por envenenamento por fenelzina. O Dr. Ross teve de engolir muita coisa no novo interrogatório, e Marta Stern o desmontou pedaço por pedaço. Ela enfatizou que, inicialmente, Russell acreditara que Barbara tinha morrido de causas naturais e, dada a redistribuição post-mortem, ainda assim não podia descartar definitivamente essa possibilidade.

Daquele vale, a acusação escalara firmemente de volta à luz do sol. O próprio farmacêutico de Barbara subiu ali brevemente para dizer que a alertara repetidamente sobre os perigos da fenelzina e as comidas que ela teria de evitar ao tomá-la. Harnason foi Harnason, estranho e de aparência furtiva, mas se manteve no script. Em troca do testemunho, sua condenação seria reduzida de cem para cinquenta anos, mas Harnason parecia a única pessoa no tribunal que não se dava conta de que ia morrer na prisão. Ele foi a primeira testemunha que Stern inquiriu, em vez de Marta, mas foi uma atuação estranhamente suavizada. Stern nem se importou em esfolar Harnason com os fatos terríveis que já eram de seu conhecimento durante o interrogatório direto de Brand — que Harnason era um mentiroso e um trapaceiro veterano, um fugitivo que infringira a lei e um assassino que dormira ao lado de seu marido, noite após noite, mesmo sabendo que o estava envenenando. Em vez disso, Stern gastou a maior parte do tempo em cima da primeira condenação de Harnason, trinta anos antes, incentivando o homem a reclamar do quanto sua pena fora injustificada e de como a decisão de Rusty basicamente arruinara sua vida. Stern, contudo, não desafiou diretamente o testemunho de que Rusty lhe dera a dica da decisão do Tribunal de Recursos nem a pergunta de qual era a sensação de se envenenar alguém.

George Mason, o presidente interino do Tribunal de Recursos, seguira Harnason com um demorado exame rigoroso dos cânones jurídicos de conduta, bastante prejudiciais a Rusty, embora, na reinquirição, o juiz Mason, reconhecidamente amigo de longa data do réu, tenha reiterado o permanente alto conceito que tinha sobre a integridade e a credibilidade do colega.

Esperto, mas visivelmente nervoso como testemunha, Prima Dana Mann testemunhou que seus serviços se limitaram a questões matrimoniais e admitiu que Rusty se consultara com ele duas vezes, uma delas três semanas antes de Barbara morrer.

Então o caso encerrara com o que de melhor a acusação possuía: Rusty ter apanhado a fenelzina na farmácia, o resultado das impressões digitais do armário de remédios de Barbara, a ida de Rusty ao mercado no dia em que Barbara morrera e, finalmente, Milo Gorvetich, o especialista em computação, que obtivera o material incriminador, após o confisco do computador da casa de Rusty.

Assim que a acusação encerrou, Marta fez uma veemente argumentação de que a Promotoria deixara de estabelecer o *corpus delicti*, o que significava que não havia sido oferecida prova para os jurados poderem decidir, sem sombra de dúvida, que houvera um assassinato. O juiz Yee se reservara o direito de decisão no caso de uma matéria de direito. Normalmente isso era um sinal de que o juiz estava pensando em liquidar aquele caso, se o júri não o fizesse, mas Tommy achava que aquilo era apenas Basil Yee sendo ele mesmo, reservado e cauteloso como certos gatos domésticos.

Agora, enquanto Tommy folheava seu bloco de anotações, de pé no canto da mesa da defesa, Jim Brand, ainda exalando o cheiro de sua loção pós-barba, arrastou depressa sua cadeira e se inclinou para perto dele.

— Vai perguntar sobre a mulher?

Tommy não tinha muita esperança naquela questão, mas achava que, para começar, Yee estava errado. Seguiu em frente. Yee estivera cuidando de uma outra papelada e, finalmente, baixou a vista para Tommy abaixo da bancada.

— Meritíssimo, podemos ser ouvidos antes de eu começar?

Os jurados, na terceira semana de julgamento, sabiam o que isso significava e se agitaram no cercado. Em deferência a Stern, que não podia ficar de pé durante as reuniões cochichadas junto à bancada, o juiz esvaziou a sala para a conferência. Os jurados não gostaram de ser trancados numa sala, principalmente por isso significar que estavam sendo tratados como crianças, que não deveriam ouvir sobre o que os adultos estavam conversando.

Assim que eles se foram, Tommy deu mais um passo para perto da bancada.

— Meritíssimo, tendo em vista que o réu optou por testemunhar, gostaria de poder lhe perguntar sobre o caso que ele teve ano passado.

Imediatamente, Marta levantou-se para protestar. Num revés que Tommy não antecipara, o juiz Yee concedeu o pedido da defesa para impedir que os promotores mostrassem que Rusty andara se encontrando com outra mulher na primavera de 2007. Marta argumentou que, mesmo se fosse aceita a improvável prova de que Rusty tinha sido infiel — tendo ele sido visto em hotéis e feito o teste de DST —, o comportamento, particularmente o alegado padrão do juiz-presidente em usar parte da grana de seus contracheques para financiar o caso, cessara 15 meses antes da morte de Barbara. Na falta de alguma coisa para mostrar que ele estivera se encontrando com essa mulher quando a Sra. Sabich morreu, a prova era irrelevante.

— Juiz, isso demonstra motivo — protestou Tommy.

— Como? — perguntou Yee.

— Porque ele talvez quisesse ficar com essa mulher, meritíssimo.

— Talvez? — O juiz Yee movimentou a cabeça de um lado para o outro. — Provar juiz Sabich teve caso tempo antes... isso não prova ele ser assassino, Sr. Molto. Se prova — disse o juiz —, muitos homens ser assassinos.

A imprensa, na primeira fileira do julgamento, caiu na gargalhada, como se o tranquilo juiz fosse um comediante.

Agora Marta, com seus cachinhos de Shirley Temple e um casaco de brocado, aproximou-se para se opor às tentativas de Tommy de fazer as mesmas perguntas que o juiz já rejeitara antes do julgamento.

— Meritíssimo, obviamente isso é inaceitavelmente prejudicial. Inocula a especulação de que o juiz Sabich teve um caso, algo que o tribunal já reconheceu como irrelevante neste processo. E é injusto para o réu, que tomou sua decisão de testemunhar baseado nas decisões prévias deste tribunal.

— Juiz — disse Tommy —, a questão de sua decisão foi a de que não há prova se o réu andou se encontrando com essa mulher, seja quem for, na época do homicídio. Agora que ele está ali em cima, não temos pelo menos o direito de lhe perguntar sobre essa questão específica?

O juiz Yee olhou para o teto e tocou no queixo.

— Agora — disse.

— Desculpe — disse Tommy. Em sua frugalidade com as palavras, o juiz era frequentemente obscuro.

— Pergunta agora. Não com júri.

— Agora? — disse Tommy.

De algum modo, ele fez contato visual com Rusty, que parecia tão surpreso quanto Tommy.

— Você quer perguntar — disse o juiz —, pergunta.

Tommy, que havia esperado não chegar a lugar nenhum, viu-se brevemente sem palavras.

— Juiz Sabich — disse, finalmente —, você teve algum caso extraconjugal na primavera de 2007?

— Não, não, não — protestou Yee.

Yee sacudiu a cabeça ao estilo velha professora de escolinha rural que adotava ocasionalmente. O juiz tinha alguns quilos em excesso, rosto de lua cheia, óculos de aros grossos e um ralo cabelo grisalho emplastrado no couro cabeludo. Assim como Rusty, Tommy se dava com Yee havia décadas. Não podiam dizer que conheciam o sujeito, pois ele estava acostumado a ficar na dele. Yee crescera em Ware como um exemplar único, evitado por quase todo mundo, não só porque, pelos padrões do pessoal do Sul, era muito estranho na aparência e na fala, mas também porque era um daqueles geniozinhos que ninguém entendia, mesmo se falasse inglês claramente. Por que Yee decidira se tornar advogado de tribunal, que talvez seja uma profissão no mundo da qual qualquer pessoa com bom-senso o teria aconselhado a ficar distante, era um mistério. Ele tinha algo na cabeça; as pessoas sempre têm. Mas não havia como o gabinete do promotor público de Morgan County se recusar a contratá-lo, um sujeito da localidade cujo desempenho na faculdade de direito — primeiro em sua classe na universidade estadual — superara o de qualquer candidato por pelo menos vinte anos. Contra as probabilidades, Yee se saíra bem como promotor-assistente, embora se saísse melhor como advogado de recursos. O promotor público finalmente moveu céus e terras para levá-lo ao Tribunal de Justiça, onde Basil Yee simplesmente brilhou. Ficou conhecido por ter cabelo nas ventas durante as reuniões de juízes sobre a administração dos tribunais. Bebia um pouco demais e ficava a noite inteira acordado, jogando pôquer, e era um daqueles caras que não saíam muito do lado da esposa e exagerava quando o fazia.

Quando Yee foi indicado pela Suprema Corte para esse caso, Brand ficou empolgado. O registro dos julgamentos de juiz de instrução feitos por Yee, nos quais ele decidia pessoalmente a culpa ou a inocência, era espantosamente a favor da acusação e, desse modo, eles sabiam que Stern seria privado da opção de permitir que o juiz, em vez dos jurados, decidisse o caso. Mas, ao longo dos anos, Tommy aprendera que em cada julgamento havia três interesses em jogo — o da acusação, o da defesa e o do Tribunal de Justiça. E era comum o interesse do juiz nada ter a ver com as questões do caso. Yee fora escolhido para essa tarefa quase que certamente com base nas estatísticas, tendo em vista que ele era o juiz do Tribunal de Justiça que menos tivera alterações de sentença no estado, uma distinção da qual se orgulhava ardentemente. Mas ele não tinha obtido essa espécie de recorde por acaso. E isso significava que ele não correria riscos. No âmbito criminal, somente o réu tem direito de recorrer e, portanto, o juiz Yee decidiria contra Rusty em questões probatórias apenas se os precedentes estivessem inequivocamente a favor de Tommy. No fundo, Yee continuava sendo um promotor. Se condenassem Rusty, ele pegaria prisão perpétua. Mas, até lá, o juiz Yee iria reduzir cada chance de Rusty.

— Melhor eu perguntar, Sr. Molto. — O juiz sorriu. Por natureza, ele era um homem amável. — Será mais rápido — disse. — Juiz Sabich, quando sua mulher morreu, estava tendo caso, romance ou algo — Yee girou as pequenas mãos para frisar a questão —, algum tipo de envolvimento com outra mulher?

Rusty tinha virado quase todo o corpo no banco das testemunhas, para ficar de frente para o juiz.

— Não, senhor.

— E antes, digamos, três meses... algum caso, romance?

— Não, senhor.

O juiz pendeu toda a parte superior do corpo e ergueu a mão em direção a Tommy para permitir mais perguntas.

Tommy recuara para a mesa da acusação, ao lado do assento de Brand. Este cochichou:

— Pergunte se ele tinha esperanças de se encontrar romanticamente com alguma mulher.

Quando Tommy fez a pergunta, Yee reagiu do mesmo modo de antes, com uma firme sacudida de cabeça.

— Não, não, Sr. Molton, não nos Estados Unidos. Não prende pelo que homem tem na cabeça. — Yee olhou para Rusty. — Juiz — disse Yee —, alguma conversa com outra mulher sobre romance? Algum momento, digamos, três meses antes de esposa morrer?

Rusty não perdeu tempo e disse novamente:

— Não, senhor.

— Mesma decisão, Sr. Molto — disse o juiz.

Tommy deu de ombros quando olhou para trás em direção a Brand, cuja expressão fazia parecer que Yee tivesse lhe enfiado uma faca. A coisa toda fez Tommy pensar um pouco a respeito de Yee. Por mais conservador que ele parecesse com suas camisas de raiom e seus antiquados óculos de plástico, ele já devia ter pulado a cerca. Águas tranquilas correm fundo. Com o sexo, nunca se sabe.

— Trazer jurados — ordenou o juiz Yee ao meirinho.

Prestes a começar, Tommy sentiu-se subitamente perdido.

— Como me dirijo a ele? — cochichou para Brand. — Stern disse para chamá-lo de Rusty.

— Juiz — sussurrou Brand laconicamente.

Era o certo, claro. Primeiros nomes ficam bem em lances de vingança.

Tommy abotoou o paletó. Como sempre, estava um pouco justo na barriga para ter um bom caimento.

— Juiz Sabich — disse.

— Sr. Molto.

Do banco das testemunhas, Rusty, entretanto, conseguiu fazer um aceno com a cabeça e dar um sorriso de Mona Lisa que, de algum modo, refletiram as décadas que se conheciam. Foi um gesto sutil mas proposital, o tipo de pequena coisa que os jurados nunca deixam passar. Tommy, de repente, lembrou-se do que evitava recordar havia meses. Tommy assumira o cargo de promotor público um ou dois anos após Rusty, mas eles se encontravam próximos o bastante para rivalizar um com o outro e, ao longo do tempo, podiam ter competido pelos mesmos julgamentos, as mesmas promoções. Mas nunca o fizeram. O melhor amigo de Tommy, Nico Della Guardia, era o principal rival de Rusty. Tommy não era páreo. Para todos, era óbvio que ele carecia do talento de Rusty, de seu cérebro. Todo mundo sabia disso, lembrou-se Tommy. Inclusive ele.

Capítulo 25

NAT, 22 DE JUNHO DE 2009

Assim que eu soube o que Tommy Molto queria conversar com o juiz Yee, fui até a mesa da defesa e, agachado ao lado, sussurrei para Stern que ia dar uma saída. Atento aos procedimentos, Sandy, entretanto, assentiu sensatamente. Apressei-me em direção à porta, antes que Tommy conseguisse ir muito longe.

Poucas horas após a visita de Debby Diaz no dia da eleição, meu pai descobrira que seria indiciado. Nas semanas que se seguiram à morte de minha mãe, ele praticamente suspendera sua campanha. Koll seguiu seu exemplo por um breve tempo, mas, em meados de outubro, colocou no ar suas inserções eleitorais com ataques. Meu pai respondeu com as próprias inserções violentas, mas o único evento de verdade do qual participou foi um debate, transmitido pelo rádio, promovido pela Liga das Mulheres Eleitoras.

Na noite da eleição, entretanto, solicitou uma festa, não por sua causa, mas pelo pessoal da campanha, que durante semanas batera de porta em porta. Apareci um pouco antes das 22 horas, porque Ray Horgan me pedira que fosse lá e posasse para fotos com meu pai. Sabendo que Ray estaria lá, não insisti, pelo contrário, quando Anna pediu que eu fosse sozinho.

Ray tinha alugado uma grande suíte de esquina no Dulcimer, e, quando cheguei lá, havia umas vinte pessoas vendo TV, enquanto perambulavam em volta dos *réchauds* com os tira-gostos. Não vi meu pai por ali e acabei sendo conduzido para um quarto vizinho, onde o encontrei numa tranquila conversa com Ray. Eles eram os únicos no quarto e, como eu previra, Ray deu o fora assim que me viu. Meu pai tinha a gravata afrouxada diante da camisa e parecia ainda mais inexpressivo e esgotado do que estivera nas semanas que se seguiram à morte de minha mãe. Meus pais nunca foram afáveis um com o outro, mas o falecimento dela parecia tê-lo exaurido até o âmago. Sua tristeza foi de um modo tão total que eu jamais teria esperado.

Abracei-o e dei-lhe parabéns, mas eu estava tão nervoso por causa de Debby Diaz que não o informei sobre ela imediatamente.

— Sim — respondeu ele, quando lhe perguntei se imaginava o que significava tudo aquilo.

Fez um sinal para eu me sentar. Peguei um pedaço de queijo da bandeja que estava na mesa de centro entre nós. Meu pai disse:

— Tommy Molto planeja me indiciar por assassinar sua mãe.

Ele manteve o contato visual comigo, enquanto o HD girava inutilmente dentro de meu cérebro por algum tempo.

— Isso é loucura, certo?

— É loucura — ele respondeu. — Creio que vão acabar chamando você como testemunha. Sandy esteve lá bem tarde hoje. Obteve, como cortesia, uma prévia das provas.

— Eu? Por que sou testemunha?

— Você não fez nada de errado, Nat, mas deixarei que Sandy explique. Eu não deveria estar discutindo as provas com você. Mas *há* algumas coisas que quero que ouça de mim.

Meu pai se levantou para desligar a TV. Então afundou de volta na poltrona superestofada em que se encontrava. Parecia do jeito que uma pessoa mais velha faz quando peleja para encontrar o fio da história, a incerteza se espalhando pelo seu rosto e provocando um tremor próximo ao queixo. Eu não me sentia nem um pouco melhor. Sabia que as lágrimas brotariam a qualquer instante. Por alguma razão, sempre me senti constrangido em chorar diante do meu pai, porque sei que é algo que ele jamais faria comigo.

— Tenho certeza de que estará no noticiário da noite e nos jornais de amanhã — disse ele. — Vasculharam nossa casa por volta das 18 horas, assim que as urnas foram fechadas. Sandy ainda estava no gabinete do promotor público. Bela jogada — disse meu pai, e sacudiu a cabeça.

— O que eles estão procurando?

— Não sei exatamente. Sei que levaram meu computador. O que é um problema, porque há muito material interno do tribunal. Sandy já teve várias conversas com George Mason. — Meu pai olhou para as pesadas cortinas, que eram feitas de algum tipo de brocado estampado, uma coisa horrorosa que era a ideia que alguém fazia do que dava a impressão de riqueza. Ele balançou um pouco a cabeça em volta, pois sabia que se desviara do assunto. — Nat, quando conversar com Sandy sobre o caso, você vai ouvir coisas que sei que vão decepcionar você.

— Que tipo de coisas?

Ele cruzou as mãos sobre o colo. Sempre adorei as mãos do meu pai, grandes e grossas, ásperas em qualquer estação.

— Ano passado, andei saindo com outra pessoa, Nat.

A princípio, as palavras não bateram.

— Uma mulher? Andou saindo com outra mulher? — "Outra pessoa" fazia a coisa parecer inócua.

— Exatamente.

Eu podia perceber que meu pai tentava ser corajoso, recusando-se a desviar a vista.

— Mamãe soube?

— Nunca lhe contei.

— Meu Deus, pai.

— Sinto muito, Nat. Nem mesmo tentarei explicar.

— Não, não explique — falei. Meu coração martelava e fiquei ruborizado, mesmo enquanto pensava: "Por que diabos *eu* estou constrangido?" — Meu Deus, pai. Quem foi?

— Isso não vem ao caso, não é mesmo? Ela era bem mais jovem. Tenho certeza de que um analista diria que eu estava perseguindo minha juventude. Mas acabou muito tempo antes de sua mãe morrer.

— É alguém que conheço?

Ele sacudiu a cabeça enfaticamente, negando.

— Meu Deus — falei novamente. Nunca fui de fazer uma rápida análise das coisas. Chego às minhas opiniões, sejam quais forem, somente após tudo ter fervido dentro de mim por um longo período, e me dei conta de que precisaria de bastante tempo para digerir a informação. Tudo o que eu sabia com certeza era que aquilo não era nada legal, e quis dar o fora. Levantei-me e falei a primeira coisa que me veio à cabeça: — Meu Deus, pai, por que não comprou uma porra de um carro esporte?

Seus olhos se ergueram para mim e depois baixaram. Eu percebi que ele estava contando até dez ou algo do tipo. Meu pai e eu sempre tivemos problemas em relação à sua desaprovação. Ele se acha estoico e ilegível, indecifrável, mas, inevitavelmente, vejo sua testa se enrugar, pelo menos micrometricamente, e suas pupilas escurecem. O efeito em mim é sempre cruel como um açoite. Mesmo agora, quando sabia que tinha todo o direito de estar zangado, sentia-me envergonhado pelo que acabara de dizer.

Enfim, ele falou calmamente:

— Porque eu acho que nunca quis uma porra de um carro esporte.

Eu tinha um guardanapo de papel embolado na mão e o joguei sobre a mesa.

— Mais uma coisa, Nat.

Eu agora estava muito perturbado para falar.

— Eu não matei sua mãe. Você vai ter que esperar para entender tudo que está acontecendo, mas esse caso é um vinho velho em garrafas novas. Não passa de uma porção de porcaria rançosa de um sujeito compulsivo que nunca aprendeu a desistir. — Meu pai, normalmente a própria moderação, pareceu surpreso ao se permitir essa abrupta avaliação do promotor. — Mas lhe digo uma coisa. Nunca matei ninguém. E, sabe Deus, muito menos sua mãe. Eu não a matei, Nat.

Seus olhos azuis tinham retornado aos meus.

Fiquei parado junto à mesa, querendo nada além de ir embora, portanto simplesmente deixei escapar "Eu sei" e saí.

A cabeça de Marta Stern pende do lado de fora da sala de julgamento. Ela tem uma espécie de penteado de cachos ruivos agitados pelo vento, longos brincos pretensamente artísticos com pedras coloridas e a aparência ligeiramente esgotada de uma pessoa que era gorda e emagreceu se exercitando como louca. Durante o julgamento é meio que responsável por mim, a meio caminho entre anjo da guarda e dama de companhia.

— Eles estão prontos. — Enquanto eu sigo arrastando os pés a seu lado, ela agarra meu braço e sussurra: — Yee não mudou sua decisão.

Dou de ombros. Assim como em muitas outras coisas, não sei se estou aliviado por não ter de ficar sentado ali, fingindo que não dou a mínima, enquanto ouço, em público, os detalhes do caso extraconjugal do meu pai, ou se, em vez disso, teria preferido eu mesmo fazer o interrogatório. Digo o que tenho sentido frequentemente desde que toda essa coisa estúpida começou:

— Vamos simplesmente acabar logo com isso.

Ocupo meu lugar na fileira da frente, ao mesmo tempo que os jurados retornam. Tommy Molto já está de pé diante de meu pai, um pouco como um boxeador fora de seu banquinho antes de soar o gongo. Ao lado de meu pai, é aberta novamente a tela que os promotores têm usado para projetar para o júri as reproduções do computador de vários documentos aceitos como prova.

— Prossiga, Sr. Molto — diz o juiz Yee quando os 16 jurados, 12 efetivos e quatro substitutos, voltam para as elegantes cadeiras de madeira com braços no cercado do júri.

— Juiz Sabich — diz Tommy.

— Sr. Molto.

Meu pai faz aquele leve gesto com a cabeça como se soubesse, há milhares de anos, que os dois voltariam a se encontrar ali.

— O Sr. Stern lhe perguntou diretamente se tinha ouvido o depoimento da testemunha da acusação.

— Eu me lembro.

— E quero lhe perguntar algo mais sobre o depoimento que ouviu e de que modo o entendeu.

— Certamente — diz meu pai.

Como testemunha neste caso, não posso ser um dos advogados dele, mas posso ajudar a levar coisas para o escritório de Stern após a sessão. Agora que já fiz o que tinha de fazer para a acusação, prefiro ficar por ali até Anna poder me encontrar após o trabalho. Nas últimas três noites, a equipe jurídica de meu pai ensaiou com ele seu interrogatório numa sala de reuniões na Stern&Stern. Ray Horgan esteve lá para atormentar meu pai, e Stern, Marta, Ray e o consultor jurídico que contrataram, Mina Oberlander, examinaram posteriormente a gravação em vídeo e deram sugestões ao meu pai. Em grande parte, ele foi aconselhado a responder rápida e diretamente e a tentar discordar, quando o fizer, sem parecer que não deseja cooperar. Quando ocorre uma inquirição, principalmente a do réu, é somente uma questão de parecer que você não tem nada a esconder.

— Você ouviu o depoimento de John Harnason?

— Ouvi.

— E é verdade, juiz, que, na conversa entre apenas os dois, você deu a entender ao Sr. Harnason que ele ia perder seu recurso?

— É verdade — diz meu pai, com o tipo de resposta rápida, sem hesitar, que ele andou ensaiando.

Eu sabia desse fato desde novembro passado, mas a confirmação de meu pai é uma novidade e há uma agitação na sala, inclusive no reservado do júri, onde, tenho certeza, muitos jurados acharam John Harnason muito esquisito para ser uma pessoa digna de crédito. Do outro lado, os lábios finos de Tommy Molto se pressionaram numa aparente surpresa. Com Mel Tooley como testemunha reserva, Tommy devia estar esperando arrasar meu pai quando ele negasse ter contado o resultado a Harnason.

— Você ouviu o testemunho do juiz Mason, na causa da acusação, de que, ao fazer isso, você violou várias regras de comportamento judicial, não?

— Eu ouvi o testemunho dele.

— Discorda dele?

— Não discordo.

— Foi impróprio, juiz, se envolver em uma conversa particular com um réu sobre o caso dele enquanto era aguardada uma decisão, não foi?

— Certamente.

— Isso viola uma regra que chamamos de contato *ex parte*, certo... com a outra parte?

— Correto.

— Alguém do meu gabinete deveria estar presente. É verdade?

— Totalmente.

— E, como um juiz do Tribunal de Recursos, você tinha liberdade de revelar decisões judiciais antes de serem tornadas públicas?

— Não há uma regra explícita proibindo isso, Sr. Molto, mas eu ficaria decepcionado se qualquer outro membro do tribunal fizesse isso e considero esse fato um sério erro de julgamento de minha parte.

Respondendo à descrição de meu pai para aquela infração como um "erro de julgamento", Tommy faz com que ele concorde que há complicados procedimentos de segurança no Tribunal de Recursos para evitar o vazamento prévio das decisões e que os assessores e outros funcionários, quando contratados, são alertados para que nunca revelem antecipadamente uma decisão.

— Há quantos anos, juiz, está num tribunal?

— Incluindo o tempo em que atuei no Tribunal de Justiça e no de Recursos?

— Exatamente.

— Mais de vinte anos.

— E, durante duas décadas inteiras em que esteve no Judiciário, quantas vezes revelou previamente uma decisão, que ainda não era pública, a uma das partes?

— Nunca fiz isso, Sr. Molto.

— Então essa foi uma séria violação não apenas das regras, mas também do modo como sempre agiu?

— Foi um terrível erro de julgamento.

— Foi mais do que um erro de julgamento, juiz, não foi? Foi impróprio.

— Como eu disse, Sr. Molto, não há uma regra específica, mas concordo com o juiz Mason que foi claramente errado contar ao Sr. Harnason sobre o resultado. Na ocasião, achei que seria apenas uma formalidade, pois eu sabia que o caso estava totalmente resolvido. Não me ocorreu que o Sr. Harnason pudesse fugir, como resultado.

— Você sabia que ele estava sob fiança?

— Claro. Fui eu quem concedeu o pedido.

— É exatamente aonde eu queria chegar — diz Tommy. Pequeno, atarracado, com sua forma intumescida e o rosto desgastado pelo tempo, Tommy sorri um pouco ao encarar o júri. — Você sabia que ele passaria o resto da vida na prisão se sua condenação fosse confirmada?

— Claro.

— Mas não lhe ocorreu que ele poderia fugir?

— Ele ainda não tinha fugido, Sr. Molto.

— Mas, com a decisão de seu tribunal, ele ficaria sem qualquer chance, não? Você acreditava que a Suprema Corte Estadual não aceitaria o caso, não? Você disse a Harnason que era o fim da linha, certo?

— Certo.

— E está nos dizendo que, após ser promotor por... 15 anos?

— Quinze anos.

— Um promotor por 15 anos, e juiz por mais vinte, não lhe ocorreu que esse homem quisesse saber da decisão antecipadamente para que pudesse fugir?

— Ele parecia bastante transtornado, Sr. Molto. Ele me disse, como admitiu, ao testemunhar, que estava oprimido pela aflição.

— Ele o iludiu?

— Creio que o Sr. Harnason disse que decidiu fugir após saber o resultado. Não nego que não deveria ter lhe contado, Sr. Molto. E não nego que um dos muitos motivos de ter sido um erro foi porque ele poderia violar a condicional. Mas, não, na ocasião, não me ocorreu que ele fugiria.

— Porque estava pensando em outra coisa?

— Provavelmente.

— E no que estava pensando, juiz, era em envenenar sua esposa, não?

Esse é o ardil do julgamento. Tommy sabe que meu pai estava provavelmente preocupado em ser apanhado com a mulher com quem estava trepando. E não pode dizer isso. Ele tem de se satisfazer em responder simplesmente "Não".

— Você diria, juiz, que estava fazendo um favor ao Sr. Harnason?

— Não sei como chamaria isso.

— Bem, ele pediu algo impróprio e você concedeu. Certo?

— Certo.

— E, em troca, juiz... em troca, pediu que ele lhe dissesse qual a sensação de se envenenar alguém, não foi?

A estratégia consagrada pelo tempo, num interrogatório, é nunca fazer uma pergunta para a qual você não sabe a resposta. Como meu pai me explicou várias vezes, essa não é uma regra de aplicação ilimitada. Melhor dizendo, a regra é nunca fazer uma pergunta para a qual você não sabe a resposta — se você se importa com a resposta. Nesse caso, Tommy deve achar que não pode perder. Se meu pai negar que perguntou qual era a sensação de se envenenar alguém, Tommy vai checar com Harnason as muitas outras partes da conversa que meu pai já reconheceu.

— Não houve "troca", Sr. Molto.

— Sério? Está nos dizendo que infringiu todas essas regras para dar uma informação ao Sr. Harnason que ele queria desesperadamente... e fez isso sem pensar que o Sr. Harnason faria algo por você?

— Eu fiz isso porque senti pena do Sr. Harnason e também me senti culpado pelo fato de que, quando você e eu éramos promotores, eu o mandei para a penitenciária por um crime pelo qual agora sei que ele não merecia aquele castigo.

Apanhado de surpresa, Tommy encara meu pai. Ele sabe — e também todo mundo na sala — que meu pai tenta lembrar ao júri não apenas seu relacionamento passado com Tommy, mas que promotores às vezes vão longe demais.

— Bem, você ouviu o testemunho do Sr. Harnason?

— Nós já passamos por isso.

A resposta, ligeiramente ríspida, revela a primeira vez que meu pai parece menos do que totalmente controlado. Stern recosta-se e olha-o com firmeza, uma deixa para ele se mancar.

— E está nos dizendo que ele mentiu quando disse que, após revelar a decisão do caso dele, você lhe perguntou qual era a sensação de se envenenar alguém?

— Não me lembro exatamente da conversa com o Sr. Harnason, mas me lembro de que essa pergunta foi feita.

— Feita por você?

— Sim, eu lhe perguntei isso. Eu queria...

— Desculpe, juiz. Eu não lhe perguntei o que você queria. De quantos julgamentos tomou parte ou observou como promotor, como juiz do Tribunal de Justiça ou juiz do Tribunal de Recursos?

No banco das testemunhas, meu pai sorri tristemente por causa da longa marcha do tempo.

— Sabe Deus. Milhares.

— E, após milhares de julgamentos, juiz, sabe que tem de responder às perguntas que lhe faço, e não às perguntas que deseja que eu lhe faça?

— Protesto — diz Stern.

— Indeferido — diz Yee.

Tommy poderia estar intimidando, no caso de uma testemunha normal, mas, no caso de um juiz no banco, é um jogo justo.

— Eu sei disso, Sr. Molto.

— Eu lhe indaguei simplesmente isto: você perguntou ao Sr. Harnason qual era a sensação de se envenenar alguém?

Meu pai não faz qualquer pausa. Ele diz "Perguntei" com um tom tão esmerado que sugere que há muito mais do que aquilo, mas a resposta não aplaca um daqueles leves murmúrios de sala de julgamento que sempre pensei que fosse algo batido em seriados como *Law & Order*, ao qual assistia habitualmente quando era menino, a segunda coisa melhor do que videotapes do meu pai no trabalho. Tommy Molto marcou um ponto.

No intervalo, Brand faz um sinal para Tommy ir à mesa da acusação. O subprocurador de justiça cochicha algo e Tommy concorda com a cabeça.

— Sim, o Sr. Brand acaba de me lembrar. Para sermos claros, juiz, o Sr. Harnason não havia sido recapturado quando sua esposa morreu, havia?

— Creio que não.

— Ele desapareceu por um ano?

— Sim.

— Então, quando sua esposa morreu, juiz, não tinha qualquer motivo para sérias preocupações se o Sr. Harnason contaria à polícia que você lhe havia perguntado qual a sensação de se envenenar alguém?

— Francamente, Sr. Molto, nunca pensei nessa parte de nossa conversa. Eu estava muito mais preocupado por ter involuntariamente dado um motivo para que o Sr. Harnason fugisse. — Após um segundo, ele acrescenta: — Minha conversa com o Sr. Harnason foi mais de 15 meses antes de minha esposa morrer, Sr. Molto.

— Antes de a envenenar.

— Eu não a envenenei, Sr. Molto.

— Bem, vamos levar isso em consideração, juiz. Você leu a transcrição do julgamento do Sr. Harnason para decidir sobre seu recurso?

— Claro.

— Seria justo dizer que leu atentamente a transcrição?

— Espero ler atentamente cada transcrição de julgamento para decidir um recurso.

— E o que o Sr. Harnason fez, juiz, foi envenenar seu companheiro com arsênico. Isso é correto?

— Foi isso o que o Estado afirmou.

— E o que o Sr. Harnason lhe disse que havia feito?

— Uma correção, Sr. Molto. Pensei que estivéssemos falando sobre o que havia na transcrição.

Tommy concorda com a cabeça.

— Correção aceita, juiz.

— Foi por isso que perguntei ao Sr. Harnason qual era a sensação de se envenenar alguém... porque ele admitiu que o tinha feito.

Tommy ergue a vista, e Stern também larga sua caneta. O resto da conversa entre Harnason e meu pai, que se referia ao seu primeiro julgamento, está proibido por ordem do juiz Yee. Meu pai recuperou um pouco do terreno que havia perdido antes para Tommy, mas posso perceber que Stern está preocupado por meu pai permanecer muito perto do limite e acabar abrindo uma porta para um assunto mais perigoso. Tommy parece cogitar isso, mas escolhe continuar no caminho que percorria.

— Bem, uma coisa que certamente estava na transcrição, juiz, era uma descrição detalhada de quais drogas o American Medical, o laboratório de referência contratado pelo médico-legista de Kindle County... a transcrição relaciona que drogas esse laboratório testa durante um exame toxicológico de rotina em amostras de sangue de uma necropsia. Você se lembra de ter lido isso?

— Por certo devo ter lido, Sr. Molto.

— E sucede, juiz, que o arsênico é uma droga que não está incluída no exame de rotina toxicológico. Isso é correto?

— Eu me lembro disso.

— E por causa disso o Sr. Harnason quase se safou de um homicídio, não foi?

— Pelo que me lembro, o legista originalmente atribuiu a morte do Sr. Millan a causas naturais.

— Que foi também a causa que o legista atribuiu originalmente à morte da Sra. Sabich. Verdade?

— Sim.

— Bem, juiz, está familiarizado com um tipo de droga chamada de "inibidores MAO"?

— Esse não era um termo que eu conhecia bem anteriormente, mas certamente agora estou familiarizado com ele, Sr. Molto.

— E que tal uma droga chamada fenelzina? Está familiarizada com ela?

— Certamente.

— E quando ouviu falar pela primeira vez em fenelzina?

— Fenelzina é um tipo de antidepressivo que minha mulher tomava de vez em quando. Havia vários anos que vinha sendo receitado para ela.

— E fenelzina, juiz, é ou não um inibidor MAO?

— Sei disso agora, Sr. Molto.

— Sabia disso havia algum tempo, não era mesmo, juiz?

— Não posso afirmar isso.

— Bem, juiz, ouviu o testemunho do Dr. Gorvetich, durante o caso da acusação, não?

— Ouvi.

— E se recorda, tenho certeza, de que ele contou ter feito uma perícia judicial de seu computador pessoal, após este ter sido retirado de sua casa. Lembra-se disso?

— Lembro-me do testemunho dele e lembro-me de minha casa ter sido vasculhada, por ordem sua, e meu computador confiscado.

Meu pai faz o possível para não parecer tão amargo, mas, propositalmente, frisou a questão da intrusão.

— E lembra-se de o Dr. Gorvetich testemunhar que o cache do seu navegador de internet revela que em uma certa data, em setembro de 2008, houve buscas em seu computador pessoal em dois sites que descrevem a fenelzina.

— Eu me lembro desse testemunho.

— E, olhando as páginas visitadas, juiz... — Tommy vira-se para um assistente na mesa da acusação e lhe fornece um número de prova. A tela em branco atrás de meu pai se enche completamente e Tommy usa um indicador a laser para realçar o que lê. — "A fenelzina é um inibidor monoamino oxidase (MAO)." Está vendo isso?

— Claro.

— Lembra-se de ter lido isso em setembro de 2008, juiz?

— Não, Sr. Molto, mas acredito no que está dizendo.

— E, na página 463 da transcrição do julgamento de Harnason, que foi previamente apresentada como Prova do Estado 47, a qual acredito que acaba de admitir que leu... essa página afirma, não é mesmo, que inibidores MAO não são testados como parte de um exame toxicológico realizado rotineiramente numa investigação de alguém que morreu inesperadamente?

— Sim, ela diz isso.

Tommy então pede para a tela o voto da juíza Hamlin e do juiz Mason sobre o caso Harnason, que também dizem que o arsênico e muitos outros compostos, inclusive inibidores MAO, não são testados em relação a necropsias.

— Você leu a opinião da juíza Hamlin?

— Sim, senhor. Vários rascunhos.

— Então sabe, juiz, que uma overdose de fenelzina não seria detectada num exame toxicológico de rotina, certo? Exatamente como o arsênico usado para matar o amante do Sr. Harnason?

— Argumentativo — diz Stern, ao protestar.

O juiz Yee balança a cabeça, como se não fosse grande coisa, mas diz:

— Mantido.

— Bem, deixe-me perguntar deste modo, juiz Sabich: você envenenou sua esposa com fenelzina, sabendo que não ia ser detectado por um exame toxicológico de rotina, na esperança de que sua morte passasse por causas naturais?

— Não, Sr. Molto, eu não a envenenei.

Tommy faz uma pausa, então caminha um pouco. O recado, como gostavam de dizer nos bem antigos tribunais de opinião, foi dado.

— Bem, juiz, você ouviu o depoimento do policial Krilic sobre a retirada de sua casa do conteúdo do armário de remédios de sua esposa no dia seguinte à morte dela?

— Lembro-me de o policial Krilic me pedir para fazer isso, em vez de redigir uma lista dos medicamentos, enquanto ele esteve em nossa casa, e me lembro de lhe ter dado essa permissão, Sr. Molto.

— Teria parecido bastante suspeito se tivesse se recusado, não é mesmo, juiz?

— Eu lhe disse que fizesse o que fosse preciso fazer, Sr. Molto. Se eu quisesse evitar que alguém examinasse os frascos com os comprimidos, tenho certeza de que teria imaginado um motivo para lhe pedir que anotasse os nomes dos medicamentos enquanto estivesse lá.

Na mesa da acusação, Jim Brand finge tocar no queixo, enquanto gira os dedos na direção de Tommy. Está dizendo para seguir em frente. Meu pai acaba de marcar um ponto.

— Vamos direto ao ponto, juiz. São suas as impressões digitais no frasco de fenelzina que havia no armário de remédios de sua esposa, certo?

Tommy cita um número de prova, e um assistente da Promotoria exibe uma série de slides, com várias impressões douradas mostradas contra um fundo azul iridescente. Gravadas em ouro, as impressões parecem algo saído da Arca Sagrada.

— Eu ouvi o depoimento do Dr. Dickerman.

— Nós todos o ouvimos dar sua opinião, juiz, de que essas são suas impressões, mas agora, diante dos jurados — Tommy abana a mão na direção das 16 pessoas atrás dele —, peço que admita: essas impressões no frasco de fenelzina de sua esposa são de fato suas?

— Eu normalmente pegava os comprimidos de Barbara na farmácia e as colocava nas prateleiras de seu armário de remédios. Não tenho motivo para duvidar de que essas são minhas impressões. Eu me recordo, Sr. Molto, de que, na semana anterior à morte dela, Barbara estava no jardim quando cheguei em casa, e, como suas mãos estavam sujas, ela me pediu que colocasse o frasco no armário de remédios, mas não sei lhe dizer com certeza se era a fenelzina.

Tommy o encara por um segundo, com um leve sorriso afetado, desfrutando a rematada conveniência da explicação.

— Então está dizendo que as impressões foram feitas ao mostrar à sua esposa o frasco que havia apanhado?

— Estou lhe dizendo que é possível.

— Bem, vamos olhar com mais cuidado, juiz. — Tommy vai à mesa da acusação e volta com o próprio frasco, agora lacrado em um envelope de papel calandrado. — Refiro-me à Prova Documental 1 do Estado, a fenelzina que você apanhou na farmácia quatro dias antes de sua esposa morrer... Você está dizendo que lhe mostrou, algo parecido com isto, certo?

Agarrando o pequeno frasco dentro do plástico, ele o estende na direção de meu pai.

— Novamente, sim, se foi a fenelzina que mostrei a ela.

— E estou segurando o frasco entre o polegar direito e o lado do dedo indicador, correto?

— Certo.

— E meu polegar direito, juiz, está apontando na direção do rótulo na frente do frasco, não está?

— Está.

— Mas chamo novamente sua atenção para a Prova Documental do Estado 1A, o slide das impressões digitais que o Dr. Dickerman revelou; três de quatro impressões, seu polegar direito, seu dedo indicador direito, seu dedo médio direito... estão todas apontadas para cima na direção do rótulo, juiz. Não estão?

Meu pai leva um segundo para examinar o slide. Concorda com a cabeça antes de o juiz Yee lembrá-lo de que deve falar, para registro nos autos.

— Eu tive de enfiar a mão no saco para tirar o frasco, Sr. Molto.

— Mas as impressões estão no fundo do frasco, não estão, juiz?

— Ele poderia estar de cabeça para baixo dentro do saco.

— De fato, juiz, o Dr. Dickerman testemunhou que o comprimento e a largura de todas essas impressões sugerem que você segurou o frasco com força, para poder abrir a tampa, que é forte para evitar que crianças a abram. Ouviu esse testemunho?

— Ouvi. Mas eu também poderia tê-lo segurado com força para tirá-lo do saco.

Tommy o encara com a sugestão de outro sorriso. Meu pai tem lidado muito bem com tudo aquilo, ignorando o fato de que as impressões de minha mãe não aparecem em nenhuma parte do frasco.

— Bem, vamos falar sobre a farmácia, juiz Sabich. Dez comprimidos de fenelzina foram comprados em sua farmácia no dia 25 de setembro de 2008, quatro dias antes da morte de sua mulher.

— Isso está comprovado.

— E a assinatura na fatura do cartão de crédito, juiz, a Prova Documental do Estado 42... é sua, não é?

O slide da fatura, que foi passada entre os jurados em outro envelope transparente, ao ser acolhida, surge a seguir na tela ao lado do banco das testemunhas. Meu pai não se dá ao trabalho de se virar.

— É.

— Você comprou a fenelzina, não foi, juiz?

— Não me lembro de ter feito isso, Sr. Molto. Só posso concordar que é claramente a minha assinatura e lhe dizer que, em geral, eu apanhava os remédios da receita, no caminho de volta para casa, se Barbara me pedia para fazer isso. A farmácia fica do outro lado da rua do ponto do ônibus que eu pegava todos os dias para ir trabalhar.

Tommy verifica sua lista de provas e cochicha instruções para o próximo slide.

— E, referindo-me à Prova 1B, uma fotografia, você ouviu o policial Krilic testemunhar que o frasco de fenelzina mostrado aí está nas mesmas condições de quando ele o removeu.

— Sim.

— E, chamando a sua atenção para a Prova 1B, creio que consegue ver que há apenas seis comprimidos no recipiente, certo?

Na foto, tirada de cima para baixo do frasco de plástico, os comprimidos, exatamente iguais aos de cor de laranja queimada de Ibuprofeno que tomo ocasionalmente para dor de cabeça, jazem no fundo. É difícil de acreditar que pílulas de aparência tão comum possam matar alguém.

— Certo.

— E sabe onde foram parar as quatro pílulas que faltam?

— Se está perguntando, Sr. Molto, se tive alguma coisa a ver com a retirada desses comprimidos, a resposta é não.

— Mas ouviu o testemunho da Dra. Strack de que quatro comprimidos de fenelzina tomadas de uma vez podem constituir uma dose letal?

— Ouvi.

— Tem algum motivo para discordar disso?

— Eu entendo que, se tomados de uma vez, quatro comprimidos de fenelzina podem constituir uma dose letal. Mas você destacou que apanhei o aviamento da receita em 25 de setembro. E a dose recomendada é de uma pílula por dia: 25, 26, 27, 28. — Meu pai conta e mostra os quatro dedos de sua mão esquerda.

— Então está argumentando, juiz, que sua esposa tomou a fenelzina diariamente antes de sua morte?

— Não estou aqui para argumentar nada, Sr. Molto. Eu sei que a Dra. Strack, sua especialista, reconheceu que é possível que uma única dose de fenelzina ingerida em combinação com certos alimentos ou bebidas pode induzir uma reação fatal.

— Então a morte de sua esposa foi um acidente?

— Sr. Molto, ela estava viva quando fui dormir e morta quando acordei. Como sabe, nenhum dos especialistas nem mesmo consegue dizer com certeza se foi a fenelzina que matou Barbara. Nenhum deles pode dizer que ela não morreu de uma reação hipertensiva, como o pai dela.

— Bem, vamos considerar a possibilidade de que foi um acidente, podemos, juiz?

— Como quiser, Sr. Molto. Estou aqui para responder a suas perguntas.

Novamente, houve um pouco de acidez demais na resposta de meu pai. Tommy e eu, e agora o júri, todos sabemos a mesma coisa sobre meu pai. Após vinte anos de Judiciário e uma dúzia como juiz-presidente, ele não está acostumado a responder a perguntas de ninguém. O leve bafejo de arrogância ajuda Tommy porque isso implica que, por baixo de tudo, meu pai pode ser uma lei para si mesmo.

— Você mencionou que há uma grave reação de envenenamento quando a fenelzina é consumida com alguns alimentos, certo?

— Foi o que eu soube.

— Por falar no que soube, não o surpreendeu, juiz, quando o Dr. Gorvetich testemunhou que a informação sobre o perigo da fenelzina quando tomada com alguns alimentos contendo tiramina... vinho tinto, queijo curado, arenque e salame... não o surpreendeu saber que toda essa informação está livremente disponível na internet?

— Eu sabia, Sr. Molto, que um dos medicamentos que Barbara tomava de vez em quando podia interagir com certos alimentos. Eu sabia disso.

— Exatamente a minha questão. E sabemos disso, juiz, não é mesmo? Porque, segundo o testemunho do Dr. Gorvetich, os dois sites que você visitou no fim de setembro especificam essas interações, não é mesmo?

Tommy faz um gesto com a cabeça e as duas páginas da internet, com sublinhados em amarelo nos slides, surgem junto a meu pai.

— Posso ver o que há nas páginas, Sr. Molto.

— Está negando que visitou esses sites no fim de setembro do ano passado?

— Não sei o que aconteceu exatamente, Sr. Molto. Minha mulher tomava cerca de vinte remédios diferentes, e alguns eram mais perigosos do que outros. Para mim, não era de todo incomum checar na internet, após apanhar os medicamentos de Barbara, para me lembrar das propriedades de um ou de outro, a fim de que eu pudesse ajudá-la a se manter informada sobre eles. Mas se sua pergunta é se visitei esses sites no computador da minha casa, nos dias anteriores à morte de Barbara...

— É exatamente o que estou perguntando, juiz.

— O máximo que consigo me lembrar é de que não o fiz.

— Não?

Tommy está surpreso. Eu também estou. Meu pai já deu uma explicação plausível para ter consultado os tais sites. Parece desnecessário negar isso. Stern parou de anotar, mas posso perceber, pelo modo como seus lábios estão enrugados, que ele não está satisfeito.

— Muito bem — diz Tommy. Ele caminha um pouco por ali, correndo a mão pela mesa da acusação, antes de encarar novamente meu pai. — Mas não temos controvérsia, juiz, temos? De que, na noite anterior à morte de sua esposa, você realmente saiu para comprar vinho tinto, queijo cheddar curado, arenque em salmoura, iogurte e salame genovês. Correto?

— Eu me lembro de ter feito isso.

— Disso você se lembra — diz Tommy, com uma daquelas belas estocadas de tribunal, para mostrar as inconsistências na memória de meu pai.

— Lembro. Minha mulher tinha outra receita aviada para eu apanhar e me pediu que comprasse essas coisas quando passasse na loja.

— Não tem a lista de compras que ela lhe deu, tem, juiz?

— Protesto — diz Stern, mas meu pai se adianta a ele:

— Eu não disse que havia uma lista de compras, Sr. Molto. Minha mulher me pediu que comprasse uma garrafa do vinho tinto de que ela gostava, cheddar curado, salame genovês e crackers multigrãos porque nosso filho ia jantar conosco e ele gosta dessas coisas, e que levasse um pouco de arenque em salmoura... de que ela gostava... e iogurte, para fazer uma pasta com as verduras que ela já tinha em casa.

É verdade que adoro queijo e salame, e isso desde que eu tinha 4 ou 5 anos. Lendas familiares dizem que, nessa idade, eu quase não comia outra coisa, e direi isso quando for chamado novamente para testemunhar no fim desta semana. Desde o momento da primeira visita de Debby Diaz, tive a clara lembrança de minha mãe retirando os itens dos sacos brancos de celofane, que meu pai levou naquela noite, e inspecionando cada um deles. Apesar de às vezes me admirar com a desesperada sugestibilidade de minha memória e do quanto a esperança de que meu pai seja inocente esteja influenciando as coisas, tenho quase certeza de me lembrar de meu pai perguntando a ela "É isso que você queria?", e também direi isso quando estiver novamente no banco das testemunhas. Mas o que não sei é se minha mãe pediu aquelas coisas ou se simplesmente disse a ele para trazer um vinho e alguns tira-gostos, ou mesmo se foi ele que, em primeiro lugar, sugeriu ir comprar algumas iguarias. Cada alternativa dessas seria possível, embora a verdade seja que minha mãe, sendo minha mãe, quase que certamente teria indicado exatamente o que queria e até mesmo dito a meu pai as marcas dos produtos e as prateleiras onde ficavam.

— Bem, juiz. Quem controlava a administração de medicamentos para o estado maníaco-depressivo de sua esposa? Quem selecionava os remédios na base do dia a dia?

— Minha mulher. Se tinha alguma dúvida, ela telefonava para o Dr. Vollman.

— Ela era uma mulher inteligente?

— Brilhante, na minha opinião.

— E você ouviu o depoimento do Dr. Vollman, dando conta de que ele a alertava repetidamente, quando ela estava tomando a fenelzina, de que tinha que tomar cuidado com o que comia?

— Sim, ouvi.

— Aliás, o Dr. Vollman testemunhou que ele tinha por hábito alertá-lo também. Você se lembra de ele tê-lo alertado sobre a fenelzina?

Meu pai olhou para o teto decorado com caixotões e suas vigas adornadas de nogueira em zigue-zague.

— É vago, Sr. Molto, mas, sim, creio que me lembro disso.

Esse é outro fato que meu pai não teve necessidade de admitir. Fico imaginando se os jurados lhe darão crédito pela sua sinceridade ou simplesmente acharão que é um artifício dissimulado de alguém que passou a maior parte da idade adulta em tribunais.

— E por isso, juiz, quer que nós acreditemos que ela lhe pediu que comprasse queijo e vinho e salame e arenque, sabendo que estava tomando fenelzina? E, mais do que isso, que ela bebeu o vinho e comeu o queijo e o salame?

— Desculpe-me, Sr. Molto, mas não creio que alguém tenha testemunhado que minha mulher tomou vinho ou comeu queijo. Eu certamente não fui, porque não me lembro disso.

— Seu filho, juiz, testemunhou que sua esposa tomou vinho, senhor.

— Meu filho testemunhou que servi um cálice de vinho para minha mulher. E não vi Barbara tomá-lo. Nat e eu saímos para assar a carne, de modo que não sei quem comeu o quê.

Tommy para. É a primeira vez que meu pai realmente o deixa tonto. Meu pai também tem razão sobre isso. Mas, ao vasculhar minha memória daquela noite, creio me lembrar de minha mãe com um cálice de vinho na mão, certamente durante o jantar.

— Mas sejamos claros, juiz. Suponha que sua esposa tomava uma fenelzina por dia, como sugeriu. O seu testemunho faz sentido para você, de que ela o teria enviado à loja com uma lista de compras repleta de artigos que poderiam matá-la? Que ela teria pedido arenque, por exemplo, ou iogurte, coisas que nos disse que ela pretendia comer?

— Está me pedindo para conjecturar, Sr. Molto, mas eu seria capaz de apostar que Barbara sabia o quanto podia "trapacear" sem uma reação adversa. Provavelmente, ela começou com um gole de vinho, ou metade de um pedaço de arenque, e, ao longo dos anos, formou uma ideia do quanto conseguia tolerar. Ela tomou essa medicação, de tempos em tempos, por um longo período.

— Obrigado, juiz. — O tom de Tommy é subitamente triunfante, ao ficar parado ali, observando meu pai. — Mas se sua esposa não tomou vinho, não comeu salame, não comeu queijo, nem arenque ou iogurte, juiz, então não há chance de que ela tenha morrido acidentalmente, há?

Há apenas um segundo de descontinuidade antes de meu pai responder. Ele — e eu — notamos que algo significativo acaba de ocorrer.

— Sr. Molto, está me pedindo que especule sobre coisas que aconteceram quando eu estava fora da sala. Teria sido estranho para Barbara comer ou beber essas coisas em qualquer quantidade. E não me lembro de ela ter feito isso. Mas ela estava muito emocionada por ver meu filho e sua namorada. Ela achava que era um excelente casal. Portanto, não posso dizer que talvez ela não tenha se esquecido de tudo o mais. É por isso que chamam de acidente.

— Não, juiz, não estou pedindo que suponha. Tento confrontá-lo com a lógica de seu testemunho.

— Protesto — diz Stern. — Argumentativo.

— Indeferido — fala o juiz, que claramente está dizendo que foi meu pai quem se meteu nessa confusão.

— Você nos disse que sua esposa pode ter tomado uma dose normal de fenelzina e morrido acidentalmente, não disse?

— Eu disse que era uma possibilidade levantada pelo testemunho.

— Você nos disse que foi decisão de sua esposa mandá-lo comprar todas aquelas coisas de comer que eram perigosas para ela, a despeito do fato de ela estar tomando fenelzina. Certo?

— Sim.

— Depois nos disse que talvez ela tivesse feito isso porque não ia comer ou beber nada daquilo, ou então quantidades minúsculas que ela sabia que não lhe fariam mal. Certo?

— Eu estava especulando, Sr. Molto. Isso é apenas uma possibilidade.

— E nos disse que não a viu comer ou beber nada daquilo. Certo?

— Não que eu me lembre.

— E, juiz, se sua esposa não comeu ou bebeu nada que continha tiramina, então ela não poderia ter morrido acidentalmente de uma reação da fenelzina. Correto?

— Protesto — diz Stern de seu lugar. — Ele está pedindo à testemunha a opinião de um especialista.

O juiz Yee ergue a vista para pensar e confirma o protesto. Isso, porém, não importa. Meu pai encurralou a si mesmo e, como resultado, foi atingido com força. Tommy está fazendo um ótimo serviço em repisar os pequenos pedaços de provas que têm me importunado o tempo todo. Enquanto folheia suas anotações, o procurador de justiça deixa que penetre bem o que realizou.

— Bem, juiz, um motivo pelo qual estamos tendo esta discussão sobre o que sua esposa pode ter comido e bebido é porque o exame do conteúdo do estômago dela não responde a essa pergunta. Certo?

— Concordo, Sr. Molto. O conteúdo gástrico não foi esclarecedor.

— Não mostrou se ela comeu queijo ou carne. Certo?

— É verdade.

— Mas normalmente, juiz, se a necropsia tivesse sido feita nas primeiras 24 horas após sua morte, nós poderíamos ter tido uma melhor ideia do que ela comeu na noite anterior, não?

— Eu ouvi o testemunho do legista, Sr. Molto, e você sabe que nosso especialista, o Dr. Weicker de Los Angeles, discorda, principalmente no que se refere à velocidade com que salame ou arenque teriam sido corroídos pelos sucos gástricos.

— Mas você e eu, juiz, e os especialistas podemos concordar nisso, não? As 24 horas em que ficou sentado ao lado do corpo de sua esposa, sem notificar a ninguém de sua morte... essa demora tornou mais difícil identificar o que ela comeu.

Meu pai espera. Pelo modo como seus olhos se movimentam, sabe-se que ele tenta imaginar uma saída.

— Sim, tornou mais difícil.

Com essa questão, também os jurados registram que Tommy está se saindo bem.

— Agora, vamos voltar ao que disse apenas um momento atrás, juiz. Você disse que sua esposa ficou emocionada naquela noite por ver seu filho com a namorada dele.

— Eu disse.

— Ela parecia feliz?

— "Feliz" é um termo relativo, Sr. Molto, quando falamos de Barbara. Ela parecia muito satisfeita.

— Mas você disse à polícia, não disse, juiz, que sua esposa não parecia clinicamente depressiva no jantar nem nos dias anteriores? Foi isso o que disse?

— Eu lhes disse isso.

— E era verdade?

— Foi minha impressão, na ocasião.

— E a fenelzina, juiz... você ouviu o testemunho do Dr. Vollman de que ela se referia a esse medicamento como bomba atômica, para ser usada nos seus momentos mais sombrios.

— Eu ouvi isso.

— E, após 35 anos com sua esposa, juiz, você acha que era um bom aferidor de seus humores?

— Muito frequentemente, suas depressões mais sérias eram óbvias. Mas posso me recordar de ocasiões quando interpretei de forma totalmente errada seu estado mental.

— Mas novamente, juiz, aceitando o fato de que a fenelzina era reservada para seus dias mais sombrios, você não notou qualquer sinal naquela noite, enquanto vocês quatro jantavam, de que ela estava nesse estado, notou?

— Não notei.

— Nem nos dias anteriores?

— É verdade.

Eu já testemunhei sobre a mesma coisa. Recordando aquela noite, francamente, eu diria que minha mãe estava "pra cima". Ela parecia antecipar coisas agradáveis.

— Então, juiz, baseado no que observou e relatou à polícia... baseado nisso, juiz, não havia motivo para sua esposa estar tomando uma dose diária de fenelzina.

— Novamente, Sr. Molto, eu nunca achei que minhas avaliações de seu estado fossem perfeitas.

— Mas quando apanhou a fenelzina, três dias antes, perguntou se ela se sentia deprimida?

— Não me recordo de tal conversa.

— Mesmo tendo apanhado a bomba atômica para ela?

— Era mecânico, Sr. Molto. Eu levava para casa os remédios receitados. Colocava-os na prateleira.

— E, mesmo tendo visitado sites na internet e buscado informações sobre o medicamento no fim de setembro, está dizendo que não notava o que apanhava?

— Protesto — disse Stern. — Perguntado e respondido. O juiz já testemunhou sobre o que recorda dessas buscas.

A pausa, no mínimo, perturba o ritmo de Tommy, e é por isso que Stern peleja para se pôr de pé. Mas todo mundo ali sabe que Tommy está dando uma surra no meu pai. Isso não faz sentido. É a estratégia da pergunta longa e resposta curta. Meu pai pode querer fazer a seu modo. Talvez tenha perdido a disposição. Houve ocasiões, principalmente quando minha mãe estava com raiva, que você só percebia quando a raiva aflorava. E, como eu mesmo fui várias vezes à farmácia quando morava com meus pais, posso tomar partido dele sobre o fato de não notar quais, das dezenas de remédios que ela tomava, estavam sendo apanhados. Mas as buscas na internet — isso é arrasador. A melhor coisa a dizer, e creio que é o que Stern fará, nos seus argumentos finais, é que seria muito estranho um juiz e ex-promotor elaborar cuidadosamente um plano e usar o próprio computador desse modo. A isso, na refutação, Tommy responderá com o óbvio: ele não planejava ser apanhado, ele planejava tudo para parecer morte por causas naturais.

Mas tudo isso depende da disparatada epistemologia da sala de julgamento, onde os milhões de detalhes diários de uma vida subitamente são alçados a prova de crime. A verdade é que meu pai, como quase todo mundo, ao ter notado a fenelzina, deu uma navegada por aqueles sites, três dias antes, só para se lembrar de que era de fato uma bomba atômica e então deixou o barco correr, principalmente por causa do tipo de casamento que tinham meus pais. Havia oceanos de coisas na casa de meus pais que permaneciam não ditas — o ar ali sempre parecia repleto de coisas lutando para não serem ditas. E minha mãe jamais gostou de ser questionada sobre seus medicamentos. Eu a ouvi dizer um milhão de vezes que podia cuidar de si mesma.

O juiz Yee indefere o protesto e meu pai repete placidamente que vasculhou sua memória e não se recorda de ter visitado esses sites. A resposta irrita Tommy.

— Quem mais morava em sua casa, juiz, em fins de setembro de 2008?

— Minha mulher e eu.

— Está dizendo que sua esposa pesquisou fenelzina em seu computador?

— É uma possibilidade, se tinha alguma dúvida.

— Ela tinha computador?

— Tinha.

— Ela usava rotineiramente seu computador?

— Não rotineiramente. E não por muito tempo. Mas meu computador ficava bem do lado de fora de nosso quarto, por isso ocasionalmente ela me avisava e o usava por um instante.

Eu nunca soube disso, mas, com minha mãe, era possível. Mais provavelmente, ela talvez preferisse ter um computador preso aos quadris. Tommy provou ser verdadeira esta máxima: se melhorar, estraga. A última série de perguntas pareceu ajudar meu pai, e Tommy, que não tinha em especial um rosto de jogador de pôquer, pareceu perceber, franzindo a testa para si mesmo, enquanto caminhava por ali. Não é difícil perceber por que Tommy tem sido bem-sucedido como advogado de tribunal. Ele é sincero. Talvez mal orientado. Mas ele se entrega como alguém que não tem nada escondido nas mangas.

— Para esclarecer, juiz, você concorda que sua esposa não morreu acidentalmente?

Como meu pai instruiu Stern para ser sincero comigo em relação às provas, eu soube antecipadamente sobre quase tudo que ouvi no tribunal. Meu pai não queria que eu fosse apanhado de surpresa. E eu repisava tudo, conversava a respeito com Anna, quando ela estava disposta a ouvir, e, de vez em quando, até mesmo fazia algumas anotações. Mas imaginar seu pai matando sua mãe é bem pior do que imaginar os dois fazendo sexo. Uma parte do seu cérebro é tipo "Sem essa, cara". Portanto, nunca vi claramente como essas coisas se acumulavam ao recuar no tempo. Se minha mãe não morreu acidentalmente, então ela provavelmente não estava tomando fenelzina todos os dias. E, se não estava tomando fenelzina todos os dias, ela não tinha motivo para renovar a prescrição médica. Significa — ou parece significar — que foi meu pai quem quis os comprimidos. E só há um motivo concebível para isso.

— Sr. Molto, novamente, não sou patologista ou toxicologista. Eu tenho minhas teorias, você tem as suas. Tudo que sei com certeza é que a sua teoria está errada. Eu não a matei.

— Então continua dizendo que pode ter sido um acidente?

— Os especialistas dizem que pode ter sido.

— Mas se sua esposa estivesse tomando um comprimido por dia, isso significaria que ela manejou o frasco de remédio em quatro ocasiões diferentes, certo?

— É o que significaria.

— Entretanto, juiz, sua esposa não deixou impressões digitais no frasco, isso é correto?

— Isso foi o que o Dr. Dickerman disse.

— Bem, juiz, foram retirados e inventariados pelo policial Krilic 21 frascos de comprimidos do armário de remédios de sua esposa.

— Assim ele testemunhou.

— E, de acordo com o Dr. Dickerman, as impressões digitais de sua esposa aparecem em 17 desses frascos. E, em dois outros, há impressões manchadas incapazes de serem identificadas positivamente, embora ele tenha encontrado pontos de comparação em cada uma delas que combinam com as de sua esposa. É verdade?

— É desse modo que me lembro do testemunho dele.

— Juiz, quantas vezes atuou, como promotor num julgamento e num tribunal de recursos, em casos nos quais impressões digitais foram apresentadas como prova?

— Certamente em centenas. Provavelmente mais.

— E também é razoável dizer que, ao longo dos anos, aprendeu bastante sobre impressões digitais?

— Não podemos avaliar quanto, mas, sim, aprendi bastante.

— Há 35 anos, você tem sido convocado, numa posição ou noutra, para julgar sobre a qualidade ou sobre as falhas nas provas envolvendo impressões digitais. Certo?

— É verdade.

— Podemos chamá-lo de especialista?

— Não sou um especialista como o Dr. Dickerman.

— Ninguém é — afirma Tommy.

— Então pergunte a ele — diz meu pai.

Isso poderia parecer um comentário agressivo, mas os jurados viram Dickerman ali em cima e vários deles riem alto. Aliás, a gargalhada contaminou a sala. Até mesmo o juiz Yee solta uma rápida risadinha. Tommy também acha o comentário divertido. Ele sacode um dedo na direção de meu pai, em admiração.

— Mas sabe, juiz, que, caracteristicamente, algumas pessoas deixam impressões digitais numa superfície do tipo desses frascos de remédios, não?

— Eu sei, Sr. Molto, que isso depende basicamente do quanto as mãos da pessoa suam. Algumas suam mais do que outras. Mas a quantidade de suor que uma pessoa produz varia.

— Bem, você concorda que alguém que deixou impressões em 19... ou mesmo em 17 outros frascos... você concorda que seria incomum essa pessoa manipular esse frasco de fenelzina quatro vezes — agora Tommy ergue novamente o frasco em questão, no envelope de plástico, lacrado com fita de prova — e não deixar impressões digitais?

— Não posso dizer com certeza, Sr. Molto. E, francamente, também não me lembro de ter ouvido o Dr. Dickerman dizer isso.

No banco das testemunhas, Dickerman forneceu a Jim Brand, que o interrogou, menos do que este esperava nessa questão. De volta ao escritório, Stern e meu pai disseram que isso acontecia repetidamente com Dickerman. Ele tinha como prova de sua superioridade o fato de ser imprevisível.

— A propósito, o Dr. Dickerman é seu amigo? — pergunta Tommy.

— Eu diria que sim. Do mesmo modo que é seu amigo. Nós dois o conhecemos há muito tempo.

Tentando insinuar que Dickerman poderia estar pendendo seu testemunho na direção de meu pai, Tommy trata logo de encerrar esse assunto:

— Bem, sejamos claros, juiz. Há apenas dois frascos no armário de remédios de sua esposa nos quais podemos afirmar sem dúvida que as impressões digitais dela não aparecem. É verdade?

— Aparentemente.

— E um dos frascos é de um sonífero que você apanhou um dia antes de ela morrer, não?

— Sim.

— E esse frasco está cheio, certo?

— Certo.

— Pois bem, deixando de lado o frasco sem abrir de pílulas para dormir, o único frasco no armário de sua falecida esposa no qual os especialistas podem dizer com certeza que as impressões dela não estão presentes, juiz... o único recipiente é o frasco de fenelzina, correto?

— Não há impressões identificáveis de Barbara no frasco de fenelzina e, como você destacou, em três outros.

— Peço remoção dos autos — diz Tommy, o que significa que ele acha que meu pai não respondeu à pergunta.

O juiz pede que sejam lidas a pergunta e a resposta.

— A pergunta permanece — diz Yee —, mas, juiz, um único frasco aberto e especialistas dizer com certeza, nenhum sinal de impressões digitais de sua esposa. Sim?

— É bastante justo, meritíssimo.

— Certo. — Yee gesticula com a cabeça para Tommy prosseguir.

— Mas no frasco de fenelzina... nesse frasco, as únicas impressões que aparecem, juiz, são suas, certo?

— Minhas impressões estão nesse frasco e em outros sete, inclusive o das pílulas para dormir que estava fechado.

— Peço remoção dos autos — diz Tommy novamente.

— Concedido — diz Yee, um tanto sombriamente.

Ele deu a meu pai uma chance de não sacanear e ele não aproveitou.

— Até agora, pelas impressões digitais, podemos afirmar que você foi a única pessoa que manipulou a fenelzina.

Já castigado pelo juiz, meu pai responde mais cautelosamente:

— Levando-se em conta apenas as impressões digitais, isso é verdade, Sr. Molto.

— Muito bem — diz Tommy.

Só depois de ter falado é que ele parece se dar conta de que deu a impressão de estar imitando Stern. Um dos jurados, um negro de meia-idade, nota isso e sorri. Ele parece adorar o que Tommy está fazendo. Tommy está de volta à mesa da acusação, folheando seu bloco de anotações, um sinal de que está novamente mudando de assunto.

— Boa ocasião para intervalo? — pergunta o juiz.

Tommy concorda com a cabeça. O juiz bate o martelo e anuncia um recesso de cinco minutos. Os espectadores se levantam e o burburinho começa imediatamente. Há décadas que meu pai é um figurão em Kindle County, principalmente para o tipo de multidão que quer vir e assistir ao julgamento. Chame isso do que quiser, sede de sangue ou curiosidade mórbida, mas muitos deles estão aqui para ver um poderoso cair, reconfirmar que o poder corrompe e que, no fundo, passa-se melhor sem ele. Não sei se há alguém, além de mim, sentado aqui que ainda tenha esperança na inocência de meu pai.

Capítulo 26

NAT, 22 DE JUNHO DE 2009

Enquanto uma testemunha está no banco, ninguém tem permissão de falar com ela sobre seu depoimento, inclusive seus advogados. Da mesa, Stern e Marta gesticulam com a cabeça para meu pai, e Stern faz um ligeiro movimento com o punho para lhe dizer que aguente firme, mas nenhum dos dois se aproxima dele. Eu me sinto mal a respeito disso. Está muito próximo da realidade do que seria vê-lo evitado por todos na sala, portanto me levanto apenas para perguntar se ele quer outro copo com água. Ele responde com outro indiferente dar de ombros.

— Você está bem? — pergunto.

— Sangrando, mas ainda de pé. Ele está me dando uma baita surra.

Não devo responder a isso, mas, de qualquer modo, como poderia? Digo a mesma coisa idiota que ele costumava gritar para mim das arquibancadas, quando meu time mirim de beisebol perdia de 12 a zero no primeiro turno.

— Ainda tem muita coisa pela frente — digo.

— Tanto faz. — Sorri um pouco. Ele se tornou rigidamente fatalista nos últimos meses e isso me deixa apavorado. Seja meu pai quem for, ele nunca mais será o mesmo, ainda que Zeus lançasse um raio que o libertasse neste exato momento. Jamais voltará a ser plugado totalmente de volta à vida. Coloca a mão no meu ombro por um segundo e anuncia: — Vou ao banheiro.

Nossa conversa é característica do passado recente. Não parei exatamente de falar com meu pai. Digo-lhe apenas coisas sem importância, mesmo comparando com as conversas formais que tínhamos antes. Tenho certeza de que ele notou, mas não é como se a lei realmente nos deixasse qualquer escolha. Sou testemunha no caso e não posso lhe falar sobre as provas ou sobre o modo como se desenrola o julgamento e, nesse ponto, ele realmente não parece pensar em qualquer outra coisa, não que eu tampouco pensasse. O silêncio me satisfaz bem. Não sei se meu pai é ou não culpado. Há uma grande parte de mim que jamais aceitará se ele for. Mas sei, com uma intuição rígida como pedra, que a morte de minha mãe teve alguma ligação com o caso extraconjugal de meu pai. Anna, que não gosta de se demorar em discussões sobre esse assunto, perguntou-me mais de uma vez que motivos tenho para pensar isso. A curta resposta é que eu conhecia minha mãe. De qualquer modo, no fundo, acredito que meu pai quer saber realmente uma coisa de mim, que é o que acho dele e, mais especificamente, se ainda o amo. Às vezes, sinto que deveria lhe entregar um recado num post-it: "Eu lhe direi quando descobrir isso."

Entender meu pai sempre foi uma barra. Comigo, ele parece gostar de ser o homem misterioso, uma rotina com a qual me importei menos e menos à medida que envelhecia. Eu o conheço, naturalmente, da maneira como as crianças conhecem seus pais, que é parecido com o modo como alguém conhece um furacão quando está no meio dele. Conheço todos os seus hábitos desagradáveis — o modo como ele é capaz de divagar no meio de uma conversa, como se o que cruzou sua mente fosse mais importante do que qualquer pessoa no aposento; ou como fica sentado, em silêncio, quando alguém fala algo um pouquinho pessoal, mesmo se for uma coisa do tipo como seus pés comicham em meias de lã; ou o ar de presunção que ele sempre adota na minha presença, como se ser meu pai fosse uma responsabilidade igual à de carregar as senhas de todas as bombas nucleares dos Estados Unidos. Mas o julgamento, as acusações, o caso extraconjugal, tudo serviu para enfatizar o fato de que, nos termos dele, não conheço meu pai.

Enquanto tento juntar essas peças, oscilo entre extremos. Às vezes fico temeroso de que uma aflição interminável, que deixou meu pai como uma espécie de zumbi alquebrado, vai matá-lo e que, com isso, perderei um segundo ascendente em um ano. Em outras ocasiões, fico tão fulo de raiva que sinto que ele merece tudo que está acontecendo. Mas, na maior parte, fico apenas zangado por causa dos muitos momentos nos quais não tenho certeza se um pé vai na frente do outro, ou se os carros que seguem pela rua continuarão grudados à terra, pois tanta coisa tem mudado tão repentinamente que não sei no que acreditar.

— Apenas mais dois assuntos, juiz — diz Tommy, quando retomam.

— Como quiser, Sr. Molto.

Meu pai faz um trabalho um pouco melhor em parecer que, com ele, está tudo bem.

— Muito bem, juiz, agora me diga isto: você era feliz em seu casamento com a Sra. Sabich?

— Era como muitos casamentos, Sr. Molto. Tínhamos nossos altos e baixos.

— E, por ocasião da morte da sua esposa, juiz, o casamento estava bem ou mal?

— Nós nos dávamos bem, Sr. Molto, mas eu não era especialmente feliz.

— E, por se darem bem, quer dizer que não havia brigas conjugais?

— Eu não diria que não havia nenhuma, Sr. Molto, mas certamente, naquela semana, não houve qualquer grande explosão.

— Mas nos disse que era infeliz. Algum motivo em particular para isso, juiz?

Meu pai demora algum tempo. Sei que está avaliando o fato de eu estar sentado a 10 metros de distância.

— Era um acúmulo de coisas, Sr. Molto.

— Por exemplo?

— Bem, uma coisa, Sr. Molto, era que minha mulher odiava realmente minha campanha. Ela se sentia exposta de um modo que eu achava que não era inteiramente realista.

— Ela agia loucamente?

— Num sentido coloquial.

— E estava farto disso?

— Estava.

— E foi essa uma das coisas que o levaram a consultar Dana Mann três semanas antes de sua esposa morrer?

— Suponho que sim.

— É verdade, juiz, que pensava em terminar seu casamento?

— É.

— Não pela primeira vez.

— Não.

— Você esteve com o Sr. Mann em julho de 2007?

É uma dança delicada para ambos os lados. As conversas de meu pai com o Mann estão protegidas pela prerrogativa de sigilo profissional. Enquanto meu pai se mantiver fora de qualquer discussão sobre o que ele disse a Mann, Tommy não pode perguntar, pois forçar meu pai ou Stern a reivindicar a prerrogativa diante do júri arriscaria anular o julgamento. Mas meu pai também precisa ser cuidadoso. Se ele mentisse sobre o que disse a Mann, ou mesmo criasse propositalmente uma impressão ilusória nesse sentido, a lei poderia obrigar Mann a comparecer perante o tribunal para corrigi-lo. Ficou bastante claro, quando Mann testemunhou para a acusação, que, basicamente, ele morre de medo de Tommy e de Jim Brand e da situação toda, embora não tivesse passado mais do que cinco minutos ali em cima. Ele confirmou dois encontros com meu pai e identificou as contas que enviou no fim de setembro e em julho do ano anterior e os cheques administrativos que meu pai enviou como pagamento.

— E, de fato, juiz, sua conversa com o Sr. Mann, no verão de 2007... isso ocorreu não muito tempo após perguntar ao Sr. Harnason qual a sensação de se envenenar alguém, certo?

— Alguns meses antes ou depois.

— E o que aconteceu então, juiz? Por que não foi em frente para terminar seu casamento?

— Eu estava pesando minhas opções, Sr. Molto. Aceitei o conselho do Sr. Mann e decidi não me divorciar.

A dedução a partir de todas as provas que os jurados não ouviram, as coisas que Stern e Marta me mostraram — os exames de DST e os depoimentos das testemunhas sobre meu pai espreitando em vários hotéis —, é que, em vez de se divorciar, ele recuperou sua sanidade, terminou com o caso extraconjugal e ficou com minha mãe. Nunca cheguei perto de meu pai para perguntar se foi isso mesmo. A única conversa que tivemos sobre o assunto foi tudo que consegui absorver. A parte esquisita é que nunca acreditei que meus pais tinham um casamento maravilhoso ou que eram especialmente felizes um com o outro e pelo menos uma vez por ano eu achava que iam desistir de tudo. Mas isso — meu pai transar com uma mulher de 30 e poucos anos, sorrateiramente, no meio da tarde? Doentio.

— Bem, você voltou a se consultar com o Sr. Mann na primeira semana de setembro de 2008.

— Sim.

— E envenenar sua esposa estava entre as opções em sua cabeça, na ocasião, do mesmo modo como tinha estado, quando falou com o Sr. Harnason perto da sua primeira consulta com Mann?

Vejo Marta cutucar o braço do pai dela, mas Stern não se mexe. Acho que a pergunta é obviamente argumentativa e, portanto, não merece um protesto. Ao me preparar emocionalmente para ver meu pai ali em cima, Marta explicara que, como juiz, meu pai pareceria melhor defendendo-se no tribunal sem seu advogado tentar dar duro para protegê-lo. E é isso que meu pai faz agora. Ele faz uma cara de surpresa e fala para Tommy:

— Claro que não.

— Estava mais determinado a terminar seu casamento nessa ocasião, quando foi ver o Mann em setembro de 2008?

— Não sei, Sr. Molto. Eu estava confuso. Barbara e eu já estávamos juntos havia tanto tempo...

— Mas admite que já havia recebido orientação do Sr. Mann em julho de 2007?

— Sim.

— Então, juiz, é uma conclusão razoável que tenha voltado porque estava pronto para prosseguir com a orientação e terminar o casamento.

Tommy prossegue com a exatidão de um patinador no gelo, evitando a verdadeira questão sobre o que meu pai perguntara a Mann.

— Suponho, Sr. Molto, que, por um breve período, estive mais determinado a terminar meu casamento. Depois me acalmei e reavaliei.

— Não foi o fato de estar no auge de sua campanha para a Suprema Corte que fez você hesitar, não?

— Eu certamente não teria pedido divórcio antes de 4 de novembro.

— Teria pegado mal, não é mesmo?

— Eu estava muito mais preocupado com o fato de virar notícia, se fizesse isso na ocasião, algo que, após a eleição, não teria importância para ninguém além de minha família.

— Mas concorda, não é, juiz, que alguns eleitores não ficariam contentes em saber que tinha terminado seu casamento?

— Imagino que isso seja verdade.

— Ao passo que poderia esperar que eles fossem solidários se, de repente, ficasse viúvo?

Meu pai não responde. Apenas encolhe os ombros e arremessa a mão para cima.

— Contou à sua esposa, juiz, que pensava em terminar o casamento?

— Não, não contei.

— Porque...

— Porque eu estava indeciso. Porque meu ânimo mudou novamente, depois que me encontrei com o Sr. Mann. E porque minha mulher estava instável. Ela poderia ficar muito, muito zangada. Não valia a pena discutir isso antes de eu ter tomado uma decisão final.

— Quer dizer então, juiz, que não ficou ansioso por conversar isso com ela?

— De modo algum. Teria sido extremamente desagradável.

— Então podemos afirmar, não é mesmo, juiz, que o fato de sua esposa ter morrido naquela ocasião parece que o poupou de enfrentá-la e também aos eleitores?

Meu pai faz a mesma cara, meio assustada, meio franzida, como se tudo isso fosse estúpido demais, tentando parecer indiferente à armadilha para dentro da qual vagueava.

— Pode dizer o que quiser, Sr. Molto.

— Levando-se tudo em conta, foi uma ocasião bem conveniente para a Sra. Sabich morrer, não foi?

— Protesto — diz Stern com vigor.

— Já chega — diz baixinho o juiz Yee. — Hora de outro assunto.

— Muito bem — diz novamente Tommy, mais deliberadamente do que a última vez, e caminha de volta até suas anotações. Ele se pavoneia apenas um pouquinho, sabe que está jogando um bolão. — Vamos falar um pouco mais sobre seu computador.

Na noite em que meu pai soube que seria indiciado — 4 de novembro de 2008, uma data que provavelmente jamais esquecerei, o dia em que sua carreira jurídica supostamente atingiu o ápice —, a Força Policial Unificada de Kindle County vasculhou nossa casa em Nearing. A polícia levou os dois computadores da casa e, claramente à procura de vestígios de fenelzina, levou todas as roupas de meu pai e cada utensílio da cozinha — cada prato, cada copo, cada garrafa aberta ou recipiente na geladeira ou nos armários — e todas as ferramentas do meu pai. Mesmo depois disso não sossegaram. Durante a busca inicial, eles haviam descoberto um remendo no concreto do porão que meu pai fizera alguns meses antes — meus pais viviam lutando contra infiltrações — e os tiras voltaram e abriram as paredes com britadeiras. Depois voltaram com um mandado e destruíram o quintal, porque um dos vizinhos disse que tinha certeza de que meu pai andara cavando por ali por volta da época em que minha mãe morrera. Ele plantara aquele rododendro para ela no dia em que nós quatro jantamos. Além do mais, os promotores não foram apenas uns idiotas em pilhar a casa, como também se recusaram a liberar qualquer coisa que haviam confiscado, o que significou que meu pai, durante meses, basicamente não teve roupas, ficou sem um computador pessoal e sem uma só panela na cozinha.

O computador, em particular, foi um caso de guerra, pois meu pai, que trabalhava muito à noite, baixava regularmente documentos do tribunal para o PC de casa. Havia nele dezenas e dezenas de rascunhos de pareceres, muitos envolvendo recursos nos quais a Promotoria de Kindle County era uma das partes, como também uma porção de memorandos revelando o processo de trabalho do Tribunal de Recursos, nos quais os juízes são apanhados tipo com as calças nas mãos e trocam sinceras opiniões sobre advogados, argumentações e, ocasionalmente, um sobre o outro. Os desembargadores ficaram loucos quando souberam que isso tinha caído nas mãos dos promotores.

George Mason, que se tornou o presidente em exercício, não queria que o Tribunal de Recursos fosse visto como protetor de meu pai, mas ele teria ido ao Tribunal de Justiça para acalmar os colegas se não tivesse sido por uma virada que eu não deixei de achar divertida: não havia juiz para decidir a disputa. Todos do Tribunal de Justiça tinham se recusado a julgar o caso do meu pai, e, até mesmo quando um juiz era indicado, não adiantava o perdedor recorrer, tendo em vista que o próprio Tribunal de Recursos era uma das partes. Finalmente, Tommy concordou com Mason que a Promotoria faria uma cópia exata do HD, depois examinaria o disco sob a supervisão de Mason ou de alguém que ele indicasse, para que nenhum documento interno do tribunal fosse visto. Fizeram o mesmo acordo sobre o computador que se encontrava no gabinete do meu pai.

Após o PC do meu pai ter sido analisado, o computador de casa foi entregue ao juiz Mason, e ambas as máquinas, de casa e do tribunal, permaneceram, lado a lado, no gabinete dele, durante o mês que decorreu até o juiz Yee ser indicado. Durante esse período, meu pai teve permissão de retirar do HD o que precisava para terminar os votos pendentes ou manter sua pauta de trabalho, mas apenas quando Mason ou alguém indicado por ele pudesse presenciar isso e fazer um registro exato de cada digitação. Meu pai foi até lá uma vez e achou humilhante demais seu retorno ao reino que ele costumava comandar para repetir a dose sob essas condições. Depois disso, os promotores concordaram que cópias posteriores dos PCs poderiam ser feitas por emissários aprovados pelo juiz Mason e a Promotoria, que acabaram sendo eu ou, por sugestão do juiz Mason, Anna, a quem ele conhecia e em quem confiava como ex-assessora de meu pai e, em menor grau, uma entendida em tecnologia. Assim que foi indicado, Yee tomou partido dos promotores e ordenou que ambos os computadores fossem devolvidos a eles. O computador do escritório doméstico do meu pai nada tinha de valor — assim como o de minha mãe. O PC de trabalho de meu pai, porém, foi uma espécie de mina de ouro para os promotores, e eles o levavam todos os dias para o tribunal envolto na mesma embalagem a vácuo de filme de poliéster rosado no qual permaneceu desde que o especialista deles, o Dr. Gorvetich, foi ao Tribunal de Recursos para apanhá-lo, em dezembro.

— Bem, na véspera da morte de sua esposa, juiz, você deletou vários e-mails em seu PC de casa, não foi?

— Eu não fiz isso, Sr. Molto.

— Está bem — diz Tommy. Ele faz um gesto com a cabeça, como se esperasse a negativa, e caminha um pouco, com o ar severo de um pai prestes a dar uma surra. — O seu provedor de internet é o ClearCast, certo?

— Sim.

— Bem, só para saber se estamos sintonizados no mesmo canal, quando alguém lhe envia um e-mail, este, na verdade, vai para o servidor ClearCast e então você o baixa para o seu PC de casa pelo seu programa de e-mail, correto?

— Eu não sou entendido em computador, Sr. Molto, mas isso me parece correto.

— E, voltando ao depoimento do Dr. Gorvetich, você providenciou para que os e-mails em sua conta no ClearCast fossem apagados do servidor após trinta dias, correto?

— Sem querer dificultar, Sr. Molto, mas era minha mulher quem lidava com esse tipo de coisa. Ela era Ph.D. em matemática e conhecia muito, muito mais sobre computadores do que eu.

— Mas podemos concordar, juiz, que, ao contrário do seu computador do tribunal, você baixava os e-mails do servidor ClearCast para seu programa em casa.

— Se entendo o que está dizendo, refere-se a que, quando eu estava no trabalho, ia no site do ClearCast para checar meus e-mails pessoais, mas, em casa, esses e-mails iam direto para o programa de e-mail do meu PC e ficavam armazenados ali.

— É exatamente o que estou dizendo. E, após trinta dias, esse era o único lugar onde esses e-mails permaneciam, certo?

— Terei de aceitar sua palavra. Mas me parece correto.

— Bem, você, rotineiramente, deletava os e-mails em seu PC de casa?

— Não. Às vezes, eu enviava documentos do tribunal para a minha conta pessoal e, como nunca sabia do que poderia precisar, eu simplesmente deixava que os e-mails se acumulassem.

— E, a propósito, juiz. Você nos disse antes que sua esposa às vezes usava o seu PC.

— Eu disse que às vezes ela usava para breves buscas na internet, porque ficava do lado de fora do nosso quarto.

— O Sr. Brand me lembrou, durante o recesso. Não havia uma porção de informação confidencial do Tribunal de Recursos no seu PC?

— Havia. Era por isso que tínhamos dois computadores em nossa casa, Sr. Molto. Barbara sabia que não deveria olhar meus documentos e e-mails. E não olhava quando fazia uma rápida busca na internet.

— Entendo — diz Tommy. Ele mostra o mesmo sorrisinho convencido que sempre aparecia quando achava a explicação de meu pai certinha demais. — Bem, você ouviu o Dr. Gorvetich testemunhar que, após periciar seu PC, ele concluiu que várias mensagens haviam sido deletadas de seu e-mail pessoal e que, baseado em datas do arquivo, isso foi feito na véspera da morte de sua esposa. Você ouviu isso?

— Ouvi.

— E, aliás, ele diz que eles não foram simplesmente deletados, mas um software fragmentador chamado Evidence Eraser foi baixado e usado para executar a tarefa, de modo a impedir qualquer reconstrução pericial do que havia em seu computador. Você ouviu isso?

— Sim.

— E nega ter feito isso?

— Nego.

— E quem mais vivia na casa com você, juiz?

— Minha mulher.

— Mas disse que sua mulher e você tinham um acordo e que ela nem chegaria perto de seus e-mails.

— É verdade.

— Seu testemunho não faz muito sentido, juiz, faz?

— Sr. Molto, francamente, nada disso faz sentido. Você disse que eu, cuidadosamente, fragmentei os e-mails em meu computador para que não pudessem ser reconstruídos e que, ao mesmo tempo, não me preocupei em apagar minhas buscas sobre a fenelzina, sem mencionar que, descuidadamente, deixei minhas impressões digitais no frasco com as pílulas. Portanto, concordo, Sr. Molto, tudo isso parece ridículo.

Isso não pode ser classificado como uma explosão, pois meu pai despejou tudo isso com um tom de voz bastante paciente. E ele tem razão. As contradições nas teorias da acusação são animadoras. É a primeira vez que meu pai realmente arrasa Tommy, que o encara enquanto fala para o juiz Yee:

— Peço remoção dos autos, meritíssimo. O réu terá sua oportunidade nas alegações finais.

— Leia trecho, por favor — pede Yee à estenógrafa do tribunal.

Isso apenas torna a coisa pior para a acusação, pois o júri tem de ouvir novamente a pequena arenga de meu pai. E, no fim, Yee sacode a cabeça.

— Ele estava respondendo, Sr. Molto. Melhor não perguntar o que faz sentido. E, juiz — ele se dirige a meu pai com a mesma paciência e cortesia que tem demostrado o tempo todo —, por favor, sem discussões.

— Sinto muito, meritíssimo.

Yee sacode a cabeça para dispensar o pedido de desculpas.

— Boa resposta, pergunta ruim. Muitas perguntas boas, mas essa não.

— Concordo, meritíssimo — diz Tommy.

— Bem — diz o juiz —, estão todos felizes. — A frase, no meio de um julgamento de homicídio, atinge histericamente a todos na sala, e o juiz, que dizem ser um gozador em particular, é quem ri mais exageradamente. — Muito bem — diz ele, quando cessam as gargalhadas.

— Bem, juiz, havia e-mails em seu computador de casa que não queria que ninguém lesse? Isto é, antes de serem deletados?

— Como disse, havia muito material confidencial do tribunal.

— Refiro-me a material pessoal.

— Alguma coisa — diz meu pai.

— O quê, exatamente?

A primeira coisa que me vem à cabeça são suas mensagens para a mulher com quem ele estava transando. Elas também deviam estar ali, mas são claramente provas de uma outra fonte.

— Por exemplo, como foi testemunhado, o Sr. Mann confirmou minhas consultas por e-mail.

— E, juiz, para um melhor entendimento, os e-mails do Sr. Mann estavam no seu computador quando este foi confiscado?

— Eu sei, pelo testemunho, que não estavam.

— De fato, porque foi capaz de localizar as datas dessas mensagens, o Dr. Gorvetich foi capaz de determinar que o tal Evidence Eraser foi usado nelas.

— É o que ele alega.

— Você duvida dele?

— Penso que o nosso especialista questionará essa conclusão de que foi usado o software de fragmentação. Obviamente, a mensagem não estava lá.

— E você nega que a deletou?

— Não me lembro de ter deletado as mensagens do Sr. Mann, mas claramente eu teria um motivo para fazer isso. Sei que não baixei nenhum software de fragmentação ou o usei em qualquer momento em meu computador.

— Então, sem a utilização do Evidence Eraser, um investigador, analisando seus e-mails, poderia se dar conta de que você andara pensando em deixar sua esposa?

Percebo agora aonde Tommy está querendo chegar. Ele argumentará que meu pai empregava uma espécie de cinturão e suspensórios, higienizando seu computador para o caso de as autoridades reconhecerem o envenenamento por fenelzina. Mas, se as coisas chegarem a esse ponto, me parece que meu pai já estaria encrencado.

— Possivelmente.

— Possivelmente — repete Tommy. Novamente, caminha com afetação.

— Bem, juiz, no dia 29 de setembro, se entendi o que disse à polícia, acordou e encontrou sua esposa morta a seu lado. Correto?

— Sim.

— E até o dia seguinte, quase durante 24 horas, não telefonou realmente para ninguém. Isso é correto?

— É.

— Não chamou os paramédicos para ver se ela poderia ser reanimada?

— Ela já estava gelada ao toque, Sr. Molto. Não tinha pulso.

— Você mesmo fez o diagnóstico médico e não chamou os paramédicos. Certo?

— Sim.

— Não deixou que seu filho nem qualquer parente ou amigos de sua esposa soubessem que ela havia falecido. Certo?

— Não na ocasião.

— E, de acordo com o que disse à polícia, apenas ficou sentado ali, durante um dia inteiro, pensando em sua esposa e em seu casamento. Certo?

— Eu a ajeitei um pouco, para que parecesse melhor quando meu filho a visse. Mas, sim, a maior parte do tempo fiquei sentado ali, pensando.

— E, finalmente, praticamente um dia depois, ligou para seu filho?

— Sim.

— E, segundo ele testemunhou, quando falou para Nathaniel — tremo um pouco, ao ouvir meu nome sair da boca de Tommy —, você discutiu com ele se deveria chamar a polícia.

— Ele não chamou isso de discussão e nem eu chamaria. Não havia me ocorrido que a polícia deveria ser chamada e, francamente, naquela ocasião, eu não estava ansioso para que gente estranha entrasse em minha casa.

— Durante quantos anos foi promotor, juiz?

— Quinze.

— E está dizendo que não se deu conta de que a polícia deve ser chamada no caso de qualquer morte suspeita?

— Para mim, não era suspeita, Sr. Molto. Ela tinha pressão alta e sofria de problemas cardíacos. O pai dela morreu da mesma maneira.

— Mas não quis chamar a polícia?

— Eu estava confuso, Sr. Molto, sobre o que fazer. Nunca havia tido uma esposa morta.

Vem uma risadinha do júri, algo bastante surpreendente. As sobrancelhas de Stern estão franzidas. Ele não quer que meu pai banque o engraçadinho.

— Bem, você diz que sabia que sua esposa tinha problemas de saúde. Mas ela estava numa forma notável, não é mesmo?

— Estava sim. Mas ela malhava, porque geneticamente corria risco. O pai dela mal chegou aos 50 anos.

— Então você não apenas diagnosticou que sua esposa estava morta, sem qualquer ajuda qualificada, como também decidiu a causa da morte.

— Estou lhe dizendo o que pensei. Estou explicando por que pensei em não chamar a polícia.

— Isso, juiz, não foi para retardar uma necropsia?

— Não foi.

— Não foi para permitir que os sucos gástricos destruíssem qualquer vestígio das comidas que lhe deu e que interagiram com a fenelzina que colocou no vinho que ela tomou?

— Não foi.

— E você disse, juiz, que a ajeitou um pouco. Essa sua ajeitada incluiu a lavagem do cálice no qual dissolvera a fenelzina na noite anterior?

— Não.

— De quem temos a palavra, além da sua, de que não lavou o cálice que continha os vestígios do veneno que deu para sua esposa?

— A sua questão é que há apenas a minha palavra, Sr. Molto?

— De quem temos a palavra, juiz, de que não limpou o balcão onde esmagou a fenelzina ou o utensílio que usou para isso?

Meu pai não se preocupa em responder.

— De quem temos a palavra, juiz, de que não passou um período de 24 horas fazendo o melhor possível para ocultar cada pequeno detalhe que revelaria que envenenou sua esposa? De quem, juiz? De quem mais temos a palavra, além da sua?

Tommy chegou bem perto de meu pai e agora está a apenas poucos centímetros do banco das testemunhas, tentando olhá-lo diretamente nos olhos.

— Entendo, Sr. Molto. Apenas a minha palavra.

— Apenas a sua — diz Tommy, e encara meu pai um pouco mais antes de voltar para a mesa da acusação, onde ajeita suas anotações e volta a se sentar.

Capítulo 27

TOMMY, 22 DE JUNHO DE 2009

Sob a luz ferruginosa da sala do promotor público, onde parecia haver apenas dois períodos do dia, anoitecer e escuridão, vários membros da equipe de Tommy o esperavam, ansiosos para serem os primeiros a apertar a mão do chefe. Quando as portas metálicas do elevador se separaram, Jim Brand saiu à frente empurrando o veículo com o material do julgamento. O carrinho de tela de aço inoxidável, aberto na parte de cima, que parecia uma alongada cesta de compras, era usado todos os dias para levar, do tribunal para o outro lado da rua, os arquivos do julgamento e o computador da casa de Rusty. As duas mulheres que acompanhavam os promotores todos os dias no tribunal, a detetive Rory Gissling e a assistente Ruta Wisz, seguiam um passo atrás de Brand. Assim que todos entraram, rumorejantes, na porta de aço reforçada da repartição, explodiu uma salva de palmas de uma fileira de funcionários, muitos dos quais tinham estado nos bancos do tribunal durante o interrogatório. Aceitando apertos de mão e batidas de punhos, Tommy seguiu atrás do carrinho pelo corredor sombrio até o gabinete de canto do promotor. Era como uma das cenas daqueles velhos filmes sobre Roma, na qual os conquistadores entravam numa cidade murada atrás de uma carroça carregando os restos do antigo soberano.

Os promotores-assistentes gritavam piadas, comparando Rusty a picadinho.

— Ele girava como uma galinha num espeto, chefe.

— Bem-vindo ao sushi bar. O chef Tommy vai cortar e picar.

Até mesmo o juiz Yee fizera contato visual com Tommy, durante um segundo, quando eles se retiraram e se cumprimentaram respeitosamente com um gesto de cabeça. Verdade seja dita, Tommy estava um pouco desnorteado com toda aquela aclamação. Ele reconhecera, muito tempo antes, que era o tipo de homem que não se sentia realmente bem quando era bem-sucedido. Era outro de seus constrangedores pequenos segredos, temperado nos últimos anos pela concepção de que havia muito mais gente como ele do que se podia imaginar. Mas, quando as coisas iam realmente bem para Tommy Molto, ele geralmente se sentia culpado, convencido, bem lá no fundo, de que não merecia inteiramente. Até mesmo o amor de Dominga era algo de que ele às vezes se sentia indigno. Isso tudo era tão característico que, mesmo quando soube que estava causando sérios danos a Rusty, Tommy sentiu um pouco de preocupação começar a perturbá-lo.

Entretanto, com tudo isso dito, não havia como ignorar o fato de que ele tinha se saído muito bem. Mas ele não caía nessa de se dar muito crédito. Você podia se preparar e se preparar, mas um interrogatório era como andar na corda bamba e às vezes você acabava com bom equilíbrio, outra vezes caía de cabeça, mas grande parte disso tudo era simplesmente inalcançável. Até Rusty tentar ganhar pontos, ao dizer que não tinha visto Barbara ingerir os alimentos que obviamente a tinham matado, Tommy não se dera conta por completo do quanto era absurdo pensar que ela havia morrido por acidente. Esse fora um momento importante para ele, e houve mais alguns outros — mas ele também dera umas tacadas erradas, abrira demais a porta algumas vezes, o que sempre acontecia. Mas, no saldo, a análise racional da acusação soara como um toque de corneta na sala de julgamento.

Até mesmo a multidão de repórteres do lado de fora do tribunal finalmente pareceu impressionada. Tommy tinha alguns fãs incondicionais na imprensa. Ele costumava ficar tenso diante das câmeras, e a personalidade implacável que lhe caía perfeitamente num tribunal não combinava muito bem com jornalistas, que detestavam ser tratados como os adversários que geralmente eram. E, naqueles dias, com aquela multidão, Tommy, de qualquer modo, jogava com uma das mãos presa às costas.

Assim que Yee foi indicado, Stern arquivou uma moção lacrada sobre os resultados do DNA do primeiro julgamento. Decidindo no gabinete, sem acesso do público, Yee não apenas confiscou os resultados do DNA, como Tommy havia muito tempo previra, mas também requereu que a acusação identificasse qualquer um que estivesse a par deles e colocasse cada uma dessas pessoas sob ordem judicial para que não comentasse os resultados até o veredicto. Somou-se ao anúncio do juiz que haveria processos por desobediência se os resultados vazassem. Nesse meio-tempo, os jornais — sem dúvida incentivados por Stern — expunham todos os dias a teoria da vingança, recordando em detalhes o primeiro julgamento, enfatizando o modo pelo qual o caso desmoronara e mencionando frequentemente que, depois disso, Tommy fora investigado durante um ano antes de voltar ao trabalho. Tommy, que havia muito tempo deixara de esperar imparcialidade da imprensa americana, podia se arriscar a não responder, exceto para dizer que esse registro seria eliminado quando o caso chegasse ao fim. Mas, após sua atuação de hoje, principalmente quando os resultados do DNA se tornaram públicos, Tommy sabia que nenhum advogado ou jornalista diria alguma coisa, exceto que Jim Brand e ele haviam conduzido o caso para uma condenação.

Vários assistentes da Promotoria continuaram a abordá-los enquanto eles seguiam pelo corredor. Ao chegarem à sala de Tommy, porém, este permaneceu à sua porta como um anfitrião relutante. Permitiu apenas que sua equipe do julgamento se juntasse a ele. Aceitou mais alguns apertos de mão, depois bateu palmas várias vezes, para encorajar que todos voltassem ao trabalho. As pessoas em seu gabinete sabiam muito bem que não deveriam cantar vitória num julgamento ainda na metade, apesar do fato de muitas delas quererem festejar, suas caras sérias, na verdade, revelavam as próprias dúvidas sobre o caso, pois havia a questão de que tudo parecia muito melhor do que poderiam ter esperado. Muitos dos mais experientes advogados sabiam que ainda havia uma boa chance de não estarem ali tomando champanhe após o veredicto.

— Um 10 perfeito — disse Rory Gissling, quando Tommy voltou de um rápido telefonema para Dominga.

Ele ficara apenas um segundo ao telefone com sua esposa. Falante e às vezes bastante atrevido, Tomaso, hoje em dia, era um verdadeiro desafio para a mãe.

— Eu sei — respondeu Tommy, mas nada acrescentou por algum tempo.

Os quatro estavam em volta da grande escrivaninha de Tommy. Brand e ele tinham se livrado dos paletós e estavam com os pés em cima da propriedade pública.

Rory disse:

— Acho que Yee deveria ter deixado você falar da mulher.

— Yee não vai nos deixar falar dela — disse Tommy. — E acho que saquei por quê.

— Porque ele não quer o julgamento anulado — sugeriu Brand, empregando o constante refrão sempre que falavam sobre o juiz Yee.

— É porque ele sabe que não precisamos disso. Há 12 pessoas na sala do júri. Juntando todos, eles já viveram, digamos, pelo menos quinhentos anos. E qual é a primeira coisa que alguém diz quando ouve falar que um coroa está pensando em dispensar sua namoradinha da faculdade?

Rory deu uma risada. Ela entendera a questão.

— Ele deve estar tendo um caso.

— É exatamente o que metade das pessoas naquela sala vai dizer. E o que quer que as pessoas possam imaginar é provavelmente uma tonelada de vezes melhor do que alguma coisa que possamos provar.

Brand baixou os pés e se inclinou à frente.

— Então por que está preocupado?

Brand era a única pessoa ali que conhecia Tommy bem o bastante para perceber isso. Tommy levou um segundo para investigar seu íntimo, mas não conseguiu identificar a resposta.

— Sandy Stern é especialista em revide — disse. — Isso é fato.

Stern sempre entendera que um julgamento é uma guerra de expectativas, no qual ninguém consegue sempre controlar a disposição do tribunal. Sabia que podia sobreviver ao fato de os promotores terem tido um bom dia, até mesmo uma boa semana, contanto que ele pudesse voltar. Aliás, agora estava claro por que ele colocara seu cliente primeiro no banco de testemunhas. Porque, a partir dali, iria reconstruir a credibilidade de Rusty. Tommy desconfiava que Stern quisera que Rusty parecesse mau em alguns momentos, para que os jurados acabassem de algum modo envergonhados pelas suas dúvidas, quando algumas dessas fossem aplacadas. Havia muito tempo que Tommy deixara de competir em lances de xadrez com Stern num tribunal. Jamais superaria o jogo dele. Ele jogava o próprio jogo. Sempre em frente todos os dias.

— Tomem cuidado — disse Tommy. — Stern sempre sobrevive para lutar outro dia.

— Nós cuidaremos disso — garantiu Brand.

— Sim — concordou Tommy. — Mas você sabe que, daqui a duas semanas, o que o júri vai se recordar do dia de hoje é que ouviu Rusty dizer que não foi ele. E que ele até que não se saiu mal. Esteve calmo a maior parte do tempo. E não foi evasivo.

— Ele reagiu muito — disse Rory.

Ruta, a assistente, estava observando, mas não quis acrescentar nada. Era uma loura rechonchuda, 29 anos, prestes a ingressar na faculdade de direito, e sentia-se emocionada só de estar no gabinete do procurador de justiça ouvindo as conversas.

— Ele reagiu um pouco demais — afirmou Tommy. — Mas fez um bom trabalho. Um trabalho muito bom, tendo respondido tudo que teria que responder. Mas...

Tommy parou. Subitamente percebeu o que o estava perturbando. Ele espancara Rusty, mas o homem parecera obstinado. Não houvera um só minuto em que ele parecera ter matado alguém. Não que ele fosse dar essa impressão. Tommy nunca passara tanto tempo tentando entender exatamente o que havia de errado com Rusty, mas aquilo era algo profundo e complexo, algo como Dr. Jekyll e Mr. Hyde. Mas ele executara friamente seu número. Nenhum olhar inconstante. Nenhuma expressão de pesar. A razão estava do lado da acusação. Contudo, o conteúdo moral na sala de julgamento havia sido mais complexo. É verdade, havia uma lista insanamente longa de coisas que Rusty precisava fazer passar por coincidências — Harnason, as impressões digitais, a fenelzina que ele apanhara, ter ido comprar vinho e queijo, as buscas na internet sobre o medicamento. Mas, contra sua vontade, Tommy vivenciara um ou dois segundos de intensa frustração com o modo sereno com que Rusty explicara tudo aquilo. Rusty provavelmente merecia seu próprio capítulo no Manual de Estatística e Diagnóstico de Alienação Mental para definir sua psicopatologia, mas, após trinta anos como promotor, havia um detector de mentiras nas entranhas de Tommy no qual ele confiava mais do que no melhor dos operadores interpretando as meneantes agulhas do aparelho. E alguém entre os jurados, talvez a maioria deles, devia ter percebido a mesma coisa que Tommy. Mesmo se Rusty fosse a única pessoa na sala que acreditasse piamente nisso, ele tinha de algum modo se convencido de que não era culpado.

— Que tal culpar a esposa por buscar a fenelzina no Google no computador dele? — perguntou Brand. — Isso é loucura. É como se ela não soubesse nada sobre um remédio que tomava havia 12 anos.

— Ele deve ter acessado — disse Rory.

Tommy concordou.

— Deve mesmo. Senão, como ele explica ter saído para comprar na loja tudo que tinha uma chance de matá-la? E, se você lesse aquele site, teria que dizer: "Não, não, meu bem, nós vamos comer tortilhas com guacamole." Pelo menos falaria com ela a esse respeito.

— Mas ele a culpou também por ter fragmentado as mensagens — lembrou Brand.

Rory estava sacudindo a cabeça.

— Essa foi realmente sua única questão decente — disse ela. — Por que ele fragmentaria os e-mails mas não as informações sobre o que pesquisou na internet?

— Porque ele esqueceu, porra — disse Brand. — Porque estava se preparando para matar a esposa e isso torna alguém como ele um pouco nervoso e disperso. Esse é o mesmo argumento de merda que se ouve em todo caso. "Se sou um vigarista esperto, por que me pegaram?" Ou seja, foi ele. Além do mais, talvez ele não tenha tido tempo.

— Antes de quê? — perguntou Rory.

— Antes de ela atingir sua data de vencimento. Ele é um sacana doentio — disse Brand. — Obviamente, decidiu que deixaria a mamãe ver seu bebê uma última vez antes de enviá-la para o além. Ou seja, essa é a ideia doentia que o sacana faz de bondade.

Ouvindo distante a conversa, Tommy mergulhou um pouco mais dentro de si mesmo. Havia algo em Brand chamar Rusty de "sacana doentio" que o perturbava. Não era como se xingar Rusty fosse injustificado — o que mais se poderia dizer de um sujeito que elaboradamente planejara o assassinato de uma segunda mulher após se safar de ter matado a primeira? Mas a verdade era que, em toda aquela sala de julgamento, não havia ninguém que conhecesse Rusty Sabich tão completamente quanto o próprio Tommy. Nem o advogado do juiz — nem mesmo o filho de Rusty. Tommy o conhecera 35 anos antes, quando ainda estudava direito e trabalhava no caso Matuzek, o julgamento por corrupção ativa de um agente municipal, no qual Rusty era o terceiro assessor de Ray Horgan. Desde então, Tommy observara o homem de todos os ângulos — trabalhara na sala ao lado da dele, fora supervisionado por ele, observara Rusty como defensor, do outro lado da sala de julgamento, e depois como juiz na bancada. Nos primeiros anos, principalmente após o nascimento de Nat, eles se tornaram bem íntimos. Quando Tommy foi contratado, Rusty e Nico Della Guardia, o amigo de colégio do futuro promotor, geralmente saíam juntos nos fins de semana e quase sempre Tommy se juntava a eles. Iam aos jogos dos Trappers, tomavam porres juntos. Os três comemoraram, fumando charutos cubanos que Nico conseguira, quando Rusty chegou à Promotoria no dia seguinte ao nascimento de Nathaniel. Com o tempo, Tommy aprendera a gostar menos de Rusty. À medida que Rusty avançava na carreira, normalmente à custa de Nico, ele se tornava indiferente e convencido. E, após o julgamento do caso Carolyn, quando Tommy voltara para a Promotoria, após ser investigado por um ano, ele vira no rosto de Rusty nada mais do que uma máscara mal ajustada que fingia uma inconvincente boa acolhida sempre que os dois se encontravam.

Mas mesmo assim. Mesmo assim. Em seu trabalho, Tommy não costumava se perguntar por que ou como. Você via pessoas se desviarem: padres adorados, que ajudaram a levar Deus para as vidas de milhares de pessoas, acabarem gravando em vídeo seus truques com crianças de 6 anos nuas; multizilionários donos de times de futebol e de shopping centers que trapacearam alguém em 15 mil pratas porque eles sempre tinham de levar vantagem; políticos eleitos, havia tempo reconhecidos como progressistas, mal tomavam posse e já estendiam as mãos para corrupção. Tommy não tentava entender por que algumas pessoas precisavam derrotar a si mesmas. Isso estava mais além do que valia seu salário. Seu dever era ir atrás das provas, apresentá-las a 12 pessoas honestas e ir para o caso seguinte. Mas, após três décadas e meia, tinha certeza de uma coisa sobre Rusty Sabich: ele não era um sacana doentio. Pressionado? E como. Capaz de se obcecar por uma mulher como Carolyn, de modo que ela se tornasse a única verdade que ele conhecia e com a qual se importava? Isso poderia acontecer também. Ele poderia tê-la violentado e asfixiado e depois encoberto. Mas uma coisa que Tommy sempre exigia de si mesmo, ao se sentar na poltrona de couro de espaldar alto na qual promotores públicos tinham colocado seus traseiros nas duas últimas décadas, era honestidade. E confrontar Rusty no tribunal acabara forçando Tommy a se defrontar com questões que havia mais de um ano ele vinha colocando de lado. E era isso o que mais o perturbava: um crime tão calculado quanto esse, planejado durante meses e executado durante o transcurso de uma semana, não parecia dentro da capacidade do homem que Tommy conhecia havia tanto tempo.

Tommy se deu conta de que ninguém era mais malvado para ele do que Tomasino Molto III. Ele gostava de se fazer sofrer e estava fazendo isso agora. Era o seu lance de mártir católico. Em um minuto, em uma hora, ele estava bem novamente. Mas não havia mais sentido em reagir. Era uma daquelas coisas que você não queria pensar, mas pensava assim mesmo — como imaginar o instante em que você morreria ou como seria a vida se algo acontecesse a Tomaso. Agora, enquanto Brand e Rory gracejavam, Tommy demorava-se um minuto na ideia de que não o visitava havia meses. Era contra as probabilidades, contra as provas e o rumo da própria razão, mas ele se perguntou assim mesmo. E se Rusty fosse inocente?

Capítulo 28

NAT, 22 DE JUNHO DE 2009

Retornamos, como fizemos cada noite, aos ostensivamente pretensiosos escritórios de Stern & Stern. Stern é um daqueles sujeitos que vieram do nada e que gostam de se cercar de provas de seu sucesso e Marta, cuja despretensão parece um deliberado contraste com o pai, faz piadas pelas costas dele, dizendo que aquilo tudo lembra uma churrascaria para ricaços — uma porção de madeira escura e luz baixa nas luminárias de aço inoxidável, mobília de couro pregueado e louça de cristal na mesa da sala de reuniões. Também há aqui um silêncio aristocrático comparado com a atmosfera da maioria dos escritórios de advocacia que já visitei, como se Stern estivesse acima das perturbações rotineiras. Aqui os telefones piscam, em vez de tocar, e os teclados dos computadores são silenciosos.

Um silêncio diferente, porém, tem prevalecido desde que juntamos nosso material para deixar o tribunal. Stern é rigoroso em não se discutir nada ao alcance do ouvido de qualquer um que possa ser um insuspeito aliado de Tommy ou um parente de um jurado e, como resultado, aprendemos que, quando estamos no tribunal, o papo de elevador é restrito ao noticiário atual, de preferência aos temas não polêmicos, como esportes. Mas esta noite saímos sem que uma palavra fosse pronunciada, nem mesmo a inofensiva conversa fiada. Embora estejamos apenas a alguns quarteirões dos fundos do Edifício LeSuer, Stern precisa ir de carro, por causa de sua condição física, e convidou-me a acompanhá-lo e a meu pai em seu Cadillac, pois queria discutir meu testemunho para a defesa, que está marcado para começar quase no fim da tarde de amanhã. Às vezes, a caminho do tribunal, Stern dá uma declaração à imensa horda da imprensa que todas as tardes aguarda os advogados de ambos os lados, mas esta noite pelejamos através dela, com Stern coxeando e murmurando "Nada a declarar".

Mesmo na privacidade do carro, não falamos quase nada. Claramente, todos queriam algum tempo para recarregar as baterias e calcular a gravidade do dano causado por Tommy. Meu pai ficou o tempo todo olhando pela janela, e não pude deixar de pensar num cara num ônibus da penitenciária, passando pelas ruas pelas quais não mais caminhará.

Lá em cima, o habitual procedimento pós-julgamento é invertido. Meu pai vai com Marta, enquanto Stern me leva para seu amplo gabinete e fecha a porta. Pede a um de seus assistentes um refrigerante para cada um de nós, e nos sentamos lado a lado num par de altas poltronas de couro marrom. O gabinete de Stern dá a perfeita sensação de um museu, as paredes repletas de desenhos em pastel de Stern no tribunal e muitas das provas de seus julgamentos mais famosos em caixas de plástico sobre mesas. Receio até mesmo pousar meu copo, até ele apontar um descanso de cortiça.

Sucede que meu encontro com Stern é amplamente diplomático. Minhas entrevistas iniciais sobre o caso, nas quais aprendi sobre provas, foram com Stern, que fez o melhor possível naquela ocasião para destacar o lado positivo, tendo em vista que Tommy não mencionara a pena de morte e também concordara em permitir que meu pai ficasse em liberdade sob fiança. Mas normalmente, quando estou no escritório, faço o que posso para ajudar Marta. Como resultado, ele e Marta decidiram que seria melhor se ela ouvisse o meu depoimento. Stern quer ter certeza de que não faço objeções.

— Eu adoro Marta — digo a ele.

— Sim, você parece simpático. Tenho certeza de que vocês dois darão boa impressão aos jurados. — Ele dá um gole por um momento. — Bem, qual foi a avaliação do ponto de vista dos espectadores? O que você achou dos procedimentos de hoje?

Um dos muitos poderes de Stern, que observei durante o último mês, é o absoluto destemor do feedback. Tenho certeza de que ele também deseja ter uma leitura sísmica do estado emocional no qual eu testemunharei.

— Eu acho que Tommy fez um ótimo trabalho.

— Eu também. — A tosse infrutífera vem então, como sempre, como uma pausa. — Tommy tornou-se um advogado melhor com a idade, com seu jeito inflamado. Mas aquilo foi o melhor que já vi dele.

Quero saber por que Marta e ele decidiram colocar meu pai primeiro e pergunto isso.

— Anna diz que réus sempre devem testemunha por último.

— É verdade. Mas ali me pareceu melhor alterar o curso normal.

— Para ferrar o Tommy? — Era o que Anna achava.

— Reconheço que esperava pegar Tommy desprevenido, mas esse não foi o objetivo principal. — Stern olha por um segundo para o espaço, tentando avaliar o quanto pode dizer, tendo em vista o fato de que amanhã estarei no banco das testemunhas. À luz do abajur na mesa junto a nós, a urticária, do lado direito do seu rosto, hoje parece ter sumido apenas um pouquinho. — Francamente, Nat, eu queria ter certeza de que teríamos tempo para uma recuperação se o testemunho de seu pai fosse uma catástrofe.

Há muita coisa nessa única frase.

— Isso quer dizer que não o queria ali em cima?

Nos intervalos, Stern costumava conseguir um tempo para pensar com seu charuto e ele agora passa o dedo pelos lábios.

— Falando em termos genéricos, é melhor que um réu testemunhe. Cerca de setenta por cento das absolvições, Nat, são de casos nos quais o réu assumiu a própria defesa. Os jurados querem ouvir o que ele tem a dizer a respeito de tudo aquilo, e isso é especialmente verdade num caso como este, no qual o réu é um indivíduo versado em direito, familiarizado com julgamentos e acostumado a falar em público.

— Eu ouvi um "mas" aí.

Stern sorri. Tenho a sensação de que ambos os Stern gostam realmente de mim. Sei o que eles sentem por mim, o que é verdade com uma porção de gente hoje em dia. Mamãe morta. Papai sendo julgado. São intermináveis as pessoas me dizendo que me lembrarei deste período pelo resto de minha vida, o que não me dá a mais remota dica de como atravessá-lo.

— Num caso circunstancial como este, Nat, no qual as provas são tão difusas, corre-se o risco de deixar que o promotor faça suas alegações finais com o interrogatório. É difícil para um júri ver como as peças se juntam e é preferível não permitir que o promotor demonstre isso duas vezes. Era uma questão muito limitada, mas, de todo modo, penso que era melhor seu pai não testemunhar. Não era certamente um risco. Mas seu pai escolheu o contrário.

— Então agora você está decepcionado?

— Nada disso. Não, não. Tommy foi mais bem organizado do que eu poderia ter esperado e, na maior parte, não se permitiu se distrair, mesmo quando seu pai o cutucou um pouco. A química entre os dois é um tanto mística, não acha? Eles têm sido antagonistas por décadas, mas parecem manter atitudes, um em relação ao outro, que são complexas demais para serem chamadas de puro ódio. Mas, no fim das contas, tudo que ocorreu hoje ficou dentro das expectativas. Seu pai foi um 10 normal e Tommy um 10 com estrelinha, mas isso é tolerável. Se eu tivesse sabido antecipadamente que acabaria havendo só esse tipo de perda marginal, eu teria ficado a favor do testemunho do seu pai. Os jurados o ouviram dizer que é inocente. E o tempo todo ele pareceu tranquilo.

— Por que, então, você ficou preocupado?

Toca o telefone e Stern se esforça para se pôr de pé. Ele fala apenas por um minuto, mas, assim que desliga, aproveita a oportunidade para, no caminho, pendurar o paletó atrás da porta. É uma visão destoante vê-lo assim tão magro, a metade do homem de que me lembro. Tem de usar suspensórios para segurar as calças, e estas ficam tão frouxas que ele quase parece um palhaço de circo. Seu joelho está praticamente paralisado pela artrite, e ele desaba para trás quando volta para a poltrona. Mas, apesar dos desconfortos, ele ainda guarda na mente a minha pergunta.

— Não têm fim as coisas que podem dar errado quando um réu testemunha. Uma das possibilidades que mais me preocuparam foi que Tommy poderia fazer a mesma moção que fez ao juiz Yee no início do interrogatório. — Stern se refere à tentativa de Tommy de interrogar meu pai diante do júri sobre seu caso extraconjugal. — Eu tinha toda a confiança de que o juiz Yee não mudaria de ideia, mas a questão não estava livre de dúvida. Muitos juízes teriam se rendido aos argumentos dos promotores de que esses acontecimentos faziam parte de toda a história.

Solto um grunhido ao levar em conta a perspectiva. Stern me disse que é essencial para o júri ver que estou apoiando meu pai, mas teria sido horrível, para mim, ter de passar por tudo aquilo. Quando lhe digo isso, ele franze um pouco a testa.

— Não creio que seu pai teria deixado que isso ocorresse, Nat. Nunca pressionei nessa questão, creio que ele estava determinado a não responder qualquer pergunta sobre essa jovem, seja quem for, mesmo se o juiz Yee o repreendesse por crime de desobediência diante do júri ou recusasse seu testemunho. Qualquer um dos dois, é desnecessário dizer, seria desastroso.

Enquanto Stern observa, eu me esforço para absorver essa notícia.

— Você está intranquilo — comenta ele.

— Estou puto com a possibilidade de ele ter ferrado suas chances de sair livre para proteger essa garota. Ele não deve isso a ela.

— Ainda assim — responde ele —, é por isso que desconfio que é você, muito mais do que essa tal jovem, que ele procura poupar.

Isso é o advogado atuando como artista. Um julgamento é às vezes uma grande peça, na qual o ar inteiro do teatro se enche com as correntes de emoção e cada fala ressoa de uma centena de ângulos diferentes no tempo presente. E Stern é como um desses espantosos atores que parecem dar apoio a todos os presentes. Suas afinidades implícitas são mágicas, mas, no momento, não estou me deixando levar por isso.

— Ainda não entendo o que ele estava fazendo ali em cima se não estava disposto a botar tudo para fora. Ele acha que não teria nenhuma chance sem testemunhar?

— Seu pai nunca compartilhou seu raciocínio comigo. Ouviu meu conselho e tomou sua decisão. Mas isso não pareceu tático.

— O que foi então?

Stern adota uma de suas complicadas expressões, como se a sugerir que aquela linguagem não consegue captar o que ele sente.

— Solidão, se eu tivesse que escolher uma palavra.

Naturalmente, fico intrigado.

— Conheço seu pai por uns bons trinta anos e chamaria nossa relação de íntima. Mas apenas no sentido profissional. Ele fala muito pouco sobre si mesmo. Sempre.

— Bem-vindo ao clube.

— Quero somente reconhecer que conto apenas com minhas avaliações, e não com qualquer coisa que ele tenha me dito. Mas tivemos noites interessantes, seu pai e eu. Eu diria que suas chances de sobrevivência são melhores do que as minhas. — O sorriso de Stern é pesaroso e sua mão rasteja alguns centímetros atrás de um charuto inexistente. Uma das ideias que meu pai e eu compartilhamos é que não há necessidade de se perguntar sobre as perspectivas de recuperação de Stern. Saberemos que não há esperanças na primeira vez que ele se alegrar. — Mas me sinto mais envolvido neste mundo do que ele.

Concordo com a cabeça.

— Ele às vezes parece estar fora do corpo e simplesmente vendo tudo isso acontecer com uma outra pessoa.

— Exatamente — responde Stern. — E muito a propósito. Ele se preocupou muito pouco se o seu testemunho ajudaria ou prejudicaria seu caso. Quis contar exatamente o que aconteceu. A parte que ele conhecia.

Minha reação a Stern surpreende até mesmo a mim.

— Ele nunca dirá tudo a ninguém.

Stern ri novamente, pensativo, sensato. Uma coisa é clara: está adorando essa conversa. Obviamente, ele passou quase tantas horas quanto eu acordado até tarde preocupado com os muitos enigmas do meu pai.

— Mas ele quis lhe dizer, Nat, o máximo que podia.

— A mim?

— Ah, não tenho dúvidas de que seu pai testemunhou quase que exclusivamente para poder aumentar sua confiança nele.

— Não me falta confiança.

Isso, em certa medida, era mentira. A lógica do caso do meu pai é verdadeiramente contra ele, até mesmo comigo. Mas é tão contrário ao meu ser pensar no meu pai como um assassino que nunca consigo atravessar o rio da crença. Se eu não tivesse passado tantos malditos anos falando com psiquiatras, provavelmente estaria falando com um agora, mas ninguém é capaz realmente de ajudar você a responder aos tipos de perguntas com as quais estou lidando. Mesmo se meu pai fosse culpado, não significaria que ele tivesse me dado menos amor e atenção. Mas a maioria das outras lições na vida que tive com ele não serviriam para nada. Significaria que fui criado por alguém disfarçado, que eu amara um disfarce, e não a ele.

— Ele acha que falta.

Dou de ombros.

— Isso é ruim.

— Claro — responde Stern.

Ficamos em silêncio.

— Você acha que ele é culpado, Sr. Stern?

Repetidamente, ele me disse para chamá-lo de Sandy, mas após um ano trabalhando na Suprema Corte, onde cada advogado é Sr. ou Sra. e os chefes têm todos o mesmo primeiro nome — juiz —, não consigo chamá-lo assim. Em vez disso, observo Stern afligir-se com minha pergunta. Sei que não é justo nem apropriado colocar isso para um advogado que tenta conduzir uma defesa. Espero Stern sair pela tangente. Mas nós dois já ultrapassamos muito os limites jurídicos. Stern é um pai falando para o filho de um bom amigo.

— Nesse tipo de trabalho, a gente aprende a nunca supor demais. Mas estava totalmente convencido de que seu pai era inocente no primeiro caso. Os recentes resultados do DNA foram um choque terrível para mim, admito, mas, mesmo assim, ainda há muitas fortes hipóteses de sua inocência.

— Por exemplo?

— Francamente, Nat, a amostra foi submetida a enorme questionamento no primeiro julgamento do seu pai e ainda hoje não há respostas melhores.

Anna me disse a mesma coisa, que a história toda era muito imprecisa.

— Mas, mesmo se a amostra fosse genuína — diz Stern —, ela meramente provaria que seu pai era amante da mulher que foi assassinada. Perdoe-me pela franqueza a respeito disso, mas as provas no julgamento foram bastante claras de que seu pai não era o único enquadrado nessa categoria na época do homicídio. Uma conjectura bastante digna de crédito é que uma outra pessoa viu seu pai com ela naquela noite e, num acesso de ciúmes, a matou depois que ele foi embora.

Anna admitira um fascínio, como um *trekkie*, com o primeiro caso do meu pai, com o qual esteve interessada desde que era criança. Recentemente, ela voltou no tempo e leu a cópia da transcrição de Stern, principalmente porque não aguentei fazer isso eu mesmo. Depois, ela me apresentou a mesma teoria dele. A ideia me pareceu o tempo todo totalmente plausível, porém muito mais convincente vinda de Stern.

— Portanto agora, Nat, enquanto permaneço em dúvida, meu coração continua do lado do seu pai. Certamente, as provas deste caso nunca me impressionaram. O Estado, pelo que me diz respeito, até agora nem sequer consegue provar além de uma dúvida razoável que sua mãe morreu por envenenamento. Se o juiz Yee não foi contaminado pelos resultados do DNA, creio que, no fim do processo, há uma boa chance de ele aceitar nossa moção de absolvição. Tampouco há muitos outros detalhes que podem ser adicionados ao que Tommy e Brand pensam.

— Tommy fez um bom trabalho em tecer todas as coisas.

— Mas essa metáfora do tecido é empregada frequentemente em casos circunstanciais e pode funcionar para ambos os lados. Puxe um fio e o pano todo se desfaz. E nós vamos puxá-lo bastante.

— Posso perguntar como?

Ele sorri novamente, um homem que sempre apreciou seus segredos.

— Mais — diz ele —, só depois que você testemunhar.

— Você vai conseguir justificar aquele lance do computador dele? Isso causou um tremendo dano.

— Que bom que tocou nesse assunto. — Ele ergue o dedo. — Marta discutirá isso mais a fundo com você, mas achamos que pode nos ajudar nesse caso.

— Eu?

— Estamos pensando em lhe perguntar um pouco sobre computadores. Você é entendido no assunto?

— Eu me viro. Não sou como Anna ou muita gente que conheço.

— E seu pai? Ele é bom nisso?

— Se você chama de bom conseguir ligar o computador. Ele é algo entre um idiota inútil e um ignorante total.

Stern ri alto.

— Portanto não imagina que ele tenha baixado um software de fragmentação e removido todas as mensagens de e-mail?

Dei uma risadinha diante da ideia. Confessadamente, quero acreditar na inocência de meu pai. Mas sei, com o tipo de confiança sobrenatural que tenho em coisas como a gravidade, que ele não poderia ter feito sozinho algo dessa espécie.

— Estivemos pensando em fazer algumas demonstrações com o computador do seu pai, só para mostrar aos jurados o quanto é improvável a teoria da acusação. Você pode ser a testemunha certa por vários motivos.

— Como quiser — respondo.

Stern consulta seu relógio, um Cartier dourado que parece refletir toda a elegante precisão do advogado. Marta está à espera.

Na porta, digo:

— Obrigado pelo papo, Sr. Stern.

— Sandy — retruca ele.

CAPÍTULO 29

NAT, 22 DE JUNHO DE 2009

Quando saio da reunião com Marta, meu pai está à minha espera, com as mangas da camisa branca enroladas e a gravata de seda puxada para baixo do colarinho. Ele tem dito que não anda dormindo muito e, após o longo dia no banco das testemunhas, parece totalmente acabado. A pele em volta dos olhos parece ter ficado enrugada e ele perdeu muita cor. Deve ser a pior combinação emocional imaginável, creio, sentir-se igualmente impotente e amedrontado.

— Esta tarde foi uma dureza — digo.

Ele dá de ombros. Atualmente, meu pai frequentemente adota o ar exausto de um caixeiro-viajante.

— Vai haver algo amanhã, Nat — diz ele. Espero por mais, porém ele fica calado e simplesmente franze a testa. — Ainda não posso falar sobre isso. Sinto muito.

Permanece parado ali, inutilmente, sabendo que as regras deixam-no sem mais nada para dizer ou fazer, mas, de algum modo, incapaz de aceitar aquele fato. Tenho certeza de que é onde seu cérebro tem sido sugado por meses, à procura das teclas que deletarão toda a situação.

— Você precisa de alguma coisa, papai? Alguma coisa de casa?

Ele leva um segundo para se fixar na minha pergunta.

— Adoraria outra gravata — diz, como se estivesse pedindo um sorvete, algo que andou almejando no fundo de seu coração. — Faz três semanas que tenho usado as mesmas duas gravatas. Você se importaria de ir lá? Traga quatro ou cinco, se puder, Nat. Gostaria muito daquela violeta que sua mãe me deu no Natal retrasado. — Lembro-me de minha mãe dizer que a gravata melhoraria seu habitual estilo liquidação.

Um dos poucos serviços úteis que tenho prestado a meu pai, tendo em vista tudo o mais, é um vaivém em casa para apanhar objetos pessoais de que ele precisa. Cerca de um mês antes de o julgamento começar, meu pai se mudou para um apart-hotel em Central City para ficar lá durante o processo. Ele não queria perder tempo indo e vindo antes e depois dos longos dias no tribunal. Mais objetivamente, estava farto dos chatos com câmeras que pulavam para fora dos arbustos sempre que ele entrava ou saía pela porta da frente.

O Miramar, onde ele está, não fica perto de nenhuma extensão de água, apesar do nome, e é um daqueles lugares que preferem mudar sua denominação e o perfil dos clientes a fazer uma reforma. A mobília colonial no saguão parece ter estado presente na noite em que George Washington passou lá, e o papel de parede, em dois cantos diferentes do quarto dele, pende como a língua de um cachorro babão. Nada disso parece importar a meu pai, que volta ali somente para dormir, depois que ele e Stern terminam os preparativos para o dia seguinte. De vez em quando, ele faz piadas sem graça sobre estar se acostumando a espaços pequenos.

A verdade é que, no momento, ele vive apenas em sua cabeça, e esta está apinhada quase que exclusivamente com os detalhes do caso. Quando não está no tribunal, ele gosta de fazer pesquisa factual e jurídica no escritório de Stern. É desconcertante, tendo em vista que ele parece não ter esperança sobre o resultado, mas acho que é sua única maneira de enfrentar isso. Seria melhor se houvesse amigos para distraí-lo, mas meu pai se descobriu notavelmente sozinho. Esse tipo de acusação, principalmente uma segunda vez, não rende convites para festas e, de qualquer maneira, ele sempre foi mesmo um solitário para ter muita vida social, principalmente porque minha mãe era fóbica em relação a sair de casa. Até mesmo seus ex-colegas raramente entram em contato. No tribunal, era uma figura segregada, e seu único amigo de verdade lá, George Mason, é, assim como eu, uma testemunha que tem de manter distância neste momento. A ideia que me aborreceu meses atrás, a de papai namorar, talvez fizesse algum sentido agora, mesmo se fosse apenas para ter companhia para um jantar ou um cinema; mas ele parece totalmente desinteressado em qualquer coisa fora do seu processo e prefere passar sozinho seus poucos momentos livres.

Nem mesmo parece desfrutar passar alguns momentos com Anna e comigo. Tentamos algumas noites, mas foi tudo meio que formal. Embora tivesse adorado Anna como assessora, ele não parece à vontade em falar na frente dela neste período de aflição e geralmente acabamos os três em silêncio. Vez por outra, quando Anna trabalha até tarde ou está fora da cidade, janto rapidamente com ele, o que é permitido, desde que a gente não fale sobre o caso. Ele me lembra muito meu amigo da faculdade de direito Mike Pepi, cuja mulher o deixou pelo patrão na River National, e que fala obsessivamente sobre seu divórcio. Após meia hora de lenga-lenga sobre LeeAnn e os advogados, Pepi diz abruptamente "Vamos falar sobre outra coisa", e então volta imediatamente ao assunto, aparentemente encontrando uma referência em assuntos tão diferentes quanto uma exposição de colchas e o novo status astronômico de Plutão.

Meu pai é bem parecido. Provavelmente gostaria de dissecar cada pergunta e resposta do tribunal, mas, tendo em vista que não pode falar comigo sobre isso, ele fala sobre seu estado mental. Várias e várias vezes ele diz que esta experiência é bem diferente daquela que vivenciou vinte e tantos anos atrás. Então, diz ele, não conseguia acreditar naquilo e constantemente desejava que sua vida pudesse ser do mesmo modo como era antes. Ele agora considera certa uma alteração tectônica. Refere-se casualmente ao fato de ir para a cadeia. Mas, mesmo se for absolvido, o resultado do DNA do primeiro julgamento será liberado para a imprensa, após o júri dar seu veredicto. O sofisma pode marcar as discussões sobre a contaminação da amostra ou sobre os outros amantes da vítima, mas as nuanças não encontram seu caminho para as manchetes. Se meu pai se livrar novamente, será evitado por praticamente todos que reconhecerem seu nome.

Agora, do lado de fora da sala de Marta, abraço meu pai, coisa que faço todas as noites antes de ir embora, e lhe digo que trarei para ele as gravatas de manhã. O pequeno Prius azul que Anna comprou ano passado está no meio-fio.

— Você se importa de fazermos uma viagem até Nearing? — pergunto, após beijá-la. — Ele quer umas gravatas.

Você usaria uma gravata que veio das mãos de uma mulher que você matou? Ou meu pai é sinistro e sutil o bastante para prever que eu me faria exatamente essa pergunta? É nesse tipo de câmara de névoa, na qual as perguntas ricocheteiam em todas as direções, deixando suas trilhas brilhantes de vapor, que tenho vivido há meses. Durante a última hora, pensei muito sobre o comentário de Stern de que meu pai subiu ao banco das testemunhas para aumentar minha confiança nele. Sei que meu pai está desesperado para não me perder. Como pais, ele e minha mãe sempre foram tão ansiosos pelo meu amor que isso parecia magoar a todos nós. Mas desligar-se de mim agora, especialmente, levaria meu pai a um fim muito parecido com o do pai dele, que morreu sozinho, no oeste, em um daqueles trailers.

— Como ele se saiu? — pergunta Anna, após ter dirigido por um bom tempo. Ela está acostumada com os meus demorados silêncios, principalmente depois de uma sessão do tribunal.

— Meu Deus — respondo, e simplesmente agito a cabeça, enquanto trepidamos através do tráfego de Central City em direção à ponte de Nearing. Na rua, um mensageiro segue num monociclo vestido com uma fantasia de corpo inteiro de coelho, as orelhas sacudindo enquanto ele pedala. Acho que é isso que querem dizer quando afirmam que o mundo é um palco. — Você leu alguma coisa? — pergunto.

— Frain — responde ela. — Ele já publicou. — Michael Frain escreve uma coluna de circulação nacional, com observações esquisitas sobre cultura e eventos, chamada “O Guia do Sobrevivente”. É casado com uma juíza federal e, para evitar viajar, gravita em torno de histórias do local capazes de divertir pessoas de costa a costa. Frain anda escrevendo muito sobre o julgamento e parece achar que meu pai literalmente se safou de um homicídio.

— Ruim?

— Tipo um bombardeio aéreo numa aldeia.

— Não sei se foi tão ruim assim. Meu pai recebeu umas pancadas aqui e ali. E Stern tem uma carta na manga, da qual não quer falar antes de eu subir novamente ao banco das testemunhas.

Mesmo assim, as palavras ressoam. "Bombardeio aéreo". Penso no que ouvi nesta tarde. Parece piorar a cada momento, vê-lo ser bicado como Prometeu amarrado àquela rocha. Mas, após conversar com Stern, a sensação é a de que, se meu pai fez um voo realmente péssimo e, de alguma forma, pousou em segurança, houve mais amedrontados do que feridos.

— Você lembra se minha mãe tomou vinho naquela noite? — pergunto a Anna, ao me recordar do testemunho do meu pai.

Há muito tempo já infringi as regras sobre não comentar o caso com Anna. Preciso falar com alguém, e não há a mínima chance de que ela venha a ser chamada ao banco das testemunhas.

A detetive Debby Diaz localizou Anna dois dias após ter ido me ver, mas eu a tinha alertado e ela sabe jogar esse jogo muito melhor do que eu. Fez Diaz ir vê-la no seu escritório e um dos sócios esteve presente à conversa como seu advogado. Quando Diaz perguntou sobre quem fizera o quê na noite anterior à morte de minha mãe, Anna disse que estivera nervosa demais por ter sido apresentada pela primeira vez como minha namorada para se lembrar claramente de alguma coisa. Ela sempre acrescentava "Não estou certa", "Pode ter sido o contrário" e "Não me lembro mesmo" todas as vezes que respondia a uma pergunta. Diaz desistiu mais ou menos na metade da entrevista. Os promotores, de qualquer modo, colocaram o nome de Anna na sua lista de testemunhas, assim como todas as pessoas com quem os policiais falaram durante sua investigação, incluindo o dono da lavanderia a seco da qual meu pai é freguês. É um velho truque, para poderem ocultar quem realmente vão convocar. Como resultado, ela é obrigada a ficar longe do tribunal, mas está sempre ansiosa para saber o que aconteceu.

Agora, em resposta à minha pergunta sobre o vinho, ela me recorda de que, quando nos sentamos para jantar, minha mãe insistiu para que meu pai abrisse a bela garrafa que Anna havia levado e servisse um pouco para cada um. Contudo, nenhum de nós dois parecia se lembrar claramente se minha mãe brindou com essa taça ou com aquela em que fora servida na cozinha.

— E os tira-gostos? Ela comeu algum?

— Meu Deus, Nat. Não sei. Isto é, os vegetais e a pasta, provavelmente. Eu me lembro de seu pai lhe oferecer a travessa inteira, mas acho que ele depois a levou para fora, onde vocês estavam cozinhando. Sei lá. — Ela torce o nariz diante da incerteza de tudo. — Como você se sente, afinal, depois de tudo isso?

Agito inutilmente as mãos. Fico sempre pasmado sobre o quanto me sinto enfraquecido quando deixo meu pai. Ficar perto dele exige tudo que tenho.

— Você sabe — respondo. — Ouvi tudo aquilo ser exposto, mas não posso dizer a mim mesmo que aqueles caras, Tommy e Brand, perderam o fio da meada, porque faz sentido o que eles estão dizendo. Mas, ainda assim, não acredito naquilo — digo-lhe.

— E não deveria. — Sempre a fã número um de meu pai, Anna é inflexível em sua defesa. — É impossível.

— Impossível? Bem, não é o mesmo que infringir as regras do mundo físico.

Os olhos verdes de Anna deslizam para meu lado. Nunca marco pontos com ela quando banco o filósofo.

— Seu pai não poderia ter feito isso.

Avalio isso por um segundo.

— Entendo que você trabalhou para ele, mas, no lado íntimo e pessoal, meu pai mantém reprimidos os sentimentos. — Anna e eu temos tido rotineiramente momentos como esse, quando exponho minhas dúvidas e ela me ajuda a enxergar em volta delas. — Sabe, certa vez, quando eu era criança... devia ter uns 12 anos, porque nos mudamos de Detroit e meu pai ainda trabalhava como juiz de instrução... ele e eu íamos de carro para algum lugar. Havia aquele caso com muita publicidade que ele conduzia. A mulher de um pastor local de uma dessas megaigrejas tinha assassinado o marido. Acontece que o pastor era gay. Ela não sabia e, quando descobriu, matou o sujeito cortando o você-sabe-o-quê dele enquanto ele dormia. Ele acabou sangrando até a morte.

— Acho que ela mostrou seu ponto de vista — comenta Anna, e ri um pouco.

As mulheres, mais do que os homens, sempre acham esse tipo de coisa divertido.

— Ou escondeu — retruco. — De qualquer modo, não havia muito o que advogados de defesa pudessem fazer, a não ser alegar insanidade mental. Chamaram várias testemunhas para dizer que ela não era nada daquilo.

E perguntei a meu pai o que ele achava. Isso sempre foi legal, porque eu sabia que ele nunca respondia essas perguntas para mais ninguém, e falei: "Você acha que ela era louca?", e ele olhou para mim e disse: "Nat, nunca se pode afirmar o que vai acontecer nesta vida, o que as pessoas podem fazer." E não me pergunte por quê, mas eu tive certeza de que ele se referia ao que acontecera com ele poucos anos antes.

— Ele não estava dizendo que era um assassino.

— Não sei o que ele estava dizendo. Foi muito estranho. Ele parecia me alertar para alguma coisa.

Paramos no início da ponte de Nearing, onde três faixas viravam duas e, todas as noites, o trânsito engarrafava na hora do rush. Anos atrás, tive um amigo que afirmava conhecer a teoria da relatividade e dizia que cada coisa viva constantemente projetava uma imagem. Se algum dia conseguíssemos imaginar de que modo ficar à frente da luz, seríamos capazes de voltar no tempo e presenciar qualquer momento do passado, como se estivéssemos assistindo a um filme mudo em três dimensões. Frequentemente imagino o quanto eu daria para fazer isso, só para observar o que se passou na casa de meus pais nas 36 horas após Anna e eu termos ido embora. De vez em quando, tento conjurar isso, mas a única coisa que vem a mim é a imagem dele sentado naquela cama.

— Stern ainda acha que meu pai é inocente — digo-lhe.

— Isso é bom. Como é que você sabe?

— Eu perguntei. Estávamos preparando meu testemunho e perguntei o que ele achava. Claro, o que mais você diria ao filho de seu cliente?

— Você não diria isso se não acreditasse — diz ela. — Ficaria calado e evitaria a pergunta. — Havia menos de dois anos que Anna atuava como advogada, mas aceito totalmente sua autoridade nesses assuntos. — Tem que significar algo para você o fato de que as pessoas que conhecem melhor as provas ainda acreditem em seu pai.

Dou de ombros.

— Stern tem a mesma opinião sua sobre o DNA do primeiro caso.

Eu sei, pelo que ouvi dizer antes, que Ray Horgan, solteiro na ocasião, saía com a mulher que foi assassinada. Ele teria de ser o suspeito lógico, e não meu pai, principalmente quando se leva em conta que, na ocasião, se virou contra meu pai e foi testemunha de Tommy. Seria de se imaginar que meu pai se prevenisse contra ele. Em vez disso, remendou a situação com Ray, que desde então tem sido um capacho para meu pai, tentando compensar.

Entretanto, mantenho isso só para mim. Nunca é bom quando menciono Ray ou o que houve entre Anna e ele. De vez em quando, levo em conta que meu pai estava dando suas saídas no mesmo período. Com toda a porcaria que flutua em meu cérebro, uma ou duas vezes a cronologia me faz pensar se deixei algo escapar e se não era com meu pai que Anna estava saindo, até eu voltar a mim e me dar conta de que ela e eu não estaríamos juntos, seguindo por esta ponte ou por qualquer outro lugar, se fosse isso que tivesse acontecido. Em vez disso, tento simplesmente sondar o que acontece com homens na meia-idade. Aparentemente, seus cérebros falham, assim como a coluna e a próstata.

— Obrigado por fazer isto — digo a Anna, quando chegamos à porta da casa de meus pais.

Em resposta, ela me dá um breve abraço. Anna tem me acompanhado em várias dessas visitas. Estar aqui costuma me causar arrepios — a cena do suposto crime, onde toda a verdade, de algum modo, está enterrada nas paredes. As cortinas estão fechadas para impedir as câmeras curiosas, e o ar, assim que entramos, cheira como se algo tivesse sido frito poucas horas atrás.

Para Anna e para mim, o julgamento tem sido uma barra. Aliás, tudo tem sido uma barra nos últimos nove meses, e às vezes fico um pouco espantado por ainda estarmos juntos. Com regularidade, viajo para a Terra do Nunca, passo noites em que não consigo ou não quero falar e nossas frequentes conversas sobre meu pai e o julgamento geralmente nos colocam em desacordo. Em geral, Anna é mais rápida em defendê-lo, o que significa que, às vezes, acabo irritado com ela.

Sem falar nos rotineiros obstáculos da vida. As coisas ainda estão devagar no escritório, mas ela continua sendo muito procurada pelos sócios para fazer o trabalho que ainda há. E, nos dias que se passam sem eu vê-la, sei que ela esteve em casa somente porque posso ver sua forma pressionada no colchão e me lembro de ter colidido com ela no meio da noite. Anna, porém, ama tudo isso e me diz constantemente que, por minha causa, ela sente com ainda mais clareza de que está fazendo o que quer. E dá para perceber. Adoro os momentos quando vou encontrá-la e a avisto antes de ela me ver. Caminha a passos largos por Central City com muita determinação, parecendo linda, brilhante e totalmente no controle.

Eu, por outro lado, me sinto totalmente desnorteado. Não sei num dia se estarei trabalhando no outro. Continuo de vez em quando como professor substituto na Nearing High, mas não enquanto corre o julgamento, e tenho colocado de lado inúmeras decisões sobre a minha carreira jurídica, tendo em vista que sou muito mais rico do que imaginava que seria, com a grana que meus avós Bernstein deixaram para trás e que veio para mim, após a morte de minha mãe.

Subimos a escada e nos demoramos do lado de fora do quarto dos meus pais, diante da porta do pequeno escritório onde ficava o computador de meu pai antes de ser apreendido por Tommy Molto.

— Isso pareceu muito ruim hoje — falo para ela, gesticulando com a cabeça para o interior.

Como acontece com frequência, tenho sido muito elíptico para Anna me entender e preciso explicar como a busca pela fenelzina e os e-mails deletados tiveram um papel importante no tribunal.

— Pensei que Hans e Franz fossem depor dizendo que talvez não tivesse havido e-mails deletados — diz ela.

"Hans e Franz" é o apelido que demos aos dois especialistas em informática que Stern contratou para contestar o Dr. Gorvetich, o professor em ciência da computação que trabalha para a acusação. Hans e Franz são dois poloneses de 20 e muitos anos, um alto e outro baixo, e ambos com penteados tipo porco-espinho. Falam incrivelmente depressa, ainda têm um forte sotaque e às vezes me lembram gêmeos que são as únicas pessoas na terra capazes de entender um ao outro. Acham que o Dr. Gorvetich, seu ex-professor, está sendo usado como um instrumento e sentem prazer em zombar de suas conclusões, o que, aparentemente, não é difícil de se fazer. Contudo, pelos comentários que fazem casualmente, tenho a sensação de que Gorvetich está provavelmente certo de que foi baixado um software fragmentador para suprimir certas mensagens.

Anna sacode a cabeça enquanto explico.

— Não acredito mesmo em qualquer teste que saia do gabinete de Tommy — diz ela. — Você sabe que foi muito bem demonstrado que ele bagunçou as provas no primeiro julgamento.

— Não consigo acreditar que eles façam isso.

Anna ri.

— Uma das poucas coisas valiosas que minha sogra me disse foi: "Nunca se surpreenda se uma pessoa não mudar."

No quarto, damos algumas risadinhas, esquadrinhando as gravatas de papai. Deve haver umas cinquenta, todas basicamente a mesma, vermelha ou azul, com estampas de desenhos minúsculos ou listras. A gravata violeta que ele pediu se destaca como o nariz vermelho da rena Rudolph. Lá embaixo, encontro papel de seda e um saco e embrulhamos as gravatas sobre a cama de meus pais.

— Quer ouvir uma coisa que vai te deixar totalmente pirada? — pergunto a Anna. Uma coisa sobre minha namorada: não há chance de ela responder não a uma pergunta como essa. — Quando Paloma e eu estávamos no ensino médio, a gente entrava sorrateiramente na casa dela para transar enquanto os pais dela estavam trabalhando, e, sei lá por que motivo, ela achava o maior barato transar na cama dos pais.

Anna sorri um pouco e sacode a cabeça. Aparentemente, isso não lhe pareceu tão ruim assim.

— Bem, eu fico pirado só de pensar nisso, mas, sabe como é, com 17 anos você quer transar em qualquer lugar. Mas é claro que, um dia, acabamos bem aqui, e ela teve a ideia de fazermos nesta cama. Foi demais para mim. Não consegui. Fui um zero.

— Isso é um desafio? — pergunta Anna, que se aproxima de mim e vai direto para "ele". Sinto o "miniEu" se agitar imediatamente, mas recuo.

— Você é uma aberração, garota estranha — digo-lhe.

Ela ri, mas volta na minha direção.

— Devo dizer que o estou desafiando?

A morte da minha mãe encerrou aquele período feliz em que trepávamos o tempo todo e deu início ao período feliz em que trepamos a maior parte do tempo, a despeito de tudo o mais. Existe uma ligação e um desligamento no sexo que nos sustentam. Em janeiro, nós dois ficamos gripados e trancados em casa sem trabalhar por três dias. Estávamos ambos infelizes, com temperatura alta e uma porção de sintomas chatos, e dormíamos a maior parte do tempo, mas a cada hora topávamos um com o outro e mandávamos brasa, os dois corpos superaquecidos grudados um no outro como filme plástico e a intensidade e o prazer parecendo que fazia parte do delírio febril. Esse estado de transe, de algum modo, nunca acabou realmente.

Apesar do estranho desejo de Anna, fazer amor na cama onde minha mãe morreu é mais do que eu consigo suportar, mas eu a empurro pelo corredor até o quarto onde dormi durante 26 anos. Aquela cama é para mim uma mando de campo no que se refere a sexo, o lugar onde tive meu primeiro orgasmo, em minha própria companhia, com 13 anos, e onde transei pela primeira vez — aliás, com a irmã mais velha de Mike Pepi, que tinha quase 20 anos —, e curtimos muito ali. Estou pensando num segundo tempo quando Anna se senta abruptamente.

— Nossa, estou faminta — diz ela. — Vamos embora.

Concordamos num sushi. No caminho de volta à cidade, há um lugar decente.

Apanhamos as gravatas e saímos pela porta em poucos minutos. De volta ao carro, sinto o peso de tudo baixar novamente sobre mim. Esse é o problema do sexo. Não importa o quanto você o faça durar, sempre há o depois.

— Gostaria que você pudesse ir ao meu testemunho — digo-lhe. — Stern poderia perguntar aos promotores, certo?

Ela pensa apenas um segundo a respeito antes de sacudir a cabeça.

— Não é uma boa ideia. Se eu estou lá e você acaba falando sobre o que aconteceu naquela noite, alguém é capaz de sair lá da mesa da acusação e me perguntar do que eu me lembro.

Desde o início, Anna teme dizer alguma coisa que poderia piorar a situação para meu pai, e a verdade é que quase qualquer coisa poderia causar isso. Apenas o pouco do que ela se recordou sobre meu pai servindo o vinho à mesa do jantar ou oferecendo à minha mãe a travessa de tira-gostos repleta de tiramina seria saudado por Tommy e Brand com uma banda completa de metais. Todo mundo — Stern, Marta, meu pai, Anna e eu — concluiu que é melhor para nós se ela permanecer uma das testemunhas que ambos os lados temem chamar, pois são incapazes de prever o que sairá de bom para eles.

— Uma coisa que Stern me disse esta noite é que ele não queria que meu pai depusesse.

— Sério?

— Ele temia que isso ajudasse Tommy a unir os pontos diante do júri. E ele pensou que havia uma chance remota de que Yee pudesse mudar sua decisão sobre o caso extraconjugal e deixasse Tommy se aprofundar nele. O que ele tentou fazer.

— Você está *brincando*!

— Eu mal consegui ficar ali e escutar a argumentação. Sabe, continuo tipo "Ora, vai se foder"... o meu pai?... toda vez que surge esse assunto.

Anna não se apressa, seguindo cuidadosamente. Geralmente, vemos esse assunto de modos diferentes, porque, em poucas palavras, ele não é pai dela.

— Não é atribuição minha — diz ela — e já lhe disse isso antes, mas cedo ou tarde você vai ter que superar isso.

Essa já é uma discussão antiga. E sempre retorna para minha teimosa convicção de que o caso extraconjugal teve algo a ver com a morte de minha mãe.

— Isso foi uma puta estupidez — digo. — E um puta egoísmo. Você não acha?

— Foi — concorda ela. — Mas eis o que eu acho *realmente*. O cara que conheci e por quem me apaixonei. Esse cara...

— Um cara do cacete — digo.

— Totalmente — retruca ela. — Bem, esse cara superlegal foi assessor na Suprema Corte Estadual. Uma repartição para a qual, coincidentemente, o pai dele estava concorrendo. E esse cara superlegal costumava aparecer para trabalhar na Suprema Corte com erva no bolso. Se ele fosse apanhado, sairia na primeira página. Mesmo se perdesse o emprego. E sua licença de advogado por algum tempo. E talvez a eleição de seu pai.

— Tá legal, mas na ocasião eu me sentia realmente na merda.

— E, provavelmente, seu pai. E, pelo que se sabe, a garota também. E entendo que seu pai o decepcionou. Mas todos nós, de vez em quando, fazemos coisas estranhas, inacreditáveis, e magoamos as pessoas que achamos que amamos. Se uma pessoa faz o tempo todo esse tipo de merda, então você tem todo o direito de odiá-la até a medula, mas todos nós temos os nossos momentos. Você não iria querer ouvir todo o tipo de lance sexual que eu fiz.

— Isso com certeza. — Umas duas histórias de Anna já foram o suficiente. Ela passou muito tempo procurando amor em todos os lugares errados. — Ainda assim, há uma diferença entre as porra-louquices que a gente faz quando é jovem e as porra-louquices que a gente faz quando já sabe se mancar.

— Isso é muito conveniente, não acha?

— Eu não sei o que achar — respondo. Já tive o bastante até agora. As luzes, tremeluzindo na ponte de Nearing, turvam a vista. Vou chorar. Todos os dias chego a esse ponto, quando tudo me esmaga e daria qualquer coisa para ser capaz de acionar o avanço rápido e lidar com um futuro certo. — Detesto isso. Detesto essa porra dessa situação.

— Eu sei, meu bem.

— Detesto tudo isso.

— Eu sei.

— Vamos para casa — digo então. — Eu quero ir para casa.

Capítulo 30

TOMMY, 23 DE JUNHO DE 2009

Mais um dia no tribunal. A defesa estava claramente mobilizada. Apesar da surra que levou ontem, Rusty surgiu aparentando tranquilidade e até mesmo usando uma gravata nova, de um tom violeta chamativo que parecia se gabar de que seu espírito permanecia imperturbado. Stern dava instruções de sua cadeira, como se fosse um trono, e Marta e o resto da equipe desenvolviam grande atividade.

Marta parou diante da mesa da defesa. A idade favorece algumas pessoas e, certamente, fez bem a ela. Quando começou a advogar com Stern, Marta era tipo um bule de chá fervente, guinchante e agitada. Mas algo ao se tornar esposa e mãe a tinha acalmado. Ela ainda seria capaz de pegar no pé de alguém, mas normalmente por um bom motivo. Após o último bebê, ela emagreceu cerca de 7 quilos e tem conseguido se manter assim. Embora seja a cara de um pai não-tão-bonito-assim, ela na verdade tem uma certa atratividade. E é uma baita advogada. Não é um espetáculo como seu velho, mas é inteligente e firme, com muito do senso jurídico instintivo do pai.

— Vamos precisar do computador de Rusty — disse ela a Tommy. — Provavelmente esta tarde.

Tommy abanou a mão num gesto magnânimo, como se não se importasse, como se a defesa e suas bobagens fossem irritantes, mas apenas do modo trivial como o são os mosquitos. Quando ela se afastou, porém, ele fez uma anotação em seu bloco: "Computador???", e a sublinhou várias vezes. Tendo em vista o quanto era devastadora a prova das mensagens deletadas e das buscas na internet, os promotores faziam questão de levar o PC de Rusty todos os dias para o tribunal, na embalagem a vácuo de poliéster rosado na qual tinha sido encerrado desde que fora recapturado do juiz Mason, em dezembro passado. Ele ficava o dia todo na mesa da acusação, bem diante do júri.

Estrepitando como um trem de passagem, Brand chegou com o carrinho de transporte de material para o julgamento, Rory e Ruta, a assistente, atrás dele.

— Quem diabos é ela? — sussurrou Brand, ao chegar à mesa da defesa.

Tommy não fazia ideia do que Brand estava falando.

— Tem uma latina baixinha no corredor. Achei que talvez você a tivesse visto.

Brand gesticulou para Rory e pediu que ela descobrisse o que podia. Quando Rory partiu, Tommy gesticulou para o computador.

— Eles querem ligá-lo?

— Ela disse "usá-lo".

— Precisamos falar com Gorvetich. Minha impressão é que, se for ligado, vai bagunçar tudo.

Tommy sacudiu a cabeça em desacordo, mas Brand não se contentou.

— Chefe, isso não deve ser feito assim. Até mesmo ligar o interruptor pode causar mudanças no HD.

— Jimmy, isso não importa. O computador é dele. E *nós* o colocamos em questão. Yee jamais atenderia se disséssemos que eles deveriam fazer uma simulação. Se eles querem mostrar alguma coisa no computador para o júri, não podemos impedi-los de fazer uma demonstração com a própria prova.

— Para demonstrar o quê?

— Eu não recebi esse memorando — disse Tommy.

Rory estava de volta com um cartão, e os quatro se acotovelaram em volta dela. Rosa Belanquez era a chefe de serviços ao cliente da agência do banco First Kindle em Nearing.

— O que ela vai dizer? — perguntou Brand.

— Ela alega que só está aqui para testemunhar sobre os registros — respondeu Rory.

Isso não fazia sentido para nenhum deles. Quase todos os registros do banco, que Rory levantara no outono passado, tinham sido excluídos das provas porque se relacionavam ao caso extraconjugal de Rusty. As únicas exceções eram os cheques administrativos que ele mandara para Prima Dana. Brand olhou para Tommy. Era exatamente como Tommy dissera na noite anterior. Stern estava aprontando alguma.

— Que tal a gente meter medo nela? — sugeriu Brand. — Dizer que seu testemunho viola a carta dos noventa dias.

— Jimmy!

Tommy não conseguiu controlar direito o volume e, através da sala, Stern, Marta e Nat se sobressaltaram. Mas a ideia de Brand era perigosa e idiota. A primeira coisa que Rosa faria seria perguntar a Stern, que então iria ao juiz e acusaria os promotores de obstrução da justiça. Com certa razão. Testemunhar nada tinha a ver com a carta dos noventa dias.

À medida que o julgamento avançava, Brand se tornava mais intenso. A vitória estava à vista, e o fato de que podiam ganhar um caso que parecia uma péssima aposta desde o início o reenergizara de um modo doentio. Era o futuro de Tommy, o legado de Tommy, que estava em jogo. Mas Brand era um samurai que considerava os interesses de Tommy mais importantes do que os seus. Essa parte era comovente. Contudo, a maior fraqueza de Brand como advogado era, e sempre fora, seu equilíbrio. Tommy esperou, como sempre, até Brand voltar a si.

— Desculpe — disse ele, e repetiu a palavra várias vezes. — Eu simplesmente não sei o que Stern está aprontando.

O meirinho proclamou "Todos de pé" e Yee surgiu investindo pela porta atrás da bancada.

Tommy deu uma palmadinha na mão de Brand.

— Você já vai descobrir — disse.

Capítulo 31

NAT, 23 DE JUNHO DE 2009

Meu pai apanha a gravata violeta e dá-lhe um nó, olhando no espelho do banheiro masculino, depois volta-se para mim, em busca de aprovação.

— Perfeito — digo-lhe.

— Obrigado novamente por ter ido lá. — Por um segundo nos entreolhamos, enquanto a muda infelicidade percorre seu rosto. — Que puta confusão — diz ele.

— Viu o jogo dos Traps ontem à noite? — pergunto.

Ele dá um gemido.

— Quando é que eles vão vencer? — Essa é a eterna pergunta. Ele se olha no espelho mais um segundo. — Hora de mandar brasa — diz.

Sempre formal numa sala de julgamento, meu pai espera até o juiz Yee lhe pedir que reassuma o banco antes de ele sentar-se em seu lugar debaixo do dossel de nogueira, a fim de que os jurados o vejam fazer isso. Stern, Marta e Mina, a consultora de júri, todos achavam que conseguiram um ótimo grupo. Quiseram negros da cidade e gente do subúrbio que se identificariam com meu pai, e nove dos primeiros 12 assentos estão ocupados por homens das duas categorias. Observo para ver se algum deles está disposto a olhar para meu pai após a surra que ele levou ontem. Isso, supostamente, é um indicativo de sua solidariedade, e fico animado em notar que dois dos negros, que moram distantes um quarteirão um do outro no

North End, sorriem e balançam a cabeça minuciosamente para meu pai quando este se instala.

Nesse meio-tempo, Stern usa a mesa e um impulso de Marta para se colocar lentamente de pé. A urticária hoje certamente não está tão vermelha.

— Bem, Sabich, ontem, quando respondia às perguntas do Sr. Molto, você lhe mostrou inúmeras vezes que eles estavam lhe pedindo para que supusesse uma porção de coisas, principalmente a causa da morte de sua esposa. Você se recorda dessas perguntas?

— Protesto — diz Tommy.

Ele não gosta da introdução, mas o juiz rejeita.

— Sabich, você sabe com certeza como sua esposa morreu? — pergunta Stern.

— Eu sei que não a matei. Apenas isso.

— Você ouviu os testemunhos?

— Claro.

— Sabe que, primeiramente, o legista atestou que ela morreu de causas naturais.

— Sei.

— E você e o Sr. Molto discutiram a possibilidade de que, na empolgação de receber seu filho e a nova namorada dele para jantar, sua esposa, acidentalmente, tomou uma overdose de fenelzina.

— Lembro-me.

— E também falaram sobre a possibilidade de ela ter tomado uma dose normal de fenelzina e morrido acidentalmente por causa de uma interação fatal com algo que ela comeu ou bebeu?

— Recordo-me.

— E, Sabich, tendo em vista o que o Sr. Molto perguntou, alguma dessas outras teorias sobre o modo da morte de sua esposa... causas naturais, uma overdose acidental ou interação com o medicamento... algumas delas parece incompatível com as provas?

— De modo algum. Todas parecem plausíveis.

— Mas existe uma suposição, baseada nas provas de como sua esposa morreu, uma teoria que, de acordo com todas as provas, lhe parece a mais provável?

— Protesto — diz Tommy. — Isso requer uma opinião que a testemunha não está qualificada para dar.

O juiz bate um lápis na bancada, enquanto pensa.

— Essa ser teoria da defesa? — pergunta ele.

— Como suposição, meritíssimo, sim — responde Stern. — Sem excluir outras possibilidades, essa é a teoria da defesa de como a Sra. Sabich morreu.

Réus têm permissão especial para oferecer livremente hipóteses de sua inocência, um modo de explicar a prova que os isenta de culpa.

— Muito bem — diz Yee. — Protesto negado. Prossiga.

— Você se lembra da pergunta, Sabich? — pergunta Stern.

— Claro — responde meu pai. Ele demora mais um segundo para se ajeitar na cadeira e olha diretamente para os jurados, algo que não fez anteriormente com frequência. — Acredito que minha mulher se matou com uma overdose proposital de fenelzina.

No tribunal, já notei, você avalia o choque pelo som. Às vezes, uma resposta em particular produz o ruído de um enxame de abelhas numa colmeia. Em outros momentos, como este, as consequências de uma resposta se refletem pelo absoluto silêncio que se segue. Todos aqui precisam pensar. Mas, para mim, essa resposta desenterra um medo há muito sepultado na parte mais escura do meu coração. O efeito ondula para o exterior, do peito para os pulmões e para os membros. E sei, com uma sensação de indizível alívio, que é a absoluta verdade.

— Você certamente não disse isso à polícia — diz Stern.

— Na ocasião, Sr. Stern, eu sabia apenas uma fração do que sei agora.

— Mesmo assim — rebate Stern. Ele está apoiado com uma mão na ponta da mesa da defesa e gira um ou dois passos em volta do eixo do punho. — Não houve bilhete, Sabich.

— Não — diz ele. — Acho que a esperança de Barbara era fazer com que sua morte parecesse de causas naturais.

— Como atestou inicialmente o legista — lembra Stern.

— Protesto — diz Tommy.

Yee concorda, mas sorri de modo particular para a habilidade de Stern.

— E por que, na sua opinião, a Sra. Sabich desejaria ocultar o fato de ter tirado a própria vida?

— Acredito que por causa do meu filho.

— E, pelo seu filho, está se referindo àquele belo rapaz sentado na primeira fila?

— Estou.

Meu pai sorri para mim, em proveito do júri. Não é um momento em que me sinto bem ao ser exposto e é difícil até mesmo retribuir o sorriso.

— E por que sua esposa não iria querer que seu filho soubesse que ela morreu pelas próprias mãos?

— Nat é filho único. Acredito que ele seria o primeiro a admitir que passou por maus bocados enquanto crescia. Ele é um excelente homem com uma excelente vida agora. Mas sua mãe sempre foi protetora. Tenho certeza de que Barbara iria querer limitar a aflição e a dor de Nat, se ela acabasse sua vida desse modo.

Stern nada diz, mas assente ligeiramente, como se tudo fizesse sentido para ele. Como o faz para mim agora. É o tipo de conhecimento não dito que minha depressão descende da de minha mãe. Por causa disso, minha mãe não iria querer que eu soubesse que ela foi incapaz de domar o deus selvagem. Teria sido para mim uma profecia desanimadora.

— E, Sabich, pelo que sabe, sua esposa tinha algum histórico de tentativas de suicídio?

— Por causa da intensidade das depressões de Barbara, o Dr. Vollman sempre me aconselhava a ficar de olhos abertos. E, sim, estou ciente de uma tentativa que ocorreu no fim dos anos 1980, quando Barbara e eu nos separamos.

— Peço remoção dos autos — diz Tommy. — Se ocorreu enquanto eles estavam separados, o juiz Sabich não pode testemunhar a partir de um conhecimento pessoal.

— Deferido — diz Yee.

Stern concorda sorridente com a cabeça e diz:

— Então teremos que chamar outra testemunha.

Tommy levanta-se novamente.

— A mesma moção, meritíssimo. Isso não foi uma pergunta. Foram indicações.

— Foi uma objeção ou uma reconsideração, meritíssimo? — rebate Stern.

Yee, que tem senso de humor, sorri abertamente, revelando seus pequenos dentes.

— Meninos, meninos — diz ele.

— Pergunta retirada — diz Stern.

Durante essa cena paralela, os olhos do meu pai novamente se encontraram com os meus. Eu sei por que ele se desculpou ontem. A mudança para Detroit, quando eu tinha 10 anos, não tornou minha mãe mais feliz, fosse lá o que ela tivesse previsto. Como sempre acontece com as crianças, eu sabia que algo estava desesperadamente errado. Frequentemente, tinha pesadelos e acordava com as cobertas emboladas, o coração disparado e gritando pela minha mãe. Às vezes, ela vinha. Às vezes, eu tinha de levantar e ir procurá-la. Ela quase sempre estava sentada em seu quarto, no escuro, tão perdida em si mesma que levava vários segundos para me ver parado bem diante dela. Mais e mais frequentemente, eu simplesmente acordava para dar uma checada nela. Certa noite, não consegui encontrá-la. Fui de quarto em quarto, gritando seu nome, até me lembrar do banheiro. Ela estava lá, numa banheira cheia. Foi um momento espantoso. Não estava mais acostumado a ver minha mãe nua. Mas isso importava muito menos do que o fato de que ela estava com um pequeno abajur na mão, o qual tinha sido ligado na tomada do outro lado com uma extensão.

Quero dizer que fiquei parado ali por um minuto. Tenho certeza de que foi muito menos do que isso, apenas segundos, mas ela esperou muito tempo antes de se voltar para mim e para a vida.

— Tudo bem — disse ela então. — Eu ia ler.

— Não, não ia — falei.

— Tudo bem — disse ela. — Eu ia ler, Nat.

Gritei, bem alto, de desespero. Ela se levantou, nua, para me abraçar, mas tive o bom-senso de ir direto para o telefone e ligar para meu pai. Dias depois, minha mãe foi diagnosticada como bipolar. O caminho de volta ao meu pai, à nossa família, à nossa vida anterior, começou então. Mas aquele momento, como um espectro, nunca foi banido por completo dos momentos em que minha mãe e eu estivemos juntos pelo resto de sua vida.

— Você e sua esposa alguma vez discutiram o fato de que ela tentou suicídio?

— Protesto — diz Tommy. — Testemunho de ouvir dizer.

— Você e sua mulher discutiram se ela cometeria suicídio?

Do outro lado, Tommy franze a testa. Mas é finalmente vencido. Por motivos que nunca entendi, na faculdade de direito, o que minha mãe disse sobre o passado é "ouvir dizer", e o que ela disse sobre o futuro não é.

— Quando voltamos a viver juntos, no fim dos anos 1980, ela me garantiu repetidamente que nunca faria isso novamente com Nat... que ele jamais entraria num aposento e veria aquilo.

Eu sei que é verdade porque ela me fez a mesma promessa centenas de vezes.

— Nat morava com vocês, ano passado, quando Barbara morreu?

— Não.

— E a promessa de sua esposa a respeito de Nat também reforçaria sua crença sobre por que ela preferiria fazer seu suicídio parecer uma morte por causas naturais?

— Sim.

— Pelo que sabe, Sabich, Barbara tentou alguma vez suicídio enquanto viviam juntos?

— Não.

— Então não tinha qualquer experiência sobre o comportamento aparente que sua esposa pudesse demonstrar se ela tivesse a intenção de acabar com a própria vida?

— Não, não tinha.

— Mas se ela deixasse transparecer que seguiria nesse curso, o que você faria?

— Protesto. Especulação — diz Tommy.

— Você tentaria detê-la?

— Claro.

A segunda pergunta e resposta são feitas rapidamente antes que o juiz pudesse decidir sobre a objeção inicial.

— Deferido, deferido — diz Yee.

— Portanto, se Barbara tivesse intenção de se matar, Sabich, ela teria de esconder o fato de você e de seu filho?

— Juiz! — diz Tommy, asperamente.

Na cadeira, meu pai gira a cabeça na direção de Tommy e responde, como se tivesse chamado: "Sim?" Ele se retrai imediatamente, vexado pelo seu próprio engano.

— Oh, meu Deus — diz ele.

Yee, um gozador, ri loucamente, e toda a sala cai na gargalhada junto com ele. É um alívio cômico numa sombria discussão e a risada prossegue por algum tempo. No fim, Yee sacode o dedo na direção de Stern.

— Chega, Sr. Stern. Já entendemos.

Stern responde inclinando a cabeça, um desajeitado esforço de uma humilde mesura, antes de prosseguir.

— Sua esposa estava familiarizada, se é que sabe, com o caso de John Harnason?

— Conversamos sobre o assunto, quando surgiu e também posteriormente. Ela ficou interessada porque leu sobre o caso nos jornais e também porque lhe contei sobre o modo como o Sr. Harnason me abordara, após a argumentação oral. E, é claro, nas semanas antes de Barbara morrer, o Sr. Harnason foi assunto de inserções eleitorais de televisão transmitidas pelo meu oponente na campanha eleitoral para a Suprema Corte Estadual. Minha mulher se queixava frequentemente das inserções, por isso sei que os viu.

— A Sra. Sabich leu a decisão do Tribunal de Recursos sobre o caso Harnason?

— Leu. Eu discordava muito raramente. Barbara não tinha grandes interesses no meu trabalho, mas, como disse, ela acompanhava o caso e me pediu que levasse para casa uma cópia da decisão.

— E, confirmando o que já está nas provas, a decisão discute o fato de que certas drogas, inclusive inibidores MAO, não são cobertas pelos exames toxicológicos de rotina?

— Sim, discute.

Stern então se dedica a outros assuntos. Meu pai explica, demoradamente, que ele e minha mãe interromperam sua separação em 1988, com um acordo de que ela continuaria o tratamento de seu transtorno bipolar, e era por isso que estava tão interessado em apanhar as pílulas e até mesmo guardá-las. Tudo isso pretendia explicar claramente por que suas impressões digitais estavam no frasco de fenelzina. Stern então cochicha com

Marta, que atravessa a sala para falar com Brand. Ela retorna com uma prova em seu envelope de papel calandrado.

— Bem, Sabich, o Sr. Molto lhe perguntou sobre suas consultas a Dana Mann. Recorda-se disso?

— Claro.

— E sua esposa conhecia pessoalmente o Sr. Mann?

— Sim. Dana e sua esposa, Paula Kerr, foram meus colegas de turma na faculdade de direito. Como casais, convivíamos muito socialmente, principalmente por essa ocasião.

— E ela sabia qual era a especialidade em direito do Sr. Mann?

— Certamente. Apenas um exemplo, cinco ou seis anos atrás, quando Dana era presidente da Associação dos Advogados de Direito de Família, ele me pediu que fizesse um discurso num evento da organização. Paula foi e Barbara também participou do jantar.

— Bem, o Sr. Molto, num interrogatório, lhe perguntou sobre suas duas consultas ao Sr. Mann. E creio que, na segunda vez, em 4 de setembro de 2008, você estava com uma vaga ideia de se divorciar. É correto?

— Sim.

— E o Sr. Mann lhe enviou as contas pelos seus serviços.

— A meu pedido. Não queria, por muitos motivos, que ele trabalhasse de graça.

— Só se consegue aquilo pelo que se paga?

Meu pai sorri e confirma com a cabeça. O juiz lembra-lhe que deve responder em voz alta e ele diz sim.

— E, chamando sua atenção para a Prova 22 do Estado, esta é a última fatura que ele lhe enviou em setembro de 2008? — Neste momento, a fatura surge na tela.

— É.

— E foi enviada para o endereço de sua casa em Nearing, correto?

— Sim.

— Foi desse modo que recebeu essa conta... em casa?

— Não, o que recebi foi uma cópia enviada por e-mail. Pedi que toda a correspondência fosse enviada para meu e-mail pessoal.

— Mas você pagou essa fatura, a Prova 22, certo?

— Sim. Fiz dois saques no caixa eletrônico e comprei um cheque administrativo no banco.

— Que banco foi esse?

— O Kindle de Nearing.

— Este foi o cheque administrativo que enviou, a Prova 23, correto?

— Correto.

O cheque surgiu na tela. Na parte das observações, há o número da fatura e as palavras "4/9/08 Conferido".

— E, voltando à questão, Sabich, você enviou um cheque administrativo, em vez de um cheque pessoal, por que motivo?

— Para não ter que contar a Barbara que havia me consultado com Dana, nem por quê.

— Muito bem — diz Stern. E dispara apenas um ligeiro olhar em direção a Tommy, para que este saiba que ele sacou a imitação do dia anterior. — E, finalmente, chamando sua atenção para a Prova 24, que também foi aceita durante o depoimento do Sr. Mann. O que é isso?

— O recibo do meu pagamento.

— E, novamente, está endereçado à sua casa em Nearing. Foi lá que o recebeu?

— Não, eu o recebi por e-mail.

— Bem, Sabich, todas essas provas documentais recebidas por e-mail... as 22, 23 e 24, e as duas confirmações de suas consultas... todos esses registros foram deletados do seu computador pessoal. Correto?

— Eu ouvi o depoimento do Dr. Gorvetich a esse respeito.

— Você deletou esses e-mails?

— Faz sentido, Sr. Stern, que eu tenha feito isso, porque, como testemunhei, não queria que Barbara soubesse de minhas consultas com Dana Mann até eu ter certeza de que pediria o divórcio. Mas, pelo que me lembro, eu não fiz isso. E sei, com certeza, que jamais baixei qualquer software de fragmentação para meu computador.

— E nunca comentou com a Sra. Sabich sobre essas consultas ao Sr. Mann ou que pensava em divórcio?

— Não.

Stern se curva para falar com Marta. Finalmente, diz ao juiz:

— Nada mais.

Yee sinaliza com a cabeça para Tommy, que salta da cadeira como um palhacinho de uma caixa de surpresa.

— Juiz, quanto à sua teoria de que sua esposa se matou tomando uma overdose de fenelzina. Há impressões digitais dela no frasco do medicamento que estava no armário de remédios?

— Não.

— São de quem as impressões nesse frasco, juiz?

— Minhas — responde meu pai.

— Apenas as suas, correto?

— Correto.

— E os sites sobre fenelzina... eles foram visitados em setembro de 2008 pelo computador de quem?

— Pelo meu.

— O computador de sua esposa também foi periciado?

— O Dr. Gorvetich testemunhou que sim.

— Havia alguma busca sobre a fenelzina no computador dela?

— Não que fosse identificada.

— E sobre essa ideia de que sua esposa se matou, juiz. Durante vinte anos, de 1998 a 2008, ela não fez qualquer atentado contra a própria vida, correto?

— Pelo que me diz respeito.

— E, em setembro de 2008 passado, pelo que sabe, houve alguma mudança com a Sra. Sabich?

Meu pai olha duramente para Tommy. Não sei exatamente o que aconteceu, mas trata-se claramente do momento que meu pai esperava.

— Sim, Sr. Molto — diz meu pai —, houve uma mudança significativa.

Tommy parece ter sido estapeado. Fez uma pergunta achando que era segura, mas, em vez disso, caiu de um abismo. Tommy olha de relance para Brand, o qual, abaixo da mesa da acusação, abre a mão e a baixa uns 3 centímetros. Sente-se, é o que está dizendo para Tommy. Não piore as coisas.

E é isso que Tommy faz. Ele diz "Nada mais", e o juiz Yee fala para meu pai descer. Meu pai fecha o paletó e lentamente desce os três degraus que levam ao banco das testemunhas. Ele parece um soldado orgulhoso, ombros para trás, cabeça erguida, olhos à frente. Por mais que isso parecesse impossível no fim da noite de ontem, meu pai, de repente, parece ter vencido.

Capítulo 32

NAT, 23 DE JUNHO DE 2009

O juiz Yee manda Stern chamar sua próxima testemunha, ao que Marta levanta-se de um salto e chama Rosa Belanquez, que revela ser chefe de serviços ao cliente do banco de meus pais.

A Sra. Belanquez é uma bela mulher na casa dos 30 anos, um pouco rechonchuda e muito bem-vestida para seu momento no grande espetáculo. Há uma pequena cruz em seu pescoço e um pequeno diamante no seu dedo anelar. Ela é Estados Unidos, o bom Estados Unidos, uma mulher que provavelmente veio para cá ou cujos pais vieram, que deu duro e para quem aconteceram as coisas boas, um emprego seguro num banco, algum sucesso, um pouco de dinheiro, o suficiente para ajudar sua família, a quem cria como foi criada, para trabalhar duro, fazer as coisas certas, amar a Deus e ao próximo. Ela é de fato uma dama encantadora. Pode-se perceber isso pelo modo como se instala no banco das testemunhas e sorri para Marta.

— Chamo sua atenção para o dia 23 de setembro de 2008: teve alguma conversa com uma mulher que se identificou como Barbara Sabich?

Faço as contas: 23 de setembro de 2008 foi a terça-feira antes de minha mãe morrer.

— Tive.

— E o que essa Sra. Sabich disse e o que a senhora disse?

Brand, grande e maciço, usando um pesado terno de tecido xadrez em pleno verão, levanta-se e protesta:

— Ouvir dizer.

— Juiz — diz Marta —, nada disso será usado para atestar a verdade. É apenas para demonstrar conhecimento.

O juiz Yee concorda com a cabeça. Marta está alegando que a defesa não tenta usar as afirmações de minha mãe para provar que qualquer coisa que ela disse é realmente verdade, mas apenas que ela disse.

— Uma resposta cada vez — diz o juiz.

Ele quer dizer que decidirá em cada resposta sobre a objeção de ouvir dizer, uma vantagem para a defesa, que poderá demonstrar tudo isso para o júri, mesmo se o juiz, no fim das contas, decidir que aquilo não deveria ter sido ouvido.

— Antes de mais nada — pergunta Marta —, a Sra. Sabich levava alguma coisa consigo?

— A Sra. Sabich tinha um recibo de um escritório de advocacia.

— Chamo sua atenção para o que foi registrado e aceito como Prova Documental do Estado 24, você reconhece esse documento?

O recibo do escritório de Dana Mann, que esteve na tela poucos minutos atrás, no fim do testemunhos de meu pai, reaparece ali.

— Era esse o recibo que estava com a Sra. Sabich.

— E a Sra. Sabich disse como o tinha recebido?

— Protesto. Ouvir dizer — diz Brand.

Marta lhe dá um olhar de desagrado, mas retira a pergunta.

— Muito bem — diz ela. — A senhora se lembra como a Sra. Sabich lhe mostrou o recibo?

— Ele estava num envelope.

— Que tipo de envelope?

— Um envelope padrão comercial.

— A senhora se lembra se havia algum carimbo nele?

— Da empresa de processamento Pitney Bowes, creio.

— Viu algum endereço de remetente no envelope?

— O que aconteceu foi que — diz a Sra. Belanquez — ela me entregou o envelope e tirei o recibo. Era do correio. Dava para ver.

Brand se levanta para protestar novamente. Tommy segura-o pela manga, e Brand se senta sem dar uma palavra. Tommy não quer que pareça que os promotores estão escondendo alguma coisa. Mais do que seu chefe, Brand está inclinado a lutar, mesmo que os fatos sejam óbvios. O escritório de Prima Dana estragou tudo e enviou pelo correio, para a casa dos meus pais, um recibo pela fatura que meu pai tinha pago, e minha mãe, que normalmente cuidava de todas as contas, abriu o envelope e foi ao banco para saber do que se tratava.

— Agora nos fale, por favor, sobre a conversa que teve com a Sra. Sabich.

— Havia o número de um cheque administrativo no recibo. — A Sra. Belanquez vira-se na cadeira e aponta para a tela atrás de si. — Ela queria saber se aquele número era nosso. Eu disse que achava que sim, mas que tinha de verificar. Fui consultar os registros e então lhe disse que eu precisava falar com o gerente.

Marta apanha um envelope de plástico na mesa da defesa e vai até Brand. Ele o examina e se levanta.

— Juiz, nós não vimos isso.

— Meritíssimo, este documento foi fornecido à defesa pela acusação em novembro passado, durante a descoberta inicial.

Deve ser verdade, pois a detetive Gissling está gesticulando para Brand e concordando com a cabeça. Marta cochicha com Brand, que levanta a mão; o papel é aceito como prova e um slide dele é projetado na tela, pelo assistente de Stern, para os jurados verem. Trata-se da requisição de um cheque administrativo. Eu vi esse documento no outono passado. Ele não queria dizer muita coisa, em comparação com o cheque para o laboratório que fez o exame de DST.

— Chamo sua atenção para a Prova Documental da Defesa 1, o que é isso?

— É o registro que fui consultar. O backup de nossa checagem bancária.

— Bem, a senhora disse que teve uma conversa com seu gerente.

— Sim.

— E, após falar com o gerente, voltou a conversar com a Sra. Sabich?

— Sim, claro.

— E o que disse a ela?

— Eu disse a ela... — A Sra. Belanquez sorri, umedece os lábios e se desculpa por estar nervosa. — Eu disse a ela o que o gerente tinha falado.

— E o que foi?

Brand protesta que isso é ouvir dizer.

— Eu quero ouvir — diz o juiz Yee.

— Bem, veja. O juiz comprou o cheque administrativo com o dinheiro que tinha em mãos e mais 300 dólares de um saque que fez ali mesmo no caixa eletrônico. Isto é, a gente sabe porque o caixa eletrônico registra a hora. Portanto, foi basicamente um saque da conta-corrente. E não lhe cobramos a emissão do cheque administrativo porque ele era um correntista. Então a questão era, bem, tratava-se de um dado da conta, e havia o que ela podia ver e o que ela não podia, porque ela, a Sra. Sabich, também era titular da conta. E o gerente disse apenas, bem, se lhe demos um cheque administrativo de graça porque ele tem conta, e ela tem conta, então é um dado da conta e pode lhe mostrar o que ela quiser ver. Então eu lhe disse isso. E lhe mostrei a fatura de compra do cheque e o próprio cheque.

— E, chamando sua atenção para a Prova Documental do Estado 23, é este o cheque do banco que mostrou à Sra. Sabich?

Pagável a "Mann e Rapini", o cheque exibia na parte das observações "Pago-Fatura 645332".

A Sra. Belanquez diz "Sim", e Marta fala que não tem mais nada a indagar. A sala fica em silêncio. Todos sabem que alguma coisa aconteceu, uma coisa imensa. Meu pai disse que minha mãe cometeu suicídio e agora existe um motivo. Porque ela sabia que ele fora se consultar com Dana, o advogado especialista em divórcios, e estava se preparando para deixá-la.

Do outro lado da sala, Brand não está feliz. Promotores raramente se sentem felizes quando a defesa revela que sabe algo que eles não sabem. Ele está sentado em sua cadeira com as pernas abertas, ele joga a caneta no ar e a apanha antes de deixar seu lugar com o ar de um vaqueiro prestes a ir atrás de um animal rebelde.

— Então foi essa a conversa toda que teve com a Sra. Sabich? — pergunta ele.

— De modo algum.

— Bem, conte-nos o que mais aconteceu — diz Brand, como se fosse a pergunta mais natural do mundo, como se simplesmente não pudesse entender por que a própria Marta não a fez.

A arte da sala de julgamento continua a me impressionar, as improvisações teatrais e os modos indiretos de se comunicar com o júri.

Em reação, Marta, com sua jaqueta de seda estampada, põe-se de pé, mas nada diz enquanto a Sra. Belanquez responde.

— Bem, depois que viu o cheque administrativo, ela quis saber se havia outros, para que pagamentos foram usados e não sei o que mais. E assim ficamos, para lá e para cá, com outros cheques e extratos e recibos de saques e de depósitos. Uma gama de transações. Ficamos nisso quase o dia todo.

— Juiz — diz Marta —, creio que estamos nos desviando muito do objetivo. Estamos agora falando de documentos sobre os quais o meritíssimo decidiu várias vezes que nada têm a ver com o caso.

— Mais alguma coisa, Sr. Brand? — pergunta o juiz Yee.

— Creio que não — diz Brand.

Mas ele recuperou um pouco de terreno, deixou que os jurados soubessem que mais alguma coisa estava ocorrendo. A Sra. Belanquez é dispensada e, com seus saltos altos, sai ressoando da sala, lançando um sorriso para Marta, de quem ela deve gostar. Seu forte perfume deixa rastros atrás dela quando passa por mim na primeira fila.

Não tenho certeza se algum dos espectadores atrás de mim, inclusive os jurados, absorveram integralmente o impacto do depoimento da Sra. Belanquez. Mas, novamente, tenho aquela sensação de que meu coração bombeia chumbo derretido. Eu não deveria estar surpreso. O tempo todo me foi dito que minha mãe sabia. Ainda assim, é insuportável, principalmente quando acrescento o conteúdo daqueles documentos que os jurados jamais conhecerão de fato. Vejo tudo perfeitamente — a escrivaninha da Sra. Belanquez no banco, com os habituais acessórios falsos coloniais, e clientes e funcionários afluindo de todos os lados, e ali está a minha mãe, que às vezes precisava de meio Xanax antes de sair em público, que detestava se sentir observada ou exposta. E agora está sentada diante da amável Sra. Belanquez, enquanto monta as peças do que estava acontecendo, primeiro que meu pai fora procurar Dana Mann, um advogado de divórcios, para orientação profissional, havia poucas semanas, e então, 15 meses antes, ele andara, espertamente, desviando dinheiro de seu contracheque para gastar em coisas como um exame para detectar doenças sexualmente transmissíveis. Ela sabe então que ele tem sido infiel, que mentiu para ela sem parar, de dezenas de modos, inclusive o pior de todos: se ele continuaria sendo seu marido, e ela tem de aguentar tudo com o rosto impassível e o coração despedaçado, sentada diante da Sra. Belanquez, sabendo que Rosa Belanquez é capaz de ver a aliança em seu dedo e, portanto, a magnitude de sua humilhação.

No momento, estou no corredor, do lado de fora da sala, chorando. Agora está tudo claro, ela voltou para casa, naquela terça-feira, e, mais cedo ou mais tarde, vasculhou os e-mails de meu pai e tomou conhecimento do que mais havia para descobrir sobre com quem ele andara trepando no ano anterior. Será que eles brigaram, na semana anterior à sua morte? Será que eles berraram, gritaram, derrubaram a mobília e simplesmente exibiram um rosto feliz na noite em que Anna e eu chegamos? Ou minha mãe guardou tudo dentro de si? Deve ter sido esta última hipótese, creio. Ela já sabia, havia quase uma semana, quando fomos lá jantar, e, obviamente, guardou tudo para si mesma. Sorria e tramava, considerando suas alternativas e, agora tenho certeza, planejando a própria morte. Meu pai apanhou a fenelzina para minha mãe dois dias após ela ter estado no banco.

Marta sai para o corredor, para me encontrar. Ela tem uns 15 centímetros menos do que eu e só chega à altura do meu ombro. Usa um pesado colar de ouro trabalhado que eu não havia notado antes.

— Foi tão errado — digo.

Duvido que ela saiba exatamente o que quero dizer, pois eu mesmo, até antes de dizer, não tenho certeza se sei. Meu pai não matou minha mãe no sentido jurídico. Mas isso não muda o que aconteceu. Ele merece sair ileso do tribunal, mas, quando o fizer, em algum lugar do meu coração, a culpa sempre será dele.

CAPÍTULO 33

TOMMY, 23 DE JUNHO DE 2009

Marta quis um recesso para preparar o computador para a testemunha seguinte, e Yee não pareceu contente. Nos últimos dois dias, ficara claro que a paciência do juiz estava se esgotando. Ele estava vivendo com uma maleta, vários quilômetros longe de casa, e ainda tentava cuidar, por telefone, do seu rol de causas pendentes em Ware. Depois que retornasse, levaria meses para se livrar do acúmulo. Em vez de se gastar uma hora para retirar a embalagem a vácuo e os lacres, Yee instruiu os advogados que tivessem o computador pronto de manhã. Ele mandaria os jurados para casa e gastaria o resto do dia ao telefone, com seu gabinete, tentando cuidar de duas moções de emergência lá no sul.

Isso veio a calhar. Tommy e sua equipe precisavam de uma pausa. Brand e Marta chegaram a um acordo para que os técnicos da Promotoria de justiça retirassem a embalagem a vácuo, e os especialistas de ambos os lados, na manhã seguinte, cortariam o restante da fita gomada que protegia as provas e instalariam o computador no tribunal. Com isso, a equipe da acusação e seu carrinho de material estrepitaram de volta através da rua até a sede da Promotoria. Assim que se encontraram sozinhos no elevador do Edifício Municipal, Rory Gissling começou a se desculpar.

— Eu deveria ter sacado essa porra — disse ela.

— Não esquenta a cabeça — disse-lhe Tommy.

— Eu deveria ter farejado isso — insistiu Rory —, indagado por lá. Quando o banco reuniu todos esses documentos num nanossegundo, eu deveria ter sacado que já tinham feito isso para mais alguém.

— Você é detetive — disse Tommy —, e não adivinha.

Não foi mau, por si mesmo, os Stern terem provado o fato de que Barbara soubera que seu marido planejava deixá-la — sem mencionar as trepadas, coisa sobre a qual o júri nunca ouviria falar nada. Foi tudo na base do e daí?, realmente. E daí que ela soube. Isso abria a porta para um milhão de possibilidades que funcionavam para a acusação. Rusty e Barbara brigaram como doninhas, e ele acabou acalmando-a. Ela ameaçou contar para o filho. Ou para o *Tribune*. Sabe Deus o quê. Era um julgamento; se enrolassem mais um ou dois dias, eles encontrariam uma teoria para se ajustar aos fatos.

A defesa, porém, provara algo muito mais consequente: a acusação não sabia de tudo. Aqueles homens simpáticos do outro lado da sala ignoravam a grande prova principal num caso circunstancial. Era como se a Promotoria tivesse desenhado o mapa do mundo e deixado de fora a maior parte da América do Norte. A acusação disse que Rusty matara Barbara, e a defesa voltou e disse: "Vejam, esses caras não têm o quadro completo." Barbara recebeu uma notícia triste e foi por isso que terminou silenciosamente com sua vida.

Os quatro, Tommy, Brand, Rory e Rita, estavam sentados na sala de Tommy com a porta fechada. Tommy folheou as papeletas de recados sobre sua escrivaninha, só para fingir que não estava chateado, mas tudo o que ele realmente queria fazer era pensar no caso e tentar imaginar o quanto o dano fora prejudicial.

Brand saiu para apanhar um refrigerante e voltou.

— Por que um refrigerante daquela máquina maldita tem que custar 85 centavos? — perguntou. — Não podemos falar com o Serviços Gerais para cuidar disso? Jody consegue no Safeway a 20 centavos a lata. Que comerciantes que nada. Não passam de ladrões escrotos.

Tommy enfiou a mão no bolso e entregou a Brand uma moeda de 25 centavos.

— Diga a Jody que quero uma Coca Diet supergelada e que ela pode ficar com o troco.

— Se ele der esse telefonema, Tommy — disse Rory —, você vai ter que terminar esse caso sozinho.

Jody era também promotora-assistente quando Brand a conheceu e ele tinha a foto dela em seu dicionário ao lado da frase "Páreo duro".

— Não consigo que o Serviços Gerais pinte as paredes ou conserte o aquecimento — comentou Tommy, quando os quatro cessaram a risada momentânea.

O grupo voltou ao silêncio.

— Então Harnason foi uma coincidência? — perguntou finalmente Brand. Ele tentava imaginar o que Stern argumentaria para o júri no encerramento.

— Eles esconderam isso — disse Rory. — Barbara sabia desse caso.

— Certo — concordou Tommy. — Eles esconderam isso. O caso de Harnason foi que deu a ideia de que ela poderia se matar com uma droga que aparentaria causas naturais e não seria revelada num exame toxicológico. Então ela poderia passar para o outro lado sem abalar ainda mais o filho. É Nat que vão usar lá? Como mamãe era protetora. Ele vai confirmar essa história toda.

Isso era ruim, Tommy percebia. A história do suicídio ia livrar Rusty.

— O que faziam as impressões dele na fenelzina? — perguntou Brand.

— Bem, ele agora tem um fato ruim para explicar, em vez de seis. Todo o resto se encaixa. Vão mostrar que ela usou o computador dele. Vocês sabem disso, não? É por isso que mandaram que fosse instalado. Vão provar que ela poderia ter lido os e-mails dele. Você está basicamente pedindo ao júri que o condene, enquanto nosso próprio especialista admite que ela poderia ter manipulado o frasco sem ter deixado impressões digitais, e Rusty sempre apanhava os remédios dela.

Brand ficou sentado ali, olhando a parede. Tommy nunca havia terminado de ajeitá-la. Ele era o procurador de justiça em exercício e parecia presunçoso encher as paredes com as próprias placas e fotos. Ele pendurara uns belos instantâneos de Dominga e Tomaso e uma velha fotografia dele, com a mãe e o pai, na formatura da faculdade de direito. Mas havia vários buracos esbranquiçados, onde pedaços de tinta e reboco tinham sido arrancados, quando Muriel Wynn deixara vago o cargo, quatro anos antes, e que o Serviços Gerais, a despeito de constantes telefonemas, nunca apareceu para consertar. Brand parecia se fixar num deles.

— Nós não vamos perder essa porra deste caso — afirmou, subitamente.

— Tem sido difícil desde o início — disse-lhe Tommy.

— Está seguindo muito bem. *Não* vamos perder.

— Venha, Jimmy. Vamos tirar a noite de folga. Dar uma pensada.

— Há uma falha — disse Brand, referindo-se à nova teoria da defesa.

— Provavelmente mais do que uma, se quiser mesmo saber — rebateu o promotor público.

— Por que ela limpou o computador dele? — perguntou Brand. — Tudo bem, ela leu o que estava lá. Mas por que eliminar as mensagens?

— Certo — concordou Tommy.

Eles fariam uma série de perguntas como essa por todo o dia seguinte. Precisavam de tempo para se ajustar. E, para ser honesto, não ficar para trás. Porque havia meses que Stern e Marta andavam pensando nessas perguntas e elaborando as respostas. Querendo se sentir melhor, Brand pressionou:

— Se ela planejava se matar tranquilamente — disse Brand —, sem bilhete etc., por que deixaria rastros, deletando os e-mails dele?

Foi Rory quem primeiro se deu conta do que a defesa diria:

— Para que Sabich soubesse — disse ela. — As mensagens que ele guardou, ele guardou por um motivo. Talvez gostasse de reler os bilhetes de amor de sua namoradinha. Mas, fosse o que fosse, quando voltasse, ele veria que todas essas mensagens já eram. Ele saberia que Barbara as fragmentara, uma por uma. E, desse modo, ele saberia que a madame descobrira tudo e apagara ela mesma. Talvez por isso ela tenha feito a busca da fenelzina no computador de Sabich, para ele saber como ela se matou. Mas ele seria o único. O rapaz e o resto do mundo achariam que ela morreu por causa de seu coração fraco. Mas Sabich apodreceria com a culpa.

Brand olhava, apenas olhava Rory, a boca ligeiramente semiaberta tipo a expressão mas-que-porra.

— Merda! — exclamou então, e jogou a lata vazia de refrigerante na parede.

Não foi o primeiro a fazer isso. Havia um triângulo de reboco danificado que Tommy e seus assistentes vinham criando havia anos, quando se comportavam mal, esmagando ali seus punhos e bolas de papel e jogando objetos. A pontaria de Brand, porém, era melhor. A lata atingiu bem o meio e caiu na lata de lixo posicionada abaixo para recolher o que era lançado de vez em quando.

Todos observaram em silêncio. De manhã, Tommy disse a si mesmo, ele iria dar uma olhada para ver se havia algo mais ali embaixo na lata de lixo. O que ele estaria procurando era o caso deles.

Capítulo 34

NAT, 24 DE JUNHO DE 2009

São 7h30, e as ruas de Central City começam a se encher com os pedestres e os motoristas matutinos, com pressa para resolverem os assuntos do dia. Anna encosta o silencioso Prius no meio-fio e me deixa diante do Edifício LeSueur.

— Espero que saia tudo bem. — Estica-se para segurar minha mão. — Me mande um torpedo assim que você terminar.

Eu me curvo para receber um rápido abraço e então vou embora. Ainda não consegui abrir mão da aparência de estudante e amasso meu belo terno debaixo das alças da mochila, sacudindo-a antes de entrar.

Foi uma noite péssima. Anna ficou mortificada ao saber do testemunho da bancária e pareceu absorver cada detalhe tão duramente quanto eu. Não parou de dizer o quanto lamentava, o que acabou me irritando, porque ficou parecendo que ela esperava que eu a consolasse. Talvez estivesse presa no mesmo lugar que eu, pensando em minha mãe, naquela noite, pondo a mesa para nós quatro na varanda, sabendo que lhe poderia acontecer tudo, menos que sua vida fosse acabar.

Por causa de todo esse drama, não estive ontem em condições de repassar meu esperado testemunho com Marta e, em vez disso, ela veio ao escritório esta manhã bem cedo. Com três filhos em casa, não é fácil para ela e seu marido, Solomon, mas Marta dispensa meus agradecimentos enquanto me conduz através do escritório até a cafeteira.

Observando-a no tribunal, durante semanas, concluí que ela jamais terá uma carreira como a do pai. Tem o mesmo intelecto que ele, mas não possui a mesma magia. Ela é cordial e acessível, enquanto o pai leva vantagem por ser formal e distante, mas ela não parece se importar com isso. Marta é uma daquelas pessoas que gostam de quem são e do que acontece em suas vidas. Digo-lhe o tempo todo que ela é meu modelo.

— Foi esquisito quando decidiu advogar com seu pai? — pergunto-lhe ao nos aproximarmos da máquina de café.

É uma pergunta que há umas duas semanas tem permanecido comigo, mas, na agitação do julgamento, não houve muito tempo para fazê-la.

Ela ri e admite que, de fato, nunca tomou uma decisão. Anos atrás, após sua mãe morrer, houve uma crise na família — ela não a menciona, mas tenho certeza de que Clara, a mãe de Marta e primeira mulher de Stern, cometeu suicídio, um pensamento esquisito naquela manhã. Stern, nas palavras dela, "ficou perdido", e, sem pensar muito, Marta teve de desempenhar o papel de escudeira do pai.

— Acho que é o que as pessoas querem dizer com essa história de que há males que vêm para o bem — diz ela. — Adorei advogar com meu pai, e a verdade é que, se minha mãe não tivesse morrido, talvez isso não tivesse acontecido. Ele é o melhor advogado que já conheci e temos uma concordância no escritório que não conseguimos encontrar em qualquer outro lugar. Não me lembro de alguma vez termos erguido a voz aqui. Mas, quando Helen está viajando e o levo para jantar em casa, grito com ele assim que atravessa a porta. Ele infringe *todas* as regras que imponho às crianças. Eu amo meu pai — acrescenta Marta, após uma reflexão tardia, e enrubesce tão depressa que não percebo a princípio o que aconteceu. É a mais evidente declaração que alguém já fez de que Stern está morrendo. Ela olha para baixo, para seu café.

— Eu ainda não me recuperei da morte da minha mãe — diz ela —, e já faz quase vinte anos.

— É mesmo? Fico esperando me sentir normal novamente.

— É apenas uma nova normalidade — diz ela.

Seja qual for a distância profissional que teria de haver entre mim e Marta, ela já desapareceu amplamente. Nós simplesmente temos muito em comum. Ambos advogados. Com mães que acabaram indo ao encontro da morte e esses pais advogados que parecem grandes o bastante para bloquear o sol, mas cada qual corre perigo atualmente. Falando de modo figurado, atravessamos este caso de mãos dadas e, de fato, por um minuto, coloco meu braço sobre seu ombro, enquanto caminhamos de volta para o escritório. Ela será uma daquelas pessoas a quem recorrerei para orientação o resto de minha vida.

Repassamos rapidamente meu testemunho. Depois de ontem, grande parte dele é de coisa delicada, mas sua necessidade não é contestável.

— Qual é o lance do computador? — pergunto.

— Vamos dar um especulada. Foi ideia do seu pai. Ele diz que não há risco. Veremos. Mas quero que você possa dizer diante do júri que não discutimos essa parte antecipadamente. Apenas siga minhas instruções. Não será complicado.

De qualquer modo, a questão é óbvia, mostrar a facilidade que minha mãe teria de usar o computador dele.

Quando saio para ir ao banheiro antes de seguir para o tribunal, dou de encontro com meu pai. Ontem ele se manteve distante e mesmo agora, como de costume, não há muita coisa para nos dizermos.

— Sinto muito, Nat.

Minha mãe era baixa, por isso pareceu surpreender a todo mundo, principalmente a mim, eu ter ficado alguns centímetros mais alto do que meu pai. Durante muito tempo, me senti esquisito com o fato de olhá-lo de cima para baixo, mesmo brevemente. Ele agarra meus ombros e eu cambaleio para uma espécie de abraço, e então ele segue em sua direção, e eu sigo na minha.

Na primeira vez em que testemunhei, eu estava numa completa confusão. Nunca tinha assistido antes a um julgamento, e ali estava eu, a primeira testemunha do caso, chamada pelo promotor para fornecer provas contra meu pai pelo assassinato de minha mãe. Eu simplesmente me sentei ali em cima como um idiota e respondi o mais depressa possível. O juiz Yee vivia dizendo para eu falar mais alto. Quando Brand acabou, Marta me fez algumas perguntas planejadas para mostrar que meu pai parecia em estado de choque quando argumentou comigo sobre chamar a polícia. Então ela disse a Yee que deixaria outras questões para quando eu fosse chamado novamente pela defesa.

Quando subo, desta vez, para a cadeira debaixo do dossel de nogueira, é mais fácil. Pelo resto da vida, verei esta sala de julgamento em meus sonhos, mas, de um modo muito estranho, sinto-me em casa.

— Por favor, declare seu nome e soletre o sobrenome para os autos.

— Nathaniel Sabich. S, A, B, I, C, H.

— Você é o mesmo Nathaniel Sabich que testemunhou para a acusação do Estado?

— O próprio. — Uma jovem latina na primeira fileira do júri sorri.

— E, desde que testemunhou, tem estado presente todos os dias aqui no tribunal, isso é correto?

— É. Sou a única família que resta a meu pai, e o juiz Yee disse que eu poderia ficar aqui para lhe dar apoio.

— Mas, para sermos claros, Nat, você discutiu com seu pai as provas deste caso ou o seu testemunho no dia de hoje?

— Não. Sabe, ele me disse que não foi ele, e eu disse que acreditava, mas não, não comentamos sobre o que as testemunhas disseram ou o que eu iria dizer.

Essas últimas respostas, que se perdem mais além dos estritos limites do regime de provas, foram elaboradas antecipadamente com Marta. Ela também teria ficado feliz em ver Brand protestar, quando eu disse que acreditava no meu pai, apenas para enfatizar o fato para os jurados, mas pude ver Tommy tocar o pulso de Brand quando este estava prestes a se levantar. De acordo com a opinião geral, Tommy, quando jovem, era do tipo cabeça quente, mas o tempo e a responsabilidade aparentemente a esfriaram. Ele sabe que os jurados me viram aqui, dia após dia, e tiveram de se dar conta do lado de quem estou. O cara é meu pai, afinal de contas. Em quem mais vou acreditar?

— Você é advogado licenciado.

— Exatamente.

— Então sabe a consequência de estar sob juramento.

— Claro.

— Nat, deixe-me lhe perguntar primeiro sobre o caso de John Harnason. Alguma vez comentou esse caso com sua mãe?

— Minha mãe?

— Bem, alguma vez esteve presente enquanto sua mãe ou seus pais comentaram esse caso?

Então conto o que aconteceu durante o jantar de aniversário dos 60 anos de meu pai, quando ficou claro que minha mãe tinha lido sobre o caso. Depois passamos para a ida de meu pai às compras na noite em que minha mãe morreu. Explico que sou louco por salame e queijo desde criança, e, sim, minha mãe era igual à mãe de todo mundo e gostava de me dar para comer coisas que eu adorava, e, sim, minha mãe sempre mandava meu pai, ou a mim, mais antigamente, cuidar dessas incumbências, pois não gostava de sair de casa, e até mesmo fazia suas compras semanais pela internet. Então conto ao júri que é verdade, meu pai sempre apanhava os remédios de minha mãe e os levava para o andar de cima, quando trocava de roupa, e muito frequentemente colocava os frascos na prateleira. Tap, tap, tap. Meu pai diz que Stern funciona como um joalheiro com seu martelinho. E assim ele segue agora. Confirmo a história de meu pai, elo por elo.

Tudo prossegue de modo tranquilo e cômodo até chegarmos à tentativa de suicídio de minha mãe, quando eu tinha 10 anos. A acusação reclama como pode, antes de eu poder falar disso, e os jurados têm de sair, o que é muito ridículo, porque tudo vai confirmar o que meu pai disse ontem. Mas, assim que o júri volta, não conseguimos ir muito longe sobre o que aconteceu, pois perco o controle. Antes de hoje, talvez haja apenas quatro pessoas na terra a quem contei essa história — até mesmo Anna só tomou conhecimento dela ontem à noite — e agora estou sentado aqui, com repórteres e desenhistas na primeira fila dessa imensa sala de julgamento, confessando para o jornal da noite que minha mãe era totalmente descontrolada.

— E entrei no banheiro — falo, assim que recupero a calma, e começo novamente a soluçar.

Tento mais duas ou três vezes, mas não consigo continuar.

— Ela estava tentando se eletrocutar? — pergunta Marta finalmente.

Eu apenas confirmo com a cabeça.

O juiz Yee intervém então:

— Registre que testemunha balançou cabeça para dizer sim. Creio que todos já entendemos, Sra. Stern — diz ele, mandando encerrar esse assunto. Determina um recesso de dez minutos, para me dar uma chance de me recuperar.

— Desculpe — falo para ele e depois para o júri, antes de interrompermos.

— Não precisa "desculpa" — diz o juiz Yee.

Deixo a sala e fico parado, sozinho, no fim do corredor, olhando a estrada pela janela. A verdade é que falar sobre minha mãe nunca foi fácil para mim. Eu a amava, amo-a agora e sempre amarei. Meu pai sempre flutuou a distância, entrando e saindo, grande e brilhante, uma espécie de lua, mas a gravidade que me mantinha na terra era minha mãe, embora parecesse que eu tinha de pelejar com seu amor toda a minha vida. Havia um meio de eu saber que ela me amava muito — isso não era bom para mim, pois, com isso, vinha muita coisa — e, como resultado, eu sempre me esforçava para escapar do fardo de sua atenção. Quando eu era pequeno, ela viva cochichando para mim — eternamente sentirei sua respiração no meu pescoço, enquanto ela falava, e os pelos se arrepiando na nuca. Ela não queria que mais ninguém ouvisse o que dizia. E havia naquilo uma mensagem implícita: somente nós. Havia somente nós. Ela me dizia de forma absoluta: "Você é o mundo para mim, você é o mundo inteiro, garotinho."

Ficava emocionado ao ouvir isso, é claro. Algo pesado e sombrio, porém, vinha com as palavras. Desde bem pequeno, eu meio que me sentia responsável por ela. Talvez todas as crianças se sintam assim. Eu não saberia, pois era apenas eu. Mas me dei conta de que eu era mais do que importante para ela. Eu era sua corda de segurança. Eu sabia que o único momento em que minha mãe se sentia totalmente bem era comigo, cuidando de mim, falando comigo, pensando em mim. Era esse o único momento no mundo em que ela era equilibrada.

Recordando, creio que é óbvio que meu maior problema, ao chegar à adolescência, eram as consequências de deixá-la. Enquanto observo os carros seguirem pela US 843, subitamente me dou de conta de algo que não enfrentei antes. Culpo meu pai pela morte dela porque não quero culpar a mim mesmo. Mas sempre soube que, quando eu saísse de casa, aconteceria algo parecido com isso. Eu sabia disso e mesmo assim saí. Tinha de sair. Ninguém, muito menos minha mãe, iria querer que eu abrisse mão de minha vida pela dela. Mas, ainda assim, meu pai se comportou como um babaca. Além disso, também preciso perdoar a mim mesmo. Quando o fizer, talvez eu consiga começar a perdoá-lo.

— Vamos agora cuidar do assunto computador — diz Marta, quando recomeça o julgamento. O PC de meu pai foi instalado numa mesa no meio da sala e Marta aponta para ele. — Ao longo dos anos, Nat, você viu seu pai usar computador?

— Claro.

— Onde?

— Em casa. Ou, quando o visitava, em seu gabinete.

— Com que frequência?

— Por vezes incontáveis.

— E conversava com ele a respeito de seu computador?

— Frequentemente.

— Você o ajudava a usar o computador?

— Naturalmente. Para pessoas da minha idade, é o inverso de seus pais o ensinarem a andar de bicicleta. *Todos* nós ajudamos nossos pais com computador.

Os jurados adoram isso. E também o juiz Yee, a quem, mais e mais, começo a ver como um cara legal.

— E seu pai é entendido em computador?

— Se saber a diferença entre ligado e desligado torna alguém entendido, então ele é. Caso contrário, não muito.

Há uma forte gargalhada vinda dos jurados. Todos na sala sentem pena de mim, pois sou o Sr. Popularidade.

— E você? Entende de computador?

— Comparado com meu pai? Sim. Sei muito mais do que ele.

— E sua mãe?

— Ela era um gênio. Ph.D. em matemática. Até meus amigos começarem a fazer doutorado em ciência da computação, ela sabia mais do que qualquer um dos meus conhecidos. E mesmo esses caras às vezes ligavam para ela, para tirar dúvidas. Ela estava totalmente por dentro da máquina.

— Você sabe a senha do computador do seu pai?

— Acho que sim. Meu pai usava a mesma senha para tudo.

— E qual era?

— Deixe-me explicar. Seu nome próprio. Rozat. Tem aquele sinalzinho em cima do "z" quando é escrito corretamente; por isso, em inglês, às vezes se soletra R, O, Z, H, A, T. Era essa a senha do nosso *voice mail* em casa. Ou no sistema de alarme contra roubo. No caixa eletrônico. Nas contas bancárias. Sempre "Rozhat". Ele era como qualquer outra pessoa. Como é possível ter 16 senhas diferentes e se lembrar de quais são?

— E alguma vez comentou esse fato... de seu pai usar uma única senha... com a sua mãe?

— Um zilhão de vezes.

— Você se recorda especificamente de alguma ocasião?

— Lembro-me de dois anos atrás, numa visita que fiz a eles; meu pai havia recebido um cartão de crédito pelo correio e, quando foi ativá-lo, pediram sua senha. Ele cobriu o bocal do fone e perguntou à minha mãe: "Qual é a minha senha?" Ela então revirou os olhos, tipo "Ora, pelo amor de Deus", e simplesmente virou-se para mim, sabe, com aquele olhar de desânimo, eu já estava para cair da minha cadeira e meu pai continuava aturdido, então nós dois lhe dissemos ao mesmo tempo "Rozhat", e ele ficou tipo "Que merda". E, quando desligou o telefone, ficou simplesmente sacudindo a cabeça para si mesmo e estávamos todos rindo descontroladamente.

Do outro lado da sala, meu pai ri de verdade. Vez por outra, ele sorri, mas esta talvez seja a primeira vez desde o início do julgamento que o vejo rir às gargalhadas. Os jurados também estão adorando a história, e então falo para eles:

— Me desculpem... Sabem, por eu ter usado aquela palavra.

— Bem, Nat — diz Marta. — Está ciente de que vou lhe pedir para fazer uma demonstração no computador do seu pai?

— Estou.

— E sabe o que vou lhe pedir para demonstrar?

— Não.

— Bem, você ouviu alguns depoimentos sobre o software fragmentador, correto?

— Sim.

— Alguma vez você baixou um software fragmentador?

— Não.

— Tem conhecimento de que alguma vez seu pai baixou um software fragmentador?

— Isso é impossível.

Brand protesta, e minha resposta é eliminada.

— Desculpe — falo para o juiz.

Ele ergue a mão amavelmente.

— Apenas responda pergunta — diz.

— Muito bem, Nat — diz Marta. — Vou lhe pedir para descer do banco das testemunhas e ligar o computador do seu pai. Vou pedir que digite a senha "Rozhat" e, se funcionar, que baixe o software fragmentador mencionado pela acusação, para ver se você consegue usá-lo.

— Protesto — diz Brand.

Os jurados têm de sair novamente. Brand argumenta que o fato de eu saber a senha não quer dizer que minha mãe sabia, e, mesmo que eu tivesse dificuldade de usar o software fragmentador, não significa que meu pai não pudesse tê-lo feito.

O juiz Yee decide a favor de Marta.

— Primeiro, vejamos se senha é senha certa, porque Sra. Sabich sabia essa senha. E como promotores disseram que juiz usou esse software fragmentador, defesa tem direito de mostrar o que é preciso para fazer isso. Se jovem Sabich tiver problemas em fazer isso, defesa não pode argumentar que isso prova que juiz teria problemas. Mas defesa pode argumentar que isso é difícil para juiz. Promotor pode argumentar contrário. Muito bem, trazer júri.

Estou parado diante do computador quando todos já estão de volta a seus lugares. O juiz Yee desceu da bancada para ver, e todos da mesa da acusação também estão de pé à minha volta. Marta pergunta ao juiz se pode virar o monitor na direção do júri, o que ele permite, embora seu conteúdo também esteja projetado na tela ao lado do banco das testemunhas. Então aperto o botão do gabinete, a máquina murmura, ganha vida e carrega. A tela radiante se acende, surge o prompt à espera da senha e, nesse momento, Marta fala:

— Juiz, se me permite, vou pedir ao Sr. Sabich que tecle as letras R, O, Z, H, A, T, como senha, com a permissão da Corte.

— Prossiga — diz o juiz.

Dá certo, é claro. Há um tom musical metálico, e então, para meu espanto, surge um cartão de Natal, endereçado a meu pai. Torno-me ciente do quanto a sala ficou subitamente silenciosa.

O cartão diz "Boas Festas 2008" e, no interior das bordas, um texto animado começa a ficar visível, linha por linha, e a cada palavra o murmúrio cresce entre os espectadores.

Uni-duni-tê
Salamê minguê
Quem se deu mal? Você
Fui eu que armei,
Não tem de quê.

Capítulo 35

TOMMY, 24 DE JUNHO DE 2009

Naquele momento, a primeira sensação de Tommy foi igual a perceber que um cano estourou dentro da parede ou que o sujeito do outro lado da linha telefônica teve um ataque cardíaco. Não está funcionando; é tudo o que você sabe por um segundo. A vida normal parou de repente.

Enquanto lia a mensagem na tela, Tommy sentia uma grande agitação à sua volta. Os jurados, já inclinados à frente para ver o computador, haviam deixado seus lugares para chegar mais perto e, assim que o fizeram, vários dos repórteres atravessaram a linha da fronteira imaginária para o local reservado aos advogados a fim de poder ver também. Isso, por sua vez, levou uma parte dos espectadores a se aglomerar mais adiante para descobrir o que acontecera. Os oficiais de justiça correram na direção de todos, gritando para que recuassem. Somente quando o som do martelo do juiz estrondou pela sala foi que Tommy se deu conta de que Yee, que descera para presenciar a demonstração, havia retornado à tribuna.

— Todos sentem — proclamou o juiz. — Todos nos lugares.

Ele martelou novamente o bloco de madeira e repetiu a ordem.

Todos recuaram, exceto Nat, que permanecia parado sozinho, atônito, no centro da sala, tão inútil quanto um manequim nu na vitrine de uma loja. Não demorou para Marta indicar que voltasse ao banco das testemunhas. O juiz martelou novamente, pedindo ordem.

— Silêncio, por favor, silêncio. — A agitação continuava, e o juiz Yee, raramente enérgico, bateu com mais força e disse: — Silêncio ou mando oficial retirar vocês. Silêncio!

Como uma turma de ensino fundamental, a sala de julgamento finalmente se aquietou.

— Certo — disse o juiz. — Primeiro, Sr. Sabich, quero que volte lá e leia para estenógrafa do tribunal o que está no computador, para termos registro correto. Certo?

Nat desceu novamente e descreveu monotonamente o que estava na tela:

— Há um cartão de Natal com a margem negra e algumas grinaldas negras, tipo Halloween, na tela. Está escrito "Boas Festas 2008" e, abaixo, há uma coisa escrita. — Leu o poeminha em voz alta.

— Certo — disse o juiz Yee. — Certo. Sra. Stern, deseja prosseguir?

Após conferenciar com o pai, ela sugeriu um breve recesso.

— Boa ideia — disse o juiz. — Advogados, por favor, venham gabinete.

Os quatro advogados seguiram Yee através da porta ao lado da bancada e desceram para a outra extremidade do corredor que separava as salas de julgamento do espaço reservado aos gabinetes dos juízes. Stern pelejava adiante, e Tommy e Brand acabaram uns 6 metros à frente deles. Cheio de raiva, Brand não parava de murmurar "É tudo uma tremenda cascata", enquanto caminhavam.

Para o julgamento, Yee tinha usado o gabinete de Malcolm Marsh, que estava de licença para ensinar técnica de julgamento na Austrália durante um ano. O juiz Marsh era um violinista sério, que conseguiu tocar com a sinfônica para comemorar seu 65º aniversário, e decorou seu gabinete com molduras contendo discos e partituras autografadas. O juiz Yee tirou a toga e gesticulou para os advogados se sentarem, enquanto se mantinha de pé atrás da escrivaninha de Marsh.

— Certo — disse Yee —, alguém aqui pode me dizer o que aconteceu?

Houve um demorado silêncio antes de Marta falar:

— Meritíssimo, aparentemente alguém plantou uma mensagem no computador do juiz Sabich antes de ele ser apreendido, e ela parece dizer que quem a redigiu planejou essas acusações contra ele.

— Que bobagem — disse Brand.

O juiz Yee ergueu o dedo severamente.

— Por favor, Brand — disse, e o subprocurador de justiça se desculpou repetidamente.

— Uma completa besteira — disse várias vezes.

— O que fazer? — perguntou o juiz.

Finalmente, Marta sugeriu:

— Creio que devíamos examinar o computador. Deixar que os especialistas de ambos os lados o examinem e, na presença uns dos outros, façam os testes de diagnósticos que puderem, sem mudar os dados, e nos digam quando a mensagem foi colocada no computador e se parece ou não autêntica.

— Ótimo — disse Yee.

Ele gostou do plano. Os Stern convocariam emergencialmente seus dois jovens gênios, enquanto os promotores fariam o mesmo com o professor Gorvetich. Brand e Marta se levantaram para dar os telefonemas. Marta localizou o pessoal com seu celular, mas Brand tinha o número de Gorvetich do outro lado da rua, portanto teve de sair. Nesse meio-tempo, Yee pediu ao oficial de justiça que mandasse os jurados para casa, e os advogados concordaram em voltar para seus escritórios, para esperar a conclusão dos especialistas. O computador permaneceria na sala de julgamento sob os olhares dos agentes de segurança do Fórum.

Na saída, Stern deu a Tommy um de seus misteriosos sorrisinhos. O advogado já parecia melhor, o rosto um pouco mais cheio e a urticária claramente começando a sumir. Bem a tempo, pensou Tommy. Bem a tempo de sorrir para as porras das câmeras quando vencer.

— Caso interessante — comentou Stern.

Do lado de fora da sala de julgamento, Tommy, Rory e Ruta arrumavam novamente o carrinho de documentos. Brand era meticuloso com a ordem em que dispunha as provas, e os três ficavam sempre tentando se lembrar do que ele queria, cada qual, no momento, sem querer vê-lo explodir, o que ele faria se tudo não estivesse do seu agrado.

Milo Gorvetich chegou no momento em que Tommy estava para retornar ao escritório do outro lado da rua. Gorvetich era um sujeito pequeno, mais baixo do que Tommy ou Stern, com um desgrenhado cabelo grisalho e um cavanhaque manchado de amarelo por causa de seu cachimbo. A ideia de contratá-lo primeiramente fora de Brand, porque este frequentara o curso de programação de Gorvetich duas décadas antes. Como primeiro membro do time de futebol da universidade a aparecer na classe de Gorvetich, Brand recebera atenção suficiente do professor para passar com notas razoáveis. Mas, agora, Gorvetich era um idoso. Falava de modo incoerente e perdera o jeito para as coisas. Os garotos maneiros de Stern eram muito mais habilidosos do que Gorvetich e, àquela altura, Tommy não tinha mais certeza se confiava totalmente nele. Contou a Gorvetich o que havia acontecido e os olhos do velhote se arregalaram. Tommy desconfiou que ele estava completamente por fora.

Acompanhado das duas mulheres, Tommy atravessou a rua. Encontrou Brand em sua sala, furioso, os pés em cima da escrivaninha, enquanto mascava um canudinho. Ele tinha muitas das bênçãos físicas que havia anos Tommy invejava em outros advogados. Alto, forte e bonito, ele possuía aquela aura de força férrea que os jurados adoram especialmente em promotores. Tommy, porém, superava Brand numa característica física que era praticamente essencial para processos cansativos — a habilidade de se sair bem sem ter dormido. Brand precisava de oito horas e, quando não as conseguia, ficava mal-humorado igual a uma criancinha. Claramente, ele passara no dia anterior uma longa noite ali, trabalhando com os técnicos e tentando imaginar um modo de liquidar a nova teoria da defesa, de suicídio. Os invólucros de celofane do jantar que ele apanhara na máquina estavam misturados no cesto ao lado de sua escrivaninha com filamentos rosados da embalagem a vácuo que havia arrancado do computador de Rusty, antes de os lacres serem removidos esta manhã no tribunal.

— Que merda mais conveniente, não é mesmo? — perguntou Brand. — A vítima volta da morte para anunciar que armou para cima do réu. Tenha a santa paciência. Realmente. Isso tudo é um papo furado do caralho. No primeiro dia, eles dizem que é suicídio. No segundo, ela diz, é, eu fiz isso para ferrar ele.

Tommy sentou-se na cadeira de madeira ao lado da escrivaninha de Brand. Havia ali uma foto de Jody e as garotas, e ele a observou por um segundo.

— Belas mulheres — comentou Tommy.

Brand sorriu um pouco. Tommy lhe disse que Gorvetich havia chegado.

— O que ele disse? — perguntou Brand.

— Que deviam ter dado uma olhada no cliente calendário e visto de imediato quando o objeto foi criado. Não entendi direito, mas achei que você entenderia. "Objeto" significa o cartão?

— Exatamente. — Brand pensou por um segundo, enquanto mascava seu canudinho. — Acho que o programa calendário armazena a data em que o objeto foi criado, como parte do objeto. Acho que ele já tinha me dito isso ao telefone.

— Mas a gente tinha aquela coisa... o computador de Rusty... a sete chaves desde novembro passado, certo?

— Mais ou menos. Na verdade, início de dezembro. Ficou um mês no Tribunal de Recursos, com George Mason, enquanto ele enchia o saco sobre o que podíamos ver. Você se lembra disso.

Tommy se lembrava. Ele achava que os juízes do Tribunal de Recursos iam atravessar a rua e fazer um piquete na frente do Edifício Municipal. Quando se tenta dar uma olhada no serviço deles, juízes se julgam mais poderosos do que um sultão.

— Tudo bem, mas se o cartão é autêntico...

Brand interrompeu:

— Não é autêntico.

— Está bem — concordou Tommy. — Está bem. Mas vamos supor que é, apenas por um segundo...

— Não é autêntico — repetiu Brand.

Suas narinas estavam dilatadas como as de um touro. Ele não conseguia se conformar com o fato de o chefe estar até mesmo disposto a admitir a possibilidade. Mas aquilo dizia tudo. Ou o cartão fora plantado e, nesse caso, Rusty estava frito, ou seria legítimo e eles teriam pouca escolha além de desistir do caso. Era simples assim.

Tommy e Brand ficaram sentados por mais um minuto, sem nada para dizer. Malvern, assistente de Tommy, o tinha visto chegar e bateu na porta para avisar-lhe que Dominga estava ao telefone. Ela provavelmente tinha ouvido a notícia sobre a "dramática reviravolta" no caso Sabich.

— Me avise quando Gorvetich der notícias — disse Tommy, ao se levantar.

O telefone de Brand estava tocando, e ele gesticulou com a cabeça, ao atender. Tommy não tinha chegado à porta.

— Gorvetich — disse Brand atrás dele. Tinha o dedo erguido, quando Tommy se virou.

Tommy apenas observou. Seus olhos negros não se mexiam, e o rosto congelou numa carranca solene. Tommy não tinha certeza se Brand estava respirando. "Certo", disse Brand. Então repetiu "Entendo" várias vezes. No fim, bateu o telefone e ficou sentado ali, os olhos fechados.

— O que foi?

— Terminaram o exame inicial.

— E?

— O objeto foi criado no dia anterior à morte de Barbara Sabich. — Brand demorou um segundo pensando. — É autêntico — disse. Deu um chute no cesto ao lado de sua escrivaninha, e o conteúdo saiu voando. — A porra do cartão é autêntico.

Capítulo 36

NAT, 24 DE JUNHO DE 2009

Após o juiz Yee dispensar os advogados de seu gabinete, Marta, meu pai, Stern e eu voltamos para o Edifício LeSuer e subimos juntos para o amplo escritório de Stern. Durante semanas um morto ambulante, Stern agora tenta conter sua exuberância, por causa de meu pai. Há algo nele, porém, que faria você dizer que é novamente seu antigo eu. Seu telefone continua piscando com as ligações dos repórteres, e ele lhes diz que a defesa não fará comentários por enquanto. Finalmente, toca a campainha para chamar sua secretária e lhe diz que não transfira mais nenhuma chamada.

— Todos estão fazendo a mesma pergunta — diz Stern. — Se nós achamos que Tommy vai encerrar o processo.

— E ele vai? — pergunto.

— Com Tommy, nunca se sabe. Brand talvez prefira amarrá-lo à cadeira a deixar que isso ocorra.

— Tommy não vai desistir — diz Marta. — Quando a barra pesar, eles vão inventar uma teoria maluca sobre como Sabich plantou isso no computador.

— Sabich não põe as mãos no computador desde antes da denúncia — diz Stern.

Ele olha para meu pai, que está encurvado numa poltrona, ouvindo, mas com pouca coisa a dizer. Por uma hora e meia, ele pareceu o mais chocado e alheio de todos nós. Com a turma do curso de psicologia, anos atrás, visitei um hospital psiquiátrico e vi várias pessoas que haviam sido lobotomizadas nos anos 1950. Sem uma parte do cérebro, seus olhos afundaram vários centímetros na cabeça. Meu pai agora parece um pouco assim.

— Qualquer teoria desse tipo será um constrangimento para eles — observa Stern.

— Estou apenas dizendo — enfatiza Marta. — E os repórteres estão admitindo ter sido Barbara?

— Quem mais? — pergunta Stern.

Pelos últimos noventa minutos, estive me fazendo essa pergunta. Desisti de entender integralmente meus pais — os dois — muito tempo atrás. Quem eram um para o outro, ou nas partes de suas vidas que nunca se encontraram com a minha, é algo que nunca vou compreender por completo. É um pouco como tentar imaginar que atores eles são além do papel que desempenham na tela. O quanto é estereotipado? O quanto é fingimento? Anna insiste em que é praticamente a mesma coisa com a mãe dela.

Contudo, o fato brutal, quando pergunto a mim mesmo se consigo realmente acreditar que minha mãe se matou e fez uma armação para a culpa de sua morte recair sobre meu pai — o fato é que algum profundo aparelho interno registra essa possibilidade como inteiramente crível. As iras de minha mãe eram letais e a levavam a um lugar onde se tornava inteiramente irreconhecível.

E tudo se encaixa. É por isso que só há impressões de meu pai no frasco de fenelzina. É por isso que ela o mandou comprar queijo e vinho. É por isso que as buscas por fenelzina foram fragmentadas no computador dele.

— Mas por que ela se envenenaria com uma coisa que poderia ser confundida com causas naturais? — pergunta meu pai. Sua primeira contribuição de verdade à conversa.

— Bem, acredito — diz Stern, e para sua ligeira tosse com som de serra — que é mais incriminador desse modo. E, é claro, isso envolve o caso Harnason, que estava à sua frente e sobre o qual Barbara conhecia bastante.

— É incriminador — rebate meu pai — só se for descoberto.

— Entra Tommy Molto — retruca Stern. — Por causa do seu passado, Tommy realmente permitiria que uma morte prematura de outra mulher próxima a você ocorresse sem uma investigação minuciosa? Barbara certamente considerou Tommy seu inimigo declarado.

Meu pai sacode a cabeça uma vez. Diferentemente de seus advogados, ele não está completamente convencido.

— Por que ela não assinou?

— É óbvio, não?

— E, se ela ia me incriminar, por que se preocuparia em livrar minha cara dessa maneira?

Nesse momento, Stern olha para mim, não para ver como estou reagindo, mas como uma confirmação.

— Colocar você de novo no banco dos réus, Rusty, seria uma excelente retribuição pela sua infidelidade. Mas deixá-lo na prisão pelo resto da vida seria demais, principalmente levando-se em conta Nat.

Meu pai medita sobre isso. Seu cérebro claramente age mais lentamente do que o normal.

— É um truque — diz ele então. — Se foi Barbara, então há um truque. Será como tinta invisível. Assim que confiarmos nisso, haverá algo que não enxergamos.

— Bem, Matteus e Ryzard — diz Stern, que se recusa a se referir aos dois especialistas em informática como Hans e Franz — teriam reconhecido isso.

— Eles não são melhores do que ela — responde meu pai, definitivamente.

Ele suavizava a figura de minha mãe fazendo-lhe ilimitados elogios. Sua comida. Sua aparência. Acho que era sincero, embora ele provavelmente se ressentisse do fato de que o louvor fosse exigido. Mas uma coisa que ele sempre disse com sinceridade era: "Barbara Bernstein é o ser humano mais inteligente que conheço." Ele confiava agora que ela provará que passou todos naquele aposento para trás. Eu acharia isso comovente se não significasse que, no fim das contas, as intenções de minha mãe foram basicamente tão benignas como Stern sugeriu. Ela não pretendeu apenas assustá-lo, é o que meu pai está dizendo. Lá do túmulo, ela está ferrando com ele na maior.

Cerca de dez minutos depois, a secretária de Stern anuncia que Hans está ao telefone. Os especialistas terminaram a perícia do computador. Até mesmo Gorvetich concorda que o cartão parece genuíno. Foi feito na tarde antes de minha mãe morrer, aparentemente poucos minutos antes de Anna e eu chegarmos para jantar. Stern informa ao gabinete do juiz, e todos os advogados recebem ordem de seguir para o tribunal, para que os três especialistas em ciência da computação possam fazer seu parecer ao juiz Yee. Descemos para a garagem e nos apinhamos no Cadillac de Stern para a curta travessia de volta.

— Péssimo dia para Tommy — comenta Marta. — Eu queria ter estado presente para ver a cara deles quando Gorvetich lhes disse que o cartão é genuíno.

Cada um de nós no escritório de Stern tinha suposto que esse seria o veredicto. Todos sabíamos que meu pai não tivera tempo nem a habilidade técnica para executar algo desse tipo.

O tribunal, quando chegamos, parece uma cidade fantasma. O local tinha ficado lotado durante semanas, sem um centímetro de sobra nos bancos dos espectadores, mas, aparentemente, nem os repórteres nem os fissurados em julgamentos que vagam pelos corredores atrás de diversão grátis souberam dessa nova convocação. Marta e Stern saem para se encontrar por um segundo com Hans e Franz, mas são interrompidos quando o juiz Yee retorna à bancada.

O professor Gorvetich tem cerca de 1,60m, com tufos de cabelos brancos se erguendo de vários lugares do couro cabeludo, um cavanhaque manchado e uma barriga grande demais para caber no seu barato paletó esporte. Ele veio de tênis, coisa pela qual não deve ser censurado devido à convocação em cima da hora. Hans e Franz também estão vestidos informalmente. Matteus é mais velho e mais alto, mas ambos são magros, saudáveis e elegantes, com a camisa para fora dos jeans de grife e o cabelo espigado. Os advogados concordaram que Gorvetich falasse para o juiz — é o cliente dele mesmo que vai entrar pelo cano. Ele se instala ao lado do computador no centro da sala.

O cartão, diz ele, é um arquivo gráfico padrão que se abre ao ser associado a um lembrete marcado para fazê-lo surgir inesperadamente no dia do Ano-novo de 2009. Essa datação explica por que nenhum dos especialistas detectou o cartão, quando todos os exames das várias perícias no computador foram realizados, a pedido da defesa e da acusação, no início de dezembro.

O fato de a mensagem estar prevista para o período das festas explica muita coisa para mim, tendo em vista que essa sempre foi uma época esquisita em minha casa. Minha mãe era judia e todos os anos acendia comigo velas do Hanuka, mas isso, em grande parte, era em autodefesa. Minha mãe não gostava de feriados religiosos em geral e, fosse pelo motivo que fosse, odiava especialmente o Natal. Para meu pai, por outro lado, o Natal era um dos poucos pontos luminosos do ano quando ele era uma criança, e continuamente ansiava por ele. Talvez a pior parte, da perspectiva de minha mãe, era que os sérvios festejavam o Natal em 7 de janeiro, o que, para ela, significava que as festas de fim de ano pareciam se arrastar eternamente. Em particular, ela detestava os tradicionais jantares de Natal, para os quais nós éramos normalmente convidados pelos malucos primos sérvios de meu pai, porque eles serviam carne de porco assada, e essas ocasiões sempre caíam em noites de aula para mim, e todos se embriagavam com conhaque de ameixa. Normalmente, já corria o mês de fevereiro quando meu pai e ela voltavam a se falar.

— Nós examinamos os arquivos de registros do computador e dedicamos particular atenção ao arquivo .pst, que contém os objetos do calendário — relata Gorvetich. — A data de criação de um objeto está contida no próprio objeto. O próprio arquivo .pst também mostra uma data que reflete a última vez em que o programa calendário foi usado, de qualquer modo, mesmo que tenha sido apenas aberto. O objeto em questão mostra que foi criado na data de 22 de setembro de 2008, às 17 horas e 35 minutos. Portanto, nesse estágio, posso afirmar ao tribunal que tem toda a aparência de um objeto legítimo. Infelizmente, por ter sido aberto no tribunal, esta manhã, o que eu teria desencorajado, o arquivo .pst exibe agora a data de hoje. Contudo, checamos todas as nossas anotações e, quando o computador foi examinado e autenticado por ambos os lados, no outono passado, a data .pst era 30 de outubro de 2008, vários dias após o computador ter sido apreendido. Como observei, ao testemunhar, há resíduos no arquivo por causa da utilização de um software fragmentador, mas esses resíduos foram identificados, por ambos os lados, por ocasião da imagem extraída do computador em dezembro último.

Tommy se levanta.

— Juiz, posso fazer uma pergunta?

Yee ergue a mão.

— E se alguém, de posse desse computador após outubro, tivesse atrasado o relógio e depois adicionado esse cartão? — indaga Tommy.

Brand claramente sabe que isso não é possível e está estendendo a mão para seu chefe. Hans e Franz também sacodem a cabeça. Gorvetich explica:

— O programa não funciona assim. A fim de criar um registro apropriado, o relógio dentro do programa não pode ser atrasado.

O juiz Yee está batendo seu lápis contra o mata-borrão à sua frente na bancada.

— Sr. Molto — diz ele finalmente —, o que vai fazer?

Tommy se levanta.

— Meritíssimo, se nos permite, pensaremos a respeito durante esta noite.

— Certo — concorda o juiz. — Nove da manhã para posição. Júri de prontidão. — Ele bate seu martelo.

Eu me levanto e espero para sair com meu pai. Embora tenha a possibilidade de sair livre amanhã, meu pai, o eterno enigma, ainda não sorri.

CAPÍTULO 37

TOMMY, 25 DE JUNHO DE 2009

"*Estoy embarazada.*" Ao caminhar do edifício-garagem em direção à Promotoria, na manhã de quinta-feira, as palavras e o acanhado orgulho com que sua mulher as pronunciara ainda jorravam sobre Tommy. "*Estoy embarazada*", dissera Dominga, quando, no dia anterior, Tommy levantara o fone do gancho, após ter deixado a sala de Brand. Suas regras sempre foram irregulares e Tommy e ela vinham tentando havia algum tempo, por acharem que Tomaso não deveria ser filho único. Mas parecia não estar adiantando. O que era ótimo. Tommy já fora abençoado muito mais além do que imaginara. Mas agora Dominga estava *embarazada* havia seis semanas, com uma vida novamente dentro dela.

Portanto, era desse modo que Tommy sempre soubera que havia um Deus. Poderia ser coincidência que sua mulher descobrisse que estava grávida no exato momento em que ele soubera que sua longa perseguição a Rusty Sabich fracassara novamente. Mas fazia realmente sentido que as coisas acontecessem desse modo, com alegria suficiente para compensar qualquer tristeza?

Ele fora ontem mais cedo para casa, em relativa paz, e festejou compartilhando a companhia de sua mulher e seu filho até irem dormir, então acordou às 3 horas para refletir. Sentado no escuro, em sua casa, que agora provavelmente ficaria pequena, ele foi enxameado pelas dúvidas que havia colocado de lado quando a perspectiva de um novo bebê permanecia remota. Deveria um homem de sua idade realmente ter outro filho — uma filha, esperava Tommy, por causa de sua esposa — que provavelmente enterraria seu pai durante a adolescência ou, no máximo, na casa dos 20 anos? Tommy não sabia. Amava Dominga, apaixonara-se desesperadamente por ela e todas as consequências disso se seguiram, inevitavelmente, mesmo se a vida que ele acabou levando pouco se assemelhasse a qualquer coisa que tivesse esperado por quase sessenta anos antes. Você segue seu coração em direção à benevolência e aceita o que vier.

Com Rusty, também, ele fizera a coisa certa. Após quase um dia inteiro para refletir, Tommy concluiu que convinha a todos encerrar o caso agora. Os promotores, no mínimo, tinham sido ludibriados pela vítima. Ninguém poderia culpá-los de coisa alguma. Rusty sairia livre, mas aquilo por que passou foi consequência não de má-fé por parte de Tommy, mas da maldita bagunça que ele causara na porra da própria casa. Se pensarmos bem a respeito, Rusty era o único que deveria pedir desculpas. Não que ele fosse fazê-lo.

O problema ia ser Brand, que começara a argumentar após o tribunal. Mesmo se o cartão fosse verdadeiro, disse ele, não havia como provar que Rusty não o criara em setembro último. Afinal de contas, isso estava em seu computador. Ele planejara matar Barbara, esperando que a morte fosse atestada como sendo por causas naturais, mas, se alguém desconfiasse disso, Rusty teria pronto esse lance de suicídio/incriminação.

E, na verdade, Brand até que poderia estar certo. Afinal, quem se mata para botar a culpa em outra pessoa? Mas Tommy havia muito tempo já frisara o ponto essencial para Brand: Rusty era esperto demais e muito cauteloso em relação a ele, Tommy, para matar sua mulher, exceto de um modo que praticamente impedisse uma condenação. Ainda que Rusty houvesse orquestrado tudo isso dessa maneira, ele tinha o melhor argumento. Poderia ele ter plantado aquele cartão e deixado suas impressões na fenelzina ou nas buscas pela internet em seu computador? Tommy e Brand estavam ferrados. Se tentassem destruir a nova prova, eles ficariam entalados na tentativa de acrescentar um terceiro andar à sua teoria, enquanto a defesa já teria construído a casa e levado os jurados para uma visita. Claro, se eles tivessem permissão para provar que Rusty já havia se safado da morte de uma mulher, então os jurados talvez acreditassem que ele planejara primorosamente o assassinato de outra. Yee, porém, nesse estágio, não voltaria atrás em sua decisão. E, pelo que dizia respeito ao registro, era Barbara, e não Rusty, quem sacava de computadores e sabia como plantar aquele cartão em setembro para desabrochar no fim do ano.

Se os promotores forçassem a barra no caso deles, então, com toda a probabilidade, Yee não aceitaria. Podia-se ver isso, ontem, no rosto do juiz. Eles podiam tentar, agora, convencê-lo a deixar o caso ir a veredicto, argumentando que era direito exclusivo do júri decidir em que testemunha acreditar. Mas Yee jamais engoliria essa. Não era uma questão de credibilidade. As provas da acusação não forneciam outro modo de se concluir, além de toda dúvida razoável, que fora assassinato, e não suicídio. Tratava-se de um valor nulo, como chamam os caras da matemática — as provas viraram nada.

Portanto, eles estavam onde estavam. Se encerrassem o caso agora, seriam os mocinhos que apenas fizeram seu serviço e seguiram as provas até aonde elas pareciam levar. Se pressionassem, como Brand gostaria, seriam cruzados amargurados incapazes de encarar a verdade.

Agora, tendo novamente refletido demoradamente sobre tudo que havia meditado na noite anterior, Tommy chegou ao saguão de mármore do velho Edifício Municipal, cumprimentando os rostos familiares que entravam para iniciar o dia de trabalho. Ninguém se aproximava para bater papo, o que era um sinal do quanto intensamente tinha atuado a cobertura dos noticiários da noite anterior. Goldy, o ascensorista, que já parecia velho quando Tommy começou ali trinta anos atrás, levou-o para cima, e ele atravessou a porta da Promotoria.

No longo corredor sombrio, Tommy conseguia ver Brand à sua espera. Ia ser uma conversa dura e, enquanto se aproximava, procurava palavras, desejando que tivesse gastado mais tempo pensando no que dizer a um homem que não era apenas o seu mais leal assistente, mas também seu melhor amigo. Quando Tommy estava a cerca de 15 metros de distância, Brand começou a dançar.

Atônito para ir mais adiante, Tommy ficou observando, enquanto Brand fazia aquele tipo de finta que os jogadores de futebol americano executam na zona final. Ele conhecia Brand muito bem para saber que este, que fizera em sua época várias intercepções para *touchdowns*, praticara esses passos diante do espelho do banheiro, desejando que não tivesse nascido uma geração mais cedo.

As rotações de Brand o levavam para o caminho de Tommy e, quando ele se aproximou, Tommy conseguiu ouvi-lo cantar, embora não se pudesse chamar assim uma coisa desafinada. Ele lançava uma ou outra palavra, cada vez que pulava de um pé para o outro:

Rus-ty.
Se ferrou.
Rus-ty.
Se ferrou.
Rus-ty.
Vai se mandar.
Rus-ty.
Vai se mandar.
Rus-ty.
Vai ver o sol nascer quadrado.

Apesar de pecar na métrica, ele cantou essa última frase como um artista da Broadway, com os braços jogados para os lados e num alto volume. Várias secretárias, policiais e outros assistentes da Promotoria tinham parado para olhar o espetáculo.

— Manda ver, garota — comentou um deles, o que encheu o corredor de gargalhadas.

— O que foi? — perguntou Tommy.

Brand estava exultante demais para poder falar. Sorrindo largamente, ele se aproximou de Tommy e se abaixou para envolver o chefe, mais baixo uns bons 20 centímetros, num ardente abraço. Então seguiu o promotor público até a própria sala, onde alguém esperava. Revelou-se ser Gorvetich, que parecia uma versão desgrenhada de Edward G. Robinson em seus últimos dias.

— Diga-lhe — pediu Brand. — Gorvetich teve uma ideia espantosa esta noite.

Gorvetich coçou por um segundo seu cavanhaque amarelado.

— Na verdade, foi ideia de Jim — disse ele.

— Que nada — alegou Brand.

— Tanto faz — disse Tommy. — Vocês podem dividir o Prêmio Nobel. Qual é o furo?

Gorvetich deu de ombros.

— Você se lembra, Tom, que, quando o conheci, estava comendo o pão que o diabo amassou com os juízes do Tribunal de Recursos?

Tommy concordou com a cabeça.

— Eles não queriam que a gente visse os documentos internos do tribunal que havia no computador de Rusty.

— Certo. Portanto, replicamos o HD.

— Fizeram uma cópia — disse Tommy.

— Uma cópia exata. E devolvemos o computador ao juiz-presidente de lá.

— Mason.

— O juiz Mason. Bem, Jim e eu conversávamos ontem à noite e decidimos, só por via das dúvidas quanto a esse cartão de Natal, dar uma olhada no HD replicado que fizemos em novembro passado, quando você apreendeu o computador pela primeira vez. E fizemos isso. E esse objeto, o cartão? Não está lá.

Tommy sentou-se em sua enorme cadeira e olhou para os dois. Sua primeira reação foi desconfiar de Gorvetich. O velho não era páreo para Brand e devia ter sido levado a um erro crucial por seu ex-aluno.

— Eu pensei que o cartão tivesse sido feito em setembro, antes de Barbara morrer — disse Tommy.

— Eu também — disse Gorvetich. — Dava toda a aparência. Mas não foi. Porque não está no HD replicado. Ele foi colocado no computador depois que o apreendemos pela primeira vez.

— Quando?

— Bem, não sei. Porque o arquivo .pst agora está com a data de ontem.

— Porque a defesa abriu esse arquivo no tribunal, quando ligaram o computador — disse Brand.

Ele estava feliz demais naquele instante para lembrar a Tommy que fora contra deixar que os Stern fizessem aquilo.

— Exatamente — disse Gorvetich. — Mas o cartão deve ter sido acrescido durante o mês em que o PC esteve com o juiz Mason. Estava embalado a vácuo e lacrado no gabinete do juiz Mason no dia em que o juiz Yee ordenou que ele fosse devolvido à nossa custódia.

Tommy pensou. De algum modo, foram as palavras de Stern, no dia anterior, que voltaram a ele: "Caso interessante."

— Onde está a reprodução?

— A cópia replicada do HD foi preservada num drive externo na sua sala de provas. Jim a retirou e fez uma cópia para mim ontem à noite.

Tommy não gostou nada disso.

— Os caras de Stern não estavam com vocês?

Brand se intrometeu:

— Se você está com medo que eles aleguem que a gente maceteou a réplica, nós lhes demos uma cópia quando a fizemos. O cartão não vai estar lá.

Gorvetich explicou que a réplica fora feita com um programa chamado Evidence Tool Kity. Os algoritmos do software eram patenteados e a réplica só poderia ser decifrada pelo mesmo software, o qual, por projeto, era read-only (somente leitura), para garantir que ninguém conseguisse alterar uma réplica após ter sido feita.

— Eu lhe garanto, Tommy — disse Gorvetich —, Rusty descobriu um meio de colocar isso lá.

Tommy perguntou como Rusty poderia ter feito isso. Gorvetich não tinha certeza, mas, após pensar nisso a noite toda, ele tinha uma teoria possível. Havia um software chamado Office Spy, invenção de um hacker, agora disponível como shareware pela internet, que permitia a alguém penetrar no programa de calendário e remodelar os objetos armazenados ali. Você podia atrasar a data num lembrete, apagar um registro incriminador do calendário ou omitir — ou acrescentar — os nomes de pessoas que estiveram em uma reunião crucial. Assim que o novo objeto — nesse caso, o cartão de Natal — foi inserido no computador de Rusty, o Office Spy teve de ser removido do HD com o software fragmentador, e então esse próprio software também teve de ser deletado, o que exigiu mudanças manuais nos registros de arquivo. Não apenas o objeto — o cartão — havia sumido da cópia do outono anterior, mas agora Gorvetich fizera uma comparação e notara sutis diferenças nos fragmentos remanescentes do software fragmentador contidos em vários setores vazios do HD. A conclusão era que o software fragmentador fora acrescentado e removido do computador duas vezes, uma vez antes da morte de Barbara e outra após o computador ter sido confiscado pela primeira vez.

— Pensei que Mason tivesse deixado o computador em completa segurança.

— E deixou. Ou pensou que tinha deixado — disse Gorvetich.

— Ora essa, chefe. Sabich dirigiu aquele tribunal por 13 anos. Você acha que ele não tinha as chaves de tudo? Teria sido melhor examinar a porra do HD novamente, quando ele foi devolvido, mas Mason disse que fez um registro de tudo que o pessoal de Rusty verificou, e Yee simplesmente ordenou que o computador fosse lacrado como condição de voltar à nossa custódia. Não poderíamos começar a discutir com ele a respeito disso.

Tommy explicou tudo para si mesmo novamente. Barbara não criara o cartão de Natal, porque estava morta quando foi criado. E a única pessoa que tinha algo a lucrar com a colocação do cartão no computador era Rusty. Era pura cascata o fato de Rusty não sacar nada de computadores.

Finalmente, Tommy riu bem alto. Não era tanto alegria que ele sentia, mas assombro.

— Puxa vida, vou adorar minha conversa com aquele argentinozinho arrogante — disse Tommy. — Puxa vida — repetiu.

Do outro lada da sala, Brand, que não havia se sentado, ergueu as mãos.

— Quer dançar? — perguntou.

CAPÍTULO 38

NAT, 25 DE JUNHO DE 2009

Exatamente como Marta previu, os promotores chegam ao tribunal esta manhã com uma nova teoria sobre por que meu pai é culpado. Brand se levanta e diz ao juiz Yee que os promotores concluíram durante a noite que o cartão de Natal é uma fraude.

— Meritíssimo! — protesta Stern de sua cadeira. Ele pateia a mesa, como um personagem de desenho animado, em seu penoso esforço para se levantar. Marta, finalmente, o ajuda a se pôr de pé. — O próprio especialista da acusação reconheceu ontem que esse assim chamado objeto era genuíno.

— Isso foi antes de examinarmos a réplica — rebate Brand.

Ele chama o pequenino e pomposo professor Gorvetich para explicar suas novas conclusões. Antes de Gorvetich parar de falar, Marta vasculha sua bolsa atrás do celular e dispara para fora da sala para chamar Hans e Franz.

Claramente, o juiz Yee está perdendo a paciência. O lápis já está baixado cerca da metade do caminho durante a exposição de Gorvetich.

— Pessoal — diz ele, finalmente —, o que está acontecendo aqui? O jovem Sr. Sabich deveria estar no banco das testemunhas. Os jurados estão perto de seus telefones. Estamos julgando esta ação judicial ou o quê?

— Meritíssimo — diz Stern. — Eu esperava que os promotores encerrassem hoje este processo. Mal posso acreditar nisso. Posso perguntar se eles realmente pretendem oferecer prova para sustentar sua nova teoria sobre o cartão?

— Pode apostar sua vida — retruca Brand. — Trata-se de uma fraude contra o tribunal.

Stern sacode tristemente a cabeça.

— A defesa, obviamente, não pode prosseguir, meritíssimo, até termos realizado nossa perícia.

Voltamos todos para o escritório de Stern para esperar uma notícia de Hans e Franz, que têm a própria cópia da réplica do HD guardada no escritório deles. Ligo para Anna, no intervalo, para lhe contar o que aconteceu. O tempo todo ela acreditou que, quando ficasse em posição desvantajosa, Tommy Molto trapacearia para vencer, e ela tem certeza de que ele está tentando fazer isso novamente.

— O leopardo não muda suas pintas — diz Anna agora.

Ontem à noite, ela fez a mesma previsão de Marta de que Tommy encontraria alguma desculpa para evitar o arquivamento do processo.

Hans e Franz chegam uma hora depois, vestidos praticamente como no dia anterior, metidos em seus jeans de grife e o cabelo com gel. Aparentemente, os rapazes ficam todas as noites na boate até a hora de fechar, e é quase certo que Marta os tirou da cama.

— Até mesmo um relógio quebrado está certo duas vezes por dia — diz Hans, o mais alto dos dois. — Gorvetich está certo.

— O cartão não está na réplica? — pergunta Marta.

Ela tira os sapatos de salto alto e empoleirou os pés gordos com a meia em uma das mesinhas de centro do pai, e quase cai. Eu suspiro ruidosamente. Estou farto de não saber no que acreditar. O último a reagir é meu pai, que emite uma gargalhada aguda.

— É Barbara — diz ele. Põe o dedo na ponta do nariz e joga a cabeça para trás e para a frente, num completo aturdimento. Parece uma ideia bizarra, mas, mesmo assim, sinto de imediato que ele pode estar certo. — Ela imaginou um meio de fazer isso para que não aparecesse na réplica.

— Isso seria possível? — pergunta Marta aos dois especialistas. — Ela poderia ter usado algo, assim como tinta invisível, e criado esse objeto para que não pudesse ser copiado?

Hans sacode a cabeça, mas olha para Franz em busca de confirmação. Este também sacode enfaticamente a cabeça.

— De jeito nenhum — diz Ryzard. — Esse software, o Evidence Tool Kit, é como uma bomba, cara. Padrão industrial. Faz uma cópia exata. Tem sido usado milhares de vezes e em milhares de casos, sem qualquer variação registrada.

— Vocês não conheceram Barbara — diz meu pai.

— Juiz — diz Franz —, eu tenho uma ex-mulher. Às vezes, também acho que ela conseguiu superpoderes, principalmente quando recebo um dinheiro extra. Ela recorre à Justiça para receber um aumento de pensão, antes de o cheque compensar.

— Vocês não conheceram Barbara — repete meu pai.

— Juiz, escute — diz Franz. — Ela teria que saber exatamente que software seria usado...

— Você disse que é de padrão industrial.

— Tem sessenta por cento do mercado. Mas não cem por cento. Depois ela teria que penetrar nos algoritmos. E criar todo um programa para agir ao contrário do software, que funcionaria quando o sistema fosse ligado. E que não apareceria em nenhum lugar da réplica. Ou no HD, quando o analisamos ontem. Isto é, cara, você pode juntar todos os bambambãs do Vale do Silício e eles não conseguiriam fazer isso. Você está se referindo ao impossível.

Meu pai estuda Franz com aquele olhar parado estupefato que, ultimamente, tenho observado muitas vezes nele.

— Então, quando o cartão poderia ter sido acrescentado? — indaga Marta.

Franz olha para Hans, que dá de ombros.

— Só pode ter sido quando esteve no gabinete do outro juiz.

— O juiz Mason? Por quê? Por que não depois disso?

— Cara, o computador estava lacrado e embalado a vácuo e ajustado até ontem. Vocês viram. Gorvetich até mesmo nos fez olhar os lacres antes de serem retirados no tribunal, para que pudéssemos verificar que eram os originais. E Matteus, Gorvetich e eu retiramos a última fita de lacre e ligamos juntos o monitor e a CPU.

— A embalagem e os lacres não poderiam ter sido retirados e depois colocados de volta?

Hans e Franz estão tentando explicar por que não é possível — a fita de lacre exibe a palavra "Violado", em azul, assim que é arrancada — quando Stern os interrompe:

— Promotores não costumam manipular provas para acrescentar algo que ajude a inocentar o réu. Se o cartão é uma fraude, não iremos muito longe com o juiz ou o júri se argumentarmos que isso é produto da Promotoria. Ou insistimos na teoria de Rusty sobre Barbara ou devemos encontrar outro modo de explicar por que o HD replicado não capturou o que estava realmente ali.

— Não aconteceu — rebate definitivamente Hans.

— Então é melhor ver se podemos nos opor ao que os promotores estão determinados a dizer.

Nos últimos dois dias, Stern começou a usar bengala. Com ela, ele consegue se movimentar com mais agilidade do que no tribunal. Agora ele impulsiona o corpo para trás de sua escrivaninha e tecla o telefone.

— Para quem está ligando, pai? — pergunta Marta.

— George — responde.

O juiz Mason, ainda o presidente em exercício, não está disponível, mas telefona de volta vinte minutos depois. Na ligação, ele e Stern travam um diálogo obviamente sobre a saúde do advogado, pois este continua respondendo "Tudo de acordo com o plano" e "Melhor do que o esperado". Finalmente, Stern pergunta se pode colocar o juiz no viva-voz para que o resto da equipe possa ouvir. Eu, provavelmente, não deveria estar aqui, mas não penso em ir embora. Fui uma das pessoas, com Anna e meu pai, que usaram esse computador enquanto ele esteve no gabinete do juiz Mason.

— Já tive uma conversa esta manhã com Tommy — diz o juiz. — Como deve se lembrar, Sandy, quando recebemos o computador, todos nós concordamos que ninguém teria acesso a ele sozinho e que eu manteria um registro de todo documento que fosse examinado. Tommy me pediu uma cópia do registro e já lhe enviei por e-mail. Seria um prazer fazer o mesmo por você.

— Por favor — diz Stern.

O juiz Mason e ele concordam que faz mais sentido conversar após termos visto o registro. Enquanto esperamos o documento atravessar a Internet, Stern e Marta interrogam Hans e Franz sobre o que teria sido necessário para realizar aqui esse tipo de coisa. Os dois já se envolveram numa rápida especulação, ideias zunindo e ricocheteando como balas numa galeria de tiro, e concordaram bastante com Gorvetich que aquilo foi feito com um shareware chamado Office Spy, o qual teve de ser posteriormente fragmentado.

— E quanto tempo teria demorado para se fazer isso? — pergunta Stern. — Instalar o software, acrescentar o objeto, deletar o software e limpar o registro?

— Uma hora? — responde Hans, olhando para Franz.

— Talvez, se praticasse um pouco, eu conseguiria fazer em 45 minutos — diz Franz. — Vamos imaginar que eu já tenha o Spy e o objeto num pen drive, para poder poupar um pouco de tempo de download. E como já fiz a mesma operação com outro PC, sei exatamente onde olhar para limpar o deletado Evidence Eraser. Mas, sabem, e alguém que não tem toda essa prática? Demoraria duas vezes. No mínimo.

— No mínimo — repete Hans. — Mais várias horas.

Quando chega o registro, este assinala quatro visitas separadas. Meu pai foi ao gabinete particular, onde Mason mantinha o PC dele ligado, no dia 12 de novembro, uma semana após a eleição. Foi uma experiência desanimadora, que levou meu pai a prometer que não voltaria mais. O próprio Mason presenciou isso. Meu pai esteve lá por 28 minutos. Copiou quatro documentos para um pen drive, três rascunhos de decisões e um memorando de investigação de um dos seus oficiais de justiça e ainda abriu sua agenda e anotou os compromissos que lhe restavam até o fim do ano.

Eu fui lá, uma semana depois, para copiar mais três rascunhos de pareceres e voltei no dia seguinte para mais um sobre o qual tinha entendido mal as instruções de meu pai. Riley, uma assessora do juiz Mason, esteve comigo em ambas as ocasiões. E estive lá por 22 minutos, na primeira vez, e seis no dia seguinte.

Finalmente, logo após o Dia de Ação de Graças, Anna foi lá, me substituindo no último minuto. Meu pai estava desesperado para dar uma olhada num esboço anterior de um voto sobre o qual estava trabalhando em casa e que já estava atrasado. Também começava, em momentos otimistas, a marcar compromissos para 2009 e queria dar uma olhada em sua agenda. Naquela manhã, eu tinha sido convocado para substituir um professor e não queria lhe dizer não, mas esse trabalho levaria pelo menos duas semanas. Anna se oferecera antes para fazer as cópias para meu pai, tendo em vista que normalmente se encontrava em Central City, e o juiz Mason a havia aprovado com entusiasmo. O registro diz que Anna esteve lá por cerca de uma hora, mas isso porque ela recebeu um telefonema de seu escritório e ficou ao celular a maior parte do tempo.

— Riley esteve com ela durante essa visita? — pergunta Stern ao juiz Mason.

O juiz chama Riley Moran. Ela conhece Anna faz dois anos, tendo em vista que seu período como assessora começou antes de o de Anna terminar. Riley lembra-se das coisas quase do mesmo modo que as ouvi de Anna na ocasião. Peter Berglan, um dos babacas mais exigentes com quem Anna tinha de trabalhar, ligou para seu celular e basicamente lhe disse que tinha de participar de uma reunião por telefone. Riley diz que Anna se afastou do computador e sentou numa cadeira do outro lado da sala. Riley saiu da sala, pois era claramente um assunto de um cliente sobre o qual não deveria ouvir, mas de três em três minutos ela deu uma bisbilhotada, durante os quarenta minutos seguintes, para ver se Anna já tinha acabado. Em cada ocasião, Anna estava na cadeira e longe do computador. Finalmente, ela foi à sala vizinha para avisar Riley que tinha acabado, e esta ficou observando enquanto Anna voltava ao computador para terminar de fazer o download e anotar os compromissos seguintes de meu pai. O registro mostra que o calendário permaneceu aberto na mesma data em que estivera quando Anna se levantou para ir embora.

— Isso é tudo? — pergunta Mason, depois que Riley sai.

Stern agradece ao juiz Mason, e então ficamos sentados em silêncio no escritório.

— O que Tommy vai dizer? — pergunta Stern em voz alta. — Não parece possível que alguém tenha mexido no computador.

— Uma hora — diz Marta. Ela se refere a Anna.

— Uma hora não é tempo suficiente — alega Stern. — Rusty e até mesmo Nat poderiam ter antecipado uma defesa e feito isso, mas Anna é claramente a pessoa menos provável. Se o pior piorar, podemos pegar os registros das chamadas do celular dela e falar com Peter Berglan.

Eu havia chegado à mesma conclusão. Meu pai carece de habilidade técnica até mesmo para tentar isso. E eu também, francamente, e obviamente sei que não fui o responsável. Anna, como diz Stern, não teria tido motivo para arriscar sua carreira. Nenhum de nós, de fato, parece ser um culpado verossímil.

Stern abana a mão na direção de meu pai.

— Rusty, você tem as chaves do Fórum?

— Do meu gabinete — responde meu pai. — Só isso.

— Ainda está com elas?

— Ninguém me pediu para devolvê-las.

— Alguma vez foi lá à noite?

— Antes ou depois de eu sair de licença?

— Depois.

— Nunca.

— E antes?

— Uma ou duas vezes, quando esquecia alguma coisa e iria precisar num fim de semana prolongado. Era uma chatice, francamente. Havia apenas um segurança. Era preciso ficar parado ali, batendo na porta, até chamar a atenção do sujeito. Certa vez, levei vinte minutos só para entrar.

— E no gabinete de quem estava o computador?

— No de George.

— Como presidente em exercício, ele o mudou para o seu gabinete?

— Pelo que sei, ainda não.

— E o segurança? Ele tem as chaves de todos os gabinetes?

Meu pai pensa.

— Bem, ele carrega uma enorme argola com chaves. Pelo barulho, você sabe quando ele vem se aproximando. E há ocasiões em que pessoas se trancam do lado de fora de seus gabinetes e o segurança é chamado para deixá-los entrar novamente. Mas se o guarda da noite tem as chaves... eu simplesmente não sei.

— Essa é a teoria deles — diz Marta. — Certo? Trabalho interno. Talvez Rusty tenha ido lá, no meio da noite, com um gênio em computação.

— Falem com o segurança — sugere meu pai.

— Podem apostar que, neste momento, Tommy está na companhia dele — garante Marta. — E você sabe onde isso vai dar, Rusty. Ou acusarão o guarda de ser seu melhor amigo ou descobrirão que ele é um criminoso, coisa que passou despercebida quando ele pleiteou o emprego, e o ameaçarão com um processo até o sujeito se lembrar de ter deixado você entrar. Ou então descobrirão um dia em que o guarda normal estava de folga e Brand vai atormentar o substituto para dizer, bem, ele não se lembra qual foi o juiz, mas houve uma noite em que um deles entrou. Eles vão dar algum jeito.

— *Res ipsa loquitur* — diz Stern. A coisa fala por si mesmo. — Ninguém mais, além de Rusty, tinha motivo para fazer isso. Ninguém mais, em novembro, poderia saber que prova seria apresentada ou que defesa poderia dar certo. Nós ainda nem mesmo fizemos uma descoberta completa.

— É fraco — diz Marta. — E acabaremos com um julgamento dentro de um julgamento. E todas essas testemunhas? O juiz Mason e Riley. E o segurança. E Nat e Anna. Rusty novamente. Os promotores terão sorte se os jurados ao menos se lembrarem de que trata o caso quando ele chegar ao fim.

Stern está pensando. Inconscientemente, sua mão sobe até o rosto para passar em volta da erupção. Pela aparência da coisa, ainda deve doer.

— Tudo verdade — diz ele. — Mas o principal é que não devemos nos enganar. Esse ainda não é um progresso auspicioso para a defesa.

Diante dessa sentença, cada um de nós acaba olhando para meu pai, para ver como ele reagiu à discussão. Arriado numa poltrona estofada, esgotado, pálido e insone, ele está alheio a todos nós e fica assustado com a atenção, quando, finalmente, ergue a vista. Sorri debilmente para mim, um pouco acanhado, depois volta a baixar a vista para suas mãos cruzadas sobre o colo.

Às 16 horas somos convocados pelo juiz Yee, que deseja uma atualização para poder estabelecer um cronograma. Vários repórteres já souberam dessa sessão e Yee concorda em fazê-la aberta. Um grande número de assistentes da Promotoria também seguiu seus chefes através da rua para saborear o que todos sabem que será um doce momento. Sento-me no banco da frente, apenas poucos centímetros atrás do meu pai. Ele não fala nada com ninguém, envolvido em si mesmo como uma espécie de bagagem vazia.

Yee pergunta simplesmente "O que está havendo?" e Stern se levanta para ir até a tribuna. Pela primeira vez levou a bengala para o tribunal.

— Meritíssimo, nossos especialistas reviram a réplica feita em novembro último e concordam que o objeto não aparece lá. Eles precisarão de pelo menos 24 horas para determinar por quê.

Brand novamente se levanta para falar pela acusação.

— Por quê? — pergunta, com a voz se erguendo sarcasticamente. — Com o devido respeito ao Sr. Stern, juiz, há uma resposta óbvia. Trata-se de uma fraude. Pura e simples. Esse objeto foi claramente acrescido ao computador do juiz Sabich após ter sido apreendido em novembro último e antes de ser colocado sob a custódia da Promotoria, após indicação do meritíssimo. Não há outra explicação.

— Juiz Yee — rebate Stern —, isso não é tão claro quanto pretende o Sr. Brand. Nem o juiz Sabich nem qualquer um de seus representantes teve acesso àquela máquina por mais de 58 minutos. Fomos orientados por especialistas no sentido de que esse tipo de alteração do qual estamos falando não poderia ter sido feita nesse período de tempo, provavelmente nem mesmo por profissionais, o que nenhuma dessas pessoas o é.

— Eu não sei nada disso, juiz. Precisaremos testar — diz Brand. Pelo modo resguardado como reage, penso que Gorvetich lhe forneceu um tempo estimado muito maior do que o que nos forneceram Hans e Franz. Eles precisarão de outra teoria, mas já têm uma, como Stern supôs. — E, além disso, meritíssimo — diz Brand —, o juiz Sabich já devolveu suas chaves ao tribunal?

— O juiz Sabich não tem as chaves do gabinete do juiz Mason, onde o computador estava guardado — alega Stern.

— Estamos dizendo que o juiz Sabich nunca, em sua vida, esteve à noite no Fórum? Estamos dizendo que ele não conhece os membros da segurança que têm as chaves de todos os gabinetes?

O juiz Yee observa o vaivém com uma das mãos sobre a boca, mas o lápis que está na outra começa a se agitar. É como o rabo de um cachorro só que ao contrário: uma medida do quanto ele está descontente.

— Meritíssimo — diz Stern —, a Promotoria é muito rápida em acusar o juiz Sabich. Mas sem qualquer prova convincente.

— Quem mais se beneficiaria dessa fraude? — retruca Brand.

— Juiz, confesso que o que passa pela minha mente é que, vinte anos atrás, o Sr. Molto admitiu e sofreu uma sanção da Promotoria de Justiça por, deliberadamente, manipular provas.

Isso produz um daqueles momentos de tribunal nos quais eu fico completamente perdido. Stern não disse nada sobre isso no escritório, e o efeito sobre Brand é vulcânico. Ele tem pavio curto e para diante da tribuna, berrando, o rosto vermelho e as veias latejando nas têmporas. Na mesa da acusação, Tommy Molto também se põe de pé.

— Juiz — grita ele, mas mal consegue ser ouvido por causa de Brand. "Ultraje" e "ultrajante" são as palavras que Brand não para de berrar. Ele vira as costas para o juiz, por um segundo, para dizer uma palavra indignada para Stern, e então retoma seu berreiro.

Para o juiz Yee, finalmente, já basta.

— Espera, espera, espera — diz ele. — Espera. Basta. Todos os advogados. Sentem, por favor. Sentem. — Ele dá um segundo de tolerância para os cães ladradores recuarem. — Nada neste julgamento sobre vinte anos atrás. Vinte anos atrás é vinte anos atrás. Isso é uma coisa. E, segundo, este julgamento, este julgamento sobre quem matou a Sra. Sabich, e não sobre quem fraudou computador de juiz. Vou lhes dizer, senhoras e senhores, o que penso. Penso que nada disso dever ser prova. Chaves e programas de espionagem e quantas horas para fazer isso e aquilo? O júri será orientado a desconsiderar a mensagem que viu. O jovem Sr. Sabich volta amanhã de manhã ao banco das testemunhas. Penso que isso é o melhor.

Brand, na mesa da acusação, levanta-se.

— Juiz — diz ele. — Juiz. Podemos ser ouvidos? Por favor.

Yee permite que Brand se reaproxime da tribuna, o que ele faz somente após ter ouvido Tommy, que, no caminho, tinha agarrado sua manga. Tenho certeza de que ele mandou Brand se acalmar. Brand está mais do que decidido.

— Juiz, entendo que o tribunal deseja que não tivéssemos nos afastado tanto assim da questão, mas o tribunal deveria considerar isso, meritíssimo. Pense no quanto é injusta sua sugestão para a acusação. O júri já viu a mensagem. A defesa poderá argumentar que a Sra. Sabich se matou. Poderá argumentar que ela usou o computador do marido. E até mesmo poderá insinuar que ela talvez pretendesse incriminá-lo. A defesa poderá dizer tudo isso e, quando o disser, os jurados vão pensar na mensagem, mas e onde entra a prova que mostra que toda essa teoria é uma fraude? Juiz, não pode nos negar essa oportunidade.

Yee está novamente com a mão sobre a boca. Até mesmo eu consigo entender a questão de Brand.

— Juiz, isso pode ser provado rapidamente — afirma Brand. — Poucas testemunhas, no máximo.

Stern, sempre a postos para aproveitar uma oportunidade, rebate de sua cadeira:

— Talvez sejam poucas testemunhas para a acusação, meritíssimo. Mas a defesa não terá escolha a não ser refutar cabalmente essa alegação. Teremos basicamente um julgamento sobre acusações não comprovadas de obstrução de justiça.

— Que tal isso? — pergunta o juiz Yee a Brand. — Indiciar o juiz Sabich por obstrução de justiça. Teremos esse julgamento depois.

Claramente, o juiz Yee está doido para ir para casa e gostaria de passar esse problema para outro.

— Juiz — diz Brand —, está nos pedindo que encerremos este julgamento com ambas as mãos atadas às costas?

— Certo — diz o juiz. — Vou pensar nisso esta noite. Amanhã de manhã, jovem Sr. Sabich testemunha. Depois disso, discutiremos sobre as outras provas. Mas amanhã acabaremos com este processo. Nenhuma decisão ainda quem consegue provar o quê. Mas vamos ter testemunho. Todos entenderam?

Os advogados concordam com a cabeça. O juiz bate o martelo. O dia na sala de julgamento está encerrado.

Capítulo 39

TOMMY, 25 DE JUNHO DE 2009

O problema de Tommy, se é que se pode chamá-lo assim, sempre foi ser muito sensível. Quanto mais ele envelhecia, mais sabia muito bem que todo mundo tinha seus pontos sensíveis. E, com o tempo, ele passara a ser melhor em absorver os habituais golpes duros — comentários desagradáveis na imprensa, ou críticas de advogados de defesa, ou associações de moradores culpando-o por cada policial desonesto. Mas chega. Ele já tinha aguentado de tudo. E, assim que a lança penetrava sua armadura, ela ia bem fundo.

Quando Stern foi diante do juiz Yee e lembrou ao mundo que Tommy admitiu ter manipulado provas no primeiro julgamento de Rusty, seu coração quase parou. A admissão de Tommy nunca fora um segredo. As pessoas que sabiam das coisas também sabiam disso. Mas todo mundo achava que tinha sido algo que Tommy fizera para conseguir seu emprego de volta, e desde então isso nunca voltara à imprensa. E como repórteres, falando em termos gerais, apenas republicam o que já publicaram antes, não houvera menção de que Tommy reconhecera algum crime nas frequentes histórias que correram recentemente sobre o primeiro julgamento de Rusty. Tommy agira durante toda a sua carreira para proteger o público e o que era correto, e não se importava de ser conhecido como alguém que outrora velejara muito próximo ao vento. A primeira palavra em sua mente, quando começou a acalmar, foi "Dominga". Ele nunca explicara tudo isso à sua mulher.

Assim que Yee bateu o martelo, os repórteres se aglomeraram em torno de Tommy, cinco ou seis deles.

— Isso é história antiga — explicou Tommy —, a qual o juiz Yee decidiu que nada tem a ver com o caso. Não farei mais nenhum comentário até esse assunto estar concluído.

Teve de repetir isso seis ou sete vezes e, quando a matilha finalmente se afastou para escrever suas histórias, Tommy pediu ao assistente e a Rory que atravessassem a rua com o carrinho de provas. Então sinalizou para Brand se juntar a ele no canto do reservado vazio dos jurados, onde podiam se sentar e conversar. Ele não queria descer agora, porque as câmeras estariam lá embaixo e os repórteres executariam seu lance de sempre, enfiando-lhe um microfone na cara para conseguir alguma cena dele se recusando a negar que infringira as regras da primeira vez que Rusty fora julgado. Sandy Stern, preparando-se para sair, olhou adiante por um segundo, então coxeou pelo caminho com sua bengala. Tommy sacudiu a cabeça em sua direção quando Stern ainda estava a uns 6 metros de distância.

— Não — disse ele.

— Tommy, fui tomado pelo momento.

— Vai se foder, Sandy. Você sabia o que estava fazendo e eu também.

Em seus trinta e tantos anos como promotor de justiça, Tommy dissera essas palavras a outro advogado apenas um punhado de vezes. Stern tinha as mãos erguidas, mas Tommy continuava sacudindo a cabeça.

Quando Stern, finalmente, se virou para ir embora, Brand gritou atrás dele:

— Você não passa de um advogado de merda para drogados metido num paletó chique.

Tommy agarrou a manga de Brand.

— Nem certos vermes que vivem bem fundo lá na terra são tão baixos — sussurrou Brand para Tommy.

Uma coisa, porém, não se podia tirar de Stern — ele sempre surgia com algo para salvar seu cliente. Não queria que os jurados lessem na primeira página do *Tribune* sobre o fato de que o cartão de Natal era uma fraude. Ele forneceu uma manchete melhor: MOLTO ADMITIU CONDUTA IMPRÓPRIA. Por tudo que Tommy sabia, o modo como isso funcionaria na cabeça dos jurados seria que a metade imaginaria alguma teoria sobre por que o cartão de Natal era do promotor de justiça.

— Deveríamos vazar o DNA — murmurou Brand.

Tommy, na verdade, admitiu isso por um instante, então sacudiu a cabeça, não. Eles iriam acabar com um julgamento incorreto. Basil Yee estava pronto para ir para casa. Qualquer motivo para abandonar o caso, e ele o usaria, faria as malas e iria embora. E Tommy não ia mentir sob juramento nem deixaria também que alguém o fizesse na investigação sobre o vazamento que se seguiria. Era uma vingança justa contra Stern e Rusty. Mas, de qualquer modo, a notícia sairia em umas duas semanas, e deixá-la vazar agora apenas ferraria tudo ainda mais.

— Se Yee mantiver fora todas as provas da fraude, teremos de recorrer — disse Brand.

Um recurso de meio de julgamento era raro, mas permitido para a acusação, pois os promotores de justiça não podiam apelar após uma absolvição. Brand tinha razão — eles teriam de fazer isso, porque, caso contrário, teriam pouca chance com os jurados. E assim que levantassem essa hipótese, talvez Yee cedesse. Evitar o Tribunal de Recursos era a melhor maneira de garantir que ele manteria seu estimado recorde contra anulações. E o juiz detestaria a ideia de manter os jurados — e a si mesmo — na geladeira de duas a três semanas, que eram necessárias ao julgamento do recurso.

— Como foi que isso ficou tão enrascado em apenas dois dias? — perguntou Tommy.

— Vamos apresentar as provas e ficará tudo bem. Rory tem uns policiais conversando agora com a equipe noturna do tribunal. Alguém deve ter visto ou ouvido Rusty entrar sorrateiramente. Quando conseguirmos uma testemunha sólida, conseguiremos dobrar Yee.

Talvez Brand tivesse razão. A vergonha, porém, se instalava duramente sobre Tommy. Jamais conseguiria se livrar daquilo. Ele não havia manipulado coisa alguma, apenas vazado algumas informações. Mas isso fora errado. Ele cometera um erro. E Sandy Stern queria lembrar isso a todo mundo.

— Preciso mijar — ele falou para Brand.

No banheiro masculino, Rusty já estava em um dos mictórios. Não havia um painel privativo entre as instalações branco gelo e Tommy fixou a vista nos ladrilhos à sua frente. Podia ouvir a perturbação de Rusty, com o fluxo lento da urinação se iniciando. Nesse departamento, Tommy ainda era um garotão. A vantagem, de algum modo, o animou.

— Foi uma baixeza, Rusty. — E repetiu a frase de Brand sobre os vermes.

Rusty não respondeu. Tommy sentiu os ombros dele se erguerem, no momento do puxão para dentro das calças, antes de o zíper raspar ao ser fechado. A água correu na pia um segundo depois. Quando Tommy se virou, Rusty ainda estava lá, enxugando as mãos numa toalha de papel cor castanha, o rosto imóvel tornado inescrutável e seus olhos claros impassíveis.

— Foi uma baixeza, Tommy. E, francamente, não é do feitio de Sandy. Mas o sujeito está doente. Desculpe. Eu não sabia que ele seguiria esse caminho. Se ele tivesse falado comigo antes, eu teria dito não. Juro.

O pedido de desculpas e o reconhecimento de que Stern tinha saído da linha na verdade fizeram com que Tommy se sentisse pior. O que mais o perturbava era o que ele iria ver nos rostos de seus assistentes e dos juízes. Precisaria em breve emitir uma declaração, assim que o julgamento terminasse, e, provavelmente, tornar o texto público. E diria eu infringi as regras, foi uma infração leve, mas paguei o preço e nunca esqueci a lição. Rusty observou-o lutar internamente com tudo isso. Julgamentos são assim mesmo, pensou Tommy. Você abre artérias em ambos os lados. Clínicos dizem que é melhor ser médico do que paciente e que é melhor ser acusador do que acusado. Mas isso não quer dizer que ninguém mais se machuque. Ele deveria ter aprendido sua lição na primeira vez em que se envolveu com aquele sujeito. Ir atrás de Rusty significava rastejar através de arame farpado.

— Tommy — disse Rusty —, alguma vez você pensou na possibilidade de eu não ser um cara tão mau quanto você pensa, e você não ser um cara tão mau quanto eu penso?

— Isso é um modo de dizer que você é um doce.

— Eu não sou um doce. Mas não sou um assassino. Barbara se matou, Tommy.

— É você quem diz. Carolyn também se violentou e se estrangulou?

— Eu também não fiz isso. Você vai ter que resolver isso com o cara que o fez.

— É uma pena, Rusty, o modo como essas mulheres continuam morrendo perto de você.

— Eu não sou um assassino, Tommy. Você sabe disso. Bem no fundo do coração, você sabe disso.

Tommy começou a enxugar as mãos.

— Você é o quê, então?

Rusty bufou um pouco, rindo às suas próprias custas por apenas um segundo.

— Eu sou um idiota, Tommy. Cometi muitos erros e demorará muito tempo para que eu consiga lhe dizer qual foi o pior. Vaidade. Luxúria. Soberba em achar que poderia mudar o que não podia ser mudado. Não estou lhe dizendo que eu não quisesse isso. Mas ela se matou.

— E o incriminou pela sua morte?

Ele deu de ombros.

— Ainda não pensei sobre isso. Talvez. Provavelmente não.

— Então o que devo fazer, Rusty? Enviar um bilhete de agradecimento aos jurados e mandá-los de volta para casa?

Rusty encarou Tommy por um segundo.

— Ou às favas? — perguntou.

— Tanto faz.

Rusty foi olhar por baixo dos reservados, para se certificar de que não havia ocupantes invisíveis, e voltou aonde estava Tommy.

— Que tal encerrarmos essa história toda? Você e eu sabemos que não há um meio de descobrir aonde vai esse filho bastardo. Agora é um trem desgovernado. Vou alegar obstrução de justiça por bagunçar com o computador. As outras acusações são retiradas.

Rusty estava no seu modo cara durão inflexível. Mas não estava de brincadeira. O coração de Tommy saltitava em reação.

— E você se livra de um homicídio?

— Que não cometi. Pegue o que consegue pegar, Tommy.

— Quanto tempo?

— Um ano.

— Dois — disse Tommy. Ele negociava por instinto.

Rusty deu de ombros novamente.

— Dois.

— Vou falar com Brand.

Tommy encarou Rusty por outro segundo, tentando imaginar o que acabara de acontecer, mas parou na porta. Era um momento esquisito, mas, mesmo assim, eles acabaram apertando as mãos.

— Você está pronto? — perguntou Tommy ao se sentar ao lado de Brand, na mesma cadeira nos fundos do reservado do júri.

A sala de julgamento ainda não estava totalmente vazia. O pessoal de Stern permanecia no corredor, mas o pessoal do Fórum ainda ia de um lugar a outro. Num baixíssimo sussurro, ele contou a Brand o que Rusty havia proposto. Brand apenas olhou fixamente, os olhos escuros duros como pedras.

— O quê?

Tommy repetiu o acordo.

— Ele não pode fazer isso — disse Brand.

— Ele pode, se deixarmos.

Brand quase nunca ficava aturdido. Perdia-se em meio à raiva. Raramente parecia sem palavras, mas, desta vez, não conseguiu se conter.

— Ele se livra de assassinato?

— Ele acaba de me dizer algo que é totalmente verdadeiro. Este julgamento está descontrolado. Ninguém sabe o que acontecerá a seguir.

— Ele se livra de dois homicídio?

— De qualquer maneira, ele tem uma boa chance de conseguir isso. É melhor, francamente, do que convencê-lo de qualquer outra coisa.

— Você não vai fazer isso, chefe. Não pode. O cara é um filho da puta de um duplo assassino.

— Vamos para o outro lado da rua. A barra já deve estar limpa.

Fazia um dia quente lá fora. O sol estava forte nessa semana e, como sempre, naquela parte do país, estava se tornando verão abruptamente, como se alguém tivesse ligado uma chave. Tinha sido uma péssima primavera, com volumes de chuva acima dos normais. Uma coisa boa do aquecimento global. De um dia para o outro, você não sabe onde está vivendo. Há um mês, Kindle County tem sido o Amazonas.

Quando chegaram à Promotoria, levaram cinco minutos cuidando dos recados. Tommy devia ter recebido dez telefonemas dos repórteres. Ele precisaria passar mais algum tempo, depois, naquela tarde, com Jan DeGrazia, o assessor de imprensa da Promotoria, apenas para ouvir seus conselhos. Finalmente, foi para o gabinete ao lado, a sala menor de Brand.

Sentaram-se um de cada lado da sala. Havia um bola de futebol, assinada por algum antigo astro, que era considerada uma parte permanente do mobiliário do subprocurador de justiça. Já se encontrava ali desde quando Tommy conseguia se lembrar, recuando à época de John White, que fora assistente-chefe da Promotoria quando ele — e Rusty — tinham chegado como novos promotores públicos. Frequentemente, a bola era jogada de um lado a outro, durante as discussões. Brand, cujas mãos envolviam a coisa como se fossem parte da cobertura, normalmente era o primeiro a ir atrás dela, e, mesmo se ninguém mais estivesse com disposição de jogar, ele a rodopiava numa perfeita espiral em direção ao teto e a agarrava na descida sem mesmo se mexer. Vendo-a sobre a escrivaninha de Brand, Tommy lançou-a suavemente para o colega, ao se sentar. Pela primeira vez, que ele se lembrava, Brand deixou-a cair. Xingou, ao apanhá-la.

— Você sabe que isso só faz sentido de um lado — disse Brand. — A alegação de Rusty?

— O que quer dizer?

— Quero dizer que ele só alegaria obstrução se tivesse matado a mulher.

— E se ele não matou a mulher, mas mexeu no computador?

— Ele só mexeria no computador se a tivesse matado — rebateu Brand.

Essa era a lógica tradicional da lei. A lei diz que se um homem foge, ou se esconde, ou mente, isso prova que é culpado. Mas para Tommy isso nunca fez sentido. Por que alguém acusado falsamente seguiria as regras? Por que alguém que viu a máquina judiciária retinir, triturar e retorcer estupidamente a si mesma não diria "Não confio nessa geringonça"? Mentir para repelir uma acusação falsa provavelmente seria mais justificável do que mentir em virtude de uma acusação verdadeira. Era assim que Tommy via aquilo. E sempre vira.

Quando explicou seu ponto de vista a Brand, este pareceu de fato levá-lo em conta. Era raro ver Brand tão pensativo quanto se encontrava agora. Mas havia muita coisa em jogo, e nenhum dos dois jamais imaginara estar num momento como aquele.

Brand apanhou a bola que estava entre seus pés e a jogou algumas vezes para si mesmo. Estava chegando a alguma conclusão. Tommy podia perceber.

— Acho que devemos aceitar o acordo — disse.

Tommy nada disse. Ficou um pouco amedrontado quando Brand disse aquilo, embora soubesse que ele estava certo.

— Acho que devemos aceitar o acordo — repetiu Brand. — E vou lhe dizer por quê.

— Por quê?

— Porque você merece.

— Eu mereço?

— Você merece. Stern jogou hoje um enorme cagalhão na sua cabeça. E isso foi apenas uma prévia. Se Sabich se livrar desse caso, você vai ouvir uma batelada da mesma merda sobre a qual admitiu no passado, para que eles possam dar satisfação do DNA no primeiro caso. Eles dirão "Isso só aconteceu porque Molto ferrou com as provas naquela ocasião".

Tommy concordou com a cabeça. Ele agora percebia isso. Sabe Deus por que não percebera isso o tempo todo. Provavelmente porque ele não tinha ferrado com as provas.

— Tudo bem, mas se Sabich alegar obstrução de justiça... um juiz eleito para a Suprema Corte se levantar num julgamento público e admitir que manipulou provas para tentar se safar... se ele fizer isso, as pessoas saberão o que ele é. Dirão que ele se safou de homicídio. Duas vezes. Podem criticar você por aceitar a alegação. Mas você terá a proteção de Yee, com quase certeza. Sabe, Yee vai lhe fazer um daqueles discursos que os juízes sempre fazem quando ficam aliviados por se livrar de um caso... ele dirá que foi uma boa resolução. Em especial, as pessoas saberão que você caçou uma ave muito perigosa por um tempo realmente longo e, finalmente, a colocou na gaiola, que é seu lugar. Você arrancará todas as suas penas. E você merece isso.

— Não posso realizar esse trabalho pensando no que eu mereço.

— Pode realizar o trabalho a fim de que se mantenha a confiança na distribuição da justiça. Pode sim, porra. E deve.

Brand está embrulhando o ego de Tommy em papel de presente e amarrando-o com um laço.

— Você merece isso — diz Brand. — Aceite o acordo e tire esse fardo das costas. Se quiser, pode concorrer ano que vem para a administração pública.

Aquilo novamente. Tommy pensou por um segundo. Ele nunca havia pensado em concorrer, exceto como uma espécie de fantasia que só dura enquanto você está no chuveiro. Ele disse a Brand o que dissera antes, que, se fosse concorrer a alguma coisa, seria para juiz.

— Meu filho tem menos de dois anos — disse Tommy. — Preciso de um emprego que possa manter por 15 anos.

— E tem outro a caminho — lembrou Brand.

Tommy sorriu. Sentiu o coração aberto. Ele tinha uma vida boa. Dera duro no trabalho e fora correto. Nunca diria em voz alta, mas o que Brand falara era verdade. Ele merecia aquilo. Merecia ser conhecido como alguém que seguira sua consciência.

— E tem outro a caminho — repetiu Tommy.

Capítulo 40

NAT, 26 DE JULHO DE 2009

Algo está errado.

Quando chego, na sexta-feira de manhã, ao escritório de Stern, meu pai está numa reunião a portas fechadas com Marta e Stern na sala deste. Após eu passar 45 minutos na recepção, cercado pela mobília de restaurante, a assistente de Stern emerge para sugerir que eu vá para o tribunal, onde o pessoal da defesa iria se juntar a mim em breve.

Quando chego lá, os promotores ainda não haviam chegado. Do meu lugar, na primeira fila, envio um texto para Anna: "Algo está errado. Stern piorou????? Muito misterioso."

Marta, finalmente, chega, mas atravessa apressadamente a sala para voltar ao gabinete do juiz Yee. Quando sai, para apenas por um segundo para falar comigo.

— Estamos conversando com os promotores no corredor — disse ela.

— O que está havendo?

Sua expressão é confusa demais para significar alguma coisa.

Poucos minutos depois, o juiz Yee dá uma bisbilhotada na sala de julgamento para checar as coisas. Sem a toga, é como uma criança à porta, esperando não ser observada e, quando me avista, faz um gesto para eu ir em sua direção.

— Café? — pergunta, quando chego ao corredor dos fundos.

— Claro — respondo.

Voltamos para o gabinete, onde passo alguns momentos observando as pautas musicais emolduradas nas paredes. Uma, noto, está assinada por Vivaldi.

— Temos de esperar por eles — diz-me o juiz, sem qualquer outra explicação. Estou preso na terra das testemunhas, onde não posso fazer qualquer pergunta, muito menos ao juiz. — O que você acha? — pergunta-me, ao trazer café para nós dois. O juiz havia puxado uma gaveta da enorme escrivaninha e a usa como apoio para os pés. — Você acha que será advogado de tribunal como seu pai?

— Não creio, juiz. Não creio que tenha nervos para isso.

— Ah, sim — diz ele. — Ruim para nervos de todo mundo. Muitos bêbados. Tribunal cria muitos bêbados.

— Suponho que deva me preocupar com isso, mas o que eu quis dizer é que não tenho mesmo personalidade para isso. Não gosto muito quando as pessoas prestam atenção em mim. Não é do meu feitio.

— Nunca se sabe — diz ele. — E eu? Como falo? Todo mundo tipo não é trabalho para você. Todos riem... até mamãe. E ela não fala três palavras em inglês.

— E o que aconteceu?

— Eu tive uma ideia. Sabe? Era menino. Vendo *Perry Mason* na TV. Oh, adoro *Perry Mason*. No ensino médio, consegui emprego num jornal. Não de repórter. De vender jornal. *Tribune* daqui. *Tribune* quer mais assinaturas no sul do estado. E eu bato nas portas. A maioria das pessoas, muito legal, mas todas, cada uma delas odeia cidade. Não querem jornal local. Todas muito gentis comigo. "Não, Basil. Gosto de você, mas jornal não." Exceto um sujeito. Grandão. Dois metros. Cento e trinta quilos. Cabelo branco. Olhos loucos, loucos. E ele me vê e sai da porta como se fosse me matar. "Dê o fora da minha propriedade. Japas mataram três amigos meus. Fora." E eu tento explicar japonês também matou meu avô. Mas ele não ouve. Não quer ouvir.

— Então vou para casa. Minha mamãe, meu papai, eles tipo "Homem assim. Ele não quer ouvir. Pessoas são assim". Mas eu penso, "Não, eu posso fazer ele entender. Se ele ouvir, ele vai entender. Aí, lembrei *Perry Mason*. E os jurados. Eles têm que ouvir. É o trabalho deles. Ouvir. Tudo bem, não falo bem inglês. Tentei e tentei. Escrevo como professor. Nota 10 em língua durante toda a escola. Mas, quando falo, não consigo pensar. Verdade. Como máquina emperrada. Mas digo para mim mesmo. Pessoas conseguem entender. Se elas têm de escutar. Promotor público em casa... Morris Loomis... conheço ele desde escola primária. Seu filho Mike e eu bons amigos. Então, após faculdade de direito, Morris diz, "Está bem, Basil. Deixo você tentar. Mas você perde, então você redige sumários". E primeiro caso, levanto, digo "Não falo bem inglês. Desculpem. Falo devagar para entenderem. Mas caso não é sobre mim. Sobre testemunhas. Sobre vítima. Então vocês têm de entender." E o júri, todos eles concordam com cabeça. Certo. E, sabe, dois dias, três dias, todos eles entendem. Cada palavra. E eu venço. Venci aquele caso. Venci dez julgamentos seguidos antes de perder um. Às vezes, no cercado dos jurados, um cochicha para o outro, "O que ele diz?" Mas sempre digo para eles: "Caso é sobre testemunhas. Não sobre mim. Não sobre advogado de defesa, embora ele fale muito melhor. Sobre testemunhas. Sobre provas. Escutem eles e decidam." O júri sempre pensa, esse sujeito, ele não escondendo nada. Eu venço o tempo todo. Mas nunca se sabe. Julgamento muito misterioso, o que júri entende, não entende. Você sabe?

Rio bem alto. Adoro o juiz Yee.

Conversamos um pouco sobre música clássica. O juiz Yee sabe das coisas. Sucede que ele toca oboé, participa da orquestra regional do sul do estado e frequentemente usa sua hora de almoço para ensaiar. Ele possui um oboé, que foi emudecido para que se possam ouvir as notas apenas a uma distância de poucos centímetros, e ele toca toda uma peça de Vivaldi para mim, em homenagem às pautas musicais nas paredes. Sou um total ignorante musical, embora me interesse por ela como linguagem. Como a maioria das crianças, porém, arranhei umas lições de piano durante anos, até minha mãe me deixar desistir. Música séria é uma daquelas coisas que tenho na lista de "Quando Eu Crescer".

Há uma batida na porta quando o juiz está prestes a iniciar outra peça. É Marta.

— Juiz — diz ela —, precisamos de mais alguns minutos. Meu pai gostaria de falar com Nat.

— Comigo? — pergunto.

Sigo-a pelo corredor até o que é chamado de sala de advogados visitantes. Não é muito maior do que um cubículo, sem janelas e com uma escrivaninha gasta e duas cadeiras de madeira com braços. Stern está numa delas. Ele não parece particularmente bem esta manhã. A coceira está melhor, mas ele parece mais esgotado.

— Nat — diz ele, mas não se dá ao trabalho de se levantar para me cumprimentar. Aproximo-me para um aperto de mãos e ele gesticula para eu me sentar. — Nat, seu pai me pediu que falasse com você. Fizemos um acordo com a Promotoria.

Sempre pensava assim deste caso, nunca terei novamente um choque como esse. Então surge algo que me derruba em cheio.

— Sei que é uma surpresa — diz Stern. — As acusações de homicídio contra seu pai serão retiradas. E ele alegará culpa em uma instrução que os promotores apresentarão dentro de minutos, acusando-o de obstrução de justiça. Já tivemos muito vaivém esta manhã com Molto e Brand. Eu queria que, em vez disso, eles aceitassem uma alegação de desobediência, o que daria a seu pai a chance de manter sua pensão, mas eles insistiram que deveria ser um crime grave. No fim das contas, dá no mesmo. Seu pai ficará sob custódia por dois anos. E depois poderá seguir com sua vida.

— Custódia? — pergunto. — Quer dizer que vai para a cadeia?

— Sim. Concordamos que será numa colônia agrícola. Segurança mínima. Não ficará muito distante.

— Obstrução de justiça? O que ele fez?

Stern sorri.

— Bem, esse foi um dos problemas da manhã. Ele admitirá que é culpado, que, intencional e conscientemente, obstruiu a justiça neste caso. Mas não entrará em detalhes. Creio que há mais alguém que ele não quer envolver, mas francamente não disse nem mesmo isso. Molto não ficou satisfeito, mas, no fim, ele sabe que essa alegação é tão boa quanto ele gostaria que fosse. Então fizemos um acordo. Seu pai quis que eu lhe contasse.

Não hesito.

— Preciso falar com meu pai.

— Nat...

— Preciso falar com ele.

— Sabe, Nat, quando comecei neste ofício, jurei a mim mesmo que jamais deixaria um homem inocente alegar culpa. Essa decisão não resistiu ao meu primeiro ano de advocacia. Representei um jovem. Um excelente rapaz. Pobre. Mas aos 20 anos nunca havia tido uma detenção mesmo tendo crescido na parte mais desolada de Kehwahnee. Esse fato fala muito sobre seu caráter. Mas ele estava num carro com amigos de infância, compartilhando algumas garrafas de uísque, e um deles avistou um homem que traíra sua mãe. Esse jovem tinha um revólver no bolso e atirou no traidor pela janela do carro mais rápido do que o tempo necessário para dizer a palavra "morto". Meu cliente nada tinha a ver com esse assassinato. Nada. Mas sabe como as coisas correm nesse tipo de processo... O assassino disse que seus amigos estavam juntos com ele no carro para ajudá-lo a caçar o falecido. Ele contou essa história para evitar a pena de morte, que, naquela época, era severamente aplicada neste país. E, assim, meu cliente foi acusado de homicídio. O bom-senso dizia aos promotores que meu cliente não estava envolvido. Mas eles tinham uma testemunha. E ofereceram ao meu cliente uma diminuição de pena com direito a condicional, se admitisse a culpa. Ele queria ser um policial, aquele jovem. E teria dado um excelente. Mas alegou culpa. E seguiu uma vida diferente. E, claramente, essa foi a decisão correta. Ele se tornou ladrilheiro, abriu um negócio, teve três filhos, todos fizeram faculdade. Um deles é um advogado um pouco mais velho do que você.

— O que está dizendo, Stern?

— Estou dizendo que aprendi a confiar no bom-senso do meu cliente em relação a essas questões. Ninguém mais está mais bem preparado para decidir se vale a pena correr o risco.

— Então não acha que ele é culpado?

— Não sei, Nat. Ele está inflexível de que essa é a melhor solução.

— Preciso ver meu pai.

Imagino que ele esteja no fim do corredor, na sala das testemunhas, com Marta, e Stern vai encontrá-lo depois de mim. Ajudo Stern a se levantar. Fico sozinho apenas poucos minutos, mas já estou chorando quando meu pai entra. A parte mais impressionante é que sua aparência esta manhã é muito melhor do que vinha sendo há muitos meses. Um ar controlado retornou.

— Diga-me a verdade — peço, assim que o vejo.

Ele sorri diante disso. Inclina-se para me abraçar, depois se senta diante de mim, onde Stern estivera antes.

— A verdade — diz ele — é que não matei sua mãe. Nunca matei ninguém. Mas obstruí a justiça.

— Como? Não acredito que possa ter feito aquilo no computador. Não acredito nisso.

— Nat, sou maior de idade. Eu sei o que fiz.

— Você perde tudo — digo.

— Não meu filho, espero.

— Como vai se sustentar depois disso? É um crime grave, papai.

— Sei bem disso.

— Vai abrir mão do cargo de juiz, da sua licença para advogar. Nem mesmo terá sua pensão.

— Tentarei não bater na sua porta. — Ele ri. — Nat, isso é um acordo. Alego culpa de uma coisa que fiz e cumpro a sentença, sem me arriscar a ser condenado por uma coisa da qual sou completamente inocente. É um acordo ruim? Depois que o juiz Yee decidir que são admissíveis todas as provas do computador, um lado levará vantagem, e esse tipo de decisão não será possível. Está na hora de acabarmos com isso e prosseguir com o resto da vida. Você precisa me perdoar por todas as coisas idiotas que fiz nos últimos dois anos. Mas eu as fiz, e não é errado que eu pague esse preço. Eu posso sobreviver às consequências, e você deverá também.

Nós nos levantamos ao mesmo tempo e abraço meu pai, balbuciando bobagens. Quando nos separamos, o homem que nunca chora também está chorando.

O tribunal do júri se reúne em poucos minutos. A notícia do que está para acontecer já se espalhou e espectadores e promotores enchem a sala, junto com pelo menos uma dúzia de repórteres. A princípio, não tenho coragem de entrar. Fico parado na porta, por gentileza dos funcionários do tribunal, que me permitem observar os procedimentos através da janelinha que existe na porta. Há tanto sofrimento neste prédio, repleto da angústia das vítimas e dos réus e de seus entes queridos, que creio que as pessoas que trabalham aqui todos os dias procuram ser especialmente gentis com gente como eu, as quais, mesmo sem querer, são colhidas no debulhador chamado justiça. Uma delas, um hispânico mais velho, até mesmo mantém a mão em minhas costas por um segundo quando começa a sessão e meu pai se levanta e fica de pé entre Marta e Stern diante do juiz Yee. Brand e Tommy estão do outro lado de Stern. Meu pai assente e fala. Os promotores levantam papéis, provavelmente um acordo formal, e o juiz começa a interrogar meu pai, um elaborado processo que já transcorre há vários minutos quando avisto Anna. Enviei-lhe um texto simples — "Meu pai vai alegar culpa por obstrução de justiça para encerrar o caso"— apenas poucos minutos atrás. Agora ela percorre o corredor, arremetendo sobre seus saltos altos, com a mão no V da blusa, pois sua roupa de baixo de trabalho não foi feita para correr.

— Não acredito nisso — diz ela.

Explico o que posso, então entramos na sala, de braços dados, e seguimos até os lugares da primeira fila ainda reservados para a minguante família do meu pai. Os olhos do juiz Yee se erguem para me ver e ele emite o diminuto tranquilizador. Então olha de volta abaixo para o livro de protocolo, que contém as perguntas exigidas que um juiz deve fazer antes de aceitar uma alegação de culpa. Particularmente, o juiz Yee lê o texto impresso sem quaisquer dos erros gramaticais que surgem quando ele fala por si só, embora o sotaque permaneça carregado.

— E, juiz Sabich, alega culpa por essa denúncia porque de fato é culpado do crime aqui acusado, correto?

— Sim, meritíssimo.

— Muito bem, promotores. Por favor, declarem a base factual para o crime.

Jim Brand fala. Descreve todos os detalhes técnicos relativos aos computadores, o "objeto" agora presente no HD do meu pai, que não estava lá quando foi copiado no início de novembro de 2008. Então acrescenta que um guarda noturno do Fórum, Anthony Potts, está disposto a testemunhar que se recorda de ter visto meu pai nos corredores do prédio, certa noite do outono passado, e que ele pareceu se afastar apressadamente quando Potts o observou.

— Muito bem — diz o juiz Yee, e olha abaixo para seu livro. — E, Sr. Stern, a defesa está satisfeita com que a base factual oferecida constitua suficiente prova capaz de demonstrar que a culpa do juiz Sabich foi a questão submetida a julgamento?

— Está, meritíssimo.

— Juiz Sabich, concorda com o Sr. Stern a esse respeito?

— Concordo, juiz Yee.

— Muito bem — diz Yee. Fecha o livro. Volta ao seu estado normal. — A Corte deseja cumprimentar partes pela excelente solução deste caso. Este caso muito, muito complexo. O resultado acordado por defesa e acusação é justo com Estado e o réu em julgamento pelo Tribunal. — Pende várias vezes a cabeça, como se para reforçar essa opinião para os repórteres à minha frente, do outro lado da primeira fila. — Certo — diz ele. — Corte conclui que há base suficiente e aceita alegação de réu Roz — tropeça no nome, que sai algo parecido com "Rosy" — Sabich para acusação 09-0872. Denúncia 08-2456 não é admitido em seu detrimento. Juiz Sabich, permanecerá sob custódia do delegado de Kindle County pelo período de dois anos. Tribunal suspenso. — Bate o martelo.

Meu pai aperta a mão de Stern e beija o rosto de Marta, e então se vira na minha direção. Assusta-se, ao fazer isso. Levo um segundo para perceber que sua reação é causada por Anna. É a primeira vez que ela vai ao tribunal e é algo claramente inesperado. Assim como eu, ela passou os últimos dez minutos chorando baixinho e sua maquiagem está toda borrada. Ele lhe dá aquele seu complicado sorrisinho, então olha para mim e acena com a cabeça. Em seguida, se vira e, sem uma palavra para ninguém, coloca as mãos às costas. Está totalmente preparado para esse momento. Ocorre-me que talvez o tenha repassado uma centena de vezes em seus sonhos.

Manny, o subdelegado, coloca as algemas em meu pai e cochicha para ele, provavelmente tentando se certificar de que não estejam muito apertadas, então o empurra na direção da porta lateral da sala de julgamento, onde há uma pequena cela na qual permanecerá detido até ser transportado para a cadeia com o resto dos réus julgados no tribunal do júri naquela manhã.

Meu pai deixa a sala sem sequer olhar para trás.

IV.

Capítulo 41

TOMMY, 3 DE AGOSTO DE 2009

O verão em toda a sua doce benevolência. Eram 17 horas e Tommy era um do batalhão de pais que seguiam seus filhos em volta do parquinho, aliviando as mães aflitas na hora que antecede o jantar. O parque, sem dúvida, era o lugar favorito de Tomaso na terra. Quando chegava, o filho de Tommy corria de um brinquedo a outro, tocava na pequena roda-gigante, subia e descia a teia de aranha. Correndo um passo atrás, Tommy sentia sempre a aflição de seu filho de 2 anos por não poder fazer tudo ao mesmo tempo.

Dominga enfrentava mais dificuldades com esta gravidez do que com a de Tomaso. Havia mais enjoos matinais e cansaço constante, e ela reclamava de se sentir inchando no calor, como algo amadurecendo no pé. Agora se aproximando do fim de seu mandato, Tommy achava mais fácil deixar a repartição e tentar estar em casa até as 16h30 para lhe dar uma folga. Tomaso e ele geralmente voltavam do parque e a encontravam dormindo profundamente. Tomaso engatinhava através do corpo deitado da mãe, tentando encontrar seu caminho para o interior dos braços dela. Dominga sorria antes de se mexer e puxar para si seu garotinho, sujo e amado.

A vida era boa. Tommy faria 60 anos a qualquer hora, e sua vida era melhor do que em qualquer outro momento de que conseguia se lembrar. Do mesmo modo como o primeiro julgamento de Rusty e seu triste resultado havia turvado sua existência décadas antes, o segundo estava provando ser o início de uma vida como uma figura respeitada. Houvera bastante reconhecimento público, como previra Brand na noite em que decidiram aceitar a alegação de Rusty. A condenação de Rusty foi uma comprovação de Tommy em tudo. O DNA do primeiro julgamento foi considerado polêmico, por causa de dúvidas em relação à amostra, mas a comparação mais comum foi com O.J. Simpson, que também se safara de uma acusação de homicídio por causa do péssimo trabalho realizado em laboratório. O consenso nas páginas editoriais era que o promotor Tommy fizera o melhor possível e condenara um homem cuja condenação havia muito tempo estava atrasada. Aliás, nas últimas seis semanas, os jornais haviam abandonado o termo "em exercício" quando se referiam a ele como procurador da justiça. E o executivo municipal fizera saber que Tommy era bem-vindo à lista de candidatos do ano seguinte se quisesse concorrer ao cargo.

De fato, Tommy refletira alguns dias sobre essa possibilidade. Mas estava na hora de aceitar suas bênçãos. Ele teve dez vezes mais sorte no cargo de promotor público do que todos os seus pares, que tiveram de pelejar para construir suas carreiras enquanto seus filhos eram novos. Tommy podia agora subir para a bancada, um trabalho meritório que lhe deixaria tempo para curtir seus meninos e ser mais do que um murmúrio na vida deles. Duas semanas atrás, ele anunciara que concorreria a juiz do Tribunal de Justiça e apoiava Jim Brand para sucedê-lo. Ramon Beroja, um antigo promotor-assistente e agora no conselho municipal, ia concorrer contra Brand nas primárias, mas o partido preferia Brand, em grande parte por causa das suspeitas do conselho de que Ramon, a seguir, tentaria ser do executivo municipal. Brand passaria os seis meses seguintes cortando um dobrado, mas esperava-se que vencesse.

Do outro lado do parquinho, um homem observava Tommy, um velho sujeito peludo com assustadoras pernas brancas tão longas que se revelavam entre as extremidades de sua bermuda cargo e os meiões na altura da panturrilha. Não era algo incomum. Tommy era uma figura familiar na TV, e as pessoas viviam tentando imaginar de onde o conheciam, geralmente o confundindo com alguém com quem conviveram em épocas passadas. Esse homem, porém, era mais insistente do que os vizinhos curiosos com seus olhares de relance. Quando as crianças de quem cuidava foram na direção de Tomaso, o homem se aproximou de Tommy e até mesmo apertou sua mão antes que Tommy, finalmente, reconhecesse Milo Gorvetich, o especialista em computação do julgamento de Rusty.

— Netos não são a maior bênção da vida? — perguntou ele, gesticulando com a cabeça na direção de suas menininhas, ambas usando óculos.

As garotas estavam no escorrega e Tomaso as seguira até lá, mas ficara no degrau de baixo, olhando desejoso acima, mas receoso de ir mais adiante. Esse drama se desenrolaria diariamente. Ele acabaria por começar a chorar e seu pai o levantaria até o topo. Ali, Tomaso se demoraria novamente até encontrar coragem e mergulhar até o fundo, onde estaria seu pai esperando para apanhá-lo.

— Ele é meu filho — disse Tommy. — Comecei tarde.

— Minha nossa — reagiu Gorvetich, mas Tommy riu.

Ele vivia dizendo a Dominga que ia mandar fazer uma camiseta para Tomaso com os dizeres "Esse velho aí na verdade é meu pai". Normalmente, quando Tommy explicava isso aos outros pais ali, eles o reconheciam como o procurador de justiça. Pelos comentários que se seguiam, Tommy podia perceber que muitos achavam que ele era algum político local cuidando do filho de seu segundo ou terceiro casamento com uma esposa jovem e atraente. Ninguém entendia realmente a vida de uma outra pessoa.

— Um belo garoto — disse Gorvetich.

— A luz da minha vida — respondeu Tommy.

Sucedia que a filha mais nova de Gorvetich era vizinha de Tommy e morava na rua atrás da dele, mais perto do rio. Ela era professora de física, casada com um engenheiro. Gorvetich, viúvo, geralmente ia ali àquela hora para cuidar das meninas até os pais voltarem do trabalho.

— E aí, já está se preparando para seu próximo grande julgamento? — perguntou Gorvetich para puxar conversa.

— Ainda não — disse Tommy.

A norma, aliás, era o procurador de justiça atuar somente como administrador. A maioria dos antecessores de Tommy nunca vira o interior de uma sala de julgamento, e ele já alimentava a ideia de que o caso Sabich seria o último de sua vida.

— Para você foi rotina — observou Gorvetich —, mas devo lhe dizer que ando preocupado com esse caso desde que ele terminou. A ideia que se faz de julgamentos é que são enfáticos e conclusivos, mas esse foi tudo menos isso.

Às vezes era assim, rebateu Tommy. Havia poucas categorias — culpado, inocente, disso ou daquilo — para conter um universo de fatos complicados.

— Fazemos pouca justiça, em vez de nenhuma justiça — respondeu Tommy.

— Para quem está de fora é confuso, mas suponho que vocês estão bem acostumados à obscuridade disso tudo para encontrar algum humor sombrio.

— Não creio ter encontrado nesse caso muito motivo para risos.

— Eis então a diferença entre Brand e você — disse Gorvetich.

Tommy estava de olho em Tomaso, que ainda teria de subir a escada, apesar de uma fila ter se formado atrás dele. Tommy tentou arrancar o menino do primeiro degrau, mas ele grasnou em protesto e proferiu sua palavra favorita: "Não." Com o tempo, Tommy convenceu Tomaso a deixar as outras crianças subirem, mas, assim que elas começaram a escalada, Tomaso voltou a se instalar no primeiro degrau como um gavião num poleiro. O pai se colocou imediatamente atrás dele, a um braço de distância.

— Persistente — observou Gorvetich, rindo.

— Teimoso como o pai. Genes são coisas espantosas. — Voltou o pensamento para a conversa anterior. — O que estava dizendo sobre Brand?

— Somente que fiquei impressionado com um comentário que ele fez, quando jantamos, na semana seguinte. Foi uma pequena comemoração. Creio que você foi convidado.

Tommy se recordava. Após um mês trabalhando sem parar no julgamento, ele não quis passar mais uma noite longe da família. Explicou agora que, à época do jantar, sua mulher tinha acabado de ficar grávida. Tommy aceitou os cumprimentos de Gorvetich, antes de o velho professor voltar à sua história.

— Era fim de noite. Estávamos na calçada, defronte ao Matchbook, ambos tínhamos bebido bastante e fiz um comentário para Brand sobre como devia ser perturbador fazer parte de um sistema que às vezes chega a um resultado tão insatisfatório. Brand riu e disse que, com o passar do tempo, ele encontrava mais e mais humor perverso nesse caso, vendo alguém que planejara cometer o crime perfeito acabar castigado por um crime no qual não desempenhara nenhum papel.

— O que isso quis dizer? — indagou Tommy.

— Não sei. Eu lhe perguntei, na ocasião, mas ele mudou de assunto. Eu achava que você talvez soubesse.

— Negativo — disse Tommy.

— Tenho revirado isso em minha mente. Quando Rusty se declarou culpado, achei que ele tinha tido um colaborador ao mexer no computador. Teria sido um feito técnico excepcional, para um homem que tinha demonstrado um conhecimento tão limitado de seu computador, fazer aquilo sozinho. Lembre-se de que ele nem mesmo se deu conta de que as buscas feitas na internet ficariam na memória do browser.

— Certo — concordou Tommy.

— Estive pensando se Brand concluíra que o cúmplice não foi cúmplice coisa nenhuma, mas alguém que agiu inteiramente por conta própria, sem qualquer orientação de Rusty.

Tommy deu de ombros. Não fazia ideia do que se tratava. Eles tinham tentado levar em conta cada possibilidade no dia em que descobriram que o cartão não estava na cópia do HD. Meio que esperando que a defesa os acusasse de algo, eles repassaram cuidadosamente a série de provas para se certificarem de que eram seguras. Em dezembro, quando Yee ordenou que o PC retornasse, Gorvetich e Orestes Mauro, um perito em provas do ministério público, cobriram a tela, o teclado e o botão de ligar da torre, e até mesmo o mouse foi envolvido em fita, e tudo foi rubricado antes de todos os componentes serem embalados a vácuo. No dia em que Nat Sabich testemunhou, a embalagem fora arrancada na sala do promotor, com o consentimento da Defesa, mas as fitas que lacravam tudo só foram removidas na sala de julgamento, na presença dos dois bambambãs especialistas de Rusty, que verificaram que nenhuma delas apresentava a palavra "Violado", que apareceria na cor azul, se a fita tivesse sido mexida.

Portanto, a única possibilidade de o PC ter sido mexido ocorrera quando estivera no gabinete de George Mason. Gorvetich consultara o registro feito por Mason e foi de opinião que ninguém tivera acesso ao computador durante um período suficiente para fazer todas as mudanças, principalmente apagar os registros, algo que, segundo suas palavras, consumiria muito tempo até mesmo para ele. A única explicação plausível parecia ser a de que Rusty e algum tecnólogo, que ainda iriam descobrir, haviam entrado sorrateiramente no prédio tarde da noite. Mas, aparentemente, outra explicação ocorrera a Brand nas semanas seguintes.

— Brand provavelmente estava fazendo acusações à toa — supôs Tommy.

— Talvez — disse Gorvetich. — Ou eu entendi mal. A gente tinha bebido muito.

— É provável. Vou ter que perguntar a ele.

— Ou deixar de lado — disse Gorvetich.

O velho parecia o tempo todo vago e autocontido, mas, por um segundo, houve uma nesga de luz em seus olhos. Tommy não entendeu bem o que ele estava pensando, mas as netas de Gorvetich tinham perambulado para o outro lado da área do parque e ele saiu apressadamente para lá. Tudo bem, tendo em vista que, no mesmo instante, Tommy ouviu um grito e o reconheceu como sendo de Tomaso. Quando ergueu a vista, viu que seu filho subira a escada. O menino de 2 anos agora estava parado no topo, totalmente aterrorizado por aquilo que realizara.

Capítulo 42

RUSTY, 4 DE AGOSTO DE 2009

"A prisão não lhe mete medo." Dizíamos isso o tempo todo, décadas atrás, quando eu era promotor-assistente. Normalmente nos referíamos a delinquentes calejados — vigaristas, membros de quadrilhas de rua, ladrões profissionais — que cometiam crimes como meio de vida e não temiam a perspectiva de um confinamento, porque nunca pensavam no futuro ou porque uma passagem pela penitenciária havia muito tempo já tinha sido aceita como parte do que poderia ser considerado um plano de carreira.

A frase circulava o tempo todo em minha cabeça, pois era uma preocupação quase constante dizer a mim mesmo que a prisão não era tão ruim assim. Sobrevivi ao dia de ontem. Sobreviverei ao dia de hoje, depois irei para o dia de amanhã. As coisas que você acha que teriam importância — o medo de outros internos e os lendários perigos do chuveiro — ocupam sua parte de espaço físico, mas contam muito menos do que aquilo que lá fora parecem ser assuntos triviais. Você não tem como saber o quanto aprecia a companhia de outros seres humanos ou o calor da luz natural do dia até viver sem isso. Nem é capaz de entender completamente a preciosidade da liberdade até questões de caprichos diários — quando levantar, aonde ir, o que vestir — serem prescritas rigidamente por outra pessoa. Ironicamente, estupendamente, a pior parte de estar no xadrez é a mais óbvia — você não pode sair.

Porque minha segurança diante da população carcerária em geral é considerada caso de alto risco, sou mantido no que é chamado de detenção administrativa, mais conhecida por seg. Rotineiramente argumento se não estaria melhor correndo riscos com a população carcerária, o que pelo menos me permitiria trabalhar oito horas por dia. Os internos são na maioria jovens, membros de quadrilhas de latinos e de negros, presos por crimes ligados a drogas, e não têm um longo histórico de violência. Se algum deles se preocuparia em me fazer algum mal é uma questão de pura especulação. Já ouvir dizer pelos agentes penitenciários, que são a internet da instituição, que aqui há dois homens cujas condenações eu ratifiquei e, por puras soma e subtração, posso imaginar que há mais alguns cujos pais ou avôs eu processei décadas atrás. Enfim, aceitei a opinião do assistente do diretor, que me incentivou a me oferecer voluntariamente para a seg, de que sou famoso demais para não ser um símbolo para algum jovem depressivo e enfurecido, um troféu de pescaria que ele gostaria de sentir em seu anzol.

Portanto, sou mantido numa cela de 2,5 por 2,5 metros, com paredes de cimento, uma porta baixa de aço reforçado através da qual são entregues minhas refeições e uma única lâmpada. Há também uma janela de 15 por 6 centímetros que mal deixa entrar qualquer luz. Aqui dentro, sou livre para gastar meu tempo como quiser. Leio um livro a cada um ou dois dias. Stern sugeriu que talvez eu consiga encontrar mercado para minhas memórias quando for solto, e escrevo um pouco cada dia, mas provavelmente queimarei as páginas assim que sair. O jornal chega pelo correio, dois dias atrasado, mas ocasionais matérias relacionadas às prisões estaduais são recortadas. Comecei a estudar espanhol — pratico com uns dois agentes penitenciários que se dispõem a responder. E, como um homem ocioso do fim do século XIX, cuido de minha correspondência. Escrevo uma carta para Nat todos os dias e, frequentemente, tenho notícias de várias figuras de minha vida de outrora, cuja lealdade prezo imensamente, em particular George Mason e Ray Horgan e um dos meus vizinhos. Há também umas boas duas dúzias de malucos, na maioria mulheres, que me têm escrito no último mês para declarar sua crença em minha inocência e para compartilhar as próprias histórias de injustiça, normalmente envolvendo um juiz corrupto que julgou seu divórcio.

Quando os quatro prisioneiros que estão sendo mantidos em prisão administrativa são deixados juntos no pátio para uma hora de exercícios, sinto um impulso urgente de abraçar cada um deles, o que não demora muito a ser reprimido. Rocky Toranto é um travesti, HIV positivo, que não parava de fazer trapaças na carceragem geral. Os outros dois que me observam enquanto corro em volta do pátio e faço meus saltos e minhas flexões são dementes assassinos. Manuel Rodegas tem cara de um inseto que foi esmagado. Ele mede cerca de 1,60m e sua cabeça parece crescer direto dos ombros. Sua conversa, ainda que ocasionalmente lúcida, quase sempre descamba para o balbucio. Harold Kumbeela é o pesadelo de todo mundo, 2 metros de altura, 130 quilos; aleijou um homem e quase matou outro enquanto estava abrigado no andar de baixo. Ele é violento demais para ser designado para a colônia agrícola do estado e só está aqui por causa de um acordo financeiro com a Homeland Security, que aluga meia dúzia de celas para imigrantes detidos que estão à espera de deportação, o que, no caso de Harold, não demorará muito. Infelizmente para mim, Harold soube que eu fui juiz e repetidamente procura minha orientação sobre seu caso. Dizer-lhe que nada sei sobre imigração foi um pretexto que me valeu apenas duas semanas. "É, mano", disse-me ele, poucos dias atrás, "mas talvez, cara, você deva estudar isso, sabe. Fazer uma favor prum mano, tá?" Pedi aos agentes penitenciários para ficarem de olho em Harold, o que eles já fazem de qualquer modo.

Todo domingo Nat vem me visitar, trazendo um cesto de livros, que os funcionários inspecionam, e os 14 dólares a que tenho direito por semana para a lanchonete. Gasto tudo em doces, visto que, não importa o quanto me exercite, a comida raramente parecer valer a pena ser ingerida. Nat e eu ficamos sentados numa pequena versão caiada de mesa de piquenique. Por ser de segurança mínima, tenho permissão de me aproximar e tocar em sua mão e abraçá-lo por um segundo, quando chega e quando parte. Dispomos apenas de uma hora. Ele chorou nas primeiras duas vezes em que me viu aqui, mas passamos a curtir nossos encontros, quando ele é quem fala mais, geralmente me trazendo notícias do mundo, do trabalho e da família, como também as melhores piadas da semana que correram pela internet. Passamos a maior parte dessa hora rindo, embora sempre haja um momento de sofrimento, quando falamos sobre os Trappers, atolados em mais uma desesperada temporada.

Até agora, Nat tem sido meu único visitante. Por muitas razões, seria imprudente Anna acompanhá-lo, e ela mantém a mesma distância que tem mantido a maior parte dos dois últimos anos. Além do mais, não estou realmente ansioso para que alguém venha me ver aqui. Nos domingos, quando Nat chega, sou conduzido através do conjunto de portarias por um agente penitenciário chamado Gregg, progredindo literalmente em direção à luz do dia.

Fico, portanto, completamente surpreso quando a porta da minha cela se escancara e Torrez, um dos agentes penitenciários que me ajudam com meu espanhol, me diz: "*Su amigo.*" Afasta-se para o lado e Tommy Molto abaixa a cabeça para passar pela porta. Eu estava deitado no meu catre, lendo um romance. Sento-me subitamente, mas não faço ideia do que dizer. Nem Tommy, que fica parado do lado de dentro da porta, somente agora parecendo imaginar o que está fazendo aqui.

— Sabich. — Tommy estende a mão, que eu aperto. — Gostei das suíças — diz ele.

Deixei crescer a barba aqui, em grande parte porque a luz na minha cela torna um risco fazer a barba e porque as lâminas dos aparelhos que nos permitem usar são sabidamente cegas.

— Como está se saindo? — pergunta Tommy.

Abro os braços.

— Não gosto muito da academia, mas pelo menos tem serviço de quarto.

Ele sorri. Uso essa frase o tempo todo em minhas cartas.

— Não vim tripudiar, se é isso que teme — explica Tommy. — Está havendo aqui uma reunião de funcionários da penitenciária estadual e promotores públicos de todo o estado.

— Lugar estranho para uma confraternização.

— Nada de repórteres.

— Ah.

— A administração prisional quer que os promotores deem seu aval a um plano para libertar internos com mais de 65 anos.

— Só porque não oferecem mais riscos?

— Para economizar dinheiro. O Estado não tem mesmo condições de arcar com o seguro saúde deles.

Sorrio. Que mundo! Ninguém no sistema da justiça criminal jamais fala sobre o custo do castigo. Todos ali acreditam que a moralidade não tem preço.

— Talvez Harnason consiga um acordo melhor do que pensava — comento para Tommy.

Ele gosta disso, mas dá de ombros.

— Eu acho que ele falou a verdade.

— Eu também. Muito.

Tommy concorda com a cabeça. A porta da cela continua aberta e Torrez está logo ali fora. Para se pôr mais à vontade, Tommy, metido em seu paletó, encostou na parede. Resolvi não lhe dizer que geralmente a umidade se concentra ali.

— De qualquer modo — diz Tommy —, há algumas pessoas que acham que você também deveria ser um candidato a ser solto mais cedo.

— Eu? Alguém fora de minha família?

— Parece haver uma teoria na Promotoria de que você se declarou culpado de um crime que não cometeu.

— Essa é tão boa quanto as outras teorias que vocês tinham a meu respeito. Todas estavam erradas, e essa também.

— Bem, como eu estava por aqui, pensei em falar com você, para ouvir o que tinha a dizer. É uma coincidência, mas talvez isso signifique que eu deveria vir aqui.

Tommy sempre foi um pouco místico católico. Reflito sobre o que disse. Não sei se devo ficar animado ou furioso quando me ocorre que Tommy ainda parece disposto a confiar na minha palavra. É difícil imaginar o que ele pensa de mim. Provavelmente nada consistente. Esse é o seu problema.

— Você já ouviu agora, Tommy. Afinal, de onde surgiu essa teoria?

— Topei ontem com Milo Gorvetich, e ele repetiu algo que as pessoas andaram dizendo. Não entendi direito a princípio, mas isso me ocorreu no meio da noite e me deixou perturbado.

Tommy olha em volta, então enfia a cabeça do lado de fora da porta para pedir uma cadeira a Torrez. Isso demora um minuto, e o melhor que conseguem arrumar é um caixote de plástico. Eu estava pensando em oferecer o vaso sanitário de aço inoxidável sem assento, mas Tommy é correto demais para achar isso divertido. Ou muito confortável.

— Você ficou perturbado no meio da noite — lembro-lhe, quando ele se instala.

— O que me perturba é que tenho um filho. Aliás, estou a seis meses de ter outro.

Cumprimento-o por isso.

— Você me dá esperança, Tommy.

— Como assim?

— Começar de novo com essa idade? Parece estar funcionando para você. Talvez algo de bom me aconteça quando eu sair daqui.

— Espero que sim, Sabich. Com fé, tudo é possível, se não se importa de eu dizer isso.

Não estou certo se essa é a solução para mim, mas vejo o conselho como bem-intencionado e digo isso a Tommy. Há silêncio então.

— De qualquer modo — diz Tommy, finalmente —, se alguém me dissesse que eu precisaria passar dois anos no calabouço para salvar meus meninos, faria isso sem pestanejar.

— Bom para você.

— Por isso, se eu estivesse convencido de que alguém que eu amava havia maceteado o computador, mesmo sem uma ordem minha, talvez eu me resignasse e alegasse culpa só para encerrar a coisa toda.

— Certo. Mas, desse modo, eu seria inocente, e já lhe disse que sou culpado.

— É o que você alega.

— Não acha isso um pouco irônico? Eu tenho lhe dito, há mais de vinte anos, que não sou um assassino e você não acredita. Finalmente, você descobre um crime que eu realmente cometi e, quando confesso isso, você também não acredita.

Tommy sorri.

— Vou lhe dizer uma coisa. Já que é um sujeito sincero, me explique exatamente como conseguiu mexer naquele computador. Só entre nós dois. Você tem a minha palavra de que ninguém mais será processado. Aliás, o que você disser não sairá desta cela. Deixe-me apenas ouvir isso.

— Lamento, Tom. Já fizemos um acordo. Eu disse que não ia responder a perguntas se você aceitasse a alegação. E estou cumprindo isso.

— Quer que eu faça isso por escrito? Tem uma caneta? Escreverei isso agora. Arranque uma página em branco de um dos seus livros. — Ele aponta para a pilha em minha única frágil prateleira. — "Eu, Tommy Molto, procurador de justiça de Kindle County, prometo não haver mais processos de qualquer espécie ligados ao PC de Rusty Sabich e manter estritamente confidencial qualquer informação fornecida." Acha que essa é uma promessa que não posso cumprir?

— Para ser honesto, provavelmente não. Mas, de qualquer modo, essa não é a questão.

— Aqui entre nós, Sabich. Diga-me o que aconteceu. E poderei me livrar dessa coisa toda.

— E você acha que acreditaria em mim, Tommy?

— Sabe Deus por quê, mas eu acreditaria. Não sei se você é ou não um sociopata, mas não me surpreenderia, Rusty, se você ainda não tivesse mentido. Pelo menos do modo como você entende a verdade.

— Nessa parte, você tem razão. Está bem — digo —, eis a verdade. De uma vez por todas. Aqui entre nós. — Levanto-me da cama para olhar bem para ele. — Eu obstruí a justiça. Agora deixe estar.

— É isso que você quer?

— É isso que eu quero.

Tommy sacode novamente a cabeça e, no processo, nota a mancha de umidade no ombro do paletó. Ele a esfrega algumas vezes e, quando ergue a vista, não consigo evitar um sorriso. Seus olhos se endurecem. Toquei no velho nervo entre nós dois dois, Rusty sobe, Tommy desce. Eu o tornei o Sr. Verdade-e-Justiça na cidade, mas, quando se trata apenas de nós dois, ainda consigo mexer com suas emoções.

— Vai se foder — diz ele, então.

Parte para a porta e logo volta, mas apenas para apanhar o caixote.

CAPÍTULO 43

TOMMY, 4-5 DE AGOSTO DE 2009

Tommy sempre imaginou o que aconteceria com garotos como Orestes Mauro, o perito do ministério público, que lidava com equipamento digital. Tendo vivido tanto tempo, Tommy pensava que devia ter alguma ideia, mas não achava que quando ele era jovem houvesse alguém como Orestes. O garoto era muito inteligente e executava bem seu trabalho, ainda que a seu modo. Orestes, porém, levava uma vida de diversão. Os fones do iPod estavam o tempo todo em seus ouvidos, exceto quando os tirava para falar com mais alguém. Sempre que Tommy ouvia Orestes falando no corredor era sobre jogos on-line e os últimos lançamentos para o seu Xbox. E seu grande interesse em computadores era tratar a máquina e os softwares como um quebra-cabeça de múltiplos níveis, de modo que a tarefa a executar, fosse qual fosse, era em grande parte secundária em relação ao enganador enigma de como funcionava tudo aquilo dentro da caixa. O trabalho, como uma maçante necessidade, era algo que Orestes admitia, desde que não durasse muito. Ele era um garoto agradável, amistoso. Se notasse que você estava presente.

Orestes era visível no setor de provas, trabalhando sobre várias caixas de papelão sobre as quais batucava um ritmo, quando Tommy atravessou a porta da Promotoria. Eram quase 19 horas. Ele ficara muito tempo preso no trânsito, em seu caminho de volta de Morrisroe e a colônia agrícola, quando, finalmente, saiu da autoestrada para pegar ruas ao nível do solo pelo resto do caminho até em casa, o que o levou a passar pelo Edifício Municipal. Já tinha perdido o jantar com Dominga e Tomaso, portanto resolveu parar e apanhar os documentos para sua reunião, no dia seguinte, no Tribunal de Recursos. De manhã, ele poderia ficar meia hora a mais em casa e dar a Dominga um pouco mais de tempo para dormir.

Ao avistar Orestes, ele guinou para a sala de provas, um espaço de depósito reaproveitado atrás do elevador de carga. Por lei, provas reunidas por determinação do grande júri tinham de permanecer sob controle do ministério público, em vez da polícia, e ali eram encaixotadas e catalogadas. Quando viu Tommy chegando, fez uma volta inteira sobre a ponta dos pés, um pouco como Michael Jackson.

— Chefia! — Ele sempre falava alto, por causa dos fones.

— Oi, O.

Tommy apontou para seus ouvidos e Orestes tirou um dos fones. Tommy também indicou o outro. Ele obedeceu, mas claramente esperava algo grave.

— Qual é?

— O caso Sabich — respondeu Tommy.

Orestes gemeu em resposta.

— O tal juiz?

— O juiz — respondeu Tommy.

— Poxa, cara, esse lance todo é muito doido — disse.

Uma análise perfeita. Tommy pensara em Rusty todo o caminho de volta. Tinha sido terrivelmente perturbador vê-lo naquela cela, porém, pelas aparências, mais para Tommy do que para Rusty. Tommy antecipara que Rusty poderia estar deprimido ou apalermado, como a maioria dos internos da seg, mas havia algo nele que parecia libertado. Seu cabelo estava comprido e tinha barba de prisão, mais branca do que Tommy poderia ter imaginado, e, por isso, parecia um náufrago numa ilha. E tinha o mesmo ar de "você não consegue me afetar". O pior aconteceu. Agora você não consegue me afetar. Mesmo assim, Rusty permanecera ele mesmo. Provavelmente não mentira para Tommy, mas havia falado de seu jeito, meticuloso, até mesmo cauteloso com as palavras que usava, para que este pudesse perceber que estava sendo honesto, mas tipicamente Rusty, tomando cuidado para que somente ele realmente conhecesse a verdade, o que deixou Tommy na mesma situação difícil em que se encontrava com Rusty havia décadas. Qual era a porra da verdade, afinal?

— Continuo tentando imaginar como ele alterou o computador.

— Ih, cara — disse Orestes. — Estou por fora dessa. Não fui eu, cara. Isso eu sei. — Ele soltou uma gargalhada.

— Nem eu. Mas fico pensando que a gente deixou passar alguma coisa. Estou pensando se talvez Rusty admitiu obstrução da justiça para proteger o filho. Isso faz sentido para você?

— Está bem — disse Orestes. Ele tomou a extraordinária medida de desligar seu iPod e se sentar num banquinho de metal. — Ninguém me perguntou, mas se lembra daquela grande reunião que a gente teve, depois que vocês todos voltaram do tribunal, assim que souberam que o cartão era fajuto? E que Gorvetich andou falando merda, dizendo que ninguém que usou o computador no gabinete do juiz Mason... nem Rusty, nem o rapaz ou a ex-assessora... nenhum deles teve tempo para fazer tudo que era preciso para colocar o cartão lá? Lembra?

— Claro.

— E Jimmy B., ele sacou então que talvez Rusty tivesse ido sorrateiramente ao tribunal?

— Certo.

— Aí é que está. E se foram todos eles? E se eles estiveram nisso juntos, plantando o tal cartão? Um deles baixou de um pen drive, o outro rodou o Spy e um terceiro editou o diretório. Juntos, todos eles, até mesmo dois deles, teriam tido tempo.

Tommy bateu na testa. Claro. Talvez Orestes tivesse um futuro melhor do que ele pensava.

— Então é isso que você acha que aconteceu? — perguntou.

Orestes riu bem alto.

— Cara — disse ele —, não faço a menor ideia. Computadores, cara, são a maior viagem. Não existe uma pessoa que saiba de tudo. É por isso que eles são tão maneiros.

Tommy meditou sobre esse fragmento de filosofia. Era meio ficção científica. Computadores, O. dizia, já eram como pessoas, no sentido de que você nunca conseguia entendê-los plenamente.

— Mas se você estivesse planejando plantar esse cartão, é assim que teria feito isso?

— Eu? — O. deu uma outra risada, um som agudo, musical. — Ora, eu teria feito, com certeza. Mas isso sou eu.

A confiança ocasional de Orestes era ligeiramente alarmante. Seu trabalho era configurar sistemas para garantir que provas sob seu controle fossem à prova de adulterações. Naturalmente, Tommy perguntou o que ele quis dizer.

— Bem, foi assim que rolou. Como na noite em que estive lá em cima, com Jimmy B, para tirar a embalagem...

— Eu pensei que tivesse sido de manhã, pouco antes do julgamento.

— Ei, cara, meio-dia às 8 da noite. — Orestes passou o polegar numa das listras de cores vivas de sua camisa. — De manhã, tenho que ir à escola. Me educar. Me tornar alguém na vida. — Orestes batucou repetidamente numa das caixas de papelão para enfatizar a questão. — Então desci à sala de Brand, porque o PC estava no carrinho do tribunal, e, juntos, retiramos toda a embalagem, o que levou séculos, porque tínhamos rubricado três ou quatro camadas, e então desviei o olhar para os componentes e, quando olhei para eles, foi tipo, puta merda, foi mexido.

— Como assim?

— Porque, sabe, a fita de segurança na torre estava atravessada no botão de ligar. Mas o botão estava pressionado, tipo para dentro. Havia um espacinho de nada embaixo da fita e eu disse a Brand tipo "Péssimo trabalho, a gente fez um péssimo trabalho, pois dá para ligar essa coisa". E ele, "De jeito nenhum", aí eu peguei uma das minhas ferramentas — do bolso da camisa, Orestes retirou uma minúscula chave de fenda, pequena o bastante para apertar parafusos de óculos — e passei-a por ali. Brand, cara, é meu chapa, mas ele quase me esganou. Ele estava pensando que eu ia violar a fita. Isso foi no dia que a *chiquita* veio lá do banco e Brand estava tipo "Oooa, fica frio, a coisa já está feia o bastante". Eu não fiz nada. Só dei um susto nele. Gorvetich e os outros tiraram a fita de manhã, sem problema. Era isso que eu estava dizendo. Se eu fosse mexer no computador, teria mexido nessa ocasião.

— Mas poderia ter ligado o computador?

— Eu não liguei.

— Eu sei que não ligou, O. Mas poderia ter ligado? Os outros componentes, como o teclado e o monitor... eles ainda estavam lacrados, não?

— Totalmente, cara. Mas as portas da torre não tinham fita. Você podia usar outro mouse ou monitor que fosse compatível. Existe cerca de um bilhão. Foi por causa disso que eu fiquei bolado. Mas não que tenha acontecido alguma coisa. De qualquer modo, aquilo ficou embalado durante meses. As rubricas e tudo o mais ainda estavam lá e eu só estou dizendo, já que você perguntou, que era como eu podia ter feito. Mas não fiz, e Sabich e os outros... eles fizeram. Mas não sei como. Regra número um, cara. O que você não sabe, você não sabe. Simplesmente não sabe.

O. tinha um largo sorriso embaixo da leve penugem que podia passar por bigode. Ele era realmente um garoto inteligente, pensou Tommy novamente. E, com o passar dos anos, ele começara a se dar conta do que não sabia.

Brand estava em sua sala, de manhã, movimentando pastas de arquivo sobre a escrivaninha, quando Tommy voltou, por volta das 11 horas, de sua reunião no Tribunal de Recursos. O assunto fora em grande parte o mesmo da reunião de ontem na prisão. Ninguém tinha dinheiro suficiente. O que cortar?

Brand tirara o dia de ontem de folga para conversar com consultores políticos. Seu oponente, Beroja, tinha a vantagem de uma organização já existente. Brand teria muita ajuda do partido, mas precisava conseguir o próprio pessoal.

Tommy perguntou o que ele achara dos consultores que conhecera.

— Gostei das duas mulheres. O'Bannon e Meyers? Muito espertas. Mas adivinhe a última campanha para a qual trabalharam.

— Sabich?

— Exatamente. — Brand deu uma risada. — Isso é que são pistoleiras de aluguel.

— Por falar nisso, estive com ele ontem.

— Quem?

— Sabich.

Isso fez Brand se calar e continuar arrumando as pilhas de pastas em sua escrivaninha. O carrinho de material usado no julgamento de Rusty permanecia num canto da sala de Brand, ainda contendo todos os arquivos dele e de Tommy, como também as provas, as quais haviam sido devolvidas pelo juiz Yee no fim do processo. Para julgar um caso, você ignorava tudo o mais no universo — ocasiões com a família, o noticiário, outros casos —, e assim que terminava, todo o material que fora selecionado se tornava mais premente do que algo tão trivial quanto uma faxina. Você podia entrar nas salas da metade dos promotores-assistentes e ver caixas de material de julgamentos jogadas nos cantos, intocadas por meses após os veredictos. Quando, finalmente, você encontrava tempo para guardar aquelas coisas, era tão comovente quanto inspecionar relíquias de um antigo caso de amor, rever aqueles documentos e frascos de pílulas que, outrora, pareceram tão momentosos como pedaços da Cruz Verdadeira, mas que agora, no fluxo da vida diária, se tornaram algo inteiramente sem importância. Em poucos meses, Tommy não seria capaz de lhe dizer como a maioria daqueles objetos se encaixa no intricado labirinto de juízos de valor e conclusões da acusação. Agora havia apenas um resultado que importava. Rusty Sabich era um criminoso preso.

— Eu fui a Morrisroe — disse Tommy.

Contou a Brand sobre a reunião. Libertar prisioneiros seria um assunto de campanha, assim que saísse na imprensa, porém Brand estava mais interessado em Rusty.

— Você foi simplesmente visitá-lo? Sem advogado, sem nada?

— Como uma espécie de velho amigo — disse Tommy.

Nem mesmo lhe havia ocorrido que Rusty poderia ter se recusado a falar com ele. Nem, igualmente, aliás, ocorreu a Rusty. Ambos estavam fortemente envolvidos na duradoura competição entre eles para querer envolver mais alguém. Era como brigar com a ex-mulher.

— Que tal a aparência dele? — quis saber Brand.

— Melhor do que eu imaginava.

— Merda — disse Brand.

— Eu quis lhe perguntar cara a cara como ele havia alterado o computador.

— De novo?

— Ele não respondeu. Acho que está protegendo o filho.

— Foi o que eu imaginei.

— Eu sei. Topei com Gorvetich dois dias atrás. Ele contou que vocês dois ficaram de pileque, após o julgamento, e que você lhe disse que achava que Sabich confessou algo que não fez. A princípio, não saquei que diabos você queria dizer. Então me ocorreu que você estava pensando que ele quis proteger o filho.

Brand deu de ombros.

— Quem sabe o que eu estava pensando? Eu estava de porre.

Gorvetich também.

— Mas ainda não vejo o que teria lhe dado a ideia de que Rusty estava segurando a barra do filho.

Brand estalou a língua e olhou de volta para sua escrivaninha. As pilhas estavam organizadas com precisão militar, bordas alinhadas e espacejadas por distâncias exatas, como camas numa caserna. Ele apanhou uma pilha de pastas de cor parda e olhou em volta atrás de um lugar para colocá-las.

— Foi apenas uma intuição.

— Mas por quê?

Brand largou as pastas num canto vazio da escrivaninha, ao qual claramente não pertenciam.

— Quem sem importa, chefe? Rusty está na cadeia. Onde deveria estar. Pelo menos por algum tempo. Do que você tem medo?

Medo. Era a palavra certa. Tommy acordara às 3 horas, e a maior parte do tempo ficara totalmente com medo de um pesadelo. Tentou acreditar que estava apenas se torturando do modo como às vezes fazia, incapaz ou sem vontade de absorver o próprio sucesso. Mas ele sabia que teria de descobrir isso para poder viver consigo mesmo.

— O meu medo, Jimmy, é que você *saiba* que Sabich não colocou o cartão no computador.

Brand finalmente sentou-se na cadeira de sua escrivaninha.

— Por que você acharia isso, Tommy?

— Nos últimos dois dias, tenho juntado um monte de peças. O que você disse a Gorvetich. O fato de você ter ficado sentado aqui a noite toda, após o PC ter sido desembalado. E que Orestes havia lhe mostrado que o computador podia ser ligado sem se retirar a fita de lacre. Isso foi após a bancária surgir e, de repente, parecer que nosso caso estava indo pelo ralo. E você conhece computadores. Estudou programação com Gorvetich. Por isso, tenho que lhe perguntar agora, Jim. Nós continuamos sem qualquer outra coisa que sirva de explicação. Você não colocou aquele cartão, colocou?

— Como eu poderia ter feito isso? — perguntou Brand, com apaziguadora calma. — Eu não poderia ter ligado aquele computador e mexido nele sem que o diretório revelasse que tinha sido aberto. Lembra-se?

— Certo. Exceto que o PC ia ser ligado no dia seguinte, no tribunal, e essa seria a data e a hora que apareceriam no diretório. — Ele agora tinha a atenção de Brand, que o observava com cuidado.

— É brilhante — disse Tommy. — Criar uma defesa que explica toda a prova, de modo que Stern tenha que aceitá-la. Então, após a aceitação dele, você a arrasa por completo. E culpa o réu pela fraude. É de fato absolutamente brilhante.

Com uma expressão morta, Brand olhou mais além da escrivaninha por algum tempo. Então, lentamente, começou a sorrir, até arreganhar os dentes para Tommy, do modo familiar como fazia constantemente, enquanto os dois apreciavam a palhaçada, a ironia, a comédia direta, da má conduta humana e dos fúteis esforços da lei para refreá-la.

— Teria sido de um puta brilhantismo — disse ele.

Dentro de Tommy, algo se quebrou, provavelmente seu coração. Sentou-se na cadeira de madeira do outro lado da sala. Tudo que Brand precisava lhe dizer era não. Nesse meio-tempo, o sorriso de Brand diminuíra, ao registrar o estado de espírito de Tommy.

— Aquele homem matou alguém, chefe. Dois alguéns. Ele é culpado.

— Exceto do que nós o condenamos.

— Quem se importa?

— Eu me importo — disse Tommy.

Durante anos, ele trabalhara naquela repartição, ouvindo um promotor após o outro falar para seus assistentes que o dever de um promotor era desferir golpes duros mas justos. Alguns deles falavam sério; outros diziam isso com um piscar de olhos e um aceno de cabeça, sabendo o quanto era difícil brincar de mocinho e bandido, andar em linha reta pelo meio da estrada, enquanto os bandidos se escondiam nos arbustos e atacavam. Tommy provavelmente já passara por tudo isso antes de Tomaso nascer. Mas, com um filho, você faz uma aposta diferente no futuro. Você tem de lhe ensinar sobre o certo e o errado. Sem objeções irrelevantes ou restrições. A verdade obscura sempre estaria na rua. Mas não haveria qualquer esperança se o procurador de justiça não tivesse desenhado linhas rígidas e se mantido atrás delas.

— O homem se levantou no tribunal e admitiu que era culpado — disse Brand.

— Você faria isso para proteger seu filho? Ele sabia que não tinha feito aquilo, Jim, e seu filho seria a outra única pessoa com motivo para tentar livrar a cara dele daquele jeito. Por isso, ele confessou, para pôr um fim em tudo aquilo.

— Ele é um assassino.

— Sabe — disse Tommy —, eu nem sequer tenho mais tanta certeza disso. Diga-me por que aquela mulher, que já andava mal, não pode simplesmente ter desistido de tudo, ao descobrir o caso extraconjugal do marido, e se matado?

— As impressões digitais dele estão no frasco de comprimidos. Ele pesquisou sobre a fenelzina.

— É esse o nosso caso todo? Está realmente me dizendo que nós não teríamos pensado duas vezes antes de prosseguir se soubéssemos que Barbara tinha estado no banco?

— Ele não merecia escapar novamente. Sem falar em você. Por vinte anos, Sabich foi para você como bolas de ferro presas nos tornozelos.

Ele não queria o que Brand havia feito. Não era nenhum presente para ele. Mas, mesmo quando ficava sentado no escuro, no meio da noite, ouvindo, de vez em quando, os soluços e o ressonar de seu filho e, ocasionalmente, de sua mulher, geralmente num inexplicável ritmo pesado, ele reconhecia isto: se Brand fizera aquilo, fizera por ele.

— Isso vale também para você, Jim. Você é quem está concorrendo para se tornar o próximo procurador de justiça.

Dissimulado, mas perspicaz e na defensiva até agora, Brand inclinou-se adiante, verdadeiramente furioso. Suas grandes mãos estavam fortemente fechadas.

— Há anos venho tirando leite de pedra por você, Tommy, porque lhe devo isso. Porque você tem direito a isso. Você tem sido melhor para mim do que os meus próprios irmãos foram. Nunca me coloquei à sua frente. Adoro você e você sabe disso.

Ele sabia. Brand o amava. E ele amava Brand. Ele amava Brand da maneira como guerreiros aprendiam a amar homens e mulheres que lutavam a seu lado nas trincheiras, que protegiam sua retaguarda e estavam entre os poucos que realmente entendiam o medo, o derramamento de sangue e o drama da guerra. Assim, tornavam-se irmãos siameses, unidos pelo coração ou por qualquer outro órgão vital. Brand era leal. E Brand era inteligente. Ele, porém, se agarrou demais a Tommy, pelos próprios motivos. Porque precisava de uma consciência.

— Olhe — disse Brand. — Merda acontece. Estamos no meio da porra da noite, você está exausto e zangado, sacou essa principalmente porque sabe que poderia ser feito, começou a alimentar essa ideia e ela ganhou vida própria. Para lhe dizer a verdade, eu ri alto o tempo todo das três horas que levei para fazer aquilo. Na ocasião, me pareceu muito engraçado.

Tommy refletiu sobre aquilo. Também era provavelmente verdade. Não que isso adiantasse.

— Não vou deixar aquele cara cumprir uma pena por algo que ele não fez, Jim.

— Você está maluco.

— Não, não estou. Vou ligar para o juiz Yee. Vamos fazer esta tarde um requerimento de embargo de sentença. Sabich será solto amanhã de manhã. Só preciso imaginar o que vou dizer. E o que fazer com você.

— Comigo? — enrijeceu Brand. — Eu não fiz nada. Não forneci um falso testemunho. Não forneci provas falsas. Não fui eu que liguei o computador. Leia o registro, Tom. Não encontrará uma palavra na transcrição que eu tenha feito outra coisa a não ser dizer ao tribunal do júri que o cartão era uma fraude. E apresentei prova para demonstrar isso e evitar que o tribunal fosse iludido. Que crime é esse?

Tommy contemplou Brand tristemente. Nesses dias, o crime o deixava triste. Quando era jovem, o crime o deixava zangado. Agora ele sabia que isso era apenas uma parte indelével da vida. A roda girava, as pessoas se animavam com o impulso, mas se continham a maior parte do tempo. E, quando não se continham, era o trabalho de Tommy castigá-las, não tanto porque o que fizeram era incompreensível — não quando você era realmente honesto sobre como as pessoas poderiam ser —, mas porque os outros, os tais que tentavam se conter todos os dias, precisavam de um alerta e, mais importante, a vindicação de saber que infratores têm o que merecem. As pessoas comuns tinham de ver o objetivo do freio e das rédeas que punham em si mesmas.

— Você não pode me denunciar — disse Brand. — E, se alguma vez fizer isso, Tommy, sabe exatamente como vai acabar. As pessoas vão culpar apenas você.

Com as últimas palavras de Brand, Tommy sentiu o coração estremecer e emitiu um som dolorido. Mas, antes de responder, ele se sentou e pensou em tudo aquilo. Brand era mais rápido do que ele e tivera muitas semanas para analisar a situação. Portanto, como isso iria realmente se desenrolar?, perguntou a si mesmo.

Teria de ser indicado um promotor especial. O argumento que Brand apresentara um segundo antes, de que nada fizera para defraudar o tribunal do júri, não adiantaria com o tribunal especial. Adulterar provas no meio de um julgamento era crime de um tipo ou de outro.

Provar isso, contudo, era outra questão. Havia apenas os dois naquela sala. Mesmo se a reprodução da conversa por parte de Tommy fosse aceita, Brand ainda não fizera uma admissão detalhada.

O ponto mais importante, porém, era o que Brand dissera por último, a ardilosa ameaça que fizera. Porque Brand estava certo. Assim que Tommy disparasse a bala, esta com certeza ricochetearia e seguiria através dele. Se algum promotor chegasse perto de indiciar Brand, este negociaria uma saída, dizendo que Tommy sabia que o que quer que tivesse feito, ele o fizera por ordem de Tommy. Se Tommy o entregasse, como Brand imaginava, este retribuiria o favor entregando-o também. Se Brand mentisse bem, Tommy poderia até mesmo acabar condenado. E mesmo se a coisa não chegasse tão longe assim, ele voltaria ao mesmo purgatório em que estava vinte anos antes. As pessoas acreditariam, porque na ocasião ele admitira adulteração. A vida, pensou Tommy, não pela primeira vez, não era muito justa.

— Muito bem — disse Tommy, após ter avaliado as coisas por mais alguns minutos —, eis o que vai acontecer. Vou dizer ao juiz Yee que descobrimos que o encadeamento de provas que havia no PC foi corrompido: o computador ficou sem embalagem na sua sala na noite anterior ao dia em que foi ligado e, ao contrário do que sempre acreditamos, soubemos que as fitas de segurança não eram seguras e que o computador poderia ter sido adulterado por quem estivesse na sala do procurador justiça naquela noite ou bem cedo do dia seguinte. Não estamos dizendo que isso aconteceu.

Mas, tendo em vista que Rusty jamais teria alegado culpa se soubesse que não seríamos capazes de oferecer um conjunto de provas apropriado, solicitamos o cancelamento da condenação e também que as acusações sejam retiradas. E você se demitirá do cargo nos próximos trinta dias. Porque a coisa vai feder depois que Rusty for solto. E a culpa de o computador não ter ficado seguro é sua. A responsabilidade por Rusty ter se safado será sua. Porque a culpa é sua, Jim.

— E isso vai foder minha candidatura — disse Brand.

— E isso vai foder sua candidatura — concordou Tommy.

— E devo dizer obrigado? — perguntou Brand.

— Deveria. Creio que você fará isso, quando tiver algum tempo.

— Que merda — diz Brand.

Tommy deu de ombros.

— É um mundo de merda, Jimmy — disse. — Pelo menos às vezes. — Levantou-se. — Vou ligar para Sandy Stern.

Encurralado e amargurado, Brand mordiscava inconscientemente um dos seus polegares.

— Ele ainda não morreu?

— Não que eu saiba. Dizem até que ele anda melhorando. Isso é para lhe mostrar uma coisa, Jimmy.

— O quê?

— É por isso que a gente se levanta de manhã. Porque nunca se sabe. — Olhou para Brand, a quem outrora ele amara, e sacudiu a cabeça. — Nunca — repetiu.

Capítulo 44

ANNA, 4-5 DE AGOSTO DE 2009

— Você não vai acreditar nisso — é a primeira coisa que me diz Nat, quando atendo o celular na minha sala. Ele repete as palavras. Cada vez que penso que ele e eu já chegamos ao topo e que as coisas não podem ficar mais doidas, que agora, finalmente, é uma descida para uma vida normal, surge mais alguma coisa. — Acabo de falar ao telefone com Stern. Vão deixar meu pai sair. Dá para acreditar? Estão retirando as acusações.

— Puxa, Nat.

— Dá para acreditar? Aparentemente, Tommy descobriu nas provas técnicas que o computador não estava seguro na noite anterior ao dia em que foi ligado. Portanto, não há um encadeamento de provas e, sem um bom encadeamento, não há crime provável.

— Não entendi.

— Nem eu. Não mesmo. Nem Stern entendeu. Mas Yee já despachou a ordem. Stern ainda não conseguiu contato com meu pai porque o pessoal da seg não pode receber telefonemas não programados. Que tal isso para um Ardil-22? Stern está esperando que o diretor ligue para ele de volta.

Um segundo depois, o telefone de Nat bipa avisando de outra ligação, e ele desliga para poder falar com Marta.

Fico sentada na minha sala, olhando a foto de Nat sobre a escrivaninha, cheia de alívio por ele, alegre com a alegria dele. E, ainda assim, há um canto frio em meu coração. Embora nunca quisesse desse modo, a abominável verdade é que, para mim, seria mais fácil Rusty ficar distante, para não haver mais daqueles momentos confusos quando estivemos juntos, com os sinais bloqueados em ambos os lados por vontade mútua e cada um de nós aparentemente contando os segundos até podermos ir embora. Desde que Barbara morreu, não dissemos quase nada um ao outro e mal erguemos a vista na direção do outro. A única exceção verdadeira foi naquele momento logo após sua declaração de culpa, quando Rusty se virou e, claramente surpreso, viu que eu estava no tribunal, sentada ao lado de Nat. "Complexo" não é a palavra suficiente para aquele olhar. Saudade. Desaprovação. Incompreensão. Tudo o que ele provavelmente já sentiu por mim estava contido ali. Então ele se virou e colocou as mãos para trás.

Fico sentada à minha escrivaninha pelos quarenta minutos seguintes e não faço absolutamente nada, exceto esperar que o telefone toque novamente. Quando toca, os Stern, finalmente, já bolaram um plano. Rusty será libertado pela colônia agrícola do estado em Morrisroe às 3 horas. A hora foi ideia de Stern. Ele não tem certeza se a notícia da soltura de Rusty vai vazar, mas ele tem certeza de que, hoje em dia, nenhuma dessas empresas jornalísticas pode facilmente se dar ao luxo de pagar as horas extras que envolvem acionar repórteres e fotógrafos no meio da noite.

— Você pode ir comigo? — pergunta Nat.

— Não é um momento para você e seu pai apenas?

— Não — diz ele. — Marta e Stern estarão lá. Nós somos a única família que meu pai tem agora. Você deveria ir também.

É uma longa noite à espera da partida. O homem abatido, visivelmente retraído, com quem tenho vivido há quase um ano já não existe mais, pelo menos por enquanto. Nat não consegue se sentar. Ele caminha em círculos pelo condomínio, checa a Internet atrás dos mais recentes comentários sobre seu pai e liga a TV, em emissoras jornalísticas a cabo, para ler as notícias que passam embaixo da tela. Aparentemente, um batalhão de repórteres foi ao sul do estado para captar o juiz Yee deixando seu gabinete às 17h30 de hoje. Ele nada disse, apenas sorriu e acenou para as câmeras, divertido, como sempre, pelas espantosas reviravoltas na vida e, consequentemente, na lei. Todos os repórteres usam o termo "impressionante" para descrever os acontecimentos de hoje. Stern soltou uma nota que os repórteres leem textualmente, elogiando a integridade do procurador de justiça e dizendo que espera que seu cliente seja libertado amanhã.

Por volta das 21 horas, sugiro a Nat uma saída para comprarmos mantimentos para seu pai. É uma boa distração, já que Nat adora comprar coisas que sabe que o pai gosta. De volta em casa, decidimos ir para a cama — algo de bom acontecerá lá, nem que seja uma soneca — e temos até mesmo quase que nos arrastar para chegar a tempo, à 1 hora, à casa da família Sabich, em Nearing, onde combinamos nos encontrar, para nos certificar de que já não haveria uma vigília da imprensa. Se tudo sair corretamente na instituição, Rusty deverá estar de volta aqui às 4 horas e, antes que a horda de repórteres tome conta do lugar, partirá imediatamente, para o chalé da família em Skageon. Parece bizarro o fato de um homem sair da seg e optar por passar mais tempo sozinho, mas, de acordo com Stern, Rusty frisou que o fato de ir até a cidade para comprar jornal e assistir a um filme já será uma grande diferença.

Os Stern chegam poucos minutos depois, no Navigator de Marta. Marta e Nat se abraçam demoradamente na entrada. Quando a solta, vai até o lado do passageiro, onde se curva para abraçar Stern, com mais brevidade. Conheci os Stern poucos meses atrás, quando se preparavam para o julgamento, mas Nat os apresenta a mim novamente. Aperto a mão de Stern. Sob a luz do teto do carro, ele parece mais forte do que a última vez que o vi no julgamento. A assustadora urticária que cobria grande parte do seu rosto não passa agora de uma leve mancha, e ele perdeu a aparência faminta, encovada, de um prisioneiro de guerra. Não está claro para Nat, e talvez nem mesmo para Stern, se essa recuperação é apenas uma breve moratória ou algo mais duradouro. E, seja qual for o significado que possa conter, ele comenta, ao se desculpar por não se levantar para me cumprimentar, que vai tomar uma providência contra "esse maldito joelho" assim que consiga encarar novamente um hospital.

Durante a viagem, Nat bombardeia Stern com perguntas sobre o futuro de seu pai. Rusty receberá sua pensão? Ele poderá voltar à magistratura? Apenas Nat parece incapaz de reconhecer o que é patente para todos os demais no carro, que a liberdade de Rusty nesses termos, o derradeiro dos detalhes técnicos, somente irá transformá-lo num pária. Tendo em vista que o resultado do DNA se tornou público no fim de junho, os apresentadores de programas de entrevistas passaram a pintar Rusty como um cruel maquinador que cometeu dois crimes e para escapar com o castigo mínimo manipulou um sistema que ele conhecia intimamente. Agora, vão vociferar, alegando que ele escapou sem qualquer castigo.

Stern, contudo, é paciente com Nat, explicando que seu pai recuperará a pensão, mas que retomar sua posição na profissão é muito mais complicado:

— A condenação foi anulada, Nat, e como seu pai foi automaticamente destituído do cargo quando se declarou culpado, ele será reempossado. Mas Rusty admitiu em audiência aberta que obstruiu a justiça e ele não conseguirá voltar atrás nisso. Sem falar de tudo que ele admitiu no julgamento... revelação inadequada de uma decisão do tribunal para o Sr. Harnason, fazendo contato com uma *ex parte*. A Corregedoria estaria sobrecarregada de exigências morais para ignorar isso. Portanto, a tendência deles será a de afastá-lo.

"No todo, Nat, dependendo do desejo de seu pai, eu consideraria um resultado bastante satisfatório se conseguirmos trocar sua precipitada renúncia ao cargo de juiz pela concordância de que a Comissão Disciplina não tome nenhuma medida... mesmo uma ação limitada... contra ele. Eu gostaria de garantir que ele possa, posteriormente, voltar a advogar.

Por um segundo, as dificuldades do futuro de Rusty, sem trabalho, poucos amigos e praticamente nada de respeito público consternaram a todos nós e trouxeram silêncio ao carro.

Chegamos à instituição quase uma hora mais cedo e matamos tempo numa parada de caminhoneiros que funcionava 24 horas, tomando café para não dormir e nos demorando nas fotos das crianças de Marta que ela guardava no celular. Finalmente, às 2h45, dirigimos através da pequenina cidade e nos aproximamos da instituição. A colônia se localiza na parte vaga do terreno da antiga única prisão do estado de segurança máxima para mulheres. O campo propriamente dito é uma série de barracões, construções provisórias do tipo usado pelos militares americanos durante a Segunda Guerra, e um prédio central de alvenaria usado pela administração, onde Rusty está alojado no último andar. Como a única estrutura substancial, ela é cercada por celeiros e duas enormes plantações de feijão maduro e milho, que, em agosto, são altas o bastante para parecer figuras graciosas, quando suas folhas se agitam ao vento. Embora o acampamento seja um local de segurança mínima, a instituição vizinha requer uma cerca de elos metálicos encimada por espirais de afiado arame farpado e, dentro, muros de tijolos medindo 6 metros de altura, com torres com guardas se erguendo a cada 200 metros.

Para confundir ainda mais a imprensa, Stern e o diretor combinaram que Rusty seria solto através do portão de transporte, no lado oeste da instituição, onde os presos entram e saem de ônibus. Estacionamos ali, no acesso de cascalho, diante das pesadas portas de aço.

Poucos minutos antes das 3 horas, ouvimos vozes na noite silenciosa e então, sem cerimônia, uma das enormes portas range e se abre não mais de um metro. Rusty sai para o feixe de luz dos faróis de Marta, protegendo a vista com um envelope pardo. Veste o mesmo terno azul que usava quando foi condenado, sem gravata, e seu cabelo está espantosamente grande, mais surpreendente para mim do que a barba esbranquiçada que Nat descrevera após suas visitas. Está também mais magro. Nat e ele caminham na direção um do outro e, enfim, se abraçam. Embora estejamos pelo menos uns 6 metros distantes, podemos ouvir, na noite silenciosa, os sons de ambos soluçando.

Finalmente se separam, enxugando os olhos, e caminham de braços dados em direção a nós. Stern usara a bengala para se pôr de pé, e Rusty abraça demoradamente seus dois advogados, depois me dá um rápido abraço. No drama do momento, não notei que outro carro havia estacionado atrás de nós e fico momentaneamente alarmada, até Stern explicar que se trata de um fotógrafo, Felix Lugon, que trabalhou no *Tribune*, a quem ele avisou. Stern queria uma foto para sua parede, diz ele, mas também a usará para negociar uma matéria de primeira página, salientando nos próximos dois dias, se for aconselhável, o lado de Rusty da história. Os Stern, Nat e Rusty se dão os braços e posam para algumas fotos, e depois Lugon vai embora, enquanto Rusty embarca no assento da frente do utilitário esportivo de Marta. Ela já tinha ligado a ignição quando outra figura emerge do portão e caminha na nossa direção. Trata-se de um guarda uniformizado. Rusty abre o vidro da janela e aperta sua mão, tagarelando em espanhol. Então, após um último aceno, a janela é fechada e seguimos em meio à pesada poeira que o carro de Lugon erguia, finalmente a caminho para levar Rusty para casa.

* * *

A viagem de volta sempre parece mais rápida. Marta segue a mais de 120 quilômetros por hora, ansiosa para levar Rusty ao seu destino. Após ver Rusty, Stern desistiu da ideia de publicar sua foto. A aparência dele é tão diferente que praticamente ficaria no anonimato e talvez até possamos evitar a imprensa do lado de fora de sua casa.

O ex-preso permanece em silêncio por algum tempo, observando do assento do passageiro a paisagem passar correndo e, de vez em quando, resmungando baixinho, como se dissesse: "Ah, sim, eu esqueci o espaço a céu aberto, como parece e qual é a sua sensação." Abre o envelope que carrega, que contém seus pertences. Tira todos os cartões de sua carteira e olha-os um por um, como se tentasse se lembrar do que são. E parece indizivelmente encantado ao descobrir que seu celular ainda funciona, embora pisque um segundo depois, por falta de carga.

— Você pode me explicar isso? — fala finalmente Rusty, após estarmos algum tempo na estrada.

— Explicar o quê? — pergunta Stern, a quem foi dirigida a pergunta.

— Por que Tommy fez isso.

— Já lhe disse o que ele falou, Sabich. O computador não estava seguro na noite da véspera em que foi ligado no tribunal. Já era. Eles não conseguem estabelecer um encadeamento de provas.

— Mas eles devem saber mais do que isso. Não acha? Por que Tommy admitiria isso a esta altura?

— Porque tinha que fazer isso. Tommy não é o velho Tommy. Todos na região metropolitana lhe dirão isso. Além disso, o que mais eles poderiam saber?

Rusty não responde, mas, após um minuto, descreve a visita que Tommy lhe fez há dois dias na prisão, quando afirmou que algumas pessoas em sua repartição acreditavam que ele se declarara culpado de um crime que não cometera. Até mesmo o famosamente imperturbável Stern não consegue deixar de se agitar claramente.

— Desculpe-me — diz Stern. — Sou apenas o pobre advogado, mas teria sido sensato eu ter sido avisado.

— Sinto muito, Stern. Sei que parece ridículo, mas considerei aquilo como uma conversa particular.

— Entendo — diz Stern.

Rusty tinha se virado para encarar seu advogado no banco traseiro e, pelas suas costas, Marta gesticula batendo a base da palma contra a testa. No assento traseiro, entre Nat e Stern, eu sinto o aperto de Nat em minha mão enquanto, silenciosamente, balança a cabeça para a frente e para trás. Nenhum de nós jamais irá entender.

Chegamos a Nearing poucos minutos após as 4h. A vizinhança está silenciosa. Na entrada da casa há outra rodada de abraços. Nat e eu transferimos os mantimentos do meu carro para o de Rusty na garagem e nos afastamos para nos despedir com acenos em sua viagem para Skageon. Em vez disso, a ignição do Camry de Rusty pigarreia educadamente, um pouco parecido com o ruído que Stern vive fazendo, e fica completamente silencioso. Morto.

— Os planos mais bem traçados... — comenta Rusty, ao descer do carro.

Ofereço o meu, mas Nat me lembra que amanhã tenho um depoimento em Greenwood County. Por um segundo, nós cinco debatemos as alternativas. Marta está ansiosa para levar seu pai em casa, para poupá-lo de todo esse cansaço, mas em casa, que fica perto, ela tem cabos para chupeta de bateria. Homens fortes serão necessários para afastar os dois sacos de fertilizante de 30 quilos que estão bloqueando o armário. Se após a chupeta o carro não der partida, então teremos de imaginar um meio de Rusty alugar ou pegar emprestado um veículo.

Entro no meu carro para levar Nat, mas ele dá a volta e cochicha pela janela aberta:

— Não o deixe sozinho, agora não.

Encaro-o por um segundo, então lhe entrego as chaves. Nat já está atrás do volante quando se inclina para cochichar novamente:

— Veja se ele quer café da manhã. Pode fazer isso?

Rusty já entrou sozinho na casa, quando sigo através da garagem com dois sacos de mantimentos. Ele colocou o celular para recarregar e está na janela da cozinha, espiando por entre as cortinas.

— Repórteres? — pergunto.

— Não, não. Pensei ter visto luz no vizinho. Os Gregorius sempre têm um ou dois carros que ninguém usa.

A verdade é que ele parece muito melhor do que eu teria esperado. Durante o julgamento e os meses que levaram a ele, Rusty se tornara um homem tão diferente, num curto período de tempo, quanto alguém que eu nunca tivesse conhecido. Stern parecia menos exaurido, apesar da doença mortal. Rusty estava arruinado e vazio, um navio naufragado. Às vezes, quando estávamos em sua companhia, eu o observava cumprimentar na rua as pessoas que ele conhecia. Ele ainda se lembrava do que dizer. Estendia a mão no momento certo, mas era quase como se estivesse com medo de ocupar seu espaço na terra. Eu nunca tinha certeza se Nat notava alguma coisa disso. Estava tão ocupado em chegar a um acordo com o pai que não parecia se dar conta de que o sujeito que ele conhecera tinha em grande parte desaparecido. Mas agora ele está de volta. E não é graças à liberdade. Sei disso instantaneamente. É tendo sido punido, pagando um preço.

— Nat achou que talvez você queira tomar café da manhã — digo.

Ele dá um passo para se aproximar e olhar dentro dos sacos.

— Há alguma fruta fresca aí? Nunca pensei que a primeira coisa que eu desejaria após a prisão fosse um morango.

Um rigoroso observador de ambos os pais, Nat comprou mirtilos e morangos, e começo a lavá-los e cortá-los.

Enquanto a torneira escorre, Rusty permanece atrás de mim.

— Barbara sempre quis reformar esta cozinha. Mas detestava a ideia de ter operários aqui o tempo todo.

Olho em volta. Ele tem razão. O lugar é antiquado e pequeno. Os armários de cerejeira ainda são bonitos, porém tudo o mais está ultrapassado. Contudo, a menção de ela é estranha. Como ocorre frequentemente, o modo espectral como ela assombrava esta casa me atinge, a intensidade da paixão que sentia pelo filho e as contínuas profundezas de sua infelicidade. Ela era uma daquelas pessoas que precisavam de coragem para viver.

— Eu não a matei — diz ele.

Olho ligeiramente para trás e o vejo sentado à mesa de cerejeira da cozinha, com sua antiquada borda recortada, observando para ver a minha reação.

— Eu sei — digo. — Tinha medo de que eu duvidasse disso?

Minha resposta é honesta, mas ignora os meses que levei para me sentir à vontade com essa conclusão. Meu problema, por mais que nunca quisesse avaliar as provas, é o meu software pré-carregado. Costuro provas como uma senhora que borda obsessivamente. É por isso que fui destinada ao direito, a garota sagaz que procurava a mãe e a si mesma desde tenra idade, vasculhando o mundo por indícios e unindo-os. Portanto, não há como não ponderar sobre as coisas mais incômodas que eu sabia — que Rusty foi se consultar com Prima Dana 48 horas após eu lhe contar que ia começar a namorar Nat ou o olhar selvagem com o qual ele deixou o Dulcimer naquele dia, um homem fundindo-se no calor da própria fúria. O pior de tudo, lembrei-me dos avisos de recebimento dos e-mails que pareciam indicar que Barbara tinha lido minhas mensagens para Rusty. Ela nada deixou transparecer na noite em que Nat e eu fomos a Nearing, mas eu frequentemente imaginava que finalmente houvera uma cena perturbadora entre ela e Rusty depois que fomos embora.

Mesmo assim, nunca consegui me forçar a pressentir assassinato. Minha época com Rusty já ficou bem para trás. Contudo, naqueles poucos meses, vi bastante de sua essência para ter certeza de que não é um assassino.

— Em alguns momentos — responde ele, finalmente.

— É por isso que pensou que eu tivesse mexido em seu computador? Tommy tem razão, não é mesmo? Você declarou culpa por algo que não fez.

Eu pensei nisso antes, mas o diálogo com Stern no utilitário esportivo decidiu a questão para mim.

— Não sabia o que pensar, Anna. Eu sabia que não tinha feito aquilo. Nunca tive completa confiança nos supostos especialistas, mas eles insistiram em que o computador estava totalmente lacrado quando foi levado ao tribunal, portanto isso eliminava alguém do gabinete de Tommy... o que, a propósito, tem que ser a resposta. Você não acha? Tommy pode dizer o quiser para consumo público. Ele sabe que alguém que trabalha para ele deu um jeito de evitar os lacres e colocar o cartão para nos dar um soco inesperado.

Essa questão não ficara muito clara em minha mente até ele citá-la, mas imagino que tem razão. Nunca esqueci que Tommy manipulou provas décadas atrás e me sinto um pouco constrangida por não ter reconhecido isso antes. Agora nunca saberemos por que o procurador de justiça voltou atrás. Provavelmente temor de uma revelação, por algum motivo.

— De qualquer modo — diz ele —, em junho eu pensei que as únicas pessoas que podiam ter feito isso fossem Nat ou você. Ou os dois juntos.

Os especialistas nunca pareciam se concentrar nisso, na possibilidade de vocês dois terem agido em conjunto para colocar o cartão lá. A última coisa que eu queria era que todo o inquérito durasse tempo bastante para que isso, finalmente, ocorresse a Tommy e Gorvetich. Mas não conseguia fazer sentido para mim que qualquer um dos dois fizesse algo semelhante. Mil coisas passaram pela minha cabeça. E fizeram sentido apenas por alguns segundos. Mas uma delas era que você acreditava que eu era culpado e tentava me livrar porque culpava a si mesma por eu ter assassinado Barbara, achando que eu fizera isso para ter você de volta.

Estou colocando as últimas bagas numa tigela e, por um segundo, evito me virar e olhar para ele. O pior momento que tive nos dois últimos anos foi quando aqueles comunicados de recebimento de e-mails surgiram no meu computador e o segundo pior foi o dia em que Nat me ligou do tribunal para dizer: "Ela sabia. Minha mãe sabia." A bancária tinha acabado de depor e Nat fizera um dos seus habituais intervalos para chorar. Adoro o fato de ele chorar. Eu me dei conta, no último ano, que esperei toda a minha vida por um homem que nunca afirmasse ser imune à dor da vida, diferentemente daquela grande farsante que tive por mãe.

— Sabia? — perguntei. — O que ela sabia?

Em função de tudo que surgiu no tribunal, imaginei que Barbara estava interpretando um número para o próprio bem de Nat na noite que antecedeu sua morte, mas na ocasião ela fora convincente e tinha havido momentos, no ano anterior, em que eu alimentara uma tênue esperança de que os comunicados dos e-mails lidos tivessem sido acionados por uma outra coisa qualquer, como o programa fragmentador rodado no PC de Rusty, e que Barbara tinha morrido sem saber de nada. Agora vou de encontro ao meu próprio desespero. Fui apunhalada tantas vezes pela culpa e pela apreensão que era difícil acreditar que elas poderiam cortar mais afiada ou profundamente, contudo me senti então como se estivesse sendo dissecada. Falando em termos gerais, tenho sido muito boa, por toda a minha vida, em seguir falseando meu caminho, principalmente quando estou sofrendo. Entretanto, minha dificuldade de entender a mim mesma às vezes me paralisa. Por que fui desejar Rusty? E o que parece ser o maior mistério de todos — por que jamais liguei a mínima para Barbara? Nos dois últimos meses, houve um desfile de momentos nos quais eu quase fui nocauteada pelo reconhecimento da dor monumental que causei a ela em sua última semana de vida. Por que não percebi o que estava em jogo para ela quando me atirei para cima de seu marido? Quem era eu? É como tentar entender por que certa vez, quando cursava a escola secundária, saltei de uma rocha 12 metros acima de Kindle e quase morri, ao perder a consciência por um segundo com o impacto. Por que achei que aquilo seria divertido?

Em minha própria defesa, não sei o quanto Barbara estava irritada. Antes de nos tornarmos íntimos, Rusty sempre a retratava como difícil em vez de louca, falando de Barbara quase do mesmo modo que os hindus falam dos paquistaneses ou os gregos falam dos turcos, inimigos tradicionais em paz ao longo de uma fronteira instável. Na época, vi isso apenas como uma abertura, uma oportunidade. Nunca cogitei magoá-la. Porque, como sempre é verdade para quem faz a coisa errada, eu tinha certeza de que nunca seríamos apanhados.

Coloco as frutas sobre a mesa diante dele e lhe passo um garfo.

— Não vai querer? — pergunta ele.

— Estou sem apetite. — Sorrio amarelo. — Você queria?

— O quê?

— Você ainda me queria, por ocasião da morte de Barbara?

— Não. Não mesmo. Não naquela ocasião.

Tenho uma dezena de desculpas para o que houve com Rusty. O direito parecia um importante ponto de chegada para mim, um destino na direção do qual eu partira havia muito tempo. Eu queria absorver tudo, fazer tudo. Era como ficar diante de um templo. E eu sabia o quanto de desejo permanecia dentro dele sem ser expressado. Era quase possível ouvir isso dele, como uma pastilha de freio rangendo no disco. Eu acreditava, estupidamente, que lhe faria bem. E eu sabia que, qualquer que fosse o abre-te sésamo que funcionava com os homens, eu ainda não o havia descoberto, e essa era outra senha para experimentar. Mas, no fim das contas, eu o estava usando e me dei conta disso. Desesperadamente, queria alguém igual a ele, alguém importante, para me querer, como se de algum modo eu possuísse tudo o que o mundo despejara sobre ele, se ele estivesse disposto a renunciar a tudo por minha causa. Fazia sentido. É tudo que eu posso dizer. No modo irracional interno, o coração e a mente conseguem se enredar. Fazia sentido na ocasião, mas não faz agora. Em momentos, me sinto começando, leve-me de volta, coloque-me de volta onde eu possa imaginar quem era aquela garota dois anos atrás. Isso, de qualquer modo, não interessaria. Eu sempre terei de viver com o arrependimento.

— Eu não achava isso — digo. — Naquela noite em que Nat e eu estivemos aqui, na noite anterior à morte dela? Você parecia ter deixado tudo de lado. É mais um motivo para eu nunca ter pensado que você a matou. Eu só não sabia por que você chegara àquele ponto tão depressa.

— Porque concluí que eu queria mais meu filho do que queria você. Isso é incompreensível?

— Não.

— Isso me ajudou a colocar as coisas em perspectiva. Não que não fosse uma situação terrível. E ainda é, suponho.

Não creio que ele tenha a intenção de me acusar, mas, é claro, sou culpada o bastante para, mesmo assim, me sentir acusada.

— Você está apaixonada por ele, certo? — pergunta Rusty.

— Loucamente. Perdidamente. Você se importa de me ouvir dizer isso?

— É o que quero ouvir.

Só de expressar esse pouquinho sobre Nat, sinto o coração inchar e lágrimas forçam caminho pelos meus olhos.

— Ele é o homem mais legal do mundo. Brilhante e engraçado. Mas muito agradável. Muito amável.

Por que levei tanto tempo para perceber que era do que eu precisava, de alguém que quisesse o meu carinho e conseguisse retribuí-lo?

— Muito mais do que eu — diz Rusty.

Nós dois sabemos que é verdade.

— Ele teve ótimos pais — retruco.

Rusty desvia o olhar.

— E ele continua sem desconfiar?

Dou de ombros. Como é possível saber o que se passa no coração ou na mente de mais alguém? Se já somos um mistério para nós mesmos, qual é chance então de entender completamente outra pessoa? Nenhuma, realmente.

— Não creio. Comecei a lhe dizer muitas vezes, mas sempre me detenho.

— Acho que é melhor — afirma Rusty. — Não há nada a se ganhar.

— Nada — concordo.

Voltei a me consultar várias vezes com meu terapeuta, mas Dennis não tinha respostas para a ópera insana na qual me encontrei enredada após a morte de Barbara, em parte porque ele me disse que, em primeiro lugar, eu teria de deixar de ver Nat. Mas há apenas uma coisa em que Dennis e eu sempre concordamos, e isso é que contar a verdade a Nat agora seria impossivelmente destrutivo — não apenas para nós, mas também para ele. A maior parte do que ele considerava por certo sobre sua vida na terra já mudou no ano passado. Não posso pedir que ele pague outro preço apenas para aliviar minha esmagadora culpa. Para mim, isso sempre foi como construir uma relação na cratera de um vulcão. Tenho de caminhar sozinha por essas alturas perigosas.

As pessoas, porém, se acostumam às coisas. Rusty se acostumou à prisão, amputados aprendem a viver sem membros. Se eu puder ficar com Nat, o presente subjugará o passado. Consigo nos ver numa casa, com filhos, histérica por causa de dois empregos e imaginando quem conseguirá chegar em casa a tempo de curtir os jogos de futebol, consigo nos ver abrigados num mundo totalmente feito por nós e ainda empolgados até a medula por quem somos um para o outro. Consigo ver isso. Mas não estou tão certa de como ir daqui para lá. Continuo pensando que, se conseguimos nos manter unidos até o fim do julgamento, conseguiremos seguir adiante, um dia de cada vez, e ainda acredito nisso atualmente.

— Eu deixarei vocês dois em paz — diz ele. — Não posso viver aqui. Agora não — afirma. — Talvez consiga voltar algum dia. — Fica calado por um segundo. — Posso perguntar algo realmente pessoal?

Instantaneamente fico temerosa, até ele perguntar:

— Tenho alguma esperança de netos?

Eu apenas viro para ele e sorrio.

— Já vi que não vai ser fácil — ele diz.

Lá fora, a porta da garagem range e estala. Nat está de volta. Ambos olhamos naquela direção. Levanto-me e Rusty também se põe de pé. Abraço-o rapidamente, mas, dessa vez, com intensidade, com a sinceridade e a consideração que as pessoas sempre devem a alguém que amam.

Então sigo para a porta da garagem, para saudar meu querido, querido homem. Mas antes de chegar lá, me viro.

— Sabe, há outro motivo por que eu o amo — falo.
— E qual é?
— Em muitos aspectos, ele se parece muito com você.

O Camry dá partida. A bateria foi recarregada para a longa viagem para o norte. Nat dá a Rusty os cabos de chupeta, por via das dúvidas, então paramos na entrada, acenando. O carro dá marcha a ré, Rusty para e salta, e ele e Nat se abraçam mais uma vez. Acho que uma das coisas mais difíceis num relacionamento é lidar com o modo pelo qual seu parceiro vê seus pais. Aprendi isso no meu casamento com Paul, o fato de ele não entender como sua mãe tendia a mandar nele, e desde então tenho visto um grande número de coisas semelhantes. É assistir a alguém lutar com algemas chinesas. Você fica pensando, não, para dentro, empurre, não puxe de volta, elas ficam mais apertadas, e o pobre coitado, esse cara que você ama ou espera amar, peleja assim mesmo. Alegro-me por Rusty e por Nat, alegro-me por esta noite, mas sei que ainda lhes restam oceanos inteiros para atravessarem a nado.

Então Nat e eu seguimos para casa. Quando você ama alguém, ele é sua vida. O primeiro princípio da existência. E, por causa disso, ele tem o poder de mudar você e tudo que você sabe. É como de repente virar um mapa, de modo que o sul fique em cima. Ele continua sendo correto, ainda é capaz de levar você a qualquer lugar aonde queira ir. Mas não poderia parecer mais diferente.

Como uma questão intelectual, lembro-me de que trabalhei para o pai de Nat e que outrora fui louca por ele. Lembro-me de que realmente conheci Rusty muito antes de me encontrar com Nat pela primeira vez. Mas Nat, na ocasião, era alguém mais, um desenho tosco comparado com a pessoa que hoje domina minha vida, ao passo que o principal significado de Rusty hoje em dia está nos inevitáveis modos com que ele pode afetar seu filho. Minha vida é Nat. Com Rusty fora, sinto a total solidez desse fato.

Ambos estamos calados, ruminando nossos próprios lances. Foi uma noite e tanto.

— Preciso lhe contar uma coisa — digo subitamente, ao atravessarmos a ponte de Nearing.

Há um luz rosada vazando do horizonte, mas os prédios em Central City ainda resplandecem, refletindo-se esplendidamente na água.

— O quê? — pergunta ele.

— É perturbador, mas quero que você saiba disso agora. Está bem?

Quando o olho de relance, ele concorda com a cabeça, o olhar sombriamente pensativo abaixo daquelas espessas sobrancelhas.

— Quando me mudei para o apartamento de Dede Wirklich, após meu divórcio, eu trabalhava em Masterston Buff, redigindo documentos, e ainda tentava terminar a faculdade à noite. E fazia aquele curso de macroeconomia avançada na faculdade de economia. Tirei nota máxima em introdução à economia e pensei que era boa em matemática e poderia seguir adiante. O professor era Garth Morse. Lembra-se desse nome? Foi um dos consultores econômicos de Clinton e está o tempo todo na TV, porque é agradável e bem-apessoado, e achei que seria legal fazer um curso de alguém assim como ele. Mas isso estava muito, muito além da minha capacidade, com todas aquelas equações malucas que alunos medianos entendem instantaneamente. Pois bem, eu estava chateada por ter deixado Paul e tendo dificuldades para me concentrar, e aí vieram os exames parciais e eu fui totalmente reprovada. Então fui procurar Morse. Eu já estava na sala dele havia uns dez minutos, e ele me deu aquele olhar comprido, bem comprido, como se tivesse visto muitos filmes antigos, e disse: "Isso é muito complicado, precisamos conversar a respeito durante um jantar." Mas tudo bem, não fiquei totalmente surpresa. Ele era famoso. Ele se achava uma dádiva de Deus. E Dede ficou tipo "Você está maluca? Vá em frente, quer ficar na faculdade para sempre?" Ele era mesmo bonito, um cara interessante, totalmente carismático. Mas a mulher dele estava grávida. Não me lembro de como eu soube disso... talvez ele tivesse mencionado em sala de aula... mas essa parte realmente me perturbou. Mas Dede tinha um argumento, eu precisava me formar e me mudar e eu não poderia, logo após o fracasso do meu casamento, aguentar outro fracasso. Então...

Nat pisa no freio com tanta força que me agarro e me lembro do air bag quando consigo pensar em alguma coisa. Olho pela janela para ver o que atingimos. Estamos no acostamento, bem ao pé da ponte.

— Você está bem? — pergunto.

Ele soltou seu cinto de segurança para trazer o rosto bem para perto do meu.

— Por que está me contando isso? — pergunta. — Por que agora? Esta noite?

Dou de ombros.

— Só porque sofro de privação de sono dessincronizado?

— Você me ama? — pergunta-me então.

— Claro. Claro. Como jamais amei alguém. — Isso é verdade. Ele sabe. Eu sei que ele sabe.

— Você acha que eu te amo?

— Acho.

— Eu te amo — diz ele. — Eu te amo. Não preciso saber das piores coisas que você já fez. Sei que você passou por maus bocados até chegar a mim. E passei maus bocados para chegar até você. Mas estamos juntos. E, juntos, somos pessoas melhores do que jamais fomos. Eu acredito realmente nisso. E basta.

Ele se inclina para me beijar delicadamente, olha nos meus olhos por mais um segundo, então checa os espelhos antes de colocar o carro de volta na estrada.

Quando você tem 20 anos, vai zerada para seus namorados. Ainda espera encontrar O Tal, e todos que vieram antes foram apenas degraus para aquele lugar e não importam muito. Mas aos 36 — 36! — não é mais o caso. Você já esteve no cume, acreditou no amor eterno de alguém e teve a melhor relação sexual de todas — e, de algum modo, foi em frente para encontrar algo mais. Você e quem quer que esteja com você agora seguem ao longo da barreira das experiências. Vocês dois sabem disso. Não podem fingir que o que está no passado não aconteceu. Mas está no passado, assim como Sodoma e Gomorra ficaram em cinzas atrás da mulher de Ló, que deveria ter se mancado e não ter olhado para trás. Todo mundo sabe que quando você chega a essa idade carrega junto uma história, uma pessoa, uma época cujos efeitos não podem ser totalmente apagados. Nat tinha Kat, que, eu sei, de vez em quando ainda lhe envia e-mails e consegue deixá-lo perturbado. E assim será com Rusty e o que aconteceu com ele. Percebo isso agora. Ele será como o coração denunciador ainda batendo de vez em quando na parede. Mas ele se foi. Será o passado que vivi, maluco mas encerrado, o passado que, de algum modo, me trouxe para a vida que realmente, realmente quero viver a cada dia com Nat.

Capítulo 45

RUSTY, 25 DE AGOSTO DE 2009

Eu era adolescente quando me dei conta de que meus pais não eram um casal. O casamento deles fora arranjado à velha moda rural. Ele era um refugiado sem dinheiro, extremamente belo, e ela era uma velha donzela desairosa — 23 anos — de uma família com propriedades, o que significava um prédio de três andares no qual minha mãe viveu até o dia de sua morte. Tenho certeza que, no início, ela ficou impressionada por ele, mas duvido que ele ao menos tivesse tentado fingir que estava apaixonado e cada vez mais ficava aborrecido.

Quando eu era menino, toda sexta-feira à noite meu pai desaparecia depois do jantar. Eu ansiava por isso, verdade seja dita, pois significava que eu não teria de dormir no chão do quarto de minha mãe, trancado ali, que era onde nós nos escondíamos de suas frequentes fúrias de bêbado. Quando eu estava no ensino fundamental, supunha que meu pai passava suas noites de sexta numa taberna ou jogando pinocle, ambos passatempos rotineiros para ele, mas raramente voltava para casa após sua farra e, em vez disso, ia direto para a padaria, a fim de começar os preparativos para a manhã de sábado. Certa noite de sexta-feira, porém, quando eu tinha 13 anos, minha mãe iniciou um pequeno incêndio na cozinha. Grande parte dos danos foi nela — era nervosa e inquieta por natureza — e o desfile de bombeiros que invadiu sua casa reduziu-a a um estado no qual tudo que conseguia fazer era gritar pelo meu pai.

Fui primeiro à taberna, onde um dos conhecidos do meu pai — ele realmente não tinha amigos — se apiedou de mim e da minha óbvia agitação e disse, quando eu ia saindo: "Ei, garoto. Tente o hotel Delaney, na Western." Quando disse ao recepcionista que precisava encontrar Ivan Sabich, ele me deu um olhar lacrimoso, infeliz, mas finalmente grunhiu um número. Não era um lugar, naqueles dias, onde havia telefone nos quartos. Eu diria que, enquanto subia ruidosamente os degraus sujos, com o tapete gasto até o forro e os corredores fedendo a naftalina para controlar a infestação de pragas, eu tinha de fato alguma dúvida do que ia encontrar. Mas quando bati, reconheci a mulher, Ruth Plynk, uma viúva mais velha do que meu pai uma boa década, que, de combinação, olhou pela brecha na porta.

Não sei por que ela foi até a porta. Talvez porque meu pai estivesse na privada. Provavelmente porque ele temesse que o recepcionista tivesse subido para querer mais dinheiro.

— Diga para ele que a casa está pegando fogo — falei, e fui embora.

Não sabia exatamente o que sentia — vergonha e raiva. Mas, em grande parte, descrença. O mundo era diferente, o meu mundo. Depois disso, eu me sentava enfurecido à mesa de jantar toda sexta-feira à noite, porque meu pai trauteava durante as refeições, a única ocasião durante a semana em que algum som vindo dele tinha uma remota semelhança com música.

É claro que, nas vezes em que estive nos vários quartos de hotel que visitei com Anna, nunca me lembrei de quando fiquei encarando Ruth Plynk através do pequeno espaço daquela porta aberta. Somente ao ter de contar ao meu filho que tive um caso extraconjugal aquele momento retornou para mim, mas desde então, passados todos esses meses, ele não vai embora, sempre que percebo o evidente embaraço de Nat em minha presença.

Aquela expressão está agora em seu rosto, enquanto permanece parado na minha porta dos fundos. Ele me disse ontem à noite, quando liguei para avisar que eu finalmente tinha voltado para assinar os termos que Stern preparara, que queria me visitar, mas chegou mais cedo do que o esperado. Os primeiros ventos do outono tinham trazido tempestades intermitentes. Ele usa blusão de moletom com capuz e seu cabelo negro se debate na ventania.

Estou feliz da maneira mais essencial em ver meu filho, embora sua visão também esteja acompanhada de uma leve aflição. Desejamos tudo de bom para nossos filhos, mas muita coisa está além de nosso controle. Há uma desatenção nervosa em Nat, uma olhadela aqui e ali que desconfio que será permanente e um arraigado franzir de testa que imagino ver no espelho há mais de sessenta anos. Abro a porta, nós nos abraçamos brevemente, e ele entra, passando por mim, batendo os pés para livrar os sapatos da água da chuva.

— Café? — pergunto.

— Claro.

Ele ocupa um lugar à mesa da cozinha e olha em volta. É certamente difícil, para ele, retornar a esta casa, onde aconteceram muitos momentos pesados no ano passado. O silêncio se prolonga até ele perguntar se gostei de Skageon.

— Foi legal. — Reluto em dizer mais e decido por muitos motivos que é melhor ser positivo. — Aliás, encontrei Lorna Murphy várias vezes. A vizinha. — A enorme casa dos Murphy se espalha por vários terrenos ao lado de nosso pequeno chalé.

— É mesmo?

A despeito de tudo que aconteceu nos dois últimos anos, ele parece mais surpreso do que preocupado.

— Ela me escreveu, no outono passado, após sua mãe morrer, e ficamos em contato.

— Ah. Conselheira da dor — diz o permanente engraçadinho.

Na verdade, era mais do que isso. Lorna perdeu Mat, uma espécie de rei das construções, quatro anos atrás. Uma loura ágil, uns 5 centímetros mais alta do que eu, ela demonstrou uma obstinada confiança em mim. Creio que foi porque ela levara tanto tempo para pensar em outro sujeito que simplesmente não conseguiu mudar de ideia após eu ser denunciado. Ela me escrevia toda semana enquanto estive na prisão e foi a primeira pessoa para quem telefonei, ao seguir para Skageon na manhã em que fui solto. Eu não fazia ideia se teria coragem de sugerir um encontro lá, mas, nesse caso, não precisei fazer nada. Ela falou que iria para lá assim que lhe contei que seguia naquela direção. Era hora de cada um de nós estar com mais alguém.

Ela é um doce de mulher, tranquila, calorosa, mas contida. Desconfio que ela não é o meu futuro. O tempo dirá. Mas, com ela, aprendi uma coisa. Se eu não me apaixonar por Lorna, me apaixonarei por outra pessoa. Farei isso novamente. É de minha natureza.

— Eu ia lhe perguntar se pescou enquanto esteve lá.

— Ah, pesquei. Pesquei de canoa. Peguei dois belos lúcios. Ótimas refeições.

— É mesmo? Eu adoraria pescar com você num fim de semana deste outono.

— Está combinado.

O café fica pronto. Sirvo a nós dois e me sento à mesa de cerejeira da cozinha, com sua borda ondulada. Ela esteve aqui durante toda a vida de Nat, a história de nossa família escrita em suas manchas e entalhes. Lembro-me da origem da maioria deles — projetos de arte fracassados, acessos de mau humor, panelas quentes demais que coloquei sobre a madeira desprotegida.

Nat olha a distância, perdido em alguma coisa. Mexo meu café e espero por ele.

— Como vai seu trabalho? — pergunto, finalmente.

Neste outono, Nat continuará como professor substituto em Nearing, mas também foi contratado pela Faculdade de Direito de Easton para dar um curso de teoria do direito no período do inverno, substituindo um de seus professores, que entrará de licença. Tem passado muito de seu tempo se preparando para isso. E voltou a trabalhar no seu artigo jurídico, comparando o modelo jurídico de conduta consciente com o que é sugerido pela mais recente pesquisa em neurociência. Pode ser uma tese precursora.

— Pai — diz ele, sem olhar para mim. — Quero que me diga a verdade.

— Tudo bem — respondo. Sinto uma pontada no coração.

— Sobre mamãe — diz.

— Ela se matou, Nat.

Ele fecha os olhos.

— Não a versão oficial. O que aconteceu realmente.

— Foi isso que aconteceu realmente.

— Pai. — Ele demonstra novamente um tipo de agitação perpétua, o tal olhar em volta. — Pai, uma das coisas que eu detestava, ao crescer nesta casa, era que todo mundo tinha segredos. Mamãe tinha seus segredos, você tinha seus segredos, e você e mamãe tinham seus segredos em conjunto, portanto eu tinha que ter segredos, e sempre desejei que todo mundo simplesmente falasse. Sabe?

Essa é uma queixa que entendo completamente e provavelmente seria impotente para mudar.

— Quero saber o que aconteceu realmente com mamãe. O que você sabe.

— Nat, sua mãe cometeu suicídio. Não quero me enganar, achando que meu comportamento não teve um papel nisso, mas eu não a matei.

— Pai, eu sei disso. Você acha que eu não sei disso? Mas sou seu filho. Eu entendo você, tá? E tenho pensado nisso. E sei duas coisas. Primeira. Você não ficou sentado aqui 24 horas, após a morte dela, para aplacar a sua dor, porque, francamente, isso não faz seu gênero. Você sempre empurrou as emoções para baixo como alguém que enfia buchas num canhão. Talvez isso o afete depois. Mas você vai em frente. Sempre vai em frente. Você deve ter chorado ou mostrado desagrado ou balançado a cabeça por algum tempo, mas você teria que telefonar. Você ficou sentado aqui tentando imaginar algo. Essa é uma coisa que eu sei. E eis a outra. Eu o observei, quando se declarou culpado de obstrução da justiça. E estava sereno. Você disse, com absoluta convicção, que era culpado. Mas como eu *sei* que você não sacaneou aquele computador... porque disse isso a Anna... isso significa que qualquer mentira ou besteira que fez você a fez muito tempo atrás. E digo que isso foi quando mamãe morreu. Estou certo?

Garoto esperto. Filho da mãe dele. Sempre foi um garoto muito, muito inteligente. Consigo dar um leve sorriso, um pouco orgulhoso, quando confirmo com a cabeça.

— Portanto, quero saber de tudo — diz ele.

— Nat, sua mãe era sua mãe. O que fui para ela ou o que ela foi para mim não muda nada disso. Eu não estava tentando tratar você como criança. A verdade é que perguntei a mim mesmo se eu queria saber as coisas que nunca lhe contei, e acredito realmente que eu não queria. E espero que gaste um minuto tentando levar isso em consideração.

Nat nunca se zanga com ninguém do modo como se zanga comigo. Zangar-se com sua mãe era perigoso demais. Eu sou um alvo mais seguro, e o modo pelo qual sempre me esquivei dele, ou tentei me esquivar, o enfurece. Mas a raiva que franze sua testa, que nubla seus olhos azuis, é, claro, a de Barbara.

— Está bem — digo. — Está bem. A verdade, Nat, é que sua mãe se matou. E eu não queria que você, nem ninguém, soubesse disso. Não queria que você ficasse perturbado nem que tivesse sobre os ombros o peso que filhos de suicidas sempre carregam. E eu não queria que você perguntasse o motivo. Ou que soubesse o que eu tinha feito para provocá-la.

— O caso extraconjugal?

— O caso extraconjugal.

— Está bem. Mas de que modo ela morreu?

Ergo a mão.

— Vou lhe contar. Vou lhe contar tudo.

Tomo fôlego. Aos 62 anos, tenho as vulnerabilidades do menino sérvio que nunca foi considerado um cara legal na escola. Eu era esperto e, quando garoto, ninguém se metia comigo no pátio da escola. Eu era terrível, quando provocado. Mas não era um cara legal, não era uma pessoa com quem alguém topasse sair nos fins de semana, que fosse convidado para festas ou para brincar no corredor. Sempre fui sozinho e temia o significado do meu isolamento. Embora tenha passado toda a minha vida em Kindle County, cursado aqui o ensino fundamental, o médio, a faculdade, a escola de direito e advogado nesta cidade por mais de 35 anos, não tenho um melhor amigo, principalmente desde que a artrite reumatoide levou para o Arizona Dan Lipranzer, o detetive com o qual eu preferia trabalhar quando era promotor. Sem falar que não desfruto a companhia de profissionais meus conhecidos mais próximos, como George Mason. Mas careço de uma indispensável imagem de relacionamento. Era isso que eu pensava que Anna sabia sobre mim, e disso se apoderou. Minha maior esperança, porém, de algum modo sempre recaiu sobre meu filho. O que não é uma atribuição fácil para uma criança. Entretanto, como resultado, sempre senti um temor especial de ser rejeitado por Nat. Eu agora preciso me endurecer.

— No dia em que você e Anna vieram jantar, eu trabalhei no jardim.

— Plantando o rododendro.

— Sim, plantando o rododendro para sua mãe. E minhas costas estavam me matando. E, enquanto preparávamos o jantar, ela me trouxe quatro comprimidos de Advil.

— Eu me lembro disso.

— Eu não os tomei. Estava distraído por causa da situação... você e Anna juntos. Esqueci. Então, depois que vocês se foram, quando eu me preparava para dormir, sua mãe me levou novamente os comprimidos lá para cima. E os colocou sobre a mesa de cabeceira. Ela me disse que deveria tomá-los ou eu não conseguiria levantar da cama de manhã e foi ao banheiro apanhar um copo d'água. Não sei não, Nat. Os comprimidos de fenelzina... eles são parecidos com os de ibuprofeno. Mesmo tamanho. Mesma cor. Alguém até disse isso durante o julgamento. Mas não importa o quanto haja de semelhança, existe alguma diferença, algo mínimo, mas uma diferença. Nunca coloquei os comprimidos lado a lado para ver o que eu havia notado, mas apanhei-as e fiquei encarando-as em minha mão por um longo tempo e quando olhei para trás, sua mãe estava ali, com o copo d'água, e sabe, Nat, aquele foi o momento.

— Por quê?

— Porque, por apenas um segundo, alguns segundos, a aparência dela era de felicidade. Contentamento. Estava feliz por eu saber.

— Saber o quê?

Encaro meu filho. Em geral, aceitar a verdade é a tarefa mais difícil que enfrenta o ser humano.

— Que ela estava tentando matá-lo? — pergunta ele, finalmente.

— Sim.

— Mamãe estava tentando matar você?

— Ela tinha estado no banco. Tinha lido meus e-mails. Ela sabia de tudo. E estava letalmente furiosa.

— E decidiu matar você?

— Sim.

— Minha mãe foi uma assassina?

— Chame do que quiser.

Agora que ouviu, ele sente dificuldade de falar. Eu praticamente consigo ver sua pulsação contrair as pontas de seus dedos. É um péssimo momento para nós dois.

— Meu Deus — diz meu filho. — Você está me dizendo que minha mãe foi uma assassina. — Ele funga e fala bem alto, a dedução lógica: — Bem, um dos pais teria que ser, não?

Entendo isso após um segundo. Ou estou mentindo porque a matei ou esta é a verdade.

— Certo — digo.

Ele reserva outro instante para si mesmo, encarando a geladeira. As fotos do Natal de mais de um ano e meio atrás ainda estão ali. Os bebês que nasceram, as famílias felizes.

— Ela sabia quem era? A mulher?

— Como eu disse, ela leu meus e-mails.

— Não vou pedir para você me dizer...

— Ótimo. Porque não vou lhe dizer.

— Mas isso deve tê-la deixado realmente fora de si.

— Tenho certeza de que ela ficou enfurecida. E não apenas por causa de si mesma. Ela também tentava poupar outras pessoas.

— Então era a filha de alguém. Um de seus amigos? Tinha que ser alguém que ela conhecia bem.

— Chega, Nat. Não posso sacrificar a privacidade de uma outra pessoa.

— Era a Denise? Foi o que sempre imaginei... que você tinha se envolvido com a Denise.

Denise é prima de Nat, uns dois anos mais velha do que ele, filha do tio mais novo de Barbara. Uma mulher estonteante, Denise teve mais do que sua cota de problemas e atualmente sofre em seu casamento com um policial do Estado por causa do filho deles de 2 anos.

— Não é essa a questão, Nat. Eu me comportei como um total idiota. Só isso.

— Eu já sabia disso, pai.

Touché. Ele se senta à mesa, olhando novamente a distância, enfrentando mais uma vez toda a sua decepção. Desconfio que ele está pensando: "Mamãe tinha razão." Tudo teria sido mais fácil sem mim. Se um de nós tivesse de ir embora, se eu tivesse criado uma situação na qual só poderia haver um dos pais, era melhor que fosse Barbara. Isso foi exatamente o que Barbara concluiu, principalmente porque eu não tinha o direito de pôr em perigo a felicidade de Nat com Anna.

Nesse meio-tempo, Nat dá um forte suspiro forçado e dedica um segundo a, finalmente, tirar o casaco.

— Muito bem. Então você olhou para mamãe. E ela estava com aquele brilho louco nos olhos.

— Eu não diria isso. Mas olhei para as pílulas e depois para ela, para trás e para a frente, e foi um daqueles momentos. "Zero no osso." E acho que falei algo idiota e óbvio tipo "Isto é Advil?", e ela disse: "Um genérico." E encarei novamente os comprimidos. Nat, não sei o que ia fazer com eles. Alguma coisa não parecia direito, mas não sei se ia engoli-los ou pedir "Me mostre o frasco", e nunca soube, pois ela se aproximou, pegou-os de minha mão e tomou todos os quatro. De uma vez. "Ótimo", disse ela, e foi embora num típico acesso de mau humor. Achei que era a sua mãe sendo sua mãe.

— Ela preferiu morrer a ser apanhada?

— Não sei. Nunca saberei. Acho que, naquele momento, ela não quis tanto ver que eu me mataria quanto pensou que queria. Ela deve ter sentido muita coisa ali, incluindo uma grande dose de vergonha.

— Ela salvou você dela?

Concordo com a cabeça. Não sei se isso é certo, mas é melhor que um filho pense isso sobre sua mãe.

— A fenelzina — diz ele. — Isso foi só porque, por acaso, ela se parece com um comprimido que você toma regularmente?

— Sim. O que sua mãe provavelmente percebeu anos atrás. E isso lhe deu uma oportunidade. Mas eu acho que a questão maior era fazer parecer como se eu tivesse morrido de causas naturais. Para que ninguém jamais adivinhasse.

— Como Harnason tentou fazer.

— Exatamente como Harnason. Tenho certeza de que ela teve uma certa satisfação em descobrir em um dos meus casos o modo como me matar.

Ele sorri um pouco pesaroso, o que deduzo como uma profunda estima pela sua mãe.

— Mas era à prova de falhas — digo. — Se, de algum modo, a overdose de fenelzina fosse detectada, ela diria que eu havia cometido suicídio. Foi por isso que ela cuidou para que eu apanhasse o aviamento daquela receita... e segurasse no frasco, quando cheguei, para deixar minhas impressões. Foi por isso que ela me mandou comprar linguiça, queijo e vinho.

Uma das buscas sobre a fenelzina e seus efeitos já tinha sido feita no meu computador. Ela se garantiu por todos os lados.

Ele concorda com a cabeça. Acompanhou tudo.

— Tudo bem, mas o que ela iria dizer sobre qual era o seu motivo para se matar pouco antes da eleição? Você estava para atingir o auge de sua carreira, pai.

— Isso às vezes é difícil para as pessoas. E havia o divórcio, minhas consultas a Dana. O ano anterior não tinha sido bom para mim, portanto ela poderia dizer que eu simplesmente não consegui superar isso.

— Não pareceria ruim para ela alegar tudo isso após o fato?

— Ela choraria um pouco. Quem não acreditaria que uma viúva desesperada estaria ávida em poupar a reputação de seu proeminente marido, sem falar no seu sensível filho? Ela diria que, quando me encontrou, o frasco com fenelzina estava em cima da minha pia e, quando identificassem apenas as minhas impressões no frasco, isso corroboraria sua história. E ninguém faria perguntas. Principalmente com Tommy na Promotoria, me dizendo "já vai tarde". Além do mais, eles poderiam desmontar a casa toda. Não haveria, aqui, nada do material que estariam procurando... almofariz e pilão, pó obtido da fenelzina. Poderiam exumar meu corpo. Jamais encontrariam alguma coisa que não fosse consistente com o fato de eu ter ingerido voluntariamente uma overdose de fenelzina. Porque, é claro, era exatamente como eu teria morrido.

Ele dedilha sua xícara de café, enquanto medita sobre tudo isso. Então, como eu teria esperado um momento atrás, ele começa a chorar.

— Meu Deus, pai. Sabe. Esse seu lance de advogado. Você é tipo o Sr. Spock. Era o que eu dizia antes. Você não teria ficado sentado, curtindo uma dor. Não faz seu gênero. Você é de ficar completamente frio. Como se estivesse a milhões de quilômetros de distância. Você fala sobre ela como se fosse um serial killer ou um assassino profissional... sabe, alguém que sabia como fazer isso, matar pessoas. Em vez de uma pessoa superirada, superferida.

— Nat — digo, e não falo mais nada.

É assim que tem sido desde sempre, meu desprazer com ele expressado em nada mais do que seu nome. Não há sentido em lembrar-lhe que foi ele quem exigiu a verdade. Ele vai até a pia, apanhar uma toalha de papel para enxugar os olhos e assoar o nariz.

— E como deduziu tudo isso, pai?

— Lentamente. Um pouco a cada dia.

— Ah.

Ele se senta novamente. Então abana a mão na minha direção, para eu prosseguir.

— Quando acordei, os lençóis estavam molhados com o suor dela. E sua mãe estava morta. Meu primeiro pensamento foi um ataque cardíaco. Fiz uma massagem cardíaca, então, quando fui até o telefone em sua mesa de cabeceira, vi a pilha de papéis que ela deixara debaixo do copo d'água que havia levado para eu tomar o remédio.

— Que tipo de papéis?

— Os tais que ela obtivera no banco. O recibo da firma de Dana. Cópias dos cheques administrativos que pagaram minhas contas do advogado e o laboratório de DST. Extratos mensais com os totais de depósitos circulados. Obviamente, ela os colocara ali depois que eu dormi.

— Motivo?

— Era o equivalente a um bilhete de suicídio. Ela quis que eu soubesse que ela sabia.

— Ah — faz meu filho.

— Fiquei chocado, é claro. E não especialmente feliz comigo mesmo. Mas me dei conta do quanto ela devia ter ficado enfurecida. E aquilo claramente não foi um acidente. Não levei muito tempo para pensar sobre os comprimidos e imaginar que ela havia tomado o que pretendia que eu tomasse. Então fui até o armário de remédios dela. E o frasco de fenelzina estava bem na frente. Eu o peguei, abri e olhei para me certificar de que eram os comprimidos. Foi daí que veio o resto das minhas impressões digitais.

"Então fui ao meu computador para pesquisar sobre o medicamento. E você sabe que, se você a usou antes, o browser completa a palavra que está digitando. 'Fenelzina' surgiu de repente. Foi quando percebi que ela tinha usado meu PC. Fiquei imediatamente apavorado com a possibilidade de que ela tivesse vasculhado os meus e-mails. Quando verifiquei, ela tinha entrado lá e deletado as mensagens."

— Da tal mulher? Foi uma burrice e tanto, pai, ter deixado isso lá.

Dou de ombros.

— Nunca imaginei que sua mãe iria bisbilhotar desse modo. Ela teria ficado furiosa se eu tivesse ao menos visto de relance um e-mail *dela*.

A verdade, é claro, é que eu sabia que estava me arriscando, mas não aguentaria apagar aquelas mensagens, a única lembrança que tinha de um período pelo qual ainda anseio de vez em quando. Mas não posso dizer isso ao meu filho.

— Por que ela se deu ao trabalho de deletá-los? Ou eram os e-mails de Dana?

— Por sua causa.

— Minha?

— É o melhor que posso imaginar. Se as coisas saíssem como ela pretendia, se minha morte fosse tida como causas naturais, ainda haveria uma boa chance de você querer olhar meus e-mails, não para investigar, mas apenas para se lembrar de seu pai, do mesmo modo que as pessoas de luto gostam de folhear velhas cartas. Apagando os arquivos, ela deixaria em paz a lembrança que você tinha de mim. Mas na rara chance de que houvesse uma investigação, teria sido conveniente aos propósitos dela o fato de os e-mails terem sumido.

— Motivo?

— Porque seria uma garantia de que não haveria ninguém para contradizer fosse qual fosse a história que sua mãe contaria. Ela teria que justificar os documentos do banco e o conhecimento de que eu tivera um caso extraconjugal um ano antes. Mas poderia dizer que nunca soube com quem. Isso poderia mostrar que eu pensava em me divorciar, mas, por motivos desconhecidos, não consegui enfrentar essa situação. Talvez a mulher tivesse me dado o fora, quando lhe disse que iria acabar com meu casamento. Com toda essa corroboração do meu suicídio, jamais haveria qualquer investigação adicional.

Novamente, ele se dá um tempo.

— Aonde foram parar esses papéis, afinal? Os tais que estavam na mesa de cabeceira?

Dou uma risada.

— Você é mais esperto do que Tommy e Brand. Depois que conseguimos que a bancária testemunhasse que tinha dado esses documentos à sua mãe, fiquei esperando que os promotores perguntassem onde, diabos, tinham ido parar as cópias de sua mãe. Eles revistaram a casa várias vezes.

Mas as coisas estavam acontecendo muito depressa e, além do mais, era razoável que eles pensassem que ela os tivesse destruído.

— Mas você os destruiu, certo?

— Destruí. Rasguei-os em pedaços, joguei no vaso sanitário e dei descarga. Naquele dia. Assim que saquei tudo isso.

— Cometendo, por causa disso, obstrução da justiça.

— Exatamente — retruco. — Meu testemunho do tribunal não foi um modelo de sinceridade. Houve muita coisa que não disse e que deveria ter dito, se estivesse dizendo toda a verdade. Não creio, porém, que tenha cometido perjúrio. Certamente não quis fazer isso... seria transformar toda a minha vida profissional em piada. Mas no dia em que sua mãe morreu? Destruí provas. Enganei a polícia. Cometi obstrução da justiça.

— Motivo?

— Eu já lhe disse. Não queria que você soubesse como sua mãe morrera nem que papel meu comportamento estúpido desempenhara nisso. Assim que li sobre a fenelzina, achei que eram imensas as possibilidades de que o legista simplesmente concluísse ter sido ataque cardíaco. Eu sabia que Tommy seria o grande obstáculo, por isso eu ficaria mais feliz se conseguíssemos evitar a polícia e o legista, mas você não permitiria. A casa funerária, provavelmente, tampouco deixaria, mas eu ia tentar.

Nat olha demoradamente para sua xícara de café, então se levanta sem uma palavra para voltar a enchê-la. Acrescenta leite, em seguida volta a se sentar e adota a mesma pose. Eu sei o que ele está avaliando. Se deve acreditar em mim.

— Sinto muito, Nat. Lamento ter que lhe contar isso. Gostaria que houvesse outra conclusão a ser tirada. Isso é o que é. Nunca se consegue realmente antecipar o que vai acontecer assim que as coisas começam a dar errado.

— Por que não disse todas essas coisas no julgamento, pai?

— Ainda não era uma história sobre sua mãe que eu estivesse ansioso que você escutasse, Nat. O maior problema, porém, teria sido admitir que iludi a polícia e destruí os papéis de sua mãe. Como diz a lei, "falso em uma coisa, falso em tudo". O júri não teria tido muita compaixão por um juiz que tivesse ferrado tudo dessa maneira. Eu contei o máximo possível da verdade, Nat. E não menti.

Ele me olha demoradamente, a mesma pergunta ainda circulando, e eu lhe digo:

— Fiz uma bagunça e tanto, Nat.

— Eu que o diga. — Ele fecha os olhos e movimenta o pescoço por um segundo. — O que vai fazer, pai? Consigo mesmo?

— Sandy vai trazer os termos esta tarde para eu assinar.

— Como ele está?

Bato com o nó do dedo na madeira da mesa.

— E qual é o acordo que ele conseguiu? — pergunta Nat.

— Eu renuncio ao cargo de juiz pelo que fiz com Harnason. Mas mantenho minha pensão. São noventa por cento dos meus três melhores anos, portanto ficarei bem financeiramente. Sua mãe também me deixou uma herança decente. A propósito, já começaram as conversas de quem me substituirá no Tribunal de Recursos. Adivinhe qual é nome que Sandy ouve com mais frequência?

— N.J. Koll?

— Tommy Molto.

Ele sorri mas não gargalha.

— E o que acontece com a Comissão Disciplinar? O que acontece com sua licença para advogar?

— Nada. Continuo com ela. A condenação por obstrução de Justiça foi anulada. A simples má conduta judicial não faz parte de sua tradição funcional.

— E o que você vai fazer?

— Já andei conversando com a Defensoria do Estado em Skageon. Eles estão sempre precisando de uma ajuda extra. Creio que será interessante, após ter sido promotor e juiz. Não sei se ficarei lá permanentemente ou tentarei voltar algum dia. Deixarei as coisas esfriarem por um ou dois anos. Darei às pessoas um tempo para esquecerem os detalhes.

Meu filho olha para mim e repassa tudo novamente. Seus olhos empoçam.

— Sinto tanta pena de mamãe... Isto é, pense só nisso, pai. Ela engole aquelas pílulas e sabe o que está fazendo consigo mesma. E, em vez de ir ao pronto-socorro, toma uma pílula para dormir e sobe para a cama a seu lado para morrer.

— Eu sei — respondo.

Nat assoa novamente o nariz, então se levanta e segue para a porta dos fundos. Permaneço três passos distante, observando-o com os dedos na maçaneta.

— Espero que não se importe de eu lhe dizer isso, pai, mas continuo achando que não me contou tudo.

Ergo as mãos, como se dissesse: "O que mais?" Ele me encara, depois volta e ergue os braços para mim. Nós nos abraçamos por um segundo.

— Eu te amo, Nat — digo-lhe, o rosto perto de seu ouvido.

— Eu também te amo — responde.

— Dê um alô para Anna.

Ele assente e se vai. Da janela da cozinha, observo-o descer o acesso da garagem até o pequeno carro de Anna. Nós o enchemos com nossos problemas, Barbara e eu, mas ele vai ficar bem. É um homem bom. Está com uma boa pessoa. Ele ficará bem. Fizemos o melhor possível por ele, nós dois, mesmo tendo forçado a barra em algumas ocasiões, como muitos pais de nossa geração.

Mas ao longo do caminho cometi mais erros do que um só. Provavelmente o maior de todos foi não aceitar a inevitabilidade da mudança há mais de vinte anos. Em vez de imaginar uma nova vida, pretendi a antiga. E por isso paguei certamente um preço. Em meus momentos mais sombrios, senti que o preço foi muito alto, que o destino colheu uma injusta vingança. A maior parte do tempo, porém, quando penso no quanto tudo poderia ter saído pior, percebo que tive sorte. Mas isso não importa. Sigo em frente. Nunca duvidei disso.

Meus dias iniciais de retiro não foram fáceis. Não estava acostumado a outras pessoas ou a muitos estímulos. Ficava nervoso perto de Lorna e na primeira semana não consegui dormir a noite toda. Mas voltei a mim mesmo. O tempo esteve fabuloso, um dia radiante após o outro. Eu estava de pé antes dela e, para não acordá-la, sentava-me lá fora, com minha pele de carneiro, olhando a água e sentindo toda a emoção da vida, sabendo que ainda tinha a chance de fazer algo melhor por mim mesmo.

Entro agora na sala de estar, onde a floresta de fotos emolduradas da família decora as prateleiras: meus pais e os de Barbara, todos eles mortos; nossa foto de casamento; as minhas fotografias com Barbara e Nat enquanto ele crescia. Uma vida. Olho demoradamente para um retrato de Barbara tirado em Skageon não muito tempo após o nascimento de Nat. Ela está excepcionalmente bela, olhando para a câmera com um leve sorriso e um ar de ilusória serenidade.

Tenho pensado muito nas últimas horas de Barbara, assim como no meu filho, que foi sempre tão rápido em sentir a dor dela. Tenho certeza de que ela levou algum tempo para prever como tudo isso sairia. Quando aquela mensagem surgiu no computador, durante o julgamento, fiquei imaginando se ela morrera esperando que parecesse que eu a tivesse assassinado, que ela tivesse plantado aquele cartão como uma vingança final. Mas agora tenho certeza de que Nat está certo. Os derradeiros momentos de Barbara foram totalmente desesperadores, particularmente por ela não ter obtido mais de mim. Casamentos ruins são ainda mais complexos do que os bons, mas sempre repletos do mesmo lamento: você não me ama o bastante.

Durante os meses em que esperei o julgamento, pensei em Barbara muito mais do que em Anna, a quem finalmente deixara para trás. Vinha olhar essas fotografias e lamentar pela minha mulher e, ocasionalmente, sentia saudades dela e, com muito mais frequência, tentava sondar quem era ela no que tinha de pior. Gostaria de poder dizer que fiz o melhor por ela, mas isso não seria verdade. Quase quatro décadas se passaram e continuo sem ter uma ideia clara do que eu queria de Barbara tão profundamente, tão intensamente que isso me ligou a ela contra todo o bom-senso. Mas o que quer que possa ser, já pertence ao passado.

Na sala, fico parado, tateio os bolsos da camisa, da calça, para ter certeza de que tenho tudo, de que ainda estou, em certo sentido, todo aqui. Eu estou. Em um minuto, seguirei para o escritório de Sandy, em Central City, para abrir mão de minha carreira como juiz, num acordo final por toda a insensatez que cometi em anos recentes. Mas tudo bem. Estou pronto para descobrir o que vai acontecer a seguir.

Evanston
20/11/2009

AGRADECIMENTOS

Estou em débito com muitas pessoas pela sua ajuda a este livro. Um grande número de médicos deu a assistência essencial nas questões específicas: Dr. Carl Boyar, diretor do Clearbrook Center, em Arlington Heights, Illinois; Dr. Michael W. Kaufman, do NorthShore University HealthSystem em Evanston, Illinois, patologista; Dr. Jerrold Leikin, do NorthShore University HealthSystem em Glenview, Illinois, toxicologista; Dra. Nina Paleologos, do NorthShore University HealthSystem em Evanston, neurologista; e o Dr. Sydney Wright, do Northwestern University Hospital, Chicago, Illinois, psicofarmacologista. Meu sócio em advocacia Marc J. Zwillinger, no escritório de Washington de Sonnenschein Nath & Rosenthal, e Russ Shumway, nosso diretor técnico de E-Discovery and Forensic Services, que aumentou enormemente minha compreensão sobre perícia em computador. Sou imensamente grato a todos os especialistas pela sua ajuda. Os erros que cometi, apesar de seus esforços, são claramente culpa minha e não deles.

Tive três leitores decisivos de originais nos meus amigos íntimos James McManus, Julian Solotorovsky e Jeffrey Toobin. Sou muito, muito grato a cada um deles por me ajudarem a moldar o original. Minha filha, Rachel Turow, e seu marido, Ben Schiffin, também foram importantes caixas de ressonância, e devo a Rachel um agradecimento especial por me ajudar a evitar vários erros constrangedores.

À minha editora na Grand Central, Deb Futter; minha agente, Gail Hochman; e, mais especialmente, Nina, que esteve sempre comigo, rascunho por rascunho, obrigado não é nem de longe uma palavra suficiente.

Este livro foi composto na tipologia Adobe Garamond Pro,
em corpo 11,5/15,1, e impresso em papel off-white
no Sistema Digital Instant Duplex da Divisão Gráfica
da Distribuidora Record.